Harper Collins | ya!

Gena Showalter

Immerwelt
Der Anfang

Roman

Aus dem Amerikanischen von
Tess Martin

HarperCollins ya!

HarperCollins YA!®
Band 200045

1. Auflage: Mai 2018
Deutsche Erstausgabe

Originaltitel: »Firstlife«
erschienen bei: Harlequin Teen, Toronto

Published by arrangement with
Harlequin Enterprises II B. V./S. à r. l.

Umschlaggestaltung: HarperCollins Germany/Birgit Tonn,
Artwork Harlequin N.A, 2016
Umschlagabbildung: Harlequin Books S.A.
Redaktion: Siegrid Hoppe
Satz: GGP Media GmbH, Pößneck
Printed in Germany
Dieses Buch wurde auf FSC®-zertifiziertem Papier gedruckt.
ISBN 978-3-95967-209-2

www.harpercollins.de

WIDMUNG

Gott und Gottes Sohn gewidmet
für die Inspiration (Lukas 10:2, Markus 3:24)
und die grenzenlose Liebe (Johannes 3:16)

Für Penny Edwards,
weil du eine große Liebe meines Lebens bist.

Für Wendy Higgins,
dafür, dass du mir als Testleserin großartiges Feedback gegeben hast.

Für Katie McGarry
und die perfekte E-Mail zum perfekten Zeitpunkt.

Roxanne St. Claire,
meine Schwester, meine Freundin, meine Liebe,
danke für deine Ermutigung und Unterstützung.

Für Jill Monroe,
die *beste* beste Freundin, die ein Mädchen haben kann,
danke für alles. Du machst mein Leben besser.
(P. S.: Ich habe deinen Namen absichtlich in der Mitte versteckt, damit du danach suchen musst, denn *ich* bin die komischste beste Freundin, haha.)

Für Kresley Cole, P. C. und Kristin Cast und Sarah Maas, weil ihr die lustigsten Menschen der Welt seid.

Für Mike und Vicki Tolbert, Shane Tolbert, Shonna Hurt
und Michelle Quine, weil ihr es mit mir aushaltet.
Ich bin ein wahres Geschenk des Himmels für euch.
Okay. Ihr seid ein wahres Geschenk des Himmels
für mich.

Für Max, Riley und Victoria,
weil es euch gibt. Ich liebe euch für immer und ewig.

Für Deirde Knight,
meine Agentin, die genauso fest an diese Serie glaubt
wie ich.

Für Lauren Smulski und ihr unglaubliches Feedback.

Für Natashya Wilson,
meine Lektorin, die in einem Stückchen Kohle
den Diamanten erkannt hat. Deine Hilfe war unendlich
wertvoll und deine Begeisterung für das Buch/die Serie
ein wahres Geschenk. Du hast mir so unzählige Male
geholfen, dass ich allein darüber ein ganzes Buch
schreiben könnte. Zwar hast du schon immer hart für
mich gearbeitet und schon immer die unglaublichsten
Ideen gehabt, doch diesmal hast du dich selbst
übertroffen.
Vielen Dank!

Es war die beste Zeit, es war die schlimmste Zeit, es war das Jahrhundert der Weisheit, es war das Jahrhundert des Unsinns, es war die Epoche des Glaubens, es war die Epoche der Ungläubigkeit, es war eine Periode des Lichts, es war eine Periode der Düsternis, es war der Frühling der Hoffnung, es war der Winter der Verzweiflung.

Charles Dickens, Geschichte zweier Städte

Von: A_P_5/23.43.2
An: L_N_3/19.1.1
Betreff: Tenley Lockwood

Maaaaaann! Eine Vorwarnung wäre nett gewesen. In meinen Augen ist das nichts anderes als ein Zuchthaus!

Falls Sie meinen Lebenslauf nicht gelesen haben, Nanne, informiere ich Sie gerne über das Wichtigste. Ich bin ein gut ausgebildeter und hoch dekorierter Agent. Sieg ist mein zweiter Vorname. Was ich nicht bin: ein Babysitter. Auf Tenley Lockwood aufzupassen wäre reine Talentverschwendung meinerseits.

OH, UND HABE ICH VERGESSEN ZU ERWÄHNEN, DASS SIE SICH IN EINEM ZUCHTHAUS BEFINDET??

Mit allem nötigen Respekt, lieber würde ich meine inneren Organe mit einem Kleiderbügel rauspulen als hierzubleiben. Ich beantrage offiziell meine Versetzung.

Licht bringt Klarheit!
Archer Prince

Von: L_N_3/19.1.1
An: A_P_5/23.43.2
Betreff: Offiziell abgelehnt

Mr. Prince,

sagen Sie nicht Mann zu mir. Ich bin Ihr Vorgesetzter. Sie werden mich künftig nur noch mit meinem korrekten Rang ansprechen: General. Oder mit einem selbstverständlich immer angemessenen *Sir*.

Sie wurden aus zwei sehr wichtigen Gründen für diese Mission ausgewählt. Sie sind jung und (offensichtlich) unreif. Das können Sie ruhig persönlich nehmen. Unsere älteren Agenten hatten Schwierigkeiten mit Miss Lockwood, aber Sie sollten eigentlich perfekt zu ihr passen.

Deswegen werden Sie weiterhin als »Babysitter« auf Miss Lockwood achtgeben, oder ich pule Ihnen Ihre Organe höchstpersönlich heraus.

Zudem erwarte ich tägliche Berichte. Ich übertreibe nicht, wenn ich sage, es ist überlebenswichtig, sie davon zu überzeugen, den Bund mit unserer Sphäre zu schließen.

Licht bringt Klarheit!
General Levi Nanne

Von: A_P_5/23.43.2
An: L_N_3/19.1.1
Betreff: Sie nerven (& ich bin TOTAL reif)

Sehr geehrter Sir,

als Agent unterstehe ich Ihnen zwar, aber gehören Sie nicht selbst zu den »älteren« Herren, die bei dem Mädchen versagt haben? Wollte ich nur mal erwähnen. (Und Sie schon mal auf den Tag vorbereiten, an dem ich Erfolg habe, den ich Ihnen dann unter die Nase reiben werde.)

Wie auch immer. Ich als braver kleiner Roboter, Sir, tue *selbstverständlich*, worum Sie mich bitten, Sir. Es ist allerdings so, Sir. Sollte ich noch eine Sekunde länger von außen zusehen/zuhören müssen, verätze ich mir die Hornhaut und ramme mir einen Stift in die Ohren.

Ich möchte meine Hülle haben, und ich möchte IN das Zuchthaus gehen, Sir.

Außerdem hier mein Bericht, wie von Ihnen gefordert. Ich meine natürlich, um den Sie mich so *höflich gebeten* haben, Sir. Im Kurs »Kreatives Schreiben« der Anstalt sollte unser Schätzchen ein Gedicht verfassen, in dem es seine Gefühle über das Leben ausdrückt. Ich lege eine Kopie für Ihre Durchsicht bei. Ich bitte Sie, nach dem Lesen NICHT von einer Brücke zu springen, Sir.

Das Grab ist das Ende
Was ich nie akzeptieren werde
Ich wurde von den Ketten, die mich fesselten,
befreit.
Ich weiß
»Der Tod kann uns nicht besiegen«
Ist eine Lüge, denn die einzige Wahrheit lautet:
»Das Leben ist hoffnungslos«

Muss schon sagen, dass Fräulein Schwarzseher meiner Ansicht nach nicht nach Troika passt. Ich weiß, ich weiß. Wir lieben auch die nicht Liebenswerten. Wir kämpfen für die Schwachen. Sie brauchen mich also nicht zu belehren. Sagen Sie mir einfach, was sie so »unentbehrlich« macht.

Ihr untertänigster Diener
Archer

TROIKA

Von: L_N_3/19.1.1
An: A_P_5/23.43.2
Betreff: Gedicht, unter anderem

Ich habe bei ihr nicht versagt, Kleiner, sondern den Weg für Sie geebnet. Das ist ein Unterschied. Sie wollen Erfolg haben? Dann merken Sie sich das.

Rechnen Sie um acht Uhr mit einer Hülle, rechnen Sie aber nicht mit Ihrer eigenen. Ich habe eine aus dem AllPop-Bestand ausgewählt. Und bevor Sie jetzt auf Ihre typische Art und Weise antworten: Allgemeiner-Populations-Bestand? Soll das vielleicht ein Witz sein (effektvoll dramatische Pause), Sir? – Die Mühe können Sie sich sparen. Ich werde Ihnen nicht schicken, was Sie wollen, sondern was Sie brauchen. Danken dürfen Sie mir später.

Und was das Gedicht betrifft. Miss Lockwood weiß, dass eine Münze immer zwei Seiten hat. Warum wissen Sie das nicht? Tun Sie sich selbst einen Gefallen, und lesen Sie das Gedicht noch einmal. Dieses Mal beginnen Sie am Ende und arbeiten sich nach oben.

Und, Mr. Prince, aus der Tatsache, dass Sie nicht verstehen, was das Besondere an diesem Mädchen ist, kann ich nur einen Schluss ziehen: Ihr Hirn müsste dringend mit einem Presslufthammer bearbeitet werden. Tun Sie sich selbst einen Gefallen und achten Sie auf die Perlen, die ich vor Sie hinwerfe. Licht. Strömer. Verlust … und damit Dunkelheit.

Oh, und eins noch: Sie Trottel. Und das sollten Sie wieder persönlich nehmen.

Von: A_P_5/23.43.2
An: L_N_3/19.1.1
Betreff: Vier Dinge

1.) Sir, Mann. Ich möchte nicht auf Ihren offensichtlichen Mangel an Intelligenz hinweisen, aber Tenley Lockwood kann kein Strömer sein. Aufgrund Ihres fortgeschrittenen Alters haben Sie offenbar vergessen, dass Strömer von troikanischen Eltern großgezogen werden. Sie sind die Treuesten unter uns. Von Beginn bis zum Ende.
2.) Und okay, okay. Ich habe das Gedicht von unten nach oben gelesen, somit verstehe ich Ihre Zwei-Seiten-Theorie. Was aber nicht bedeutet, dass das Gedicht gut ist. Es reimt sich nicht.
3.) Die Hülle ist angekommen, und ganz ehrlich, ich hasse Sie. Ich bin pure männliche Aggression, erwarten Sie im Ernst, dass ich als Tussi durchgehe? Als ob irgendjemand bescheuert genug wäre, so eine Farce zu glauben.
4.) Myriad hat Killian geschickt. Ich habe gesehen, wie er in den Schatten herumschleicht und das Mädchen beobachtet. Habe ich Ihre Erlaubnis, ihn abzuschlachten?

Von: L_N_3/19.1.1
An: A_P_5/23.43.2
Betreff: Genehmigung ert… verweigert!
(Geben Sie es zu: Ihr Kleinmädchen-Herz hat kurz höhergeschlagen)

Sie kennen unsere Gesetze genauso gut wie ich. Und was ist der Kern unserer zweitwichtigsten Verordnung? Auf persönliche Fehden muss zum Wohle des Volkes verzichtet werden. Sie sind einer von uns.

Erledigen Sie Ihren Job. Alles andere ist unwichtig.

Von: K_F_5/23.53.6
An: P_B_4/65.1.18
Betreff: Mein neuer Auftrag

Scharf und verrückt, genau so, wie ich Mädchen mag. Betrachten Sie den Fall Tenley Lockwood als erledigt.

Macht bedeutet Recht!
Killian Flynn

Von: P_B_4/65.1.18
An: K_F_5/23.53.6
Betreff: Etwas mehr Respekt

Sie werden über das Mädchen entweder mit Achtung sprechen oder überhaupt nicht.

Ich stehe bereits kurz davor, Sie von diesem Auftrag abzuziehen, Mr. Flynn. Ich weiß nicht, wieso ich mich von den Generälen habe überreden lassen, dass Ihnen gelingen wird, was niemandem vorher gelungen ist. Sie sind zu jung, und Ihre Methoden waren immer schon unangemessen. Diesmal läuft es anders! Überzeugen Sie das Mädchen, den Bund mit uns zu schließen, doch behalten Sie dabei die Hose an. Und versagen Sie nicht. *Wir brauchen sie.*

Macht bedeutet Recht!
Madame Pearl Bennett

Von: K_F_5/23.53.6
An: P_B_4/65.1.18
Betreff: Versagen? Nicht in diesem Leben <—
Verstehen Sie den Scherz?

Bisher waren Ihnen meine Methoden egal, wichtig war nur das Ergebnis. Was hat sich geändert? Wieso ist dieses Mädchen so wichtig? Wenn Sie Insiderinformationen haben, dann seien Sie so gut, sie dem Rest der Klasse mitzuteilen.

Und nur, damit Sie es wissen, wir *brauchen* überhaupt niemanden. Nie waren wir stärker, wir sind doppelt so viele wie die Troikaner. Außerdem ist dieses Mädchen im Grunde genommen ein »Es«. Wenn sie stirbt, ist sie nur ein weiteres Zahnrad in unserem Getriebe. Aber zerbrechen Sie sich nicht Ihr hübsches Köpfchen. Ich werde sie anwerben – auf meine Weise. Wie ich es immer tue.

Aus anderer Quelle verlautet, Troika hat Archer geschickt. Ich werde ihm die Gliedmaßen abschnippeln und ihn damit zu Zweittode prügeln.

Von: P_B_4/65.1.18
An: K_F_5/23.53.6
Betreff: NEIN!

Beherrschen Sie sich, bis Sie das Mädchen für uns gewonnen haben. Danach werde ich Archer höchstpersönlich mit meinen hochhackigsten High Heels festnageln. Anschließend können sie ihm die Haut abziehen und sich einen Mantel daraus machen, falls Sie es wünschen. Habe ich mich deutlich genug ausgedrückt? Mischen Sie sich nicht ein. Noch nicht!

Und das Mädchen ist viel mehr als ein »Es« und ein »Zahnrad«. So wie jeder andere! Doch dieses Mädchen … eines Tages wird sie Ihre Chefin sein. Sie wird sowohl *meine* als auch *Ihre* Chefin sein. An Ihrer Stelle würde ich mir gut überlegen, wie ich sie behandle.

Von: K_F_5/23.53.6
An: P_B_4/65.1.18
Betreff: Sorry, aber Sie sind NICHT ich

Was sind Sie? Niedlich. Es tut mir außerordentlich leid, aber: Ihre Erlaubnis interessiert mich nicht. Meine letzte Nachricht habe ich Ihnen lediglich zur KENNTNISNAHME geschickt.

Außerdem wissen Sie besser als irgendjemand sonst, dass ich meine Chefs behandle wie jeden anderen auch. Wenn Ihnen das nicht passt, Madame, können Sie mich gern wieder abziehen. Ich habe nichts zu verlieren. Sie hingegen vermutlich jede Menge.

Von: P_B_4/65.1.18
An: K_F_5/23.53.6
Betreff: Nichts zu verlieren?

Und wie wäre es damit, etwas zu gewinnen? Verpflichten Sie das Mädchen, und ich gebe Ihnen, was Sie immer schon wollten. Den Namen Ihrer Mutter und wo Sie sie finden können.

Though the **E**nd be **N**igh (TEN)
Obwohl das Ende nahe ist

Man sagt, Geschichte wird von Überlebenden geschrieben,
doch weiß ich, dass das nicht immer wahr ist.
Mein Name ist Tenley Lockwood, und sehr bald werde ich tot sein.
Dies ist meine Geschichte – aber mein Ende ist erst der Anfang.

1. KAPITEL

»Lieber ungezeichnet als ein Sklave der troikanischen Gesetze.«

Myriad

In Prynne, der Anstalt, in der jedes Glück stirbt, bin ich nun seit dreihundertachtundsiebzig Tagen eingesperrt (oder seit neuntausendzweiundsiebzig Stunden). Das weiß ich genau, obwohl ich hier nie die Sonne auf- oder untergehen sehe. Aber ich markiere meine Wände mit Blut, sobald die Lichter im Brave-Mädchen-die-böse-wurden-Flügel der Anstalt ausgeschaltet werden.

Im Gebäude gibt es keine Fenster. Zumindest habe ich keine gefunden. Und ich durfte bisher nie hinausgehen. Keiner von uns darf das. Um ehrlich zu sein, weiß ich nicht einmal, in welchem Land wir uns befinden oder ob wir vielleicht tief unter der Erde leben. Bevor wir mit dem Flugzeug, dem Auto, dem Schiff oder sonst wie hergebracht wurden, hat man uns starke Beruhigungsmittel verabreicht. Wo immer wir sind, außerhalb dieser Wände muss es eiskalt sein, denn jeden Tag, jede Stunde und Sekunde wird geheizt.

Ich habe gehört, wie sowohl Freunde als auch Feinde beim Personal nachgefragt haben, sie bekamen jedoch ständig dasselbe zu hören: *Antworten muss man sich verdienen*.

Nein danke. Für mich ist der Preis – nämlich Kooperation – entschieden zu hoch.

Ich erhebe mich von meinem Bett und schleppe mich in die äußerste Ecke meiner Zelle. Jeder Schritt tut weh. Mein Rücken hasst mich dafür, doch die Muskeln sind zu wund, um zu streiken. Letzte Nacht wurde ich *einfach so* gezüchtigt.

Ich bleibe vor meinem ganzen Stolz stehen, meinem Kalender. Ein neuer Tag bedeutet eine neue Markierung.

Da ich keine Kreide, keinen Kuli oder Stift habe, ratsche ich mit der Spitze des Zeigefingers über einen rauen Stein, der aus dem Boden ragt, und ritze damit meine Haut auf, um etwas Blut zu gewinnen.

Ich hasse den Schmerz, doch um ehrlich zu sein, gefällt mir die Narbe, die zurückbleibt. Denn meine Narben kann ich zählen.

Zählen ist eine Leidenschaft von mir und Zahlenkunde meine Lieblingssucht. Vielleicht weil jeder Atemzug ein weiteres Ticken der Uhr ist, die uns dem Tod ein Stückchen näher bringt ... und einem neuen Anfang. Vielleicht weil mein Name Tenley ist – Ten für meine Freunde.

Ten, also zehn, repräsentiert Vollständigkeit.

Wir haben zehn Finger und zehn Zehen. Mit zehn beginnt gewöhnlich ein Countdown.

Ich wurde am zehnten Tag des zehnten Monats um zehn Uhr zehn geboren. Und, okay. Na schön. Vielleicht bin ich so von Zahlen besessen, weil sie immer eine Geschichte erzählen und im Gegensatz zu den Menschen nie lügen.

Hier meine Geschichte kurz zusammengefasst:

Siebzehn – die Anzahl der Jahre, die ich *existiere*. In meinem Fall kann man eigentlich nicht wirklich *leben* sagen.

Eins – die Anzahl der Jungen, mit denen ich zusammen war.

Zwei – die Anzahl der Freunde, die ich seit meiner Einkerkerung gewonnen und verloren habe.

Zwei – die Anzahl der Leben, die ich lebe. Die Anzahl der Leben, die wir *alle* leben.

Unser Erstleben, dann unser Ewigleben.

Zwei – die Anzahl der Wahlmöglichkeiten, die ich für meine ewige Zukunft habe.

1. zu tun, was meine Eltern verlangen, oder 2. zu leiden.

Ich habe mich fürs Leiden entschieden.

Mit dem Blut male ich ein weiteres Zeichen auf die Steine und gehe zufrieden zum »Badezimmer«. Es gibt keine Türen, die einem auch nur ein Mindestmaß an Privatsphäre ermöglichen, lediglich eine offene Duschkabine neben einer Toilette. Zu unserer eigenen Sicherheit, wie uns gesagt wurde. Zur Belustigung der anderen, wie ich vermute. Alle Zellen werden rund um die Uhr überwacht, was bedeutet, dass zu jedem x-beliebigen Zeitpunkt den Mitarbeitern erlaubt ist, sich die Live-Aufnahmen anzusehen. Sie werden sogar dazu ermuntert.

Dr. Vans, der Leiter der Anstalt, verhöhnt uns gern mit dem Satz: *Ich sehe und weiß alles.*

Ein Großteil der Lehrer beschimpft uns: *Zeitverschwender!*

Die Aufpasser werten uns ab: *Haben wir ein bisschen an Gewicht zugelegt, kann das sein?*

Die meisten Wärter grinsen uns anzüglich an. Sie kommen aus der ganzen Welt, und obwohl sie verschiedene Sprachen sprechen, sagt ihr Gesichtsausdruck immer das Gleiche: *Du bettelst geradezu darum, und eines Tages gebe ich es dir.*

Das sind nur ein paar der Annehmlichkeiten, die einem im *Chez Prynne* geboten werden.

Nicht jeder hier ist furchtbar, das muss ich zugeben, eine Handvoll Leute versucht sogar die anderen davon abzuhalten, zu weit zu gehen. Doch das Personal wird dafür bezahlt, uns den Aufenthalt zur Hölle zu machen und dafür zu sorgen, dass wir mehr als alles auf der Welt hier rauswollen. Und wir kommen erst raus, wenn wir tun, was unsere Eltern von uns verlangen.

Meine Freundin Marlowe hat den Schmuck ihrer Mutter gegen Lebensmittel eingetauscht, deswegen sollte hier ihre

»Kleptomanie« behandelt werden. Mein Freund Clay, ein Drogensüchtiger, sollte clean werden.

Die Anstalt hat allerdings in beiden Fällen versagt. Vor einigen Monaten hat Marlowe sich umgebracht, und Clay … Ich weiß nicht, was aus ihm wurde. Er hat seine Flucht geplant, seitdem habe ich nie wieder von ihm gehört.

Ich vermisse beide. Jeden. Einzelnen. Tag.

Ich flehte Clay an, nicht auszubrechen. Ich habe selbst einmal versucht zu fliehen und hatte dabei sogar Hilfe. Ich war mit einem Jungen zusammen, James, ein in der Hierarchie hochstehender Wärter. Er hat die Kameras abgestellt, bestimmte Türen nicht verriegelt und dafür gesorgt, dass einige Kollegen während ihres Dienstes schliefen. Trotzdem hat es nicht geklappt.

Für den Versuch wurde James eine Kugel in den Kopf gejagt. Wobei ich zusah.

Heiße Tränen rollen über meine Wangen, als ich mich vorsichtig aus dem Overall schäle. Jede Bewegung zündet einen neuen Schmerz. Als ich schließlich nackt bin, stelle ich mich unter den lauwarmen dünnen Wasserstrahl. Jegliches Schamgefühl ist mir schon lange aus dem Leib geprügelt worden – im wahrsten Sinne des Wortes –, trotzdem wasche ich mich so schnell ich kann. Uns wird nur eine kleine Ration Wasser pro Tag zugestanden, und wenn wir keins mehr haben, dann haben wir eben keins mehr. Dumm gelaufen. Was wir nie bekommen: Rasierer. Ich enthaare meine Beine und Achselhöhlen mit Fäden aus alten Uniformen. Ich fühle mich sowieso schon wie ein Tier, kein Grund, wie eins auszusehen.

Nicht dass ein gepflegtes Äußeres wichtig wäre. Obwohl wir mit dem anderen Geschlecht während der Essenszeiten Kontakt haben, würde ich mir lieber das Herz mit einem rostigen Löffel aus der Brust kratzen, als mich noch einmal zu verlieben. Ja, es ist ein schrecklich schönes Gefühl, doch das Risiko ist schrecklicher. Denn wenn alles zusammenbricht – und das wird es –, zerspringe ich in eine Million Teile und muss mich dann neu zusammensetzen. Wieder einmal.

Ich hätte James' Annäherungsversuchen widerstehen müssen, aber ich war an einem Tiefpunkt angelangt und sehnte mich verzweifelt nach etwas Zuneigung. Er riskierte jedes Mal seinen Job, wenn er die Kameras deaktivierte, um heimlich in meine Zelle zu kommen. Er schlich sich so oft herein, dass die Erinnerung an ihn hier noch immer lebendig ist. Jede Nacht, wenn ich in mein schmales Bett steige, muss ich daran denken, wie er mir nach und nach meine Hemmungen nahm. Wie er meine Wunden säuberte, wenn ich verletzt war. Wie er mich in den Armen hielt, mir Trost spendete und mich küsste. Er wollte mehr. Ich nicht. Nicht hier. Nicht vor einem potenziellen Publikum.

Vergiss die Vergangenheit. Konzentrier dich auf die Gegenwart. Richtig.

Ich stelle das Wasser aus und trockne mich so gut wie möglich mit dem Handtuch ab. Dann schlüpfe ich in einen sauberen pissgelben Overall – allerdings nur bis zur Hüfte, meine Arme verweigern ihren Dienst, meine Schultermuskeln geben auf.

Was soll ich jetzt tun? So kann ich meine Zelle nicht verlassen.

Plötzlich gleitet die Tür leise ratternd auf. Mein Blut gefriert zu Eis, als zwei Wärter ein wild um sich schlagendes Mädchen in meine Zelle bringen.

Vor Schreck habe ich auf einmal die Kraft, die Arme zu heben und meine Brüste zu bedecken.

Nein, ich bin nicht schamhaft, aber ich habe keine Lust, mich demütigen zu lassen.

Die Wärter stoßen das Mädchen in meine Richtung. Was

mir als Erstes an ihr auffällt? Sie hat ungleich geschnittenes pinkfarbenes Haar.

»Neue Mitbewohnerin«, sagt einer der Wärter zu mir. Als ihm aufgeht, dass ich nur halb angezogen bin, grinst er. »Nun, nun. Was haben wir denn hier?«

Sein russischer Akzent ist so stark wie immer und der Grund, weshalb ich ihn Genosse Volldepp nenne. Obwohl meine Wangen brennen, bemühe ich mich um einen selbstsicheren Ton. »Was wir hier haben, ist ein minderjähriges Mädchen, das nach seiner Entlassung dafür sorgen wird, dass du im Gefängnis verrottest.«

Er grinst nur noch breiter, während er einen Schritt auf mich zumacht. Das pinkhaarige Mädchen tritt ihm in den Bauch, was mich überrascht.

Er holt zum Schlag aus. *»Suka!«*

Schlampe auf Russisch. Ein Wort, mit dem ich auch öfter bedacht werde.

Lächelnd krümmt sie einen Finger, das weltweite Zeichen für: *Komm doch her*.

Der andere Wärter packt Genosse Volldepp am Arm und zieht ihn hinaus in den Gang. Beide Männer starren mich düster an, während die Tür zugleitet.

Das Mädchen winkt mir zu und wirkt beinahe … fröhlich. Ich blinzle verwirrt. Sie ist glücklich statt ängstlich? Wirklich?

»Hallo«, sagt sie mit einem leichten britischen Akzent. »Ich bin Bow, deine neue beste Freundin.«

Sie ist verrückt. Alles klar. »Ich brauche keine neuen Freunde.« Ich hatte gehofft, allein zu bleiben. Ich schlafe nicht gern im Beisein anderer Leute, außerdem muss ich immer wieder mal ein Nickerchen halten, um zu funktionieren. Meine letzte Zellengenossin sagte, dass ich mich ständig herumwerfe und schreie, vor allem nach den Folterungen, oder dass ich ein Zahlenlied singe, das mir meine Tante als Kind beigebracht hat.

Ten tears fall, and I call… nine hundred trees, but only one is for me. Eight …

Oh nein. Ich werde mich jetzt nicht in irgendwelchen Erinnerungen verlieren.

»Hier.« Bow kommt mit langen und kräftigen Schritten auf mich zu.

Aus der Nähe kann ich erkennen, dass ihre Augen die Farbe von frisch polierten Pennys haben. Sie sind merkwürdig und faszinierend, unfassbar intensiv.

»Lass mich dir helfen.«

Aus reiner Gewohnheit weiche ich zurück, als sie die Hand nach mir ausstreckt. Aber … Zero! Das ist mein Lieblingsschimpfwort mit vier Buchstaben. Ich werde es ohne ihre Hilfe nicht schaffen, mich anzuziehen.

Sie imitiert mich, indem sie ebenfalls ihre Brüste bedeckt, und grinst. »Möpse sind was Tolles, oder? Wahre Wundertüten. Ich kapiere nicht, worüber ihr Mädchen euch ständig beschwert.«

»Du meinst *wir Mädchen*?«

Sie lässt die Hände von ihren Wundertüten sinken. »Komm schon, es ist doch nichts dabei, mich ein bisschen an meinen eigenen Vorzügen zu erfreuen. Ernsthaft. Ich bin so was von scharf, ich würde es am liebsten mit mir selbst treiben.«

Scharf? Fraglich. Bizarr, narzisstisch und pervers? Zweifellos. Wahrscheinlich wird sie mich im Schlaf ermorden. Mit anderen Worten, ich hab mit ihr das große Los gezogen. Juchu.

»Ich würde lieber nicht über deine Vorzüge sprechen, danke.« Zögerlich drehe ich ihr den Rücken zu, etwas, das ich selten tue. Ein Tiefpunkt, ein Moment bodenloser Verzweiflung. Doch wenn sie versuchen sollte, mich anzufallen oder zu packen – *egal was* – werde ich dafür sorgen, dass sie es bereut.

Sie atmet scharf ein, vermutlich, weil sie die zahlreichen Striemen betrachtet, die ich zu bieten habe.

»Heute noch«, fahre ich sie an, wütend darüber, dass sie mich so schwach erlebt.

Vorsichtig schiebt sie meine Hände in die Ärmel.

»Ich hoffe, du bist gut aufs Ewigleben vorbereitet. Noch so eine Züchtigung könnte dich umbringen.«

Unwahrscheinlich. Dr. Vans hat diese Foltersache wirklich drauf. Er weiß genau, wann er zu weit geht. »Vertrau mir. Sterben ist nicht das Schlimmste, was mir passieren kann.«

»Natürlich nicht. Wer nicht die richtigen Entscheidungen für die Unendlichkeit getroffen hat, sollte am besten zu existieren aufhören.«

In der Unendlichkeit – auch bekannt als das Ewigleben – liegen die beiden mächtigen Sphären Myriad und Troika. Dort soll das »wahre« Leben erst beginnen.

Über die Jahre hat sich die Welt in zwei Lager geteilt. Die Menschen, die Myriad unterstützen, und die Menschen, die Troika unterstützen. Niemand unterstützt jemals beide. Wie auch? Die Sphären sind fundamental gegensätzlich – in jeder Hinsicht!

Myriad prahlt mit Autonomie … Seligkeit … Luxus. Für Myriader ist ein Erstleben nur das Sprungbrett ins Ewigleben, alles geschieht aus einem bestimmten Grund und, wenn wir den Zweittod erleben – also in Ewigleben sterben –, kehrt ihrer Ansicht nach unsere Seele auf die Erde zurück, das Land der Ernte, um mit einer anderen – brandneuen – Seele zu verschmelzen.

Um einen Menschen für sich zu gewinnen, sind sie bereit, über die Konditionen des Bündnisses zu verhandeln.

Troika hingegen ist für seine Struktur bekannt … unaufhörliches Studieren ... absolute Konformität. Für Troikaner ist das Erstleben genauso wichtig wie das Ewigleben, Schicksal existiert nicht, und nach unserem Zweittod kommen wir in die Stille, ohne jemals wieder einem Menschen oder einer Seele zu begegnen.

Troikaner weigern sich, über Bündniskonditionen zu verhandeln, sie bieten ausnahmslos jedem Menschen dieselben Vergünstigungen an. Es gelten auch für alle dieselben Gesetze. Was richtig ist, ist richtig, und was falsch ist, ist falsch. Alle sind gleichgestellt.

Wenn eine Sphäre sagt, der Himmel ist wolkenlos, behauptet die andere sofort, dass sich ein Sturm zusammenbraut.

Seit Jahrhunderten bekriegen sie einander mit dem einzigen Ziel, den jeweils anderen zu vernichten. Deswegen kämpfen sie so hart darum, Seelen für sich zu gewinnen. Und deswegen ist es so wichtig, sich für die richtige Seite zu entscheiden. Denn eines Tages muss eine der Sphären verlieren.

Hier auf der Erde leben die Unterstützer von Myriad und Troika nicht getrennt ... nicht direkt zumindest. Sie versuchen, miteinander auszukommen, allerdings liegt unter der unperfekten Harmonie immer sirrende Spannung.

Manchmal brechen Aufstände aus, dann ist die Regierung gezwungen, das Kriegsrecht auszurufen, um Massenunruhen zu verhindern.

Wenige Menschen wissen so wie ich nicht, auf welche Seite sie sich schlagen sollen. Wir sehen die Vorteile von beiden Glaubensrichtungen. Und die Nachteile auch.

Uns nennt man die Ungezeichneten.

Für uns gibt es angeblich eine dritte spirituelle Sphäre, einen Ort, an dem wir nach dem ersten Tod landen. Meine Eltern erzählten mir immer Horrorgeschichten darüber, Geschichten, die man in dunklen Nächten flüstert. Die Viele-Enden-Sphäre, wo Albträume wahr werden.

Ich habe mich oft gefragt … Ist die Viele-Enden-Sphäre ein erfundener Ort, um Kindern Angst einzujagen?

»Hast du welche?«, fragt Bow, während sie den Reißverschluss meines Overalls hochzieht. »Ich meine, hast du Pläne für die Unendlichkeit?«

»Ich rede mit dir nicht über Ewigleben.«

Sie verzieht enttäuscht das Gesicht. »Warum nicht?«

»Ich bin noch weitere dreihundertzweiundfünfzig Tage hier.«

3+5+2=10

»Und?«

Und Bow wird früher oder später gehen. Ich kenne diesen Typ. Extrem optimistisch, bis irgendwas schiefläuft. Nach der ersten Züchtigung wird sie klein beigeben und tun, was immer ihre Eltern von ihr verlangen, garantiert.

»Vergiss das nächste Leben. Was ist mit diesem? Erzähl mir, wieso du hier bist.« Mit dem Kinn deute ich auf unsere illustre Zelle.

»Mein Beschützer hat mich geschickt.« Sie geht zu dem zweiten Einzelbett und setzt sich ohne einen Hauch weiblicher Anmut. »Er sagte, ich solle Licht spenden.«

Uah. Was höre ich da? Absolute Konformität. »Dann hast du bei Troika unterschrieben.« Kein Zweifel.

Sie nickt mit Stolz. »Habe ich.«

Wir werden dermaßen Probleme bekommen. »Was bedeutet Licht genau?« Welche Theorien will sie mir wohl aufdrängen?

»Licht ist all das, was nötig ist, um jemandem bei seinem Weg aus der Dunkelheit zu helfen.«

Dunkelheit. »Womit Myriad gemeint ist.«

Sie ignoriert meinen trockenen Ton. »Womit ein Problem gemeint ist, jede Art von Problem.«

Nun, davon habe ich genug – obwohl ich mir einrede, dass

diese Situation eine Art Düngemittel ist – irgendetwas Gutes muss einfach daraus entstehen.

»Warum bist du hier?«, fragt sie.

»Ich weigere mich, mit Myriad ein Bündnis einzugehen.« Bündnis – was nichts anderes bedeutet, als mit Blut den Bund zu unterzeichnen.

Manchmal werde ich verwöhnt, damit ich per Unterschrift meine gesamten Rechte abtrete. *Ist das nicht schön? Genau das bekommst du in Myriad.* Meistens werde ich gefoltert. *Das ist nur ein Bruchteil dessen, was du in Viele Enden erleiden wirst.* Nicht zu wissen, was mich erwartet, ist das Schlimmste.

»Prynne soll doch angeblich unabhängig von den beiden Sphären sein«, sagt sie stirnrunzelnd.

»Das ist auch so.« Wie sonst könnte Dr. Vans den einen Jugendlichen davon überzeugen, bei Myriad zu unterzeichnen, und den anderen bei Troika? Was er tut. Ständig.

Sie sieht mich an, etwas überrascht und sehr hoffnungsvoll. »Möchtest du lieber das Bündnis mit Troika eingehen?«

»Nicht im Geringsten.« Als sie die Schultern sinken lässt, füge ich hinzu: »Ich sage es dir ja nur ungern, aber dein Beschützer ist scheiße. Er – sie? – hat dich in die Hölle geschickt. Vollkommen umsonst! Niemand hier will dein Licht haben.« *Vertraue niemandem. Hinterfrage alles.*

»Vielleicht nicht, mein Angebot steht trotzdem. Gestern, heute und morgen spielen unsere Taten eine Rolle.«

Da gebe ich ihr recht. Ich gehe sogar noch einen Schritt weiter. Die zerstörerischsten und die besten Taten beginnen mit einem einzigen Gedanken. Und letztlich kann eine einzige Tat darüber entscheiden, welchen Verlauf unser Leben nimmt. Und unser Tod.

Ich werde meine Wahl selbst treffen. Ich allein. Und diese Wahl wird keine andere unendliche Zukunft beeinflussen außer meiner eigenen.

Sie öffnet den Mund, um etwas zu sagen, doch ich schüttle den Kopf. Thema beendet.

Sie springt auf, läuft durch den Raum, mustert jeden Winkel und bleibt schließlich vor meinem Kalender stehen. »Im Ernst? Du schreibst mit einem Fingerstift? Kein Wunder, dass alle dich Irre nennen. Du hast den größten Knall von allen.«

Sie ist gerade erst angekommen. Woher weiß sie, wie man mich nennt? »Man nennt mich Irre, weil ich Eier in der Hose habe. Und weil ich meine Feinde über den Boden schmiere wie Erdnussbutter.«

Sie denkt einen Moment nach, runzelt dann die Stirn. »Wenn deine weiblichen Eier so dick sind, warum nennt man dich dann nicht Haarige Kirschen? Oder Pelzige Knödel?« Sie tippt sich ans Kinn. »Nun, tja. Weil keiner dieser Namen dein explosives Temperament beschreibt. Oh! Ich weiß. Ich nenne dich Samenbank! Das deckt die Eier und das Explosive ab.«

Ich schnaube und lache gleichzeitig. Sie ist mutig, dafür bekommt sie auf jeden Fall mal ein Sternchen. An einem solchen Ort erlebt man so etwas selten genug. Sollte sie mich jedoch auch nur ansatzweise bedrohen, werde ich sie ohne Zögern fertigmachen. Überleben steht an erster Stelle, und dann kommt lange nichts.

»Wenn jemand Samenbank zu mir sagt, explodiere ich, und du bekommst es ab«, sage ich. »Und bis dahin nenne ich dich Axt. Weil man dir damit offenbar die Haare geschnitten hat.«

Sie bauscht die zottigen Spitzen ihrer sogenannten Frisur. »Das habe ich mit einem Küchenmesser gemacht, besten Dank. Ich finde, der Schnitt unterstreicht meine Schönheit.«

Ihre positive Einstellung ist wirklich bewundernswert.

Plötzlich meldet sich meine innere Uhr, die Unterhaltung wird umgehend zweitrangig. »Frühstück!«

Sie seufzt. »Essen. Toll.«

»Unsere Zelle öffnet sich in drei Sekunden … zwei … eins.«

Die Schiebetüren gleiten auseinander.

»Wir haben dreißig Sekunden Zeit, um den Raum zu verlassen«, erkläre ich ihr. »Wenn die Tür zugeht, während wir noch hier drin sind, gibt's kein Frühstück.« Das Essen hier ist zwar Kacke, nichts als Schleim, aber dieser Schleim hat zumindest genug Vitamine, um uns einigermaßen gesund zu halten. Und ganz ehrlich, alles ist besser als zu verhungern.

»Wir sind also wie Hunde in einem Zwinger, die nur zu bestimmten Zeiten rausdürfen, damit wir nicht irgendwo hinkacken oder an den Möbeln kauen. Klasse.«

Zusammen flitzen wir in den Flur. Unsere Blockgefährtinnen tun dasselbe. Insgesamt sind wir zwölf.

Zwölf: Die Anzahl der Monate pro Jahr, die Anzahl der Geschworenen und die der Stunden auf einem Ziffernblatt.

Einen Moment lang mustern wir uns gegenseitig. Ob heute eine von uns ihrer Wut freien Lauf lässt?

Nachdem niemand eine obszöne oder gewalttätige Geste macht – hey, heute könnte ein guter Tag werden – eilen wir zum Ausgang am Ende des Flurs.

Jane, eine der älteren Insassinnen, murmelt etwas und hört auf, mit der Stirn gegen die Wand zu schlagen. Die Haut an ihrem Haaransatz ist aufgerissen, Blut tropft über ihre Wange. Alle anderen gehen weiter, mit gesenktem Kopf, die Arme um den Oberkörper geschlungen, wie um die lebenswichtigen Organe zu schützen – oder um zu verhindern, dass sich eine Lawine aus Schmerz und Leid löst.

Zielstrebig marschiere ich neben Bow her und stelle fest, dass von ihr ein Geruch nach Wildblumen und Zitronenbonbons ausgeht. Das gefällt mir, es wird sich allerdings schnell ändern. Unser Wasser riecht nach Chemikalien, und die Seife, die sie uns geben, nach Schmiere.

Ein schriller Pfiff zerschneidet die Luft. Ich fahre zusammen.

»Na, na«, ertönt eine Stimme hinter mir. »Ich habe gerade eine wie ich dachte *todsichere* Wette verloren.«

»Wie Becky«, sagt eine andere.

Darauf folgt Gekicher.

Um die erste Sprecherin zu identifizieren, brauche ich nicht über die Schulter zu blicken. Sloan »Hass mich nicht wegen meiner Schönheit, sondern weil ich vorhabe, dich zu töten«-Aubuchon. Sie ist Dr. Vans Lieblingsinsassin, obwohl sie bereits bestimmt ein Dutzend Mal versucht hat, ihn umzubringen.

Nach allem zu urteilen, was ich den guten Doc sagen gehört habe, ist sie entweder hier, weil sie (a) ihr Temperament nicht unter Kontrolle hat oder sie sich (b) weigert, den alten Langweiler zu heiraten, der das Anwesen ihrer Großeltern retten könnte. Ich tendiere zu A. Arrangierte Ehen gibt es zwar noch, aber nicht sonderlich oft.

»Hey Leute, Tenley hat ihre neue Mitbewohnerin nicht sofort umgebracht«, fährt sie fort.

Ihr Südstaaten-Näseln ist einfach hinreißend trotz der höhnischen Worte.

»Will sagen, die Neue wurde nicht aufgefressen – zumindest nicht im wörtlichen Sinne.«

Reizend.

Einige Mädchen buhen, andere klatschen.

Bow dreht sich um und lächelt Sloan an. »Was ist dein Problem? Ein paar fehlende IQ-Punkte?«

Beinahe hätte ich geseufzt, weil ich genau weiß, was als Nächstes passiert.

Eine vulkanartige Sloan wird sich auf Bow stürzen und sie am Kragen ihres Overalls packen.

Ja. Richtig geraten.

Ich bleibe unschlüssig stehen. Ich habe dieses Theater inzwischen oft mitverfolgt – elfmal, um präzise zu sein – und habe jedes Mal anders reagiert. Habe mich blind und taub gestellt, habe aber auch schon Schläge ausgeteilt und Unflätigkeiten gebrüllt.

Sloan und ich haben vollkommen unterschiedliche Lebensphilosophien. Während ich nur austeile, wenn ich provoziert werde (normalerweise), attackiert sie Neulinge bei der erstbesten Gelegenheit, um mögliche Herausforderungen gleich im Keim zu ersticken.

Das Leben ist scheiße. Wir haben uns angepasst.

»Du meine Güte.« Sloan lässt Bows Kragen los, um die Hände in die Hüften zu stemmen.

Groß, blond und schön wie ein Fotomodel ist sie das Mädchen, das jeder sein will. Bis sie den Mund aufmacht und ihre äußerliche Schönheit es nicht mit ihrer innerlichen Boshaftigkeit aufnehmen kann.

»Du scheinst nicht zu kapieren, dass ich in diesem Scheißladen das Sagen habe. Blick zum Boden und Klappe halten … oder du hast bald keine Zähne und Augen mehr.«

Bow wirft mir einen amüsierten Blick zu. »Hey, wie nennt man eine Blondine mit halbem Hirn? Talentiert!«

Werde ich gerade wirklich in ihren Streit hineingezogen? »Hast du vergessen, dass *du* blond bist?« Und zudem Troikanerin! Die müssen doch verzeihen und weitermachen.

»Also.« Bow tippt sich ans Kinn. »Meinst du, ich sollte ihr mal ins Ohr blasen für einen Datentransfer?«

»Das war's! Verabschiede dich von deinen Zähnen.« Sloan stößt Bow so heftig, dass die nach hinten stolpert.

Reflexartig schlage ich ihren Arm weg. »Hände weg.« Schätze mal, dass ich mich heute einmischen werde. Was vermutlich mehr Schaden als Nutzen anrichtet. Wie wir anderen muss Bow lernen, sich selbst zu verteidigen. Es gibt keine andere Möglichkeit zu überleben.

Sloan blickt uns aus zusammengekniffenen Augen an. »Was willst du denn tun, Irre? Hm?«

»Willst du das wirklich wissen?«, frage ich sanft. Die Oberverrückte zwischen ganz vielen Verrückten zu sein hat seine Vorteile. Niemand kann je voraussagen, was ich als Nächstes tun werde. »Denn was ich sage, tue ich auch. Da gibt es kein Zurück.«

Wir sind schon übereinander hergefallen, Sloan und ich, und das hat ziemlich unschön geendet. Von wegen Kratzen und Haareziehen wie sonst bei Auseinandersetzungen zwischen Frauen, nein, wir haben uns geprügelt und uns getreten wie Tiere.

Und beide unsere Narben davongetragen.

Ich habe keine Angst vor Schmerzen. Nicht mehr.

Es überrascht mich, als meine Mitbewohnerin sagt: »Mann, das ist ja lustig. Sloan die Jammertante ist gerade mal 'ne Zwei und spricht mit einer Zehn.«

Eine weitere Runde Buhrufe und Jubel.

Sloan hat mich jetzt vollkommen vergessen und entblößt knurrend die Zähne. »Vielleicht werde ich dir doch nicht Zähne und Augen rausreißen ... noch nicht. Weil du sehen sollst, was ich dir antue, bevor du um Gnade winselst, die ich dir nicht gewähren werde.«

»Genug!« Eine harsche Stimme dröhnt aus den Deckenlautsprechern. »Ihr kennt die Regeln, Mädchen. Kein Herumtrödeln in den Gängen. Geht in den Speisesaal oder zum Auspeitschpfahl. Eure Entscheidung.«

Ich blicke Sloan an, die Bow anstarrt, die wiederum Sloan angrinst.

Sloan zeigt erneut ihre Zähne und sagt zu mir: »Du weißt schon, dass dein Freund nicht der Einzige war, der die Kameras abschalten konnte, oder? Wenn ich du wäre, würde ich ab sofort mit offenen Augen schlafen.« Damit macht sie auf dem Absatz kehrt und rauscht ab.

Oder versucht es zumindest.

Ich packe sie am Arm, schaue ihr voll ins Gesicht und halte meine Stimme leise: »Solltest du in meine Zelle schleichen, dann filetiere ich dich wie einen Fisch. Und niemand wird sich für deine Schreie interessieren. Das weißt du schon, oder?«

Du schreist, ich schreie, wir alle schreien. Interessiert niemanden. So lautet die inoffizielle Hymne dieser Einrichtung.

Sloan reißt sich los und stapft davon.

Ich werfe Bow ein humorloses Lächeln zu. »Willkommen in Prynne.«

2. KAPITEL

> »Sei getröstet. Unsere Gesetze bleiben gleich, gestern, heute und bis in alle Ewigkeit.«
>
> Troika

Bow lacht, was ich nicht verstehe. Mein Temperament ist praktisch wie ein Bär, den man mit einem Stock gepikt hat. Ich mag Drohungen nicht. Und vor allem warte ich nicht gerne, bevor ich auf sie reagiere. Trotzdem, sie scheint sich zu amüsieren.

»Komm schon«, murre ich und zerre sie trotz meiner körperlichen Beschwerden den Flur entlang.

Es gibt viele Türen, jede einzelne davon ist kotzgrün gestrichen. Die Wände sind grau wie Krankenhaustabletts und die Böden kackbraun. Das ist eine Tatsache. Letzte Woche hat ein Wärter einem Neuankömmling angedroht, ihn zu kastrieren, woraufhin alles außer Kontrolle geriet … auch sein Darm.

»Danke für die Hilfe.« Bow stößt mich mit der Schulter an und murmelt eine Entschuldigung, als ich zusammenzucke. »Natürlich hätte ich sie problemlos fertigmachen können, aber du hast dich vor mich gestellt.«

»Brauchst mir nicht zu danken. Halte einfach die Augen offen und deine Beleidigungen auf einem Minimum. Ich möchte ungern deine Überreste vom Boden aufwischen.«

Sie grinst schief. »Ich habe sie nicht gern so angemacht. Sloan hat es echt schwer. Ihre Boshaftigkeit hat wohl meine innere Zicke getriggert, und ich wusste nicht mal, dass ich eine innere Zicke habe! Aber ja, stimmt. Ich hätte anders mit der Situation umgehen müssen.«

»Woher willst du wissen, wie schwer sie es hat?«

»Ähm, ich habe mich vielleicht falsch ausgedrückt. Ich meine, wer hat es nicht schwer, richtig?«

Richtig. Wir alle kommen mit einer Menge Gepäck hier an.

Wir gehen am Gemeinschaftsraum vorbei, in dem der Unterricht stattfindet. Nicht einmal hier kann man der Highschool entkommen. Es gibt bequeme Ledersessel und drei Stuhlkreise – was sinnvoll ist. (1) Gedanken, (2) Worte und (3) Taten, die Summe der menschlichen Fähigkeiten.

Um die Ecke und hinter einer breiten Doppeltür befindet sich der Speisesaal. Ein farbloser, zweckdienlicher Raum mit jeder Menge am Boden festgeschraubter Tische und Bänke. Die männlichen Insassen haben schon Platz genommen und essen von ihren Tabletts.

Es gibt zwanzig Aufpasser – zehn männliche, zehn weibliche – einen »good guy« für jeden zehnten »bad guy«. Außerhalb dieser Mauern ist jeweils ein Agent von Troika und einer von Myriad für hundert Menschen zuständig, doch hier drinnen findet man keinen einzigen.

»Rechnest du?«, fragt Bow. »Du siehst aus, als würdest du rechnen. Okay, hier ist eine Gleichung, die dir bestimmt gefällt. Es existieren grob geschätzt zwei Milliarden Menschen auf der Welt und zwanzig Millionen Agenten. Die Chance, dass ich ausgerechnet in deine Zelle komme, ist damit gleich null.«

»Willst du andeuten, dass das Leben ein Nullsummenspiel ist? Du hast gewonnen, ich verloren.«

Sie schnaubt. »Du hast praktisch den Jackpot gewonnen, und das weißt du auch.«

»Oder dein Beschützer hat ein Extrasümmchen hingelegt, um dich mit einer Ungezeichneten zusammenzubringen, die zudem noch ein Myriad-Elternhaus hat.« Was natürlich in meinem Fall kontraproduktiv für Dr. Vans wäre. Doch wann hat der Mann jemals einem Extra-Bonus widerstehen können?

»Na sieh mal einer an. Du bist hübsch und klug.«

»Und hungrig«, murre ich.

Während wir in der Schlange anstehen, entspinnen sich vielfältige Gespräche um uns herum.

»... zu dumm. Ich war schneller.«

»... hast du sie versteckt? Sag schon!«

»... ich will keinen Myriad-Abschaum in meiner Nähe.«

Wie viele dieser Kids sind für Myriad? Wie viele sind für Troika? Wie viele sind Ungezeichnete?

Bow hat ganz klar die Regeln nicht kapiert. Über Ewigleben zu sprechen ist verboten. Nun, zumindest untereinander. Damit will Dr. Vans einen Aufstand innerhalb dieser Wände vermeiden, vermute ich.

Ich bin immer davon ausgegangen, dass Sloan eine Ungezeichnete ist, weil sie unzählige Male sagte: »Lieber bin ich Königin in der Viele-Enden-Sphäre als Drohne in einer der anderen beiden Sphären.«

Okay, nicht unzählige Male. Dreiundzwanzigmal.

»Wir werden viel Zeit zusammen verbringen«, sagt Bow zu mir. »Komm, wir sollten uns besser kennenlernen.«

»Nein danke.«

Sie lässt nicht locker. »Wie wurdest du über die Sphären aufgeklärt?«

»Das Übliche.« Da öffentliche Schulen neutral sein müssen – nur Privatschulen tendieren zur einen oder anderen Seite –, erzählen die Eltern, die natürlich voreingenommen sind, ihren Kindern entsprechende Geschichten. Außerdem bieten verschiedene Einrichtungen virtuelle Touren an, die aber immer parteiisch sind – je nachdem, wer die Einrichtung führt.

Meine Tante Lina ist die verrückte Zwillingsschwester

meines Vaters, die, wie mir gesagt wurde, unter einer Polyfusen Funktionsstörung leidet, was bedeutet, dass eine ältere Seele (angeblich) mit ihrer verschmolz und mächtig genug ist, immer wieder die Kontrolle über ihren Körper zu übernehmen. Wenn sie sich nicht wie eine kichernde Zehnjährige aufführt, die in der Vergangenheitsform spricht, arbeitet sie für *Ein Blick dahinter*, ein von Myriad geführter Tourenveranstalter. Ich habe von der Nacht geküsste Schlösser inmitten überquellender Orchideengärten gesehen. Pulsierende Stadtbilder mit Wolkenkratzern aus Stein und Metall, durchzogen von Nachtclubs und Wellness-Oasen, alles verbunden durch geschmeidige silberne Brücken und durch Tunnel, beleuchtet von schmiedeeisernen, drachenförmigen Lampen. Herrlich weiße Sandstrände und von Mondlicht beschienene rubinrote, saphirblaue und smaragdgrüne Korallen.

Hightech-Flair mit altmodischem Charme durchmischt.

Da gibt es für jeden etwas, sagt Tante Lina an ihren vernünftigen Tagen gern. An ihren verrückten Tagen? *Das Licht blutete in die Dunkelheit, und die Dunkelheit starb … Ich wollte nicht sterben.*

Troikas Version von Myriad wiederum ist wirklich beängstigend. Durchdringende Dunkelheit. Eine so vollständige Dunkelheit, dass sie wie Motoröl über deine Haut kriecht. Felder voller toter Bäume mit knorrigen Ästen, aus der Rinde tropft Blut. Die Vögel, die das fehlende Tageslicht überlebt haben, kreischen, statt zu singen. Die Stadt ist überfüllt, die Leute leben zusammengepfercht wie Essiggurken im Glas, und die Strände sehen aus wie übergroße Katzenklos.

Myriads Version von Troika ist nicht besser. Apokalyptisches, von einer unbarmherzigen Sonne verbranntes Ödland.

Als Kind habe ich erbittert versucht, Troika aus dem Weg zu gehen – bis ich die Beschreibung meines troikanischen Agenten hörte: Sonnenschein sprenkelt kunstvolle Gartenanlagen, es gibt Wildblumen und Regenbögen. Eine blühende Metropole, fantastisch und futuristisch, mit prunkvollen Anwesen und Gebäuden aus Chrom und Glas in verschiedenen Formen und Größen.

»Du solltest nicht über die Sphären sprechen«, sage ich schließlich. »Dafür wirst du bestraft.«

Bow stößt den Atem aus. »Schön. Dann rede ich über etwas anderes. Etwas Faszinierendes. Wie das Essen hier. Es sieht genauso aus wie das, was hinterher wieder rauskommt.«

Da hat sie recht. »Wenn du was anderes essen möchtest, ist das Ungeziefer in unserer Zelle immer eine Alternative. Nebenbei bemerkt, Spinnen schmecken wie Krabben und Kakerlaken wie fettes Hühnchen.«

»Okay, jetzt möchte ich mich am liebsten übergeben und dich gleichzeitig in den Arm nehmen.« Sie denkt einen Moment nach, stößt dann verträumt einen Seufzer aus. »Vielleicht habe ich ja eine Nachspeise hereingeschmuggelt.«

»Viel Glück damit.« Das haben schon andere versucht. Und versagt. »Man wird dich erwischen und …«

»… bestrafen. Ja, ja, ich weiß.«

Wir bekommen beide ein Tablett. Während wir uns einen Tisch suchen, werfen einige Jungen Bow prüfende Blicke zu. Gekicher.

Ich versteife mich, aber Bow zwinkert ihnen zu, als wir uns rechts neben ihnen an einen freien Tisch setzen.

»Der Wärter hat gesagt, sie heißt Bow«, meint einer von ihnen und versucht nicht mal, leise zu sprechen.

»Das passt gut – im Gegensatz zu ihrer Uniform. Fettarsch-Bow«, murmelt ein anderer, woraufhin seine Freunde in Gelächter ausbrechen.

Bow ignoriert sie und rührt unbeeindruckt in ihrem Schleim. Sie ist klein und kräftig, sieht ein bisschen gewöhnlich aus, aber sie ist immerhin ein Mensch mit Gefühlen.

Also fahre ich die anderen an: »Anstand ist wichtiger als Größe, Dreck.« *Dreck* ist die abwertende Bezeichnung für jemanden, den keine der Sphären haben will.

Er wirft mir ein Küsschen zu. »Warum setzt du dich nicht auf meinen Schoß, Irre? Dann kann ich dir *meine* Größe zeigen.«

Anzüglichkeiten stehen in Prynne immer auf der Tagesordnung, und normalerweise gehe ich darüber hinweg. Heute umklammere ich jedoch meinen Löffel fester. Wir bekommen keine Gabeln oder Messer. Niemals. Was allerdings egal ist. Ich kann auch mit einem Löffel sehr, sehr Schlimmes anstellen.

Ich starre ihn böse an. »Besitzt du gern eine Zunge?«

Er streckt seine heraus und wackelt damit.

Ich möchte mich nicht mit ihm schlagen – mir tut alles weh –, werde es aber tun. Wenn ich verliere, verliere ich eben, zumindest hinterlasse ich einen Eindruck.

Bow tätschelt meine Hand. »Vergiss ihn, Samenbank. Er kapiert noch nicht, dass unser Äußeres nur eine Hülle für jeden von uns ist. Meine innerliche Schönheit hingegen wird nie verblühen.«

Die Jungen kehren zu ihrem Gespräch zurück, flüstern einander zu und tun so, als wäre das, was fast geschehen wäre, fast nicht geschehen.

»Außerdem«, fügt Bow hinzu, »ist er nicht mal annähernd mein Typ.«

»Und dein Typ ist?«

Sie wackelt mit den Augenbrauen. »Weiblich.«

Ah. Kapiert.

Wir versinken in Schweigen. Während ich esse, achte ich auf die Leute um uns, immer in Alarmbereitschaft. Man muss ständig so stark wie möglich sein. Bow stochert nur auf ihrem Teller herum. Bald wird der Hunger sie besiegen, und sie wird für diesen Schleim *dankbar* sein.

Gerade, als wir aufstehen, versucht einer der Jungen seinem Freund etwas von dessen Essen wegzuschnappen.

»Rühr mein Essen an, und du bist tot.« Das Knurren seines Freundes ist pure Drohung.

»Hier. Du kannst meins haben«, sagt Bow.

Der Junge stiert sie an. »Kümmere dich um deinen eigenen Kram, Kuh.«

Vertraue niemandem. Hinterfrage alles.

Sie zuckt ungerührt mit den Schultern. »Dein Pech.«

Ich weiß nicht so recht, in welche Schublade ich sie stecken soll. Zu gut, um wahr zu sein? Das einzig Wahre? Ein Vorbild? Oder das Gegenteil?

Als wir den Speisesaal verlassen, werde ich in den Gemeinschaftsraum zu meiner morgendlichen Mentaltherapie geschickt – man muss den Tag richtig beginnen, höhne ich innerlich –, während Bow für die Körpertherapie in die Turnhalle geschickt wird.

Sloan schiebt ein anderes Mädchen aus dem Weg, um sich neben mich zu setzen. »Du solltest deine Mitbewohnerin an die kurze Leine nehmen.«

Sie will also so tun, als ob wir uns vorhin nicht gegenseitig bedroht hätten. Schön.

»Ich bin nicht ihre Aufpasserin«, antworte ich. Ihre Taten, ihre Konsequenzen.

»Sei nicht dumm«, zischt Sloan. »An diesem Ort sollte deine Mitbewohnerin deine beste Freundin sein. Sie ist es schließlich, die sich um deinen Rücken kümmern muss, wenn er Striemen hat.« Mit einem Grinsen drückt sie meine Schulter, worauf ich zischend ausatme. »Wie jetzt.«

Ich schlage ihren Arm weg, was den Schmerz noch verschlimmert. »Ich brauche deinen Rat nicht.« *Vertraue niemandem …*

»Anscheinend doch. Wie man hört, wird Vans heute Nacht

nicht hier sein. Zwei Wärter wollen sich dafür rächen, dass du ihren Freund erwürgt hast.«

Ich versteife mich. Das ist vier Monate her, und die Erinnerung verfolgt mich nach wie vor. Der fragliche Wärter war in meine Zelle geschlichen. Er meinte, ich sollte mir sein Wohlwollen verdienen. Ich meinte das nicht.

Er wurde in einem Leichensack rausgetragen.

Es war nicht schön, ihn zu töten, obwohl es Notwehr war, doch die Gewissensbisse halten sich in Grenzen. Ich bin zu oft geschlagen worden, oder vielleicht habe ich zu viele Morde gesehen. Kids, die andere Kids umbringen. Wärter, die Kids umbringen. Vans, der James umbringt. Man stumpft schnell ab. Hier überlebt nur der Stärkere.

Wie es scheint, sind Myriad und ich uns in einer Hinsicht einig. Macht bedeutet Recht.

»Danke für die Vorwarnung.« Mir dreht sich der Magen um. Ich bin noch nicht bereit für einen weiteren Kampf. Keinen Kampf eines solchen Ausmaßes. Ich bin einfach nicht kräftig genug.

Spielt keine Rolle. Ich muss einen Weg finden.

Sie sieht mich finster an. »Das habe ich nicht für dich getan. Aber je besser du dich vorbereitest, umso wahrscheinlicher wirst du noch zwei von Vans Leuten töten.«

Blutrünstiges Mädchen. Wie immer. »Und desto größer ist die Wahrscheinlichkeit, dass ich wieder dreißig Tage in die Grube wandere und du dich dann ohne meine Einmischung an Bow ranmachen kannst, ja?« Die Grube ist ein kaltes Loch im Keller, wo es Wasser aus einem rostigen Hahn gibt und das einzige Möbelstück ein Eimer ist.

»Hey. Ich finde, der Preis ist nicht zu hoch.«

»Du hast gut reden. Du warst noch nie da unten.«

»Nicht, dass ich es nicht versucht hätte!«

Das stimmt allerdings. Ich habe mich oft gefragt, aus welchem Grund sie für Vans etwas Besonderes ist. Ob sie mit ihm ins Bett geht?

Es gibt Gerüchte über Mädchen, die sich Privilegien mit ihrem Körper erkaufen. Ich habe auch von Mädchen gehört, die noch härter bestraft werden, weil sie sich weigern. Allein die Vorstellung macht mich fuchsteufelswild.

Ab und zu hat mir ein Wärter ein Angebot gemacht. Ich sagte jedes Mal direkt Nein. Ich hatte bisher keinen Sex, und mein erstes Mal wird verdammt noch mal kein scheiß Geschäftsdeal sein. In meinem alten Leben haben viele meiner Freundinnen eine schnelle Nummer geschoben, und ich habe bald herausgefunden, dass die meisten danach enttäuscht waren, nur ganz wenige seufzten verträumt.

Der Verlust meiner Jungfräulichkeit ist eine Erinnerung, die ich in mein Zweitleben mitnehmen werde, und ich werde verdammt noch mal eine von denen sein, die verträumt seufzen.

»Treibst du's mit dem Chef?«, frage ich sie.

Sloan wird rot. Verlegenheit? Scham? Beides?

Sie springt auf und schnauzt: »Ach, fahr doch zur Hölle, Irre!«

»Und dieses luxuriöse Etablissement verlassen? Nö.«

Sie stolziert davon und sucht sich einen anderen Platz.

Ich bleibe die ganze Zeit äußerst wachsam ... während der Therapie, des Unterrichts ... des Mittagessens ... und schließlich während des Abendessens. Niemand greift mich an, aber die Wärter sind alle ein wenig zu nett. Sie lächeln jedes Mal, wenn ich an ihnen vorbeikomme. Sie fragen, ob sie mir irgendwie helfen können.

In dieser Nacht, nachdem Bow und ich in die Zelle geschlossen und die Lichter gelöscht wurden, hänge ich ein Tuch über die Kamera – nur für den Fall – und suche meine Waffen zusammen, die ich aus Löffeln und Zahnbürsten hergestellt und hinter einem Stein in der Wand versteckt habe.

Niemand sagt, dass ich das Tuch entfernen soll, was ein Zeichen für sich ist. Die Wärter wollen keinen Beweis für das, was geschehen wird, denn danach können sie mir die Schuld für alles in die Schuhe schieben und sogar behaupten, dass ich mich selbst verletzt hätte, um ihnen zu schaden. Wobei sie natürlich sowieso keinen Ärger dafür bekommen, wenn sie einem wehtun.

»Was ist los?«, fragt Bow.

Ich erkläre ihr die Situation. Sie wedelt mit einer Hand durch die Luft, unbesorgt.

»Die Waffen brauchst du nicht«, sagt sie. »Ich kümmere mich darum. Du kannst dich einfach zurücklehnen und die Show genießen.«

Von wegen.

Ich beziehe seitlich der Tür meinen Wachposten. Seufzend stellt Bow sich neben mich.

Eine Stunde nach der anderen vergeht, doch ich bleibe an meinem Platz. Ich habe das früher schon getan, während der Tumulte, die in unserem Garten stattfanden.

Mein Dad ist Senator im Haus von Myriad und dafür zuständig, dass von Myriad eingebrachte Gesetzesentwürfe durchgehen und die von Troika nicht.

Manchmal, wenn ein zentraler Streitpunkt aufkam – wie der Wunsch von Myriad, die menschliche Regierung abzulösen –, versammelten sich troikanische Demonstranten in unserem Garten, warfen faules Gemüse an unsere Türen und Fenster und schrien Obszönitäten. Ich musste warten, bis es vorbei war.

Der Stress ist das größte Problem. Meine Glieder zittern. Mein Magen zieht sich zusammen. Schweiß läuft mir über den Rücken. Aber zumindest gebe ich nicht auf.

Ich werde mich nie wieder aufgeben.

»Bist du sicher, dass sie heute Nacht kommen?«, fragt Bow so gleichgültig wie immer.

»Ja. Nein. Ich weiß es nicht.« Sloan hat vielleicht gelogen. Ihre Form von Rache, schätze ich. Wobei es nicht zu ihr passt, uns einfach nur nervös zu machen. Sie kämpft selbst auch lieber mit scharfen Waffen.

Und dann gleitet die Tür auf. Mein Körper spannt sich, zum Angriff bereit. Vier Männer mit schwarzen Masken marschieren in den Raum.

Sie wissen, wo wir uns verstecken. Die beiden ersten Männer schwingen herum und verpassen uns jeweils einen brutalen Schlag.

Ich bin langsamer als sonst und kann mich nicht rechtzeitig ducken. Ich bekomme einen Fausthieb auf die Brust, mein Herzschlag setzt einen Moment aus … dann noch einen … bevor es viel zu schnell weiterschlägt. Bow gelingt es auszuweichen, sie packt den Typen am Arm, benutzt ihren Ellbogen als Ramme und bricht ihm den Unterarm. Während er vor Schmerzen aufheult, tritt sie dem anderen in den Bauch. Er krümmt sich.

Ich reagiere, indem ich ihm das Knie gegen die Nase knalle. Als er zu Boden geht, stürzt sich ein anderer Typ auf mich. Beim Aufprall auf dem Fußboden durchflutet mich Schmerz. Ich bekomme kaum Luft, meine Lunge flattert, ich sehe Sternchen.

Steh auf! Ich muss gewinnen.

Es gelingt mir nicht. In der Zwischenzeit höre ich das Rascheln von Kleidern, das Knirschen von brechenden Knochen … ein weiteres schmerzvolles Aufheulen. Ein Schleifgeräusch. Das Schnauben eines Mädchens.

Ein Schatten fällt über mich. Ich hebe abwehrend eine Hand …

»Schon okay«, sagt Bow. »Ich bin's bloß.«

Erleichtert strecke ich mich auf dem kalten, harten Boden aus.

Vielleicht kann ich ihr zumindest etwas vertrauen?

Nein, nein. *Ich muss dem Wunsch widerstehen.* Egal, was Sloan gesagt hat – egal, was Bow getan hat –, aus einer Freundschaft entsteht nie etwas Gutes. Wir sind zu unterschiedlich. Da Bow ja Troika unterstützt, wird sie sich noch früh genug gegen mich stellen.

»Ich schätze, wir sind quitt«, stoße ich hervor. Ich habe sie gegen Sloan verteidigt, sie mich gegen die Wärter. Klar bin ich besser dabei weggekommen, aber das ist nicht mein Problem.

»Wow. Du bist echt 'ne harte Nuss. Und das meine ich *nicht* als Kompliment.«

»Früher war ich nett«, erkläre ich. Meine Art der Entschuldigung, schätze ich. »Ich war sogar schüchtern.«

Ich vermisse das Mädchen, das ich einmal war, wirklich nicht; sie ist eine vollkommen Fremde für mich. Sie war ängstlich und schwach.

Mit einer Kraft, die mich verblüfft, hebt Bow mich hoch und trägt mich zu meinem Bett. Dann beugt sie sich vorsichtig vor und sagt: »Was du jetzt brauchst, ist …«

»Sag jetzt *bloß* nicht Licht.«

»Schön. Eine Ablenkung von deinen Problemen. Sollen wir ein bisschen miteinander rummachen?«, fragt sie mit neckendem Unterton in der Stimme. »Wäre aus reinem Mitleid, mehr nicht. Du bist zwar weiblich, aber trotzdem nicht mein Typ. Viel zu vorlaut. Oh! Ich weiß! Ich könnte dir zeigen, wie du besseren Nutzen ziehen kannst aus …«

»Halt die Klappe.« Ich versuche, nicht zu lachen. Lachen macht den Schmerz nur schlimmer.

»Ist das ein sanftes Nein?«

»Ein hartes Nein. Ich habe momentan eine Beziehung.«

Sie hebt eine Augenbraue. »Du hast einen Freund?«

»Nein.« *Ich vermisse dich so, James.* »Ich bin mit mir selbst zusammen.«

Bow grunzt. »Willst du meinen Rat hören? Mach mit dir Schluss. Du tust dir nicht gut.«

»Hey!«

»Nun, es stimmt aber. Momentan geht bei dir alles den Bach runter.«

Die nächsten Tage verlaufen überraschend gut. Nun, so gut, wie sie an einem abscheulichen Ort wie Prynne sein können.

Die vier Wärter sind weg. Dr. Vans behauptet, sie wären einfach verschwunden, doch das kann nicht stimmen. Er bestraft seine Männer nie. Ich denke, die Scheißkerle erholen sich in der Krankenstation. Ich verstehe bloß nicht, warum Bow und ich nicht bestraft werden.

Ich meine, wir bekommen drei Mal am Tag zu essen, werden nicht ein einziges Mal aus dem Unterricht herausgeholt, und Sloan hat uns nicht attackiert.

Es sind die kleinen Dinge, die zählen.

Mein größtes Problem? Die meisten von Bows Gesprächen beginnen mit: »Wenn du dich Troika anschließt, wirst du …«

– *Die wahre Bedeutung von Freude entdecken.*
– *Zum ersten Mal in deinem Leben Frieden verspüren.*
– *Zugang zu den besten Ratgebern der Welt haben.*
– *Freunde finden, die immer für dich einstehen.*

Such dir was aus. Such dir alles aus. Komm schon. Aber, Pech für sie, Myriad macht dieselben Versprechungen.

Ich drücke meinen neuesten Blutfleck auf den Kalender und richte mich dann ohne Probleme auf. Mein Rücken wird immer besser, ich kann mich fast wieder normal bewegen.

»Verrat mir eines.« Bow schnürt ihre Stiefel zu.

Es überrascht mich, dass sie bei klarem Verstand ist. Die ganze Nacht lang hat sie die Wand bedroht: *Geh weg. Ich werde dich umbringen. Ach ja? Tja, zumindest kann ich dir sehr wehtun.*

»Hast du dich vor Kurzem eventuell mit einem neuen MA getroffen? Einem Jungen? Vielleicht irgendwie … gut aussehend.« Sie würgt, als hätte sie etwas Ekelhaftes gegessen. »Vielleicht hat er dich insgeheim mal zur Seite genommen.«

MA – Myriad-Agent. »Nein. Wieso?«

Sie hebt gespielt zwanglos eine Schulter. »Ich weiß, wie Myriad arbeitet. Wenn ein Teenager-Mädchen sich ihnen nicht anschließt, schicken sie einen Jungen, von dem sie denken, dass er dem Mädchen gefällt. Einer, der sie auf Touren bringen soll.«

»Mein Motor ist im Leerlauf, schon vergessen? Vielleicht für immer.« Nach James … Nein. Einfach nein.

»Hey. Sag hinterher nicht, ich hätte dich nicht gewarnt.«

Meine Eltern würden niemals zulassen, dass …

Quatsch, wem will ich hier was vormachen? Natürlich würden sie es zulassen.

»Das wäre aber immer noch besser als die Alternative.« Sie steht auf, reckt die Arme über den Kopf und drückt den Rücken durch. »Wenn Myriad dich irgendwann für einen hoffnungslosen Fall hält, werden sie wahrscheinlich jemanden schicken, der dich tötet.«

Gilt genauso für Troika. Man hört, dass es Agenten gibt, die Ungezeichnete lieber vergiften, bevor sie sich der anderen Sphäre anschließen können. »Erstens habe ich nicht vor, mich irgendwem anzuschließen. Punkt. Und zweitens, falls ich hier sterbe, wird Dr. Vans zumindest keinen Bonus bekommen.«

Der Vorteil? Der gierige Dreckskerl würde sich sogar eine Kugel einfangen, um mich zu retten. Der Nachteil? Es ist nur eine Frage der Zeit, bis er bei meinen Folterungen einen Schritt weitergeht.

Doch egal, was man mir in der Zukunft antut, ich überstehe es. Ich muss einfach. Ich werde an meinem achtzehnten Geburtstag entlassen. Obwohl meine Eltern sich lange vor meiner Zeugung Myriad angeschlossen haben, gab es eine besondere Klausel in Bezug auf die Geburt eines Kindes.

Bei meiner Geburt wurden ihre Verträge neu verhandelt. Seitdem hängen ihre Vergünstigungen davon ab, wie ich mich entscheide. Ein Ansporn, mich »richtig« zu erziehen.

Sollte ich, bis ich das Alter der Verantwortung erreicht habe, nicht bei Myriad unterzeichnet haben, werden meine Eltern alles verlieren, was sie mehr lieben, als sie mich jemals geliebt haben. Geld und Prestige. Häuser. Autos. Boote. Ganz zu schweigen von all den Dingen, die ihnen fürs Ewigleben versprochen wurden.

Bow seufzt. »Ein neuer Tag, ein neues Frühstück. Oder eine Mahlzeit, die vorgibt, ein Frühstück zu sein.«

Ein bedrohliches Gefühl steigt in mir hoch, ein Schatten, den ich nicht abschütteln kann, legt sich über mich. Etwas Schlimmes steht bevor. Es steht immer etwas Schlimmes bevor. Aber da inzwischen sechs ereignislose Tage vergangen sind, wird das Schlimme *bald* geschehen.

Mit resignierter Stimme sagt sie: »Unsere Zellentür öffnet sich in …«

»… drei, zwei, eins«, beende ich ihren Satz.

Die Türen gleiten auf, und wir stürzen in den Gang.

Sloan zeigt mir den Stinkefinger. Natürlich freut sie sich, dass es vier Wärter weniger gibt, aber sie ist ganz offensichtlich über irgendetwas sauer und teilt aus.

Ich betrachte sie eindringlich und entdecke fingergroße

Blutergüsse an ihrem Hals. Jemand hat versucht, sie zu erdrosseln. Kenne ich, habe ich alles schon erlebt.

Wenn ich auch nur einen Hauch von Mitleid zeige, wird sie mir einen gegen den Kehlkopf verpassen. Ich werfe ihr ein Küsschen zu.

»Komm jetzt«, sage ich zu Bow.

Wir steuern auf den Speisesaal zu, wo ich aus reiner Gewohnheit die Anwesenden zähle. Mein Blick landet auf einem Jungen, den ich nie zuvor gesehen habe, und, oh, wow. ER IST UMWERFEND. Nicht, dass ich auf hübsche Gesichter stehe. Hinter einem hübschen Gesicht kann sich ein Monster verbergen. Aber er ist praktisch ein lebendig gewordener Werbespot des Jungen, von dem jedes Mädchen auf der ganzen Welt träumt.

Er hat dunkles Haar, das ihm in die ernst blickenden Augen fällt. Die Farbe erkenne ich nicht, doch wie bei Bow spüre ich die Intensität – denn er sieht mich unverwandt an. Seine Nase ist gerade, vorbildlich, seine Lippen sind weich und rosa. Er hat ein festes Kinn und den Anflug eines Dreitagebarts.

Er lehnt sich zurück, legt seine tätowierten, muskulösen Arme über die Stuhllehne und lächelt. Dabei entblößt er träge seine perfekten weißen Zähne.

In solchen Momenten vermisse ich Clay mehr als sonst. Er hatte – hat! – so eine gute Menschenkenntnis. Er muss nur einen Blick auf einen Neuzugang oder einen Wärter werfen und weiß, ob derjenige ein Herz aus Gold hat oder eins, das verrunzelt ist wie eine alte Pflaume. Wir nannten ihn den Herzanalysten.

Wo bist du, Clay?

»Sohn eines Myriader-Trolls«, zischt Bow und macht einen Schritt vor, womit sie beinahe aus der Schlange tritt. »Wie kann er es wagen, sein hässliches Gesicht zu zeigen!«

Ich packe sie hart am Handgelenk, um sie zurückzuhalten.

»Keine Sorge.« Sie schnauft. »Ich werde die Regeln nicht brechen und ihn umbringen. Er wird einfach nur meine Fäuste kennenlernen – und zwar wiederholt!«

Da sie nicht aufhört, an meiner Hand zu zerren, baue ich mich vor ihr auf und zwinge sie, mich anzusehen. »Beruhige dich. Sofort. Oder du wirst noch schreien und um dich treten und aus dem Saal geschafft.«

Sie versucht, den Jungen über meine Schulter hinweg böse anzustarren.

»Mein TA sagte mal, zu hassen ist, als würde man einen Kelch Gift trinken und erwarten, so der anderen Person zu schaden«, sage ich, da gibt sie endlich nach. »Du tust nicht ihm weh, sondern nur dir selbst.«

»Aber … aber … ich bin im Recht«, jammert sie.

»So wie alle anderen auch, könnte ich wetten.« Ich starre sie neugierig geworden an. »Woher kennst du ihn? Was hat er dir getan?«

Sie wird steif und dreht sich weg. »Wir haben uns ein-, zweimal getroffen. Er ist das pure Myriad-Böse, glaub mir.«

»So schlimm kann er nicht sein. Ich bin mir sicher …«

Sie wirbelt zu mir herum, packt mich am Hemd und umklammert das Revers, ihre kupferbraunen Augen flehen mich an zu verstehen. »Er ist schlimmer als böse. Halt dich von ihm fern. Okay? Einverstanden?«

Ich riskiere einen weiteren Blick auf das »pure Myriad-Böse«. Er hat jetzt Bow ins Auge gefasst, betrachtet sie von Kopf bis Fuß wie ein Raubtier seine nächste Mahlzeit. Er lächelt wieder, träger als zuvor und viel teuflischer, und fährt sich mit der Zunge über die Zähne, als könnte er sie bereits schmecken … und will mehr haben.

Ich bekomme kaum noch Luft.

»Bewegt euch«, fordert das Mädchen hinter Bow uns auf und versetzt ihr einen Stoß.

Ich werfe dem Mädchen einen wilden Blick zu, der es locker mit dem von Sloan aufnehmen kann, und erst als sie auf ihre Füße starrt, gehe ich einen Schritt weiter und nehme das Tablett von einem Ekelpaket mit fettigem Haar und sogar noch fettigerem Schnurrbart entgegen. Ich bin ziemlich sicher, dass Dr. Vans absichtlich den letzten Abschaum der Welt anheuert, um uns in Angst und Schrecken zu versetzen.

Bow nimmt ebenfalls ihr Tablett und bugsiert mich durch den Speisesaal an einen Tisch möglichst weit vom neuen Typen entfernt. Ich lasse ihr das nur aus einem Grund durchgehen: wegen meiner dummen Neugier. Auf dem Weg kommen wir an Sloan vorbei, die sich die Gelegenheit nicht entgehen lässt und versucht, Bow ein Bein zu stellen. Bow ist wirklich ein Freak. Sie hüpft einfach drüber, klemmt Sloans Knöchel zwischen ihren Beinen ein und reißt das Mädchen vom Stuhl.

Sloan geht zu Boden und knallt dabei mit einem Ellbogen gegen ihr Tablett. Das Essen tropft auf ihren Kopf, und sie kreischt, während alle anderen im Speisesaal still werden. Schließlich kichert jemand, und das ist der Startschuss. Plötzlich explodiert der Raum vor wieherndem Gelächter.

Bow grinst nicht trotz ihres Triumphs; sie runzelt die Stirn. Wünscht sie sich mal wieder, anders mit der Situation umgegangen zu sein?

»Tut mir leid«, ruft sie über die Schulter.

Sie ist mir echt ein Rätsel. Klugheit gepaart mit einem feinen Sinn dafür, wie man sich verteidigt. Zugleich hat sie ein tief verwurzeltes Bedürfnis, mit anderen gut auszukommen.

Als wir einen Tisch gefunden haben, sieht sie mich durchdringend an. »Hör zu. Die Dinge stehen jetzt anders. Dinge, die du nicht verstehst. Du musst mir vertrauen, und du musst von nun an ständig in meiner Nähe bleiben. Egal, was passiert. Okay? In Ordnung? Ich sorge für deine Sicherheit. Wenn du mich lässt.«

»Du kannst nicht für meine Sicherheit sorgen.« Das kann niemand. »Dafür ist es hier viel zu gefährlich.«

»Mann, ich habe dir doch bereits das Gegenteil bewiesen, und du glaubst mir noch immer nicht?«

»Außerdem«, fahre ich fort, als hätte sie nichts gesagt, »will ich nicht, dass du es auch nur versuchst. Das meine ich ernst. Du bringst dich bloß selbst in Schwierigkeiten.«

»Ten ...«

»Nein. Keine Diskussion.« Vielleicht bin ich unsicher, was meine Zukunft betrifft, aber bezüglich meiner Gegenwart bin ich mir völlig sicher. Niemals werde ich mein Wohlergehen in fremde Hände legen. Früher einmal habe ich meinen Eltern vertraut. Die haben mich hierhergeschickt. Ich habe James vertraut. Seit er tot ist, spüre ich einen schrecklichen Verlust. Ich habe Marlowe vertraut, die auf Troikas Seite stand, sich jedoch erhängt hat, um der Anstalt zu entkommen und in die Sphäre einzutreten. Und damit hat sie Clay verlassen, der sie *liebte.*

Ich weiß nicht, ob sie jetzt tatsächlich in Troika oder in Viele Enden ist – falls Viele Enden überhaupt existiert. Selbstmord ist ausdrücklich von beiden Sphären verboten, er kann ein bestehendes Bündnis komplett hinfällig machen.

Ich habe auch Clay vertraut. Bis zu Marlowes Tod blieb er clean und trocken. Danach drehte er durch und tat alles Mögliche, um einer Krankenschwester »Glücksdrogen« abzukaufen.

Sein Hirn von den Drogen weggebrannt, bat er mich, mit ihm zu fliehen. Er sagte, er hätte die Wärter dafür bezahlt, dasselbe zu tun, was James getan hat. Ich hatte bereits James verloren und konnte den Gedanken nicht ertragen, noch jemanden zu verlieren, deswegen bat ich ihn, mir Zeit zu geben, bis ich einen besseren Plan habe.

Am nächsten Tag war er weg.

Das ist etwa drei Monate her. Wo ist er? In Freiheit? Oder wurde er gefasst? Ist er hier irgendwo innerhalb dieser schrecklichen Mauern?

Manchmal glaube ich, Schreie unter dem Betonboden zu hören.

»Dieser Junge, er ist ein Myriader, weißt du«, murmelt Bow.

Sie sagt *Myriader* in einem Tonfall, als würde sie von Krebs sprechen. Hasst sie ihn, nur weil er der anderen Sphäre angehört? »Hast du schon mal was von VGSS gehört?«

»Vereinigung gegen Sphären-Schlachten? Klar. Die protestieren gegen den Krieg zwischen den Sphären vor dem Haus von Myriad, dem Haus von Troika und dem Weißen Haus.«

»Genau.«

Aus dem Weltgeschichtsunterricht weiß ich, dass ihr Ziel ein Vertrag zwischen den Sphären und dem Land der Ernte ist. Ich weiß auch, dass sie sich gründeten, kurz nachdem die Sphären sich gezeigt haben … mal wieder.

Offenbar haben die Sphären dieses ganze »Hi, wir sind hier, und wir sind real«-Sache in den vergangenen Jahrhunderten öfter durchgezogen, doch die Menschen – da sie Menschen sind – romantisieren die Wahrheit. Myriad hatte bereits alle möglichen Namen, von Walhalla bis Olymp, während Troika einmal als Paradies bekannt war. Dann, um 1500 herum, begannen die beiden Sphären sich in das Alltagsleben der Menschen einzublenden, womit sie uns in das dunkle Zeitalter zerrten.

»Warum?«, erkundigt Bow sich vorsichtig.

»Nun, ich frage mich, wieso Mitglieder der Sphären sich nicht auf einen Friedensvertrag einigen. Oder, du weißt schon, sich nicht einfach vertragen. Ich frage mich, wie du diesen Jungen hassen kannst, nur weil er anders ist. Oder weil er dich aus irgendeinem rätselhaften Grund verletzt hat. Ihr

Troikaner behauptet schließlich, dass sich alles ums Verzeihen dreht.«

»Mann, jemandem zu verzeihen heißt doch nicht, sich jeden Mist gefallen zu lassen. Hast du schon mal den Myriad-Schwur gehört? *Wir werden erst ruhen, wenn Troika nicht mehr als Asche im Wind der Ewigkeit ist.* Außerdem ist die VGSS-Kampagne lächerlich. Licht und Dunkelheit können nicht gleichzeitig existieren. Ein geteiltes Haus fällt auseinander.« Sie schiebt ihr Tablett in die Mitte des Tisches, als hätte sie den Appetit verloren. »Wir wären nichts weiter als ein zweiköpfiges Ungeheuer und würden uns gegenseitig auffressen.«

Apropos auffressen, sie hat seit ihrer Ankunft so wenig gegessen, dass ich mir langsam Sorgen um ihre Gesundheit mache.

»Bring mich auf andere Gedanken.«

»Iss«, entgegne ich.

»Nein, bring mich auf andere Gedanken«, wiederholt sie.

»Soll ich vielleicht für dich singen und tanzen?«, frage ich trocken.

»Ja!«

»Von wegen. Das wird nicht passieren.«

»Gut.« Sie seufzt enttäuscht. »Dann … was weiß ich. Rede mit mir. Erzähl mir was aus deinem Leben. Bevor du hierherkamst.«

Ich rede normalerweise nicht über mich, aber ich will auch nicht, dass sie verhungert, und irgendwie muss ich sie ja aufmuntern. »Okay, ich erzähle dir ein bisschen was, wenn du alles auf deinem Tablett aufisst.«

»Machst du Witze? Das ist ekelhaft und …«

»Glaub mir, du brauchst die Vitamine.«

»Na gut.« Mit einer Grimasse zieht sie das Tablett wieder zu sich. »Jetzt rede.«

Wo soll ich anfangen? Es scheint eine Ewigkeit her zu sein, dass ich auch nur ein winziges Detail meiner Vergangenheit verraten habe. »Ich bin auf eine von Myriad unterstützte Privatschule gegangen.«

Sie wartet, dass ich mehr sage. Was ich nicht tue. Sie stößt das Tablett weg.

Ich sehe sie böse an. »Was willst du wissen?«

»Was hast du da gelernt?«

»Vom Üblichen abgesehen?« Leicht. »Die Funktionsweise der Sphären.« Diese Stunden wurden von Botschaftern gehalten, deren Auftrag es war, die Welt über die Sphäre, die sie liebten, zu informieren.

Ich war fasziniert vom Alltagsleben der Geistwesen. Im Gegensatz zu uns müssen sie nicht schlafen. Sie essen nur einmal am Tag, und zwar nur ein einziges Stück Manna, eine honigartige Waffel. Jeder unter achtzehn geht in die Schule, um mehr über die Sphären und seine Anführer zu erfahren. Außerdem lernen sie all das, was sie später für ihren Job brauchen.

Jeder über achtzehn arbeitet so lange an einer ihm zugewiesenen Aufgabe, bis sie vollendet ist. Selbst wenn es Jahre dauert. Wie verdeckte Ermittler.

Bow schluckt etwas von dem Schleim und verzieht das Gesicht. »Und deine Freunde?«

»Die wurden so wie ich überwacht.« Ich antworte, ohne zu zögern, als hätte ich mich schon ans Reden gewöhnt. »Wir konnten uns jederzeit treffen, aber nur mit einem Elternteil oder einem Agenten in Sichtweite. Wir durften uns nicht ans Steuer eines Autos setzen oder auch nur zu jemandem ins Auto steigen, der nicht dafür bezahlt wurde, uns zu fahren.« Anfangs habe ich das akzeptiert. Ich dachte: Meine Eltern lieben mich, sie wollen mich beschützen. Daraus wurde irgendwann Abneigung. *Meine Eltern müssen mich unbedingt am Leben erhalten, koste es, was es wolle.*

An meinem sechzehnten Geburtstag, nachdem ich mich geweigert hatte, bei Myriad zu unterzeichnen, habe ich die Autoschlüssel meiner Mom geklaut. Ich war bis dahin noch nie gefahren, aber der Autopilot machte es mir leicht. Ich raste davon und hatte mehr Spaß als jemals zuvor im Leben.

Doch diese Art von Spaß ist leider nie von Dauer, stimmt's?

Am nächsten Tag landete ich in der Anstalt, zu Tode geängstigt, erschüttert und verwirrt.

»Wählt Troika die Menschen auf dieselbe Art und Weise aus wie Myriad?«, frage ich.

»Mehr oder weniger. Headhunter beobachten sie auf der Suche nach einer bestimmten Eigenschaft.«

Headhunter, eine Unterabteilung der Anführer. »Welche Eigenschaft?«

»Bereitwilligkeit.«

»*Bereitwilligkeit?*« Was soll das überhaupt bedeuten?

»Wie auch immer«, fährt sie fort. »Agenten werden zu den Ausgewählten geschickt, und sobald der Mensch das Alter der Verantwortung erreicht hat, verhandeln sie die Bündniskonditionen und stehen ihm bis ans Ende seines Erstlebens zur Seite. Bei uns ist das Bündnis jedoch automatisch ungültig, wenn der Unterzeichner unter Zwang gesetzt wurde. Bei Myriad hingegen muss der Unterzeichner vor Gericht ziehen, um seine Freiheit zurückzugewinnen.«

Gericht? »Es existiert also ein Ausweg?« Diese Nachricht gibt mir Hoffnung.

»Ja, aber viel zu viele verlieren, da das Gericht darauf besteht, dass sowohl Troikaner als auch Myriader am Prozess teilnehmen. Der Unterzeichner knickt oft während der Befragung ein.«

Nun, ein *wenig* Hoffnung zumindest.

»Jetzt kenne ich die Ten vor ihrer Zeit in Prynne.« Bow fährt mit dem Löffel durch die Luft. »Erzähl mir von der

Ten nach ihrer Zeit in Prynne. Was hast du vor, wenn du frei bist?«

Ihr verraten, wer ich sein will, und nicht nur, wer ich einmal war? Das ist schon deutlich schwieriger. »Du zuerst.«

»Als ob du das nicht wüsstest. Ich verbreite weiterhin Licht, und ich werde die beste troikanische Agentin – und die erotischste – in der Geschichte der Welt sein.«

Ich ringe seit über einem Jahr darum, mich für eine Seite zu entscheiden. Und hier ist sie, unerschütterlich in ihrem Glauben. Ich werde mal so tun, als wäre ich nicht von Neid gepackt. »Woher weißt du, dass du einmal Agentin sein wirst? Es gibt im Ewigleben noch vier weitere Jobs und außerdem jede Menge untergeordnete Positionen.«

»Das habe ich tief innen«, sie schlägt sich mit der Faust an die Brust, »immer schon gewusst.«

»Und du hast niemals daran gezweifelt?« Nicht ein einziges Mal?

»Warum sollte ich? Meine Position im Leben – und im Tod – ist ein Teil von mir.«

Der Neid, den ich überhaupt nicht empfinde, veranlasst mich zu sagen: »Oder das Schicksal hat für dich entschieden.«

»Jetzt komm mir nicht mit Schicksal!«, sagt sie abfällig. »Schicksal dient doch nur als Ausrede, um jegliche Schuld von sich weisen zu können. Nein, freier Wille entscheidet über dein Leben, nicht das Schicksal.«

Kein schlechtes Argument.

»Warum hast du keine Tätowierung?« Wer ein Bündnis mit Troika schließt, hat oft auf beiden Handrücken einen dreizackigen tätowierten Stern – aber eben auch nicht immer. Und wer sich mit Myriad verbindet, sollte miteinander verflochtene gezackte Linien auf den Handgelenken tragen. Hier gilt jedoch ebenfalls, nicht jeder tut es. Jedenfalls wird es als äußerliches Zeichen für eine innerliche Bindung betrachtet.

»Oh nein.« Sie schüttelt den Kopf. »Ich habe deine Frage beantwortet, also bist du jetzt dran. Was wirst du anfangen, wenn du hier rauskommst?«

Meine Gedanken überschlagen sich, und ich kaue auf meiner Unterlippe. Ich habe meinen Wunsch noch nie laut ausgesprochen, sondern das Geheimnis immer für mich behalten. »Meine Großeltern haben mir Geld hinterlassen.« Geld, an das meine Eltern nicht herankommen. Meine Großeltern waren Troikaner, und in diesem Geiste wurde auch meine Mutter großgezogen. Als sie meinen Dad kennenlernte, hat sie allerdings entschieden, dass Myriad der richtige Ort für sie ist. »Mit achtzehn kann ich an das Geld ran. Damit könnte ich mir ein Haus am Strand kaufen.« Eins ohne irgendwelche Nachbarn, die einen zwingen, über Probleme nachzudenken, die sich sowieso nicht lösen lassen. »Ich werde … surfen.«

Das hat man mir nie erlaubt, mir blieb nichts anderes übrig, als die Surfer von meinem sicheren Schlafzimmer aus zu beobachten. Sobald ich etwas annähernd »Gefährliches« tun wollte, hieß es, ich solle warten, bis ich das Alter der Verantwortung erreicht und bei Myriad unterschrieben habe.

Ich sehne mich so sehr nach Aufregung, nach Wind in meinem Gesicht und Wasser, das von meiner Haut perlt.

Während Glücksgefühle durch meinen Körper jagen, wird mein Blick wie magisch von dem neuen Jungen angezogen.

Er starrt mich wieder an.

Mein Puls geht unregelmäßig. Weil mir nichts Besseres einfällt, nicke ich ihm zu.

»Warte! *Ziehst du ihn gerade mit deinen Blicken aus*?«, fragt Bow.

Was? »Nein!«

Offenbar kann der Neue über das Geschnatter der anderen hinweg unser Gespräch mitverfolgen, denn er ruft: »Oh doch.« Er zwinkert mir zu.

Ich starre erst ihn böse an, dann Bow. Vielleicht habe ich ihr winzige Details aus meinem Leben erzählt, aber das bedeutet noch lange nicht, dass sie mich kennt oder gar das Recht hat, mich zurechtzuweisen. »Willst du mich zur Feindin haben, Bow?«

Ihr klappt die Kinnlade herunter. »Nein. Natürlich nicht.«

Mehr brauche ich nicht zu sagen, ich habe meinen Standpunkt deutlich gemacht. Ich stehe auf und gehe … auf den neuen Typen zu.

Er lächelt mich an, doch auf hämische Weise, als ob er mehr wüsste als ich, und das nervt mich.

Also schneide ich mir mal eine Seite von Bow ab. Als ich an ihm vorbeikomme, schlinge ich einen Fuß um ein Stuhlbein und zerre daran. Der Stuhl kippt um und reißt ihn mit sich zu Boden.

Sein überraschtes Auflachen begleitet mich, als ich den Speisesaal verlasse.

3. KAPITEL

»Es gibt kein ›So sollte es sein‹. Es ist existiert nur, was ist.«

Myriad

Im Flur hat sich eine Schlange gebildet. Als ich meinen Platz einnehme, folgt Bow mir und entschuldigt sich. Ich ignoriere sie. Wie immer werden einige der Kids in die Turnhalle geschickt, um »ein paar Kilo abzunehmen«, andere in den Gemeinschaftsraum, um »ein bisschen normaler« zu werden. Beides betrachtet man als »Aufwärmübungen« vor dem Unterricht.

Und wie immer lande ich im Gemeinschaftsraum.

Ein Wärter grunzt Bow an und stößt sie Richtung Turnhalle. Sie versucht, sich an ihm vorbeizudrücken, um mir zu folgen.

Mir fällt ein, dass sie sagte: Du musst von jetzt an ständig in meiner Nähe bleiben.

Macht sie sich *derartige* Sorgen wegen dieses neuen Jungen?

Der Wärter – ich nenne ihn Colonel Arsch – packt sie am Arm. Bow wirbelt herum, drückt ihren Arm gegen seine Brust und dreht dabei ihr Handgelenk so, dass ihre Handfläche sich unter ihrem Kinn befindet. Dann umklammert sie seine fleischige Hand, macht einen Schritt zurück und hebelt sein Handgelenk.

Er fällt zu Boden, und sie verdreht ihm den Arm und hält ihn hinter seinem Rücken fest.

Dieses Mädchen ist sogar noch geschickter, als ich dachte. Ich bin beeindruckt.

»Ich bleibe bei meiner Mitbewohnerin. Gewöhne dich besser an die Vorstellung.« Sie lässt den Mann los, steigt über ihn und tritt gegen seinen Hinterkopf. Seine Nase wird in den Boden gerammt, und er heult vor Schmerz auf. Das Problem dabei? Er hat einen Kumpel namens Ben Dover. Ben wirft sich ins Geschehen, packt Bow am Haar und zerrt daran. Armrudernd stürzt sie nach hinten.

»Mollige Mädchen verbringen ihre Zeit nicht damit, über ihre Probleme zu plaudern.« Als sie auf dem Boden landet, spuckt er sie an. »Das Laufband ist dein bester Freund.«

»Tja, meine Faust ist dein schlimmster Feind.« Sie tritt ihm zwischen die Beine. »Und mein Fuß. Stimmt, wahrscheinlich hätte ich meinen Fuß ebenfalls erwähnen sollen.«

Nach Luft japsend fällt Dover auf die Knie.

Sie setzt sich auf und holt aus, zweifellos um ihm die Zähne auszuschlagen. In diesem Moment rennt der neue Junge an ihr vorbei, und sie wird vollkommen bewegungslos, als ob ihr Hirn einen Augenblick für eine Zigarettenpause ausgesetzt hätte. Wie hat er das angestellt? Als sie wieder zu sich kommt, hat sich der Wärter, dem sie die Lichter ausgeblasen hat, bereits gefangen. Problemlos weicht er ihrem Schlag aus und verpasst ihr einen Kinnhaken.

Lautes Krachen ist zu hören.

Als Bow umfällt, weichen die anderen Insassen aus. Ich ebenfalls.

Ich möchte ihr helfen – und das werde ich –, sobald ich wirklich etwas erreichen kann. *Man muss wissen, wann man zuschlägt, und wann man besser abwartet. Sonst tut's weh.*

Zwei weitere Wärter und eine Krankenschwester – eine Frau, die ich liebevoll Schwester Ratched wie aus »Einer flog über das Kuckucksnest« nenne – betreten den Tatort.

Schwester Ratched nimmt eine Spritze aus der Tasche ihres Laborkittels. »Ein besonderer Cocktail für ein besonderes

Mädchen.« Bow wird festgehalten und bekommt die Spritze in den Hals gejagt. Ihr Körper beginnt zu zucken, aber sie bleibt bei Bewusstsein. Die meisten Kids werden auf der Stelle bewusstlos, wenn man sie unter Drogen setzt.

Ich habe ein schlechtes Gewissen. Hätte ich doch etwas tun können?

Sie jedenfalls hätte bestimmt etwas für mich getan.

»Die Show ist vorbei.« Schwester Ratched, eine Russin, glotzt mich an, als wäre ich an allem schuld. »Bewegen Sie sich. Sofort!«

Ich habe keine andere Wahl. Nun, zumindest keine *kluge* andere Wahl. Ich steuere mit den anderen zusammen auf den Gemeinschaftsraum zu. Zitternd setze ich mich in den mir zugewiesenen Kreis im hinteren Teil des Raumes, wo Stühle ohne Kissen am Boden festgeschraubt sind.

Der neue Typ schiebt jemanden zur Seite, um den Stuhl neben meinem zu ergattern. Dieser jemand – ein Junge namens Hank – protestiert so lange, bis der neue Typ ihm einen Schlag gegen den Hals verpasst. Während Hank nach Luft ringt, schenkt mir der neue Typ sein träges Raubtierlächeln.

Ich atme seinen Geruch ein: Torffeuer und Heidekraut. Exotisch mit einem Hauch von Moschus, und ich schwöre, es ist, als hätte man mich nach einem Regenguss auf die britischen Inseln transportiert.

Seine Augen … sie strahlen wie die Sonne, die ich seit über einem Jahr nicht mehr gesehen habe, hypnotisierendes Gold mit kristallblauen Flecken.

In einem Auge sind es fünf Flecken. Im anderen drei.

Fünf. Die Anzahl unserer Sinne. Sehen, hören, tasten, riechen und schmecken.

Drei. Wir haben einen Geist, eine Seele und einen Körper.

In einer Oktave formen die fünfte und die dritte Note die Grundlage aller Akkorde. Wie passend. Diese Augen lassen irgendwie mein Blut singen. Oder ich bin einfach nur unterernährt und überreizt und mein Hirn spinnt herum.

Ja, wohl eher das.

Aus dieser Nähe kann ich beinahe seine Wimpern zählen. Sie sind lang, dornenartig und rabenschwarz … und dann wird mir klar, dass ich ihn anstarre.

»Das war nicht besonders nett«, sagte ich.

»Aber meinen Stuhl umzuwerfen war nett?« Seine Stimme ist tief und heiser, fast so rauchig wie sein Geruch, und er spricht mit einem leichten irischen Singsang. »Lass uns die Sache mit dem gegenseitigen Vorstellen mal erledigen, damit mein Herzschlag sich endlich wieder beruhigen kann. Ich bin Killian. Und du bist umwerfend schön.«

Bevor er diesen (eindeutig auswendig gelernten) Spruch zu Ende gesagt hat, beginne ich bereits, Mauern um mich herum aufzubauen. »Du meinst wohl eher obszön«, reime ich.

»Überhaupt nicht, ich finde dich unwiderstehlich.«

»Lüg doch nicht so schmählich«, reime ich wieder.

»Findest du mich so unausstehlich?«, dichtet er nun auch.

Ach du Schreck. Flirten wir etwa gerade? »Okay, es reicht.«

Seine Mundwinkel zucken. »Machst du auf schwer zu haben, Mädchen? So was ist mir noch nie passiert, deswegen besteht hier Klärungsbedarf.«

»Ich mache auf gar nichts. Und ich bin *auf gar keinen Fall* zu haben.«

Voller Vorfreude reibt er sich die Hände. »Verstanden. Ich nehme die Herausforderung an.«

Bevor ich protestieren kann, landet mein Blick auf seinen Handgelenken. Myriad-Tätowierungen. Und zwar die schönsten, die ich je gesehen habe. Die Glieder sind abgeschrägt wie träge blickende Augen. Und in Farben! Sie sind spektakulär, aber zu viele, um sie auf die Schnelle zu zählen. Man müsste sehr genau hinsehen.

Ich würde gern sehr genau hinsehen.

Und … sie kommen mir auch irgendwie seltsam vor. Es scheint hier um mehr als nur um reine Ästhetik zu gehen. Liegt es vielleicht an der Gestaltung? Die Linien, die den Totenschädel durchkreuzen, sind mit blutigen Tränen versehen. Weitere Linien führen durch einen zersprungenen und bröckelnden Mond, dessen Bruchstücke in die Sterne stürzen. Erzählen die Bilder eine Geschichte? Wie Hieroglyphen?

»Stehst du auf Tattoos, Mädchen? Ich könnte dir nachher noch ein paar andere zeigen.«

Meine Wangen werden heiß. Ich ziehe den Kopf ein, damit er nichts davon merkt.

Nein, normalerweise stehe ich nicht auf Tätowierungen. Obwohl ich selbst eine habe. Eine kleine Ausgabe des Planeten Erde auf meinem Nacken. Die habe ich mir mit fünfzehn stechen lassen – als ich mich mit meinen Freunden in einem ersten rebellischen Akt davongeschlichen habe –, ich weiß nicht genau, warum ich dachte, ein Globus wäre der »perfekte Ausdruck für meine chaotischen Gefühle und etwas, das ich *niemals* bereuen werde«.

»Du starrst noch immer«, sagt er.

Ich mahle mit den Zähnen. »Woher kommt du?« Wie die Belegschaft stammen die Insassen aus aller Welt. Ich bin in Los Angeles geboren, wo sich das Haus von Myriad befindet und wo mein Dad ungeheuer viel Macht und Einfluss besitzt. Die Gesetze, die er durchboxt, wirken sich sowohl auf die Menschen als auch auf die geistigen Wesen aus.

Meine Mutter ist eine hochangesehene Künstlerin. Ihre Gemälde von Myriad werden auf Auktionen versteigert.

Ich frage mich ab und zu, was die beiden ihren Freunden über meine Abwesenheit erzählen. Internat? Reha? Oder die Wahrheit?

»Woher soll ich denn kommen?«, fragt Killian rau.

Ärger kocht in mir hoch. »Warum bist du hier?« Das frage ich die Neuankömmlinge immer, erhalte allerdings selten eine Antwort. Bow, Marlowe und Clay sind die Ausnahme.

Er zuckt mit den Schultern. »Würdest du mir glauben, dass ich etwas gesehen habe, das ich bekommen will, und beschlossen habe, es mir zu holen?«

Wieder werde ich rot und ärgere mich über meine blasse Haut. Ganz zu schweigen von meiner Unfähigkeit, auch nur die leiseste Reaktion zu verbergen. Vor allem aber ärgert mich, dass er so eine Wirkung auf mich hat. »Lass mich raten. Du warst scharf auf unsere Fünf-Sterne-Küche? Die regelmäßigen Peitschenhiebe? Die voyeuristische Belegschaft?«

Entspannt legt er einen Arm hinter mich auf die Stuhllehne. »Vielleicht geht es ja um deine Freundin. Wie nennt sie sich momentan?«

Seine merkwürdige Ausdrucksweise verwirrt mich. »Ihr Name ist Bow, falls du das meinst.«

»Bow.« Er lacht leise und warm. »Die Bedeutung von Archer ist Bogenschütze, und ein Bogenschütze braucht Pfeil und *Bogen*. Deswegen *Bow*. Wie niedlich.«

Wieder verstehe ich kein Wort. »Was geht da zwischen euch vor?«

»Sie ist ein Miststück, man kann ihr nicht vertrauen. Aber keine Sorge.« Er beugt sich zu mir, bis er mit der Nasenspitze mein Ohr berührt. »Ich werde dich beschützen.«

Ich zucke zurück, um einer weiteren Berührung auszuweichen.

»Hast du Angst vor mir? Das enttäuscht mich.« Killian sieht mich schmollend an. »Wo steckt bloß unser kleiner Knallfrosch, der vor Kurzem erst einen Wärter mit seinem eigenen Gürtel erdrosselt hat?«

Es wundert mich nicht, dass er davon weiß. Hier drinnen ist die Gerüchteküche immer am Brodeln. Bestimmt hat er auch von meiner Bestrafung gehört.

»Ich habe keine Angst vor dir. Ich werde nur nicht gern berührt, ohne dass man mich vorher um Erlaubnis fragt.« Ich sehe ihn voll an, herausfordernd. »Und wenn du den Knallfrosch kennenlernen willst, kein Problem. Der Knallfrosch ist nämlich ein bisschen sauer darüber, dass du seine Mitbewohnerin ein Miststück nennst.«

Die Herausforderung nimmt er begeistert an. »Ach ja, bitte, bitte, bitte!«

Er lacht mich aus, oder? Und jetzt wagt er es sogar, eine meiner Locken um seinen Finger zu wickeln. Das Schwarz bildet einen hübschen Kontrast zu seiner gebräunten Haut.

Ich schlage seine Hand weg. »Bist du sicher? Er ist grausam.«

»Du machst mich nur neugierig, Mädchen.«

Schön, er lacht mich aus. Was es mir nur leichter macht. »Vergiss nicht. Du wolltest es so.« Ich versetze ihm einen Schlag gegen den Hals, so unvermittelt, dass er nach Luft schnappt, aber keine bekommt. Die Rache für das, was er vorhin mit Hank gemacht hat. Ich lächle ihm zu. »Nur damit du es weißt, selbst ein Tier im Käfig kann sich wehren.«

Er erholt sich rasch und – Schock lass nach – erwidert mein Lächeln. Er wirkt ehrlich amüsiert und, wie ich hoffe und glaube, ein wenig beeindruckt.

Er öffnet den Mund, um zu antworten, doch in diesem Moment lässt sich Sloan auf den freien Sitz neben ihm gleiten und tätschelt seine Brust. Sie scheint diese Berührung zwar nicht zu genießen, hört aber auch nicht damit auf.

»Hallo, Zuckerbär.«

Sie schenkt ihm ihr patentiertes Ich-trage-kein-Höschen-Zwinkern, das allerdings ebenfalls aufgesetzt wirkt.

»Du kannst dir die Mühe sparen, Infos über mich einzuholen. Ich bin Sloan Aubuchon.«

Er lässt mich nicht aus den Augen. »Nein danke, Mädchen. Ich interessiere mich nur für Ten. «

Sein Akzent ist jetzt stärker, klingt nach purer Verführung, doch seine süßen Worte sind in Wahrheit eine Drohung. Das spüre ich. Sein Pech, ich lasse mich nicht einschüchtern. Er hat keine Ahnung, welchen Horror ich bereits durchgestanden habe. Ich bin kein Mauerblümchen. Nicht mehr.

»Für dich immer noch Tenley«, erkläre ich ihm. Was ist schon ein Name? Nun, einfach alles. Spitznamen deuten auf eine Vertrautheit hin, die ich nicht mit ihm haben möchte.

»Oder du kannst sie auch Irre nennen«, sagt Sloan hilfreich wie üblich. »Wie alle anderen.«

Er betrachtet mich. »Weil du mehr Mumm hast als alle anderen oder weil dein Geschmack so irre gut ist?«

Durch zusammengebissene Zähne frage ich: »Möchtest du den Knallfrosch ein zweites Mal kennenlernen?«

Er lächelt, und in diesem Moment betritt Dr. Vans den Raum.

Stille breitet sich aus, als der am meisten gehasste Mann dieser Einrichtung sich auf den einzigen Stuhl mit Kissen setzt. Mit zusammengekniffenen Augen sieht er sich um, entdeckt Sloan und klopft auf den freien Platz neben sich. Den Platz, der immer für sie reserviert ist.

Sie hebt das Kinn und bleibt, wo sie ist.

Es gefällt mir nicht, wie er sie ansieht. Also beuge ich mich vor und ziehe mit meinem bösen Blick seine Aufmerksamkeit auf mich. Er streicht sich mit der Zunge über die Zähne, bevor er wegsieht.

Er ist ein großer, schlanker Mann Ende dreißig. Sein kurzes braunes Haar ist stets sorgfältig frisiert, die Kleidung unter seinem Arztkittel ist tadellos geschnitten.

»*Beschützt* du etwa deine Feindin?«, fragt Killian. »Mädchen, du wirst immer interessanter.«

»Du meinst, immer arroganter«, murre ich.

»Oder eleganter.«

Verdammt, er ist wirklich schnell.

»Alles klar, Leute. Wir haben ein neues Mitglied in unserer Familie. Bitte stehen Sie auf und erzählen Sie der Gruppe drei Dinge über sich, Mr. …« Dr. Vans blickt in sein Notizbuch. »… Flynn.«

Killian erhebt sich, ohne zu zögern. »Ich habe gehört, dass man sich sein Publikum am besten in Unterwäsche vorstellen soll.« Er zwinkert mir zu. »Gute Wahl.« Während die anderen kichern, fügt er hinzu: »Ich liebe lange Spaziergänge am Strand, Schwimmen und Surfen. Früher hatte ich eine Schwäche für Blondinen, doch wie es scheint, ist diese Phase meines Lebens vorüber.«

Er surft? Im Ernst?

Was für ein Zufall.

Eine Dunkelhaarige auf der anderen Seite des Kreises zeigt mit einem Finger auf ihr Gesicht und Sloan macht ihm ein Zeichen, dass er sie anrufen soll.

Vans blickt sie böse an.

»Außerdem«, fährt Killian fort, »bin ich durch und durch Fan von Myriad. Gib mir eine Stunde, ich brauche sowieso nur fünf Minuten, um dich zu überzeugen, und den Rest der Zeit können wir dann deine Entscheidung gebührend feiern.«

Ich strecke den Daumen nach unten.

Hank hebt eine Hand und ruft herausfordernd: »Einverstanden. Deine Zelle oder meine?«

»Als ob du es mit mir aufnehmen könntest, Jüngelchen.« Killian setzt sich.

»Ich schätze Ihren Enthusiasmus, Mr. Flynn. Vielleicht

sollte ja Miss Lockwood ein paar Mußestunden mit Ihnen verbringen.« Vans kritzelt eine Notiz in sein Buch. »Ja, die Idee gefällt mir. Ich werde mich darum kümmern.«

Ich beiße mir auf die Zunge, um nicht loszuschimpfen. Ist ja klar, dass Vans mich am liebsten mit einem Myriad-Anhänger verkuppeln möchte.

Wie würde es Killian, meinen Eltern oder auch Bow wohl gefallen, wenn ich sie ständig davon zu überzeugen versuchte, sich den Ungezeichneten anzuschließen?

Ich trommle mit den Fingern an mein Kinn. »Ich glaube, Mußestunden mit Mr. Flynn ist *genau* das, was mir fehlt … um endgültig bei Troika zu unterschreiben.«

Killian schnaubt, als wüsste er, dass ich nur bluffe.

Vans schürzt die Lippen, antwortet aber nicht direkt. »Na schön, Leute. Ich bin hier, um mir Ihre Probleme anzuhören. Reden Sie mit mir. Dann kann ich Ihnen den Aufenthalt bei uns angenehmer gestalten.«

Angenehmer für *ihn*. Für uns? Qualvoller.

Während einige Kids ihre Beschwerden aufzählen – Dinge, die ich schon tausend Mal gehört habe – lenke ich mich mit dem Kindersong ab, den ich fast immer im Kopf habe.

Ten tears fall, and I call… nine hundred trees, but only one is for me. Eight times eight times eight they fly, whatever you do, don't stay dry.

»… seid ihr denn nicht froh, noch am Leben zu sein, ihr Babys?« Sloan fährt mit den Zeigefingern über ihre Wangen, um Tränenspuren anzudeuten. »Da könnte ich Abhilfe schaffen.««

Uuuund wie immer … lässt Dr. Vans ihr das durchgehen.

Seven ladies dancing, ignore their sweet romancing. Six …

»… Spinnen in meiner Zelle«, platzt ein Mädchen heraus, als könnte sie diese Worte einfach nicht länger zurückhalten. Sie schaudert vor Ekel.

Dr. Vans macht sich eine Notiz.

Ach Schätzchen. Du hast ja keine Ahnung, was du gerade angerichtet hast. Wenn du das nächste Mal bestraft wirst, wirst du Tausende Hologramme von Spinnen in deiner Zelle finden. Du wirst glauben, dass sie echt sind und dir die Haut vom Leib kratzen, um die Viecher loszuwerden.

»Sie müssen jemanden schicken, der sie entfernt«, fügt sie hinzu. »Ich kann keine weitere Nacht mehr …«

»Halt die Klappe«, zische ich sie an. Grausam, um nett zu sein. »Idiotisch so zu tun, als ob man Angst vor Spinnen hätte …«

»Das habe ich wirklich.«

Idiotin! Sie kapiert es einfach nicht.

Was sich eher früher als später ändern wird. Dann wird sie sich an diesen Moment erinnern und weinen.

Dr. Vans konzentriert sich mit zusammengekniffenen Augen auf mich. »Miss Lockwood, Sie scheinen unbedingt etwas sagen zu wollen. Möchten Sie sich vielleicht über etwas beschweren?«

Ich tue so, als ob mein Mittelfinger ein Lippenstift wäre, und trage eine erste und eine zweite Schicht auf. Ich werde denen niemals freiwillig Munition liefern, um sie gegen mich zu verwenden. Das weiß er.

Trotzdem sagt er: »Sie haben fünf Sekunden, um ihre dringlichsten Beschwerden loszuwerden. Wenn Sie weiterhin schweigen, sehe ich mich gezwungen, Sie zu bestrafen.«

Endlich. Das Schwert, das schon die ganze Zeit über mir baumelt, wird jetzt fallen, die nächste Folterung steht bevor.

Jeder im Raum richtet nun seine Aufmerksamkeit auf mich, doch ich lasse Vans nicht aus den Augen.

»Eins«, sagt er.

»Ich könnte jedes Mal kotzen, wenn ich Ihr Gesicht sehe.« Wie ist das?

»Nur eine ernsthafte Beschwerde wird berücksichtigt, Miss Lockwood.«

»Hervorragend. Denn ich meinte das vollkommen ernst.«

»Zwei. Drei.«

»Sie hätte gern, dass die Wärter die Finger von ihr lassen«, sagt Killian.

Damit ich nicht länger im Fokus stehe?

»Zumindest geht es mir so. Ich bin doch nicht nur ein Stück Fleisch.«

Er hat wirklich Eier in der Hose, das bewundere ich. Bildlich gesprochen! Nur bildlich gesprochen!

»Miss Lockwood?«, hakt Vans nach.

Ich hebe wie Sloan zuvor das Kinn. Ihn zu ignorieren ist meine Lieblingsbeschäftigung. Ich hoffe, dass er am Ende seines Lebens, wenn er auf dem Totenbett liegt und an seinem eigenen Erbrochenen erstickt – man wird ja wohl noch träumen dürfen – zurückblickt und mich als seinen größten Misserfolg betrachtet.

»Vier, fünf«, sagt er mit selbstgefälligem Grinsen.

Sloan sieht mich kopfschüttelnd an, nach dem Motto *schön blöd*. Vielleicht hätte ich ja mitspielen sollen. Ich hätte mich doch nur über irgendwas beschweren müssen, das mir nicht passt, oder irgendwas erfinden, aber die Wahrheit zu sagen ist mir einfach zu wichtig. Ich hasse Lügen fast so sehr, wie ich Vans hasse. Die schlimmste der schlimmsten Lügen. So will ich nicht sein, selbst wenn ich mich auf diese Weise vor all den Qualen schützen könnte.

Ein paar Insassen kichern, was Vans wütend macht. Er springt auf und nickt Ben Dover und Colonel Arsch zu. »Ergreift sie.«

Killian springt ebenfalls auf und stellt sich zu meiner Überraschung vor mich. Über die Schulter sieht er mich stirnrunzelnd an, als ob er verblüfft wäre, dann starrt er die Wärter an.

»Sie bleibt. Ich möchte noch mit ihr reden.«

Er, ein Fremder … beschützt mich? Und das, nachdem ich mich geweigert habe, Bow in den Rücken zu fallen. Das haut mich ganz schön vom Hocker.

Ich erhebe mich und drücke ihn zurück auf seinen Stuhl. »Mach dir keine Sorgen um mich«, flüstere ich. Er soll nicht meinetwegen Schmerzen erleiden. »Sondern um dich selbst.«

Er sieht mich an, sagt aber nichts, als Colonel Arsch meinen linken Arm packt und Ben Dover meinen rechten. Sie schleifen mich in meine Zelle. Bow ist schon da, mit Beruhigungsmitteln vollgepumpt schläft sie tief, ihre Hände und Füße sind mit Handschellen, die heller glühen als eine Lampe, an die Bettpfosten gefesselt.

Vans betritt hinter mir den Raum. Mir dreht sich der Magen so heftig um, als wollte er aus Galle Butter machen, doch ich werde nicht um Gnade winseln. Denn dieser Mann besitzt keine.

Man hält mich fest, während er vor mir auf und ab geht. »Ten, Ten, Ten«, sagt er schwer seufzend. »Stets das aufmüpfige Kind. Warum zwingen Sie mich, Ihnen wehzutun?«

»Ihre Entscheidung. Ihre Vergehen. Versuchen Sie nicht, mich dafür verantwortlich zu machen.«

»So behandle ich meine Patienten eigentlich nicht gern, aber ich werde alles tun, was nötig ist, um Sie vor der Sphäre der Vielen Enden zu bewahren … oder vor einer Ewigkeit als Sklavin von Troika.«

»*Sie* sind doch ein Ungezeichneter.« Es muss so sein. »Ich habe gehört, wie sie anderen Jugendlichen sagten, dass Sie alles Nötige tun, um Sie vor einer Ewigkeit als Myriad-Drohne zu bewahren, eine von zahllosen Seelen, die eine sterbende Sphäre übervölkern.«

Er zuckt die Achseln. »Was für den einen richtig ist, muss nicht automatisch für den anderen richtig sein.«

Nein. Nein! Er hat auf alles eine Antwort, und obwohl diese gut klingt, zucke ich zusammen, als würde er mit den Fingernägeln über eine Tafel kratzen. Es muss das absolut Richtige geben, sonst gibt es auch nicht das absolut Falsche.

Und diese Anstalt hier ist absolut falsch.

Dieser Mann ist falsch. Er täuscht und lügt, wie es ihm passt, und ihm ist Geld wichtiger als die Gesundheit der Kids unter seiner »Obhut«.

Troika würde sagen, ich sollte ihm verzeihen.

Myriad würde vermutlich sagen, ich sollte ihn gnadenlos vernichten.

Das gefällt mir. Angreifen, bevor er mich angreifen kann.

Brüllend stürze ich mich auf ihn. Die Wärter halten mich fest, packen mich so heftig, dass sie beinahe meine Schultern auskugeln. Schmerz jagt durch meinen Körper, und einen Moment lang sehe ich Sternchen. Was mir egal ist. Ich wehre mich mit aller Kraft, um an mein Ziel zu gelangen.

»Hat man Ihnen Ihren Psychologie-Abschluss geschenkt?«, schreie ich ihn an. »Denn Sie bekommen nicht gerade viel hin und das wenige auch noch schlecht.«

Volltreffer! Ein Muskel in seinem Kinn beginnt zu zucken.

Zwei weitere Wärter kommen in den Raum. Hackfresse und Fettkloß. Wie traurig, kein Genosse Volldepp heute.

»Perfektes Timing«, verkündet Vans schadenfroh.

Die Männer haben Wassereimer und Lappen bei sich. Sie bleiben vor meiner blutverschmierten Wand stehen und tauchen die Lappen ins Wasser … Mir dämmert, was sie vorhaben, entsetzt schnappe ich nach Luft. Nicht mein Kalender. Alles, bloß nicht mein Kalender! Diese Striche sind die einzige Konstante in meinem Leben. Meine einzigen Freunde. Ich ertrage es nicht, noch mehr Freunde zu verlieren.

»Entschuldigen Sie sich dafür, dass Sie mich beleidigt haben. Auf den Knien«, sagt Vans. »Dann werde ich Ihnen vielleicht das heutige Verhalten verzeihen.«

Darüber denke ich tatsächlich einen Moment lang nach. Meine Markierungen ... sie sind nicht nur meine Freunde, sondern auch die einzige Ablenkung von den Schrecken dieser Anstalt. Meine einzige wirkliche Hoffnung. Durch sie sehe ich Licht am Ende des Tunnels. Meinen nächsten Geburtstag ... und damit meine Entlassung.

Aber. Es gibt einfach immer ein Aber, nicht wahr? Ich könnte nie wieder in den Spiegel schauen, wenn ich diesem Mann – diesem Zerrbild eines menschlichen Wesens – gebe, was er will. Dann würde das Licht am Ende des Tunnels nicht mehr so hell scheinen.

Ich drücke die Knie durch und bleibe stehen.

»Na schön.« Er nickt geradezu begierig.

Die Wärter beginnen, die Striche abzuwaschen, und Grauen steigt in mir auf.

Dazu bin ich nicht bereit. »Halt. Bitte. Sie müssen aufhören!« Ich trete nach ihnen, werde jedoch außerhalb ihrer Reichweite gezerrt. »Sie haben kein Recht, mein Eigentum zu zerstören!«

Sie wischen weiter, und der seelische Schmerz schneidet tiefer als jeder körperliche Schmerz, den ich je durchgestanden habe. Haut heilt. Die Seele aber kann verfaulen.

»Wenn Sie nicht noch mehr verlieren wollen, was Ihnen wichtig ist, Miss Lockwood, dann müssen Sie Prynne verlassen. Und zwar bald. Dazu brauchen Sie bloß bei Myriad zu unterschreiben«, sagt Vans, und die Wärter halten inne. »Es könnte nicht leichter sein.«

Ein blutiger Wassertropfen läuft die Wand hinunter. Eine blutige Träne. Mein wunderschöner Kalender stirbt vor meinen Augen. Mit einem einzigen Wort könnte ich retten, was noch übrig ist. Wieso sage ich nicht einfach … das … Wort.

Sag Ja. Ja, ja, ja.

Siehst du? Ist doch ganz leicht.

Das Wort steigt auf und … »Nein«, presse ich hervor. »Nein, ich werde nicht unterschreiben.«

Was stimmt nicht mit mir?

Vans zittert vor Wut, beruhigt sich aber schnell wieder. »Ich weiß, dass Sie eigentlich etwas anderes sagen wollten, Miss Lockwood. Letzte Chance. Unterzeichnen Sie bei Myriad.«

Mondlicht … Schlösser … und eines Tages die Rückkehr ins Land der Ernte, um dort mit einer anderen Seele zu verschmelzen … mein Schicksal zu erfüllen.

Macht bedeutet Recht.

Sonnenschein … Blumen … eine Ewigkeit in Frieden, nachdem ich meine Verpflichtungen aus dem Bündnis erfüllt habe … meine eigenen Fehler machen …

Licht bringt Klarheit.

Ich möchte endlich die Wahrheit wissen – wer hat recht und wer irrt sich? Denn meine Zukunft will ich lieber nicht ruinieren. Schließlich hat man mir beigebracht, dass eine falsche Entscheidung mich auf einen steinigen, nicht zu bewältigenden Weg führt – mich womöglich mehr kostet, als ich zu zahlen bereit bin.

»Ich unterschreibe nicht«, knurre ich und beiße die Zähne zusammen. Ich kann nicht zulassen, dass ich wegen vorübergehender Schmerzen eine Entscheidung für die Ewigkeit treffe. Gefühle gehen vorbei, egal, wie markerschütternd sie einem erscheinen, sie dauern nie an, ändern sich. Ein Bündnis hingegen ist für immer.

Vans beschimpft mich wüst. Hackfresse und Fettkloß fahren mit ihrer Arbeit fort. Starr sehe ich, wie eine wertvolle Linie nach der anderen verschwindet.

Als alle weggewischt sind, verlässt die Gruppe den Raum, Vans bleibt allerdings im Eingang stehen und sagt: »Ich möchte Ihnen helfen, Miss Lockwood, doch leider bestehen Sie darauf, sich mich zum Feind zu machen.«

»Sie bestehen darauf.« In meinen Augen brennen Tränen. Ich blinzle sie weg, weil ich diesem Mann nicht gönne, mich so zu sehen. »Ich tue Ihnen lediglich den Gefallen.«

Er trommelt mit den Fingern an den Türrahmen, das einzige Anzeichen dafür, dass er noch immer verärgert ist.

»Vielleicht entscheidet Myriad ja eines Tages, dass man sie gar nicht mehr haben will. So wie Ihre Eltern Sie nicht mehr haben wollten, nicht wahr?«

Scharfer Schmerz zerschneidet meine Brust. Vans weiß genau, wie er einen so richtig verletzen kann. »Haben Ihre Foltermethoden eigentlich jemals funktioniert?«, frage ich. Dabei kenne ich die Antwort. Ich sehe ja, wie schnell er es schafft, Leute umzudrehen. Die meisten Kids bleiben nur ein oder zwei Monate hier.

»Öfter als nicht.«

»Macht bedeutet Recht, hm?«

Mein spöttischer Ton lässt ihn noch heftiger trommeln.

»Eine einzige Entscheidung kann Ihr Leben vollkommen verändern, Miss Lockwood. Eine winzig kleine Entscheidung.«

Ich lächle ihn süßlich an. »Und eine Kugel im Kopf Ihr Leben.«

Sein Lächeln ist nicht weniger süß. »Bis heute war ich sehr zurückhaltend, was Sie betrifft. Wenn Sie so weitermachen, lernen Sie meine schlimmste Seite kennen.« Er langt in seine Tasche und wirft mir etwas zu, das wie ein schwarzer Knopf aussieht. Er fällt auf den Boden, weil ich nicht einmal versuche, ihn aufzufangen.

»Hätte ich fast vergessen. Von Ihrer Mutter.«

Warum sollte sie mir einen Knopf schicken?

Endlich geht er und schließt hinter sich zu.

Am liebsten würde ich losheulen, meine Knie wollen unter mir nachgeben, doch ich mache weiterhin auf knallhart. Die Kameras …

Mit zitternden Fingern hebe ich den Knopf auf. Es handelt sich um ein Flash-Scribe. Durch ihn kann man aufgezeichnete Nachrichten verschicken. Ich bin nur noch verwirrter. Was hat meine Mutter, die mich weggeschickt und mich seit sieben Monaten nicht besucht hat, mir wohl zu sagen?

Ich unterdrücke meine Neugier – ich muss es wissen, jetzt, sofort! – stecke das Teil in die Tasche und stolpere zu Bow, um die Handschellen nach einem Schloss abzusuchen. Ich finde keins. Gut, somit weiß ich, wie ich sie befreien kann. Oje, es wird wehtun.

Aber was bedeuten schon ein paar Schmerzen mehr, nicht wahr?

Die Außenseiten der Fesseln sind aufgeheizt, und – ich stoße zischend die Luft aus – nachdem ich die Freigabetaste auf beiden Seiten gedrückt habe, übersäen sieben Blasen meine Finger und Handflächen.

Das Glühen des Metalls lässt nach, die Nadeln an den Innenseiten ziehen sich aus Bows Haut zurück.

Klonk, klonk. Die Handschellen fallen ab, doch Bow wacht nicht auf. Darüber bin ich froh, weil ich im Moment nicht in der Verfassung wäre, mich mit ihr zu beschäftigen.

Fluchend sinke ich auf mein quietschendes Bett und starre zur Decke. Das Leben ist scheiße.

Ein gedämpfter Schrei dringt durch den Boden herauf, und ich fahre zusammen.

Das ist nicht Clay, das ist nicht Clay, das ist nicht Clay. Clay ist in Sicherheit. Er hat es nach draußen geschafft.

Werde ich es auch schaffen?

Der Flash-Scribe brennt praktisch ein Loch in meine Tasche, ich kann meine Neugier einfach nicht länger bezwingen. Ich fische ihn heraus und presse den Daumen an den Deckel. Kaum ist mein Fingerabdruck registriert, als auch schon die Stimme meiner Mutter den Raum erfüllt.

»Hallo Ten. Du hast bestimmt nicht erwartet, von mir zu hören, hm?«

Mein Herz hämmert gegen meine Rippen, mein Magen zieht sich zusammen.

»Ich weiß, ich habe dich nicht besucht, aber dafür gibt es einen triftigen Grund. Ein wunderschönes Geheimnis. Eins, das mich gelehrt hat, wieder eine gute Mutter zu sein. Es tut mir leid, mein süßes Mädchen. Mir tut alles leid, und ich liebe dich, wirklich. Dein Dad liebt dich auch, doch er hat Angst, seinen Job zu verlieren und – nun ja. Das ist nicht dein Problem. Wir werden dich bald besuchen, und ich hoffe, wir können dich dann mit nach Hause nehmen.«

Hoffnung flammt in mir auf, nur um einen schnellen Tod zu sterben. Das ist ein Trick. Es muss ein Trick sein.

Im Hintergrund schreit ein Baby. Meine Mom sagt: »Psssst, psssst«, als ob das Weinen nicht etwa aus dem Fernseher käme, sondern tatsächlich ein menschliches Wesen bei ihr wäre. Ich runzle die Stirn. Niemand unter achtzehn – von mir abgesehen – darf unser Haus betreten. Eine Regel meiner Mom.

Das habe ich damals auch irgendwie verstanden. Sie wollte lieber nicht sehen, was sie nicht haben durfte: ein weiteres Kind. Das wünschte sie sich genauso inbrünstig, wie ich mir einen Bruder oder eine Schwester wünschte – jemanden, der mich bedingungslos liebt, nur weil ich bin, wie ich bin, und nicht, weil ich etwas Bestimmtes tun soll. Doch vor langer Zeit haben die Sphären ein Abkommen mit den menschlichen Regierungen getroffen. Um eine Überbevölkerung im Zweitleben zu verhindern, wo die Geistwesen jahrhunderte- oder sogar jahrtausendelang leben können, dürfen Ehepaare im Erstleben nur ein Kind bekommen. Dafür erhalten wir von den Sphären fortschrittliche Technologie wie beispielsweise diesen Flash-Scribe.

Meine Mom räuspert sich. »Ich muss los, Schätzchen. Ich weiß, ich habe das mit dir vermasselt, aber ich werde meinem – Kind ein besseres Leben bieten. Das verspreche ich dir.«

Wieso dieses Zögern vor *Kind?*

Ich schleudere das kleine Gerät durch den Raum. Sie liebt mich nicht. Kann sie gar nicht. Und mein Dad, der mag mich nicht mal.

Bist du dir da sicher?

Eine Erinnerung taucht auf. Mein Dad trägt mich auf den Schultern, während ich die Arme über den Kopf strecke, um einen Stern aus dem Himmel zu pflücken.

»Du hast ihn fast«, sagt er lachend.

Meine Mutter klatscht und ruft: »Du schaffst es, süßes Mädchen.«

Na schön, vielleicht haben sie mich einmal geliebt. Doch dieses Gefühl ist lange verblüht. Wie mein Herz.

Bow stöhnt. Eine Sekunde später setzt sie sich auf und japst nach Luft. Ihr Blick wirkt kein bisschen desorientiert, als sie mich ansieht.

»Bist du okay?«

Ihre erste Frage gilt meinem Wohlbefinden? Obwohl ich nichts unternahm, als die Wärter sie ausgeschaltet haben? Mein schlechtes Gewissen kehrt zurück. »Mir geht's gut. Und was ist mit dir?«

»Alles klar, und das habe ich nicht gerade Killian zu verdanken.«

Mir fällt wieder ein, wie er an ihr vorbeigesaust ist. »Was genau hat er eigentlich getan?«

»Egal.« Sie zupft an ihrer Decke. »Weißt du, Vans hat recht. Zumindest in dieser Hinsicht. Eine Entscheidung könnte dein ganzes Leben verändern.«

»Ich weiß, aber …« Moment. »Woher weißt du, was er gesagt hat?«

»Der Körper – ich meine, *mein* Körper – war vielleicht betäubt, trotzdem war ich bei Bewusstsein.«

Wie hat sie das hinbekommen? Ich wurde auch schon unter Drogen gesetzt und war vollkommen weggetreten.

»Unterschreib bei Troika, Ten.« Ihre kupferfarbenen Augen flehen mich geradezu an. »Du wirst es niemals bereuen.«

»Beweise es mir. Gib mir eine Garantie.«

»Mein Wort reicht dir nicht?«

Nein. »Warum willst du mich überhaupt. Warum wollen *sie* mich?«

Sie holt tief Luft, stößt sie dann heftig wieder aus. »Hast du schon mal die Bezeichnung Strömer gehört?«

»Ja. Das ist jemand, der etwas von einem Ort zum anderen befördern kann.«

»Richtig. In Troika ist ein Strömer der höchste Dienstgrad der Generäle und untersteht direkt dem König. Es gibt nur wenige Strömer, und sie sind hier wie dort sehr mächtig. Sie absorbieren auf der Erde das Sonnenlicht – das ja längst nicht nur Wärme und Licht ist – und lenken die Strahlen in die Sphären. Es gibt Gerüchte über dich«, sagt sie und verstummt dann.

»Dass ich ein Strömer bin?« Von denen es nur ganz wenige gibt? Die mächtig sind? Ich muss lachen, so absurd ist das. »Falsch.«

»Woher willst du das wissen?«

»Die Frage lautet doch eher: Woher wollen *sie* das wissen?«

»Genau wie du kennen sie nicht alle Antworten.« Sie seufzt. »Gut, vergessen wir mal die Strömer-Sache. Es gibt auch ohne das vieles, was man an dir gut finden kann. Wenn du kämpfst, dann mit vollem Einsatz. Wenn du an etwas glaubst – wie an dein Recht, frei zu wählen –, kann dich niemand umstimmen. Dazu bist du viel zu dickköpfig. Und egal, was du sagst, du könntest mit der Devise von Myriad – nämlich, dass die Starken es sich einfach von den Schwachen nehmen – niemals leben.«

»Du weißt überhaupt nicht …«

»Doch. Denn genau das passiert auch hier, und du hasst es.«

»Nicht jeder Myriad-Anhänger ist so.« James hat sich beispielsweise nie etwas genommen, ohne vorher zu fragen. »Genauso wenig wie jeder Troika-Anhänger friedlich ist.«

Sie massiert sich müde den Nasenrücken. »Sicher. In so einem Fall denke ich immer daran, dass jeder Fehler macht und niemand perfekt ist. Von mir natürlich abgesehen.«

Zumindest leugnet sie das Problem nicht. »Ich finde, beide Sphären könnten eine Runderneuerung gebrauchen.« Die Vorstellung, dass ich dazu etwas beitragen könnte … gefällt mir irgendwie.

»Für eine Runderneuerung sind die richtigen Werkzeuge notwendig, Schätzchen. Und Talent.«

»Willst du damit sagen, dass ich momentan werkzeuglos und talentlos bin?«

»Ah, sehr gut. Du hast mich verstanden.«

Wir lächeln uns an.

Ihre Heiterkeit hält jedoch nicht lange an. »Unterschreib bei uns, Ten, und du gehörst zu mir. Ich bringe dich hier raus.«

»Ich gehöre zu dir?«

»Dann bist du eine Freundin. Ein Mitglied meines Teams, meiner Familie. Jemand, den ich beschütze, koste es, was es wolle.«

Ich lache, obwohl ich mich insgeheim danach sehne, zu jemandem zu gehören. Zu *irgendjemandem.* Beschützt und endlich wirklich geliebt zu werden ... wichtig, statt unwichtig zu sein. »Vertrau mir. Jemanden wie mich möchtest du in deiner Familie sicher nicht haben.« Ich mache nur Schwierigkeiten. Alles, was ich anfasse, zerfällt zu Staub. »Und jetzt mal ehrlich. Du kannst dich ja nicht mal *selbst* beschützen. Nicht hier, nicht die ganze Zeit.«

»Das hier?« Sie deutet auf sich und den Raum. »Was du hier siehst, hat nicht mal annähernd etwas mit der Realität zu tun. Hör auf, deinen Augen zu trauen, und höre lieber auf dein Herz. Das sieht viel mehr als du.«

»Herz ... im Sinne von Gefühlen?« Bei Troika geht es normalerweise eher um Gesetze.

»Herz im Sinne von Seele. Dein wahres Ich.«

Genau das ist es. Wer bin ich? Ten? Oder bin ich mit der Seele eines anderen verschmolzen?

Meine Mom hat einmal Überlegungen über meine »andere Hälfte« angestellt. *So wie Myriad sich verhält, muss es sich um jemand sehr Mächtiges handeln.*

Woher weiß ich, dass ich verschmolzen bin?

Jeder ist mit irgendjemandem verschmolzen, süßes Mädchen. Auf diese Weise bekommen die, die sich zuvor mit Troika verbunden haben, eine zweite Chance ... und die, die sich mit Myriad verbunden haben, die Möglichkeit, mehr Seelen zu gewinnen.

Früher war ich vollkommen von Myriad überzeugt. Diese Märchen über ein verwunschenes Land, in das niemals Tageslicht fällt und in dem der Mond, die königliche Kugel, niemals untergeht, wo man in von Kerzen beleuchteten Schlössern lebt und sehr wahrscheinlich einen Prinzen heiratet, verzauberte mich.

Das kleine schmutzige Geheimnis, das ich vor meiner Mutter bewahrte: Ein Teil von mir war immer schon neugierig auf Troika.

Ist diese Sphäre mit Armut geschlagen? Gibt es dort nur grelles Tageslicht? Sind die Häuser praktisch nicht mehr als Schuhkartons? Oder scheint die Sonne hell und prächtig und tröstet mit ihrer Wärme? Erfüllt der süße Duft von Blumen die Luft?

Mein (ehemaliger) TA sagte mir, Irreführung sei die wirksamste Waffe von Myriad. Wie bei einem hungrigen Wolf im Schafspelz. Seit meiner Inhaftierung habe ich nichts mehr von ihm gehört.

Zum Ärger meiner Eltern ist es strafbar, einen Agenten davon abzuhalten, mit einem potenziellen Kandidaten zu sprechen, wenn besagter Kandidat dazu bereit ist. Egal, welcher Sphäre der Agent angehört.

Meistens habe ich meinen TA einfach ignoriert, weil ich zu Hause keinen Ärger haben wollte ... bis eine Freundin mir gestand, dass sie bei Troika unterzeichnet hatte. Mit erschreckender Klarheit begriff ich, dass wir nun im Grunde genommen Feinde waren. Man würde von mir erwarten, sie aus meinem Leben zu verbannen. Sie sogar zu hassen.

Ich wollte wissen, weshalb. Also ging ich schließlich das Risiko ein, ein troikanisches Zentrum zu besuchen, wo ratsuchende Menschen sich mit einem TA unterhalten können.

Bevor wir auseinandergingen, stellte der mir zugewiesene TA mir eine Frage, die einen Riss in der harten Schale verursachte, die ich unwissentlich trug.

Lebst du den Traum deiner Eltern ... oder deinen eigenen?

Damals sah ich ihn höhnisch an, doch in dieser und jeder weiteren Nacht fragte ich mich ... Warum glaube ich, was ich glaube? Was ist wahr und was ist gelogen? Was ist real? Wieso sollte ich recht haben und so viele andere unrecht? Was, wenn *ich* mich irre?

Der schlaue Mistkerl hatte Zweifel in der fruchtbaren Erde meines Verstandes gesät, und diese Zweifel nahmen zu, je mehr ich nach Antworten suchte. Jetzt sind die Blätter so dicht, dass ich nicht mehr hindurchsehen kann.

Falls ich verschmolzen bin, bin ich nicht ICH. Dann bin ich Teil von jemand anderem. Oder von mehreren anderen. Aber wenn ich *ich* bin, bin ich allein für meine Probleme verantwortlich. Und wer will das schon?

Was mich am meisten umtreibt ist die Frage, ob mein Schicksal vorgezeichnet ist oder ob ich es ändern kann. Mit anderen Worten … könnte ich alles noch schlimmer machen?

4. KAPITEL

»Das, was ist, muss nicht unbedingt das sein,
was man vermutet.«

Troika

Ich beobachte ihn. An diesem Tag beobachte ich Killian beim Mittagessen und beim Abendessen. Wenn er mit Mädchen spricht, scheint er vollkommen in dem Gespräch aufzugehen, als ob jedes einzelne Wort von ihnen ein Geheimnis wäre, das er unbedingt herausfinden will. Und die Mädchen können nicht genug davon kriegen. Er gibt ihnen das Gefühl, etwas Besonderes zu sein, das sieht man. Sie reißen sich um ihn. Doch diese Mädchen ... sie sind eben nichts Besonderes für ihn. Auch das kann man sehen.

Er ist sich der Welt um ihn herum viel zu bewusst, er hält die rechte Hand immer in der Nähe seiner Tasche, als würde darin eine Waffe stecken. Als würde er damit rechnen, jeden Moment attackiert zu werden. Als ob er attackiert werden wollte.

Jedes Mal, wenn das betreffende Mädchen kurz wegschaut – was nicht oft passiert –, sieht er sich suchend nach mir um. Er zwinkert mir zu. Er weiß, dass ich ihn beobachte, und ich soll wissen, dass er es weiß.

Sein Selbstbewusstsein verleiht ihm eine Aura der Stärke, und, Himmel hilf, das beeindruckt mich.

Später an diesem Abend löst Vans sein Versprechen ein und arrangiert ein »Date« mit Killian. Der Doc erhöht den Spieleinsatz. Vorher bringt Schwester Ratched ein Kleid in meine Zelle, ein pinkfarbenes Sommerkleid mit Rüschen und Spitzen. Ich schneide eine Grimasse. Ich werde also die hübscheste Prinzessin in der Anstalt sein.

Ihre Abschiedsworte sind sowohl drohend als auch triumphierend: »Sie können es anziehen ... oder nackt gehen, wie Sie wollen.«

Roter Nebel verblendet mir die Sicht. Eine Wahl, die keine wirkliche Wahl ist, bedeutet eine Verletzung meiner Menschenrechte.

Welche Menschenrechte?

»Wow«, sagt Bow, nachdem ich mich umgezogen habe. »Heute würde ich nicht nur aus *Mitleid* mit dir rummachen.«

»Ähm. Danke.« Ich streiche über den ultraweichen Stoff. »Ich komme mir albern vor.«

»Was ist der Anlass?«

Als ich ihr von der heutigen Therapiesitzung erzählte, kneift sie die Augen zusammen.

»Verdammter Myriad-Hurensohn«, murrt sie. Sie liegt lang ausgestreckt auf ihrem Bett. »Ich frage mich, wie viel Mr. Flynn für *so ein* Privileg bezahlen musste.«

Ich breite die Arme weit aus. »Warum? Ist es so unvorstellbar, mit mir ein Date haben zu wollen?«

Sie schließt die Augen und schüttelt den Kopf. »Tut mir leid. Tut mir leid. Du bist heiß. Du bist der Hammer, und ich weiß, dass er sich nach dir verzehrt. Wer würde das nicht? Aber er ist nichts als ein Stück Scheiße, und er hat immer Hintergedanken.«

Eine brummige Entschuldigung, doch immerhin eine Entschuldigung.

»Okay, ich verzeihe dir. Schätze ich.« Ich meine, selbst ich wundere mich, wieso Killian ausgerechnet mich ausgewählt hat. »Erzähl mir, was für eine Vorgeschichte ihr beide habt.«

Sie knurrt tief aus dem Hals heraus. »Er ist scheiße. Mehr brauchst du nicht zu wissen.«

Das Mädchen hat mir wiederholt mit der Brechstange meine Geheimnisse entlockt, jetzt bin ich mal dran. »Komm schon, willst du mich nicht noch ein bisschen gegen ihn aufhetzen?«

»Wieso, ist das etwa notwendig?«

Nein, absolut nicht. Aber … Wozu ein Risiko eingehen? Ich meine, er hat echt irgendwas an sich …«

Sie zeigt mit dem Finger auf mich. »Lockwood, ich höre Atemlosigkeit aus deiner Stimme.«

Was? »Nein!« Ich und atemlos? Niemals. »Ich bin hart wie Stahl.«

Sie boxt in die Matratze, die Federn quietschen. »Du willst Details, bitte schön. Er hat seinen besten Freund von hinten erstochen – zwei Mal! Er ist egoistisch und grausam. Er nutzt Mädchen aus, um zu bekommen, was er will, und anschließend lässt er sie fallen.«

»Bist du eins der Mädchen, das er ausgenutzt und fallen gelassen hat?«, frage ich sanft.

»Nein! Eklig! Ich war nie scharf auf den Typen.« Sie schaudert. »Es ist nur … er wird mit dir schlafen, dir das Herz brechen und dich dann allein in dem Leben zurücklassen, das er zerstört hat.«

Bow, die offensichtlich voreingenommen ist, sieht das Ganze wahrscheinlich etwas verzerrt. Immerhin kann sie ja nicht in Killians Herz blicken.

Vielleicht suche ich aber auch nur nach Entschuldigungen für diesen Typen.

»Wenn es ihm nur darum geht, jemanden ins Bett zu bekommen, dann hat er sich das falsche Opfer dafür ausgesucht.« Ich war vernünftig genug, James jedes Mal zu bremsen, wenn seine Hände tiefer als bis zu meinem Hals gleiten wollten, und ihn habe ich *geliebt*.

Und im Gegensatz zu Killian hat James mich so angesehen, als ob er mich anbeten würde. Er hat mit mir gelächelt, nicht über mich. Er hat mir wunderbare Dinge ins Ohr geflüstert.

So wundervoll.

So zart.

So perfekt.

Das hat mich gleichermaßen fasziniert und verwirrt.

»Ich würde niemals mitmachen«, füge ich hinzu.

»Berühmte letzte Worte. Falls du in Versuchung gerätst, denk immer daran, dass Killian im Bett total egoistisch ist«, sagt Bow beiläufig, als würden wir über unsere Lieblingsdonuts sprechen. »Oh. Und wie man hört, hat er einen kleinen, einen winzig kleinen Penis.«

Ich verdrehe die Augen. »Könntest du mir irgendwas über ihn erzählen, das nichts mit Sex zu tun hat?«

»Na schön. Er ist auf jeden Fall absolut davon überzeugt, dass du auf ihn hereinfallen und alles dafür tun wirst, die Ewigkeit mit ihm zu verbringen.«

»Warum ist ihm das überhaupt so wichtig? Er ist ein Mensch. Wenn ich mich mit Myriad verbinde, um mit ihm zusammen zu sein ...« Natürlich wird kein Junge jemals Einfluss auf meine Entscheidung haben, weil es sowieso keine Garantien gibt. »... dann hat er persönlich doch nichts davon.«

Sie steht auf, kommt zu mir und tätschelt mir die Wange. »Wow. Du bist wirklich supernaiv.«

Weit hinten im Kopf registriere ich die Temperatur ihrer Haut. Wie James fühlt sie sich zu kühl an, als wäre sie nicht in der Lage, Wärme zu speichern.

Versuch mich zu wärmen, sagte James oft.

»Das heißt ... Killian bekäme doch eine Belohnung?«, frage ich.

»Nun, ja. Alles, was wir tun, hat Konsequenzen. Gute oder schlechte. Im Erstleben und im Zweitleben.« Mit geneigtem Kopf mustert sie mich eingehender. »Wer ist dein MA?«

»Ich hatte immer zwei zur gleichen Zeit. Viele sind gekommen und gegangen, aber eine ist dieselbe geblieben. Madame Pearl Bennett.« Eine makellose Blondine mit warmem Lächeln.

Abscheu breitet sich auf ihrem Gesicht aus. »Madame ist der Titel für eine Anführerin, das ist ein Rang höher als Agentin.«

»Ja.« Eine Tatsache, die ich Madame Bennett gegenüber erwähnte, als ich in der Schule die Bezeichnung der unterschiedlichen Posten lernte. Sie lächelte süß und sagte: *Du, meine Schönheit, bist was Besonderes. Ich möchte deinen Fall selbst betreuen.*

Ich fragte, was an mir Besonderes sei, und ihr Lächeln wurde breiter. *Du erinnerst mich an jemanden, den ich geliebt habe, und wie sie wirst du Großartiges für unsere Sphäre erreichen.*

Ich habe sie verehrt. Damals. Doch dann war sie es, die meine Eltern überredete, mich nach Prynne zu schicken. Ich habe sie belauscht. Anfangs hat mein Vater sich dagegen gewehrt. Madame versprach ihm jedoch, dass diese Erfahrung mich stärker machen und mir helfen würde, die Person zu werden, die ich zu sein bestimmt war. Sie sagte, ich würde mich dann nicht länger teenagermäßig schmollend weigern, bei Myriad zu unterzeichnen. Als er das hörte, gab er schließlich nach und überzeugte meine Mutter.

»Nun«, sagt Bow, und ich habe keine Ahnung, was genau sie denkt, auf jeden Fall nichts Gutes. »Du musst für Myriad genauso wichtig sein wie für Troika. Ich kenne niemanden, der jemals zwei MAs hatte.«

Ich auch nicht. Allerdings ... »In Myriad gibt es keine Strömer.«

»Nein, dort gibt es Auflöser. Das sind die, die das Licht auflösen. Die mächtigsten Leute in ihrer Sphäre.« Sie starrt mich an. »Wenn du bei Myriad unterzeichnest, hat Troika nicht nur eine Strömerin weniger, es werden zugleich unsere Strömer geschwächt.«

Ich reibe mir den Nacken. »Und was passiert dann?«

»Troika würde genauso wie Myriad in die Dunkelheit eintauchen. Das ist es, was die andere Sphäre immer schon wollte und wogegen wir immer schon gekämpft haben.« Bow kaut auf ihrer Unterlippe. »Bist du sicher, dass du Killians … Charme widerstehen kannst?«

»Hundertprozentig.« *Seine Augen lassen mein Blut singen …* Wahrscheinlich. Hoffentlich. *Seine grinsenden Lippen und seine unverhohlenen Anspielungen machen mich stinkwütend.* »Hundertprozentig.«

Sie atmet aus. »Hast du irgendwelche Erfahrungen mit dem anderen Geschlecht?«

»Ich hatte einen Freund«, antworte ich kühl.

»Hier? War er ein Mensch?«

»Natürlich.«

»Woher weißt du das?«

»Woher wohl? Ich durfte ihn anfassen.« Jeder Agent kommt in einer Hülle auf die Erde, eine menschliche Außenhaut, die es einem Geistwesen ermöglicht, in der körperlichen Welt sichtbar zu sein.

Allerdings ist es uns verboten, die Hülle jemals anzufassen, wobei uns nie erklärt wurde, wieso.

Sie verschränkt die Arme vor der Brust. »Wie war er? Dieser Freund?«

»Sein Name war James. Ich habe ihn in meiner ersten Woche hier kennengelernt. Er hat Essen hereingeschmuggelt, wenn man mich hungern ließ, und Wundsalbe, nachdem ich geschlagen wurde.« Das tatsächliche Wunder war jedoch, dass er mich in der Stille der Nacht zum Lachen brachte. »Warum interessierst du dich so für ihn?«

»Warum wohl. Ich bin neugierig, das weißt du doch. War er ein Ungezeichneter?«

»Nein. Er war insgeheim Myriad-Anhänger …« Hätte

Vans das gewusst, hätte er ihn gefeuert. »Aber er hat nur selten mit mir über die Sphären gesprochen.« Er sah *mich* und nicht eine potenzielle Sphäre-Gefährtin.

»Ah.« Sie verzieht das Gesicht, während sie nickt. »Er hat es auf die langsame Tour durchgezogen.«

»Wie bitte?« Was soll *das* denn bedeuten?

»Für die langsame Tour braucht es mehr Planung und Vorbereitung. Man muss länger mit der Zielperson interagieren und länger warten, bis die eigentliche Aufgabe erfüllt ist ... dass du unterschreibst.«

Weiße, heiße Wut steigt in mir hoch. »Nicht jeder ist von der Ewigkeit besessen.«

»Ja, aber würde ein Junge, der behauptet, dich zu lieben, nicht für *immer* mit dir zusammen sein wollen? Und du hast mal von Vergünstigungen gesprochen ... Ich wette, die bekommen die Mitarbeiter und Insassen gleichermaßen.«

Sie ... sie ... Oh Mann! Sie geht mir vielleicht auf die Nerven!

»Was hast du noch an ihm gemocht?«»

»Leck mich. Das Thema ist für mich beendet.«

Sie macht eine hoheitsvolle Handbewegung nach dem Motto, die Königin wünscht, dass Sie fortfahren. »War er Mitarbeiter oder Insasse?«

»Mitarbeiter. Und er hat für mich gelebt – und ist dann für mich gestorben.« Offenbar ist das Thema für mich *doch* nicht beendet. Mein Kinn zittert, ich höre selbst, wie defensiv mein Ton ist. »Er wurde getötet, weil er mir helfen wollte zu flüchten.«

Seitdem sind neun Monate vergangen. Dr. Vans hat ihm in die Brust geschossen.

Ein Baby bleibt neun Monate in der Gebärmutter. Eine Katze hat neun Leben.

Vielleicht sollte ich einfach bei Myriad unterschreiben. Dann würde ich James wiedersehen.

Insgeheim habe ich damit gerechnet, dass er mich zumindest ein einziges Mal besuchen würde, obwohl die Sphären sagen, dass geliebte Menschen viel schlimmeren Schaden anrichten können als Fremde. Deswegen gibt es Gesetze, die eine Begegnung nach dem Tod verhindern sollen.

»Du hast seine Taten gesehen«, sagt Bow. »Jedoch nicht sein Herz.«

Meint sie das ernst? »Taten *offenbaren* ein Herz.«

»Nicht immer. Man lässt sich gern vom äußeren Schein täuschen.«

Okay. Das war's. »Das Thema ist für mich beendet.« Dieses Mal meine ich es wirklich so.

»Aber sicher.« Mit einem derben Grunzen wirft sie sich wieder auf ihr Kissen. »Du bist jemand, der gern wegläuft.«

Ihre Worte sind wie ein Schlag ins Gesicht. »Ich bin eine Kämpferin.«

»Ha! Kämpferinnen beziehen klar Stellung.«

Ich werfe mich ebenfalls auf mein Bett und blicke hinauf an die Decke. Hätte ich nur in einer Zeit vor den Sphären gelebt. Nicht, dass es so eine Zeit je *gab*. Es gibt und gab schon immer den Erstkönig. Er hat Myriad und Troika erschaffen, um jedem seiner Söhne eine Sphäre zu schenken. Dann hat er das Land der Ernte und die Menschen erschaffen. Wesen, die die Königreiche bewohnen – *nachdem* sie ein Königreich gewählt haben.

Natürlich versuchte bald der eine Bruder den anderen zu vernichten, weil er beide Sphären regieren wollte, und so begann der Krieg.

Und welche Sphäre behauptet wohl, welcher Bruder damit angefangen hat?

Viele Enden war (ursprünglich) für Kriminelle erschaffen worden, wurde aber zur Heimat der Ungezeichneten.

»Tenley Lockwood. Sie werden im Gemeinschaftsraum erwartet.« Eine Frauenstimme mit starkem Akzent dröhnt aus den Lautsprechern, die an strategisch günstigen Stellen an der Decke hängen. Dann gehen die Türen auf.

Tja, Zero. Die Zeit ist gekommen.

Ich rede mir selbst gut zu. *Ein hübsches Gesicht kann dich nicht aus der Ruhe bringen, und hübsche Worte interessieren dich nicht. Du bleibst distanziert. Kein Junge ist die Probleme wert, die er mit sich bringt – zumindest hier nicht.*

»Sei vorsichtig.« Bows Ärger ist verflogen, jetzt wirkt sie besorgt. »Hast du ein Unterhöschen aus Stahl? Wenn ja, zieh es *auf der Stelle* an!«

Leise schnaubend eile ich in den Flur, wo Killian schon auf mich wartet. Sein Blick ist nicht auf mich, sondern auf Bow gerichtet, seine Augen funkeln vor Wut. Die Hände hat er zu Fäusten geballt, bereit zuzuschlagen.

Bow bleibt, wo sie ist, starrt ihn mit zusammengekniffenen Augen an, aber *ihre* Hände sind nicht geballt, und sie versucht auch nicht, aus der Zelle zu entkommen, um ihn umzubringen, das ist schon mal ein großer Fortschritt.

Wie ich trägt Killian keinen Overall mehr, stattdessen ein schwarzes T-Shirt und Jeans, beides steht ihm hervorragend. Ich meine, wow. Er war auch vorher schön, doch jetzt ist er umwerfend. Er ist ein absolut einzigartiger Junge – Mann.

»Wie alt bist du?«, höre ich mich fragen.

»Neunzehn.««

Als er mich schließlich mit seinen blau-goldenen Augen ansieht, betrachtet er mich von Kopf bis Fuß, einmal, zweimal … und lächelt dann.

»Ausnahmsweise bin ich über mein junges Alter froh.«

»Du bist vor dem Gesetz erwachsen.«

»Und du nicht. Gegensätze ziehen sich an.«

»Ich meine damit, dass niemand dich zwingen kann, etwas zu tun, was du nicht tun willst. Warum bist du also hier?« Das habe ich ihn schon einmal gefragt, aber da hat er mir nur Mist erzählt. »Wenn du diesen Abend heil überstehen willst, solltest du ehrlich antworten.«

Er lächelt, stopft die Hände in die Taschen und zuckt mit den Schultern.

Nervig! »Sei ein großer Junge und versuche es mit Worten.«

»Vielleicht bezahlt Vans mich dafür, dich zu verführen. Das denkst du doch, oder?«

Ja! Und was wenn James auch dafür bezahlt wurde?

Argh! Bow! Sie sitzt in meinem Kopf.

Killian reicht mir seine tätowierte Hand. »Übrigens, du solltest *immer* Pink tragen, Mädchen.«

Mein dummes Herz setzt aus, und meine dumme Hand zittert, als wir uns berühren. Seine Haut ist so kalt wie die von James und von Bow. Das ist merkwürdig. Oder bin ich es, die merkwürdig ist?

»Eigentlich versteht es sich von selbst, aber hey, warum irgendwas dem Zufall überlassen? Das hier ist kein richtiges Date.«

»Magst du den Ausdruck nicht? Gut. Dann nennen wir es anders. Wie wäre es mit Pyjamaparty? Für zwei?«

Ich muss fast lachen. Fast. »Ich trage keinen Pyjama.«

»Unterwäsche?«

»Mir wäre der Ausdruck Todesspiel am liebsten.«

»Dann also Todesspiel. Oh, sieh nur, ich bin zu einem Kompromiss bereit. Ich bin wirklich der perfekte Mann.«

Dieses Mal lache ich. Er ist schamlos.

Wir gehen den Flur entlang zum Gemeinschaftsraum, nur sieht es jetzt da ganz anders aus als sonst.

Eine Ecke des Raumes wurde umgestaltet. Dort steht ein kleiner von Kerzen beleuchteter Tisch mit zwei gepolsterten, nebeneinanderstehenden Stühlen. Die Tischplatte biegt sich vor Speisen, es gibt sogar eine Flasche Wein und Schokoladenkuchen.

Kuchen! Sind wir im Himmel?

Killian geht jedoch nicht zum Tisch, sondern nach links, wo eine virtuelle Tour auf die Wände projiziert wird. Eine, die ich noch nie gesehen habe. Ein so realistischer mondbeschienener Strand, dass ich beinahe das Salz und den Sand riechen kann.

»Du legst dich ja gleich von Anfang an mächtig ins Zeug«, murmele ich. Wellen tanzen über das Ufer und lassen flauschigen Schaum zurück. Kleine Lichter kriechen auf das Wasser zu – leuchtende Schildkröten! Ich gurre vor Begeisterung. »Sie sind so wunderschön.«

»Möchtest du eine halten?«

Uuuund schon ist es vorbei mit meiner Begeisterung. »Glaubst du wirklich, dass ich so leicht zu manipulieren bin?«

»Du nennst es *manipulieren*. Ich nenne es *belohnen*. Du liebst das Wasser. Versuch gar nicht erst, das abzustreiten.«

Ich versteife mich. Entweder hat er mich belauscht, was nicht sehr wahrscheinlich ist – ich hätte ihn bemerkt – oder Vans Kameras und Mikrofone haben aufgezeichnet, was ich Bow erzählt habe, und die Informationen wurden an Killian weitergegeben.

Ich spüre, wie meine Wut sich wieder meldet. Da ich Abstand brauche, gehe ich hinüber zur anderen Wand. Dort sieht man Leute um ein knisterndes Lagerfeuer sitzen – Leute, die reden und lachen und das Ewigleben genießen.

An der nächsten Wand spielt eine andere Gruppe etwas, das wie eine Mischung aus Volleyball und Völkerball aussieht. Idiotenball mit Anfassen?

»Das hier«, Killian tippt auf das Lagerfeuer, »erwartet dich in Myriad.«

»Es sei denn, Troika hat recht, und *das*«, ich tippe auf das Netz, »ist nur eine Illusion.«

Als er nicht antwortet, drehe ich mich zu ihm um. Er hat den Blick auf das Lagerfeuer geheftet. Nein, nicht auf das Lagerfeuer, wie mir klar wird, sondern auf die Leute, die drum rum sitzen. Entdecke ich da etwa so etwas wie *Sehnsucht* in seinem Blick? Vielleicht sogar einen Hauch von Neid?

»Du hast erwähnt, dass du surfst«, sage ich. »Wer hat dir das beigebracht?«

Ein Muskel unter seinem Auge beginnt zu zucken. »Ich habe es mir selbst beigebracht.«

Ganz offensichtlich ist das ein heikles Thema. »Und deine Freunde? Deine Eltern?«

»Was ist mit *deinen* Freunden und *deiner* Familie?«

Oh nein. Dieses Spielchen fangen wir gar nicht erst an. »Ich beantworte deine Frage, wenn du meine beantwortest.«

Ein paar Sekunden vergehen. Schließlich sagt er: »Mein Vater wollte mich nie, und meine Mutter ...« Er presst die Lippen zusammen, schüttelt den Kopf. »Ich dachte, es geht, aber es geht nicht. Ich werde keine persönlichen Fragen mehr stellen und du auch nicht. Abgemacht?« Er nimmt meine Hand und führt mich an den Tisch.

»Abgemacht.« Ich setze mich, ohne zu protestieren. Was er gesagt hat, tut mir im Herzen weh – *armer Junge, sein Vater wollte ihn nie* –, doch schnell rufe ich mir in Erinnerung, dass Killian nicht mein Freund ist. Sondern ein Köder. Ich *muss* einfach gleichgültig bleiben.

Mir läuft das Wasser im Mund zusammen. »Lass uns essen.«

Er setzt sich ebenfalls und breitet eine Serviette über seinem Schoß aus. »Ladies first.«

»Das wirst du wahrscheinlich bereuen.« Ich packe meinen Teller und meine Schüssel mit den ganzen Leckereien voll, die ich seit über einem Jahr nicht mehr bekommen habe. Ein Stück Schokoladenkuchen – man muss Prioritäten setzen! Hühnchenpastete, ein Stück Schokoladenkuchen, ein Löffel buttrige grüne Bohnen, ein Stück Schokoladenkuchen …

»Lässt du mir etwas vom Kuchen übrig?«

»Eher nicht. Der gehört allein mir.« Ich zeige mit meinem Löffel auf ihn. »Rühr ihn nicht an.«

Er hebt beschwichtigend die Hände. »Seit wann bist du schon schokoladensüchtig?«

»Seit meiner Geburt. Ein schwerer Kampf.« Ich richte die Aufmerksamkeit wieder auf die vor mir liegende Aufgabe. Also. Wo war ich? Ach ja. Zehn Trauben, ein Stück Schokoladenkuchen, zehn Erdbeeren, ein Stück Schokoladenkuchen und zum Schluss, für den Gesundheitskick, ein Löffel Nudelsalat.

Das Problem? Die Anzahl der Kuchenstücke ist krumm.

Also nehme ich mir das letzte Stück, um auf eine gerade Zahl zu kommen.

»Das kannst du keinesfalls alles essen.« Er schenkt mir ein Glas Wein ein. »Dazu bist du zu klein.««

»Ich werde jeden Krümel verdrücken. Und ich möchte lieber Wasser trinken, wenn es recht ist.«

»Nun, und ich möchte, dass dein Kleid sich spontan selbst entzündet, aber man bekommt eben nicht alles, was man sich wünscht, nicht wahr?«

Zero! Vielleicht sollte ich jetzt eher *Vans* zu meinem Lieblingsschimpfwort mit vier Buchstaben erklären. Dass Killian immer nur an das eine denkt, wird bei *mir* bald für eine spontane Selbstentzündung sorgen.

Will er mich betrunken machen? Empfänglich für gewisse Vorschläge?

»Ich bin noch minderjährig.« Achtzehn, das Alter, in dem man heutzutage alles darf, kann gar nicht schnell genug kommen. »Wenn ich Alkohol trinke, verstoße ich gegen das Gesetz.«

»Tut mir leid, Süße, das ist dein Problem.«

Also Wein oder nichts. Egal. Ich werde einfach nur daran nippen und auf keinen Fall betrunken werden.

Er schnalzt mit der Zunge. »Schau nicht so düster. Zwei oder mehr Gläser Wein pro Tag sorgen dafür, dass einem das meiste am Arsch vorbeigeht.«

Nett. Ich trinke meinen allerersten Schluck Alkohol. Mmm. Wein ist lecker. Schmeckt ein bisschen nach Himbeere und Walnuss. Süß und erdig. »Nur damit du es weißt, ich werde mit dir nicht über Ewigleben reden.«

»Worüber *möchtest* du gern reden? Ach, vergiss es. Wahrscheinlich würdest du sowieso nur die vielen verschiedenen Möglichkeiten aufzählen, mich umzubringen.« Er schiebt sein Essen auf dem Teller herum und durchbohrt mich mit einem Laserblick. »Was würdest du sagen, wenn deine Zugehörigkeit zu Myriad eine Frage von Leben und Tod wäre? Würdest du dann über die Sphären sprechen?«

»Ja, aber nur um zu sagen, wie bescheuert es ist, mir einen Gott-Komplex einreden zu wollen, nur damit ich mich wichtig fühle und glaube, dass ein popliges Mädchen alles verändern könnte.«

Er lässt den Löffel sinken. »Poplig? *Dickköpfig* stimmt wohl eher. Deine Weigerung verursacht alle möglichen …« Wieder presst er die Lippen zusammen. »Myriad braucht dich, so viel steht fest. Die machen deinetwegen ein Riesentheater.«

Erneut ist da dieser Anflug von Sehnsucht und Neid. Denkt er, dass niemand ihn braucht, dass für ihn niemand ein Riesentheater machen würde?

Ich seufze. Ich lese viel zu viel in seinen Gesichtsausdruck hinein, oder? Sehe, was ich sehen möchte. Oder vielleicht handelt es sich auch nur um eine Spiegelung meiner eigenen Gefühle.

»Wie wäre es, wenn wir einfach stumm hier sitzen?«, frage ich.

Eine Stimme erschallt über die Gegensprechanlage. »Sie werden Ihr Gespräch über die Sphären fortführen.«

Dr. Vans, der mich daran erinnert, wo ich bin, mit wem und was der hässliche Zweck dieses Abends ist.

So fest, wie ich den Löffel umklammere, befürchte ich, dass meine Fingerknöchel jeden Moment die Haut durchstoßen könnten. Selbstverständlich hört Vans jedes einzelne Wort mit und beobachtet jede unsere Bewegungen.

»Wusstest du das?« Ich starre Killian böse an.

»Nein«, antwortet er und beißt die Zähne zusammen. »Er ist ganz sicher nicht Teil meines Plans.«

Nun, nun. Zumindest gibt er offen zu, dass ein Plan existiert.

Fest entschlossen, beide Männer zu ignorieren, lege ich schützend einen Arm um meinen Teller und schaufle das Essen nach und nach in mich hinein. Das erste Kuchenstück verschwindet, rasch gefolgt von … nun, allem anderen. Als ich fertig bin, ächze ich zufrieden. Und bereue. Sehr. Wahrscheinlich hätte ich etwas für Bow aufheben sollen.

Ich wische mir den Mund mit meiner Serviette ab, Killian kichert.

»Was?«, frage ich.

»*Jetzt* auf einmal benimmst du dich wie eine Lady?«

Ich klopfe mir auf den Bauch. »Na und? Meine Magen-Darm-Uhr hat eben getickt. Ich wollte sozusagen Essen so dringend wie andere Frauen ein Baby.«

»Nur gut, dass ich mir vorher die Rosinen rausgepickt habe.«

Ich kann nicht anders, ich muss lächeln. Ich will diesen Jungen nicht mögen, aber verdammt, er ist witzig.

Dann fällt mir Vans wieder ein, und mein Lächeln erstirbt.

Ich schnappe nach Luft, als Killian einen Teller auf die mit Draht gesicherte Kamera schleudert. Der Teller knallt auf den Boden, ohne zu zerbrechen. Die Kamera ist ebenfalls unbeschädigt. Trotzdem fühlen wir uns beide nach dieser Aktion besser, wir wechseln einen verständnisvollen Blick.

»Was machen wir jetzt?«, frage ich.

»Ich könnte das Hemd ausziehen, Liegestütze machen und dich mit meiner männlichen Kraft beeindrucken.«

Wahrscheinlich ein Scherz, allerdings ist die Vorstellung trotzdem verlockend. Ihm zuzusehen, wie er schwitzend seine Muskeln spielen lässt? Ja, bitte. Ich zwinge mich, zu sagen: »Nein danke.« Da kommt mir eine Idee. »Ich möchte über deine Eltern sprechen.« Er ist schließlich nur hier, um mich zu ködern, und deswegen finde ich, dass er unser Zusammensein auf keinen Fall genießen darf. »Womit ich mich übrigens an deine Regeln halte. Denn das ist keine Frage, sondern eine Forderung.«

Er fährt sich mit der Zunge über die Zähne. »Such dir ein anderes Thema aus. Sonst wird's nur langweilig.«

»Du meinst einmalig.«

Er schnaubt, entspannt sich dann etwas und sieht mich mit einem Blick an, der sich direkt in meine Seele zu bohren scheint.

»Meine Mutter starb, bevor ich sie kennenlernen konnte, aber meine Geburt wurde aufgezeichnet. Ich habe mir das Video so oft angesehen, dass ich jedes Detail im Kopf habe. Am Ende hat sie mich geküsst und gesagt, dass sie mich niemals vergessen wird. Und nun frage ich mich …«

Ich habe einen Kloß im Hals. Was fragt er sich jetzt? Ob sie mit jemandem verschmolzen ist? Ob sie sich an ihn erinnern kann?

Ich drücke seine Hand. »Das tut mir leid.«

Er sieht mich forschend an – was sucht er?

»Ich schätze, das meinst du ernst.«

»Ja.«

Wir schweigen wieder, doch diesmal liegt ein Knistern in der Luft, kitzelt meine Haut und lässt meine Nerven vibrieren.

»Wenn Sie nicht über die Sphären sprechen wollen, dann werden Sie jetzt eben eine vertrauensbildende Übung durchführen.« Vans nachdrückliche Stimme lässt uns beide zusammenfahren. »Ten, stellen Sie sich vor Killian und lassen Sie sich nach hinten fallen. Killian, Sie fangen Ten auf, bevor sie fällt.«

Das kann doch nur ein Scherz sein.

Killian lässt den Kiefer knacken, steht aber auf. »Wenn ich nicht so scharf darauf wäre, dich zu berühren, würde ich den Scheißkerl ausfindig machen und ihn mit seinen eigenen Eingeweiden ersticken.«

Ich kann nur an eins denken: Killian wird mich gleich berühren.

Ich trinke das Glas leer, bevor ich mich ebenfalls erhebe. Was denn? Ich habe eben Durst. Nebel legt sich über meinen Verstand, eine süße Stimme wispert: *Er ist sehr groß, das ist gut, es gibt keinen Grund, Angst zu haben, und vielleicht solltest du dich an seinem Hemd festhalten. Wegen des Gleichgewichts.*

Stopp! Das ist unfair!

Dieser Nebel ist wirklich ein fieser Trick, dem werde ich es schon zeigen, indem ich einen Schritt zurücktrete … wo mein Stuhl steht. Huch! Mein Hintern knallt etwas zu hart auf den Sitz, und ich zucke zusammen.

Killian zieht mich wieder hoch. »Aus der Sache kommst du jetzt nicht mehr raus, Mädchen.« Er schiebt mich vom Tisch weg. Als er sich hinter mich stellt – oder besser gesagt hinter mich stellen will – drehe ich mich mit ihm. Ich will ihn nicht in meinem Rücken haben.

Das Problem kennt er bestimmt, aber statt zu schimpfen, lenkt er mich ab. »Was für eine Strafe hast du heute Morgen bekommen? Das frage ich mich schon den ganzen Tag.«

Seine blau-goldenen Augen funkeln vor Wut. Wut über das, was mir passiert ist.

Er scheint einen Beschützerinstinkt zu haben, oder?

Endlich drehe ich mich um, und ohne länger zu überlegen, lehne ich mich zurück. Mein Magen zieht sich zusammen, ich rechne ernsthaft damit, auf den Boden zu knallen.

Killian fängt mich auf und lächelt. »Na?«

Ich bin so erleichtert, dass ich sage: »Ich hatte einen Kalender an meiner Wand.« Ruhe in Frieden, süßer Kalender. »Vans hat ihn abwaschen lassen.«

Er runzelt die Stirn und richtet mich wieder auf. »Du hast wegen eines Kalenders geschrien?«

»Nun, es war ein besonderer Kalender«, sage ich abwehrend.

»Verstehe.« Er macht mit dem Zeigefinger eine Bewegung, eine Aufforderung, mich umzudrehen. »Was wurde dir hier noch angetan?«

»So ziemlich alles, was man sich vorstellen kann. Auspeitschungen, Schläge. Ich wurde sogar mit einem Elektroschocker für Rinder behandelt.« Diesmal fällt es mir leichter, mich umzudrehen. »Oh, und vergessen wir das Waterboarding nicht. Das hat echt Spaß gemacht!«

Halt die Klappe, ruft mein gesunder Menschenverstand. Ich sollte lieber schweigen wie ein Grab.

Ach, wen interessiert's? Heute ist ein wunderschöner Tag, und ich liebe absolut jeden!

»Dr. Vans hat Waterboarding bei dir angewendet?«, fragt Killian.

Seine Stimme ist so tief, so seidig, dass er mich damit praktisch hypnotisiert.

»Ja. Aber hier eine bessere Frage: Bist du bereit für mich?«

»Kann jemals jemand für dich bereit sein, Süße? Doch keine Sorge. Ich lasse nicht zu, dass man dir wehtut. Du hast mein Wort.«

Ich halte die Luft an, während ich falle … falle …

Killian fängt mich wieder auf. Dieses Mal wirbelt er mich herum, bis wir uns direkt ins Gesicht sehen. »Soll ich Dr. Vans für dich töten?«

Vielleicht. Ich trete einen Schritt näher, um die wichtigste Information in der Geschichte des Universums zu enthüllen: Seine Wimpern sind schön, und ich würde sie am liebsten nachmessen. Wem will ich hier was vormachen? Ich weiß bereits, wie lang sie sind. Perfekt lang. Stattdessen sage ich: »Mein Hirn ist gerade wie ein See, über dem ein wunderhübscher Nebel tanzt.«

Killian sieht mich an wie das schönste Geburtstagsgeschenk aller Zeiten.

Warte, ich wollte ihm doch was sagen … »Wimpern.«

»Du bist betrunken«, stellt er fest.

»Wie kannst du es wagen. Ich bin nur vielleicht betrunken.« Ich streiche mit dem Zeigefinger um seine Augen. Weiche Wimpern.

Er packt mich am Handgelenk und drückt meinen Arm an meine Seite. »Warum hast du dich heute nicht gewehrt?«

Gewehrt … gewehrt? Oh! Vans. »Was kann ich schon tun. Ich könnte wetten, dass dich noch nie jemand verprügelt hat. Du bist so groß.«

»Oh, und wie ich verprügelt wurde.« Seine Wut kehrt zurück. »Allerdings habe ich mich immer tausendfach dafür gerächt.«

Ich zittere. Wieso zittere ich? »Gnadenloser Typ, hm?«

»Sieger sind zum Anbeten, Verlierer zum Zertreten.«

Da ich es nie geschafft habe, hier rauszukommen und mir weiteren Schmerz zu ersparen, kann er nicht viel von mir halten. »Da muss ich dir unhöflicherweise widersprechen. Wenn ein Sieg mit falschen Mitteln errungen wird, ist es kein wirklicher Sieg.«

Er hebt eine Augenbraue und lächelt höhnisch. »Deine Meinung klingt sehr er-*leuch*-tet.«

Ups. Klinge ich etwa wie eine Troikanerin? Bow muss auf mich abgefärbt haben.

»Dreh dich um«, sage ich. »Du bist dran.«

»Glaubst du tatsächlich, dass du mich auffangen kannst?«

»Ich bin stärker, als ich aussehe.«

»Nicht sehr beruhigend.«

Ich mache eine Kreisbewegung mit meinem Zeigefinger.

Zögernd wendet er sich um. »Übrigens, Sieg ist Sieg. Man ist ganz oben und nicht ganz unten.«

»Wo oben? Auf dem Berg gebrochener Herzen und Schmerzen, den du hinterlässt?«

Er öffnet den Mund, schließt ihn wieder – und lässt sich fallen.

Ich fange ihn auf, aber er ist schwer, schwerer als erwartet. Er fällt weiter und reißt mich mit sich. Wir sinken zu Boden, und er lacht. Ich lache auch. Mit verschränkten Gliedmaßen bleiben wir liegen.

»So langsam glaube ich«, sage ich, »*Macht bedeutet Recht* heißt eigentlich, dass die Starken die Schwachen beschützen, weil die Starken nicht immer stark und die Schwachen nicht immer schwach sind. Jeder strauchelt. Und eines Tages, wenn *du* strauchelst – und das wirst du –, brauchst du jemanden, der dir aufhilft. Wird es jemanden geben, der dir dann helfen möchte, oder gibt es nur jede Menge Leute, die am liebsten noch nachtreten wollen, während du am Boden liegst?«

Auf einmal ist es vorbei mit seiner Belustigung. Abrakadabra … weg!

Er sieht mich finster an. »Dieses Thema ist für mich beendet.«

Das sind dieselben Worte, die ich Bow entgegenschleudere, sobald sie ins Schwarze getroffen hat, und das habe ich bei ihm auch, ob er es zugeben will oder nicht.

»Okay. Ich werde meine eigene Regel brechen und mit dir über die Sphären sprechen.« Ich strecke mich auf dem Boden aus, wobei ich mich in seiner Gegenwart wohler fühle, als ich sollte. Was ich nicht auf den Alkohol schieben kann. Blödes Spiel! Killian hat mich aufgefangen, obwohl er mich hätte fallen lassen können. »Wieso bist du auf der Seite von Myriad?«

Er stützt sich rücklings auf die Ellbogen und betrachtet mich wachsam. »Dafür gibt es zu viele Gründe, um sie an einem einzigen Abend aufzuzählen.«

»Dann sag mir nur die wichtigsten.« Als er den Kopf schüttelt, schlage ich vor: »Die wichtigsten zehn? Die wichtigsten zwei?«

»Wozu? Meine Gründe würden deine Entscheidung nicht beeinflussen.«

»Na und? Sag sie mir trotzdem. Ich bin neugierig.« Was ich nicht erwähne, ist: auf dich.

Sein Blick wird wärmer, als hätte er diese Worte trotz allem gehört.

»Erstens: Ich fühle mich in der Dunkelheit wohler. Zweitens: Troika behauptet, die Verschmelzung der Seelen sei eine Lüge, aber ich weiß, dass es die Wahrheit ist.«

Aufregung verwandelt den Wein, den ich getrunken habe, in Champagner – so wie ich mir Champagner vorstelle –, und dieses starke Gebräu sprudelt und schäumt auf einmal in meinen Venen. »Hast du dafür konkrete Beweise? Weil bisher kein anderes Geistwesen diesen Vorgang jemals beobachten konnte. So wie ich es verstanden habe, wissen die Leute in Myriad auch nicht genau, wer mit wem verschmolzen ist. Sie können nur raten und die Todesfälle in den Sphären mit den Geburten hier vergleichen.«

»Ich muss es nicht sehen, um es zu glauben. Ich spüre doch selbst, wie ich manchmal in zwei verschiedene Richtungen gezerrt werde.«

Ich warte, dass er mehr sagt. Was er nicht tut, wie schade.

Behutsam, weil ich nicht vergessen habe, was er über seine Mutter erzählt hat, sage ich: »Ich werde auch oft in verschiedene Richtungen gezerrt, aber das heißt nicht unbedingt, dass ich verschmolzen bin. Es bedeutet, dass ich gespalten bin und das Potenzial für Gut und für Böse in mir trage.«

Er schaut verärgert. »Jemand, der sich weigert, die Wahrheit zu sehen, wird immer die Lüge akzeptieren.«

Nun, das erscheint mir ziemlich tiefgründig für einen Jungen, der sich selbst als oberflächliche männliche Schlampe darstellt. Außerdem ist es irgendwie wahr. »Jemand, der die Lüge akzeptiert, wird niemals die Wahrheit sehen.«

»Ich muss verschmolzen sein. Meine *Mutter* muss verschmolzen sein.« Sein Akzent ist jetzt stärker. »*Das* ist die Wahrheit.«

Armer Junge, denke ich erneut. Er klammert sich mit aller Macht an diese Hoffnung. »Ich hoffe, du hast recht«, sage ich und meine es auch so.

Er stupst mit dem Fuß gegen meine Hüfte. »Die Hälfte von dem, was du sagst, geht mir total auf die Nerven, aber was die andere Hälfte betrifft, da würde ich dich am liebsten küssen … und nicht nur, damit du die Klappe hältst.«

Ich zucke zusammen. Er will mich küssen? »Anscheinend magst du es nicht, wenn man dich durcheinanderbringt.«

»Tust du das?«

»Nicht mit Absicht. Vielleicht.« Seine hübschen Wimpern werfen Schatten auf seine Wangen, doch das Flackern der Kerzen auf dem Tisch verjagt mit goldenen Strahlen immer wieder die Dunkelheit.

Er könnte ein Aushängeschild für beide Sphären sein. Einen Moment lang ist er von Dunkelheit umgeben, im nächsten hell erleuchtet. Strahlend.

Ich lecke mir über die Lippen. »Warst du je verliebt?«

Er wirft mir einen seltsamen Blick zu. »Warum willst du das wissen?«

»Reine Neugier.«

»So was wie reine Neugier gibt es nicht. Entweder du willst mich analysieren, oder du interessierst dich für mich.«

»Ich will dich analysieren«, sage ich schnell. Ja, ja. Das ist es ganz bestimmt.

»Nun gut. Die Antwort ist Ja, war ich, und nein, mehr werde ich dir darüber nicht erzählen. Es sei denn, du bist zu einem Tausch bereit? Meine Lebensgeschichte für dein Einverständnis, bei Myriad zu unterschreiben.«

Zero! Ich bin zwar total neugierig, aber dieser Preis ist zu hoch. »Nein, du musst mir ohne Bedingungen davon erzählen. Immerhin handelt es sich hier um ein Date, schon vergessen?«

»Nein, es handelt sich um ein Todesspiel.«

Richtig. »Eben, und wenn du mir nicht von dem Mädchen erzählst, kratze ich dir die Augen mit meinem Löffel aus.«

»Ich könnte wetten, dass du deinen Löffel aufgegessen hast.«

Eine Aussage, die ich nicht entkräften kann, da ich den Löffel nirgends entdecke.

Okay. Das war's. Wein und diese Vertrauensübungen haben mich albern werden lassen. Ich muss dem Ganzen ein Ende setzen.

Als ich aufstehe, schwanke ich nur ein wenig. Ich möchte ihm Folgendes sagen: Ich finde, wir haben genug Zeit verschwendet und sollten jetzt getrennte Wege gehen. Doch er schielt zu mir hoch, diese langen Wimpern machen mich völlig verrückt, und so sage ich stattdessen: »Du solltest dir die Wimpern abrasieren. Die verwirren einen irgendwie. Gute Nacht.«

»Setzen Sie sich, Miss Lockwood«, befiehlt Dr. Vans. »Die Verabredung ist noch nicht vorbei.«

Killian entblößt die Zähne Richtung Kamera, bevor er aufsteht. Dann sieht er mich mit verhangenem Blick an, seine Lippen sind rosa und feucht – er ist gerade mit der Zunge darübergefahren.

»Ich könnte dafür sorgen, dass du dich richtig gut fühlst, Ten. Wenn du wieder nüchtern bist.«

Und seine Stimme … seine Stimme liegt bereits im Bett, nackt, und wartet auf mich.

Ich will gar nicht, dass ein nackter Junge im Bett auf mich wartet. Oder?

Oh! Oh! Und sein Geruch. Torfrauch und Heidekraut hüllen mich ein, ein köstlicher Duft, der sich zum Nebel in meinem Kopf gesellt.

»Und du möchtest dich doch gut fühlen … nicht wahr?« Nun schnurrt er praktisch.

Ich versuche, nicht zu zittern. Aber ich zittere *stark*. Der Charmeur ist zurück, jetzt macht er wieder ganz auf heiße Nummer.

Heiße Nummer? Schlechte Wortwahl. Was ist nur los mit mir?

»Ich kann selbst dafür sorgen, mich gut zu fühlen«, sage ich und halte die Luft an. *Oh mein Gott, das habe ich nicht wirklich gesagt!* »Und wie lange würde ich mich mit dir gut fühlen?«

»Ist das wichtig? Gut ist gut.«

Eine Nichtantwort, die mehr über ihn verrät, als ihm wahrscheinlich klar ist. Für ihn wäre es eine einmalige Sache, danach würde er verschwinden, und ich müsste mich mit einem weiteren Verlust auseinandersetzen. »Es ist wichtig, weil *ich* wichtig bin. Für mich! Du würdest mich in der Sekunde fallen lassen, in der ich bei Myriad unterschrieben habe. Nun, ich verrate dir ein Geheimnis, und du darfst es niemandem weitererzählen.« Ich lege die Hände um den Mund und flüstere extralaut: »Ich werde womöglich niemals bei Myriad unterschreiben.« Da hast du es, Vans.

Killian verzieht düster das Gesicht. »Warum solltest du dir das antun? Viele Enden hat nichts zu bieten außer Schmerz und Leid.«

»Viele Enden existiert vielleicht gar nicht.« Ich versuche, ihn wegzuschieben, aber er ist stark und weicht nur zurück, weil er es so will. »Ich möchte einfach ganz allein und ohne Einmischung von anderen eine Entscheidung treffen. Das ist alles.«

»Das kannst du doch. Genau jetzt, in diesem Moment. Und du konntest es gestern und vorgestern und vorvorgestern. Egal, wo du bist oder was du tust, du hast immer die Freiheit zu wählen. Aber du hast so panische Angst davor, die falsche Entscheidung zu treffen, dass du in Wahrheit die ganze Zeit auf der Stelle trittst.«

Nun bin ich erstaunt. Er – der charmante Verführer – hat den Nagel auf den Kopf getroffen. Ich habe die Möglichkeit, jeden Tag meine eigenen Entscheidungen zu treffen … jede Sekunde, doch das tue ich nicht, weil meine Zweifel wie Treibsand unter meinen Füßen sind.

Aus Furcht, dass ich mich ihm in die Arme werfen könnte, gehe ich um ihn herum. »Ich werde über das, was du gesagt hast, nachdenken … morgen. Oder vielleicht übermorgen. Ich werde wohl erst mal einen Kater haben.«

Er folgt mir, streckt die Hand aus und lässt meine Haarspitzen durch seine Finger gleiten. »Ich will nicht, dass du gehst.«

»Dein Pech.« Ich weiche zurück. »Dieses Todesspiel ist offiziell vorüber.« Leider habe ich es nicht gewonnen. Andererseits – er auch nicht. Wir haben unentschieden gespielt.

»Miss Lockwood«, sagt Dr. Vans.

Ich zeige ihm via Kamera den Finger und gehe durch den Gang auf meine Zelle zu.

5. KAPITEL

»Definiere dich nicht über deine Fehler,
sondern über deine Gefühle.«

Myriad

Es überrascht mich nicht, dass Bow und ich für die nächsten drei Tage in unserer Zelle eingeschlossen werden. Daran bin ich schuld, und ich weiß es. (1) Ich habe bei meinem Date mit Killian nicht bei Myriad unterzeichnet, und (2) ich habe Vans beleidigt.

Hungern ist ganz klar meine Strafe, Bow ist lediglich Kollateralschaden, und leider kann ich ihr nicht helfen. Jeden Morgen macht mich diese Tatsache aufs Neue fertig.

Am vierten Tag, nachdem die anderen Mädchen fürs Frühstück aus ihren Zellen gelassen wurden, klopft es. Ich torkle neugierig an die Tür, da klopft es wieder. Lauter und härter. Durch das Fenster in der Mitte kann ich Sloans hübsches Gesicht erkennen.

Sie drückt ein Stück Papier an das Glas. *Guten Appetit – K.* Sie deutet nach unten, bevor sie sich duckt.

Mit gerunzelter Stirn sehe ich auf den Boden und beobachte fasziniert, wie ein dünner Proteinriegel durch den Spalt geschoben wird. Essen! Mir läuft auf einmal das Wasser in meinem wüstenartig trockenen Mund zusammen, meine Hände zittern, als ich das Prachtstück aufhebe. Okay, es hat auf dem schmutzigen Betonboden gelegen. Na und. Echter Hunger ist viel mehr als nur ein Ziehen im Magen und peinliches Magenknurren. Echter Hunger ist, als ob einem der Bauch mit Rasiermessern aufgeschlitzt wird. Und da ist ständig ein hohles Gefühl, das man nicht ignorieren kann, während der Körper von Minute zu Minute kühler und schwächer wird. Schwächer an einem Ort, an dem nur die Stärksten überleben.

Macht bedeutet Recht. Doch wie ich Killian gegenüber erwähnte, sollte das nicht so sein.

Selbst Bow hat vor Hunger angefangen, noch lebhafter zu halluzinieren. Vorher konnte sie bereits mit Wänden sprechen. Jetzt knurrt sie die Luft an, sagt Dinge wie: *Du kannst nirgendwohin kommen, wo du nicht eingeladen bist! Geh!* Und: *Diesmal bekommst du es nicht, Arschloch.*

Als ich mich vor Erleichterung fast heulend wieder aufrichte – scheiß auf die Kameras –, ist Sloan verschwunden.

Ich muss gestehen, dass ich am liebsten jeden Krümel für mich behalten hätte, aber ich habe schon genug Fehler, dazu müssen nicht auch noch Gier und Egoismus kommen. Zitternd breche ich den Riegel in der Mitte durch und werfe Bow eine Hälfte zu.

Ihre Lippen formen ein kleines O. Sie liegt auf dem Bett, die Decke zu ihren Füßen zusammengeknüllt.

»Du *teilst* mit mir?«

»Du tust ja so, als würde ich mich beschweren, weil du die Hälfte der Luft zum Atmen beanspruchst.« Ich stopfe mir den Riegel in den Mund, schließe genussvoll die Augen, kaue und schlucke. Wow! Oh ja. Killian hat wirklich was bei mir gut. Der Hunger hat mich jeden Tag hoffnungsloser werden lassen, jeder Tag schien deprimierender als der vorherige. Jetzt aber könnte ich singen und wie eine verdammte Disney-Prinzessin durch die Zelle tanzen.

Ich schätze, Sloan hat auch was bei mir gut. Um mir zu helfen, hat sie es riskiert, selbst bestraft zu werden.

Warte. Warum hat sie das riskiert? Und warum hat Killian ausgerechnet sie geschickt? Sind die beiden jetzt Freunde? *Mehr* als Freunde?

Ich balle die Hände so fest, dass sich meine Fingernägel in die Haut bohren.

»Du hast dich mit Duschwasser am Leben gehalten.« Bow klingt nach wie vor schockiert.

»Du doch auch.« Falls Vans die Leitungen schließt – und ich habe das unangenehme Gefühl, dass dies sein nächster Schritt sein wird – müssen wir wohl oder übel aus der Toilette trinken.

»Du wirst immer schwächer, aber ich habe noch unangezapfte Ressourcen.« Sie streicht mit einer Hand über ihren runden Bauch, bevor sie mir ihre Hälfte zuwirft. »Hier. Ich habe keinen Hunger.«

Wie kann …

Egal. Darüber werde ich ganz sicher nicht mit ihr streiten. Hastig verschlinge ich auch ihre Hälfte.

Sie verschränkt die Hände hinter dem Kopf und blickt mich forschend an. »Gut, deine Eltern wollen also, dass du bei Myriad unterzeichnest, aber wie können sie dich deshalb an einen solchen Ort schicken?«

»Mein Dad ist verzweifelt. Er liebt seinen Job und das Geld, das er verdient, die Macht, die er hat.«

Falls ich bei Myriad unterschreibe, kann ich die Leute vielleicht überreden, den Slogan oder ihr Motto oder was auch immer das ist zu ändern. Zum Beispiel in … was weiß ich … Teilen bedeutet Heilen!

Bei der Vorstellung muss ich lächeln.

»Und jemanden dafür zu bezahlen, dass er dich so lange quält, bis du einknickst, ist für ihn die perfekte Lösung?« Sie schnaubt. »Er scheint dich nicht sonderlich gut zu kennen.«

Ich hebe die Schultern. »Angst macht einen dumm.«

»Ganz sicher. Angst macht einen kaputt. Hoffnung ist die einzige Antwort.«

Das gefällt mir. »Als ich klein war, hat meine Mutter immer etwas Ähnliches gesagt. Sie hatte troikanische Eltern.«

Bow spitzt die Ohren. »Und wieso hat sie dann bei Myriad unterzeichnet?«

»Wegen meines Dads. Oh, und weil die troikanischen Gesetze so streng sind. Darüber hat sie sich oft beschwert.«

»Nun, du solltest diesem Schwindel nicht aufsitzen. Keine Zivilisation kann ohne Regeln gedeihen, und unsere Gesetze fallen unter eine von drei Kategorien: König, Sphäre und das Selbst. Aber letztlich läuft alles auf das Gleiche hinaus: Behandle den anderen so, wie du selbst behandelt werden möchtest, und sei niemals nachtragend.«

Drei Kategorien – das ergibt Sinn. *Troika* bedeutet eine Dreiergruppe. Als mein von Zahlen besessenes Hirn diese Verbindung herstellt, durchrieselt mich ein freudiger Schauer.

»Kurz gesagt«, sage ich, »bedingungslose Liebe.«

»Was die Grundlage für alles Gute auf der Welt ist.« Kleinlaut fügt sie hinzu: »Wie dir vielleicht aufgefallen ist, habe ich ab und zu ein winzig kleines Problem damit, nicht nachtragend zu sein.«

»Auch das, aber davon mal abgesehen. Ich dachte, Troika ist gegen Gefühle.«

»Nein, niemand ist gegen Gefühle.« Sie verschränkt die Arme vor der Brust. »Gefühle sind wichtig, doch sie können sich in Sekunden ändern, weshalb man sich von ihnen nicht leiten lassen sollte.«

Über das Interkom verkündet die übliche Stimme: »Tenley Lockwood. Ihre Eltern warten in Dr. Vans Büro auf Sie.«

Ich werde ganz steif vor Nervosität, vielleicht ist sogar etwas Freude dabei. Meine Mom hält ihr Versprechen wirklich?

Mein Dad hat mich einmal im Monat besucht. Als ich ihn nach meiner Mom fragte, sagte er: »Wir sind momentan getrennt. Sie hat beschlossen, dass sie im Moment eher Abgeschiedenheit als eine Familie braucht.«

Also hat sie ihn verlassen … und mich.

Bow steht auf. »Wenn du, egal wann, beschließen solltest, dass Troika der passende Ort für dich ist, dann sprich den Treueschwur einfach laut aus. Mehr musst du nicht tun. Dein Wort ist bindend.«

Richtig. Troika macht jedem dasselbe Angebot. Das gehört zu ihrer »keine Ausnahme«-Regel.

»Die Sphäre garantiert Krankenversicherung, Schulausbildung, Therapie falls benötigt, finanzielle Unterstützung und auf Anfrage sogar persönliche Bewachung«, fügt sie hinzu.

Da ziehe ich die Vorgehensweise von Myriad vor. Die haben verschiedene Angebote und Prämien. Wenn man mehr haben will, muss man dafür arbeiten. Größeres Risiko, größere Belohnung.

Sie tätschelt mir die Schulter. »Keine Sorge. Im Geiste bin ich bei dir.«

In ihrer Stimme liegt ein Hauch von Belustigung. Was ich nicht verstehe.

Wie auch immer. Auf einmal wandelt sich meine Nervosität in Furcht, mein Blut wird zu Treibstoff, als ich mich der Tür nähere. Es bräuchte nur ein Streichholz, schon würde ich Feuer fangen und verbrennen. Das Schloss wird entriegelt, und ich kann in den Gang treten.

Dort wartet niemand auf mich. Wohl wissend, dass ich von jeder Menge Kameras beobachtet werde, gehe ich nach links, schleiche um eine Ecke, gehe am leeren Gemeinschaftsraum vorbei und betrete den überfüllten Speisesaal, wo mir beim Geruch von Schleim das Wasser im Mund zusammenläuft. Wirklich, der Proteinriegel war nicht viel mehr als ein Appetithäppchen.

Als ich Sloan entdecke, nicke ich ihr dankend zu, aber sie schaut weg.

Ich sehe mich suchend nach Killian um, den ich bemerke, als er aufsteht. Unsere Blicke treffen sich. Er ist größer, als ich ihn in Erinnerung hatte, also *richtig* groß. Und muskelbepackt. Muskeln, die man nur im Fitnesscenter oder nach vielen Jahren Training bekommt.

Mein Herz schlägt schneller, ein Prickeln durchrieselt mich. Ich zittere. Einen Moment lang möchte ich zu ihm rennen. Ich falle in ein tiefes Loch der Verzweiflung … Verwirrung … Dunkelheit, doch nach dieser Vertrauensübung weiß ich, dass er mich auffangen würde.

Ich widerstehe dem Drang.

Er scheint die Situation genau abzuwägen, als hätte er sich verschiedene Szenarien überlegt, wie er alle Anwesenden hier vernichten könnte.

Sofort nähert sich ihm ein Wärter.

Ich forme ein »Danke« mit den Lippen.

Er runzelt die Stirn, nickt dann kurz.

»Zack, zack«, befiehlt Schwester Ratched von der Tür aus, die die »Patienten« von den Büroräumen trennt.

Kaum habe ich sie erreicht, da macht sie auf dem Absatz kehrt und presst den Zeigefinger auf den Scanner, danach zieht sie ihre Karte durch den Schlitz und gibt einen Code ein. Die Tür öffnet sich summend, sie geht hindurch.

Mein Umfeld verändert sich schlagartig, als würde ich in ein Märchenland treten. Von kalt und unpersönlich zu warm und einladend. Die Wände sind in lebhaftem Hellblau anstelle von Krankenhausgrau gestrichen. Sechs Gemälde hängen hier, drei auf jeder Seite. Auf ihnen ist jeweils eine Rose in verschiedenen Farben zu sehen, die diesem Höllenloch tatsächlich eine gewisse Schönheit verleihen. Hier eine schmiedeeiserne Lampe in Form eines Drachens, das Maul der Kreatur steht offen, deren Zähne sind monströs, aber statt Feuer spuckt sie kleine Vögel aus. Der metallene Schwarm reicht bis zur Tür am Ende der Halle, wo Schwester Ratched steht und mich kühl anlächelt.

Sie ist groß und grobknochig mit krausem rotem Haar, das ihr von Aknenarben übersätes Gesicht umrahmt. Im letzten Jahr hatte ich jede Menge Zeit, sie in ihrer natürlichen Umgebung zu studieren, und bin zu dem Schluss gekommen, dass sie sich durch diesen Job das holt, was sie außerhalb der Mauern nicht hat. Macht.

Myriad muss für sie wie ein feuchter Traum sein.

»Na dann«, sagt sie. »Kämpfen Sie ruhig weiter gegen Ihre Zukunft an, so wie üblich. Beleidigen Sie Dr. Vans und Ihre Eltern mit Ihrer gespaltenen Zunge.«

»Das werde ich, danke.« Was immer passiert, ich werde es überleben. Meine Eltern brauchen mich lebendig.

Das ist traurig, oder? Denn das ist das Beste, was ich über die Menschen, die mich gezeugt haben, sagen kann: Sie sind darauf angewiesen, dass ich weiteratme.

Das Mädchen, das ich einmal war, hätte sich auf dem Boden zusammengerollt und losgeheult. Das Mädchen, das ich bin, hebt das Kinn und beißt die Zähne zusammen.

»Hinterher«, fährt sie fort, »haben wir etwas ganz Spezielles mit Ihnen vor.«

Letztes Mal wurde ich festgebunden und mit einem Schlagring verprügelt. *Ganz Spezielles* macht mir Angst.

Wie immer ignoriere ich die Angst, denn ich will nicht, dass Schwester Ratched sich mächtiger fühlt als sowieso schon.

»Ach wie süß.« Wie Sloan zuvor, streiche ich mit beiden Zeigefingern über meine Wangen. »Das sind Tränen der Freude.«

Sie tätschelt meine Wange etwas zu heftig. »Genießen Sie das Treffen, Miss Lockwood. Ich habe nämlich das Gefühl, dass Sie danach für lange Zeit *gar nichts* mehr genießen werden.« Mit diesen Worten klopft sie an die Tür und schlendert davon.

Ich möchte mich am liebsten übergeben.

Die Tür zu Vans' Büro gleitet auf, kalte Finger der Angst kriechen über meinen Rücken.

Ich schaffe das. Was immer »das« ist. Ich denke an die drei wichtigsten Dinge im Leben.

(1) Erstleben, gut oder schlecht, ist eine flüchtige Angelegenheit, selbst wenn wir hundert Jahre alt werden. Zahlen lügen nicht. Hundert Jahre sind nichts verglichen mit den Tausenden von Jahren im Ewigleben. Ein paar Stunden ... Tage ... Wochen voller Schmerz? Bedeuten gar nichts. Denn ...

(2) der Schmerz geht vorbei, genau wie Bow sagte. Er wird mir nicht bis auf die andere Seite folgen.

Und (3) was nach dem Tod passiert, ist für immer, und somit ist die Nachwelt viel wichtiger als alles, was hier und jetzt geschieht.

Trotzdem bricht mir der Schweiß aus, als ich in das geräumige, vollkommen überladene Büro trete. Eine gewölbte Decke, an der ein Kronleuchter hängt, darunter ein Schreibtisch so groß wie der Konferenztisch. Die Wände sind aus hellem Stein und dunklem Holz, es gibt zwei riesige Bücherregale und einen Marmorkamin mit Löwenfüßen. Daneben Löwen mit gesenkten Köpfen und goldenen Halsbändern.

Wie man sich erzählt, soll es irgendwo hier in diesem Raum eine Geheimtür geben, die ins Freie führt.

Vans sitzt bereits am Konferenztisch, und zwar neben meinen Eltern. Ja, meine Mutter ist hier. Auf einmal bin ich ganz krank vor Heimweh, werde von Bedauern und Reue gepackt. Diese schmerzvolle Mischung schnürt mir die Luft ab.

Dicke Tränen rollen über die Wangen meiner Mutter, als sie meinen Blick auffängt. Sie hat mindestens zehn Kilo zugenommen, seit ich sie das letzte Mal gesehen habe, obwohl sie sonst schon wegen eines einzigen Gramms ausgeflippt ist. Die Zeiten ändern sich.

Ich stoße ein bitteres Lachen aus.

Während ich sie schweigend anstarre, schluchzt sie auf. Wenn früher, als ich klein war, jemand etwas Unfreundliches zu mir sagte, flüsterte sie: *Du hast keine Feinde, nur zukünftige Freunde.*

»Ten …«, beginnt sie.

»Tenley«, korrigiere ich sie kalt. »Nur meine Freunde nennen mich Ten.«

»Ja, ja, natürlich.« Ihr Kinn zittert, während sie versucht, sich zu beherrschen. »Ich verstehe.«

Ich habe sie verletzt. Gut. *Sie* hat *mich* auch verletzt.

Kummer hat ihre Gesichtszüge verändert, die jetzt auffallend den meinen ähneln. Wir beide haben blasse Haut mit ein paar Sommersprossen, und die Augen scheinen fast zu groß für unser Gesicht, wobei ihre satt schokoladenbraun sind. Wir haben hohe Wangenknochen, eine kleine schmale Nase, unsere Lippen sind herzförmig. Sie hat schulterlanges rostbraunes Haar, raffiniert geschnitten, während mir mein letzter Schnitt von Schwester Ratched mit einem Fleischermesser verpasst wurde.

»Seid ihr gekommen, um mich nach Hause zu holen?«, frage ich.

Sie blickt auf ihre Hände und schüttelt den Kopf.

»Nicht, bevor du das Bündnis unterschreibst«, sagt Senator Lockwood. Er sitzt aufrecht auf seinem Stuhl, das Gesicht angespannt, während er mich von oben bis unten mustert.

Er ist alt geworden. Um seine Augen und den Mund entdecke ich Zornesfalten, seine früher olivbraune Haut ist fahl. Sein Haar, so schwarz, dass es im Licht glänzt – etwas, das ich von ihm geerbt habe –, ist jetzt von grauen Strähnen durchzogen. Seine unterschiedlichen Augen, eins grün, eins blau – auch das habe ich von ihm geerbt – mustern mich mit Entschlossenheit.

Trotz allem ist er ein attraktiver Mann. Immer schon haben sich ihm Frauen an den Hals geworfen. Mädchen ebenfalls. Meine Freundinnen kicherten bei seinem Anblick hinter vorgehaltener Hand. *Er ist so sexy.*

Nur ein Stuhl am Tisch ist leer, und er steht den anderen gegenüber. Damit wollen sie mir sagen: Wir bilden eine Einheit, du bist allein.

Ich setze mich so würdevoll wie nur irgend möglich.

»Tenley.« Der Senator zerrt am Kragen seines Hemdes. »Es ist schön, dich zu sehen.«

»Ich wünschte, ich könnte dasselbe sagen.«

Er zuckt nur leicht zusammen, doch ich bemerke es. Hat er sich jemals gefragt, ob seine Entscheidung, mich hierherzuschicken, richtig war?

Vans schiebt mir forsch einen digitalen Notizblock zu. »Sind Sie bereit, bei Myriad zu unterschreiben?«

»Nö. Wenn das alles war …« Ich stehe auf.

»Wenn Sie sich weigern«, fährt er fort, als hätte ich nichts gesagt, »bin ich gezwungen, Killian dafür zu bestrafen, dass er etwas zu essen in Ihre Zelle geschmuggelt hat.«

Ich schnappe nach Luft. Die Kameras. Oder er und Killian haben das Ganze geplant und denken, ich würde ein schlechtes Gewissen wegen des Jungen bekommen, der mich auffing, als ich fiel, ein Junge, der mir zu essen gab, als ich Hunger hatte, sie denken, dass ich endlich einknicke. »Und was ist mit Sloan?«, presse ich hervor.

»Wer ist …«, beginnt Mom.

Der Senator schüttelt den Kopf. »Wir müssen die Einzelheiten nicht kennen.«

Korrektur: Er *will* die Einzelheiten nicht kennen.

Ich gleite zurück auf den Stuhl und verschränke die Arme vor der Brust. »Du willst, dass ich unterschreibe, Senator? Überzeuge mich.«

Dieses Mal zuckt er auffälliger zusammen, weil er es hasst, wenn ich ihn mit seinem Titel anspreche. Er zupft erneut an seinem Kragen, fängt sich aber schnell wieder.

»Das habe ich ja versucht. Und sieh dir an, wohin uns das geführt hat.«

»*Uns?*« Das ist wirklich ein starkes Stück.

Mein Dad seufzt schwer. »Du hast keine Ahnung, wie es ist, in Armut aufzuwachsen, als Kind eines Ungezeichneten. Ich hatte nichts. Nicht einmal Freunde. Myriad hat alles verändert. Ich schulde ihnen etwas. *Du* schuldest ihnen etwas.«

Ich muss an die Nacht denken, als meine Eltern wegen meiner Großeltern in Streit gerieten – die Eltern meiner Mom. Die troikanischen Loyalisten.

Sie wollen doch nur Zeit mit ihrer Enkelin verbringen, sagte meine Mom.

Das können wir aber nicht riskieren, entgegnete mein Dad. Sie werden Ten allen möglichen Unsinn in den Kopf setzen, so wie bei dir früher.

Das werden sie nicht. Sie wollen einfach eine Bindung zu ihr aufbauen.

Sei nicht so naiv, Grace. Jeder hat irgendwelche Absichten.

Du irrst dich. Und du bist zynisch! Sie sind wunderbare Menschen.

Wenn sie so wunderbar sind, warum hast du alles abgelehnt, was sie dir beigebracht haben?

Weil ich mit dir zusammen sein wollte, wisperte sie.

Ich sehe meine Mom an. Sie weint noch immer. Wünscht sie manchmal, sie hätte sich für ihre Eltern statt für meinen Dad entschieden?

»Myriad wird sich um dich kümmern«, sagt er und lässt

eine gewisse Verzweiflung erkennen. »Sie werden sich um uns alle kümmern.«

Er irrt sich, flüstert eine Stimme in meinem Ohr, ich höre einen leichten englischen Akzent aus den Worten heraus und muss sofort an Bow denken. Nur dass es sich um die Stimme eines Jungen handelt. *Sie werden dich benutzen und dich dann wie Müll wegwerfen.*

Ich reiße den Kopf herum, nach rechts, nach links, nach hinten. Doch niemand steht in meiner Nähe.

»Bist du in Ordnung?« Meine Mutter beugt sich vor, um meine Hand zu nehmen.

Ich weiche zurück. Eine einzige Berührung wäre mehr, als ich in meinem jetzigen Zustand ertragen könnte.

Sie presst die Lippen zu einer schmalen Linie zusammen.

»Überleg es dir«, sagt Vans. »Wenn du einverstanden bist, wird es keine Schmerzen mehr geben. Keine Entbehrungen.«

»Und Killian?«, frage ich.

»Ihm wird vergeben.«

Zero! Dr. Vans kennt mich gut. Falls Killian selbst nur ein Opfer sein sollte, kann ich auf keinen Fall zulassen, dass man ihm wehtut.

Angst kriecht über meinen Rücken. Ziehe ich es wirklich in Betracht zu unterschreiben? »Gebt mir einen Moment Zeit.«

Mein Dad nickt eifrig. »Ja, ja. Selbstverständlich.«

Ich schwenke mit dem Stuhl herum, bis ich die Tür sehen kann.

Ich weiß, dass mein momentanes Leben nur als eine Art Kostümprobe betrachtet wird. Ein Test, wie manche sagen. Eine Schule, glauben andere. Wie auch immer, wenn ich bei Myriad unterschreibe, könnte ich vielleicht endlich wirklich leben.

Und ich bin bereit zu leben.

Meine Eltern glauben fest daran, dass Myriad die richtige Wahl ist, und so wütend ich auch auf sie bin, bewundere ich, wie sicher sie sich sind. Und verflucht, ich liebe sie nach wie vor. Sie machen sich genauso viele Sorgen um meine Zukunft wie ich.

»Wenn du bei Troika unterschreibst«, sagt Vans, »wirst du dich auf der anderen Kriegsseite befinden. Eines Tages würde man dich vielleicht sogar damit beauftragen, deine Eltern zu töten.«

Ich bin wütend auf sie, aber ich könnte sie niemals umbringen. Nicht einmal vorübergehend.

Ich wirble herum, endlich bereit, es zu tun. Ja zu sagen. Ich meine, wieso auch nicht? Doch als ich den Mund öffne, kommt kein Ton heraus. Nach allem, was ich durchgestanden habe – Hunger, Schwäche und Bestrafungen, geistige Erschöpfung und Albträume, emotionale Zusammenbrüche – soll ich jetzt ihre Bedürfnisse über meine eigenen stellen?

»Es tut mir leid«, flüstere ich. »Ich kann nicht. Noch nicht.«

Mein Dad schließt die Augen und lässt die Schultern sinken. Er wirkt geschlagen. Unter seinen Leuten ist er für seine unbezwingbare Stärke und Unnachgiebigkeit bekannt.

»Ich will nur das Beste für dich. Warum kannst du das nicht sehen?«

»Vielleicht kann ich es nicht sehen, weil mir normalerweise Blut die Sicht versperrt«, fahre ich ihn an. Dass er auf einmal Gefühle zeigt, ist mir egal. Und, wow, wann genau bin ich eigentlich so kalt und hart geworden?

Oh, ich weiß. An dem Tag, an dem ich in Prynne ankam.

Ich blähe die Nasenflügel. Er starrt Vans an und blafft außer sich vor Wut los: »Das ist alles Ihre Schuld. Sie haben mir Resultate versprochen!«

Der Doktor setzt eine gleichgültige Miene auf. »Ich habe

wiederholt darum gebeten, meine Bemühungen verschärfen zu dürfen. Sie haben immer abgelehnt.«

Was? Mein Dad hat tatsächlich bestimmte Foltermethoden untersagt?

»Ich habe Ihnen auch von den privaten Nachrichten und anderen Privilegien abgeraten.«

Was!

»Sie müssen es nur sagen, und ich werde ihr Schmerzen zufügen, die Sie sich nicht einmal vorstellen können – ohne sie natürlich nachhaltig zu verletzen.«

Mein Magen dreht sich um, ich presse die Hände darauf.

»Nein.« Meine Mom schüttelt den Kopf. »Auf keinen Fall.«

»Ich werde sie nicht töten«, versichert Vans. »Sie wird nicht dauerhaft verletzt. Aber den Schmerz zu erhöhen ist die einzige Option, die wir noch haben. Ich brauche nur ihr Einverständnis.«

Mein Vater reibt sich den Nasenrücken.

Ich beginne zu zittern. *Sag Nein, Daddy. Sag Nein.*

»Ja«, krächzt er, und ich muss mir auf die Zunge beißen, um nicht aufzuschreien. »Ich möchte das nicht, aber du lässt mir keine andere Wahl. Eines Tages wirst du mir vielleicht sogar dankbar sein.«

Werde ich nicht … ich kann nicht …

Ich blinzle heftig, um die Tränen zurückzuhalten. »Väter sollten ihre kleinen Töchter beschützen.«

»Genau das versuche ich doch«, ruft er. »Ich versuche, deine Zukunft zu sichern.«

Die richtigen Worte. Nur, dass sie gelogen sind. Er sichert *seine* Zukunft. Meine ist zertrümmert, genauso wie mein Herz.

»Das Ergebnis wird Sie erfreuen, Senator Lockwood.« Vans nimmt seinen berühmten digitalen Notizblock in die

Hand. »Ich werde Ihnen Fotos schicken, die die Maßnahmen dokumentieren.«

Unterschreib bei Troika. Ich höre die Stimme so klar und deutlich, dass ich sie nicht länger auf meine Einbildungskraft schieben kann. *Schwöre genau jetzt deine Treue, und ich hol dich da raus. Niemand wird dir etwas antun.*

»Wer bist du?«, frage ich.

Vans sieht mich mit gerunzelter Stirn an. »Spricht jemand mit Ihnen, Miss Lockwood?«

Meine Eltern wechseln einen bestürzten Blick. Nun, der Senator ist bestürzt. Meine Mutter wirkt beinahe ... hoffnungsvoll.

»Ist etwa ein Agent in diesem Raum?« Mein Vater sieht sich um.

Ein Agent? Aber – Moment, stimmt! Eine Erinnerung flackert auf. Manchmal dürfen Agenten in ihrer Geistform einen Menschen besuchen.

Bitte, sagt die Stimme, beende dieses traurige Theater, bevor es beginnt.

»Hört ihn denn sonst keiner?«

»Nein«, rufen sie im Chor, jedes einzelne Nein ist mit einem anderen Gefühl untermalt. Ärger, Erleichterung und Verwirrung.

So. In diesem Raum befindet sich also ein TA, um mir zu helfen. Dafür bräuchte ich ihm nur meine Ewigkeit zu überschreiben.

An Dr. Vans gerichtet, sage ich: »Worauf warten wir?« Ich klatsche wie von Freude gepackt in die Hände. »Beenden wir dieses unnötige Geplapper, und legen wir mit der Party los.«

6. KAPITEL

»Es zählt, was du weißt und was du fühlst,
doch was du tust, zählt mehr.«

Troika

An manchen Tagen bringt einen ein freches Mundwerk so in Schwierigkeiten, dass man am liebsten in der Zeit zurückgehen und sich knebeln möchte. Für mich ist heute so ein Tag.

Das Traurige daran ist, dass ich, selbst wenn ich während des Treffens geschwiegen hätte, jetzt in derselben Situation wäre.

Meine Eltern werden aus Vans' Büro geleitet. Auf der Türschwelle bleibt meine Mom stehen und sieht mich an. Ihre Wangen sind tränennass, ein paar Tropfen hängen an ihren Wimpern.

Bleib stark, formt sie lautlos mit den Lippen.

Hilf mir, antworte ich genauso lautlos. Ich bin nicht zu stolz, darum zu bitten, solange mir noch die Zeit bleibt.

Mit Tränen in den Augen senkt sie den Kopf und geht. Ich höre sie schluchzen, mein Herz zieht sich zusammen. Sie war meine letzte Hoffnung auf Hilfe, an die keine Bedingung geknüpft ist.

Die Genossen Volldepp und Fettkloß kommen in den Raum. Ohne ein Wort zu sagen, packen sie mich an den Armen und zerren mich hinaus in den Flur. Ich protestiere nicht einmal. Mein Blick fällt auf meine Eltern, die auf der anderen Seite durch die Tür gehen. Ob sie sich in ein hübsches Hotel zurückziehen? Vorher noch irgendwo für einen köstlichen Brunch anhalten?

Ich werde in einen kleinen sterilen Raum ohne Möbel gebracht. Zwei Ketten hängen von der Decke, Handfesseln an den Enden … gerade groß genug für meine Handgelenke. Ich kann alles ertragen, bloß keine Fesseln.

Jetzt beginne ich doch noch um meine Freiheit zu kämpfen, aber das fällt kaum ins Gewicht. So unterernährt und schwach, wie ich bin, haben sie mich schnell unter Kontrolle und stecken meine Handgelenke in die Fesseln. Die Außenseite beginnt zu glühen, während innen Nadeln herausfahren und sich in Sekundenschnelle durch meine Haut in die Knochen bohren. Ich stoße einen Zischlaut aus. Der Schmerz ist heftig, jedoch nichts, was ich nicht schon erlebt hätte. Viel schlimmer sind die psychischen Schmerzen.

Gefangen! Kein Ausweg!

Die Wärter ziehen die Ketten so straff, dass ich von den Füßen gehoben werde. Meine Schultern jaulen protestierend auf, der Druck wird immer qualvoller. Am Ende kann ich nichts anderes mehr tun als atmen … ein … aus … ein …

Genosse Volldepp flüstert mit härterem Akzent als üblich: »Du brauchst die Hand von starkem Mann. Ich komme heute Nacht und beweise es, ja?«

Schon wieder würde ich mich am liebsten übergeben.

Vans entledigt sich seines Arztkittels und krempelt die Ärmel hoch. Dabei entblößt er ein Muster aus Narben, die von Sloans Mordversuchen herrühren. Die gleichgültige, beinahe freundliche Maske, die er für meine Eltern aufgesetzt hatte, ist verschwunden. Jetzt offenbart sich wieder das Monster, das ich zu hassen gelernt habe.

»Wissen Sie«, sagt er, als die Wärter den Raum verlassen – Volldepp bleibt noch mal kurz stehen, um mir eine Kusshand zuzuwerfen, »ich habe Ihren Charakter stets bewundert, Miss Lockwood. Was für eine Schande, dass ich ihn nun brechen muss.«

Diese Befriedigung gönne ich ihm einfach nicht. *Reiß dich zusammen. Bleib stark.* »Nur zu. Geben Sie alles.«

Mein gesunder Menschenverstand schreit auf: *Was? Nimm das sofort zurück!*

»Bisher haben Sie mich nämlich praktisch nur gekitzelt«, fahre ich fort. Gesunder Menschenverstand und ich sind momentan erbitterte Feinde.

Wut flackert in der Tiefe seiner Augen auf, und ich weiß, dass ich seinen übermäßigen Stolz gekränkt habe.

Meine Freude darüber ist unter diesen Umständen allerdings gering.

Schwester Ratched rollt einen großen silbernen Tablettwagen in den Raum, hinter ihr schließen sich die Türen und sperren uns drei ein.

Ruhig bleiben. Nachdenken. Zeit schinden, Zeit schinden, Zeit schinden. »Das müssen Sie nicht tun. Sie sagten, Sie hätten keine Wahl, aber das stimmt nicht. Sie können mir die Zeit lassen, um die ich gebeten habe.«

»Die Zeit wird knapp.« Er lächelt. »Nein, wir werden das jetzt durchziehen. Geld macht glücklich, und wer etwas anderes behauptet, lügt. Ich will mein Geld.«

»Haben Sie keine Angst davor, was Sie im Ewigleben erwartet?«

Er zuckt mit den Schultern. »Die Zukunft hat mich nie interessiert. Nur die Gegenwart.«

»Sind Sie deswegen ein Ungezeichneter?«

»Zum Teil. Troikas Leistungen sind die Mühe nicht wert, und Myriad hat mir nicht genug geboten.«

»Also wollen Sie einen besseren Deal herausschlagen und erwarten gleichzeitig von mir, dass ich mich mit den Krümeln zufriedengebe, die man mir zuwirft?«

»Ja. Ganz genau.« Er neigt den Kopf. »Wie Ihr Vater sagte, werden Sie ihm eines Tages dafür dankbar sein. Eines Tages werden Sie sogar mir dankbar sein.«

Niemals! »Entweder Sie lügen, oder Sie machen sich etwas vor.«

»Wahrscheinlich wollten Sie sagen, dass ich *recht* habe. Ich war einmal exakt da, wo Sie jetzt sind, Miss Lockwood. Mein Vater hat diese Anstalt geleitet und sein Vater vor ihm. Alles, was ich Ihnen angetan habe, wurde mir ebenfalls angetan. Und sehen Sie mich heute an. Ich bin stark und unverletzlich. Egal, in welcher Situation – Krieg, Hungersnot, Pest –, ich kann überleben.«

»Leben sollte nicht das Gleiche bedeuten wie Überleben.«

Er streift Handschuhe über. »Sie haben meine Erlaubnis, so laut zu schreien, wie Sie wollen. Diese Wände sind schalldicht.«

Ich schlucke den Kloß in meinem Hals hinunter. Das war es dann also mit dem Zeitschinden.

»*Sie* haben *meine* Erlaubnis zu schreien«, erkläre ich ihm. Die Schmerzen in meinen Schultern ignorierend, drücke ich einen Moment lang den Rücken durch, um Schwung zu holen und dann nach vorn zu schwingen. Dabei reiße ich die Beine in die Höhe und trete dem guten Doktor gegen das Kinn. Sein Kopf fliegt zur Seite, Blut tropft aus einem seiner Mundwinkel.

Er grunzt. Mit zusammengekniffenen Augen leckt er sich das Blut von den Lippen. »Das werden Sie bereuen.« Aus seinen Worten klingt Wut … und Vorfreude.

Ich hebe das Kinn mit so viel Stolz, wie ich nur zusammenkratzen kann. »Das Einzige, was ich bereue, ist Ihre Geburt.«

Er schlägt mir ins Gesicht, ich habe den Geschmack von Blut im Mund.

Einen Moment später stehen wir uns so dicht gegenüber, dass sich unsere Nasenspitzen berühren, sein heißer Atem brennt auf meiner geplatzten Lippe.

»Kein Wort mehr! Ihre Eltern haben mir die Erlaubnis gegeben zu tun, was ich will. Sie haben es gehört. Ich kann Ihnen sogar die Zunge herausschneiden, wenn ich es wünsche.«

Er wäre grausam genug, genau das zu tun.

Ich starre ihn an, sage aber keinen Ton.

Triumphierend macht er einen Schritt zurück und nickt Schwester Ratched zu.

Sie greift nach einer Spritze, klopft dagegen … und erstarrt, als der Raum – oder das gesamte Gebäude? – zu wackeln beginnt. Die Wände rumpeln, Staub wirbelt auf. Sowohl Vans als auch Ratched stolpern und stürzen, und ohne die Ketten wäre es mir nicht anders ergangen.

Das Beben endet so plötzlich, wie es begonnen hat, die beiden rappeln sich wieder auf.

»Wahrscheinlich findet in der Nähe ein Kampf der Sphären statt«, sagt Schwester Ratched und klopft sich den Staub von der Hose.

Bestimmt hat sie recht. Immer wenn Troika und Myriad sich einen Kampf liefern, erstreckt sich die Gewalt in Form von Erdbeben, Tornados und Tsunamis bis ins Land der Ernte; und, auf dem Höhepunkt der Auseinandersetzung, in Form von Asteroideneinschlägen.

Schwester Ratched hebt die Spritze auf, die sie hat fallen lassen, und nähert sich mir mit funkelnden dunklen Augen. »Adrenalin und andere Köstlichkeiten, um das Erlebnis für Sie noch zu steigern.«

Ich beginne in meinen Handschellen zu zappeln, versuche, den Schmerz, der durch meinen Körper jagt zu ignorieren, aber ich bin schon kraftlos, und da ich kaum Bewegungsspielraum habe, kann sie mir die Spritze tief in den Arm jagen. Ich spüre ein scharfes Stechen – minimal im Vergleich zu allem anderen –, dann werde ich von einer eiskalten Welle erfasst …

und kurz darauf von Hitze, entsetzlicher Hitze. Schweißperlen bilden sich über meinen Augenbrauen und meiner Oberlippe und entzünden ein Feuer in mir. Als die Flammen mein Herz erreichen, beginnt das Organ rasend zu galoppieren, so hart gegen meine Rippen zu hämmern, dass ich befürchte, sie könnten brechen.

Das geht vorbei, sage ich mir, was allerdings nicht hilft.

Vans wedelt mit einer dicken Metallspritze vor meinem Gesicht herum. »Du hast bestimmt schon von dem Gift gehört, mit dem die Sphären Menschen umbringen. Dieser kleine Cocktail hier ist eine Variante davon. *Baiser de la mort* nennt man ihn. Kuss des Todes. Weil man am liebsten sterben *würde*, aber nicht sterben kann.«

Angst jagt durch meinen Körper – *bettle, flehe* – und doch gelingt es mir zu lächeln. »Hat der große, böse Doktor Angst davor, sich die Hände schmutzig zu machen? Befürchten Sie vielleicht, nicht kräftig genug zu sein?« Wenn er mir jetzt die Zunge abschneiden will, schön. Die bringt mich sowieso immer nur in Schwierigkeiten. »Sie sind ein Weichei, nicht wahr? Deswegen müssen Sie Gift benutzen.«

»Halten Sie sie fest«, knurrt er.

Während Schwester Ratched mich an ihren Körper presst und auf diese Weise meinen Kopf und meine Arme ruhig hält, sticht er mir die Nadel in den Hals.

Ich verspanne mich aus Furcht vor einer umgehenden Reaktion. Die Spritze hat wehgetan, aber ich habe schon Schlimmeres erlebt. Ich entspanne mich; ich lächle den beiden sogar noch einmal zu. »Ah. Wie es scheint, steht Ihnen eine weitere Niederlage bevor.«

Er reagiert nicht, schließlich weiß er etwas, das ich nicht weiß: Ich habe mich zu früh gefreut. Mein Blut beginnt zu kochen, jede Zelle in meinem Körper steht in Flammen, meine Venen scheinen vollkommen zu zerfallen.

Meine Haut brodelt, schmilzt wie Käse auf einer Pizza. So fühlt es sich zumindest an.

»Das ist erst der Anfang«, erklärt er großspurig.

Ich öffne den Mund, um etwas zu entgegnen – und beginne stattdessen zu schreien. Ich spüre Tausende scharfe Nadelstiche in meinen Adern, während gleichzeitig Insekten durch meinen Kopf zu jagen scheinen, ihre spitzen Beinchen trippeln tap, tap, tap, wo sie nicht hingehören. Meine Muskeln verknoten sich. Ich glaube, meine Knochen bersten. Druck baut sich in meinen Schläfen auf, und als er zu stark wird, läuft mir warme Flüssigkeit aus Augen, Ohren und Nase.

Ich blute, und ich sterbe. Ganz bestimmt sterbe ich. Niemand kann so etwas überleben.

Es geht vorüber ... es ist nur ein kurzer Augenblick. Aber ein einziger Herzschlag könnte genauso gut hundert Jahre andauern.

Aufhören. Das muss aufhören.

Ich werde tun, was immer er will. Ich unterschreibe bei Myriad.

Aufhören, aufhören, aufhören.

Falls ich es mir später noch einmal anders überlege, kann ich vor Gericht ziehen. Bow hat erwähnt, dass diese Möglichkeit besteht, wenn man zur Unterschrift gezwungen wurde. Ja, ja. Viel zu viele verlieren, sagte sie, aber dieses Risiko nehme ich gern in Kauf.

Aufhören!

»Ich ...« Mein Verstand zerschellt, trennt sich von mir, löst sich von der Realität – und eine Erinnerung wird zu meiner neuen Wahrheit. Ich bin sieben Jahre alt. Mein Dad ist zu Hause, geht in seinem Büro auf und ab, weil er finanzielle Sorgen hat. *Wie sollen wir das bezahlen, Grace? Wir sind pleite.*

Meine Mom malt in ihrem Atelier, um das Bild eher früher als später verkaufen zu können, während Tante Lina auf mich aufpasst. Sie ist zu Besuch. Wir sind allein im Schlafzimmer, und sie wirbelt durchs Zimmer. Heute ist sie Loony Lina, die verrückte Lina, die blinde Lina. Blind, doch trotzdem schafft sie es irgendwie, nicht gegen die Möbel zu stoßen.

»Es tut mir so leid, dass das Gift dir so wehgetan hat«, sagt sie mit Kleinmädchenstimme, obwohl sie wie mein Dad siebenundzwanzig Jahre alt ist. »Aber ich bin froh, dass der Doktor sterben musste.«

»Gift?«, frage ich verständnislos. »Doktor?«

»Du konntest fliehen!«

Loony Lina sagt immer verrückte Sachen.

Ich bin verwirrt. Vor zehn Jahren hat sie von Gift und Flucht gesprochen? Aber … aber … damals konnte sie doch nicht wissen, dass das hier passieren würde. Richtig?

Vans packt mich am Kinn, um mich aus meinen Gedanken zu reißen, und zwingt mich, ihn anzusehen. Ich bin nicht in der Lage, meinen Blick zu fokussieren, die Sicht ist zu verschwommen.

»Sie wissen, was Sie sagen müssen, damit der Schmerz aufhört.«

Aufhören … aufhören … ja, genau das will ich. Dafür würde ich alles tun! Keuchend versuche ich, es ihm zu sagen …

Was?

Der Traum meiner Eltern … oder meiner?

»Nein«, krächze ich.

Wut verzerrt sein Gesicht. Er schnippt mit den Fingern in Schwester Ratcheds Richtung. »Geben Sie ihr eine weitere Injektion.«

Noch eine? *Nein, nein, nein.* Verzweifelt bemühe ich mich, nicht zu wimmern.

»Wollen Sie sie umbringen?«, fragt Schwester Ratched. »Denn das wird passieren.«

»Geben Sie ihr eine weitere Injektion!«

Nein! *Bow*, versuche ich zu schreien. Sie sagte, sie würde mich retten. Sie hat es versprochen. Ich müsse nur … Was? Das Wort sagen – welches Wort? Troika?

Schwester Ratched eilt zum Rollwagen und kommt, nachdem sie die Utensilien durchforstet hat, zu mir zurück. Noch ein Stich. Noch eine Eiswelle gefolgt von unerträglicher Hitze. Die fruchtbaren Empfindungen in meinem Kopf werden um hundert Prozent gesteigert, und ich stoße einen grauenerregenden Schrei aus, der aus der Tiefe meiner Seele aufsteigt.

Wieder und wieder befiehlt mir Vans, bei Myriad zu unterschreiben, und wieder und wieder finde ich irgendwie die Kraft, Nein zu sagen. *Mein Traum … Traum …* er schlägt mir mit geschlossener Faust ins Gesicht, um mir gleich darauf mit der Rückhand eine Ohrfeige zu verpassen. Er schlitzt meine Arme und Beine mit einem Skalpell auf, doch trotz allem … *Traum, Traum, Traum …* leiste ich Widerstand.

Am Ende bleiben ihm zwei Möglichkeiten. Aufhören oder mir beim Sterben zusehen.

»Lassen Sie sie herunter«, sagt er angewidert.

Schwester Ratched lockert die Ketten, bis meine Füße den Boden berühren. Meine Beine sind wie Gelee, ich kann mich nicht aufrechthalten. Ich sacke zusammen, mein Kopf fällt nach vorn, mein Kinn drückt in mein Brustbein, während meine Arme noch immer mein Gewicht tragen. Dann werden die Handschellen gelöst, und ich breche mit einem zischenden Atemzug zusammen.

Vans hat recht. Ich möchte wirklich, wirklich sterben.

»Sie haben sie schwer verletzt.« Eine viel zu vertraute

Stimme schneidet durch die Stille. Eine männliche Stimme mit einem leichten irischen Akzent.

Killian ist hier?

Meine Erleichterung ist grenzenlos. Mein Retter! Es ist mir sogar egal, dass ich die Jungfrau in Nöten bin.

Den Kopf kann ich nicht heben, schaffe es aber irgendwie, die Augen zu öffnen. Eine Kaskade aus Blut versperrt mir die Sicht. Alles, was ich erkenne, sind zwei Schatten, die sich gegenüberstehen.

»Das hier ist Sperrgebiet«, bellt Vans. »Raus. Sofort.«

»Ihr Pech, dass Sie mir überhaupt nichts zu sagen haben«, erklärt Killian. »Wissen Sie, was Sie sind? Ein Scheißkerl, der dieses Mädchen für etwas bestraft, das ich getan habe.«

Ein dritter Schatten erscheint. »Du wirst hier nicht gebraucht, Killian.«

Bows Stimme! Sie ist ebenfalls zu meiner Rettung geeilt.

»Du kannst gehen. Ich kümmere mich um sie.«

Ein bedrohliches Knurren von Killian. »Ohne Ten gehe ich nirgendwohin.«

»Du bekommst sie nur über meine Leiche.«

»Einverstanden. Aber zuerst werde ich dieses Stück Dreck hier loswerden.«

»Also, jetzt warten Sie mal einen Moment …«, beginnt Vans.

»Nicht töten …«, sagt Bow.

Beide verstummen.

Verschiedene Geräusche dringen in mein Bewusstsein. Kleiderrascheln. Ein Zischen. Gegurgel. Lautes Knacken. Ein Aufschlag. Gewisper.

»Ab jetzt wird alles besser, Süße.« Sanfte Finger streichen mir durchs Haar, Killians Geruch dringt in meine Nase.

Mein Wimmern ist kaum hörbar.

»Nimm deine dreckigen Pfoten von ihr«, befiehlt Bow.

»Zwing mich doch, kleine Bow Peepshow.«

Weiteres Kleiderrascheln. Als es aufhört, höre ich Gekeuche.

»Vans hätte weggesperrt werden sollen«, ruft Bow.

»Findest du wirklich, er hat eine zweite Chance verdient?«, fragt Killian. »Oder spricht da deine Sphäre aus dir?«

»Zufällig bin ich mit meiner Sphäre einer Meinung. Du verdienst auch keine zweite Chance, und trotzdem lebst du noch.«

»Ich habe nie um eine zweite Chance gebeten. Und ich bin, was ich bin. Mir *gefällt*, was ich bin. In diesem Fall bin ich der Sieger.«

Bow stößt frustriert die Luft aus. »Wir brauchen die Erlaubnis von Ten oder jemandem aus ihrer Familie, um uns in ihr Leben einzumischen – also noch mehr, als wir es sowieso schon tun. Bis dahin sind uns die Hände gebunden.«

»*Deine* Hände sind gebunden. Ihre Mutter hat uns die Erlaubnis gegeben, das Mädchen vor jeglicher Todesgefahr zu schützen. Diese Erlaubnis wurde an mich weitergeleitet. Ich habe Ten gerade vor dem Tode bewahrt. Und das werde ich auch außerhalb dieser vier Wände tun.«

»Du kannst nicht mit ihr fliehen.«

»Kann ich. Deine Gesetze sind nicht meine. Du hättest sie schon vor Tagen davon überzeugen müssen abzuhauen.«

»Du möchtest, dass eine Ungezeichnete da draußen herumläuft? Sie würde früher oder später sterben.«

Ein Prusten. »Solange sie mich hat, wird ihr nichts passieren«, erwidert Killian scharf.

Ein Fluch von Bow, dann ein Fluch von Killian. Die beiden schweigen. Ich höre … ein Tippen?

Bow kommt leicht grunzend zu mir. Sie geht in die Hocke … um etwas zu tun. Ihre Hand bewegt sich. Schreibt sie? Oder was?

»Was machst du da?«, fragt Killian.

»Ihre Großmutter hat darum gebeten, dass ich ihr einen Fluchtweg ermögliche. Das Mädchen wird sich selbst entscheiden, ob es bleibt oder geht.«

Da irrt sie. Meine Großmutter ist tot. Meine beiden Großmütter sind tot, um genau zu sein. Eine ist in Troika, die andere in Myriad.

»So viel zum Thema, dass eine Ungezeichnete besser innerhalb dieser Wände bleibt, eh?« Killians trockener Tonfall scheint jegliche Feuchtigkeit aus der Luft zu saugen. »Stell dir vor, ich habe gerade einen neuen Befehl erhalten. Ich soll dich aufhalten – schon gut, ich gehorche nicht.«

»Danke …«

»Danke mir nicht, Archer. Ich lasse trotzdem nicht zu, dass du mit ihr verschwindest.«

Archer?

»Weil sie nämlich mit *mir* gehen wird«, fährt Killian fort. »Und wenn du mir in die Quere kommst, nun, dann werde ich dich mit dem größten Vergnügen umbringen.«

»Du kannst es ja versuchen.«

Schritte. Gedämpfter Streit. Dann … nichts.

Ich weiß nicht, wie viel Zeit vergangen ist. Ich verliere immer wieder das Bewusstsein, aber irgendwann … *endlich* … bin ich in der Lage, mich zu rühren. Meine Finger zucken. Ich rolle die Schultern nach hinten. Hebe einen Arm, wische mir über die Augen, um klarer sehen zu können und …

Weiche zurück.

Wenige Schritte von mir entfernt, liegt Vans auf dem Boden, bewegungslos, mit leerem Blick starrt er ins Nichts. Sein Mund steht offen, Blut ist auf seinen Lippen getrocknet. Er ist … tot? Er muss tot sein. Er liegt in einer Blutpfütze. Eine Hand wurde ihm abgetrennt und die schmiegt sich an meinen Fußknöchel wie ein Hundewelpe.

Ist Killian dafür verantwortlich?

Wenn du mir in die Quere kommst, werde ich dich mit dem größten Vergnügen umbringen.

Ich springe auf, worüber sich meine verschiedensten Körperteile nicht gerade freuen.

Killian und Bow sind verschwunden. Sie haben mich gerettet ... und dann hier zurückgelassen?

Einen Fluchtweg ermöglichen ...

Mit gerunzelter Stirn stolpere ich zur offenen Tür und spähe in den Flur hinaus. Zwei Wärter liegen bewegungslos auf dem Boden.

War das Bow? Oder Killian?

Spielt das eine Rolle? Es gibt keinen besseren Zeitpunkt, um zu flüchten. *Lauf, lauf!*

Ich haste durch den Raum. Das Problem ist, dass ich in Zeitlupe haste. Ich bin schwächer, als ich dachte, meine Batterien sind leer. Irgendwie schaffe ich es, Vans' Arztkittel aufzuheben, den jemand auf den Boden geworfen hat, und trotz der heftigen Schmerzen die Arme in die richtigen Ärmel zu stecken. Seine Zugangskarte steckt am Kragen. Perfekt. Ich schiebe das Skalpell in die Tasche, schneide eine Grimasse, als ich die abgetrennte Hand aufhebe – die Nummer 830543 ist auf den Handrücken gekritzelt. Eine Botschaft von Bow?

Eine zusammengesetzte Zahl. Eine Primzahl. Die Primfaktoren sind: 7,59,2011

Mein Verstand möchte jede einzelne Zahl zerlegen, aber dafür reicht die Zeit nicht. Ich stopfe seine Hand zum Skalpell in die Tasche und mache mich so schnell ich kann in Richtung von Vans Büro aus dem Staub.

Die Hindernisse, die sich mir in den Weg stellen: zwei mindestens. Schwester Ratched wird in der Nähe sein, nur für den Fall, dass Vans irgendetwas braucht ...

Ich stolpere und knalle so hart auf den Boden, dass es mir den Atem verschlägt. Als ich über die Schulter blicke, sehe ich Schwester Ratched, die zusammengesunken an der Wand lehnt, ihr Hals ist merkwürdig verdreht.

Ooo-kay. Ein Hindernis ist schon mal aus dem Weg geräumt. Bleibt noch das Schloss an der Bürotür.

In der Ferne höre ich das Trampeln von Füßen, das wilde Johlen von Insassen, das Poltern umgeworfener Möbel. Ein Alarm geht los.

Es reicht jetzt nicht, nur mein Bestes zu geben, ich muss über mich selbst hinauswachsen. Ich rapple mich hoch und hopple eher los, als dass ich renne.

»Ten! Ten!«

Ich drehe mich um. Sloan schlägt gegen das Tor, das den Gefängnistrakt von den Büros trennt. Auf ihrem Gesicht zeichnet sich eine Mischung aus Aufregung und Stress ab, ihre Finger sind so fest um die Stäbe gekrümmt, dass ihre Knöchel weiß hervortreten. Hinter ihr schlagen gerade mehrere Kids Colonel Arsch und Ben Dover zu Brei. Fliegende Fäuste, Fußtritte, Kratzen und Beißen. Die Wärter wehren sich … anfangs.

»Beweg gefälligst deinen Arsch hierher!«, befiehlt Sloan.

Die beiden Kids, die für die Prügelei – den Totschlag – verantwortlich sind, Anus und Ben, tauchen mit blutverschmierten Gesichtern und Händen neben ihr auf.

Soll ich versuchen, sie zu retten, obwohl ich so schwach bin? Oder fliehen, solange ich kann?

Als ob ich die Antwort nicht längst kennen würde. Als ich Hilfe brauchte, waren Killian und Bow für mich da. Diese Kids brauchen mich, also bin ich jetzt an der Reihe.

»Habt ihr Killian oder Bow gesehen?«, frage ich, während ich auf sie zuhumple.

»Nein.« Sloan blickt hinter sich. »Schnell!«

Ich drücke die abgetrennte Hand an den Scanner, ziehe die Karte durch, aber … die Tür bleibt geschlossen, genau wie ich befürchtet habe, denn es fehlt noch der Code. Was soll ich tun?

Frustriert schlage ich Vans' Hand gegen den Türöffner, und da fällt mein Blick auf die Zahl. Die Zahl! Könnte es sich um den Code handeln? Mit zitternden Fingern tippe ich sie ein. Erfolgreich! Das Schloss öffnet sich, die drei können sich an mir vorbeidrücken.

Ich stecke die abgetrennte Hand wieder ein und gehe den Flur entlang.

»Volltrottel!«; schreit Sloan. »Du gehst in die falsche Richtung.«

»Ich muss Killian und Bow suchen«, rufe ich. Ich kann sie nicht einfach hier zurücklassen. Sie würden versuchen, mir einen Fluchtweg zu bahnen und sich in Gefahr bringen, obwohl ich gar keinen Fluchtweg mehr brauche.

Jugendliche überall, die Wärter und Krankenpfleger gleichermaßen wütend bekämpfen; sie werden den Kampf gewinnen, doch von meinen beiden Helfern ist nichts zu sehen. Ich trete über einen bewegungslosen blutigen Körper – Genosse Volldepp steckt ein Gummiknüppel in der Kehle.

Jemand prallt von hinten gegen mich, vorangetrieben von jemand anderem. Ich stürze nach vorn auf einen weiteren Insassen. Mit wildem Blick wirbelt er herum, die Faust bereits kampfbereit geballt. Adrenalin jagt durch meine schmerzenden Glieder, ich gehe rechtzeitig in Deckung und schieße an ihm vorbei.

In jeder Zelle, in jedem Korridor sehe ich nach. Nichts. Zero! Vielleicht sind sie schon weg?

Nachdem ich erfolglos die Jungenabteilung durchsucht habe, kehre ich zum Tor zurück. Die Menge hat sich stark gelichtet, aber Hackfresse und Fettkloß haben ihre Posten auf jeder Seite eingenommen. Beide Männer schlagen mit ihren Gummiknüppeln auf jeden ein, der in ihre Reichweite kommt. Drei Mädchen und zwei Jungs, die verzweifelt in die Freiheit entkommen wollen. So verzweifelt, dass sie sich immer wieder auf die Wärter stürzen, obwohl sie bereits blutüberströmt sind und kaum noch Kraft haben.

Voller Angst bleibe ich stehen. Neue Hindernisse: zwei.

Ein Paar. Die Ordnungszahl von Helium. Und die Anzahl der Möglichkeiten, die ich habe.

Kämpfen oder fliehen?

Ich zittere stärker. Ich will hier raus, doch werde ich keinen von den Jugendlichen zurücklassen; ich muss kämpfen.

Tief einatmen … ausatmen … Mit gestrafften Schultern wäge ich die Situation ab. Hackfresse drückt einen Jungen mit einer Hand auf den Boden, während er mit der anderen auf ihn einprügelt. Fettkloß hat die anderen in eine Ecke gedrängt, lässt mich aber nicht aus den Augen.

Töte ihn.

Killians Stimme flüstert in meinem Kopf. Eine Halluzination, ich weiß. Und warum auch nicht. Man nennt mich schließlich Irre.

Schnapp dir seine Waffe und geh weiter.

Jetzt höre ich diese körperlose Stimme aus Vans Büro.

Ich denke an all die Anzüglichkeiten, Stöße, Schläge und Folterungen. Wie ich immer den Flur entlanggezerrt wurde. An meinen Kalender. An die Ketten und dieses Gift heute.

Hindernis. Ich werde töten! Meine Handgelenke und Schultern schmerzen fürchterlich, als ich nach vorn stürze. Ich greife nach dem Skalpell, das ich Vans gestohlen habe. Gerade noch rechtzeitig kann ich mich wegdrehen, um Fettsacks Griff zu entgehen, und schon ramme ich ihm das Skalpell in den Hals. *Wieder und wieder und wieder.*

Er fällt zuckend zu Boden.

Ich warte auf ein Triumphgefühl, doch am liebsten möchte ich weinen.

Schwer atmend sehe ich, wie die Insassen sowohl vor Hackfresse als auch vor mir zurückweichen, mich anstarren, als hätte ich etwas ganz Entsetzliches und zugleich Verblüffendes getan – als wäre ich genauso schrecklich wie unsere Feinde.

»Bleibt hier oder folgt mir.« Ich ziehe die abgetrennte Hand und die Zutrittskarte aus der Tasche. »Eure Entscheidung.«

7. KAPITEL

»Angst hält dich am Leben. Angst erinnert dich daran, dass du am Leben *bist.*«

Myriad

Alarm heult auf.

Blut läuft über meine Hände.

Jugendliche neben mir reden durcheinander.

Ein Problem nach dem anderen.

Weil ich die Schlösser öffne, bin ich die Letzte, die durch die Geheimtür geht, die hinter dem Kamin in Vans' Büro verborgen ist. Ich jage einen engen Gang hinunter, die Wände und der Boden sind aus Beton. Als ich durch eine weitere offene Tür renne, finde ich mich auf einmal … in einer Hölle aus Eis wieder! Zero. Der dünne Arztkittel und die sogar noch dünnere Uniform bieten nur wenig Schutz gegen die raue Winterluft. Ich befinde mich auf einem Berg. Schnee zu meinen Füßen, auf den Bäumen. Schneeflocken tanzen im Wind.

Ein lautes *Wumm.* Ein Blitz zerschneidet den Himmel, die Erde unter mir erbebt. Die Sphären kämpfen immer noch?

In der Kälte tränen meine Augen – die Tränen werden sofort zu Eis. Schon beim allerersten Atemzug brennen meine Nase, meine Kehle und meine Lunge, als wären sie mit Säure verätzt. Ich bekomme am ganzen Körper Gänsehaut und zittere heftig. Jugendliche, die ich ignoriert oder bekämpft habe, gemocht oder gehasst habe, rennen in alle Richtungen auseinander, allerdings nicht besonders schnell. Die Unterkühlung setzt bereits ein, unser Blut verwandelt sich in Matsch.

Wie lange können wir hier draußen überleben? Ein paar Stunden … wer kräftig ist vielleicht einen ganzen Tag?

Doch wir sind nicht kräftig. Ich am allerwenigsten.

Egal. Ich muss es versuchen. Zurück kann ich nicht.

Ich schleppe mich weiter.

Wumm! Der Lärm kommt nicht aus dem Himmel, sondern aus dem Boden. Wenige Meter entfernt, explodiert ein Jugendlicher – Stücke aus … aus … Menschenfleisch fliegen in alle Richtungen. Mit rudernden Armen versuche ich abzubremsen, aber der Boden ist zu glatt. Ich schliddere weiter, während sich all diese Fleischstücke auf der Erde verteilen.

Panische Schreie. Chaos regiert.

Ein weiterer Kampf zwischen den Sphären oder Tretminen? Soweit ich weiß, wurde wegen einer Sphärenschlacht noch niemals ein Mensch in tausend Stücke zerfetzt. »Seid still«, rufe ich, aber niemand hört mich. Wir müssen unbedingt kurz innehalten, herausfinden, was hier los ist, und uns nach ausgelegten Minen umsehen.

Mit den Augen suche ich die Gegend ab, bis ich den Zündherd ausfindig gemacht habe. Rauch kräuselt sich nach oben in den von einer strahlenden Sonne erleuchteten Himmel. Du meine … Güte … Tageslicht! Einen Moment lang vergesse ich, wo ich bin, vergesse das Schreckliche, das gerade geschehen ist, und die Qualen, die ich durchgestanden habe. Die Farben – Gold, Rosa, Blau – sind hypnotisierend.

Sieht es so in Troika aus?

Ich spüre, wie die Wärme in meine Haut dringt, über meine Knochen tanzt und mir Kraft spendet. Goldene und blaue Punkte tüpfeln den Himmel. Sind das Sterne, die so hell funkeln, dass man sie sogar am Tag sieht? Ich strecke einen Arm aus, tauche die Fingerspitzen in einen glitzernden Lichtstrahl. Staubpartikel wirbeln durch die Luft und drehen knapp außer Reichweite kleine Saltos.

Der Anblick von Blut an meinen Händen katapultiert mich zurück in die Realität. Die Anstalt. Flucht. Bomben.

»Wärter!«, schreit jemand.

Und jetzt werden wir auch noch gejagt. Wunderbar. Ich renne los, suche den Boden nach Minen ab. Als ich eine verkohlte Sandale mit einem abgetrennten Fuß entdecke, muss ich würgen.

Es sind fünf, zehn, achtzehn Kinder vor mir, die rennen und rennen. Acht weitere sind stehen geblieben, um nach Luft zu schnappen und zu überlegen, welche die sicherste Vorgehensweise sein könnte. Schlechte Neuigkeiten, Leute. Beide Möglichkeiten sind beschissen. Wir können ohne geeignete Kleidung und Proviant weiterrennen oder uns von den Wärtern zurück in die Schlangengrube schleppen lassen.

Werde ich verfolgt? Als ich einen Blick über die Schulter werfe, werden meine Augen rund vor Erstaunen, mein Mund klappt auf. Die Anstalt ist riesengroß, es handelt sich um ein hohes und zugleich breites Gebäude, dreizehn Stockwerke aus grauem Stein, die Vorderseite ragt aus dem Berg heraus, der Rest ist tief in der Felswand verborgen.

Hinter diesem Ort steckt offensichtlich weit mehr, als mir klar war.

Aber immerhin verfolgt mich keiner der Wärter.

Aus dem Augenwinkel bemerke ich eine Bewegung. Ist das …

Ja! Bow! Sie rast auf mich zu, ein Rucksack baumelt über ihrer Schulter. Sie ist nicht so langsam wie die anderen, sondern flink und geschickt. Ich rufe ihren Namen. Unsere Blicke treffen sich.

Wumm!

Die Erde bebt, gleichzeitig schleudert mich ein weiß glühender Luftstoß nach hinten. Einen Moment lang ist mir warm, und das ist angenehm. Bis ich hart auf dem Boden aufschlage und mir die Luft wegbleibt. Als ich wieder atmen kann, umgibt mich dicker Qualm. Ich huste, es regnet erneut

Fleischstücke. Man muss nicht besonders clever sein, um zu kapieren, dass gerade ein weiterer Jugendlicher ins Gras gebissen hat. *Lass es nicht Bow sein. Bitte, lass es nicht Bow sein.*

Den Rauch wegwedelnd, kommt sie auf mich zu, packt mich am Arm und zieht mich hoch.

Dem Erstkönig sei Dank! »Vorsichtig«, rufe ich, als sie losläuft.

»Wenn wir vorsichtig sind, schnappen sie dich.« Sie rennt noch schneller. »Komm schon!«

Ich suche den Boden nach auffälligen Dingen ab. Ein Stein, ein gefrorener Ast. Das Blinken von Metall – dort. »Bombe«, schreie ich und reiße sie zur Seite.

»Danke«, murmelt sie.

Schritt, Schritt, Schritt ... Stein ... Ast ... Metall! Ein Muster. Ein numerischer Rhythmus, den mein Verstand sofort erfasst. Ein Schritt, zwei Schritte, drei, Stein. Ein Schritt, zwei Schritte, drei, vier, fünf, Ast. Ein Schritt, zwei Schritte, drei, vier, Metall. Natürlich sind sie nicht in gerader Linie ausgelegt, sondern im Zickzack. Das ebenfalls einem Muster folgt. Links, links, rechts. Rechts, rechts, links.

Ich rudere heftiger mit den Armen, übernehme die Führung, springe über die nächste Mine und ziehe Bow dabei hinter mir her. In der Talsohle angekommen, steuern wir auf einen dichten Wald zu, wo ich nicht länger nach Bomben suche. Ich kann nur beten, nicht aus Versehen eine auszulösen. Ein verbrannter Körper ist allerdings immerhin ein warmer Körper, und jetzt gerade fühlt es sich an, als ob Tausende eiskalte Nadeln in meine Haut gestoßen würden. Ich zittere unkontrolliert und klappere mit den Zähnen. Rotz läuft aus meiner Nase und gefriert genauso wie meine Tränen.

»Was ist in dem Rucksack?« Ist es übertrieben zu hoffen, dass sich eine batteriebetriebene Wärmelampe darin befindet?

Momentan hätte ich nicht mal etwas gegen aufgeheizte Handschellen einzuwenden.

»Nützliches«, antwortet sie nur.

Die Temperatur scheint ihr überhaupt nichts auszumachen. Sie zittert nicht. Sie klappert nicht mit den Zähnen. Keine Tränen, kein Rotz, kein Hauch von Blau auf ihren Lippen. Wie ist das möglich?

Wir erreichen eine Gruppe hoher, schmaler Felsen. In der Mitte lehnen zwei aneinander, ein umgedrehtes V, das ein Tor bildet und irgendwie eine Betreten-auf-eigene-Gefahr-Schwingung ausstrahlt. Wo *sind* wir?

Ich lasse Bow los und werde langsamer. »Ich muss … kurz Pause machen. Keine Ahnung … wie weit … ich noch …«

»Nein, nein. Wir können nicht stehen bleiben«, sagt sie. »Als ich die Anstalt verlassen habe, hat sich jeder einzelne Wärter gerade bereit gemacht, uns zu folgen. Und es waren wirklich viele! In den Kellerräumen wurde anscheinend eine komplette Armee ausgebildet.«

Einer kompletten Armee entkommen? Zero!

Wir dürfen auf keinen Fall geschnappt werden. Ich klaube meinen letzten Rest Kraft zusammen und marschiere weiter an den Felsen vorbei. Eiszapfen, die wie Schwerter herabhängen, zerschneiden mir das Gesicht, doch das interessiert mich nicht. Sogar dieses Gefühl, von Nadeln gepikst zu werden, verschwindet, meine Haut wird taub.

»Weißt du … wo …« Ich stolpere über einen Ast und lande mit dem Gesicht in Schnee und Schmutz. Nachdem Bow mir aufgeholfen hat, wird mir klar, dass es sich bei dem Ast tatsächlich um ein Bein handelt. Ein menschliches Bein.

Hank, der Junge, den Killian an seinem ersten Tag niedergeschlagen hat, liegt auf dem Rücken ausgestreckt vor mir. Er rührt sich nicht, seine Augen sind mit einer schimmernden Eisschicht überzogen, sein Gesicht hat die Farbe des Morgenhimmels, den ich so sehr vermisst habe, und aus seiner Nase ragen Eiskristalle.

Bow hockt sich neben ihn, um ihm eine Hand aufs Herz zu legen. Sicher nicht, um nach einem Herzschlag zu suchen, das kann ich mir nicht vorstellen, sondern um … ein verlorenes Leben zu betrauern? »Licht bringt Klarheit«, flüstert sie ihm zu. »Mögest du im Ewigleben für deine Güte im Erstleben belohnt werden.«

Ihre Worte bestürzen mich. Für sie ist ein Leben wertvoll, und ich habe erst vor einer Viertelstunde eins beendet.

Die Schuldgefühle kehren zurück.

Mit traurigem Blick sieht sie mich an. »Er ist jetzt im Ewigleben. Sorgen wir dafür, dass du dort nicht hinkommst.« Sie steht auf und zieht mich tiefer in den Wald hinein.

Wohin ist Hank gegangen? Troika? Myriad? In die Sphäre Viele Enden?

Bow biegt ab, sie scheint ein Ziel im Sinn zu haben, worüber ich froh bin. Meine Gedanken werden nämlich immer unklarer, meine Augenlider bleiern. Ich bin bis auf die Knochen erschöpft.

»Halt durch«, sagt sie. »Wir sind ein Zwei-Mann-Team. Also trag deinen Teil bei.«

Richtig. Meinen Teil. Aber bei jedem Schritt scheinen meine Füße ein Pfund schwerer zu werden, bis ich sie schließlich nicht mehr heben kann. Ich will nur noch … »Schlafen«, murmle ich. Zumindest glaube ich, dass ich das gesagt habe. Ich kann meine Lippen nicht mehr spüren.

»Nein! Nicht schlafen.« Sie schlingt einen Arm um meine Schultern und hält mich aufrecht.

Ich rechne damit, dass ihr Körper mich ein kleines bisschen wärmt, doch … nichts. Bloß Kälte, Kälte und noch mehr Kälte.

»Nur noch ein Stückchen weiter.«»

Das Kinn sackt mir nach vorn auf die Brust. Ich schaffe einen Schritt und noch einen, ich zähle. Eins, zwei, drei … bis hundertvierzehn, dann beginne ich zu fallen … fallen …

»Nein!«, schreit sie. »Reiß dich zusammen, Ten. Bleib wach.«

Tut mir leid, will ich sagen, doch in meinem Kopf explodiert Schwärze, und ich werde bewusstlos.

Die Erde bebt, ich schrecke hoch und stammle: »Vier!«

Ich erschrecke über den Klang meiner eigenen Stimme. Und über die Zahl vier. Vier?

Die Anzahl der Richtungen, die man einschlagen kann. Nord, Ost, Süd und West.

Die vier Elemente. Erde, Wasser, Feuer und Wind.

Und in meinem Lied: *Five times four times three, and that is where he'll be.*

Eine Schweißperle läuft über meine Schläfe. Schwitze ich? Das Letzte, woran ich mich erinnern kann, ist, dass ich kurz davor war, mich in ein Eis am Stiel zu verwandeln. Ich wische mir über die Augenbraue, und diese Bewegung setzt einen Domino-Effekt in Gang, der mit schrecklichen Schmerzen in meinen Schläfen endet.

Mit verzerrtem Gesicht blicke ich mich um. Ich weiß nicht, was ich erwartet habe. Jedenfalls nicht *das*: eine Höhle, kleiner sogar als meine Zelle in der Anstalt. Vor mir lodert ein Feuer, das die Felswände golden schimmern lässt und … was ist das? Getrocknetes Blut? Farbe? Bows Rucksack liegt vor meinen Füßen.

»Bow?« Meine Stimme hallt nach, doch davon abgesehen, bekomme ich keine Antwort.

Sie ist offenbar verschwunden und hat den Rucksack nicht mitgenommen. Warum nicht? Wohin kann sie gegangen sein? Wie viel Zeit ist vergangen, seit ich ohnmächtig geworden bin?

Die ganze Höhle erbebt gerade in dem Moment, als ich den Rucksack durchwühle. Findet in der Nähe schon wieder eine Schlacht zwischen den Sphären statt? »Nützliches« besteht aus einem digitalen Notizblock, einer Halskette mit dem troikanischen Symbol, einem Tanktop und einer kurzen Jeans, Kampfstiefeln, die zu groß für meine Füße sind, sechs Dosen Hühnerflügel, vermutlich aus dem Personalraum, und einer Flasche Wodka.

Das meiste vollkommen nutzlos.

Aber ich bin nicht mal sauer. Diese Dosen … ich bin so hungrig, völlig ausgehungert. Also öffne ich eine Dose und verschlinge den Inhalt. Nur eine und nur, um bei Kräften zu bleiben. Der Versuchung, den Inhalt der anderen fünf ebenfalls zu vertilgen, widerstehe ich. Obwohl es so verdammt lecker schmeckt! Doch Bow muss auch etwas essen. Verflixt, wo steckt sie?

Ich schalte den digitalen Notizblock an, in der Hoffnung, eine Nachricht zu finden, die mich in die richtige Richtung weist. Ich werde nicht enttäuscht. In großer, kühner Handschrift steht dort geschrieben:

Ten,

du ungezogene Göre. Ich wusste, du könntest nicht widerstehen nachzusehen. Gut gemacht. Wissen macht sich stets bezahlt. Iss, schreib das depressivste Gedicht der Welt oder zähle Steine oder was immer du gern machst, aber bleib in der Höhle. Wenn es noch andere Insassen da draußen gibt, werde ich sie finden und sie »nach Hause« bringen. Mach dir keine Sorgen. Ich habe schließlich Troika auf meiner Seite!

Licht bringt Klarheit!

Anstelle einer Unterschrift hat sie ein Bild gemalt: einen Mann mit Pfeil und Bogen. Einen *Archer*.

Ihr Name ist Bow, habe ich einmal zu Killian gesagt.

Bow, wiederholte er. *Wie Bogen. Die Bedeutung von Archer ist Bogenschütze, und der braucht Pfeil und Bogen. Wie niedlich*.

Und später, als ich in Vans' Folterkammer auf dem Boden lag, haben Killian und Bow sich gestritten, und Killian nannte sie Archer.

Ich schüttle den Kopf, um diese verwirrenden Erinnerungen zu vertreiben.

Kann Bow wirklich ohne Hilfe andere Jugendliche finden und sie retten? Nun, ohne menschliche Hilfe. Vielleicht, aber nicht sehr wahrscheinlich. Sie muss nicht nur den Elementen und den Wärtern trotzen, sie muss die Jugendlichen auch davon überzeugen, ihr zu vertrauen.

Also ja, ich habe ein Gedicht für sie.

Ich bin allein.
Nie werde ich glauben
Dass ich dir wichtig bin
Die Wahrheit ist
Dir zu vertrauen ist töricht
Ich denke nicht
dass es dir in erster Linie um mein Wohl geht
Ich weiß
Dass wir einander beschützen wollen
Ist eine bescheuerte Idee. Ich glaube
Auf eigene Faust weiterzumachen
Ist das Klügste
Bei dir zu bleiben
Ist der schnellste Weg in den Ersttod
Weggehen – nein, vor dir wegrennen

Das ist schwer, aber ich bin bereit
Und ich weiß
Zusammen sind wir besser dran
Ist eine Lüge. Denn eines ist mir vollkommen klar:
Ich bin allein.

Zwei Seiten. Von oben nach unten lesen, von unten nach oben lesen. Das Negative und das Positive. Ausnahmsweise tendiere ich zum Positiven. Bow braucht mich. Und es ist immer besser, nicht allein zu sein.

Mit dem Skalpell schneide ich das Tanktop in Streifen, die ich um meine Füße wickle, dann ziehe ich die Sandalen aus und die Stiefel an. Das Skalpell wandert wieder in meine Tasche, ich sehe sogar extra zweimal nach, ob es wirklich dort ist. Da es sich um meine einzige Waffe handelt, ist es unschätzbar wertvoll.

Okay. Gut. Ich stehe auf, das Blut schießt aus meinem Kopf, mir wird schwindlig. Schwankend gehe ich auf die Öffnung der Höhle zu. Bevor Bow gegangen ist, hat sie Blätter und Zweige davor aufgetürmt, um mich abzuschotten, und sie hat gute Arbeit geleistet. Ich muss mich regelrecht ins Freie kämpfen.

Morgenlicht begrüßt mich, und oh, wow, es ist hinreißend schön – bedeutet aber zugleich, dass ich die ganze Nacht geschlafen habe. Zum ersten Mal seit meiner Inhaftierung.

Leider ist die Luft so kalt, dass nichts von all dem Eis geschmolzen ist, meine Muskeln ziehen sich umgehend protestierend zusammen. Zumindest sind keine Wärter in der Nähe, auch von Fußspuren ist im Schnee nichts zu sehen.

»Bow!«, rufe ich. Falls ich unerwünschte Aufmerksamkeit auf mich lenke, dann ist es eben so. Je schneller ich sie finde, umso besser. »Bow!«

Gespenstische Stille, nur ab und zu vom Pfeifen des Windes durchbrochen, verspottet mich.

»Bow!« Während ich mich vorwärtskämpfe, bricht ein Sturm in meiner Brust los. Das Donnern meines Herzschlags, gefolgt von einem Sturzregen aus Säure, die alles verbrennt. Was, wenn ihr etwas passiert ist? Ganz sicher müssen wir nicht nur vor den Wärtern Angst haben. Jeder überlebende Insasse hätte sie überfallen können, um an ihre Habseligkeiten zu kommen. Oder Schlimmeres. Ein Tier könnte sie zerrissen haben.

Ein Ast knackt. Ich versteife mich. »Bow?« Dieses Mal ist meine Stimme nicht viel mehr als ein Flüstern.

Ein massiger Kerl tritt aus dem Wald – zusammen mit zwei Freunden. Sie sind groß, größer und am größten, und sie starren vor Schmutz. Über den Dreck kann ich hinwegsehen. Jeder von ihnen hat jedoch etwas, das ich mir verzweifelt wünsche: einen Mantel.

Hoffentlich sprechen sie Englisch. Hoffentlich sind sie freundlich. Wobei ich allerdings weder mit dem einen noch dem anderen rechne.

Trotzdem versuche ich, mit ihnen zu verhandeln: »Habt ihr Hunger? Ich würde eine Dose Hühnchen gegen einen Mantel tauschen.« Mehr als fair.

Der in der Mitte leckt sich über die Lippen – und ich könnte wetten, dass er dabei nicht an das Hühnchen denkt.

Mein Selbsterhaltungstrieb kreischt auf: *Renn weg!*

Genau das will ich gerade tun, als ein heftiger Windstoß mich fast von den Füßen holt. Schlimmer noch – oder besser – der Mantel des Größeren öffnet sich, und ich erhasche einen Blick auf pinkfarbenes Haar. Bow! Sie klammert sich an seine fleischige Brust, bewegungslos, und mein Herz erschauert vor Angst.

So wie er mich anglotzt, kann ich mir gut vorstellen, was er von zwei einsamen Mädchen will, ganz sicher kein geistreiches Gespräch. Mir ist klar, wie schlecht die Chancen stehen, die Typen zu überwältigen. Drei Brocken gegen eine gerissene Bohnenstange. Mindestens 280 Kilo Muskeln gegen 58 Kilo bei mir.

»Wehe, ihr habt ihr was angetan.« Meine Stimme klingt wie ein Knurren.

Der Größte grinst und entblößt krumme, gelbe Zähne. »Wir fangen Entlaufene für Doktor.« Sein Akzent ist hart und russisch. »Wir bringen zurück in Anstalt … aber erst wir haben Spaß.«

Auf einmal kapiere ich, wofür Vans' Hintertür da ist.

»Komm her, Mädchen.« Der Große. »Wir haben Spaß auch mit dir.«

»Wir tun dir nichts.« Der Größere. »Es sei denn, du wehrst dich.«

Wir tun dir nichts, von wegen. Ich ziehe das Skalpell aus der Tasche, verstecke das blitzende Metall hinter meinem Arm. Meine Zähne klappern, wieder bekomme ich überall am Körper Gänsehaut. »Gegenvorschlag. Ihr lasst das Mädchen fallen und geht weg, dann tue ich *euch* nichts.«

Größer und Größter lachen schallend, während Großer mich anfunkelt. Er steht auf Herausforderungen. Kapiert.

Großer stampft auf mich zu, und da wird mir klar, dass nicht nur ich eine Waffe verstecke. In seiner Hand entdecke ich einen beängstigend aussehenden Dolch, aber ich rühre mich trotzdem nicht vom Fleck … kein Stück …

Es gibt keine andere Möglichkeit, Bow zu retten.

Je näher er kommt, desto mehr *wächst* seine Vorfreude. Im *wahrsten* Sinne des Wortes.

Er holt aus, zielt dabei auf meine Schulter. Wenn er die trifft, wird mich das zwar nicht töten, aber laut aufschreien lassen.

Jetzt! Ich weiche dem Schlag aus und ramme ihm das Skalpell tief in die Beinschlagader. Vielleicht erinnere ich mich nicht an alles aus dem Anatomieunterricht, daran allerdings schon: Der kleinste Schnitt in die Beinschlagader kann tödlich sein.

Er bellt auf vor Schmerz, Blut spritzt aus seinem Bein. Während er in die Knie geht, versuche ich mich wegzuducken, doch er packt mich am Haar und reißt mich auf den Rücken.

Seine Freunde kommen näher. Er hebt seine freie Hand – die mit dem Dolch –, um sie aufzuhalten. Dann schenkt er mir ein kaltes Lächeln und … stößt zu.

Dieses Mal meint er es verdammt ernst, er ist sauer. Sein Ziel? Mein Herz.

Auf einmal begreife ich, was Troika meint: Sich von seinen Gefühlen leiten zu lassen richtet oft mehr Schaden an, als dass es hilft.

Ich versuche den Stich mit der Hand abzuwehren, die Klinge dringt durch mein Handgelenk und kommt auf der anderen Seite wieder heraus. Schmerz überwältigt mich, Sternchen funkeln hinter meinen Lidern, Schwindel packt mich. Ich bemühe mich mit aller Gewalt, bei Bewusstsein zu bleiben. Ohnmächtig zu werden wäre mein Todesurteil.

Ziemlich schnell weicht die Farbe aus dem Gesicht des Großen. Er taumelt vor und zurück, ebenfalls kurz davor, ohnmächtig zu werden. Dennoch legt er mir die Hände um den Hals und drückt zu. *Nein!* Ich ziele mit dem Skalpell auf seinen Hals, doch er schlägt meinen Arm so heftig weg, dass er mir fast die Schulter auskugelt.

Komm schon! Mit rudernden Armen versuche ich mich zu wehren, aber er verstärkt den Griff nur noch. Die Sternchen hinter meinen Augen werden zu schwarzen Spinnweben. Das darf nicht sein. Das kann nicht das Ende sein. In der einen Sekunde hier, paff, in der nächsten weg. Ich habe doch nicht Vans' Folterungen überstanden, nur um jetzt in den Bergen erdrosselt zu werden.

»Brauchst du meine Hilfe, Mädchen?«

Ich erkenne die heisere rauchige Stimme sofort, diesen verführerischen irischen Akzent. Killian ist hier! Auf der Stelle löst sich meine Angst in Nichts auf, Freude erfüllt mich.

»Mädchen?«

Ich kann nicht sprechen, nur nicken.

Das reicht ihm. Er sagt: »Du solltest sie besser loslassen, Kumpel. Betrachte das hier als deine einzige Chance wegzugehen. Danach wirst du nicht mal mehr kriechen können.«

Ich mache seine Silhouette aus. Er ist groß, aber nicht so groß wie diese Riesen.

»Hau ab, bevor zu spät, Junge«, sagt einer der Rohlinge.

»Falsche Antwort.«

Auf einmal bin ich frei, der Große wird von mir gerissen. Heftig nach Luft ringend rapple ich mich auf, um den Großen abzuwehren, ehe er mich wieder packen kann, doch der liegt mit geschlossenen Augen auf der Erde, eine Blutpfütze bildet sich um ihn herum.

Killian konzentriert sich jetzt auf die restlichen Rohlinge. Was immer er dem Großen angetan hat, macht den anderen beiden mächtig Angst.

Größer wirft Bow auf den Boden. »Gehört dir. Nimm. Nimm!«

Bow holt vorsichtig Luft und versucht, sich blinzelnd aufzusetzen. Eine Sekunde … zwei … sie schafft es nicht, es wirkt, als wäre ihr Körper zu Stein geworden.

»Funktionsfehler«, stößt sie hervor.

Größer und Größter heben mit geöffneten Händen die Arme und weichen einen Schritt zurück.

Ich stürze vor, aber Killian schlägt mich nieder, und so lande ich an Bows Seite. Er hebt den Arm und sieht mich verärgert an, sein eigener Dolch funkelt im Sonnenlicht.

»Diese Männer sind Ungezeichnete und somit praktisch

deine Brüder. Ist es wirklich das, was du mit deinem Leben anfangen willst? Möchtest du die Ewigkeit mit ihnen verbringen?«

Ich rechne damit, dass er die Waffe gegen die Riesen erhebt, doch er sagt: »Zeig ihr, wer du tatsächlich bist, Archer.«

Dann stößt er die Klinge tief in Bows Brust.

TROIKA

Von: A_P_5/23.43.2
An: L_N_3/19.1.1
Betreff: Ten, Ten, Ten

Bow ist erledigt. Die blöde Hülle hatte einen Funktionsfehler, was dazu führte, dass die Ungezeichneten mich überwältigten und Killian mich erstechen konnte.

Wo wir gerade vom schlimmsten Geistwesen im Ewigleben sprechen, Killian hat das Mädchen jetzt ganz für sich allein – und das ist die gute Nachricht. Die schlechte: Sie ist von ihm fasziniert, genau wie … egal. Ich kann es in ihren Augen sehen, und mir ist klar, dass jeder Versuch, die beiden voneinander zu trennen, diese Faszination nur verstärkt. Wie soll ich Ihrer Ansicht nach fortfahren? Welche Aufgabe wurde mir zugeteilt?

Archer Prince

Von: L_N_3/19.1.1
An: A_P_5/23.43.2
Betreff: Ihre Fähigkeit zu verzeihen ist beeindruckend

Sie müssen Ihre Wut auf Mr. Flynn loslassen. Miss Lockwood hatte recht. Sie verletzen sich nur selbst damit. Und wenn Sie nicht aufpassen, werden irgendwann Unschuldige verletzt.

Ich schicke Ihnen eine andere Hülle. Und großzügig, wie ich bin, schicke ich Ihnen sogar eine aus Ihrer persönlichen Sammlung.

Und ja, Sie haben recht. Endlich! Miss Lockwood von Mr. Flynn fernzuhalten schadet mehr, als es hilft, aber vergessen Sie nie, dass Mr. Flynn selbst sein größter Feind ist. Er wird höchstpersönlich dafür sorgen, dass die Faszination ganz schnell verfliegt. Aggressive Menschen werden irgendwann auch aggressiv behandelt. Mr. Flynns Verhalten wird für sich selbst sprechen. Lassen Sie Ihres für sich sprechen.

Miss Lockwoods Großmutter hat mit den Generälen gesprochen, und weil Ten zugegeben hat, Hilfe zu brauchen, haben Sie die Erlaubnis, ihr mit allen notwendigen Mitteln zu helfen – es sei denn, das Mädchen schickt Sie weg. Leider können wir nach wie vor nicht bleiben, wo wir nicht willkommen sind.

Also, passen Sie auf sich auf … oder besser noch: auf Ten.

General Levi Nanne.

TROIKA

Von: A_P_5/23.43.2
An: L_N_3/19.1.1
Betreff: Muss man denn ständig aus allem eine Lehre ziehen?

Das nervt.

Wie auch immer. Ich bin zu Ten durchgedrungen, ganz sicher. Und doch ist sie nach wie vor von Zweifeln zerfressen und nicht bereit, ihren eigenen Instinkten zu vertrauen. Wenn sie die Rettungsinsel, die ich ihr zugeworfen habe, nicht benutzt, dann werden wir sie *tatsächlich* verlieren.

Ich mag sie inzwischen gern. Ich möchte sie nicht verlieren.

TROIKA

Von: L_N_3/19.1.1
An: A_P_5/23.43.2
Betreff: Stellen Sie sich auf eine weitere Lehre ein

Ich kann mich an den Tag erinnern, an dem Miss Lockwood zur Welt kam, und an den Aufruhr, den ihre Geburt in den Sphären verursacht hat. Sie hat so viel Licht aufgesogen und abgegeben, dass unsere Beobachter geblendet wurden. Sie erinnern sich ebenfalls an den Tag. Ihnen wurde lediglich nicht mitgeteilt, wieso solch strahlendes Licht unsere Sphäre durchschnitt. Die Myriader behaupten, dass sie so hell leuchtete, weil sie mit einem ihrer Generäle verschmolzen ist. Und obwohl sie außerdem behaupten, die Dunkelheit zu lieben, wollen sie unser Licht haben. Das war schon immer so.

Und ich weiß, ich weiß. Miss Lockwood strahlt momentan wirklich nicht. Dunkelheit umhüllt sie. Aber wir geben nicht auf, Mr. Prince. Niemals. Zwar haben wir die Genehmigung unserer Generäle, zu tun, was notwendig ist, dennoch stehen Miss Lockwoods Wünsche an erster Stelle. Was sie von Ihnen annimmt, das geben Sie ihr. Was sie ablehnt, versuchen Sie ihr auf andere Weise zukommen zu lassen. Wenn sie ihre Rettungsinsel ignoriert, dann werfen Sie ihr eine Rettungsleine zu. Wenn sie die nicht ergreift, probieren Sie es mit einem Ast.

TROIKA

Von: A_P_5/23.43.2
An: L_N_3/19.1.1
Betreff: Ich hoffe wirklich …

… dass ich Ten nicht derart auf die Nerven gehe.

8. KAPITEL

> »Angst ist der Feind in deinem Rücken,
> der dir ein Messer an die Kehle hält.«
>
> Troika

Ich bin vor Schreck und Kälte wie betäubt. Killian – der Junge, der mich vor Vans und vor den potenziellen Vergewaltigern gerettet hat – hat gerade Bow erstochen.

Killian hat gerade Bow erstochen!

Wut dringt durch meine Betäubung und dann Trauer.

Nachdem Killian so viele Leute in der Anstalt umgebracht hat, hätte ich so etwas kommen sehen müssen.

Er spuckt sogar auf Bow, bevor er sich wieder zu den Riesen umdreht.

Ich werfe mich über sie, um sie vor weiterem Leid zu beschützen – es darf nicht zu spät sein, das darf es einfach nicht – vielleicht kann ich sie irgendwie noch retten – *zu spät, es ist zu spät*. Den Männern vom Berg wird klar, dass Killian gerade seine einzige Waffe aufgegeben hat.

»Dummer Junge.«

Sie alle lächeln gierig, jegliche Angst ist verflogen.

»Na kommt, versucht es doch«, meint Killian ebenfalls lächelnd. »Begrüßt den Ersttod mit offenen Armen.«

Sie stürzen sich mit geballten Fäusten auf ihn. Ein Fehler. *Knack, knack, knack* hört man, als Killian ihnen die Knochen bricht. Lachend schlägt er zu, weicht aus, schlägt wieder zu und wieder, zielt auf Nasen und Kehlen und, als die Männer vor Schmerz aufjaulen, auf Nieren und Gedärme. Er erinnert mich an einen Bären, der mit seinem Essen spielt.

Als Größer sich von der Schlägerei zurückzieht, um sich

auf mich zu konzentrieren – hat er vor, mich zu packen und mit mir wegzulaufen? –, hört Killian auf zu lachen, hört auf zu spielen und holt zum tödlichen Schlag aus. Er trifft den Mann mit solcher Wucht am Kopf, dass dessen Augäpfel herausspringen.

Ich werde von Entsetzen gepackt, panische Angst erledigt den Rest.

So gewaltig, wie ich zittere, könnte man meinen, dass ich einen epileptischen Anfall habe. Killian offenbart seine wahre Natur. Er ist eine böswillige Schlange, er wird diesen Kampf gewinnen … und sich anschließend um mich kümmern. Was wird dann geschehen?

Ich sollte nicht darauf warten, es herauszufinden, aber ich kann Bow einfach nicht allein lassen, auch wenn sie nicht mehr unter uns ist.

Mit Kampfgebrüll wirft Größter sich auf Killian. Die beiden landen auf der Erde und rollen in meine Richtung. Ich weiche zurück, um keinen Fuß ins Gesicht zu bekommen, und beobachte, wie der Bergbewohner jegliche Kontrolle verliert. Angeheizt von Wut und Adrenalin schlägt er mit den Fäusten wie ein Presslufthammer auf Killian ein. Galle brennt in meiner Kehle.

Killian zeigt keine Anzeichen von Erschöpfung. Oder auch nur von Schmerzen! Er versucht nicht, seinen Kopf vor dem nächsten Faustschlag zu schützen … oder dem nächsten oder dem nächsten … während er den Mann am Hals gepackt hält. Ich habe das Gefühl, die Schläge für ihn einzustecken, mein Körper zuckt. Killian schiebt Größter immer weiter in den Wald, damit ich außerhalb seiner Reichweite bin, und mein Herz flattert vor Erleichterung und Panik gleichermaßen.

Eine recht nette Geste von einem Mörder.

Bebend streiche ich eine helle Strähne aus Bows Stirn. Was zum …? Ich bin so verwirrt, dass ich alles um mich herum vergesse. Ich habe vorher schon Tote gesehen, aber das war etwas anderes. Bows Augen stehen offen, doch da sind keine Pupillen, nicht einmal Augäpfel. Die Augenhöhlen sind *leer*.

Mein Herz flattert nicht länger, es galoppiert regelrecht, als ich mit den Fingerspitzen über eine Augenhöhle taste, dann über die andere. Sie sind nicht wirklich leer, wie mir klar wird, sondern von einem Film überzogen, der durchsichtig und glatt wie Glas ist. Ich beuge mich vor, um durch den Film hindurchzuspähen. In ihrem Kopf kann ich kein Blut sehen, kein Gewebe, kein Gehirn.

Ich verstehe nicht.

Ich nehme sie mir genauer vor. Im Moment des Todes leeren sich Blase und Darm *jedes* Menschen. Das ist eine Tatsache. Die letzte Demütigung, schätze ich. Damit sagt der Tod einem ultimativ *leck mich am Arsch*. Doch ihr Overall ist zwischen den Beinen weder feucht noch fleckig.

Lebt sie noch?

Hoffnung flackert in mir auf, obwohl ich weiß, dass es unmöglich ist. Diese Augenhöhlen …

Ich richte meine Aufmerksamkeit auf den Dolch in ihrer Brust. Es ist keine Bewegung zu entdecken, die darauf hinweisen könnte, dass sie noch atmet. Und um die Klinge herum ist kein Blut zu sehen. Es gibt eine feuchte Stelle, doch die ist bedeckt mit … Diamantenstaub?

Was geht hier vor?

In meinem Kopf dreht sich alles, ich zerre an ihrem Kragen und reiße ihr den Overall bis zum Bauchnabel auf. Der Dolch steckt tief in ihrem Herzen, ich entdecke jedoch auch hier keinen einzigen Tropfen Blut. Dafür aber weiteren flüssigen Diamantenstaub.

Ich weiß nicht, was ich denken soll … oder tun. Ich bin viel zu benebelt von Schmerz, Erschöpfung und Verwirrung.

Ein Grunzen erregt meine Aufmerksamkeit. Ein Knacken. Ein schmerzvolles Aufheulen.

Ich konzentriere mich auf den Kampf, der noch immer tobt, und unterdrücke ein Wimmern. Die Männer sind wieder zurück auf der Lichtung, und Größter versucht alles, um *irgendwo* auf Killians Körper einen Treffer zu landen. Doch Killian ist zu schnell – es ist, als würde man eine Pferdekutsche mit einem Rennwagen vergleichen –, er duckt sich und schlägt in faszinierendem Rhythmus. Er kämpft meisterhaft, und der Teil meines Verstandes, der Zahlen liebt, wird munter, passt auf, seufzt sogar verträumt.

Schlag, Schlag, Ducken. Schlag, Schlag, Tritt. Schlag, Schlag – wow! Er benutzt seinen ganzen Körper, um maximalen Schaden anzurichten. Sein Körper ist eine todbringende Waffe.

Ich zucke zusammen, als er dem anderen eine perfekte Kopfnuss verpasst. Während sein Gegner noch schwankt, stürzt er sich auf ihn, um ihm die Zähne in den Hals zu schlagen … und er ist schön, so schrecklich schön, als er das tut. Größter heult auf, als Killian ihm den muskulösen Arm bricht und ihm anschließend mit dem Ellbogen die bereits gebrochene Nase bearbeitet.

Größter fällt zu Boden, aber noch ist er nicht am Ende, sondern kriecht knurrend auf Killian zu. »Werde … töten …«

Mein Mund ist trocken – *steh auf, tu was!* –, doch Killian lacht sein klirrend kaltes Lachen.

»Wirst du nicht. Wenn du möchtest, dass ich dich schnell erledige, dann gib mir deinen Mantel, bevor er noch blutiger wird. Wenn nicht, werden deine Schmerzen nur schlimmer.«

Während er spricht, bebt die Erde. Er wirft mir einen Blick zu. Um sich davon zu überzeugen, dass ich okay bin oder dass ich zusehe? Will er prahlen, oder hat er Angst, dass ich wegrennen könnte?

Rennen … ja, vermutlich sollte ich wegrennen. Er hat bewiesen, dass man ihm nicht trauen kann, dass er ein Mörder ist und schlicht wahnsinnig.

Das schiere Böse. Bow hat ja versucht, mich zu warnen.

Wenn ich bleibe, werden wir miteinander kämpfen. Auf jeden Fall mit Worten, vielleicht auch körperlich. Und das Entscheidende? Ich werde verlieren. *Man muss erst einen Löwen töten, bevor man einen Drachen erlegen kann.* Er ist viel kampferfahrener als ich. Mein Können beschränkt sich auf Speisesaal-Schlägereien und auf Wärter, die unbedingt ihren Willen durchsetzen wollen.

Im Augenblick jedoch spielt nichts davon eine Rolle. Ich bleibe, wo ich bin, trotz der Gefahr. Ich habe Fragen – jede Menge Fragen –, und er kennt womöglich die Antworten.

Vorsichtshalber ziehe ich Bow mit letzter Kraft den Dolch aus der Brust. Einen Dolch, auf dem nicht ein einziger Tropfen Blut zu sehen ist. Und erneut falle ich aus allen Wolken. Ihre Wunde klafft auf, aber unter ihrer Haut sind nicht etwa Muskeln und Knochen, sondern … pulsierende Elektroden?

In meinem Kopf dreht sich schon wieder alles. Ich weiß nicht … Wie … Warum?

»Will nur Mädchen.« Größter holt zu einem Schlag aus und flucht auf Russisch, als er Killian nicht trifft.

»Klar, das weiß ich.« Killian landet einen Schlag gegen das Kinn des Typen, der herumgeschleudert wird und Blut und Zähne ausspuckt. »Das Problem ist nur, ich habe mein Spielzeug noch nie gern geteilt.«

Jetzt bin ich also ein Spielzeug?

Tschüss Verwirrung. Hallo Wut. Ich werde erst zustechen und dann Fragen stellen.

Größter steht schwankend auf, holt zu einem weiteren Schlag aus, aber mir reicht es. Die Spielstunde ist aus. Zwar bin ich schwach und zittere, doch mein Ziel ist simpel. Rein und raus, ohne dass einer der Typen es bemerkt – bis es zu spät ist.

Ich werfe mich zwischen die beiden. Oder besser gesagt, ich versuche, mich zwischen sie zu werfen. Die Eiseskälte hat mein Blut in Matsch verwandelt, und meine Bewegungen sind träge. Dass die Verletzungen, die Vans mir zugefügt hat, angeschwollen sind und die Haut sich schmerzhaft über den Wunden spannt, macht es auch nicht gerade leichter.

Größter wirbelt zu mir herum. So viel zum Thema unbemerkt. Ich hebe den Dolch und ziele auf seine bereits verletzte Kehle – es ist viel zu spät für einen Rückzieher –, und er holt aus, um mir mit dem Handrücken einen Schlag zu verpassen. Ich ducke mich, bin aber nicht schnell genug, er trifft mich seitlich am Kopf.

Schmerz explodiert, ich stürze. Zum Glück schießt Adrenalin durch meine Venen, als ich auf dem Boden aufkomme. Wild entschlossen rolle ich mich in seine Richtung und hebe die Hand, um ihn zu erstechen. Die Klinge dringt in seine Seite, Blut spritzt. Jaulend versucht er, mich zu packen.

Killian tritt seinen Arm weg und jagt ihm einen Dolch in die Augenhöhle. Das nächste Jaulen ist nur eine schwache Kopie des vorigen. Dann wird er still.

Wenigstens ist einer von ihnen erledigt.

Ein Schatten fällt auf mich. Ich versteife mich und blicke hinauf in Killians blutverschmiertes Gesicht. Blutverschmiert, obwohl ich bei ihm keine echte Verletzung entdecke. Wesentlich merkwürdiger ist jedoch, dass ich ihn jetzt, wo er seine freundliche Maske abgelegt hat, noch viel schöner finde. Vorbei ist es mit seinem Charme und seiner Verführungskunst, da ist nur wilde Entschlossenheit.

Aus irgendeinem Grund habe ich plötzlich keine Angst mehr. Was geschieht, geschieht. Ich kann damit umgehen. Ich bin schon mit Schlimmerem umgegangen.

Er ballt die Hände zu Fäusten. »Ich hatte alles unter Kontrolle, Süße.«

»Tja, nun, du hast eben einfach zu lange gebraucht.«

»Willst du dich auch noch beschweren? Ich habe dir das Leben gerettet.«

»*Wieso* hast du es gerettet? Damit du mich eigenhändig umbringen kannst – so wie Bow?«

»Bow war hier nicht länger willkommen.« Er tritt dem Mädchen in den Bauch. »Dir werde ich nichts tun. Warum sollte ich? Mir gehört jetzt deine Seele. So lautet die Regel, wenn man jemandem das Leben gerettet hat.«

Und da ist der Charmeur wieder. »Du gehörst zu Myriad. Du hältst nichts von Regeln.«

»Für dich mache ich eine Ausnahme.«

»Wie nett. Aber nein. Ich verzichte.«

»Vielleicht überlegst du es dir noch einmal. Du hast überall im Gesicht Schnitte und Prellungen. Und eine Beule auf dem Kinn. Tenley Lockwood, du bist momentan wirklich hässlich. Auf diese Weise wirst du alle anderen potenziellen Lebensretter vergraulen.«

»Das Risiko nehme ich gern in Kauf.«

»So ein Pech.« Er streckt mir eine Hand hin, um mir aufzuhelfen – die Hand, mit der er Bow den Dolch in die Brust gejagt hat. Ich krieche auf allen vieren rückwärts, doch er folgt mir seufzend.

»Ich werde dir helfen, Mädchen, Ende der Durchsage.«

Zero! Bei jedem Zentimeter, den ich mich wegbewege, kreischen meine Handgelenke vor Schmerz auf. Irgendwann gebe ich auf. Mir bleibt nichts anders übrig, mein Körper spielt einfach nicht mit. Es hat sowieso nichts gebracht. »Ich bin fix und fertig. Wie kann es sein … dass du so gut aussiehst?«

Er kichert. »Ich sehe also gut aus?««

Darauf werde ich nicht antworten. »Du hast keine Schnitte, keine Prellungen oder Beulen.« Sein kurzes dunkles Haar ist leicht zerzaust. Die blauen Flecken in diesen Augen aus geschmolzenem Gold funkeln zugleich bedrohlich und amüsiert. »Nur dreizehn Blutschlieren.«

In grauer Vorzeit führten dreizehn Stufen zum Galgen. Die Schlinge des Henkers hatte dreizehn Knoten. Mit dreizehn betrachtet man Kinder als Teenager.

Kein Wunder, dass diese Zahl weltweit gehasst wird. Wenn es einen dreizehnten Monat im Jahr gäbe, würde man diesen wahrscheinlich Höllenuar nennen.

»Du hast sie also gezählt?« Killian geht mit wachsender Entschlossenheit vor mir in die Hocke. »Ich habe deine Begeisterung für Zahlen schon bemerkt. Etwas zwanghaft, aber sehr niedlich.«

»Ich habe deine Begeisterung für kaltblütige Morde bemerkt.« Ich lasse mich von ihm weder vom Thema abbringen noch einwickeln. Ich will Antworten bekommen und dann fliehen. Das ist mein Plan, an dem halte ich fest.

Er wirkt nicht im Geringsten verlegen.

»Schwerlich. Bei den Bergmännern hat es sich lediglich um Selbstverteidigung gehandelt, das zählt also nicht. Und Archer – Bow – lebt.«

Kein Blut … glitzernde Flüssigkeit – diese leeren Augenhöhlen … Elektroden unter der Haut …

»Unmöglich«, sage ich, doch meine Stimme bebt.

»Vertrau mir. Du wirst ihn wiedersehen.«

»Ihn? Willst du mir erzählen, dass Bow ein Typ namens Archer ist? Besser gesagt, war?«

»Ich will dir gar nichts erzählen, Süße. Das sind Tatsachen.«

Und nicht zu beweisen. Trotzdem denke ich … ich denke, dass etwas Wahres dran sein könnte. Bow ist nicht Bow … und vielleicht ist Bow nicht tot. »Wo werde ich sie – ihn – wiedersehen? In der Unendlichkeit? Und warum hast du ihn erstochen?«

Zeig ihr, wer du wirklich bist …

»Aus tausend verschiedenen Gründen.« Er zuckt mit den Schultern. »Ganz oben auf der Liste – ich wusste einfach, dass es sich gut anfühlen würde.«

Die Wut, die mich überkommt, ist wie ein Stier, der seine Hörner immer wieder in meine äußerlich ruhige Fassade rammt. »Sieger sind zum Anbeten, Verlierer zum Zertreten, nicht wahr?«

Er ignoriert meinen trockenen Ton und nickt. »Ganz genau.«

»Allerdings hast du keine Ahnung, wie falsch du liegst. Oft werden die Sieger gehasst.«

Der Stier rammt die Hörner nun in *ihn*, vermute ich mal, denn er zischt: »Deine liebe Bow ist mein Feind.«

»Nein. Sie ist …«

»Ein troikanischer Agent.«

Diese Behauptung wabert eine Weile zwischen uns in der Luft. »Un…unmöglich.« Oder? »Ich habe sie angefasst, und sie hat sich nie gewehrt. Hat mir nie vorgeworfen, damit ein Verbrechen zu begehen.«

»Denk doch nach, Mädchen. Warum gibt es dieses Gesetz wohl? Nur um diejenigen zu schützen, die sich als Menschen ausgeben. Wenn man undercover arbeitet, kann man mit seiner Hülle anfassen, wen immer man will. Um nicht aufzufallen, verstehst du?«

Bows kalte Haut … genauso kalt wie die von James … so kalt wie Killians Haut.

Ich lecke mir über die Lippen. »Bist du ein Agent von Myriad?« Nein, nein. Das kann nicht sein. Er ist nicht nur eine Hülle.

Hüllen können keinen Sex mit Menschen haben. Stimmt's? Und doch hat er mit seinen Eroberungen geprahlt.

Er betrachtet mich durchdringend, während er fragt: »Was denkst du?«

»Ja oder nein?«, hake ich nach, der Verzweiflung nahe.

»Was. Denkst. Du?«

»Sag es mir einfach!«

Er streckt eine Hand aus. »Fass mich an. Und dann sag du es mir.«

Ich schüttle heftig den Kopf. Ihn anfassen? Auf keinen Fall. Nie wieder.

Er lächelt humorlos. »Ich mag dich, Mädchen. Das sollte ich nicht, aber du hast etwas an dir. Du bist klug, und du bringst mich zum Nachdenken. Jetzt streng dein Hirn an und finde es selbst heraus, denn wir wissen doch beide, dass du mir kein Wort glauben würdest.«

Ich drücke eine Hand auf mein Herz und reibe darüber. Was genau weiß ich ohne jeden Zweifel? »Du liebst Myriad. Du hast mir eine virtuelle Tour gezeigt, wie ich sie noch nie zuvor gesehen habe. Dr. Vans hat dich bezahlt und auf mich angesetzt, doch du hast ihn getötet.«

»Oh ja, und wie ich ihn getötet habe«, sagt er. »Mit Genuss. Aber er hat mich nicht bezahlt. Er hatte nichts, was ich wollte.«

Leicht zu sagen, schwer zu beweisen. »Woher wusstest du, was er vorhatte, wenn du nicht für ihn gearbeitet hast?«

»Ich habe das gesamte Gebäude verkabelt und alle seine Gespräche mitgehört. Als ich das mit deiner letzten Foltersitzung mitbekommen habe, habe ich mich sofort auf die Suche nach dir gemacht. Er hat dir wehgetan, und ich habe ihn gelehrt, dass er das nicht darf.«

Ein heftiger Windstoß fährt zwischen uns, so stark, dass ich gegen einen Baumstamm geschleudert werde. Luft jagt zischend aus meiner Lunge, meine Verletzungen jaulen bildlich gesprochen auf.

Ich blicke an Killian vorbei. Ich weiß nicht, was ich sagen soll.

Ist er oder ist er nicht?

Ich rapple mich auf, stolpere mit klappernden Zähnen an ihm vorbei und gehe neben Groß in die Hocke. Er war der kleinste der drei Männer. Und, noch besser, seine Kleidung hat am wenigsten gelitten, egal, wie sehr sich Killian auch bemüht hat. Es sind nur ein paar Blutstropfen auf seinem Mantel zu sehen. Mit zitternden Fingern ziehe ich ihm den Mantel aus, schlüpfe hinein und stülpe mir die Kapuze über den Kopf.

»Du stiehlst einer Leiche die Klamotten?« Killian klingt beeindruckt. »Das ist ganz schön heftig, oder?«

»Das war doch dein Plan.«

»Ja, aber ich bin ja auch heftig.«

Sein Akzent hat sich verändert. Nein, nicht verändert, nicht so richtig, je genauer ich jedoch hinhöre, desto besser kann ich Akzente aus verschiedenen Teilen der Welt erkennen.

Äste knacken, obwohl keiner von uns sich bewegt. Ist dort jemand? Ein Jugendlicher aus der Anstalt? Einer der Wärter? Noch ein Bergbewohner? Ich schaudere, wanke. Und Zero! Mir wird schwindlig.

Ich versuche mit aller Kraft, mich zu konzentrieren, da gleitet ein großer Schatten über die Blätter, langsam, Zentimeter für Zentimeter. Furcht kriecht meinen Rücken hinauf. Ich weiß nicht, ob ich schon wieder kämpfen kann.

»Killian«, wispere ich. »Da kommt jemand.«

Sein Blick ist dunkel, voller Gewalt. »Ich weiß. Sag ihm, er soll uns in Ruhe lassen.«

Ihm? »Wer ist da draußen?« Ein Insasse?

»Sag ihm, dass er hier nicht erwünscht ist.«

Ein Wärter? »Worte bringen da nicht viel. Wir müssen …«

»In diesem Fall sind Worte alles, was du brauchst.«

Alles, was *ich* brauche. Und er nicht? Obwohl ich nicht verstehe, hebe ich den Dolch, mit dem er Bow erstochen hat. »Wir sind bewaffnet. Komm nicht näher.«

»Das kannst du besser, Süße. Sag ihm, dass du nichts mit ihm zu tun haben willst.«

Wieso? Irgendetwas *stimmt* hier nicht, das spüre ich bis tief in meine halb erfrorenen Knochen, also sage ich nichts mehr.

»Na gut. Dann muss ich das wohl auf meine Weise erledigen.« Killian packt mich an den Handgelenken und zerrt mich weg. »Ich bringe dich an einen sicheren Ort.«

Der Schatten folgt uns, hält aber immer denselben Abstand, als würde er nicht näher kommen wollen – oder können.

Killian schlägt mir mit einer einzigen Bewegung den Dolch aus der Hand. »Den wirst du nicht mehr brauchen.«

Meine Schulter pulsiert vor Schmerz, als ich mich von ihm losreiße, und ich wimmere leise auf.

Killian zuckt zusammen. »Tut mir leid«, brummt er. »Ich wollte dir nicht wehtun.«

Ich antworte nicht. Noch habe ich das Skalpell, benutze es allerdings nicht, als er sich umdreht, mich hochhebt und an seine Brust drückt. Seine Arme sind stark, unlösbare Fesseln, und ich lasse mich überraschend ergeben an ihn sinken. Ich bin ausgelaugt, habe keine Kraft mehr. Ich werde erst morgen wieder kämpfen.

Er steuert auf die … Höhle zu, wie mir klar wird. Er weiß also, wo ich die Nacht verbracht habe?

Das Feuer ist niedergebrannt, knistert aber noch. Er setzt mich ab und legt Holzstücke nach, die im Schatten der Höhle verborgen gestapelt sind. Als die Flammen auflodern und genügend Wärme spenden, zieht er mir den Mantel aus.

»Was machst du da? Hey! Gibt ihn zurück! Der gehört mir. Ich habe ihn anständig und ehrlich geklaut.«

»Ich will nur deine Wunden verarzten. Um nichts in der

Welt würde ich jemals diesen Mantel anziehen. Ich habe meine Prinzipien.«

Warum hat er dann darauf geachtet, dass der Mantel beim Kampf nicht allzu viel Blut abbekam? Meinetwegen etwa?

Das verschlägt mir die Sprache.

»Ich schlage vor, dass du mal in dich gehst und deine eigenen findest. Prinzipien meine ich.«

Dieser Spott in seiner Stimme …

Als ob das alles nur ein Spiel wäre. Ich habe genug von seinen Spielchen! Die bringen mich durcheinander und …

Sie bringen mich durcheinander. Tja, kein Wunder, dass sie ihm so viel Spaß machen.

Ich rühre mich nicht. Falls er *tatsächlich* ein MA ist, wird er mir nichts tun, sondern sich wie versprochen um meine Verletzungen kümmern. Denn ich bin es, die in unserer Beziehung das Sagen hat. Ich habe etwas, das er will: den Schlüssel zu meiner Zukunft.

Er setzt sich vor mich und greift nach meinen Handgelenken. Wie Bow strahlt von ihm keinerlei Wärme aus.

»Hast du Angst vor mir?« Seine Stimme klingt angespannt.

Ist ihm meine Antwort tatsächlich wichtig? »Ich hatte. Jetzt bin ich mir nicht mehr ganz sicher.«

»Denkst du, dass ich dich ausnutzen werde?«

»Vielleicht. Ich kenne dich nicht. Nicht richtig. Warte. Streich das. Ich weiß, dass du ein Mörder bist.«

»Willst du weiterhin auf ein paar lumpigen Toten herumreiten?« Sein Gesicht wirkt sanft, als er mir in die Augen sieht. »Dir werde ich *niemals* wehtun. Nie wieder. In Ordnung?«

Ich kaue auf meiner Unterlippe. »Bist du ein Myriad-Agent?«, frage ich erneut.

»Falls ja, meinst du ich dürfte das einfach zugeben, bevor du es selbst herausgefunden hast?«

Vielleicht. Vielleicht nicht. »Falls du einer bist, solltest du wissen, dass man mich weder mit Charme noch mit Angst dazu bringen kann, eine Wahl zu treffen. Meine Treue muss man sich erarbeiten.«

»Bist du sicher, dass Charme bei dir nicht funktioniert?«

Er zieht meine Hand an seine Lippen und küsst die Fingerknöchel. Ich erschauere.

»Oder ist es mein Charme, der dir Angst macht?«

»Nein …?« Argh! Einfach nur argh! Das habe ich als Frage formuliert? Im Ernst?

Lächelnd lässt er mich los und zieht ein dünnes schwarzes Tuch aus seiner Gesäßtasche. Als er es aufwickelt, sehe ich Spritzen, eine hell glitzernde Fadenspule, verpackte Reinigungstücher, kleine Salbentuben und Verbandszeug.

Mir fällt der Wodka im Rucksack ein, doch obwohl ich mich am liebsten um den Verstand trinken würde, beschließe ich, dem Wunsch nicht nachzugeben. Zu lebhaft ist mir noch in Erinnerung, wie ich in weinseliger Stimmung versucht habe, die Wimpern dieses Typen zu liebkosen.

Davon abgesehen, hilft die Wärme des Feuers, meine Gedanken zu sortieren, und einige Tatsachen, die ich nicht wahrhaben will, werden klarer und klarer. Auch wenn ich die Wahrheit nicht akzeptieren möchte, habe ich keine andere Wahl.

Bow ohne Augen … ohne Blut … die Elektroden … der Name Archer … alle meine Zweifel lösen sich nacheinander auf, bis nichts mehr übrig bleibt als die nackte Wahrheit.

Sie – er – *ist* ein TA. Er kam nach Prynne, um mich zu rekrutieren. Er hat sich mit mir angefreundet und versucht, mich zu manipulieren.

Ich war nur zu blöd, es zu bemerken.

Und dann James, dessen Körper so kalt wie der von Bow und Killian war. War er – ist er – ein MA? Hat er mich mit voller Absicht getäuscht?

Betrug auf die langsame Tour …

Wie ein Pfeil trifft mich die Erkenntnis mitten in die Brust. Ich habe ihn aufrichtig geliebt, aber das bedeutete nicht, dass er mich auch aufrichtig liebte.

Er hat mir Geschichten aus seiner Kindheit erzählt, wie er mit seinen Teddybären Verstecken gespielt hat, als wären sie seine Brüder und Schwestern, und ich konnte ihn verstehen. Ich streichelte seine Brust, als er gestand, dass er die Arbeit als Wärter in Prynne nur als Sprungbrett betrachtete, weil er eigentlich Detektiv werden wollte.

Ich habe um ihn geweint, als er erschossen wurde. Ich lag Nacht für Nacht wach, warf mich hin und her, gab mir die Schuld für das, was passiert war. Ich wollte unbedingt fliehen, ein Leben mit ihm aufbauen. Ein echtes Leben.

Ich trauere noch immer um ihn.

Killian legt seine Hände an mein Gesicht und zwingt mich, ihn anzusehen. Er hat die Stirn gerunzelt.

»Was macht dich so traurig?«

Ich sage ihm die Wahrheit. Warum auch nicht? »James.«

Unter einem seiner Augen zuckt ein Muskel, als wäre er wütend. »Dein Freund.«

»Ja.« Und oh, Zero. Meine Augen brennen, meine Brust verkrampft sich, und in meinen Schläfen beginnt es zu klopfen. Meine Welt bricht gerade zusammen, mein Verstand wird sich wahrscheinlich jeden Moment abschalten. Bevor das geschieht, wechsle ich hastig das Thema: »Waren da draußen noch andere Jugendliche?«

»Eine Handvoll.« Mehr sagt er nicht, er nimmt stattdessen einige Dinge aus dem Tuch.

»Wie viele davon waren noch am Leben?«

»Weniger als eine Handvoll. Die anderen wurden von den Bergbewohnern eingefangen.« Er streicht eine durchsichtige Salbe auf meine Wunden.

Plötzlich wird mir übel. Ich atme in den Schmerz hinein und sage: »Was wird aus ihnen?«

»Weiß ich nicht. Das ist nicht mein Problem.«

»Nun, ich bin auch nicht dein Problem.« Langsam formt sich ein Plan in meinem Kopf. Wir müssen erst die Jugendlichen retten, die von den Bergbewohnern eingefangen wurden, danach können wir uns um meine Verletzungen kümmern. Eile ist geboten.

Aber ist sie das nicht immer.

Als ich versuche aufzustehen, hält Killian mich fest.

»Du gehst nirgendwohin. Und du *bist* mein Problem.« Wir sehen uns lange an, die Luft zwischen uns verdichtet sich. »Du weißt, warum. Sag es.«

»Ich … weiß, warum.« Und endlich spreche ich es auch aus. »Du … du bist mein MA.«

Bei diesen Worten erfasst mich eine Woge der Erleichterung. *Die Wahrheit wird euch frei machen.*

»Das bin ich.« Er scheint ebenso erleichtert zu sein. »Es gibt viele verschiedene Agenten. In meiner Unterabteilung dürfen wir unsere Herkunft nicht verraten, bevor der Mensch nicht selbst dahintergekommen ist. Auf diese Weise können wir nach Belieben auftauchen und verschwinden, was unsere Mission viel leichter macht.«

Mit heißen Wangen frage ich: »Hast du wirklich Sex mit deinen Menschen?«

Er lächelt schwach. »Hüllen haben auch Gefühle. Ich habe jede menschliche Empfindung kennengelernt. Nur bluten kann ich nicht. Lediglich Flüssigkeit verlieren.«

»Das ist nicht dasselbe wie bluten?«

»Für Geistwesen nicht.«

Er streicht mit dem Daumen über den Puls an meinem Handgelenk. Der daraufhin nur noch schneller geht.

»Ich möchte dir mehr von meiner Sphäre zeigen. Das wird

all deine Fragen beantworten, und du wirst sehen, wie perfekt du dorthin passt. Und du wirst verstehen, wie wichtig du für unsere Sache bist.«

»Ich kann mir vorstellen, für wie wichtig du mich hältst.« Klingt meine Stimme in seinen Ohren so bitter wie in meinen? »Troika betrachtet mich als Strömerin, was bedeutet, dass ich für Myriad eine Auflöserin bin.«

»Anfangs habe ich das alles nicht begriffen. Ich dachte, du wärst einfach nur eine von vielen. Doch in Wahrheit bist du so viel mehr, Süße, und wir brauchen dich. Du wirst eine Legion von Anführern und Agenten befehligen, strategische Attacken planen und deine ganz persönliche Armee in die Schlacht führen.«

»Also ein *leichter* Job.«

Sein Lächeln strahlt im Megawatt-Bereich.

»Vielleicht werde ich als Auflöserin gleich mal entscheiden, dass du öffentlich ausgepeitscht wirst.«

Er zuckt mit den Schultern. »Wäre nicht das erste Mal.«

Seine hingeworfene Antwort macht mich irgendwie … *traurig*.

»Wenn Troika dich für sich gewinnt, wird deren Licht sich verstärken und in unsere Sphäre dringen. Das ist schon mal geschehen. Nur ein einziges Mal, aber wir haben damals Millionen verloren. Unsere Seelen können im Licht nicht überleben, so wie ihre nicht in Dunkelheit überleben können.«

Der Ausgang dieses Krieges hängt von meiner Entscheidung ab? Nein, ganz sicher nicht. Der Druck … das ist einfach zu viel. »Ich habe dich schon bei Licht gesehen und Archer im Dunkeln.«

»Nein. Du hast meine *Hülle* bei Licht gesehen und seine Hülle in der Dunkelheit.«

Der Druck … steigt … »Ich lege keinen Wert auf weitere Touren oder Antworten.« Zumindest nicht in diesem Moment. Es ist wie beim Tauziehen, wobei das Seil um meinen Hals gelegt ist und sich bei jeder Antwort die Schlinge fester zuzieht. »Es ist viel zu viel zu tun. Sobald du mich zusammengeflickt hast, werde ich nach den andern Insassen suchen.«

»Das werden wir noch sehen.«

Killian wischt das Gel, das er aufgetragen hat, mit einem feuchten Tuch ab, es tut weh, aber nur am Anfang. Das Tuch muss mit einem Betäubungsmittel getränkt sein.

Er wählt eine Spritze aus, und als er sie berührt, beginnt die Flüssigkeit darin zu blubbern. Diese blubbernde Flüssigkeit spritzt er tief in die Wunde. Das war's mit der Betäubung, Schmerzen jagen durch meinen Körper, ich stoße einen Zischlaut aus.

»Würde es dir das Herz brechen zu erfahren, dass der Heilige James ein Agent ist?«, fragt er, während er weitermacht. »Dass er geschickt wurde, damit du bei Myriad unterzeichnest?«

Mein Verstand … der droht mal wieder zusammenzubrechen. »Er hat mich geliebt – liebt mich.«

»Bist du sicher? Würdest du dafür die Hand ins Feuer legen?«

»Ja …«, beginne ich und breche dann ab. Zero! Ich kann die Beweise nicht ignorieren, nur weil sie mir nicht gefallen.

»Hat er mich geliebt?«, frage ich leise. »Liebt er mich?«

»Sag du es mir.«

Nicht schon wieder dieser Mist. Ich muss die Wahrheit wissen, auch wenn ich daran zerbreche. Denn zumindest werde ich danach in der Lage sein, mich neu zusammenzusetzen. »Ich sehe ein, dass er ein Agent ist, schön. Jetzt sag es mir: War ich für ihn einfach nur ein Auftrag?«

In seinem Blick liegt Hitze, doch habe ich das Gefühl, auf einmal *selbst* von Fieber erfasst zu werden.

»Vergiss nicht, die Wahrheit tut eine Weile weh. Lügen tun

für immer weh.« Seine Stimme ist so leise wie meine. »Ja, du warst für ihn lediglich ein Auftrag. Tut mir leid.«

Ich … glaube ihm. Ich glaube ihm, weil er keinen Grund hat zu lügen, aber jede Menge Gründe hätte, die niederschmetternde Wahrheit zu verbergen.

James hat mich benutzt. Reingelegt. Mit diesen verstohlenen tröstlichen Momenten, so unendlich wertvoll für mich, hat er versucht, mich zu manipulieren, genauso wie Vans mit seinen Folterungen. Das Schlimmste daran? Vans, ein abscheulicher Söldner, war zumindest ehrlich, während James, der mich angeblich liebte, mich hintergangen hat.

Wie muss er über mich gelacht haben, über diese blinde, verzweifelte Idiotin.

»Tut mir leid«, sagt Killian noch einmal. »James hat eine feste Vorgehensweise, um zu bekommen, was er will.«

Auf die langsame Tour.

Mein Traum, mit ihm für immer glücklich zu werden, ein Traum, der, obwohl James angeblich tot war, unbewusst irgendwo in meinem Kopf weiterexistierte, stirbt schlagartig tausend gewaltsame Tode.

Ausnahmsweise bedeutet der Tod diesmal wirklich das Ende.

Reiß dich zusammen. »Du hast doch auch eine feste Vorgehensweise«, sage ich, ohne meine Gefühle zu verraten.

»Ich habe meine Zielpersonen nie belogen. Und ja, ich *hatte* einen Plan. Nämlich, dir den Teil von Myriad zu zeigen, von dem ich wusste, dass er dir gefallen würde, und dich mit Geschichten über meine Kraft zu beeindrucken. Mein Plan hat genauso gut funktioniert wie seiner.«

Killian webt glänzende Fäden durch meine Haut – Fäden, die heiß wie die Handschellen sind und die Wunde dadurch kauterisieren.

»Jetzt versuche ich etwas Neues. Ich improvisiere.«

Schweiß perlt über meine Augenbrauen, erneut stoße ich ein Zischen aus. »Was genauso wenig funktionieren wird.«

»Auch das werden wir noch sehen.«

Er wirft mir ein kleines Lächeln zu, das voller Geheimnisse ist. Geheimnisse über die Vergangenheit, von der er mir bisher nur wenig erzählt hat.

»Deine Schmerzgrenze überrascht mich. Ich dachte, du würdest schreien.«

»Warum sollte ich schreien? Körperlicher Schmerz ist nichts im Vergleich zu seelischen Qualen.«

Endlich hört er auf, amüsiert zu schauen. »Tut mir leid«, sagt er schon wieder. »Du hast es verdient, einfach mal verwöhnt zu werden.«

Flirtet er mit mir? Hier, jetzt? Oder *improvisiert* er lediglich?

»Lass das, okay? Im Gegensatz zu deinen anderen Zielpersonen ist mir klar, wie unzuverlässig die menschliche Anziehung ist.« Ich lasse mich ja vielleicht von einer Menge Gefühlen leiten, aber nicht von Lust. Niemals von Lust. »Der Körper sehnt sich nicht immer nach dem, was gut für ihn ist. Deswegen wird mir Anziehung niemals genügen. Deswegen muss da mehr sein. Liebe. Hingabe. Verantwortung. Alles, was *du* mir nicht bieten kannst.«

»Woher willst du wissen, was ich zu bieten habe? Und dass du dich von Lust nicht überwältigen lassen würdest, bildest du dir nur ein. Hättest du jemals wirkliche körperliche Freuden kennengelernt, wüsstest du, wie lächerlich du klingst.«

Mein Temperament – ein wildes Tier – befreit sich explosionsartig aus seinem Käfig. »Dreck! Du hast doch keine Ahnung, was ich schon erlebt habe. Und du wirst es *nie* erfahren.« Prustend und zischend versuche ich, mich zu beruhigen. »Lust wird mir niemals wichtiger als Verantwortung sein.

Nur durch Verantwortung kann eine Beziehung erfolgreich sein.«

Er sieht mich spöttisch an. »Glaubst du, dass Beziehungen Jahrhunderte überdauern können? Da draußen gibt es viel Leckeres ... jede Menge Schönheiten, die man kosten kann.«

»Schönheit verblasst.« Schönheit, sagte Bow einmal, ist nicht mehr als unsere äußere Hülle. Herz und Respekt aber sind für die Ewigkeit. »Charakter hingegen nie.«

Er hebt eine Augenbraue. »Willst du mir damit etwa höflich beibringen, dass du mein Äußeres magst, jedoch nicht mein Inneres?«

»War ich höflich? Nun, ein Punkt für mich. Obwohl das sicher keine Absicht war.«

Er kichert leise, dann macht er den letzten Stich und wickelt vorsichtig eine Bandage um mein Handgelenk. »So. Fertig.«

Ich sage es nicht gern, aber Dankbarkeit ist nun mal angebracht. »Vielen Dank.«

»Ach, Mädchen. Dank mir nicht zu früh.« Er lächelt, diesmal schwer verführerisch. »Sobald das geheilt ist, werde ich wieder mit aller Macht hinter dir her sein.«

Eine Warnung. Eine Herausforderung. Mein Herz schlägt mehrere Purzelbäume. »Vergiss nicht«, sage ich, »dass ich dich in Aktion erlebt habe. Du passt nicht zu mir.«

Sein Lächeln wird breiter. »Ist das so?«

»Das ist so. Bereite dich auf deine erste Niederlage vor, Killian.«

9. KAPITEL

»Der Zweck heiligt immer die Mittel.«

Myriad

Hastig ziehe ich meine verletzten Handgelenke an die Brust und beende jeglichen Körperkontakt mit Killian, diesem Feuerwerk aus Widersprüchen. Zugleich freundlich und grausam. Nett und zynisch. Aufmerksam und gleichgültig. Dafür, dass er in einer Sphäre lebt, in der Gefühle praktisch Gold wert sind, scheint er nicht besonders gut mit seinen umgehen zu können. Oder im Gegenteil: Indem er sie herauslässt, befreit er sich von ihnen.

Wenn man sich von etwas befreit, bleibt eine gewisse Leere zurück.

Was leer ist, kann man anfüllen.

Ich stoße den Atem aus. Werde ich eigentlich irgendwann mit diesem ständigen Hin und Her aufhören?

Killian mustert mich mit undurchdringlichem Gesichtsausdruck. »Du denkst also, wenn ich dich verliere, wäre das meine erste Niederlage? Wie kommst du darauf?«

Seine Züge sind vielleicht ausdruckslos, doch die Bitterkeit in seiner Stimme ist nicht zu überhören, und das macht mich neugierig: »Was – oder wen – hast du denn vor mir schon verloren?«

Eine Sekunde nach der anderen vergeht, die Spannung steigt. Spannung … und in gewisser Weise nimmt die Erkenntnis zu. Es ist, als könnte ich in seine Seele blicken, und trotz allem, was ich vorher gesagt habe, entdecke ich das Schöne darin. Er ist ein Junge, dessen Verletzungen genauso tief und dessen Träume genauso lebendig sind wie meine.

»Momentan«, antwortet er schließlich, »verliere ich ein wenig die Geduld. Du weißt, dass Myriad für dich perfekt ist, und trotzdem weigerst du dich zu unterschreiben. Du weißt, wie gut du zu uns passt. Dass du mit uns am glücklichsten wärst.«

Mondlicht … Sonnenlicht.

Rache … Vergebung.

Verschmolzen … allein.

Er irrt sich. Wie könnte ich das *jemals* wissen?

Als ich aufstehe, schwanke ich ein wenig, weil meine Knie zittern. »Ich suche nach den anderen Insassen und …«

»Nein, Süße, du wirst jetzt schlafen.« Ein Befehl. »Die Medizin beginnt …«

»Tu mir den Gefallen und sei weg, wenn ich zurückkomme«, unterbreche ich ihn. Als ich einen Schritt mache, werde ich von einer Woge aus Schwärze erfasst. Ich stürze. Was zum …

»… gleich zu wirken«, beendet er seinen Satz, während er mich mit einem starken Arm auffängt.

Er lässt mich vorsichtig zu Boden gleiten, und dann weiß ich nichts mehr.

Erschrocken öffne ich die Augen und setzte mich ruckartig auf. Sofort prasseln alle möglichen Erinnerungen auf mich ein. Meine Flucht. Der Kampf mit den Riesen. Mein Retter, der mir gegenübersitzt, das lodernde Feuer zwischen uns, kleine Rauchsäulen steigen zur Decke der Höhle auf. Die Wände zittern, aber nur kurz. Noch eine Sphären-Schlacht?

Killian bemerkt es offenbar nicht. Er fühlt sich in der Dunkelheit wohl, ist wie eine Erscheinung innerhalb vertrauter Tiefen.

Blaues Licht scheint aus seinen Handgelenken, doch als er hineintippt, erlischt es.

»Du … das«, stammle ich.

Er wischt meine Verblüffung mit einer Handbewegung beiseite. »Die schlafende Schönheit ist endlich erwacht.«

Ich werde wütend. »Vorhin hast du mich hässlich genannt. Mehr oder weniger ein abstoßendes Monster.«

»Vorhin *warst* du ja auch hässlich. Ein *ganz und gar* abstoßendes Monster. Aber jetzt beginnt die Medizin zu wirken.«

Die Medizin … »Wie lange habe ich geschlafen?«, frage ich mit Schärfe in der Stimme.

»Ungefähr sechs Stunden.«

Der Davidstern hat sechs Spitzen. Sechs ist die Ordnungszahl von Kohlenstoff. Ein Sechserpack Bier – was ich jetzt echt brauchen könnte.

»Ich habe eine bessere Frage für dich«, sagt er. »Fühlst du dich so gut, wie du aussiehst?«

Ich … fühle mich tatsächlich gut, wie mir auffällt. Die Wunde an meinem Handgelenk ist nur noch ein langer, dünner Strich, von der Naht ist nichts mehr zu sehen. Haben die Fäden sich aufgelöst? Meine Muskeln sind gelockert, und als ich vorsichtig über mein Kinn taste, stelle ich fest, dass auch die Schwellung verschwunden ist.

»Ich werde mich nicht bedanken«, murre ich. Er hat mir schließlich aus rein egoistischen Gründen geholfen. »Nicht noch einmal.«

»Du willst also lieber Taten sprechen lassen? Nun, zu gern.«

Ich zeige ihm den doppelten Stinkefinger. Sind das *genug* Taten?

Er stößt ein heiseres Lachen aus. »Ich habe nie kapiert, warum es beleidigend sein soll, den Mittelfinger zu zeigen. Ich bin deine Nummer eins – was soll daran schlimm sein?« Während er spricht, beugt er sich vor, zieht mir das Skalpell aus der Tasche und schleudert es quer durch die Höhle.

Ich keuche überrascht und verwirrt auf. Dann erst sehe ich, dass mein Skalpell in der Kehle eines Eindringlings steckt. Ein schmerzvolles Grunzen hallt über die Wände, als der maskierte Mann aufs Gesicht fällt.

Killian springt auf. »Bleib, wo du bist, Mädchen. Ich will nicht, dass dir was passiert. Ich kenne dich allerdings gut genug, um zu wissen, dass du wegrennen wirst. Falls du das also tust, bleib zumindest am Leben. Ich werde dich finden.«

Mit hämmerndem Herzen sehe ich ihm hinterher, als er ins Freie stürzt.

Ich renne zu dem maskierten Mann am Boden und reiße ihm die Maske herunter. Ein Frösteln packt mich. Es handelt sich um einen Wärter aus Prynne. Er hat dort vier Monate, sechs Tage und acht Stunden gearbeitet. In dieser Zeit hat er mich sechzehn Mal mit wackelnden Augenbrauen angesehen, siebenundzwanzig Mal lüstern angegrinst und mich drei Mal zu »einer Party in seiner Hose« eingeladen. Wenn ich ihn »lutsche«, sagte er, würde er mir einen Schokoriegel geben.

Einen Schokoladenriegel. Als ob ich nicht mehr wert wäre.

Bei der Erinnerung kocht mein Blut.

Er stiert mich an, wild, Blut quillt aus seinen Mundwinkeln.

Du kennst sein Herz nicht. Er kann sich ändern – wir alle können das. Gib ihm noch eine Chance, würde Archer wahrscheinlich sagen.

Schneid ihm sein Ding ab und stopf es ihm in den Mund, würde Killian mit Sicherheit sagen. *Dann kann er seinen eigenen Schokoriegel essen.*

»Ich werde dir helfen. Für etwas Schokolade.« Die Wut spricht also aus mir, die offenbar mächtiger ist als meine Fähigkeit zur Vergebung. »Hast du keine dabei? Ach, zu dumm.« Als ich ihm die Winterausrüstung abgenommen habe – Maske, Schneebrille, isolierter Mantel, beheizte Handschuhe und Socken … alles bis auf den blutgetränkten Schal – ist er tot.

Ich fühle mich nicht schuldig. Nein, tue ich nicht.

Nur, verdammt, dass ich es doch tue. Er hat mir gegenüber nie auch nur einen Hauch von Mitgefühl gezeigt … und jetzt habe ich mich genau wie er verhalten.

Ich kleide mich schnell an und stopfe den Mantel des Riesen in meinen Rucksack, in der Hoffnung, meine Schätze mit anderen Insassen teilen zu können. Killians Befehl, hierzubleiben, interessiert mich kein Stück. Kids wie ich werden gerade gejagt, und deswegen werde ich jetzt das tun, was ich von Anfang an vorhatte, und zwar, so viele Insassen wie möglich aufspüren. Wir werden uns durchschlagen … irgendwohin. Hauptsache, weit von der Anstalt entfernt. Weit von unseren Eltern entfernt. Weit von Agenten entfernt, die uns sowieso nur benutzen, ohne einen Gedanken an uns zu verschwenden.

Ich reiße das Skalpell aus der Kehle des Typen und reinige die Klinge mit dem trockenen Ende seines Schals, den ich, nachdem ich das Skalpell in die Tasche gesteckt habe, ins Feuer werfe. Nie zuvor war eine Waffe wichtiger.

Ich schwinge mir den Rucksack über die Schultern, poliere im Geiste noch einmal die Eier, für die ich so berühmt-berüchtigt bin, und trete aus der Höhle. Inzwischen ist es spät in der Nacht, der Mond wird von den schneebedeckten Baumkronen verborgen. Alles ist grau und düster … bis die Nachtsichtbrille sich automatisch anstellt und die Welt um mich herum aufleuchten lässt. Ein computergesteuertes Scanning-System lokalisiert sogar Killians Fußspuren. Gut für mich, aber schlecht für die Kids, die von den Wärtern verfolgt werden. Ich gehe in die entgegengesetzte Richtung, und, sieh an, auch der Rest der Ausrüstung vollbringt Wunder, mir ist wohlig warm.

Das Problem? Je weiter ich komme, desto düsterer sind die Gedanken, die mich bombardieren. Es grenzt schon an ein Wunder, dass ich nicht sofort von Leuten umringt bin, so laut, wie sie sind. Oder … vielleicht *bin* ich ja umringt. Von Leuten, die ich nicht sehen kann. Gesandte. Ohne Hüllen sind sie Geistwesen und deswegen für mich unsichtbar.

Ich habe gehört, dass manchmal Gesandte um Gebäude herum postiert werden, um Mitglieder der rivalisierenden Sphären davon abzuhalten, sich Zutritt zu verschaffen.

Schätze mal, sie können genauso eingesetzt werden, um die Flucht aus einer Höhle zu verhindern.

Geh zurück, geh zurück, sagt einer. *Hier draußen bist du nicht sicher. Du wirst sterben. Du wirst sterben, sterben, sterben. Dreh um, bevor es zu spät ist. Geh zurück! Die Zeit wird knapp!*

Die Worte machen mir Angst, und wie ich weiß, ist Angst Myriads größte Waffe. Mein Herz sprintet auf eine nicht existierende Ziellinie zu. Feuer brennt in der Mitte meiner Brust, während Eis mein Blut gefrieren lässt. Ich beginne zu keuchen, Schweiß perlt mir über den Nacken.

Es ist fast zu spät … geh zurück!

Die Erde bebt, und das Geflüster verstummt mit einem Mal. Ich atme erleichtert auf und gehe weiter. Ich werde weder sterben, noch werde ich der Angst nachgeben. Sie hat keine Macht über mich und wird meine Handlungen nicht bestimmen.

Was ich tue, darüber entscheide ich und nicht meine Emotionen.

Ein Punkt für Troika.

Zwar stehen meine Chancen im Moment nicht besonders gut, aber vollkommen hilflos bin ich auch nicht. Ich habe noch meinen Verstand.

Ich steige den Berg hinab und zähle dabei meine Schritte. Eins, fünf, zehn … zwanzig … fünfzig … einhundert. Einhundert Prozent, die Gesamtsumme. Einhundert Grad Celsius, die Siedetemperatur für pures Wasser auf Meereshöhe. Die Summe der ersten zehn ungeraden Zahlen. (1 + 3 + 5 +7 + 9 + 11 + 13 + 15 + 17 + 19 = 100)

Alle Angst verfliegt schließlich, meine Körperfunktionen sind wieder normal. *Gut, das ist gut*. Ich lege an Tempo zu, gehe weitere zweihundert Schritte. Der Zweihundert-Jahre-Mann. Das lateinische Wort für diese Zahl, ducenti, bedeutet außerdem »führend«. Numerologen behaupten, diese spezielle Zahl bedeute Mangel.

Die Erde bebt jetzt so heftig, dass ich das Gleichgewicht verliere. Ich lande schmerzhaft auf dem Hintern. Verflixt noch mal! Wie viele Schlachten wollen die Sphären denn heute austragen?

Ich stehe auf und fahre mit dem Zählen fort. Zweihundertfünfzig ... zweihundertfünfundsiebzig ... dreihundert ... eine trianguläre Zahl und die Summe eines Primzahlenpaares: 149 + 151. Die perfekte Punktzahl beim Bowling. Die Anzahl der Spartaner, die gegen zweihunderttausend Perser kämpften.

Bei Schritt dreihunderteinundachtzig angekommen, schlage ich mich durch einen dichten Wald. Der Grund ist schlüpfrig, aber meine Stiefel aus dickem Gummi mit Metallstollen an den Sohlen verhindern, dass ich ausrutsche.

Bei Schritt vierhundertsechs lässt ein schrillender Ton in meinem Kopf mich zusammenfahren. Ich bleibe stehen und reibe am Stoff, der meine Ohren bedeckt. Das Schrillen verklingt, und ich höre ...

»... noch einer, Sir.« Eine unbekannte Stimme. »Er ist bereits tot.«

Keuchend wirble ich herum, um zu sehen, wer da ist, doch ich bin allein. Nicht die geringste Bewegung deutet darauf hin, dass sich jemand hinter den Bäumen versteckt.

»Bringen Sie ihn zurück in die Anstalt«, befiehlt eine andere Stimme. »Seine Eltern müssen informiert werden.«

Jetzt verstehe ich. Die Stimmen kommen aus den Lautsprechern, die an den Seiten der Maske befestigt sind. Ich bin mit dem Prynne-Funk verbunden.

»Kein Anzeichen von dem Mädchen«, sagt wiederum eine andere Stimme.

Mädchen. Ich? Bestimmt nicht. Es sind noch andere hier draußen.

»Kümmern Sie sich nicht um sie. Wenn Sie sie sehen, gehen Sie einfach weg. *Ohne* ihr etwas zu tun.«

»Aber Sir …«

»Keine Diskussion. Die Order kommt von ganz oben. Finden Sie … einfach die anderen, und seien Sie still. Unsere Frequenzen sind nicht sicher.«

Ich gehe schneller und kämpfe mich durch ein Wirrwarr aus knorrigen Ästen. Weiter vorn entdecke ich einen in der Dunkelheit leuchtenden Klumpen. Etwas daran kommt mir bekannt vor. Die Prynne-Uniform. Ein Insasse! So muss es sein. Vor Erleichterung renne ich los und lasse mich, als ich nah genug bin, auf die Knie fallen, um das letzte Stück über das Eis zu rutschen. Ein Junge. Er liegt auf der Seite. Mit einem sanften Stoß rolle ich ihn herum.

Seine glasigen Augen starren in die Ferne. Eis glitzert in seinem Haar, auf seiner Nase, seinem Mund und dem Kinn. Seine Haut ist dunkelblau angelaufen.

Meine Panik ignorierend, klammere ich mich an einen letzten Rest Hoffnung. Das alles muss nicht bedeuten, dass er tot ist.

Mit den Zähnen zerre ich meinen Handschuh herunter. Ich fühle nach einem Puls, doch …

Die Hoffnung schwindet. Er *ist* tot. Seine Seele ist bereits woanders.

Ist er jetzt in Myriad? Oder in Troika? Oder war er ein Ungezeichneter wie ich?

Ist er in der Viele-Enden-Sphäre?

Hinter mir höre ich Eis knirschen, aber mir bleib keine Zeit nachzusehen. Oder mich auf eine Attacke vorzubereiten. Etwas – jemand – prallt gegen meinen Rücken und reißt mich zu Boden. Ich lande auf dem Gesicht, Eisstücke schneiden in meine Wange, und meine Lunge wird platt gedrückt. Ich ringe nach Luft, Sternchen blinken hinter meinen Augen.

Und dann packt mich die Wut. Keine weiteren Verletzungen mehr! Brüllend ramme ich den Ellbogen in seinen Oberkörper. Ein Schmerzensschrei hallt durch die Nacht, das schwere Gewicht löst sich von mir. Ich drehe mich um und verpasse dem Angreifer einen Faustschlag gegen das Kinn.

Er stürzt, landet auf dem Hintern, und ich sehe ihn mir genauer an. Ein Wärter! Wir tragen die gleiche Maske, den gleichen Mantel und die gleichen Stiefel. Aber … warum sollte ein Wärter den anderen überfallen?

»Großer Fehler«, stoße ich durch zusammengebissene Zähne aus.

»Ten?«

Er reißt sich die Maske herunter und entblößt dunkle Haare und ein blutverschmiertes Gesicht, das ich kenne. Jemand aus der Anstalt. Clayton Anders – Clay! Pures Glück treibt mir die Tränen in die Augen.

Er rappelt sich hoch, sehr lebendig.

»Clay.« Ich springe auf, reiße meine eigene Maske herunter, und sofort beißt die Kälte in meine Haut und lässt meine Tränen zu Eis werden. Ich klappere mit den Zähnen. »Du bist hier. Du bist bei mir.« Wir umarmen einander hingebungsvoll. »Ich bin so froh, dich zu sehen.«

»Und ich erst, Zahlenmädchen. Ich habe dich jeden Tag

vermisst. An dich zu denken hat mich durchhalten lassen.« Er umfasst mich fester. »Was sagt die Null zur Acht?«

Ich lache. Dieser Junge! Er hat mich immer gern aufgezogen. »Was wohl? Schicker Gürtel!«

Er legt den Kopf an meine Schulter. Trotz des Mantels spüre ich etwas Warmes und Feuchtes. Seine Tränen? »Ich habe so gehofft, dass deine Flucht geklappt hat. Manchmal habe ich Schreie gehört …«

»Ja.« Ein Schauder durchfährt seinen Körper und sickert in meinen. »Ja. Ich konnte fliehen. Ich habe es aus der Anstalt geschafft, aber ich war nicht auf die Kälte vorbereitet. Eine Gruppe Russen hat mich geschnappt. Die haben … Dinge getan …«

»Ich weiß. Ich weiß.« Ich kann es mir vorstellen. Ich streichle sein Haar. »Es ist vorbei. Jetzt bist du in Sicherheit.«

Der nächste Schauder ist noch heftiger. »Am Morgen danach haben sie mich zurück zu Vans gebracht. Man hat mich im unterirdischen Trakt eingesperrt, wo die Wärter ausgebildet werden.«

Ich richte mich auf und ziehe die Handschuhe wieder an. »Wie konntest du dich dann gestern befreien?«

»Ein Mädchen mit pinkfarbenem Haar kam und hat meine Tür geöffnet.«

Bow. Ich schulde ihr was. Ihm. Was auch immer! »Hast du hier draußen noch andere Insassen gefunden?«

Seine Stimme ist leise und kummervoll, als er antwortet: »Keine lebenden. Du?«

»Auch nicht.« Wir müssen uns einfach mehr anstrengen. Ich werde diese Niederlage nicht akzeptieren.

Ein Stöhnen weht mit dem Wind zu uns, und ich drehe mich in die Richtung, aus der es kommt. »Hast du das gehört?«

Noch ein Stöhnen, leiser, aber genauso qualvoll.

»Ja.« Er setzt die Maske auf. »Komm«, sagt er und rennt los.

Ich setze die Maske ebenfalls auf, und obwohl ich den toten Jungen nur ungern hier draußen zurücklasse, folge ich Clay. Kümmere dich um die Lebenden, sollen sich die Toten um die Toten kümmern. Das Geräusch führt uns zu einer kleinen Lichtung, die von saftigen immergrünen Pflanzen umgeben ist, doch von einer Prynne-Uniform ist weit und breit nichts zu entdecken.

Ich gehe das Risiko ein zu rufen. »Ich bin Tenley Lockwood. Ich weiß, dass da jemand ist, aber ich kann dich nicht sehen. Ich will dir nicht wehtun, ich möchte nur …«

Ein Stapel aus Steinen beginnt zu wackeln, dann streckt sich mir eine zitternde Hand ohne Handschuh entgegen.

»Hier!«, rufe ich Clay zu und renne zum Steinhaufen. Ich beginne ihn zu durchwühlen und entdecke …

Sloan. Ihr halb erfrorenes Gesicht ist blau, doch sie hat noch einen Puls. Schwach, aber fühlbar. Sie zittert nicht, und ich weiß, dass das ein sehr, sehr schlechtes Zeichen ist.

Clay lässt sich neben mich fallen und hilft mir, sie aus dem Geröll herauszuziehen.

Ich nehme den Mantel aus meinem Rucksack, lege ihn um ihre Schultern, dann ziehe ich die Handschuhe aus, um sie ihr anzuziehen. »Weißt du, wie man ein Feuer macht?«

»Nein, aber selbst wenn ich es wüsste, die Wärter …«

»Wenn sie uns finden, werden wir gegen sie kämpfen, doch wir müssen dafür sorgen, dass ihr warm wird. *Jetzt.*« Die Höhle ist zu weit entfernt. Sie würde den Weg den Berg hinauf nicht überleben, und ich bin auch nicht sicher, ob wir beide stark genug dafür wären.

»In Ordnung. Okay. Ich tue mein Bestes.«

Zero! »Wir brauchen Hilfe«, murmle ich.

Wenn Archer durch meine Aufforderung wegzubleiben, tatsächlich gezwungen ist wegzubleiben, wird eine Einladung ihn vielleicht zwingen zu erscheinen?

Man kann es ja mal versuchen.

»Archer«, rufe ich. »Bow. Wie auch immer du heißt. Ich bitte um Hilfe.« Mir fällt ein, was ich auf Killians Rat dem Schatten zurief und welche Grenzen ich damit zog, und füge hinzu: »Wenn du mich hörst, dann erlaube ich dir jetzt, näher zu kommen.«

»Oh, ich höre dich durchaus.« In der Ferne knirscht Eis.

Ich springe auf, das Skalpell in der Hand und einsatzbereit. Nur für den Fall. Clay stellt sich neben mich, einen Stein in der Hand, genauso einsatzbereit. Ich muss daran denken, wie er sich damals vor mir zurückgezogen hat, wie wankelmütig er gewesen ist. Jetzt wirkt er klar und besonnen.

Ein Typ, den ich nicht kenne, tritt mit erhobenen Händen auf die Lichtung. Ein Zeichen der Kapitulation. Sein Haar hat die Farbe von gesponnenem Gold, und er ist unglaublich attraktiv. Er hat so ein Gesicht, das man in Modemagazinen sieht. *Der Mann mit dem größten Sexappeal der Welt.*

Er ist also der Heilige, und Killian ist der Sünder.

Wie Killian trägt er keinen Mantel, sondern ein T-Shirt, das eng an seinen Oberarmen anliegt. Wie Killian ist er groß und hat prächtige Muskeln.

»Bleib, wo du bist«, befiehlt Clay. »Ich will dir nicht wehtun, werde es aber.«

»Warum solltest du mir wehtun? Ten hat mich um Hilfe gebeten.« Der Neuankömmling kommt noch einen Schritt näher und tritt direkt in einen Mondstrahl. »Hier bin ich.«

»Du hast gehört, wie sie nach Archer gerufen hat. Du könntest einfach vorgeben, er zu sein.«

Er sieht mich fest an, mit seltsamen und doch faszinierenden Augen, kupferfarben und von glühender Intensität, die zu viel für eine einzelne Person zu sein scheint. Das sind *tatsächlich* Bows Augen.

»Ich *bin* Archer.«

Ich entdecke einen leichten englischen Akzent, es ist dieselbe Stimme, die ich einmal in meinem Kopf flüstern hörte. Killian sagte mir, dass ich Bow wiedersehen würde – Bow als Mann namens Archer.

Nun, jetzt sehe ich ihn.

»Was bist du?« Ich will hören, dass er es ausspricht.

Er lächelt. »Du weißt, was ich bin … Samenbank.«

Ich weiche zurück.

»Nun, ich weiß jedenfalls nicht, wer du bist. Warum redest du von einer Samenbank?« Clay sieht mich an. »Und was meinst du damit, *was* er ist?«

»Du bist ein TA«, sage ich zu Archer. »Mein TA, um genau zu sein.«

Er nickt erleichtert und resigniert zugleich. »Und du wirst mir vertrauen müssen, zumindest für eine kurze Weile, wenn du willst, dass Sloan überlebt. Ich kann sie wärmen und sie vor den Wärtern verstecken, die schon näher kommen.«

Ich bin ebenfalls erleichtert, aber ich bin auch wieder mal ganz schön wütend. Wie konnte er es wagen, als Mädchen in meine Privatsphäre einzudringen? Wie konnte er es wagen, so zu tun, als wäre er meine Freundin?

Ich vertraue ihm *nicht*, nicht mehr. Er ist genauso schlimm wie Killian, auch er will nur das eine. Trotzdem mache ich ein knappes zustimmendes Handzeichen. Im Moment ist er Sloans beste und einzige Chance.

Das reicht ihm, um in Aktion zu treten. Clay und ich beobachten, wie Archer in die Hocke geht, eine Hand ausstreckt und mit den Fingern der anderen auf seine Handfläche klopft. Ein strahlend blaues Licht leuchtet aus seiner Haut – so wie ich es einmal bei Killian gesehen habe – und mein Mund klappt auf.

»Wie siehst du in Wirklichkeit aus?«, frage ich.

»Genau so.«

Er lässt die Finger durch das Licht tanzen, als würde er etwas tippen. Ich glaube ... ich glaube, er tippt *tatsächlich* etwas. Er steht auf, geht ein paar Meter weg und wiederholt den Prozess, hockt sich hin und tippt. Insgesamt macht er das viermal, bis er ein Viereck um uns herum geformt hat.

»Was passiert hier?«, fragt Clay, mindestens genauso ungläubig wie ich. »Wie schaffst du es zu *leuchten*?«

»Einer der Vorteile meines Jobs. Ich bin immer mit dem Versorgungsnetz verbunden.«

Versorgungsnetz?

Er nähert sich uns, bis er mit uns in der Mitte des Quadrats ist, und tippt ein weiteres Mal in das blaue Licht. Das Licht verschwindet – und taucht in den vier Ecken, die er erzeugt hat, wieder auf. Strahlen sind über, unter und zwischen uns, bilden Wände und umgeben uns mit Wärme, so herrlicher Wärme. Und die Wände sind so verdammt schön, Diamantenstaub funkelt auf ihnen. Fast kommt es mir vor, als wäre der Himmel auf uns gefallen und die Sterne blinken.

Ich strecke eine zitternde Hand aus und taste mit den Fingerspitzen nach der Wand. Eine Wand aus Luft mit geleeartiger Konsistenz – Geleeluft. Sollte ich als Warenzeichen eintragen lassen, denke ich trocken. Nun, ich kann Witze machen oder weinen. Wie ist das alles nur möglich?

Wellen bewegen sich von einer Wand zur nächsten, es ist wunderschön. »Auf welche Weise sind wir verborgen?«

»Wir sehen das Licht.« Archer kauert sich neben Sloan und misst ihren Puls. »Andere sehen nur die Spiegelung des Waldes.«

»Und wenn sie mit uns zusammenstoßen?«

»Werden sie nicht. Sobald das Licht aktiviert ist, sind auch troikanische Gesandte angekommen. Du kannst sie nicht sehen, aber sie sind hier.«

»Um anderen Angst zu machen?«, frage ich, noch immer sauer wegen meiner Begegnung mit den Gesandten von Myriad.

Er wirft mir einen Blick zu, nach dem Motto: *Mit wem glaubst du es hier zu tun zu haben, du mickriger Mensch?* »Um sie abzulenken.«

»Gesandte.« Clay reibt sich den Nacken. »Das ist der Job, den ich laut meinem MA und meinem TA im Ewigleben haben werde.«

»Hast du schon bei einer der Sphären unterschrieben?« Bei dem Gedanken steigt Panik in mir auf. Was, wenn wir auf unterschiedlichen Seiten landen?

»Noch nicht. Allerdings hatte ich viel Zeit zum Nachdenken, und ich tendiere Richtung Troika. Meine Familie ist für Troika, und ich würde gern die Ewigkeit mit ihnen teilen.«

»Aber … ich dachte, du hasst deine Familie, weil sie dich nach Prynne geschickt haben.«

Er blickt auf seine Füße. »Ich habe *mich selbst* gehasst. Und so schrecklich meine Erfahrungen in Prynne auch waren, bereue ich es nicht, hierhergekommen zu sein. Ich bin clean. Ich habe dich kennengelernt … und Marlowe.«

Marlowe, die vielleicht oder vielleicht auch nicht jetzt gerade in Troika ist.

»Wenn ich Sloan geholfen habe, kann ich dir eine Führung durch die Sphäre geben.« Archer zieht aus einer Scheide an seinem Fußknöchel einen Dolch und ritzt sich ein Handgelenk auf. Dann hält er die Wunde über Sloans Lippen.

»Warte. Was soll das …?« Nun, zumindest macht er nicht dieses Vampir-Dings, denn statt Blut tropft glitzernde Flüssigkeit heraus.

»Ich gebe ihr Lebensblut«, sagt er. »Das heilt sie.«

Ein Tropfen nach dem anderen landet in ihrem Mund, aber sie reagiert nicht. Archer scheint allerdings zufrieden zu sein, als seine Wunden sich schließen. Direkt vor meinen Augen wächst seine Haut einfach wieder zusammen. So etwas habe ich nie zuvor gesehen.

Er senkt den Arm und lächelt Clay an. »Jetzt zu der Tour.«

Zwar richtet er die Worte an Clay, doch die Tour, da bin ich mir sicher, gilt in Wahrheit mir. Noch immer bin ich wütend auf Archer, auch wenn seine Tricks wirklich cool sind, und deshalb möchte ich im Moment nichts mit seiner Sphäre zu tun haben.

Wieder tippt er etwas in seinen Arm, und Sekunden später werden Bilder auf die Wände geworfen. Wie Killian zeigt er mir einen Strand. Nur ist dieser sonnenüberflutet, das regenbogenfarbene Wasser ist kristallklar. Beim Anblick der Surfer, die auf den Wellen reiten – und der Wale! –, schließe ich die Augen, jeder Muskel in meinem Körper zieht sich zusammen. Er nutzt die Informationen aus, die er über mich gesammelt hat. Informationen, die er nicht haben dürfte.

Mag mich denn niemand nur, weil ich *ich* bin? Werde ich immer ein Pfand sein und kein Mensch, den man einfach so lieben kann?

10. KAPITEL

»Gras ist nicht grüner auf der anderen Seite.
Gras ist grüner, wenn man es wässert.«

Troika

Eine Schweißperle läuft zwischen meinen Schulterblättern hinunter. Ich ziehe alles außer meiner Uniform aus und knülle es zu einem Kissen zusammen, dann bereite ich mir ein gemütliches Plätzchen hinter Sloan. Sie ist noch immer bewusstlos, aber ich stelle erfreut fest, dass ihre Wangen langsam rosig werden. Archers Lebensblut funktioniert.

Ich schätze, er ist doch kein vollkommener Arsch.

Clay zieht sich nach der Tour ebenfalls aus, setzt sich neben mich und mustert Archer eingehend.

»Ich habe mich jahrelang geweigert, mit meinem TA zu sprechen. Das war meine Art, meine Eltern zu bestrafen, denke ich. Vielleicht auch mich selbst. Diese Entscheidung bereue ich schon eine ganze Weile.«

»Wenn du mich akzeptierst, werde ich ihn gerne ersetzen und ab jetzt dein TA sein.«

»Geht das denn?«

»Ich habe bereits einen Antrag gestellt, der genehmigt wurde.«

»Dann akzeptiere ich Sie, vielen Dank.« Clay blickt auf seine verschränkten Hände. »Mir wurde vor Jahren ein Bündnis angeboten. Meine Eltern sagten, das Angebot sei schließlich zurückgezogen worden, weil ich zu viel Schlechtes …«

»Nein«, unterbricht Archer ihn. »Nein. Jedem Kind wird ein Angebot gemacht, und das bleibt bis zum Ersttod auf jeden Fall bestehen.«

Mit gequältem Gesichtsausdruck wispert Clay: »Aber … Sie wissen nicht, was ich alles getan habe.«

»Ich muss es nicht wissen. Nichts, was du getan hast, kann so schlimm sein wie das, was ich getan habe, und trotzdem, als meine Zeit kam, wurde ich mit offenen Armen empfangen.«

Hallo, Faszination! Was hat Archer angestellt? Er hält sich so genau an Vorschriften, dass ich mir kaum vorstellen kann, dass er mit Absicht eine Regel verletzt haben könnte.

»Ich möchte … ich möchte einfach meine Fehler wiedergutmachen, bevor ich unterzeichne.« Clay fährt sich mit den Händen durchs Haar. »Ich möchte dem Ganzen würdig sein.«

»Warum?« Archer kommt zu uns und tätschelt seine Schulter. Clay ist offensichtlich verblüfft über die verbotene Berührung. »Das ist nicht nötig, und man weiß nie, wie viel Zeit einem im Land der Ernte bleibt.«

Auf einmal verstehe ich. Ernte ist ein landwirtschaftlicher Begriff, und hier ist es, wo Troika und Myriad ihre Seelen ernten. Einen Moment lang weiß ich nicht, ob ich beleidigt oder geschmeichelt sein soll.

»Ich bin jung. Ich bin endlich clean. Ich habe noch Zeit«, sagt Clay.

Archer lässt wie ein Kind, dem gerade sein Lieblingsnachtisch weggenommen wurde, kaum merklich die Schultern sinken. »Sei vorsichtig. Niemand weiß den Tag oder die Stunde.«

Zwei Prynne-Wärter nähern sich unserem hell erleuchteten Quadrat. Kurz bevor sie uns erreichen, scheren sie jedoch nach links aus, als wüssten sie im tiefsten Innern, dass sie dem, was sie nicht sehen können, ausweichen sollten.

Gesandte bei der Arbeit. Ich kann sie ebenfalls nicht sehen, aber ich sehe das Resultat ihrer Arbeit.

Überraschung! Hinter der Welt – den Welten – steckt viel mehr, als ich je für möglich gehalten hätte.

»Klasse.« Clay gähnt und streckt sich.

Sein Gähnen ist ansteckend. Obwohl ich in der Nacht lange geschlafen habe, funktioniere ich nur noch wegen des letzten Rests Adrenalin, das inzwischen fast aufgebraucht ist. Die Wirkung der Medizin, die Killian mir gegeben hat, lässt nach, die Schmerzen kehren zurück. Außerdem bin ich hungrig, erschöpft und schlecht gelaunt.

»Ihr seid müde. Beide.« Archer wirft mir einen vielsagenden Blick zu. »Ich passe auf euch auf. Schlaft jetzt. Kämpft nicht dagegen an.«

Wieder ein Hinweis darauf, dass er mehr von mir weiß, als er sollte. »Du hättest mir sagen müssen, dass du ein Junge bist, bevor ich vor deinen Augen unter die Dusche gegangen bin«, fauche ich ihn an.

Unbeeindruckt entgegnet er: »Du hast schlechte Laune. Hast du vielleicht auch gerade deine Tage? Haben sich unsere Zyklen schließlich doch angeglichen?«

Okay, jetzt ist eine Kampfansage fällig.

Ich gähne erneut, mein Kiefer knackt. Okay, schön. Dann ist eben *morgen* eine Kampfansage fällig. »Was ist mit Killian? Er wird nicht aufhören, nach mir zu suchen.« Allein bei der Erwähnung seines Namens beginnt mein Blut zu kochen und wie Feuer zu knistern, ein Prickeln durchrieselt mich. Idiotisch! »Damit ich nicht bei euch unterzeichne.«

»Killian?«, fragt Clay.

In Archers Blick blitzt Abneigung auf. »Der Inbegriff des Myriad-Bösen. Er kann uns auch nicht sehen.«

Gut. Das ist gut. Natürlich.

Archer schaut mich mit zusammengekniffenen Augen an. »Hast du inzwischen akzeptiert, wie wichtig du bist? Ist dir klargeworden, dass du der letzte Tropfen bist, der das Fass zum Überlaufen bringt?«

Druck … wortlos wende ich mich von ihm ab.

Clay wirft mir eine Kusshand zu, bevor er sich auf Archer konzentriert. »Wie alt sind Sie, Mr. …«

»Sag du zu mir. Und ich bin neunzehn.«

»Wie lange bist du schon bei Troika?«

»Ich wurde in einer Sphäre großgezogen.«

In *einer* Sphäre. Diese merkwürdige Formulierung macht mich neugierig, was ich jedoch ignoriere. Ich bin zu müde, um mich mit ihm auseinanderzusetzen, und davon abgesehen, möchte ich nicht wieder sein Interesse auf mich ziehen.

»Man sagte mir, dass Leute in der Unendlichkeit altern.« Clay runzelt die Stirn. »Aber kein Agent, den ich je gesehen habe, sah älter als dreißig aus.«

»Im Gegensatz zu Menschen sind Geistwesen ewig und verfallen nicht«, sagt Archer. »Sie erreichen eine gewisse Schwelle – das Alter der Perfektion – und bleiben so.«

Wie unser Alter der Verantwortung, nur besser.

Meine Augenlider sind schwer, und schließlich gebe ich den Kampf auf und strecke mich an Sloans Seite aus. Ich werde ein kurzes Nickerchen halten. Die Umstände haben sich geändert, ja, aber meine Einstellung nicht. Sosehr ich Clay auch vertraue und, okay, in Ordnung, in dieser Hinsicht vertraue ich Archer ebenfalls – ich kann mich trotzdem ausschließlich auf mich selbst verlassen.

Dann gehen meine Lichter aus …

Und wieder an.

Eine Nadel wird in meinen Hals gerammt, Schmerzen schießen durch meinen Körper. Vans lacht mir ins Gesicht. Ich versuche, nach ihm zu treten, aber die Ketten an meinen Handgelenken lassen es nicht zu …

»Ten. Ten.«

Jemand schüttelt mich an den Schultern.

»Wach auf. Sofort!«

Gefahr! Wir werden angegriffen!

Ich fahre hoch und hole schon aus.

Sloan weicht einem Schlag gegen ihre Wange aus. »Wow. Wir sind wohl nicht gerade ein Morgenmensch, was?«

Ich keuche, mein Herz hämmert wild gegen meine Rippen. Hastig sehe ich mich um – das leuchtende Quadrat. Archer steht mit hängenden Armen am äußersten Rand. Sloan sitzt rechts von mir und sieht mich an. Clay sitzt zu meiner Linken, die Knie an die Brust gezogen, die Augen geschlossen. Kein Feind in der Nähe. Niemand will mir etwas tun.

Ruhig. Still. Die Folter … nur eine Erinnerung.

Trotz ihrer ironischen Worte ist Sloan blass, sie zittert, aber zumindest lebt sie.

»Was ist los?« Ich taste nach meinem Skalpell.

»Du hast im Schlaf geschrien. Was ist das?« Sie deutet auf die leuchtenden Wände, dann auf Archer. »Wer ist er?«

Richtig. Sie hat die gestrige Vorstellungsrunde verpasst. »Das ist Archer.«

»Toll. Wunderbar. Das hilft mir kein bisschen weiter. *Was* ist er?«

Als ich ihn jetzt zum zweiten Mal mustere, fällt mir etwas auf, was mir vorher entgangen ist. Er steht still wie der Tod da, ohne zu blinzeln, und seine Augenhöhlen sind klar wie Glas. Sein Geistwesen befindet sich offensichtlich nicht länger in seiner Hülle. Er kann sie also verlassen, wann er will?

Wo ist er hin?

Um seine Füße mit den Stiefeln liegen verschiedene Kleidungsstücke verstreut, was darauf hindeutet, dass er ein komplettes Aufgebot an Wärtern beseitigt hat, während wir schliefen.

Ich beginne mit dem wichtigsten Punkt: »Er ist auf unserer Seite.«

»Gut. Er ist nämlich heiß«, flüstert Sloan gut hörbar.

In der Hoffnung, dass er sie versteht und reagiert? Dann

gibt sie alle vorgetäuschte Schüchternheit auf und streckt gierig die Hände nach ihm aus.

»Lecker, lecker, lecker, mach's mir, mein Süßer.«

Ich verdrehe die Augen. »Du kennst ihn bereits als Bow. Das Mädchen, dem du beim Frühstück ein Bein stellen wolltest.«

Sie blinzelt verblüfft. »Du lügst.«

»Oh, und er ist ein TA.«

Jetzt schneidet sie eine Grimasse. »Damit hat er ein paar tausend Mach's-mir-Punkte eingebüßt. Ich würde ja sagen, die beiden Sphären können sich ihr teuerstes Stück dahin stecken, wo die Sonne nie scheint, aber Myriad würde das nur zu gern tun und Troika würde sich nicht beleidigt fühlen.«

Ihr Zynismus lässt meinen Zynismus wie ein fluffiges Hasenbaby wirken.

Sie schüttelt den Kopf, als müsse sie ihn von Spinnenweben befreien. »Ich fürchte, ich habe einen Schock. Mr. Bow Archer ist wirklich ein leckeres Sahnestückchen.«

Clay bewegt sich etwas, und ich suche mit dem Blick die Gegend außerhalb des Quadrates ab. So viel zum Thema Nickerchen halten. Offenbar lag ich *stundenlang* im Koma. Die Sonne steht hoch am Himmel und scheint strahlend hell. Die Bäume sind noch immer mit glitzerndem Eis überzogen, aber von Wärtern ist weit und breit nichts zu sehen.

»Also?« Sloan wischt sich Staub von den Händen. »Wie ist der Plan?«

Ich richte mich alarmiert auf. Richtig. Wir brauchen einen Plan. »Meiner ist simpel. Frühstück. Archer loswerden, Killian aus dem Weg gehen.« Ich bin es leid, unter Druck gesetzt zu werden. »Oh, und aus den Bergen rauskommen, ohne erschossen zu werden. Überleben, bis ich achtzehn bin.« Vielleicht werde ich sogar aufs College gehen und Buchhaltung studieren.

Spitzenfantasie! Ich zittere vor Aufregung.

Vielleicht habe ich bis dahin auch herausgefunden, wie mein Ewigleben aussehen soll.

Wie wählen die anderen? Was in einem Moment wie eine tolle Idee erscheint, kann in der nächsten schon zum schlimmsten Albtraum werden. Das weiß ich. Ich habe Fotos von meiner Mutter als Teenager mit einer neuen Dauerwelle gesehen – hallo, Kraushaar. Oder das Nickerchen, das ich vor ein paar Jahren in der Hängematte gehalten habe – hallo, schmerzhafter Sonnenbrand und mögliches Melanom. Die Tätowierung, die ich mir mit fünfzehn habe stechen lassen – hallo, Planet Erde, die ich nie wieder loswerde. Und nichts von alledem hat, wenn man das große Ganze betrachtet, auch nur irgendeine Bedeutung. Das hier aber schon.

»Klingt gut. Ich bin dabei.« Sloan reibt sich die Schläfen. »Und bevor mein Hirn explodiert, sollte ich mich wahrscheinlich bei dir … bedanken? Du hast meine kostbaren Schätze gerettet.« Sie deutet auf ihre Kurven.

»Nicht ich habe dich gerettet, sondern er.« Mit dem Kinn zeige ich auf Archer.

»Oh, Gott sei Dank. Ich würde lieber bis an mein Lebensende wie ein Furz riechen, als dir auch nur eine Sekunde lang was schuldig zu sein.«

Ich schnaube. »Wie kommst du darauf, dass du nicht wie ein Furz riechst?«

Mit gerunzelter Stirn hebt sie die Arme und schnüffelt unter ihren Achseln. Ich breche in lautes Gelächter aus, als sie mir den Mittelfinger zeigt.

»Tue ich *nicht*«, sagt sie.

Bumm. Bumm. Bumm. Es klingt, als ob ein Feuerwerk im Himmel explodiert. Der Boden bebt, Sloan keucht auf. Normalerweise vergehen Monate ohne ein Anzeichen von Gewalt aus den Sphären. Was in den letzten paar Tagen geschehen ist, nun, das kann nichts Gutes bedeuten.

Da oben scheinen die Dinge zu eskalieren. Und wo finden die Schlachten der Sphären überhaupt statt? Geistwesen von Myriad können nicht in Troika eindringen, umgekehrt gilt dasselbe.

Clay steht auf und streckt sich. »Ich möchte mich aus diesem speziellen Gespräch heraushalten.« Er geht zu Archer hinüber, vorsichtig, dann richtet er einen verwirrten Blick über seine Schulter. »Was ist los mit ihm?«

»Davon abgesehen, dass er zum Anbeißen aussieht?« Sloan gesellt sich neben der Hülle zu ihm und streckt eine Hand aus, nur um sie wieder sinken zu lassen, so tief sitzt das Berührungsverbot. »Jedenfalls scheint niemand zu Hause zu sein.«

»Die Leute im Ewigleben sind offenbar in der Lage, wann immer sie wollen in eine Hülle zu schlüpfen oder sie zu verlassen«, sagte ich. Was erklärt, wieso Archer damals in der Zelle Killian verflucht hat. Ich konnte den irischen Verführer nicht sehen, er dagegen schon.

Das erklärt auch, weshalb ich zu den merkwürdigsten Zeiten Stimmen in meinem Kopf hörte. Sie haben versucht, mir zu helfen … und mich zu manipulieren.

Ich balle die Hände zu Fäusten.

»Du hast recht. Das können wir, und das tun wir. Oft.« Archers Stimme. »Ist so einfach, wie einen Handschuh anzuziehen.«

Sloan stolpert kreischend rückwärts.

Clay grinst. »Ich leide gerade unter ernsthaftem Hüllen-Neid.«

Archer bietet Sloan eine helfende Hand an, doch sie schüttelt eisern den Kopf. Schulterzuckend geht er um sie herum, sein nicht weltlicher Kupferblick landet auf mir.

»Ich habe südlich von hier eine Stadt gefunden. Wenn wir jetzt losgehen, können wir vor Einbruch der Dunkelheit dort sein.«

»Im Augenblick gehe ich nirgendwohin.« Vielleicht werde ich ihn nicht gleich abservieren. Vielleicht benutze ich ihn einfach, so wie er mich benutzt hat, lasse mich von ihm hinbringen, wohin ich will. »Ich muss etwas essen.« Mein Magen knurrt. Ich durchwühle den Rucksack und reiche Clay und Sloan jeweils eine Dose. Archer lehnt seine ab, und mir fällt wieder ein, wie er damals auch den Eiweißriegel nicht wollte. »Du isst nie, oder?«

»Nur Manna.«

»Moment mal, du hast den Schleim in der Anstalt gegessen.« Und sogar verkündet, dass er beim Rein- und Rauskommen gleich aussehen würde. »Manchmal zumindest.«

»Die Hülle hat ein Fach, das mir erlaubt, etwas zu mir zu nehmen und auszuscheiden …«

»Es interessiert mich wirklich sehr, was du sagst.« Ich schaffe es nicht, den Blick von der Hühnchendose loszureißen. »Aber, ehrlich gesagt, kann ich dich einfach nicht hören.« Essen!

Ich ziehe den Deckel ab, Clay und Sloan ebenfalls, und der Duft von scharfer Soße und Blauschimmelkäse schwebt in der Luft. Mir läuft das Wasser im Mund zusammen.

Wie Wilde schaufeln wir einen Brocken nach dem anderen in uns hinein.

Je näher ich dem Boden der Dose komme, desto langsamer versuche ich zu werden, doch es klappt nicht. Schon ist sie leer. Tja, Zero. Ein Gramm Eiweiß pro Bissen, dreiundzwanzig Bissen. Genug, um mich durch diesen Tag zu bringen? Wir werden sehen.

Clay reibt sich den Bauch, scharfe Soße auf dem Gesicht verschmiert. »Die beste Mahlzeit, die ich seit Ewigkeiten hatte.«

»Das ist traurig«, meint Archer.

»Können wir jetzt gehen?« Sloan klingt gelangweilt. »Wir

müssen einen Agenten loswerden und einen Berg hinunterklettern.« Sie klimpert mit den Wimpern in Archers Richtung, eher entschlossen als verführerisch. »Ups. Nun gibt es kein Überraschungsmoment mehr. Was sollen wir bloß tun?«

Clay schüttelt den Kopf. »Wir brauchen Archer. Ohne ihn überleben wir nicht.«

Archer starrt mich vorwurfsvoll an. »Dein Plan war, mich zurückzulassen?«

»Ja.« Und ich werde mich deswegen nicht schuldig fühlen. »Dann habe ich es mir anders überlegt. So. Und jetzt brauche ich mal einen Moment lang meine Privatsphäre.« Meine Blase verlangt nach Aufmerksamkeit.

Ich stehe auf, meine Beine sind überraschend stabil, und sage mit erhobenem Kopf: »Wenn ihr mich bitte entschuldigt.«

»Sobald du aus dem Quadrat der Stille hinaustrittst, wird Kälte auf dich einstürzen.« Archer bückt sich und wirft mir meinen Mantel zu. »Wenn ich du wäre, würde ich den anziehen.«

Stimmt. Ich habe Mantel, Handschuhe, Maske und Brille abgelegt. Die Stiefel trage ich noch, aber die tausche ich jetzt gegen welche aus, die vor Archers Füßen liegen und mir besser passen.

»Hier.« Er zieht eine Kette, die er unter dem Hemd trägt, über seinen Kopf herunter. Ein kleines Fläschchen baumelt daran. Er hält sie mir hin. »Verflüssigtes Manna.«

Wenn man bedenkt, was ich gerade zum Frühstück hatte, muss mein Atem auf Alarmstufe Rot sein. Ich drehe meinen Kopf etwas weg, bevor ich sage: »Du gibst mir Seelennahrung?«

»Ja. Trink es. Wenn du dich traust.«

Eine eindeutige Herausforderung. »Lass mich raten. Ich trinke davon und werde mich entweder Hals über Kopf in dich verlieben oder explosionsartigen Durchfall bekommen. Als Strafe dafür, dass ich dir am liebsten in den Hintern treten würde.«

»Du solltest mich inzwischen besser kennen.«

Höre ich da so etwas wie … Unmut? Und verdammt, ich habe *tatsächlich* ein schlechtes Gewissen, weil ich ihn loswerden wollte.

Ich schnappe mir das Fläschchen, bevor ich es mir noch einmal anders überlegen kann, ziehe den Korken heraus und trinke es leer. Die Flüssigkeit ist warm und süß wie geschmolzener Honig, aber nicht so dick, und als sie meine Kehle hinabfließt, fühle ich mich von innen umarmt. Meine Venen beginnen zu kribbeln, als würde mein Blut zischen.

»Was geschieht mit mir?«, will ich wissen.

»Bestimmt ist dir aufgefallen, wie gut ich gerochen habe, als ich in der Anstalt war. Manna nährt nicht nur, es reinigt auch.«

Und macht süchtig. *Mehr! Her damit!*

»Dieses spezielle Manna kann man *nur* in Troika finden«, fügt er hinzu.

Ich starre ihn an. Wieder werde ich manipuliert.

»Geh. Tu, was du tun musst.« Er verpasst mir einen leichten Stoß, und ich lande außerhalb des Quadrats.

Die Geleeluft scheint feucht zu sein, und doch tauche ich vollkommen trocken auf der anderen Seite auf. Innerhalb von Sekunden bin ich dem Erfrierungstod nahe. Ich schleppe mich hinter einen Baum und erledige mein Geschäft. Als ich die Hose zuknöpfe – mein Hintern brennt vom eiskalten Wind – knackt ein Ast. Mein Herz bleibt stehen. Ich erstarre.

Gefahr!

Ein vertrauter Geruch dringt in meine Nase. Torfrauch und Heidekraut. Pure Verführung.

Killian? Irgendwo in der Nähe?

Mein Herz kommt wieder auf Touren, schlägt jetzt hart und heftig. Hat er mir beim Pinkeln zugesehen?

Meine Wangen brennen.

Für ihn bin ich nicht mehr als eine Seele, die er gewinnen will, rufe ich mir ins Gedächtnis. Eine Seele in einer langen Reihe von Seelen. Eine Nummer.

Oh, welch Ironie.

Er hasst Niederlagen fast so sehr, wie er Archer hasst. So süß er manchmal auch sein kann, mein Wohlergehen wird für ihn niemals an erster Stelle stehen.

Ich sprinte zurück zum Quadrat – nur um festzustellen, dass ich nicht in der Lage bin, es zu sehen. Zero! Was soll ich jetzt …

Archer taucht ein paar Schritte vor mir auf, meinen Rucksack über der Schulter. Sloan und Clay sind auf einmal an seiner Seite. Sie haben Winterausrüstung angelegt, während Archer weiterhin T-Shirt und Jeans trägt. Sein schönes Gesicht ist verärgert verzogen, die tätowierten Sterne auf seinen Händen glitzern strahlend blau.

»Killian«, sagen wir gleichzeitig.

»Willst du jetzt vielleicht, dass ich bei dir bleibe? Hier entlang.«

Archer marschiert los, und wir bemühen uns, Schritt mit ihm zu halten.

»Killian … der Neue?«, fragt Sloan, die bereits nach Luft japst. »Warum rennen wir vor *ihm* weg? Er ist schärfer als Bocher! Das bedeutet Bow plus Archer, falls dein mickriges Hirn nicht mit meinem mithalten kann.«

»Er arbeitet für Myriad«, erkläre ich. Obwohl ich selbst noch nicht keuche, fällt mir jeder Schritt schwerer als der vorherige, meine Oberschenkel sind angespannt und brennen.

»Weißt du, wie das für mich klingt?«, fragt sie. »Er ist jung, gut bestückt und etwas doof. Genau mein Typ!«

»Du musst mal an deinen Ansprüchen arbeiten«, sage ich, und okay, ja, inzwischen schnaufe ich auch.

»Perfektion kann man nicht verbessern, aber, autsch, autsch, autsch, Blasen! Ich bin nicht sicher, wie weit ich es noch schaffe.«

Archer grinst mich über die Schulter an. »Wie wäre es, wenn du ein Gedicht aufsagst und Sloan von ihrer absolut *nicht* existenten Kondition ablenkst? Zur Abwechslung mal etwas Aufbauendes. Und achte vor allem darauf, dass es sich reimt. Gute Gedichte reimen sich *immer.*«

Meint er das ernst? »Ein Gedicht. Kommt sofort.« Ich räuspere mich, als ob ich etwas Weltbewegendes verkünden wollte. »Du bist so richtig Scheiße, in dieser und jener Weise, doch hältst du uns warm und schützt uns vor dem Schwarm und hast 'nen schönen Oberarm. Doch gehst du mir auf die Nerven, ich kann mich kaum beherrschen – und werd den Ton gleich noch verschärfen.«

Er verschluckt sich fast an seiner Zunge. »Das war *nicht* aufbauend.«

»Dann hast du nicht richtig zugehört. Mir jedenfalls geht es schon besser.« Sloan drückt eine Hand auf ihre Brust, als hätte sie einen Herzinfarkt. »Das einzige Problem ist, dass ich das Gefühl habe zu sterben.«

Archer betrachtet erst sie, dann Clay und runzelt die Stirn. »Clay?«

»Wenn wir die Stadt erreichen oder wohin immer wir gehen«, verkündet Clay voller Ernst, »unterzeichne ich bei Troika. Ich werde nicht länger warten. Du hast recht.«

Ich stolpere über meine eigenen Füße, kaum noch in der Lage, mich aufrechtzuhalten. »Wozu die Eile? Gestern sagtest du, du hättest schließlich Zeit und …« *Nein! Halt die Klappe!* Es geht um seine Zukunft. Ich habe kein Recht, ihn so unter Druck zu setzen, wie man mich unter Druck setzt.

Es ist nur … ich wünschte, er würde so lange warten, bis ich auch eine Entscheidung getroffen habe, ich möchte, dass er sich für dieselbe Sphäre entscheidet wie ich.

Ich bin genauso schlimm wie meine Eltern.

»Ich habe die ganze Nacht darüber nachgedacht«, fährt er fort. »Und dann passiert *das* hier. Wir sind wieder auf der Flucht. Niemand von uns weiß, wann unser Ende kommt. Und egal, wie viele Fehler ich gemacht habe, für mein Ende will ich bereit sein.«

Seine Überzeugung lässt meine Unentschlossenheit geradezu lächerlich wirken.

»Wir machen das jetzt sofort.« Archer führt uns in eine kleine Höhle. »Wir müssen nicht warten, bis wir die Stadt erreichen.«

Ein paar Sekunden lang sagt niemand ein Wort. Wir sind zu sehr damit beschäftigt zu schnaufen. Und zu würgen. Das Dosenhühnchen hat meinen Magen zu einem Kleinkrieg herausgefordert.

Archer tippt auf seinen Arm, weiches blaues Licht leuchtet aus seiner Haut. Geleeluft sinkt vor den Höhleneingang herab, trifft auf den eisigen Boden und schließt uns ein. »Bist du bereit?«

Clay nickt. »Was muss ich tun?«

»Sprich einen schlichten Treuschwur. Nicht mehr und nicht weniger.«

»Aber vergiss nicht«, sage ich, die Hände in die Seiten gepresst. »Dieser schlichte Eid gilt für immer. Es gibt kein Zurück.«

Du übst schon wieder Druck auf ihn aus. Stopp!

»Sei kein Idiot.« Kleine Nebelwolken steigen auf, weil Sloan weiter heftig um Atem ringt. »Die Sphären wollen einfach nur Arbeitsbienen und Soldaten für ihren Krieg haben.«

»Spielt das wirklich eine Rolle? Er muss sich für eine Sphäre entscheiden. Seine einzige andere Wahl ist Viele Enden.«

Ich erschauere, denn mir wird klar, dass ich deren Existenz nicht länger leugnen kann. Das habe ich die ganze Zeit nur getan, weil ich nicht akzeptieren wollte, dass ich dort enden könnte. »Diese Sphäre ist praktisch die Prynne-Anstalt vom Ewigleben, da gibt es nichts als Bestrafungen und Schmerzen. Ich ... ich möchte nicht als deine Feindin enden, Clay.«

Er zieht an einer meiner Haarlocken. »Wirst du nicht. Niemals.«

»Ihr beide glaubt an diesen Hype. Viele Enden kann nicht so schlimm sein, wie die Agenten behaupten«, sagt Sloan. »Ewige Bestrafung, einfach nur, weil man sich nicht für Myriad oder Troika entscheidet? Schwachsinn!«

Archer sieht sie mitleidig an. »Der Treueschwur erzeugt eine Bindung mit Troika. Oder mit Myriad. Eine Bindung, die einem Eintritt in die jeweilige Sphäre garantiert. Die Ungezeichneten sind bindungslos, also gibt es für ihre Seelen nur einen Ort, an den sie gehen können: Viele Enden.«

Das höre ich nicht zum ersten Mal, doch zum ersten Mal frage ich mich ... »Werden die Kinder von Ungezeichneten auch nach Viele Enden geschickt?«

»Nein. Kinder sind irgendwie sowohl mit Troika wie auch mit Myriad verbunden. Ich hatte oft die Aufgabe, bei einem sterbenden Kind zu sein, damit ich im Augenblick seines Todes die Seele nach Troika begleiten kann. Mit Erreichen des Alters der Verantwortung werden diese Bindungen aufgelöst, dann wird der Seele erlaubt, uns oder Myriad zu wählen, genauso wie die Menschen.«

Sloan krümmt sich und wedelt mit der Hand, als hätte sie zwar noch mehr zu sagen, sei aber viel zu kurzatmig dafür.

Ich lehne mich an die eiskalte Höhlenmauer, froh für Clay,

doch zugleich betrübt. »Ich unterstütze deine Entscheidung«, erkläre ich ihm. »Welche auch immer.«

Archer klopft ihm auf die Schulter. »Alle in Troika gehören dann zu deiner Familie. Wenn du unsere Hilfe benötigst, brauchst du nur darum zu bitten. Und sobald du das Ewigleben betrittst, wirst du in der Position ausgebildet werden, die am besten zu dir passt. Ich glaube, du sagtest Gesandter.«

Clay ist jetzt Feuer und Flamme. Und dann tut er es. Er murmelt den Eid, den alle Kinder von mindestens einem der Agenten gelernt haben – den Schwur, der für immer über die Richtung seines Lebens entscheiden wird.

»Ich schwöre auf mein Erstleben. Ich schwöre auf meine Ewigleben. Alles, was ich bin, gehört Troika, und Troika gehört mir.«

»Und damit ist es vollbracht.« Archer grinst breit.

Einfach. So. Seine Zukunft ist nun für immer festgelegt.

Ich rechne mit strahlenden Lichtern oder Jubel, der von einem geheimen Ort widerhallt. Etwas. Irgendetwas! Doch nichts geschieht.

Archer packt Clay am Nacken und reißt ihn in eine brüderliche Umarmung, sie klopfen sich gegenseitig auf den Rücken.

»Willkommen in der Familie, mein Freund«, sagt Archer.

»Danke.«

Tränen schimmern in Clays Augen, als er zu dem Agenten hinauflächelt, und ich bin wirklich platt.

Das. Das ist es, worauf ich gewartet habe. Dieser Moment ist so … bedeutsam. Ich wusste nicht, welch schwere Last Clay mit sich herumschleppte, erst jetzt, in dieser Sekunde – denn jetzt ist sie weg, die Last ist weg. Er trägt den Kopf höher, seine Schultern sind nicht mehr eingesunken, sondern stolz gestrafft. Er strahlt Zufriedenheit aus, als hätte er Jahre der Erschöpfung abgestreift.

Ich will das auch. Ich will es so sehr.

»In Troika«, sagt Archer, »wirst du für deine Taten in diesem Leben belohnt. Damit sage ich nicht, dass deine Taten die Vergünstigungen beeinflussen, die du bekommst, solange du hier bist, sondern nur, dass alle Opfer, die du für uns bringst, niemals vergessen werden.«

»Was für Vergünstigungen?« Sloan reibt sich interessiert die Hände. »Reden wir von Juwelen? Bargeld? Gold?«

Der Geruch von Heidekraut liegt auf einmal in der Luft, und Archer und ich versteifen uns gleichzeitig. Oh ... Zero! »Ich drücke in diesem Gespräch jetzt mal die Pausentaste. Wir müssen los.«

»Sie hat recht.« Archer deaktiviert die Geleewand.

Wir folgen ihm hinaus in die Eiseskälte. Wir rennen und rennen, Sonnenlicht glitzert auf dem Eis vor unseren Füßen. Bald beginne ich wieder heftig zu schnaufen, nur noch tausendmal schlimmer als zuvor, meine Lunge brennt, ebenso meine Oberschenkel.

»Ich habe es mir anders überlegt ... ich brauche doch wieder eine Pause.«

Aus Archers Handgelenk strahlt ein Licht. Er wird nicht langsamer, während seine Finger darüber tanzen und tippen und tippen. Vor uns schießt ein blauer Strahl aus dem Himmel, fährt in den Boden, verblasst dann und lässt etwas zurück.

Archer hebt es im Vorbeirennen auf. »Hier.« Er wirft jedem von uns ein Seil zu.

»Knotet das um eure Hüften. Ihr werdet es brauchen.«

Ich stelle keine Fragen, sondern renne weiter und tue, was er verlangt.

Hinter uns erneut Lärm – wütendes Geheule. Kriegsgeschrei?

Etwas Dunkles zischt an mir vorbei und knallt gegen Archer. Er wird mit solcher Wucht hingeschleudert, dass ich ein

Vibrieren unter meinen Füßen spüre. Als er in einem Wirrwarr aus schlagenden Fäusten und tretenden Füßen auf dem Boden landet, erhasche ich einen Blick auf dunkles Haar und einen Arm mit verschlungenen Tätowierungen.

Killian hat uns gefunden.

Ich bleibe schlitternd stehen und halte mich an Clay und Sloan fest, denen es genauso geht. Zusammen werden wir entweder aufrecht bleiben oder hinfallen.

»Ich bringe dich um.« Killian verpasst Archer einen bösen Schlag auf die Nase. »Du hattest kein Recht …«

»Ich hatte jedes Recht!« Archer duckt sich und kann der nächsten wütenden Attacke ausweichen. Er landet drei Treffer in Killians Seite. »Sie will dich nicht.«

»Sie weiß nicht, was sie will.«

Sie bedeutet *ich*. Mir dreht sich der Magen um.

»Ich lasse nicht zu, dass du ihr genauso wehtust wie Dior«, stößt Archer zwischen zusammengebissenen Zähnen hervor.

Dior?

»Immer wenn ich mit deinem Schätzchen fertig war«, sagt Killian sehr sanft, und doch hört man unterdrückte Wut heraus, »hat sie um mehr gebettelt.«

Diese Wut … wegen eines Mädchens … Killian tut sein Bestes, um seine Gefühle zu verbergen, aber es gelingt ihm nicht.

Er hat Dior geliebt, oder nicht?

Hirnsalat!

Der teuflische Kampf geht weiter, die Jungen prallen gegen Felsen und rasiermesserscharfes Eis genauso wie gegeneinander. Ich zucke zusammen, als von beiden Hüllen Haut abreißt, wobei auf jeder verwundeten Stelle Diamantenstaub schimmert. Lebensblut hat Archer das genannt.

»Lasst uns hier nicht abwarten, bis einer zum Sieger gekrönt wird.« Sloan zieht an meinem Arm.

»Ich kann nicht gehen. Ich muss Archer helfen.« Clay bewegt sich bereits auf die zwei zu. »Wir sind eine Familie!«

Es ist mir ein Rätsel, wie er so schnell diese Bindung verspürt. »Clay …«

Bumm!

Eine Explosion hallt aus dem Himmel, und wieder klingt es, als würde ein Feuerwerk abgefackelt. Dort oben findet zur selben Zeit wie hier unten ein Kampf statt. Vielleicht … kämpfen Archers Freunde gerade gegen die von Killian? Funktioniert es so?

»Warte.« Ich umklammere Clays Handgelenk fester, um ihn zurückzuhalten. Wenn wir zwischen zwei wilde Tiere geraten, die sich gegenseitig umbringen wollen, werden wir da nicht aufrecht herauskommen – sondern kriechend. Und das auch nur, wenn wir Glück haben. Und … und …

Wird das Beben unter meinen Füßen stärker?

»Wie oft haben wir an der Seitenlinie gesessen und nichts getan, wenn die anderen Insassen uns brauchten?« Clays Blick ist flehend. »Ich kann nicht länger an der Seitenlinie sitzen.«

Er versucht, seine Hand wegzuziehen, währen Sloan an meiner anderen Hand zerrt.

Ich schwanke, und ohne es zu wollen, ziehe ich Sloan mit zu Boden. Es gibt einen dumpfen Schlag, der mir vielleicht sogar wieder etwas Verstand einbläut. Clay hat recht. Ich will auch nicht länger an der Seitenlinie hocken. Wenn ich Archer und Killian helfen kann, muss ich ihnen helfen – bevor sie sich gegenseitig in den Zweittod schicken.

Als ich aufstehe, dröhnt ein weiterer Donner von oben. Ich starre in den Himmel, doch dann wird mir klar, dass der Donner aus den Bergen kam und eine Lawine ankündigt. Und plötzlich besteht der Himmel nur noch aus Schnee, Eis und Steinen – und fällt direkt auf uns.

11. KAPITEL

»Ohne ein Ende kann es keinen neuen Anfang geben.«

Myriad

Im Leben dreht sich alles um Zahlen.

In diesem Moment um die Sekunden, die uns bleiben, um uns in Sicherheit zu bringen, um die Anzahl der Tonnen Eis und Schnee, die gleich auf uns stürzen. Die Zentimeter/ Meter/Kilometer, die wir hinabstürzen werden, ohne dass wir etwas dagegen tun können.

»Kommt!« Ich schnappe mir das Ende von Sloans Seil und renne so schnell ich kann los. Da sie nicht darauf vorbereitet ist, muss ich sie hinter mir herzerren. Als ich bei Clay angekommen bin, greife ich auch nach seinem Seil und zerre daran. Wir sind noch nicht miteinander verknotet. Beim Laufen versuche ich Abhilfe zu schaffen, aber ich zittere zu heftig. »Archer! Killian! Weg hier!«

Zahlen lügen nie, und das Zentrum einer solchen Schneemasse ist immer am schwersten, also wird die Lawine sich dort am schnellsten bewegen und am schlimmsten aufschlagen. Wenn wir weit genug an die Seite gelangen, werden wir hoffentlich nicht unter ihr begraben.

Ich blicke hoch. Zero! Wir schaffen es nicht.

Es gibt in der Nähe auch keine Bäume, an denen wir unsere Seile befestigen könnten. Wobei wir dafür sowieso nicht die Zeit hätten. Was sollen wir bloß tun? Uns irgendwie dagegen wappnen?

Das Grollen der Lawine wird lauter, man könnte meinen, ein Frachtzug ist hinter den Schneeflocken verborgen. Also ja. Wappnen. Mir fällt ein Buch ein, das ich einmal gelesen habe, und ich schreie: »Falls ihr mitgerissen werdet, versucht, bergauf zu schwimmen, sobald ihr könnt.« Je länger wir begraben sind, desto schwerer wird es sein, sich zu bewegen. »Hört nicht auf bis …«

Aufprall!

Ich werde umgerissen, umgerissen, umgerissen von, wie es scheint, Tausenden Kilogramm Schnee. Mit aller Kraft klammere ich mich an die Seile, während ich herumgeschleudert werde wie Klamotten in einem Trockner. Gesunder Menschenverstand sagt mir, dass ich eine Hand vor mein Gesicht halten – vielleicht muss ich einen Tunnel graben, um atmen zu können – und die andere über meinen Kopf strecken sollte, um die Orientierung nicht zu verlieren. Aber ich muss wählen, man muss immer wählen: Entweder ich helfe mir oder meinen Freunden, indem ich ihre Seile nicht loslasse.

Ich lasse nicht los.

Als ich endlich liegen bleibe, sind Schnee und Geröll über mich gehäuft. Ich ringe nach Luft, aber es gibt nicht genug Sauerstoff. Ich versuche, nicht in Panik zu geraten, und trete verzweifelt mit den Beinen nach oben, nach oben …

Ist das die richtige Richtung?

Spielt es überhaupt eine Rolle? Falls ich unter einem halben Meter Schnee oder mehr begraben bin, schaffe ich es allein nicht heraus. Das ist eine Tatsache.

Eine Ewigkeit später, so kommt es mir vor – hurra! – durchbreche ich die Oberfläche und sauge so viel Luft wie möglich in meine Lunge. Gleichzeitig suche ich wild mit den Augen die weiße Fläche ab, doch von den anderen ist nichts zu sehen. »Clay! Sloan!« Keine Antwort. »Archer! Killian!« Wieder keine Antwort.

Ich ziehe an einem der Seile, am anderen, dann wird mir klar, dass die beiden oberhalb der Schneefläche sein müssen und in derselben Richtung. Ich kämpfe mich weiter durch den Schnee …

»Ten!«, höre ich Clay außer sich rufen. »Hilf mir. Du musst mir helfen.«

Mühsam richte ich mich auf, folge dem Klang seiner Stimme … und komme rutschend zum Stehen, als ich das Ende eines Felsens erreiche. Schnee und Steine fallen hinunter … und fallen immer tiefer.

»Ten!« Er klammert sich an einen Baum, der umgerissen wurde und nur noch von den Wurzeln gehalten wird.

»Ich habe dich.« Ich bohre die Absätze in den Schnee und ziehe am Seil. »Keine Sorge.«

»Ten … Ten …«

Ein Wimmern rechts von mir. Als ich den Kopf drehe und Sloan entdecke, muss ich beinahe mein Frühstück erbrechen. Sie hängt über derselben Felswand, und wie Clay klammert sie sich mit aller Kraft an einen Ast.

»Bitte. Hilf mir.«

Und schon ist die Panik zurück. Ich bin nicht in der Lage, beide gleichzeitig hochzuziehen. Sie sind einfach zu schwer. Ich muss mich für einen entscheiden und beten, dass der andere sich etwas länger festhalten kann.

Wieder so eine verhasste Entscheidung. Ein Schluchzen steckt in meinem Hals fest, ich bekomme keine Luft.

Ich liebe Clay. Wir haben zusammen gelacht, wir haben zusammen geweint. Er ist freundlich, ehrlich und, wie er heute erst bewiesen hat, immer hilfsbereit. Ich kann mir vorstellen, wie er mich in meinem Haus am Meer besucht, wie wir zusammen surfen gehen.

Sloan dagegen ist mir seit etwas über einem Jahr ein Dorn im Auge. Sie geht mir in jeder Hinsicht auf die Nerven. Sie ist aggressiv und bösartig, und ich kann mir nicht vorstellen, ihr jemals zu vertrauen.

Aber Clay weiß, wo er hingeht, wenn er stirbt. Sloan hingegen wird nach Viele Enden kommen.

»Tut mir leid, Clay. Ich ziehe dich danach hoch, okay? Halt dich fest. Halt dich fest!« Ich lasse sein Seil los, wofür ich mich hasse, und packe das von Sloan mit beiden Händen. Während ich über den Boden rutsche, sehe ich mich. Es gibt keinen Felsen oder Baum in Reichweite, was bedeutet, dass ich mich nirgendwo festhalten kann. Okay. Na schön. Da lässt sich nichts machen.

»Ten«, schreit sie.

»Lass den Ast los«, rufe ich ihr zu. »Bitte.«

»Nein, nein …«

»Mach schon! Ich kann dich nicht hochziehen, wenn du dich am Baum festhältst.« An einem Baum, der wackelt. »Sloan! Ich halte dich, versprochen. Lass einfach los!«

»Ich kann nicht.« Sie weint.

»Du musst. Du musst mir helfen, dir zu helfen.«

Sie weint nur heftiger.

Nun gesellt sich zu meiner wilden Mischung an Gefühlen auch noch Wut. »Ich zähle bis drei, dann werde ich Clay helfen. Eins. Zwei …«

Sie lässt los, und jetzt muss ich ihr gesamtes Gewicht halten. Ich schlittere näher an den Abgrund, schaffe es nicht, das Gleichgewicht zu halten und falle auf den Hintern. Ich rutsche weiter. Sie stößt einen gellenden Schrei aus.

Komm schon, komm schon. Ich bohre die Stiefel so tief ich nur kann in Schnee und Eis, höre auf zu schlittern und ziehe mit aller Kraft am Seil. Einen Zentimeter … noch einen … sie wiegt keinesfalls mehr als fünfundfünfzig Kilo, aber meine Schultern brennen und zittern, als müssten sie mehrere Tonnen halten. Muskeln, von deren Existenz ich nichts wusste, beginnen sich zu verkrampfen.

Mein Überlebensinstinkt sagt mir, dass ich sie loslassen

und mich selbst retten muss, doch ich ziehe weiter … ziehe …

Nur noch ein kleines Stückchen …

Gleich kann ich Clay helfen …

Dann sehe ich ihre Finger, die am Rand des Felsens auftauchen, und schreie: »Halt dich an der Seite fest und klettere hoch.«

Sobald ihr Griff sich gefestigt hat, schiebt sie ein Bein über die Kante. Wenige Sekunden später – eine Ewigkeit – taucht ihr Oberkörper auf.

»Beeil dich! Bitte.« Feiner Nebel wabert vor meinem Gesicht, ich keuche und meine Augen füllen sich mit Tränen. Dann sehe ich hinüber zu Clay, Schnee fällt über den Felsrand. Er versucht verzweifelt, sich zentimeterweise am Baumstamm entlangzuhangeln – an einem Baumstamm, der bei jeder Bewegung gefährlicher wackelt.

»Ten. Bitte.«

Clays Panik ist noch größer als meine.

»Sloan«, flehe ich. »Komm schon!«

Ihre Arme zittern, während sie das letzte Stück hinaufklettert und dann endlich in Sicherheit ist. Dem Erstkönig sein Dank! Ich lasse das Seil los und greife nach dem von Clay, wobei wieder ein Haufen Schnee in den Abgrund fällt. Er ist jetzt so nahe, dass ihn der Schnee voll im Gesicht trifft … und er den Halt verliert.

»Nein!« Ich werfe mich mit ausgestrecktem Arm vor. Ich kann ihn auffangen, ich muss ihn auffangen, aber etwas packt mich an den Knöcheln und hält mich davon ab, über den Felsrand zu stürzen, alles, was ich auffange, ist Luft, nur Luft. »Clay!«

Er schreit, während er fällt … fällt … der Schrei reißt mein Innerstes auf, ist aber immer noch besser als die schreckliche Stille, die folgt. *Nein. Nein, nein, nein.* Er ist nicht – er darf nicht – aber ich sehe ihn. Er ist auf einem Felsplateau gelandet und rührt sich nicht. Eine rote Pfütze breitet sich um seinen merkwürdig verdrehten Körper aus.

Grauen überwältigt mich. Ich habe ihn gerade erst wiedergefunden, und nun ist er weg?

Sloan zieht mich zurück. »Wir können nicht hierbleiben. Es ist zu gefährlich.« Sie legt einen Arm um mich und zwingt mich aufzustehen. »Komm mit.«

Jetzt auf einmal hat sie es eilig? Ich wehre mich. Ich kann Clay nicht allein lassen. Ich … kann es einfach nicht.

Von dem Moment, in dem er den Halt verloren hat, bis zum Aufprall seines Körpers sind ungefähr acht Sekunden vergangen. Hätte ich zwei Sekunden mehr Zeit gehabt, hätte ich Sloan nur ein wenig früher losgelassen, dann hätte ich seine Hand noch erwischen können.

Zwei Sekunden. Mehr hätte ich nicht gebraucht.

Sie schlägt mir ins Gesicht. »Ten!«

Ich habe den metallenen Geschmack von Blut im Mund, doch das kümmert mich nicht. Er ist da unten. Mein Freund ist da unten. Das hat er nicht verdient.

»Hör mir zu.« Sie packt mich an den Schultern und schüttelt mich. »Ich zerre dich auch hinter mir her, falls du kreischst und um dich trittst, wenn es sein muss, aber wir verschwinden jetzt hier. Du hast mir das Leben gerettet. Jetzt rette ich deins.«

Ich habe sie gerettet, jedoch nicht Clay. Ich kann nichts tun, um ihn zurückzubringen. Trotzdem haben ihre Worte die gewünschte Wirkung. Ich lasse mich von ihr wegziehen. Tot kann ich Clay auch nicht helfen.

»Wir schaffen das«, sagt sie, und ihre Zähne klappern. »Nach allem, was du für mich getan hast, bin ich praktisch deine Schlampe fürs Leben. Ich bringe dich hier raus, selbst wenn ich dafür mit ein paar sexy Typen schlafen müsste. Nichts zu danken. So bin ich halt.«

Wie betäubt verliere ich jegliches Zeitgefühl. Ich weiß, dass wir den Berg hinunterklettern. Ich bekomme mit, dass Archer sich zu uns gesellt, als wir eine Pause einlegen, Killian hingegen nicht. Archer erklärt uns, dass wir vor ihm verborgen sind, doch ich reagiere nicht. Es ist mir egal. Ich weiß, dass wir mehrmals pausieren, damit Sloan und ich essen können, aber ich habe keine Ahnung, wo wir sind oder was ich mir in den Mund stecke.

»… wieder in Ordnung kommen?«, fragt Sloan.

»Sie ist stark«, antwortet Archer.

Stark? Ich? Bin ich nicht. Ich bin das schwächste Glied, denn ich habe meinen Freund sterben lassen. Wobei ich daran nicht allein schuld bin.

Die brennende Wut lässt ein wenig des tauben Gefühls schmelzen.

»Du hast Clay nicht gerettet.« Ich schüttle den Kopf, blinzle und sehe Archer voll in die kupferfarbenen Augen. Die Taubheit schmilzt weiter … »Du hast versprochen, für ihn da zu sein, dass ihr eine Familie seid, dass du sein Bruder bist und ihm hilfst, wenn er dich braucht. Nun, er hat dich gebraucht!«

Archer windet sich. Seine Hülle ist beschädigt, jedoch nicht mehr so sehr wie anfangs, die Haut – oder was auch immer das ist – wächst bereits wieder zusammen.

»Ich kann vieles, Ten, aber ich kann nicht überall zugleich sein, und ich kann mich nicht über den freien Willen hinwegsetzen.«

Das war's mit dem Schmelzen! »Willst du damit vielleicht sagen, dass Clay sterben wollte? Ich kann dir versichern, dass das nicht stimmt. Er hat mich *angefleht*, ihn zu retten.« Er hat mich angefleht, und ich habe ihn hängen lassen. Wieder schießen mir Tränen in die Augen, mein Kinn zittert.

»Er hat dich angefleht, aber nicht mich.«

Ich würde ihm am liebsten eine verpassen, als er hinzufügt: »Damit will ich sagen, dass es mein Fehler war, nicht der Fehler der Sphäre. Mir wurde gesagt, dass Killian sich uns nähert und dass ich mich nicht einmischen soll. Nur weil ich nicht darauf gehört habe, musste mein neuer Bruder sterben. Ich habe mich mit meinem Feind angelegt, statt Verstärkung anzufordern, und das wird mich für immer verfolgen. Das ist ein Fehler, den ich nie wieder machen werde. Was ich also sagen will: Du hattest auch zwei Alternativen, und du hast dich für die richtige entschieden.«

»Ich habe meinen Freund sterben lassen«, sage ich langsam, leise. »Das kann *niemals* das Richtige sein.«

»Er hat keine Schmerzen. Er ist glücklich und bereitet sich auf seine Heimkehr vor.«

Ich versuche, mir Clay lächelnd vorzustellen. Aber ich sehe ihn nur in einer Pfütze seines eigenen Blutes daliegen.

»Ich wäre in Viele Enden gelandet«, sagt Sloan, die Arme um ihren Oberkörper geschlungen. »Warst du jemals … dort?«

Wir sitzen wieder in einem Quadrat, doch die Wärme kann ich diesmal nicht genießen. Ich habe Kälte verdient.

»Nein. Ich habe es versucht«, antwortet Archer. »Wir können die Schreie der Leute dort hören, und wir haben uns sogar bemüht, Seelen durch den Schleier hindurch zu folgen, aber es ist uns nie gelungen.«

Sloan erschauert, vielleicht denkt sie über ihren Status als Ungezeichnete nach.

»Wenn die einen dort hineingelangen«, sage ich, meine Stimme klingt hohl, »muss es auch für die anderen einen Weg geben.«

»Das sollte man meinen, richtig.« Er steht auf, hebt eine Hand und der Stern in seiner Handfläche leuchtet auf. Er tippt etwas in das Licht, dann sagt er: »Kommt. Wir müssen noch vier Meilen hinter uns bringen.«

Die Wände um uns verblassen, Kälte schwappt herein.

Wir marschieren schweigend, worüber ich froh bin. In meinem Kopf dreht sich alles. Wie Sloan gehöre ich zu den Ungezeichneten. Falls ich jetzt sterbe, lande ich in Viele Enden und tausche höchstwahrscheinlich eine qualvolle Existenz gegen eine andere aus. Aber …

Vielleicht ist das noch immer besser als die Alternative.

Archer hat Clay nicht gerettet. Ein Punkt für Troika.

Killians Attacke hat die Lawine ausgelöst, die Clay überhaupt erst in Gefahr gebracht hat. Ein Punkt für Myriad.

Meine Eltern. Genug gesagt. Zwei Punkte für Myriad.

Regeln, die verhindern, dass ein troikanischer Agent ein menschliches Leben rettet, weil er nicht darum gebeten wurde. Zwei Punkte für Troika.

Wir erreichen die kleine Stadt zwei Stunden nach Sonnenuntergang. Heizstrahler auf silbernen Masten säumen die Straßen und beleuchten unseren Weg mit sanftem rotem Glanz. Goldenes Licht schimmert aus den vielen schachtelförmigen Gebäuden, die in die Berge gehauen sind. Alle Gebäude sind durch eine Art Tunnel miteinander verbunden. Es gibt keine Fenster.

Archer bleibt stehen, als das Licht in seiner Hand zu flackern beginnt. Er geht in eine schattige Ecke, um weiterzutippen.

»Was machst du?«, frage ich.

»Ich antworte auf eine Botschaft meines Anführers.«

Geleeluft formen … Kommunikation zwischen Erde und einer Sphäre herstellen. Was kann dieser Apparat noch alles?

»Ich muss ihm klarmachen …«

Archer ist ganz offensichtlich frustriert, und auf einmal bin ich froh, dass das hinter meinem linken Ohr implantierte Mobiltelefon bei meiner Ankunft in Prynne deaktiviert wurde. Vans ging davon aus, dass die Insassen sich dadurch isoliert fühlen. Gefangen. Falsch gedacht. Wenn man mich nicht erreicht, kann man mich auch nicht finden oder herumkommandieren.

»Während du unsere Zeit verschwendest«, sagt Sloan und klimpert mit den Wimpern, »wärst du eventuell so freundlich uns zu verraten, wo wir sind?«

»Ural.« Er tippt jetzt schneller auf die unsichtbaren Tasten.

Der Ural. Ein Gebirge, das sich durch das westliche Russland erstreckt. Ich denke zurück an meine erste Geschichtsstunde. Vor fast einem Jahrhundert ist der Schnee in der wärmeren Jahreszeit auf einmal nicht mehr geschmolzen. Das Klima wurde kälter, so hart, dass Bäume und wilde Tiere zu sterben begannen. Irgendwann haben die Sphären eingegriffen und unempfindlichere Wälder gepflanzt.

»Diese Stadt ist wie jede andere. Es gibt eine Mischung aus Troika- und Myriad-Anhängern und Ungezeichneten. Vor ein paar Wochen gab es einen Kampf zwischen den drei Parteien, die Atmosphäre ist angespannt.« Das Licht verlöscht, Archer lässt die Arme sinken. Er dreht sich um und streckt mir eine Tasche mit Münzen zu. »Ich bin sicher, dass auch Leute aus der Anstalt hier wohnen, um die Einwohner zu kontrollieren, und für den Fall, dass Insassen fliehen und lange genug am Leben bleiben, um hierherzugelangen.«

Klasse. »Wir brauchen Waffen, und zwar gute.«

»Und die werdet ihr bekommen. Am Ende der Straße gibt es eine Pension. Ich kenne den Besitzer. Er hat alles, was ihr braucht ... Und er bringt euch, wohin ihr wollt.«

»Kann man ihm vertrauen?«, fragt Sloan.

»Kann man.«

Gut. »Dann darfst du jetzt gehen«, sage ich. Ich bin fertig mit ihm, mit allem hier.

Er öffnet den Mund, schließt ihn aber wieder. Er kann sich

nicht über den freien Willen hinwegsetzen. Gehört zu dieser »Liebe-die-Menschen-bedingungslos«-Regel, schätze ich.

»Abschiede sind traurig«, sagt Sloan und streicht auf die für sie typische Art mit den Fingerspitzen über ihre Wangen. »Bringen wir diesen schnell hinter uns, bevor wir noch Heißhunger auf Eiscreme bekommen und anfangen, die Straße anzuknabbern.«

Ich sehe Archer an, seine Kupferaugen blicken gequält – und eindringlich. »Wir schaffen es allein.«

»Wirklich?«

Dafür werde ich schon sorgen. »Geh.«

»Ich habe ein paar Minuten Spielraum, bevor ich gehorchen muss.« Er lächelt mir zu. »Ohne mich ist Killian in der Lage, dich zu erreichen. Und das wird er. Er ist hinter dir her.«

»Ich komme schon mit ihm klar.« Das ist die Wahrheit. Es muss einfach die Wahrheit sein. »Wer ist dieses Mädchen? Dior?« Ich weiß selbst nicht, warum ich das frage. Doch, ehrlich gesagt, weiß ich es. Killian ist hinter mir her, und ich brauche alle Informationen, die ich bekommen kann. Wissen ist Macht.

Archer zögert ganz kurz, bevor er sagt: »Lade mich wieder ein, dann verrate ich es dir vielleicht.«

»Oh nein. Diese Karte wirst du diesmal nicht ausspielen. Du schuldest mir was.«

»Genauso wie du mir.«

Wie kann er es wagen! »Ich schulde dir überhaupt …«

»Entweder du belügst mich oder du belügst dich selbst. Was davon ist es?« Er gibt mir nicht die Gelegenheit zu antworten, sondern legt die rechte Hand auf sein Herz und die linke Hand quer darüber, und eine Sekunde später ist er verschwunden.

MYRIAD

Von: P_B_4/65.1.18
An: K_F_5/23.53.6
Betreff: Täglich heißt TÄGLICH

Sie haben nicht nur Vans getötet, bevor wir für Ersatz für ihn sorgen konnten, sondern auch noch mehrere Berichte nicht abgegeben, Mr. Flynn. Miss Lockwood ist wichtig für uns – für uns alle. Berichten Sie UMGEHEND, wie Sie in Ihrem Fall vorankommen. Nach Ihrem Kampf mit Archer erwägen die Generäle unter anderem, Sie abzuziehen.

Und ich erwäge, die Identität der Person zu vergessen, mit der Ihre Mutter verschmolzen ist.

Madame Pearl Bennett

MYRIAD

Von: K_F_5/23.53.6
An: P_B_4/65.1.18
Betreff: Drohen Sie mir, und ich werde Sie zerstören

Sie wollen mich von dem Fall abziehen? Bitte schön. Ich bin seit meinem fünfzehnten Lebensjahr im Einsatz. Das sind vier Jahre, falls Ihnen Mathe nicht so liegt. In diesen paar Jahren habe ich mehr Erstlebende eingetütet als die Agenten, die schon seit Jahrhunderten arbeiten. Die Generäle brauchen mich, und das wissen Sie auch. Niemand sonst wird an dieses Mädchen herankommen. Und es sollte niemand auch nur versuchen. Wenn doch, töte ich ihn und stelle erst hinterher Fragen. Sie gehört mir.

Sie ist anders als jeder Mensch, mit dem ich je zu tun hatte, und ich brauche mehr Zeit, um sie zu verstehen.

Weiterhin: Wenn Sie wieder einmal versuchen sollten, meine Mutter gegen mich zu verwenden, werde ich genau das tun, was ich in der Betreffzeile versprochen habe.

Killian Flynn

MYRIAD

Von: P_B_4/65.1.18
An: K_F_5/23.53.6
Betreff: WER sind Sie?

Für höhnische Kommentare sind Sie bekannt, aber selten für wütende. Und es hat Sie noch NIE interessiert, ob wir anderen Agenten erlauben, sich an Ihr Ziel heranzumachen oder nicht. Sie haben das sogar immer als persönliche Herausforderung aufgefasst, eine Möglichkeit, Ihre Überlegenheit zu demonstrieren.

Haben Sie sich in das Mädchen verliebt?

Was verständlich wäre. Die Generalin, mit der sie verschmolzen ist, ist meine Tochter, Killian. Sie haben Ashley einmal geliebt. Haben Sie das vergessen? Ich nämlich nicht. Niemals.

Verstärken Sie Ihre Bemühungen, Ten zur Unterschrift zu überzeugen. Bitte. Je länger sie ungezeichnet bleibt, desto mehr Zeit hat Troika, sie für sich zu gewinnen. Wir können es nicht zulassen, dass sie sich auf die Seite unserer Feinde schlägt. Das können wir einfach nicht.

Bevor das passiert, bringe ich mich selbst um. Und dann Ihre Mutter.

Und wie Sie, Killian, mache ich meine Drohungen wahr.

MYRIAD

Von: K_F_5/23.53.6
An: P_B_4/65.1.18
Betreff: Hier zeigt sich Ihr inneres Miststück

Woran ich mich erinnere? Dass neun Generäle in einer einzigen Schlacht gefallen sind. Und ja, darunter war auch Ihre Tochter, die für mich wie eine Schwester war. Mehr nicht. Sie ist es nicht, die mit Ten Lockwood verschmolzen ist. Das würde ich wissen; ich würde es spüren.

Ich spüre es nicht.

Ich *werde* Ten für uns gewinnen. Und jetzt lassen Sie mich in Ruhe arbeiten.

12. KAPITEL

»Dein Erstleben schafft die Voraussetzungen für dein Zweitleben.«

Troika

Ich halte mich möglichst im Schatten, als wir durch die Bergstadt stapfen, Sloan folgt mir dicht auf den Fersen. Ich bin ein Mädchen mit einer Mission. (1) Entdeckung vermeiden. (2) Unterschlupf finden. (3) Mich neu sortieren.

Als wir die Pension erreichen, die aussieht, als wäre sie über einem Mini-Kernkraftwerk errichtet, habe ich Schmerzen in den Füßen und im Rücken. Während die anderen Gebäude wie Schachteln geformt und dreistöckig sind, ist dieses Bauwerk hoch und rund wie ein Kühlturm, Dampf entweicht aus dem Dach.

Als ich eintrete, umfängt mich nach Lavendel duftende Wärme, und schon kann ich einen Punkt meiner Liste abhaken. Die Wände sind bemalt, hier ein Sommergarten, da eine Frühlingswiese. Der Teppich ist atemberaubend grün und sieht aus wie weiches Gras. Vor einer kleinen Theke, an der es Tee und Gebäck gratis gibt, haben sich Leute versammelt.

Sloan drückt sich an mir vorbei, schnappt sich einen Keks, schiebt ihn sich komplett in den Mund – und würgt. »Igitt. Das ist das Ekligste, was ich je im Mund hatte.«

»Dann musst du Myriadin sein«, sagt die Frau neben ihr, ihrem spöttischen Ton nach zu urteilen ist sie die Chefin hier. »Die würden etwas Gutes nicht mal erkennen, wenn es sie in den Hintern beißt.«

»Ich bin momentan ungezeichnet.«

Die Frau weicht einen Schritt zurück, als hätte Sloan eine

ansteckende Krankheit. »Das ist der eindeutige Beweis, dass du einen schlechten Geschmack hast. Meine Kekse sind vollgepackt mit Nährstoffen.«

»Ich sage es ja nur ungern, aber *Nährstoffe* ist nur ein anderes Wort für *Fäkalien*.«

Ich überlasse die beiden ihrem Streit und gehe auf eine alte Dame zu, die hinter der Theke steht. Als ich sie bitte, mit dem Besitzer sprechen zu können, schnalzt sie mit der Zunge.

»Du willst also was von ihm? Leugne es gar nicht erst. Mädchen schaffen es einfach nicht, die Finger von ihm zu lassen.«

Heiterkeit glitzert in ihren schönen dunklen Augen, und auf einmal wirkt sie etwas jünger als eine Million Jahre – oder wie lange sie schon lebt. Wenn ich mir ihre vom Alter gebeugten Schultern und die tiefen Falten in der Haut so ansehe, glaube ich nicht, dass ich jemals einen älteren Menschen als sie gesehen habe.

»Mr. Brando verdient es, mit Respekt behandelt zu werden, das verdient er.«

»Ich werde respektvoll sein, versprochen. Ich bin …« Ich senke die Stimme zu einem Flüstern. »Archer schickt mich.« Es ist nicht notwendig, meinen eigenen Namen zu verraten. »Ich hätte gern ein Zimmer.« Unter anderem.

Sie stellt keine weiteren Fragen, streckt nur stumm eine verwitterte Hand nach Geld aus. Ich biete ihr eine der Münzen an, die Archer mir gegeben hat. Eine Amethyst-Geode in der Größe eines Vierteldollars. Das dunkle Lila glitzert im Licht, in die Mitte ist eine Krone eingraviert. Sie stammt aus Troika und ist mehr wert als das, was die meisten Menschen in einem ganzen Jahr verdienen.

»Ist das etwa … Ist es! Wir sind reich«, ruft Sloan, die neben mir aufgetaucht ist. Sie starrt die alte Frau an. »Diese Münze wird natürlich auch das Abendessen abdecken. Damit meine ich ein Festessen, das zweier Königinnen würdig ist. Und Kleidung. Wir brauchen auf jeden Fall etwas zum Anziehen.«

Erneut ein Zungenschnalzen. »Ihr werdet erhalten, was ihr erhaltet, und es wird euch gefallen, das wird es.«

Zumindest kriegen wir es, somit kann ich einen weiteren Punkt von meiner Liste streichen.

»Und morgen früh«, fügt die Frau hinzu, »wird euch vielleicht oder vielleicht auch nicht der Inhaber besuchen.« Sie lächelt wieder mit herzlicher Fröhlichkeit. »Auf jeden Fall werdet ihr ihn irgendwie zu Gesicht bekommen.«

Ten tears fall, and I call. Nine hundred trees, but only one is for me. Eight times eight times eight they fly, whatever you do, don't stay dry. Seven ladies dancing, ignore their sweet romancing. Six seconds to hide, up, up, and you'll survive. Five times four times three, and that is where he'll be. Two I'll save, I'll be brave, brave, brave. The one I adore, I'll come back for.

Während ich mich herumwälze, unfähig zu schlafen, läuft die ganze Zeit das Lied von Loony Lina in meinem Kopf. Ein alberner Reim, den wir gesungen haben, während wir uns an den Händen hielten und uns im Kreis drehten. Kaum hatten wir »*The one I adore, I'll come back for*« gesungen, ließen wir uns kichernd auf den Boden fallen. Leider wurde aus Loony Linas Gekicher jedes Mal Geschluchze.

Es tut mir leid, dass du sterben musstest, vor allem auf so grässliche Weise, sagte sie dann, ich habe dich vermisst.

Sie sprach ständig in der Vergangenheitsform über Dinge, die nie passiert sind. Loony Lina. So viel älter als ich, aber kein bisschen weiser.

Ich bin nicht tot, erklärte ich ihr. Ich bin doch hier bei dir.

Als ich dreizehn wurde, verbot mein Vater ihr, uns zu besuchen. Er verlor nie wieder ein Wort über sie, als hätte sie nie existiert. Und immer, wenn ich nach ihr fragte, wurde schnell das Thema gewechselt.

Ein anderes Gespräch fällt mir ein.

Du bist keine Buchhalterin geworden, Dummerchen. Ein verlorener Traum, der niemals ein Traum hätte sein sollen. So traurig.

Damals hatte ich nun wirklich nicht im Sinn, jemals Buchhalterin zu werden.

»Was werde ich stattdessen?«

»Jemand Wichtiges!«

Jemand Wichtiges … wie Strömerin oder Auflöserin?

Als die Morgensonne durchs Fenster scheint, gebe ich schließlich den Versuch auf zu schlafen, setze mich auf und reibe mir mit einer Hand die Augen. Ein neuer Tag. Eine neue Herausforderung.

Und dann entdecke ich eine digitale Mitteilung, die über dem Nachttisch leuchtet.

Ten,
für den Fall, dass du Archer irgendwann erwürgen möchtest.
Viele Grüße
Killian

Er hat sich ins Zimmer geschlichen, ohne dass ich es bemerkt habe.

Ich wedle mit der Hand durch das Licht, damit die Worte verschwinden. Zwei Lederarmbänder liegen auf dem Nachttisch, jedes mit einem kleinen Metallhaken in der Mitte. Als ich an den Haken ziehe, kommt ein langer Würgedraht zum Vorschein.

Zero! Die Armbänder sind perfekt für mich. Absolut perfekt.

Ich schulde ihm was … genauso, wie ich Archer etwas schulde, der mich vor der Kälte gerettet hat. Das muss ich mir endlich eingestehen, auch wenn es mir nicht passt.

Ich befestige die ledernen Schönheiten an meinen Handgelenken und tapse durch den Raum, der wie die Empfangshalle ein Gartenparadies ist. Bilder von Rosen an den Wänden. Die Bettdecken sind mit Wiesenblumen bestickt, in den smaragdgrünen Teppich sind Lilien gewebt.

Im Badezimmer gehe ich unter die Dusche, föhne mein Haar und putze mir die Zähne. Statt meinen sauberen Körper in dreckige Kleider zu stecken, schlüpfe ich in einen der Bademäntel, die ich im Schrank entdecke. Als ich fertig bin, ist Sloan aufgewacht.

»Ich hasse den Morgen«, murmelt sie. »Und den Nachmittag. Und den Abend.«

Während sie duscht, bestelle ich Frühstück und – ich versuche es erneut – frische Kleidung. Alles wird eineinhalb Stunden später gebracht, doch Sloan ist noch immer nicht aus dem Badezimmer herausgekommen.

Ich klopfe an die Tür. »Alles okay da drin?«

»Ja, gut, gut«, antwortet sie.

Die Tür fliegt auf. Wie ich trägt sie einen Bademantel. Sie wirkt angespannt, hat blasse Wangen, doch ihre Miene hellt sich auf, als sie das Frühstück entdeckt.

»Essen!«

Das Frühstück besteht aus Eiern, Speck, Pfannkuchen, Biskuits and Gravy, alles aus der Dose und absolut köstlich. In meinem früheren Leben wäre ich lieber verhungert, als so etwas zu essen.

In meinem früheren Leben war ich bescheuert.

Als wir alles verspeist haben, reibe ich mir den vollen Bauch. »Wie fühlst du dich?«

»Als ob die Uhr tickt.« Sie betrachtet die Kleider, die uns

gebracht wurden, und zupft an einem buttergelben Hemd mit blauen Streifen auf den Ärmeln und einer hellblauen mit Lilien verzierten Hose. »Vans wird nicht aufhören, nach mir zu suchen.«

Sie weiß es ja noch nicht. »Vans ist tot.«

Ihre Augen werden groß vor Hoffnung – und Enttäuschung?

»Bist du sicher? Woher weißt du das?«

»Ich habe seine Leiche gesehen. Und ich habe seine abgeschnittene Hand benutzt, um die Türen zu öffnen und euch zu befreien.«

»Wer hatte das Vergnügen?« Ihre Stimme klingt angestrengt.

»Killian.« Wir ziehen uns an. Ich nehme das rosa Hemd mit grünen Blumen auf den Ärmeln und eine grüne Hose mit rosa Streifen. Der Stoff ist leicht und dehnbar, er schmiegt sich an meinen Körper wie eine zweite Haut.

»Ich habe mir Vans' Tod gewünscht, aber *ich* wollte diejenige sein, die ihn umbringt.« Sie stampft mit dem Fuß auf. »Das ist nicht fair.«

»Wenn das Leben fair wäre, würde Clay noch leben.«

Sie wird blass und wendet sich ab. »Also. Wie ist der Plan?«

»Treffen mit dem Besitzer des Hotels, ob es ihm passt oder nicht, dann werden wir uns bewaffnen und einen Weg aus diesem Gebirge finden.«

»Ja, aber wohin gehen wir?«

»So weit von der Anstalt und unseren Familien weg wie nur irgendwie möglich. Ich muss mich bis zu meinem achtzehnten Geburtstag verstecken und du dich bestimmt auch. Danach werde ich ein Haus am Strand kaufen.«

Sie denkt einen Moment nach und nickt. »Ich bin dabei.«

»Kannst du surfen?«

»Nein, und ich will es gar nicht können. Ich werde in der Sonne brutzeln, Margaritas schlürfen und dich anfeuern.

Dann, sobald ich achtzehn bin, gehe ich nach Savannah zurück und …«

Klopf, klopf.

Ich werfe Sloan alarmiert einen Blick zu, nehme das Skalpell in die Hand, das ich immer noch habe, und stelle mich seitlich neben die Tür. »Ja?«, rufe ich. Es gibt einen Türspion, durch den ich verstohlen schaue.

Ein kleiner Junge?

»Habt ihr meine Mommy gesehen?« Er zittert und sieht aus, als ob er jeden Moment in Tränen ausbrechen würde.

»Das ist ja wohl ein Scherz«, murrt Sloan.

Als ich die Tür öffne, steht der Junge – ungefähr drei oder vier Jahre alt – vor mir. Er drückt einen Teddybär an seine Brust und ist das niedlichste Kind, das ich je getroffen habe, obwohl er sich gerade den Rotz an einem Ärmel abwischt. Sein lockiges dunkles Haar erinnert an einen Wischmopp, seine Augen sind groß und etwas dunkler als seine Haut. Sie kommen mir bekannt vor? Wo habe ich sie schon einmal gesehen?

»Wir haben unser Zimmer überhaupt noch nicht verlassen, Kleiner.« Sloan kommt zu uns und geht vor ihm in die Hocke. »Wir haben keine Ahnung, wo deine Mom ist.«

»Aber … aber …«, stottert er.

»Wir können dir helfen, sie zu finden«, füge ich hastig hinzu.

Sein Gesichtsausdruck wird in Sekundenschnelle fröhlich. Er tapst zu uns herein und sagt: »Mann. So langsam hab ich den Dreh raus.«

Verwirrt runzle ich die Stirn.

Er kichert. »Merkt ihr denn nicht, dass ich eine Hülle bin? Ihr solltet euch was schämen. Nun? Steht nicht einfach so rum. Macht die Tür zu.« Er wirft den Teddy auf den Boden und benutzt ihn als Tritthilfe, um sich aufs Bett zu hieven.

»Du bist eine Hülle?« Sloan schließt und verriegelt die Tür. »Okay. Das reicht. Ich komme mir wie ein Hühnchen mit abgeschnittenem Kopf vor. Stinksauer und irgendwie verwirrt.«

Jetzt begreife ich. Diese Augen … sie gehören der alten Dame, die letzte Nacht hinter der Theke stand.

Ich stelle mich vor den Jungen – die Frau, was auch immer – und setze mein Ich-bin-aus-der-Irrenanstalt-ausgebrochen-Gesicht auf. »Wer bist du?«

»Derjenige, der eure knochigen Hintern retten wird. Archer sagte, dass ihr beide einen Weg aus dem Gebirge hinaus sucht.«

Es ist absolut *merkwürdig*, dass so ein spöttischer Ton aus so einem bezaubernden Gesicht kommt.

»Du kennst Archer.« Eine Feststellung, keine Frage.

»Natürlich.« Er kickt mit den Beinen. »Ich bin Steven, mir gehört dieses Hotel.«

»Es gehört dir?« Sloan presst sich eine Hand an die Stirn. »Wie alt bist du? Also tatsächlich?«

»Ich bin siebzehn.« Er bläht stolz die Brust. »*Reife* siebzehn.«

Diese niedliche kleine Rotznase ist so alt wie ich. Ich glaube, ich sollte Menschen heute besser meiden. Ich kann einfach keinen klaren Gedanken fassen, mein Hirn ist wieder mal wie Rührei.

»Ich habe mich gerade von einem siebzehnjährigen Kerl reinlegen lassen«, murmelt Sloan.

»Von einem *erfahrenen* Siebzehnjährigen«, fügt er an und wackelt mit den Augenbrauen.

Mir wird ein bisschen übel. »Du gehörst zu Troika?«

»Ding, ding, ding«, sagt Steven. »Obwohl ich zurzeit ein Sabbatical nehme.«

Ich starre ihn in Grund und Boden. »Das bedeutet?«

»Dass ich vielleicht oder vielleicht auch nicht in Schwierigkeiten stecke, weil ich Lebensblut auf dem Schwarzmarkt verkauft habe.« Er poliert sich die Fingernägel an seinem Hemd. »Ich habe es vielleicht oder vielleicht auch nicht TOP genannt – *Taste of Pleasure*.«

»Und jetzt willst du uns, weil du so ein gutes kleines Herz hast, hier heraushelfen?« Sloan spricht zwar in zuckersüßem Ton, starrt ihn aber böse an. »Wobei du natürlich erwartest, dass wir hinterher ein Bündnis unterschreiben, stimmt's?«

»Hast du nicht zugehört, Blondie? Oder verstopft die Luft in deinem Hirn deine Ohren? Ich bin momentan nicht im Dienst, also versuche ich auch niemanden für uns zu gewinnen. Alles, was ich von dir erwarte, ist, dass du mir einen runterholst.« Er wackelt wieder mit den Augenbrauen.

Igitt! Jetzt muss ich würgen. Gleichzeitig bewerfe ich ihn mit einer schmutzigen Socke.

Er grinst. »Schön. Dass ich euch helfe, hat nichts mit euch zu tun.«

Er hopst vom Bett und watschelt zum Schrank – in dem es eine verborgene Minibar gibt. Er fördert eine Flasche Wodka zutage, und als wir ablehnen – in unserer Situation überleben nur nüchterne Mädchen –, schüttet er den kompletten Inhalt in sich hinein.

»Ich schulde Archer einen Gefallen. Den fordert er jetzt ein.«

Darf ich diesem merkwürdigen kleinen Fremden trauen oder nicht? Das ist die Frage. Eine Frage, die mir nicht gefällt, aber zumindest kann ich mit meinem freien Willen entscheiden.

»Draußen steht ein Auto bereit, das euch zu unserer Version eines Flughafens bringt, wo ein Flugzeug auf euch wartet, das euch in die Staaten fliegt. Wohin immer ihr wollt. Oh, und unter dem Bodenbrett ist für jede von euch eine Pistole.«

Ich beschließe, ihm zu trauen. Ausnahmsweise wähle ich mal den leichteren Weg. »Vielen Dank.«

»Ja, ja. Damit ist mein Job offiziell erledigt.«

Sloan lässt sich nicht so schnell überzeugen. »Vielleicht hebe ich dich einfach hoch und nehme dich mit. Du wärst unser Schutzschild, nur für den Fall, dass das eine Falle ist.«

»Bitte sehr. Lust auf einen kleinen Vorgeschmack auf das, was passiert, wenn du mich aus der Pension trägst?« Er will die leere Flasche in den Mülleimer werfen, trifft daneben, geht zu seinem Teddybär und hebt ihn auf. Dann sieht er Sloan direkt an, die Unterlippe trotzig vorgeschoben. Seine Augen füllen sich mit Tränen. »Ich habe versucht, mich zu w...wehren, Officer, aber sie h...hat mich überall a...angefasst.«

»Du kleiner ...« Sloan will sich auf ihn stürzen, doch ich packe sie am Handgelenk.

Steven, jetzt wieder mit trockenen Augen, gackert und spaziert zur Tür. Er muss sich auf die Zehenspitzen stellen, um den Knauf zu erreichen. Er geht in den Flur, wo er stehen bleibt und einen Blick zurückwirft.

»Archer war hier, während ihr geschlafen habt, und hat mich gebeten, ihm diesen Gefallen zu tun. Sonst würde ich euch sicher nicht helfen.« Dann hüpft er davon.

Archer durfte mir nicht direkt helfen, also hat er es über einen Umweg getan.

Zero! Ich will ihn nicht gernhaben. Nicht nach allem, was passiert ist. Aber ich mag ihn. Er ist ein guter Kerl, und vielleicht ... vielleicht bin wirklich *ich* ihm wichtig und nicht nur meine Entscheidung. Oder vielleicht mache ich mir lediglich etwas vor. Wie soll ich das jemals herausfinden?

Sloan und ich sammeln unsere wenigen Habseligkeiten ein, ziehen unsere neuen Mäntel an und verlassen die Pension. Die Luft ist so bitterkalt wie zuvor, trotz des gleißend hellen Lichts und der Wärme, die die Sonne ausstrahlt, doch bei jedem einzelnen Windstoß werden unsere Kleider *aufgeheizt*. Ich suche mit den Blicken die Gehwege nach Archer ab … und Killian. Von beiden ist nichts zu sehen.

Archer kann sich mir nicht nähern, bis ich ihn nicht wieder einlade. Killian hingegen kann jederzeit auftauchen.

Wie versprochen, wartet ein schwarzer Sedan auf uns. Die Hintertür öffnet sich wie von Zauberhand, und ich zögere nur kurz, bevor ich mich in den weichen Ledersitz sinken lasse.

Die Trennwand zwischen uns und dem Fahrer ist verdunkelt, schützt unsere Identität. Und seine. Eine Tatsache, die mich nervös macht. Zwar sage ich nichts, bleibe jedoch in Alarmbereitschaft. Ich will einfach nur zum Flughafen und zurück in die Vereinigten Staaten.

Wir fahren über eine gefährlich kurvige und enge Straße, an der es keine Leitplanken gibt, die uns vor einem Sturz in den Abgrund schützen könnten. Überall stehen Schilder.

Licht bringt Klarheit!

Macht bedeutet Recht!

Wir sind für DICH da! Vereinigung gegen Sphären-Schlachten.

Glaubt den Lügen nicht! Die Sphären sind nur dazu da, euch zu kontrollieren!

Sloan seufzt. »Was wirst du tun, nachdem du dein Strandhaus gekauft und surfen gelernt hast?«

»Ich stopfe mich mit Süßigkeiten voll und werde mir endlich darüber klar, wie meine Zukunft aussehen soll.« Und das wird mir bestimmt leichtfallen … vielleicht. Zumindest gibt es dann niemanden mehr, der mich unter Druck setzt.

Sie senkt beide Daumen nach unten. »Ich heirate gleich den allerersten passenden Verehrer.« Sie öffnet die Arme weit, wirft den Kopf nach hinten und lacht. »Oma wird so was von austicken.«

»Wollte sie dich wirklich zwingen, irgendeinen alten Sack zu heiraten, nur um ihren Grundbesitz zu retten?«

»Oh ja, allerdings.« Sie verzieht das Gesicht zu einer Mischung aus Wut und Verbitterung. »Eines Tages werde ich das alte Anwesen niederbrennen. Aber ich möchte jetzt nicht über meine Rachepläne sprechen.«

Weil sie befürchtet, ihre Meinung zu ändern? »Kein Problem. Finde ich sowieso langweilig.«

Sie schnaubt. Dann rutscht sie nervös in ihrem Sitz hin und her und reibt mit den Händen über ihre Schenkel. »Also … ich wollte erst mit dir darüber reden, wenn ich es selbst so richtig kapiert habe, aber tja, ich bin viel zu aufgeregt. Ich habe neue Agenten. Mein TA heißt Deacon und mein MA Elena. Sie hat mich besucht, bevor ich geduscht habe, und danach habe ich meinen TA gebeten zu kommen. Ich sagte bloß: *Ich würde gern mit jemandem aus Troika sprechen*. Und zack war er da.«

Jetzt bin ich noch alarmierter. »Und?«

»Myriad hat mir ein Haus nach meinem eigenen Geschmack angeboten, jedes Auto, das ich mir wünsche und einen Hunderttausend-Dollar-Bonus, der umgehend auf mein Bankkonto überwiesen wird. Was Ewigleben betrifft, dort werde ich später zur Agentin ausgebildet.«

Mein Herz flattert. »Hast du angenommen?«

»Nein, aber zum ersten Mal im Leben denke ich tatsächlich darüber nach. Ich bin nicht davon überzeugt, dass Viele Enden so schlimm ist, wie man uns sagt, aber wenn auch nur die entfernte Möglichkeit besteht, dass es doch stimmt, tja … ich brauche einfach einen neuen Ewigleben-Plan.«

»Was hat dir dieser Deacon angeboten?«

»Dasselbe, was Archer auch Clay angeboten hat. Familie, Hilfe, wenn angefragt. Du kennst den Rest.«

»Und interessiert dich das?«

»Machst du Witze? Ich hasse meine Familie. Warum sollte ich mir freiwillig eine neue zulegen? Aber, Mädchen, Deacon ist total heiß, also habe ich natürlich behauptet, darüber nachzudenken. Vielleicht erlaube ich ihm, seinen Standpunkt zu vertreten … im Bett.«

Ich verdrehe die Augen. »Du bist genauso schlimm wie Killian.«

Als der Wagen hält, entdecke ich beim Blick aus dem Fenster eine Reihe von Höhlen – das soll ein Flugplatz sein? Im Ernst? In einer der Höhlen kann ich eine Flugzeugnase erkennen, die Tragflächen sind eingezogen, sodass sie durch die recht kleine Öffnung passen.

»Wir haben echt ein Talent dafür, es immer noch etwas schlechter zu treffen«, murrt Sloan.

»Stimmt.« Vor uns erstreckt sich eine lange Eisfläche. Wahrscheinlich die Startbahn. Wirkt total sicher.

Die Tür fliegt auf, aber diesmal nicht von allein – und ein Mann steht vor mir. Der Fahrer.

»Hallo, Ten.« Killian lächelt mich an, träge und großspurig. »Wie schön, dich wiederzusehen.«

Eine Sekunde lang flattern Schmetterlinge in meinem Bauch, bevor meine Wut deren Flügel schreddert. Ich sehe ihn böse an. »Deinetwegen ist mein Freund gestorben.«

Sein Lächeln verblasst. »Clay ist jetzt im Ewigleben. Wir sollten froh für ihn sein.«

Froh? *Froh*? »Dein liebstes kleines Motto – Sieger sind zum Anbeten, Verlierer zum Zertreten – ist völliger Müll. Du hast vielleicht dein Gerangel mit Archer gewonnen, dafür aber meinen Respekt verloren.«

Eine undurchdringliche Maske legt sich über sein Gesicht. »Ich sagte, wir sollten froh darüber sein, Ten, und nicht, dass ich froh darüber bin. Ich kann nicht vergessen, was du gesagt hast. *Wenn ein Sieg mit falschen Mitteln errungen wird, ist es kein wirklicher Sieg.* Ich wollte nicht, dass dein Freund stirbt. Vor allem nicht so.«

»Und doch hast du dabei geholfen, ihn zu töten.«

Er hebt den Blick und starrt in die Berge. »Eines Tages wirst du ihn wiedersehen.«

»Das ändert aber nichts an dem Verlust, den ich *jetzt* fühle. Sein Erstleben war wichtig. War mir wichtig! Ihm! Er hatte Hoffnungen und Träume.« Ich muss ein Schluchzen unterdrücken.

Falls ich mich irgendwann für Myriad entscheide, wird Clay mein Feind sein, auch wenn er das Gegenteil behauptet hat, die Vorstellung macht mich krank. Doch Krieg ist eben Krieg.

»Ein Erstleben ist wichtig«, wiederhole ich.

»Bravo!«, ruft Sloan. »Ich freue mich schon auf faltige Haut, graues Haar und vor allem darauf, wieder Windeln zu brauchen.«

»Vielleicht ist es wichtig«, antwortet Killian, als ob sie nichts gesagt hätte, seine volle Aufmerksamkeit auf mich gerichtet. »Aber es ist noch nicht das Ende. Wenn du so lange wie wir lebst, sind Verluste unumgänglich. Du musst lernen loszulassen.«

Niemals! »Manche Dinge sind es wert, dass man an ihnen festhält, koste es, was es wolle. Wenn du nichts zu verlieren hast, nun, dann tust du mir leid.«

Er sieht mich düster an. »Du solltest *niemals* Mitleid mit mir haben.«

Ich werfe ihm eine Kusshand zu. »Stolz ist eine Schwäche.«

Sein Blick wird noch finsterer, doch er reicht mir eine Hand.

Ich nehme sie und frage zähneknirschend: »Woher wusstest du von dem Wagen?«

Er steht direkt vor mir und blockiert das Sonnenlicht.

»Steven war mir einen Gefallen schuldig, tja. Den hab ich jetzt eingefordert.« Sein Akzent ist stärker als sonst, seine Stimme heiserer.

»Ein Troikaner schuldet einem Myriader einen Gefallen? Wie kann *so* was passieren?«

»Das erfordert großes Geschick.« Er lässt seine Maske fallen und sieht mich jetzt irgendwie verzweifelt an. »Ich spioniere und ich warte. Wenn die Umstände vollkommen aussichtslos erscheinen, biete ich gewisse Aussichten … gegen einen Preis. Die Leute schulden mir *Tausende* Gefallen.«

Ein Pakt mit dem Teufel. Aber … ein Teil von mir vermutet, dass er mich nur wieder wie früher mit seiner Stärke beeindrucken will. Irgendwie finde ich das niedlich, ich werde fast weich, und das will ich auf keinen Fall.

Er senkt den Blick auf meine Handgelenke, dann beginnt er vor Freude praktisch zu vibrieren. »Dir gefällt mein Geschenk.«

Ich seufze. »Ja.« Ich gehöre nicht zu der Art Mädchen, die keine Geschenke annehmen können. Immer her damit. »Danke.«

Sloan steigt hinter mir aus. »Vielleicht hast du mich ja nicht gesehen oder gehört, mein Hübscher. Überraschung! Hier bin ich! Wir müssen unbedingt ein bisschen quatschen.« Sie geht um mich herum, hakt sich bei ihm ein und zieht ihn weg.

Er lässt es geschehen, wirft mir jedoch über die Schulter ein Stirnrunzeln zu, als wüsste er nicht, wie es jetzt weitergehen soll.

Und auch das ist niedlich.

»Wir waren so *verwundbar* ganz allein«, fährt sie fort. »Wir sind so schwach, aber jetzt bist du da, ein großes, starkes Muskelpaket, um uns zu retten.« Als sie die Höhlenwand erreicht haben, wo die Flugzeugnase herausguckt, drückt sie ihn mit aller Kraft dagegen und presst eine angespitzte Zahnbürste an seine Halsschlagader. »Oder auch nicht. Tja, ich kenne Typen wie dich. Nett, solange alles nach ihrer Nase geht, aber fieser als ein nasser Panther wenn nicht.« Ihre Stimme hat jegliche Freundlichkeit verloren, da ist nur noch Wut. »Lieber sterbe ich, als zuzulassen, dass du Ten wehtust. Nein, ich formuliere neu. Lieber bringe ich dich um, als zuzulassen, dass du Ten wehtust.«

»Ist das so?« Mit Lichtgeschwindigkeit packt er ihr Handgelenk und wirbelt sie so herum, dass ihr Rücken an seine Brust und ihr Gesicht an die eisige Felswand gepresst ist. »Dann erzähle ich dir mal, was *ich* lieber tun würde.«

»Lass sie in Ruhe«, schreie ich und renne zu ihnen.

Er lässt sie sofort los und hebt die Arme mit den Handflächen nach vorn. Meine Erleichterung ist fast greifbar.

Sloan dreht sich um und zielt schon wieder mit der Zahnbürste auf ihn.

»Nein«. Ich stelle mich zwischen die beiden. »Leg die Waffe weg, Sloan. Er ist nicht hier, um mir wehzutun.«

Killian schiebt mich hinter sich, um mich vor der Zahnbürste zu schützen. Als ob sie mir etwas antun würde. Und doch ist diese Geste – verflixt – *niedlich*.

Mir geht dieses Wort dermaßen auf den Keks!

»Genug ihr zwei. Bitte.« Ich warte, bis beide nicken, dann überlasse ich sie sich selbst und betrete die Höhle.

Unter dem Flugzeug ist ein Mann gerade dabei, etwas zu überprüfen.

»Hallo«, rufe ich mit ungutem Gefühl. Ich bin nicht ganz sicher, weshalb. Es erinnert mich ein wenig an das Gefühl, das ich hatte, als ich vor Killian wegrannte, ich verspüre nicht wirklich Angst, bin aber misstrauisch.

Sind vielleicht Agenten aus Troika hier?

»Ich dachte doch, dass ich draußen Stimmen gehört habe.«

Ein mir unbekannter Mann kommt auf mich zu. Er ist groß, hat graues Haar und unebene Haut.

»Ihr müsst meine neueste Fracht sein.«

»Ja.« Ich strecke ihm nur aus einem einzigen Grund die Hand hin, und nicht etwa, um höflich zu sein. Als wir uns die Hände schütteln, komme ich zu dem Schluss, dass er ein Mensch und keine Hülle ist, seine Finger sind schwielig und warm. Zudem ist er ein Ungezeichneter, an seinen Händen und Handgelenken gibt es keine Tätowierungen.

Doch … mein Unbehagen nimmt zu. Was ich jedoch ignoriere, denn ich will hier unbedingt weg.

»Wohin fliegen wir?«, fragt Killian mit tonloser Stimme.

»Ich habe genug Kerosin, um euch zu bringen, wohin ihr wollt.«

Ich treffe in Sekundenbruchteilen eine Entscheidung. »Hawaii.« Da bin ich weit von LA entfernt – und von meinen Eltern – aber nah am Wasser.

»Abgemacht«, sagt der Pilot. »Bitte einsteigen, es kann losgehen.«

13. KAPITEL

»Realität existiert im Bereich deiner Gefühle.
Wenn du es fühlst, ist es real.«

Myriad

Fünfzehn Minuten später befinden wir uns in der Luft. Das Flugzeug ist klein, und der Flug holprig, und nun erfahre ich etwas über mich, das ich lieber nicht wüsste: Ich habe Höhenangst. Nun, eher Angst abzustürzen.

So wie Clay abgestürzt ist …

Ich schaudere.

»Kalt?«, fragt Killian. Er sitzt neben mir und spielt mit meinen Haarspitzen. »Oder hast du Angst?«

»Du kannst mich mal«, murre ich. Wieso bin ich nicht wie Sloan? Sie sitzt quietschvergnügt auf dem Platz des Copiloten.

Angst hilft nie, sie behindert einen bloß. Überwinde sie.

»Ich könnte dich ablenken«, sagt er. »Wir können aber natürlich auch schweigend hier sitzen.«

»Ich wähle Schweigen.«

»Auch gut.«

Er hält Wort und sagt *stundenlang* keinen Ton mehr. Trotz meines Ärgers gelingt es mir, ein paar Stunden zu schlafen. Aber nachdem ich aufgewacht bin und eine weitere Stunde vergangen ist, rutsche ich unbehaglich in meinem Sitz hin und her und stelle mir verschiedene Szenarien vor, wie man in einem Flugzeug sterben kann. Irgendwann muss ich mir eingestehen, dass ich mir nur selbst schade, wenn ich ihm die kalte Schulter zeige.

Ich gebe auf. »Mach dich nützlich. Tu etwas, um mich abzulenken.«

Er kichert nicht höhnisch, wie erwartet, sondern freundlich. »Tanz, Äffchen, tanz?«

»Gut. Du hast mich verstanden.«

»Wir wäre es, wenn wir über die Bedingungen deines Bündnisses verhandeln?«

Warum nicht? Ich bin ein wenig neugierig und sehr verzweifelt. »Na schön. Sag mir, was genau Myriad bereit ist, mir anzubieten.«

Er wird starr. »Im Ernst?«

Ich unterdrücke ein Schnauben. »Im Ernst.«

Als befürchte er, dass ich es mir anders überlegen könnte, sagt er hastig: »Das Bündnis gilt bis zu deinem Zweitleben. Wir sorgen für Ruhm und Reichtum in deinem Erstleben, du wirst noch viel mehr erreichen als deine Eltern. Und dann, in deinem Ewigleben, wirst du einen Ehrenplatz im Palast bekommen, zudem ein weiteres Heim nach deinen Wünschen. Du kannst jedes Haus haben, das du willst, selbst wenn es schon besetzt sein sollte. Dir wird es niemals an irgendetwas fehlen. Du wirst Bedienstete haben, und du wirst ausschließlich unserem König unterstehen.«

»Ich strebe nicht nach Ruhm und Reichtum.« Denn ich weiß, wie hoch der Preis dafür ist. »Und ich möchte auch niemandem sein Heim wegnehmen.« Ich glaube, ich habe ihn gerade wieder überrascht.

Er betrachtet mich skeptisch. »Dann sag mir einfach, was du dir wünschst. Dein Wunsch ist mir Befehl.«

Auf keinen Fall werde ich ihm von dem Strandhaus erzählen. Ich möchte es mit meinem Erbe kaufen und niemandem etwas schuldig bleiben. »Wie wäre es mit einem Job?«

»Als Auflöserin musst du auch in anderen Positionen ausgebildet werden. Gesandter. Agent. Aufklärer. Anführer. Je mehr du über die anderen Positionen weißt, desto besser wirst du in deinem Job als Auflöserin werden.«

»Aber … woher weiß ich überhaupt, dass ich eine Auflöserin bin?«

»Zunächst einmal bist du mit einer Generalin verschmolzen.«

Er sagt das, als müsste ich jetzt vor Begeisterung gurren. Stattdessen bin ich nicht mal überrascht. Denn ich hätte mir längst denken können, dass es die ganze Zeit nur um die Seele ging, mit der ich angeblich verschmolzen bin, und nicht um mich.

»Und wieder frage ich, woher ihr das wissen wollt … und das ohne jeden Zweifel.«

Eine kurze Pause. »Das … wissen wir nicht. Wir können nur raten, aber alle unsere Generäle wurden auf einen Schlag ausgelöscht, und der Zweittod dieser Generalin fiel mit deiner Geburt zusammen.«

»Tja, nun, ganz sicher fiel meine Geburt mit jeder Menge Zweittoden zusammen.«

»Ja, doch deine Seele hat durch deine Haut geleuchtet. Das passiert nur, wenn sie mit der Seele eines mächtigen Wesens verschmilzt.«

»Vielleicht ist diese Seele ja auch ein Strömer oder eine Strömerin. Zumindest glauben das die Troikaner.« Mindestens, vermute ich.

Er nickt steif.

»Auflöserinnen sind Generalinnen, und Generalinnen sind besonders wichtig, richtig? Sie schmieden Schlachtpläne. Sie führen die Massen. Sie sind nicht die ganze Zeit wegen einer einzigen Entscheidung hin- und hergerissen. So wie ich.«

»Du kannst nicht wissen, *wie* Generalinnen sind. Du hast nie mit einer gesprochen.« Er hält inne. »Würdest du das gern? Ich kann ein Treffen arrangieren.«

Wieder gewinnt meine Neugier die Oberhand. »Ja. In Ordnung. Aber nur, wenn du mir eine weitere Frage beantwortest.«

»Jede.«

Ich lecke mir über die Lippen und erschauere leicht. »Magst du mich, oder bin ich für dich bloß ein Job?«

Er sucht nach einer Antwort und sagt endlich: »Das schließt sich nicht gegenseitig aus.«

Nein, das stimmt. »Magst. Du. Mich?«

»Ich … ja.« Er runzelt die Stirn, als ob ihm dieses Geständnis körperliche Schmerzen bereiten würde. Vielleicht tut es das ja auch. Freunde können einen auf eine Art verletzen, wie es Feinden niemals gelingt.

Plötzlich flucht er und wirft einen Blick über die Schulter auf den Sitz hinter uns. »Es reicht! Lass uns allein!«

Ich reiße die Augen auf. »Ist jemand hier?«

Er sieht mich mit steinernem Gesicht an. »Nein.«

Wortklauberei. »Wer *war* hier?«

»Einer meiner Flankierer.« Er streicht mit der Zunge über seine Schneidezähne. »Bevor du fragst, Flankierer sind Untergebene von Agenten. Sie folgen mir, um meine Taten aufzuzeichnen.«

Erstens hatte ich keine Ahnung, dass er beobachtet wird. Und zweitens, jemand *zeichnet* seine *Taten* auf? Als wäre er ein, was? Ein Ritter mit Minnesängern im Schlepptau?

Ich beginne zu lachen – ich kann einfach nicht anders –, und er fällt in mein Gelächter ein.

Eine besonders starke Turbulenz erfasst das Flugzeug, ich keuche auf. Als er einen Arm um mich legt, wehre ich mich nicht dagegen. Ich lehne mich sogar an ihn und lege den Kopf auf seine Schulter. Sein Geruch nach Torfrauch und Heidekraut tröstet mich.

»Schlaf doch noch etwas«, sagt er. »Ich höre gern deinen einseitigen Gesprächen zu.«

Ich habe im Schlaf geredet? Na toll! »Was habe ich gesagt?«

»Ten's tears fall …«

»Nein. Ten tears fall. Die *Zahl* zehn.«

»Nein. Du hast ganz sicher *Ten's tears* gesagt. Deinen Namen.«

Wirklich? »Tja, was soll's, und aus dir kommt flüssiger Glitter, wenn du verletzt bist.«

»Glitter? Wie kannst du es wagen. Damit beleidigst du meine Männlichkeit.«

»Das wird deine Männlichkeit schon überstehen.«

Er streichelt meine Schulter, beinahe so, als würde er mich tätscheln. »Ein Geistwesen funktioniert anders als ein menschlicher Körper. Wir haben zwar Muskeln und Knochen, aber wir funktionieren nur durch Lebensblut. Wenn wir es verlieren, verlieren wir unsere Kraft.«

Ich versuche, nicht auf seine Berührung zu reagieren … ja, ich *versuche* es. »Und wenn du alles Lebensblut verloren hast …«

»Dann sterben wir den Zweittod.«

»Also kannst du auch innerhalb einer Hülle sterben.«

»Ja. Auf diese Weise habe ich viele Freunde verloren.«

Diese Neuigkeit … gefällt mir ganz und gar nicht. Was kommt danach? Verschmelzung oder die Stille?

Eine weitere Turbulenz lässt uns schlingern, mir wird eiskalt.

Er versucht es mit einer anderen Ablenkung. »Du solltest Sloan fallen lassen. Sie wird ihre Wünsche immer über deine stellen.«

»Was ein anderer tut, wird niemals beeinflussen, was ich tue.« Das ist ein Aspekt meines freien Willens, und zwar einer, den ich von ganzem Herzen begrüße.

An seinem Handgelenk flackert blaues Licht auf, und er flucht.

»Eine Nachricht?«, frage ich.

»Ja.«

»Willst du nicht antworten?«

»Nein. Sie ist von Madame.«

»Madame … wer?«

»Madame Nervensäge.« Er beißt die Zähne zusammen, seine Stimme klingt genervt. »Sie ist meine Anführerin.«

»Du arbeitest wohl nicht gern für eine Frau, hm?«

»Ich mag sie nicht, Punkt.«

»Was hat sie denn getan …«

»Oh nein. Ich werde meine schmutzige Vergangenheit mit ihr nicht vor dir ausbreiten. Du wirst nämlich noch mit ihr zurechtkommen müssen.«

Ah. Er meint Madame Bennett.

Das Licht flackert ein zweites Mal, er schlägt sich aufs Handgelenk. »Sie will einen weiteren Zwischenbericht.«

Einen weiteren. Was genau hat er ihr bereits berichtet? »Okay, um ganz offen zu sein: Ich werde dich verlassen, wenn wir landen.«

»Mich? Was habe ich getan?«

»Was du weißt, weiß Myriad. Und was Myriad weiß, wissen meine Eltern.«

»Deine Eltern wurden nicht über deine Flucht informiert … noch nicht.«

Immerhin etwas. »Warum nicht?«

»Prynne hat nur die Eltern der Verstorbenen informiert, und ich habe Myriad gebeten, über dich Stillschweigen zu bewahren. Deine Eltern … nerven mich. Deine Mutter verbirgt etwas, und dein Vater ist ein ehebrecherischer Arsch.«

Vor Überraschung und Entsetzen verschlucke ich mich fast. »Er betrügt meine Mom?«

Killian versteift sich. »Wusstest du das nicht?«

Ich schüttle den Kopf. Das Flugzeug fliegt in ein weiteres

Luftloch und kippt nach unten. Meine Organe schrumpfen einen Moment lang zusammen, in meinem Kopf dreht sich alles wie in einer Achterbahn.

Er umfasst meine Schulter fester. »Turbulenzen sind etwas vollkommen Natürliches, Süße. Wir werden nicht abstürzen.«

»Erwähne dieses Wort nicht!«

Sein Kichern ist genauso schön wie alles andere an ihm.

»Ich glaube, alle in der Sphäre haben dich gehört. Aber mach dir keine Sorgen. Ich bin der große starke männliche Mann, der auf sein schwaches kleines Mädchen aufpasst.«

»Idiot«, murre ich, schmiege mich jedoch wieder an ihn. Ich werde nicht über die Untreue meines Vaters nachdenken und auch nicht darüber, wie fix und fertig meine Mom sein muss.

Killian beugt sich zu mir, seine Lippen an meinem Ohr. Ich rechne damit, dass er mein Ohrläppchen küsst, doch er wispert: »Tu uns beiden den Gefallen und unterschreib bei Myriad.«

Mit hämmerndem Herzen hebe ich den Kopf. »Killian …«

Wir sehen uns an, die Luft zwischen uns knistert. Er drückt die Stirn an meine und legt eine Hand in meinen Nacken, dann streicht er mit dem Daumen sanft über mein Haar. Er lässt den Daumen unter den Kragen meines Oberteils gleiten.

»Ich will dich nicht nur«, sagt er. »Ich *will* dich.«

»Den Unterschied verstehe ich nicht«, sage ich. Dennoch, sein Geständnis lässt mich leicht zittern.

»Ersteres kann ich locker hinter mir lassen. Das Zweite … bei dir fühle ich mich … *bei dir fühle ich*.«

Seine Worte sind nicht elegant gewählt, sondern wirken hilflos. Seine Stimme ist nicht verführerisch, sondern rau.

Das haut mich um. Meint er es ernst, oder versucht er nur mal wieder, mich auf seine Seite zu ziehen?

Das Flugzeug wackelt erneut, was mich zunächst nicht weiter interessiert. Ist mir inzwischen egal. Als das Ruckeln nicht aufhört, sondern heftiger und heftiger wird, interessiert es mich doch. Es interessiert mich sogar *sehr*. Das Gepäckfach über uns klappt auf, und mein Rucksack fällt herunter. Die Flugzeugnase senkt sich in einem besorgniserregenden Winkel. Wären wir nicht angeschnallt, würden wir nach vorn geschleudert.

Das ist nicht normal.

Ich stehe kurz vor einer echten Panikattacke, als der Pilot mit einer Tasche über den Schultern aus dem Cockpit kommt. Er bewegt sich schnell und weicht unseren Blicken aus.

Killian lässt mich los. »Was machen Sie da?«

Der Pilot zerrt die Seitentür auf, eine eiskalte Druckwelle erfasst mich. Mein Haar peitscht um meine Wangen, und er …

Springt!

»Hilfe! Hilfe! Killian, Ten. Er hat mich geschlagen!« Sloans Gekreische schneidet durch den laut tosenden Luftstrom. »Er ist weg!«

Ja. Er ist weg. Er, der als Einziger in der Lage ist, das Flugzeug zu landen. Vor Schock schaltet beinahe mein Hirn ab. Ich starre Killian an. »Was sollen wir tun?«

»Bleib hier.« Er zerrt grimmig an seinem Gurt. »Und geh das Bündnis mit Myriad ein. Sag einfach laut, dass du mit den Bedingungen, die ich dir genannt habe, einverstanden bist. Mach jetzt keinen Fehler, was dein Ewigleben betriff, Ten. Bitte. Wenn ich es nicht schaffe, das Flugzeug zu landen …«, er schüttelt den Kopf, als könne er diese Möglichkeit nicht akzeptieren. »Bitte«, wiederholt er.

Ich mache mir bewusst, dass ich nicht länger eine Jungfrau in Nöten bin. Ich muss bloß nachdenken. Was ich auf keinen Fall tun darf, ist, meine Entscheidung auf Angst zu gründen.

Denn auch wenn ich jetzt die freie Wahl habe, werde ich mich von den Konsequenzen dieser Wahl nie wieder befreien können. Und ich glaube, ich möchte lieber in Viele Enden landen, als in Troika und Krieg gegen Killian führen oder in Myriad und Krieg gegen Archer und Clay führen.

»W…weißt du, wie man ein Flugzeug landet?«, schreie ich über das Toben hinweg.

Er schaut noch immer grimmig. »Als Agent bin ich für alle möglichen Situationen ausgebildet.«

Das betrachte ich als Nein.

Sein Gurt öffnet sich endlich, aber die Flugzeugnase hat sich weiter abgesenkt, und wir stürzen senkrecht in die Tiefe. Er knallt gegen die Wand, die den vorderen von unserem Teil abtrennt. Er krallt sich daran fest und zieht sich auf die andere Seite; ein übermenschlicher Akt bei dem orkanartigen Wind.

Dann verschwindet er aus meinem Blickfeld, und ein paar Sekunden später späht Sloan hinter der Wand hervor. Dummes Mädchen! Sie wird ins Freie gesaugt werden.

Ich beuge mich mit ausgestreckten Armen vor. »Greif nach den Ösen an meinen Armbändern!«

Kaum hat sie das getan, ziehe ich, während sie mit den Füßen an der Wand entlanggeht. Mitten in der Luft bewegt ihr Körper sich auf die offene Tür zu. Ich zerre mit aller Kraft und schöpfe dabei aus einer Kraftquelle, von der ich vorher gar nichts wusste.

Sie wirft sich in Killians Sitz und schnallt sich zitternd an. Sie ist blass, auf ihren Wangen sind Spuren von getrockneten Tränen zu sehen.

Entsetzt sieht sie mich an und fragt: »Denkst du, dass wir sterben müssen? Wenn du Nein sagst, glaube ich dir. Du lügst nämlich nie.«

Ich schaue sie schweigend an.

Sie bedeckt ihren Mund mit einer zitternden Hand. »Wir sollten eine Sphäre wählen, irgendeine. Viele Enden …«

»Ja«, sagte ich. »Wähle.« Weil mir nichts anderes einfällt, ich mich aber daran erinnere, was Archer über Clay sagte, flüstere ich tonlos: »Archer. Bitte hilf uns.«

Kein helles Licht. Er erscheint auch nicht auf magische Art und Weise.

Sloan muss mir von den Lippen gelesen haben. Ein Rucken schleudert sie gegen mich.

»Wo ist er? Ten, *wo ist er?*«

Ihre Panik feuert meine an, aber irgendwie gelingt es mir, sie zu unterdrücken. »Wir müssen ihn nicht sehen, um zu wissen, dass er da ist.« Das habe ich am eigenen Leib erfahren.

»Vielleicht darf er nur Troikanern helfen?«

»Wir sind mögliche Troikaner. Das zählt auch.« Muss es einfach.

»Ich will ihn sehen. Ich *muss* ihn sehen.«

Ich … nicht, wie mir klar wird. Ich vertraue ihm. Trotz allem – oder vielleicht wegen allem – weiß ich, dass er alles in seiner Macht Stehende unternehmen wird, um uns zu retten. Die Frage ist nur – reicht das aus?

Das Flugzeug befindet sich weiter im Sinkflug. Mein Pulsschlag wird härter und schneller, als wären mir eintausend Dosen von *baiser de la mort* gespritzt worden.

Vor dem Fenster sind keine Wolken zu sehen – nur Land. Grün. Saftig. Hübsch. Wir werden abstürzen. Das kann niemand mehr verhindern. Jeden Moment …

»Mach dich für den Aufprall bereit«, sage ich zu Sloan.

»Ten.« Tränen strömen über ihre Wangen.

»Hast du dich entschieden?«

Ihr langes lockiges Haar peitscht in ihr Gesicht, als sie den Kopf schüttelt.

Manche Menschen behaupten, dass das gesamte Leben wie

ein Film vor einem abläuft, wenn man stirbt. Meins nicht. Mir werden auch nicht die Antworten auf alle Fragen offenbart. Ich weiß nur, dass ich nicht bereit bin zu sterben, und dass ich auf keinen Fall den Mut verlieren werde – oder darf. Heute kämpfe ich, um zu leben, und lebe, um zu kämpfen.

Ich werde *nicht* sterben.

Ich ziehe Sloan an mich, schlinge die Arme um sie und sehe …

Nein. Verdammt noch mal, nein!

Killian kämpft sich zu uns zurück. Die blauen Flecken in seinen Augen sind vollkommen von seinen dunklen Pupillen überschattet.

»Geh«, schreie ich. »Verschwinde jetzt.« Ich lasse nicht zu, dass er in seiner Hülle stirbt. »Los. Geh!«

Er gehorcht nicht, er nutzt den zeitlichen Spielraum aus, den er hat, genauso wie Archer zuvor.

»Verbinde dich mit Myriad. Bitte.« Er wirft sich über uns …

Bumm!

Ich werde beinahe gleichzeitig mit voller Wucht nach hinten und nach vorn geschleudert. Ein Wunder, dass es mich nicht zerreißt. Metall kreischt und knirscht, meine Ohren schmerzen. Feuer tanzt durch das Flugzeug, als beide Motoren explodieren. Mein Adrenalinspiegel ist so hoch, dass ich die Hitze der leckenden Flammen oder den einschneidenden Gurt eigentlich nicht spüren dürfte, auch nicht den Schmerz, als ich gegen den Vordersitz gepresst werde, doch der Schmerz verzehrt mich, verschluckt mich …

Als ich den Mund öffne, um zu schreien, schlucke ich Wasser. Wasser? Wir sind ins Meer gestürzt?

Verrückter Gedanke: *Jetzt kann ich surfen.*

Ich beginne hysterisch zu lachen, mir wird schwindlig. Und dann wird alles um mich herum schwarz …

Ich komme wieder zu Bewusstsein und spüre, wie ich schwebe … nein, ich falle, tief, tief … *wumms.*

Auf dem Rücken liegend, reiße ich die Augen auf und stelle fest, dass ich mich in einem von Mondlicht durchfluteten Dschungel befinde, knorrige Bäume und überall dichtes Laub. Das Licht kommt von Tausenden Glühwürmchen, die um mich herumschwirren.

Autsch! Einige landen auf meinen Armen und verbrennen mich. Also doch keine Glühwürmchen. Ich glaube, das ist … lebendige Glut? Ich wedle sie mit den Händen weg, wo sie mich berührt haben, bilden sich Blasen.

Die Luft ist trocken, heiß glühend, Schweiß bricht mir aus allen Poren. Schreie, so unendlich viele Schreie wehen durch den Wind. Voller Schmerz, gequält, und eins ist mir sofort so klar wie Zahlen – hier existiert Leiden in seiner reinsten Form. Schlangen zischen mit ihren gespaltenen Zungen in meine Richtung und gleiten über Äste auf mich zu. Affenähnliche Kreaturen werden von den Glutkäfern angeleuchtet und starren mich durch Blätter an, die aussehen, als hätten sie rasiermesserscharfe Zähne.

Wo bin ich? Das hier ähnelt keinem Ort, an dem ich jemals zuvor gewesen bin.

»Sloan?« Ich rapple mich auf, während ich ihren Namen rufe. »Killian? Archer?«

Keine Antwort.

Die Affen springen wenige Meter von mir entfernt auf den Boden, und da wird mir klar, dass das gar keine Affen sind. Ihr Unterkörper sieht aus wie der einer riesigen Spinne – was an und für sich schon ein Albtraum ist. Acht Beine, an denen sich scharfe, elfenbeinfarbene Zacken befinden.

Ich weiche einen Schritt zurück. Sie folgen mir.

Dieser Ort gehört nicht mehr zum Land der Ernte, oder?

Könnte ich in Viele Enden sein?

Ausnahmsweise scheint die Antwort einmal leicht zu sein. Nein. Das ist nicht Viele Enden. Ich bin nämlich nicht tot; ich bin sehr lebendig.

Bumm!

Die Erde bebt so heftig, dass ich hinfalle. Die Affen-Spinnen jagen auf die Bäume, deren Äste sich teilweise in schildkrötenartige Panzer zurückziehen. Als ich mich umdrehe, sehe ich eine dicke, schrecklich dunkle Wolke am Himmel, und als sie die anderen gelben Wolken erreicht, kippt sie und verwandelt sich in einen Wasserfall, es regnet auf die Bäume herab und sie zerschellt in Millionen Stücke. Die Stücke wiederum schießen in alle Richtungen, und Rauch verwandelt sich irgendwie in große, schwarze Vögel mit skelettartigen Körpern, stachligen Schnäbeln und Metallkrallen.

Mit diesen Krallen packen sie die Schlangen. Mit den Schnäbeln schnappen sie sich die Affen. Ich unterdrücke ein Kreischen und renne los, zähle jeden Schritt und jede Kurve. Acht Schritte, nach rechts. Elf Schritte, nach links. Ich habe keine Ahnung, wie ich hierhergelangt bin oder wie ich hier hinauskomme, aber ich muss irgendwie die Stelle erreichen, an der ich ankam. Nur falls das ein Weg ist, nach Hause zurückzukehren … nach Hause … Wo ist zu Hause?

Dreiundzwanzig Schritte, nach rechts. Manchmal scheint die Luft zu schimmern wie ein Vorhang, doch ich merke nichts, wenn ich hindurchgehe, und bin mir nicht sicher, was das zu bedeuten hat.

Ich spüre sechs scharfe Nadelstiche in meinem Rücken und werde in die Luft gehoben. Schreiend schlage ich um mich, Glutkäfer, die gegen mich prallen, hinterlassen Blasen auf meiner Haut.

Was soll ich nur tun? Was soll ich tun!

Kämpfe!

Genau. Ich suche nach meinem Skalpell – Zero! Das ist im Flugzeug. *Okay, ist schon okay.* Ich klammere mich an einem Ast fest, an dem wir vorbeifliegen, reiße aber nur dessen Spitze ab und außerdem etwas Haut von meiner Handfläche – die jedoch nicht zu bluten beginnt, wie ich feststelle, sondern eine dicke, schimmernde Flüssigkeit absondert.

Lebensblut.

Ich bin *doch* tot. Und das hier ... das hier ist *tatsächlich* Viele Enden.

Diese Erkenntnis zerreißt mich fast, das ist jetzt meine neue Realität, und der Schock darüber ist zu groß, um es wirklich zu begreifen. Das bedeutet ... Nein, nein, nein. Mein Erstleben ist vorüber, und ich bin offiziell in mein Ewigleben eingetreten.

Ich kann nicht ... ich darf nicht ... ich muss ...

Reiß dich zusammen!

Auszuflippen hilft jetzt auch nicht. Ich werde immer schwächer – verliere Lebensblut – und muss schnell etwas unternehmen. Jammern kann ich später noch, sobald ich frei bin.

Ich drehe mich so gut es geht und starre in ein Gesicht, das nur aus einem dornigen Schnabel und narbigen Knochen besteht. Ich ramme der Kreatur den Ast in die Seite. Ein Kreischen, dann ergießt sich warme, schwarze Flüssigkeit über meine Hand, die brennt wie Säure. Die Klauen öffnen sich und gleiten aus meinem Rücken.

Ich stürze auf eine Decke aus Baumkronen, rolle über Äste ab, immer weiter, bis ich schließlich mit einem dumpfen Aufschlag auf der Erde lande. Ein Stein bohrt sich in meine Seite, mir bleibt die Luft weg.

Obwohl mir schwindlig ist, gelingt es mir, mich aufzusetzen und meine Umgebung zu betrachten. Ich runzle die Stirn. *Nichts* hat sich verändert. Die gleichen knorrigen Bäume, die gleichen Pflanzen mit Zähnen, die auf mich zugleiten – gerade so, als hätte mich die ganze Rennerei und das Abbiegen in die eine und die andere Richtung und dann der etwa einhundert Meter tiefe Sturz genau dorthin zurückgebracht, wo ich losgegangen bin.

Stöhnend stehe ich auf. Über mir kreischt eine Schar Knochenvögel.

Ich bleibe bei den geschätzten einhundert Metern und versuche, den Weg zurückzuverfolgen. Überall um mich herum summen Insekten – eidechsenartige Bienen, Fliegen mit Säbelzähnen – zudem bewege ich mich durch zahllose schimmernde Luftschichten. Die Anordnung der Bäume und die Winkel der Äste wirken immer gleich.

Man bewegt sich, kommt aber nicht voran.

Ein gellender Schrei zerschneidet die Luft, einer, der lauter ist als alle anderen. Einer, der näher vorkommt. Ist hier noch jemand?

»Sloan?«, rufe ich, von Schuldgefühlen geplagt. Habe ich sie hierhergebracht?

Äste rascheln. Ein schweres Gewicht prallt in meinen Rücken, und ich falle aufs Gesicht. Ich schnappe nach Luft, doch als ich mich umsehe, ist nichts und niemand da. Erneut Geraschel. Wieder geht es *baff, baff*, als würde ich geschlagen. Keuchend spucke ich Erde aus und – Wasser schießt aus meinem Mund.

Ich werde zur Seite gedreht und beginne zu husten. Meine Kehle ist voller Säure, meine Lunge brennt. Mir wird schwarz vor Augen.

»Sehr gut. Das ist der Weg.«

Erneut schlägt jemand fest auf meinen Rücken, und ich würge einen weiteren Wasserschwall hervor. Als ich wieder klar sehen kann, erkenne ich einen großen See aus Metall und Müll, Rauch steigt auf und wabert auf eine Ansammlung von Hochhäusern zu.

»Du lebst. Du lebst jetzt wieder.«

Wirklich? Ich bin gestorben und wieder lebendig geworden?

Erneut ist der Schock zu heftig, um all das zu verarbeiten. Ich war tot. Ich war tot und in Viele Enden. Viele Enden existiert. Tatsächlich. Es ist ein grausamer, schrecklicher Ort.

Und dort will ich nicht mehr hin. Auf keinen Fall.

»Sloan?«, krächze ich.

Hände streichen jetzt sanfter über meinen Rücken, tröstend.

»Sie lebt.«

Das ist Archers Stimme. Er ist gekommen! Sloan hat überlebt!

»Du warst tot«, sagt er und klingt so entsetzt, wie ich mich fühle, »aber du bist zurück. Du bist hier, und es geht dir gut.«

Tränen der Erleichterung brennen in meinen Augen. *Mir geht es gut, mir geht es gut.* Die Worte hallen durch meinen Verstand, doch ich weiß nicht, ob ich sie glauben kann. Und, oh nein, nein, nein, nein! Haben sich etwa meine Eingeweide entleert? Ich starre hastig an mir herab und rechne mit dem Schlimmsten. Ich bin klitschnass – von Meer- oder Seewasser … aber sauber. Meine Seele muss irgendwie mit meinem Körper verbunden geblieben sein, obwohl sie so weit voneinander entfernt waren.

»Mein Freund Deacon kümmert sich um Sloan«, sagt Archer.

»Killian?«, frage ich.

Eine Pause. Eine Pause, die nach meinem Herzen greift und langsam zudrückt. Dann …

»Seine Hülle ist futsch, und seine Seele ist nicht in dieser Gegend.«

Beinahe hätte ich ihn gepackt und ihn geschüttelt. »Sag mir, dass seine Seele überlebt hat.«

»Ich … das kann ich nicht. Wenn er sich vor dem Aufprall aus seiner Hülle gelöst hat, gibt es Hoffnung. Hat er sich gelöst?«

Ich unterdrücke ein Schluchzen. Der Junge, der ein Erstleben eher als überflüssig betrachtet, hat alles getan, um meins zu retten. Er blieb bis zur letzten Sekunde bei mir, die starken Arme um mich geschlungen.

Er wollte nicht, dass ich in Viele Enden lande. Und dafür hat er vielleicht sein Zweitleben gegeben.

14. KAPITEL

> »Wenn du es sehen oder fühlen kannst, kannst du es auch ändern.«
>
> Troika

Ich bin noch nicht so weit, mich zu bewegen oder sogar aufzustehen, tue aber beides, denn Archer sagt: »Wir müssen hier weg, bevor jemand von der Obrigkeit kommt.«

Bei jeder Bewegung dringen die Wunden, die ich erlitten habe, tiefer in meine Muskeln, meine Beine zittern. Ich bin klitschnass und habe das Gefühl, mindestens zwei Tonnen zu wiegen.

»Das Flugzeug hat gebrannt, als es ins Wasser stürzte«, sagt Archer. »Wenn wir euren Aufprall nicht abgedämpft hätten, wärt ihr gestorben.«

»Vielen Dank.« Die Worte sind bei Weitem nicht ausreichend, aber mir fällt nichts anderes ein. Ich beiße die Zähne zusammen, als der nächste Schmerzstoß durch meinen Körper jagt. »Wo sind wir?« Ist der Pilot vom Kurs abgewichen?

»Ostküste. New York.« Er bringt mich zu Sloan, die in einem Kreis aus Steinen sitzt, die Knie an die Brust gezogen, eine Wasserpfütze hat sich um ihre Füße gebildet. Auf ihrer Stirn ist ein Schnitt zu sehen, auf beiden Wangen klebt Blut. Den Blick hat sie nach oben gerichtet, wo ein Regenbogen über den Himmel tanzt. Entweder haben die Polarlichter ihren Standort gewechselt, oder dort findet eine weitere Sphärenschlacht statt.

»Der Pilot sagte, es täte ihm leid, aber man hätte ihm das Einzige, was er jemals wollte, dafür geboten.« Ihr Kinn zittert. »Erst begriff ich das gar nicht. Er hat mich niedergeschlagen, und als ich die Augen wieder aufgemacht habe, war er weg, und wir … wir …«

»Ich weiß.« Er hat bereitwillig und vorsätzlich unser Todesurteil unterschrieben. Doch … wieso? »Wer will, dass wir sterben, bevor wir uns für eine Sphäre entscheiden können?«

»Myriad«, antwortet Archer. »Sie sind es leid, länger zu warten, und wollen nicht riskieren, dass du ein Bündnis mit Troika eingehst.«

Nein. »Das glaube ich nicht. Killian hat versucht, uns zu retten.« Er lebt. Er muss einfach leben.

»Ja, und ich bin mir sicher, dass man ihn dafür bestrafen wird. In deinem Fall hat er sich anders als sonst verhalten, er hat Befehle ignoriert und sogar Vans getötet.«

Bis aufs Mark erschüttert, blicke ich hinauf in den Himmel und schreie: »Wenn ihr Killian was antut, werde ich *niemals* bei Myriad unterschreiben.«

Wind pfeift, das Geräusch zerrt an meinen Nerven. Ich höre jedoch keine Stimme. Kein Licht strahlt auf und buchstabiert: *Er ist in Sicherheit*.

Ein wirklich großer, wirklich muskulöser Typ – Deacon? – nähert sich uns. Seine Gesichtszüge sind grob; die eines Kriegers, der auf dem Schlachtfeld gelebt und im Blut seiner Feinde gebadet hat. Sein Haar ist kurz geschoren und dunkel, und seine Augen haben die Farbe des Sommers, grün und saftig und lebendig, der perfekte Kontrast zu seiner ebenholzdunklen Haut. Seine Nase ist etwas zu lang und seine Lippen sind etwas zu dünn, in seinem Fall sieht es jedoch gut aus. Sehr gut. Er wird zwar nie das Titelbild einer Zeitschrift zieren, doch könnte ich wetten, dass er der Traum vieler Mädchen ist.

Er hilft Sloan auf die Beine und legt ihr eine Jacke um die Schultern. Dabei spricht er mit Archer in einer Sprache, die ich nie zuvor gehört habe. Eine schöne Sprache, die von der Zunge rollt.

Archer antwortet in derselben Sprache.

»Komm«, sagt er schließlich zu mir.

»Was …«, beginne ich.

Er weiß bereits, was ich ihn fragen will. »Die troikanische Sprache. Falls Geistwesen von Myriad in der Nähe herumschleichen, verstehen sie nicht, was wir sagen.«

Wir werden zu einem Lieferwagen geschoben, den er beschafft hat. Die Ladefläche ist leer und perfekt, um sich darauf hinzulegen.

Der Fahrer nennt seinen Namen – tatsächlich, es ist Deacon. Er nimmt die Kurven zu schnell, während Archer sich bemüht, unsere Wunden zu verbinden. Dabei stellt er sich nicht sonderlich geschickt an, und die rumplige Straße macht es auch nicht besser. Ich zucke zusammen, als er die Bandage um meinen Arm etwas zu fest bindet.

Rumms!

Der Lieferwagen klappert, Sloan und ich keuchen auf.

»Eine Schlacht zwischen den Sphären«, bestätigt Archer. »Die Männer meines Chefs halten Madame Bennetts Männer davon ab, in deine Nähe zu kommen.«

Kein Wunder. Die Schlachten scheinen mir nicht nur zu folgen, sie folgen mir tatsächlich. »Was ist mit Killian?«

»Niemand hat ihn gesehen.«

Vor Angst und Enttäuschung fühle ich mich ganz schwach. »Warum gibst du uns nicht einfach dein Lebensblut?« So hat er Sloans Erfrierungen geheilt.

»Wir haben zu viel davon verloren, als wir uns vor dem Absturz zu euch durchgekämpft haben, und sogar noch mehr, als wir euch aus dem Wasser zogen.«

Nachdem ich inzwischen selbst gespürt habe, wie es ist, Lebensblut zu verlieren, kann ich ihn verstehen.

»Wenn wir weiter ausbluten«, fährt er fort, »werden wir tagelang zu nichts nutze sein. Da eure Verletzungen nicht lebensbedrohlich sind, möchte ich mich nicht noch mehr schwächen. Ich muss stark für euch sein.«

»Kapiert«, sage ich und meine es auch so.

Wir verfallen in Schweigen. Sloan zittert, und ich ziehe sie an mich. Ich sollte genauso traumatisiert wie sie sein, aber trotz allem bin ich erstaunlich ruhig. Nun, zumindest so was in der Art. Und matt. Das Vibrieren des Fahrzeugs macht mich müde, doch ich versuche, wach zu bleiben. Ich befürchte, wieder in Viele Enden aufzuwachen, wenn ich einschlafe.

»In Ordnung, Leute.« Deacons Stimme hallt durch den Lieferwagen, als er abrupt bremst. »Wir sind da.«

Ich setze mich vorsichtig auf und lasse mir von Archer aus dem Wagen helfen. Deacon klettert auf die Laderampe, hebt Sloan auf die Arme und trägt sie hinaus. Wir befinden uns mitten im Nirgendwo, meilenweit ist nichts zu sehen als grünes Gras und Berge. Es ist hübsch, entspricht aber so gar nicht meiner Vorstellung von einem gut geschützten Versteck, in dem wir uns in Ruhe erholen können.

Das Gute: Ich friere nicht.

»Hier entlang.« Archer geht voraus und verschwindet.

Richtig. Geleeluft. Seufzend folge ich ihm, bis ich auf einmal vor einem wahr gewordenen Traum stehe: eine zweistöckige Blockhütte, um deren Dachkante eine Lichterkette gewundenen ist. Lavendelfelder parfümieren die Luft, an den saftigen grünen Bäumen hängen echte Bienenstöcke. Um die Hütte herum befinden sich Beete mit wilden Erdbeeren, und sofort läuft mir das Wasser im Mund zusammen.

Hier ist *zu Hause*. In ihre Kinder vernarrte Eltern sitzen auf der Veranda auf handgefertigten Schaukelstühlen und sehen ihren Sprösslingen beim Spielen und Herumtollen zu.

Archer legt eine Hand auf den Türknauf, zögert dann und sieht mich über die Schulter an. »Das ist ein troikanischer

Schutzraum. Niemand aus Myriad wird in der Lage sein, die Grenzen zu überschreiten.«

Womit er Killian meint. »Und was genau hält sie davon ab?«

»Die Strahlen sind von Licht durchflutet. Wenn ein Myriader sie berührt, verbrennt er sich. Schwer.«

»Aber Hüllen werden von Licht nicht verbrannt.« Sondern, laut Killian, nur Geistwesen.

Deacon lacht, als hätte ich etwas Komisches gesagt. Habe ich? Ich weiß so wenig über die Sphären.

»Es handelt sich um ein spezielles Licht«, antwortet Archer mit einem Blick auf seinen Freund. »Hüllen aus Myriad zerfallen innerhalb von Sekunden.«

Das Gespräch scheint für ihn beendet, denn er stapft ins Haus.

Ich bleibe, wo ich bin, und suche durch die Wand hindurch nach einem Anzeichen von Killian.

»Wir haben überall auf der Welt Schutzräume. Sie sind nicht luxuriös, verfügen aber über alles, was du brauchst.« Deacon kommt an meine Seite, wo er Sloan auf die Füße stellt. »Geh hinein, Mädchen.«

»Solange es heißes Wasser und eine Badewanne gibt, kann es sich meinetwegen auch um ein Schlachthaus handeln«, sagt Sloan und trottet los.

Als sie die Veranda erreicht hat, sage ich zu Deacon: »Bringst du oft Menschen hierher?«

»Nur vom Tod Gezeichnete wie dich. Gern geschehen, übrigens.«

»Komm runter von deinem hohen Ross. Troika könnte genauso Schuld am Absturz haben.«

»So verfahren wir nicht.« Deacon sieht mich an und fügt hinzu: »Eine Menge Leute haben sich deinetwegen in ernste Schwierigkeiten gebracht, aber sie würden dich jederzeit gehen lassen, wenn es das ist, was du willst.«

»Obwohl ich eine Strömerin bin?« Angeblich. Denn mehr denn je fühle ich mich *überhaupt* nicht wie jemand, der über irgendwelche Macht auf diesem Planeten verfügt.

»Obwohl du eine Strömerin bist. Wir würden dafür sterben, damit du dein Recht behältst, frei zu wählen. Wenn deine Wahl dich zerstört – uns zerstört –, dann soll es so sein. Und das wird es – uns zerstören, meine ich. Dich und uns. Wir haben in den letzten fünfhundert Jahren zwei Strömer verloren. Jetzt gibt es nur noch zwei andere. Wenn auch nur einer von ihnen getötet wird, haben wir nicht mehr genug Licht, um unsere Leute länger als ein paar Jahrzehnte am Leben zu halten.«

Druck …

Er seufzt. »Ich hoffe, dass du das alles überhaupt wert bist.«

»Diese Überlegung kann ich dir ersparen. Bin ich nicht.« Schließlich bin ich unentschlossen und wechsle die Seiten in etwa so oft wie meine Unterwäsche.

Nach dieser schrecklichen Erfahrung bin ich vermutlich kurz davor, erneut meine Meinung zu ändern.

»So wie du dich aufführst«, sagt er, »bist du es tatsächlich nicht.«

»Wäre dir ein narzisstisches Tänzchen lieber? Nach dem Motto: Ich bin ja so unglaublich und wunderbar?« Ich bausche mein Haar und lasse die Wimpern klimpern. »Aber *natürlich* bin ich alle Aufregung wert.«

Er verdreht die Augen. »Du hast deine guten Momente, doch mir wäre es lieber, du könntest dich so sehen, wie Archer dich sieht.«

»Ach, und wie ist das?« Vielleicht wäre mir das ja auch lieber.

»Anfangs dachte er, du wärst ein verzogenes reiches und viel zu verrücktes Mädchen. Mommy und Daddy waren so gemein zu mir – buhuu. All diese Folterungen, heul-heul.«

»Ihr könnt mich beide mal. Schmerzen sind nun mal Schmerzen, und wenn du noch nie ausgepeitscht oder geschlagen oder mit Gift vollgepumpt worden bist, dann bedeutet deine Meinung einen Scheißdreck.«

»Ich mache mich darüber lustig, weil du nichts davon hättest durchmachen müssen. Du hättest bei uns unterschreiben können …«

»Das hätte ich, ja, habe ich aber nicht, weil ich nicht weiß, wo ich hinpasse. Wo ich hingehöre.«

»Doch. Jeder weiß das. Jeder weiß das von vornherein. Ganz tief drinnen, da, wo es wichtig ist. Alle wollen jedoch immer noch mehr, ein scheinbar besseres Angebot vielleicht, also reden sie sich Zweifel ein – und verdunkeln ihren Verstand. Mit der Zeit verwandeln sich die Zweifel in die Gewissheit, dass man sich von Anfang an geirrt hat.«

»Nein.« Ich schüttle den Kopf.

»Ich lebe länger als du. Ich habe mehr erlebt. Ich weiß es, und du weißt es. Du willst der Wahrheit bloß nicht ins Gesicht sehen.«

»Und was, wenn die Wahrheit Myriad ist?«

»Dann ist sie für dich Myriad.«

Ich sehe ihn verächtlich an. »Willst du mich nicht bekehren?«

»Über die Wahrheit diskutiere ich nicht. Du kennst deine Antwort, also werde endlich erwachsen und akzeptiere sie. Hör auf, Zeit zu verschwenden. Kann ich jetzt meine Geschichte zu Ende erzählen?«

Ich mache eine zustimmende Handbewegung.

»Nach der Anstalt hat Archer zu mir gesagt, dass du etwas hast … innere Stärke, die nur wenige Menschen besitzen. Gutherzigkeit, die vom Bösen um dich herum nicht berührt worden ist. Großzügigkeit, die dazu führt, dass du die Sicherheit anderer über deine eigene stellst. Und ich hoffe, er hat recht, denn heute kam die Nachricht. Weil er in den Tod deines Freundes verwickelt war, wird er den Transfer erfahren.«

Ich nutze die Zeit im Schutzraum, um meine Wunden heilen zu lassen und meinen nächsten Schritt zu planen.

Myriad will meinen Tod, und ohne Troikas Hilfe kann ich mich nicht verstecken. Ich bin nur ein Mensch. Andererseits möchte ich mich nicht vor einer Sphäre verstecken und mich dabei auf die andere verlassen. Ich will Killian wiedersehen, mich bei ihm bedanken, ihn vielleicht umarmen und ihm eine knallen, weil er sein Leben riskiert hat. Es gibt keine Spur von ihm, keine Gerüchte, dass er lebt – oder tot ist.

Ich weigere mich zu glauben, dass er tot und mit einem Neugeborenen verschmolzen ist, dass er ein neues Erstleben hat und dabei an jemand anderen gebunden ist. Nein, er ist irgendwo da draußen. Was tut er dort?

Ich vermisse den Idioten.

Als der siebte Tag anbricht, wird mir klar, dass ich nur eine einzige Chance habe. Es ist vielleicht simpel, könnte jedoch trotzdem funktionieren – ich werde das einfordern, was ich von Anfang an wollte: Ich möchte Zeit haben, ohne Einmischung von außen nachzudenken. Ich werde versprechen, meine Entscheidung am Tag vor meinem achtzehnten Geburtstag zu verkünden. Natürlich wird es für mich immer gefährlicher werden, je näher wir dem Datum kommen, da die Sphären meine Entscheidung fürchten. Aber es ist nun mal eine Tatsache, dass ich jede Minute mehr gut gebrauchen kann.

Das hieße allerdings, dass ich mich von Killian und Archer verabschieden müsste – und das würde mir das Herz zerreißen. Sie sind die besten Freunde, die ich seit ewig langer Zeit hatte – doch ich würde sie kurzfristig verlieren. Zumindest was einen von ihnen betrifft.

Seufzend drücke ich die Spitze eines Steakmessers in meinen Zeigefinger, bis ein Tropfen Blut herausquillt. Ich wische ihn an der Wand neben meinem Bett ab.

Mein neuer Kalender. Sonnenlicht strömt durch das Schlafzimmerfenster und strahlt die Blutmarkierungen an.

»Kannst du nicht mal entspannen?«, höre ich Archer fragen und drehe mich langsam zu ihm um. Er steht mit verschränkten Armen in der Türöffnung.

»Nein. Genauso wenig, wie du offenbar wichtige Details mit deinen Freunden teilen kannst.« Ich bin sauer auf ihn. Er weigert sich, mir irgendetwas über den Transfer zu verraten.

»Schön. Es wird ziemlich schlimm werden. Blut für Blut. Ein Verbrechen wurde begangen, also muss eine Strafe verhängt werden. So ist das Gesetz, selbst in Myriad, auch wenn man es dort abstreiten würde. Jedes menschliche Wesen ist wertvoll, unbezahlbar, und doch werde ich einen hohen Preis bezahlen. Zufrieden?«

Überhaupt nicht. Vielleicht hat mir dieser Absturz ja etwas Verstand eingebläut, jedenfalls möchte ich nicht mehr, dass er bestraft wird. Er hat genug gelitten. »Wie steht es mit Gnade?«

»Glaub mir, man gewährt mir schon eine große Gnade. Ich müsste eigentlich tot sein, genauso wie der, den ich mit getötet habe. Und trotzdem lebe ich noch.«

»Aber …«

»So ist Gerechtigkeit nun mal, Ten. Man kann sich nicht einfach das rauspicken, was einem gefällt, und den Rest ignorieren. Das öffnet der Korruption Tür und Tor.«

Da hat er recht, was ich ihm natürlich nicht sagen werde. »Warum bist du hier?«

»Aus zweierlei Gründen: Erstens, um zu fragen, ob du dein Handy reaktivieren willst. Ich müsste dich betäuben, aber es würde nur wenige Minuten dauern.«

»Nein danke.« Ich möchte nach wie vor nicht, dass meine Eltern und Prynne in die Lage versetzt werden, mich anzurufen oder aufzuspüren.

»Zweitens: Ich bringe dir das Kämpfen bei.«

Was ist das bloß mit diesen Hüllen-Jungen, dass sie *meine* Kampffähigkeit ständig unterschätzen? »Ich kann kämpfen.« Ich halte das Steakmesser hoch. »Soll ich es dir zeigen?«

Er nickt. »Ja bitte. Aber zuerst möchte ich meine Aussage korrigieren. Ich werde dir beibringen zu kämpfen ... und zu siegen.«

»Ich weiß, wie ...«

»Und zwar, *immer* zu siegen«, fügt er hinzu.

Na schön. Ich könnte etwas Training gut gebrauchen, bevor ich mich von ihm trenne. Ich stecke das Messer in meinen Hosenbund. Klären wir erst mal das Wesentliche.

»Was kostet mich dieser Unterricht?«

»Nur ein Gedicht. Diesmal was Fröhliches bitte.«

Ich hebe eine Augenbraue. »Muss es sich reimen?«

»Selbstverständlich. Ein gutes Gedicht reimt sich *immer*.«

Er und Loony Lina würden sich lieben! »Na gut. Dann mal los.« Ich räuspere mich. »Du lehrst mich zu kämpfen, du bist ja so hart. Und ich, das doofe Mädchen, bin ja so zart. Da musst du wohl erst mal umdisponieren, denn ich werde dir kräftig den Hintern polieren.«

Er bricht in Gelächter aus und wackelt mit dem Zeigefinger. »Also los. Du hast die Gebühr voll bezahlt.«

Ich ziehe meine Lieblingshausschuhe aus, ein Luxus, den ich seit einem Jahr nicht mehr hatte. Interessant, dass ich solche Dinge früher als selbstverständlich betrachtet habe. Ich habe großen Reichtum kennengelernt und große Armut. Und in jeder Phase war ich sowohl glücklich als auch unglücklich.

Gefühle unterscheiden nicht.

Ich schlüpfe in Kampfstiefel und folge ihm nach unten. Den Grundriss des Hauses habe ich mir genau eingeprägt, damit ich selbst mit verbundenen Augen jederzeit jedes Zimmer finden könnte. Man weiß nie, wann so etwas notwendig sein wird. Oben gibt es vier Schlafzimmer, jedes mit eigenem Bad. Sloan verbringt die meiste Zeit im Bett und lässt sich von Deacon die Wunden verarzten und zum Essen überreden.

»Du würdest dich immer noch für Troika entscheiden, wenn du die Chance hättest, deine Meinung zu ändern«, sage ich. »Oder nicht?«

»Das würde ich. Ich liebe meine Sphäre. Ich liebe meine Familie. Ich liebe meinen Job.«

Würde Killian das Gleiche sagen?

Killian? Wo bist du?

Wir durchqueren das geräumige Wohnzimmer, in dem ein wuchtiges Ledersofa steht und zwei Lehnstühle. Im Kamin prasselt ein Feuer. Archer nimmt eine große schwarze Tasche vom Couchtisch. Er wendet sich nach links. Beinahe hätte mich der Duft von Speck und Eiern in die entgegengesetzte Richtung gelockt. Würde ich tatsächlich nach rechts gehen, käme ich in die Küche, einem Paradies aus grauem Stein, rosa geädertem Marmor und Eichenschränken, rustikal und doch elegant. Wahrscheinlich bereitet Deacon gerade das Frühstück zu.

»Später«, sagt Archer, der meine Gedanken offenbar erraten hat.

Ich jammere wie ein verzogenes Kind.

Er stakst ins Freie und lässt ein paar Meter vom Haus entfernt die Tasche fallen. Er trägt eine enge Lederhose, man kann das Spiel seiner Muskeln sehen, als er in die Knie geht, um eine Pistole und zwei Dolche herauszunehmen. Außerdem etwas, das ich nicht kenne.

Ich mag diesen Typ wirklich. Er ist emotional gefestigter als Killian, allerdings hatte er wohl auch bessere Voraussetzungen. Er braucht mich nicht, aber ich denke, dass er mich einfach gerne überzeugen will, und zwar nicht nur, um seiner Sphäre zu helfen. So wie er diese Jungen in Prynne behandelt hat, als sie ihn beschimpft haben, scheint es ihm tatsächlich wichtig zu sein, troikanisches Licht zu schenken. Sogar den Myriadern. Er hat nur noch nicht den richtigen Weg gefunden, genau das zu tun. Er braucht eine Brücke.

Er bemerkt, wie ich ihn anstarre, und grinst, seine kupferbraunen Augen schimmern amüsiert.

»Jetzt sag bitte nicht, dass du auf mich stehst.«

»Ih! Ganz sicher nicht.«

»Gut. Und was ist mit Killian? Stehst du auf ihn?«

Ich … ich glaube ja, doch ich glaube auch, dass Archer noch nicht bereit ist, diese Antwort zu hören.

Er wedelt mit dem Zeigefinger. »Ich werde dich nicht vor ihm warnen. Nicht schon wieder.«

Schätze, mein Gesichtsausdruck hat mich verraten. »Besten Dank. Ich weiß das zu schätz …«

»Aber ich *werde* dir von unserer Fehde erzählen. Er …«

Gerade will ich ihm sagen, dass er endlich mit der Geschichte herausrücken soll, als ein Tornado über die Kuppel hinwegfegt. Mit aufgerissenen Augen sehe ich, wie sich Zaunpfähle und anderer Schutt in einem Luftwirbel drehen, den ich nicht spüren kann.

»Nur Stufe zwei auf der F-Skala«, sagt Archer. »Da findet eine Schlacht zwischen den Sphären statt, die aber noch keinen kritischen Punkt erreicht hat.«

»Worum geht es diesmal?«

»Myriad will, dass du den Schutzraum verlässt.«

Die Tatsache, dass ich der Grund dafür bin, lastet schwer auf meinen Schultern und zieht mich tiefer und tiefer in ein

Meer aus Schuldgefühlen. Bald werde ich darin ertrinken. Ich hasse die Vorstellung, dass Unschuldige meinetwegen verletzt werden.

Deswegen beschließe ich, den Schutzraum *heute Nacht noch* zu verlassen.

Ich werde Madame mit einer Flash-Scribe-Nachricht darüber in Kenntnis setzen und zudem eine Nachricht für Archer hinterlassen. Ich kann es nicht riskieren, dass sie mich aufzuhalten versuchen.

»Also. Dann erzähl mir von deiner Fehde mit Killian«, sagte ich.

Seine Kiefer zucken. »Es gab da ein Mädchen.«

Wusste ich es doch. »Dior?«, frage ich. Das ist der Name, den sie sich gegenseitig entgegengefaucht haben.

»Ja. Sie wurde uns beiden zugeteilt. Ich habe sie geliebt. Wenn sie lachte, hatte sie genau hier ein Grübchen.« Er berührt seine Wange. »Sie wollte Ärztin werden und allen helfen, die sich eine medizinische Versorgung nicht leisten können. Egal, zu welcher Sphäre sie gehören.«

Zögernd frage ich: »Hat er sie dir weggenommen?«

Er nickt knapp. »Und dann hat er sie dazu gebracht, bei Myriad zu unterschreiben.«

Zwar bekomme ich beinahe keine Luft mehr, so eng ist meine Brust, trotzdem sage ich: »Er hat nur seinen Job gemacht. Das, was er für richtig hielt.«

Archers Nasenflügel blähen sich. »Grundsätzlich verdienen Agenten von Myriad mehr, je geringer die Vertragssumme ist, für die die Menschen unterschreiben. Bei Dior hat er dafür gesorgt, dass sie den miesesten Vertrag bekommt, den es gibt, nur um mich zu ärgern. Und er hat zudem Kleingedrucktes hinzugefügt, das sie nicht verstanden hat.«

»Also hat sie kein schickes Haus oder Auto bekommen. Na und? Im Leben geht es doch um mehr.«

»Du *verstehst* es nicht. Sie studiert momentan Medizin, aber sollte sie jemals das Leben eines troikanischen Anhängers retten, wird sie dafür im Erstleben *und* im Ewigleben bestraft. Und ich kann ihr nicht helfen.«

Was Killian getan hat … ja, das war übel. Daran führt kein Weg vorbei. Doch er ist nicht mehr derselbe. Damals hat ihm ein Erstleben nichts bedeutet. Jetzt hat er gelernt, das menschliche Leben wertzuschätzen. Warum sonst hätte er alles riskiert, um mich zu retten?

»Kannst du ihr nicht helfen, aus dem Bündnis auszusteigen?«, frage ich. »Was ist mit dem Gericht?«

»Ich habe sie angefleht, vor Gericht zu gehen, aber sie hat zu große Angst vor den Konsequenzen, falls sie verliert.«

»Ich würde sie gern treffen.« Aus irgendeinem Grund möchte ich ihr helfen.

»Das kann ich arrangieren.« Er richtet sich auf und deutet auf die Waffen. »Und nun, womit willst du beginnen?«

»Ich habe die Hälfte dieser Waffen noch nie gesehen.«

»Das hier ist eine Oxi.« Er hält eine der Pistolen hoch. »Ein Schuss reicht, um Hüllen zu zerstören.«

Und was, wenn ich danebenschieße und aus Versehen *mich* treffe? »Nein danke.«

»Diese hier, die Stag, schießt Pfeile ab, die das Geistwesen in einer Hülle einschließen und jegliche Mobilität unterbindet. Und das hier ist ein Schild mit rotierenden Rasierklingen an den Rändern.«

»Wie wäre es mit einem Feuerschwert?« Ich habe gehört, dass es sich dabei um die ultimative Waffe der Geistwesen handelt.

»Ich kann mit einem Feuerschwert umgehen. Du nicht.«

Schöner Mist.

»Also, zurück zu deiner Auswahl. Hier ist außerdem ein Dolch, ein …«

»Den nehme ich. Den Dolch.« Besser, ich fange mit etwas an, das mir vertraut ist.

»Na dann.« Er reicht mir einen der beiden Dolche. »Lektion eins.«

Nur ein Blinzeln und schon drückt etwas Kaltes und Scharfes an meine Kehle. Archer steht direkt vor mir. »Du ... wie ...«

»Sich ablenken zu lassen ist genauso tödlich wie dieser Dolch«, sagt er. »Konzentrier dich.«

Jetzt lächle ich ihn süßlich an. »Übermut tötet genauso sicher wie dieses Messer.« Mit der Spitze meines Dolches kitzle ich ein wenig seine Hoden.

Er lacht auf. »Touché.« Er weicht einige Schritte zurück und sagt: »Fangen wir noch mal an. Dieses Mal wehrst du mich mit dem rechten Arm ab und stichst mit dem linken zu, wenn ich den Dolch hebe.«

»Wirklich zustechen oder nur ...«

Schon eine Sekunde später ist er wieder direkt vor mir, die Klinge an meiner Kehle.

Er schnaubt enttäuscht. »Noch mal.«

Die nächsten Stunden verbringen wir mit dem Training. Er ist nicht gerade behutsam, doch auch nicht brutal. Er zeigt mir die verletzlichsten Stellen am menschlichen Körper und die an Hüllen, attackiert mich mit dem Dolch, mit seinen Fäusten, mit wohlgezielten Tritten. Mein Körper ist noch nicht völlig geheilt und schmerzt und zittert, aber ich gebe nicht auf. Mir gefällt das hier. Ich brauche es. Und er erklärt mir sehr gut, wie genau er mich überwältigt hat und wie ich es beim nächsten Mal verhindern kann.

Als wir beschließen, für heute aufzuhören, bin ich nass geschwitzt und erschöpft. Ich sinke zu Boden und lasse meine nackte Haut von den warmen Sonnenstrahlen streicheln. Und da gibt es eine Menge nackte Haut. Zum ersten Mal seit über einem Jahr trage ich Tanktop und Shorts.

Archer kommt an meine Seite, sein Schatten fällt auf mich.

»Ich habe unsere Beobachter gebeten herauszufinden, wer für den Flugzeugabsturz verantwortlich ist, doch bisher haben sie noch keine Antwort gefunden.«

Beobachter. Was dieser Job bedeutet, muss ich nun wirklich nicht fragen. »Ich kann mich nicht erinnern, dass auf der Liste der Berufe im Ewigleben Beobachter aufgeführt waren.«

»Eine Unterabteilung der Aufklärer.«

Es gibt so viel zu lernen. So viel zu behalten.

Ich öffne den Mund, um etwas zu entgegnen, doch da erregt links von mir eine Bewegung meine Aufmerksamkeit. Ich drehe mich um – und schnappe keuchend nach Luft.

Killian lebt, und er befindet sich außerhalb der Geleeluft!

15. KAPITEL

»Ohne uns habt ihr nichts.«

Myriad

Ich renne los. Archer ruft verzweifelt, aber nicht wütend meinen Namen. Dass Killian hier ist, bedeutet eins von zwei Dingen. Die Troikaner haben entweder den Kampf im Himmel verloren, oder mein TA hat meinem MA erlaubt, sich mir zu nähern. Ich schätze mal, Archer hat einen Antrag gestellt.

Ich denke – hoffe –, dass ich für ihn mehr als nur eine Eroberung bin. Nun, mehr als eine potenzielle Eroberung. Ich hoffe, er betrachtet uns als Freunde.

»Du bist echt eine Nervensäge«, ruft er. »Das weißt du doch, oder?«

Oh ja. Er betrachtet uns als Freunde.

Grinsend trete ich durch die Geleewand. Es fühlt sich an wie eine warme Dusche. Eine seidige Liebkosung. Dann stehe ich in der Dunkelheit, dicke graue Wolken hängen am pechschwarzen Himmel, der Tornado hat Bäume entwurzelt. Heuschrecken singen und Grillen zirpen. Ein Frosch quakt. Ein Windstoß fährt durch die Bäume und lässt die Blätter raschelnd tanzen.

Ich kann es kaum erwarten, ihn wiederzusehen, Killian ist jedoch weg. Ich drehe mich zur einen und zur anderen Seite, doch von ihm keine Spur.

Verdammt noch mal! Wo ist er hin? Ich weiß, dass er mich durch die Geleewand nicht sehen konnte, aber bestimmt wäre er nicht einfach gegangen.

»Na so was. Sieh mal einer an, wer endlich beschlossen hat, wieder aufzukreuzen.«

Ich wirble herum und stehe direkt vor einem kleinen schwarzen Mädchen. Was ihr an Körpergröße fehlt, macht sie mit ihren Kurven mehr als wett. Und ihr Gesicht … wow! Sie sieht wie eine lebendige Puppe aus mit großen braunen Augen, runden Wangen, dichten langen Wimpern und einem herzförmigen Mund, obwohl sie die Lippen zusammengepresst hat.

»Ich muss schon sagen«, fügt sie hinzu, nachdem sie mich von Kopf bis Fuß gemustert hat. »Eigentlich habe ich erwartet, dass du drei Brüste hast oder so was.«

Ein Junge tritt neben sie. Er ist größer als sie, aber nicht viel, schlank und muskulös. Er ist Asiate und wunderschön, sein dunkles Haar ist an den Spitzen rot gefärbt und zu einem Irokesenschnitt frisiert.

Auch er mustert mich von oben bis unten. »Wahrscheinlich hast du deine Eifersuchtsbrille auf, E, denn ich kann ihren Reiz absolut erkennen.«

»Jetzt wäre ein guter Zeitpunkt, sich einander vorzustellen«, sagte ich. Beide haben Myriad-Tätowierungen an ihren Handgelenken. Sind sie hier, um zu Ende zu bringen, was mit dem Flugzeugabsturz begonnen hat?

»Sonst was?«, fragt das Mädchen mit melodiösem Lachen.

Ich schätze, sie ist eine Hülle, aber um sicher zu sein, müsste ich sie anfassen. »Oder ich beweise euch, dass man das Herz eines anderen am besten durch seine Rippen hindurch gewinnt.«

Sie grinst den Jungen an. »Spitze! Diese Drohung werde ich mir merken für das nächste Mal, wenn wir gegen Troikaner kämpfen.«

»Ten.«

Killian tritt in mein Blickfeld, und mein Herz setzt einen Schlag aus.

»Hier bist du.«

Das Mädchen reagiert ähnlich wie ich, glaube ich. Ihre Gesichtszüge werden weicher, ihre Brust hebt und senkt sich schneller.

In Säure getauchte Dolche stoßen in mein Herz. Sind die beiden ein Paar?

Killian sieht mich die ganze Zeit mit glühenden Augen an. »Ten, darf ich dir Charles vorstellen, meinen Flankierer, und Elena.«

» Elena. Du bist Sloans Agentin.«

»Und außerdem dein schlimmster …«

»Genug.«

Killian nimmt meine Hand, der Geruch nach Torffeuer und Heidekraut versetzt mich in Entzücken – ich bin wie eine Drogensüchtige, die sich gerade einen Schuss gesetzt hat. Er zieht mich in ein palastartiges Zelt.

»Wagt es nicht, uns zu stören«, ruft er über die Schulter.

Die Zeltwände bestehen aus juwelenfarbenen Tüchern, überall auf dem Boden liegen Decken aus Kunstfell und Plüschkissen verteilt. In der Mitte befindet sich ein kleiner Kreis aus faustgroßen, leuchtenden Steinen, die das ganze Zelt erhellen. Eine wuchtige Holzbadewanne steht in der linken Ecke, Dampf steigt aus dem Wasser auf.

»Ist das ein myriadischer Schutzraum?«, frage ich.

»Eher ein vorübergehendes Lager. Troikaner könnten eintreten, wenn sie dumm genug wären, es zu wollen.«

»Die Drohung gegen Archer ist notiert«, sage ich trocken. Und jetzt ist es an der Zeit, das zu tun, wozu ich hier bin. Ich stemme die Hände in die Hüften und sehe ihn finster an. »Danke, dass du mit mir im Flugzeug geblieben bist.«

Er zuckt beiläufig mit den Schultern. »Ich bin genauso mutig wie stark.«

»Aber wie konntest du es wagen, im Flugzeug zu bleiben?«, füge ich beißend hinzu. »Und hast du dir gerade selbst ein Kompliment gemacht?«

»Habe ich. Weil ich von dir nie eins höre.«

Sein Vorwurf überrascht mich und bringt mich zum Lachen. Wobei ich mitten in so einem ernsten Gespräch nicht lachen will. »Hast du Ärger bekommen, weil du bei mir geblieben bist?«

Er wendet sich ab, somit kann ich seinen Gesichtsausdruck nicht deuten. Was er allerdings nicht verbergen kann, ist seine starre Körperhaltung.

»Ich möchte nicht darüber sprechen.«

»Zu dumm. Hast. Du. Ärger. Bekommen?« Er sollte mich gut genug kennen, um zu wissen, dass ich niemals aufgebe.

»Ja«, faucht er. »Ja.«

Schuldgefühle schlingen sich um meinen Hals wie eine Boa. »Was haben sie mit dir gemacht?«

»Das werde ich dir wirklich nicht sagen.«

Ich stelle mich vor ihn, doch er bringt sich pfeilschnell außer Reichweite – nur um eine Sekunde später zurückgeflitzt zu kommen.

»Du hast frische Blutergüsse«, sagt er mit harter Stimme. »Warum hast du frische Blutergüsse?«

Er will meine Frage nicht beantworten, erwartet von mir aber eine Antwort? Tut mir leid, da mache ich nicht mit. »Warum reden wir nicht über den Absturz … und darüber, was deine Sphäre damit zu tun hatte?«

Er schürzt die Lippen, um mir zu zeigen, dass ihm der Themenwechsel überhaupt nicht passt.

»Falls Myriad verantwortlich ist, hat jedenfalls noch niemand offiziell die Lorbeeren dafür geerntet. Wieso bist du dir so sicher, dass es nicht Troikas Schuld war?«

Ich … weiß es einfach. »Wie kann ein einzelnes Mädchen so unglaublich wichtig für diesen Krieg sein? Wie kann ein einzelnes Mädchen über Sieg und Niederlage entscheiden?«

Angestrengtes Schweigen. Dann deutet er auf ein Tablett

vor einem Kissen. »Wie wäre es, wenn wir im Hier und Jetzt bleiben? Ich habe dir einen Schokoladenkuchen besorgt.«

Kuchen? »Her damit!« Ja, *so* leicht bin ich zu haben.

Ich sause hinüber, nur um wie angewurzelt stehen zu bleiben, als er hinzufügt: »Elena hat ihn aufgegessen, während ich draußen war. Aber es ist Obst da.«

Der Schlampe werde ich es zeigen! »Sie ist in einer Hülle. Weder braucht noch mag sie menschliche Nahrung.«

»Hüllen können schmecken, genauso wie sie fühlen können.«

Bescheuerte Hüllen. Ich setze mich vor das Tablett und tunke eine Erdbeere in die Schüssel mit Sahne. Allein vom Kauen bekomme ich schon einen Mund-Orgasmus. Archer hat mich gut versorgt – mit Steaks, Garnelen, Speck –, aber meine Lust auf Süßes ignoriert.

Killian setzt sich mir gegenüber, beugt sich vor und wischt mir zärtlich etwas Sahne aus dem Mundwinkel. Dann leckt er sie von seinem Finger, und etwas tief in meinem Bauch zieht sich zusammen. Mein Herz – dieses heimtückische Organ – hämmert vollkommen unkontrolliert. Mein Blut köchelt, und da ist auch wieder dieses Prickeln, das nur er auslösen kann.

Zitternd wähle ich ein weiteres Stück Obst aus, dann optimiere ich in Sekundenschnelle meinen Plan. Ich werde es Killian jetzt sofort sagen. »Ich bin hier, weil ich mich bei dir bedanken wollte, weil du mich gerettet hast … und weil ich dich anschreien wollte, weil du mich gerettet hast … und um mich zu verabschieden.«

Killian versteift sich.

»Ich bitte um dreihundertdreiundvierzig Tage. Allein.«

$343 = 7 \times 7 \times 7$

Sieben Tage die Woche. Sieben Zwerge. Sieben wird oft als heilige Zahl betrachtet.

»Diese Zeit brauche ich, um mir über meine Zukunft klar zu werden.«

»Nein.« Er schüttelt den Kopf. »Auf keinen Fall. Sogar ein Tag ist zu viel. Du musst eine Entscheidung treffen, Ten, und zwar jetzt. Du kannst nicht länger warten. Deswegen bin ich hier, bevor ich als Geistwesen …«

Bevor er … was? Nach der Bestrafung heilen konnte?

»Killian«, sage ich, die unsichtbare Boa beginnt wieder zuzudrücken.

»Jemand will deinen Tod. Dir Zeit zu geben, damit du dann mit einer fünfzigprozentigen Chance die richtige Entscheidung triffst, ist nicht mehr drin.«

»Das Risiko gehe ich gern ein.«

»Nun, ich aber nicht.« Er schreit jetzt vor Wut.

Überrascht kneife ich die Augen zusammen. Sonst ist er immer so ruhig und gelassen, ganz der träge Verführer.

Er holt tief Luft und stößt sie langsam wieder aus. »Ich möchte dir noch eine Führung geben. Tu mir den Gefallen, weil ich mein Leben für dich riskiert habe. Entspanne dich einfach und genieße.«

Er manipuliert mich – eine seiner größten Stärken. Doch anders als zuvor geht es ihm diesmal nicht nur darum zu gewinnen. Ich bedeute ihm etwas, das wissen wir inzwischen beide.

»Na gut.«

»Danke.« Er steht lächelnd auf, kommt zu mir und streckt sich neben mir aus.

Mit rasendem Herzen liege ich auf dem Rücken, den Kopf auf seiner Schulter. Er legt einen Arm um mich, die Finger am Saum meines Tanktops, und ich bekomme beinahe keine Luft mehr. So habe ich bisher nur mit James dagelegen, und der Unterschied zwischen diesen beiden Jungen verblüfft mich. James war mager. Killian besteht nur aus Muskeln. Ich fühle mich von ihm umschlossen … beschützt.

Mit einem Mal schießt Licht aus dem Gerät an seinem

Handgelenk, am Zeltdach formt sich ein Bild. Ein Wolkenkratzer vor einem nachtschwarzen Himmel. Stein, Chrom und Glas, bunte Lichter schimmern in den Stockwerken.

»Hier wohne ich«, sagt er. »Der Turm der harten Arbeit. Eine Auflöserin wird in allen Positionen ausgebildet, also würdest du während deiner Ausbildung zur Agentin ebenfalls hier wohnen.«

Das Video zoomt an ein bestimmtes Fenster heran, und ich kann eine Gruppe von Mädchen sehen, die um einen Tisch sitzen, goldene Waffeln essen und sich angeregt unterhalten. Hinter einem anderen Fenster reibt ein Vater mit den Fingerknöcheln seinem kleinen Mädchen über den Kopf. Kichernd schiebt sie ihn weg.

»Wir arbeiten viel«, sagt Killian. »Wir feiern mehr. Alle, die du hier in dem Hochhaus siehst, sind nicht im Dienst. Entweder haben sie gerade einen Fall abgeschlossen oder machen Urlaub.«

Die Kamera schwenkt nun zum Areal außerhalb des Gebäudes, wo ein umwerfend schöner Marmorgehweg von Kerzen beleuchtet wird. Die Leute tragen Kleider in allen Stilrichtungen, von brav und ordentlich bis zu extrem punkig. Manche von ihnen gehen, während andere … schweben?

Nein, sie schweben nicht, sondern surfen auf schlanken, schimmernden Hovercrafts durch die Luft. Nicht weit entfernt reitet jemand einen Löwen, der so groß wie ein Pferd ist.

»Das ist ziemlich cool«, sage ich.

»Mehr als cool, und das weißt du auch.«

In einem anderen Gebäude wird eine Party gefeiert. Musik plärrt, die Leute tanzen wild. Eine viktorianische Jungfrau hängt in einem Käfig von der Decke. Ein Gothic-Typ fängt die Kette, die vom Käfigboden herunterbaumelt, öffnet das Schloss an der Tür und schlüpft hinein. Sie belohnt ihn mit einem Kuss, als ob er gerade einen Preis gewonnen hätte.

»Wir könnten auf einer solchen Party jede Menge Spaß haben«, sagt Killian leise.

»Das könnten wir.« Genau von solchen Partys habe ich geträumt, wenn meine Eltern mir verboten haben wegzugehen, damit ich mein Leben in der großen, bösen Welt nicht in Gefahr bringe. »Wenn ich allerdings ehrlich sein soll, hat nichts, was ich gesehen habe, meine Meinung geändert. Ich brauche nach wie vor mehr Zeit.«

»Warte erst mal ab. Die Tour ist noch nicht zu Ende.«

Die Kamera saust die Straße entlang und jagt in ein anderes Hochhaus. Hier stehen viele Säulen, alle aus Edelsteinen gefertigt. Smaragde. Rubine. Saphire. Diamanten. Ein Wasserfall im Innenbereich, als würde das Hochhaus sich an einen Berg schmiegen, und oben sitzt eine Meerjungfrau aus Elfenbein. Sie hält eine Muschel in der Hand, aus der eine Flüssigkeit schwappt – es ist kein Wasser. Flüssiges Gold? Die Wände sind bemalt: Engel auf Wolken, Krieger in der Schlacht, ein majestätischer Drachenflug. Die Sofas sind mit Blumen bedruckt. Jeder Stuhlrahmen ist so geschnitzt, dass er einem jeweils anderen Tier ähnelt. Der Boden glänzt wie ein See aus polierten Perlen.

Die gleichen Perlen zieren die Kanten eines Kamins, der so groß ist wie mein altes Schlafzimmer. Darüber hängt das Porträt des schönsten Mannes, den ich je gesehen habe. Goldene Locken umrahmen ein makelloses Gesicht, das auf keinen Fall echt sein kann. Seine Augen sind leuchtend blau und so klar wie ein tropisches Meer. Auf dem Kopf trägt er eine Krone.

Rechts daneben hängt ein kleineres Porträt. Eine Frau, deren Haar ein etwas dunkleres Gold aufweist und deren Augen die Farbe von verbranntem Kupfer haben. Sie lächelt, als würde sie ein Geheimnis kennen, das mir verschlossen ist, ihr Lächeln ist sogar noch rätselhafter als das von Mona Lisa.

Links vom großen Porträt hängen fünf … zehn … zwanzig Porträts, die aber zu klein sind, sodass ich die Gesichter aus dieser Entfernung nicht erkenne.

»Unser König und unsere Königin«, sagt Killian mit ehrfürchtiger Stimme.

»Der König … er sieht ein bisschen wie …«

»Archer aus. Ja.« Jetzt klingt er bitter. »Archer ist einer seiner vielen Söhne. Und eine seiner größten Enttäuschungen.«

Halt. Warte. Noch mal von vorne. »Archers Vater ist König von *Myriad*?«

»Ein Privileg, das Archer nie zu schätzen wusste.«

Wow! Hirnsalat!

Ich keuche auf, als ein Drachen mit kleinen Flügeln auf der Schulter des Königs landet. »Das Porträt …«

»… ist kein Porträt, sondern eine Art Hologramm. Wie das Fernsehen, das Menschen sehen.«

Cool! Die Kamera zoomt in den nächsten Raum, ein Speisezimmer, ebenso prachtvoll wie die anderen Räume. Der König sitzt am Kopf eines langen Tisches, gekleidet in etwas, das wie eine Militäruniform aussieht. Gut geschneidert und mit Medaillen, die an seinen breiten Schultern befestigt sind. Um den Tisch herum sitzen neun Kinder; die meisten scheinen unter sechzehn zu sein. Zwei der Jungen – Zwillinge – können kaum älter als dreizehn sein.

»Darf ich dir unsere Generäle vorstellen. Sie waren eigentlich noch nicht so weit, ihre Aufgaben zu übernehmen, aber nachdem ihre Mentoren abgeschlachtet wurden, hatten sie keine andere Wahl.«

Neun Kids … und ich soll das zehnte sein. Ten. Zehn. Ein abgeschlossener Zyklus. Der Anfang eines Countdowns.

Zufall? Schicksal?

»Eines Tages wirst du selbst an diesem Tisch sitzen.«

Wieder höre ich Ehrfurcht aus seiner Stimme heraus … und

Neid. Wenn – falls – dieser Tag kommen sollte, werde ich dann vielleicht Missgunst und Verbitterung hören?

Der König steht auf und geht um den Tisch herum, dabei klopft er jedem Kind auf die Schulter. »Ihr macht eure Sphäre – euren König – stolz. Es gibt nichts, was wir gemeinsam nicht erreichen können. Keine Höhe, die wir nicht überwinden. Keine Sphäre, die wir nicht erobern.«

Die Kids schlagen zustimmend mit dem Besteck auf den Tisch. *Klong, klong.*

»Er liebt uns«, sagt Killian. »Er will nur das Beste für uns.«

»Und du liebst ihn.« Da bin ich mir sicher.

Er versucht gar nicht erst, es zu leugnen. »Als wir jung waren, waren Archer und ich befreundet. Er hat mich oft in den königlichen Palast eingeladen. Trotz seines vollen Terminkalenders hat der König sich immer Zeit genommen.«

Ein Puzzleteilchen fällt auf seinen Platz. Archer hat den Mann verlassen, den Killian selbst gern als Vater hätte.

Was hat Archer wohl dazu gebracht, sich von seinen Eltern und seiner Sphäre abzuwenden? Und von Killian, seinem Freund?

Wie niedergeschmettert war Killian, als Archer ging?

»Es überrascht mich, dass er, der Sohn des Königs, sich im Alter der Verantwortung für Troika entschieden hat«, sage ich, und bemühe mich, nicht zu weinen.

»Glaub mir. Das erging uns allen so.«

Seine Worte klingen, als würden sie durch unendliche Scherbenhaufen gepresst.

Ich beschließe, das Thema zu wechseln. »Warum hast du einen Akzent, der König aber nicht?«

»Ich habe viel Zeit mit dem Direktor des Lernzentrums verbracht. Oder was du ein Waisenheim nennen würdest.«

Als er mit dem Daumen über meinen Bauchnabel streicht, durchrieselt mich ein Schauer.

»James ist auch im Waisenheim aufgewachsen.«

Jetzt spricht er zögerlich, und mir ist klar, dass er abzuschätzen versucht, wie ich darauf reagiere.

Die Erinnerung an James schmerzt nicht mehr, aber … »Ich möchte, dass du ihn mir zeigst.« Diese Chance kann ich mir unmöglich entgehen lassen. Die Chance abzuschließen.

»Ich wusste, dass ich besser die Klappe hätte halten sollen«, brummt Killian, als die Kamera das Gebäude verlässt. »Meine Neugier war jedoch stärker.«

Die Kamera saust eine dunkle Straße entlang, hält dann vor einer Kneipe und bewegt sich durch die Tür. Holzvertäfelte dunkle Wände werden von leuchtenden Steinen erhellt, die wie Gaslampen geformt sind. Durch einen Glasboden sind verschiedene Schlafzimmer zu sehen … Betten … und Paare, die sich darauf winden. Ich möchte eigentlich wegsehen – wirklich –, da entdecke ich James. Der gut aussehende James sitzt mit zwei anderen Typen an einem Tisch. Die drei trinken Bier und lachen brüllend.

»Ihre Titten waren …« Einer der Jungen küsst seine Fingerspitzen, als wollte er den Geschmack von Spaghetti preisen.

»Ich weiß, dass sie schon unterschrieben hat«, sagt mein Ex-Freund. »Aber ich könnte vielleicht trotzdem ein Treffen mit ihr arrangieren.«

Der dritte Typ schlägt ihm auf den Arm. »Lass uns anderen auch was übrig. Ich bin noch immer stinksauer, dass du mir meine Blondine weggeschnappt hast.«

»Was soll ich sagen? Sie steht nun mal auf *groß*.«

Okay. »Das reicht«, fauche ich, und das Bild verschwimmt.

Tausende verschiedene Gefühle überfluten mich. Spitzenreiter: Scham – wie dumm ich war, auf ihn hereinzufallen. Ungläubigkeit – ich habe mich so nach Aufmerksamkeit gesehnt, dass ich die Wahrheit nicht sehen sollte. Enttäuschung –

Leute sind scheiße. Wut – ich habe mich von einem verlogenen Dreckskerl umarmen lassen.

Mein Männergeschmack ist wirklich das Letzte.

»Tut mir leid.« Killian klingt wütend und mitleidig zugleich. »Ich werde ihn demnächst umbringen.«

»Spar dir die Mühe. Mir ist es lieber, wenn James sich selbst zerstört.« Ich rolle auf die Seite. »Archer hat mir von Dior erzählt.«

Steif legt er sich ebenfalls auf die Seite. Unsere Blicke treffen sich. Wir sind uns so nahe. Wenn er ein Mensch wäre, könnte ich die Wärme seines Atems auf meiner Haut spüren.

»Hast du sie ihm weggenommen, um ihm wehzutun, um ihre Seele zu gewinnen, oder weil du Gefühle für sie hattest?«

Resigniert sieht er mich an. »Ich habe es getan, um ihm wehzutun *und* um ihre Seele zu gewinnen. Wenn man mich schlägt, schlage ich doppelt so hart zurück. Aber …« Er streicht mir eine Haarsträhne von der Wange, bevor er sich wieder auf den Rücken legt. »Ich sehe ab und zu nach ihr. Früher hat sie gelacht. Jetzt lacht sie nicht mehr.«

Diese beiden Jungen haben so ein verworrenes Netz um sich herum gesponnen. »Bestimmt kannst du irgendetwas tun, um ihr zu helfen. Nicht wegen Archer, sondern ihretwegen. Sie ist Teil deiner Familie.«

Er fährt sich mit der Zunge über die Zähne. »Wir könnten ihre Freiheit als Klausel in dein Bündnis aufnehmen.«

Wieder ein Manipulationsversuch, und zwar ein offensichtlicher. Ein Wunder, dass er es überhaupt versucht.

»Schön. Die Kuschelzeit ist vorbei. Ich werde meinen Plan nicht ändern.«

Er hält mich am Handgelenk fest. »Ten …«

Ich wende einen von Archers Kampfgriffen an, schwinge meinen freien Arm herum und verpasse Killian einen Kinnhaken. Als sein Kopf zurückknallt, schlage ich ein zweites

Mal zu und ziele dabei auf die Stelle, wo die Hülle am verletzlichsten ist: das kleine Bedienungspanel hinter seinem linken Ohr, das durch eine quadratische Tätowierung markiert ist.

Er rührt sich nicht mehr, und ich weiß, dass ich eine oder vielleicht zwei Minuten Zeit habe, bevor er sich wieder bewegen kann. »Die Verbindung unterbrechen«, nannte Archer es.

Als ich aufstehe, kann Killian mir nur mit Blicken folgen. »Das hier ist wirklich ein Abschied«, sagte ich und hebe das Kinn.

»Ich fürchte nein, Mädchen.« Er fährt die Hand aus, umklammert meine Wade und wirft mich zu Boden. Ich lande mit dem Rücken auf einem Berg Kissen. Eine Sekunde später ist er über mir. »Unterschreib bei Myriad.«

»Geh zu Viele Enden. Und geh von mir runter!«

»Unterschreib!«

»Du kannst mich mal.« Ich stoße ihn von mir und versuche aufzustehen.

Er schlingt einen Fuß um meinen Knöchel und wirft mich erneut um. »Wenn du nicht klug genug bist zu unterschreiben, dann solltest du wenigstens lernen, dich selbst zu verteidigen.«

»Archer hat mir gezeigt …«

»Spielt keine Rolle. Er ist nicht der Beste. Sondern ich.« Er zeigt auf mich, nach dem Motto: *Das ist ja wohl ausreichend Beweis.* »Lektion eins. Attackiere deinen Feind immer, während er – oder sie – am Boden liegt.«

Ich starre ihn böse an. »Archer hat das Gegenteil gesagt. Dass ich meinem Feind aufhelfen soll und damit womöglich einen Freund fürs Leben finde.«

»Genau das solltest du tun. Wenn du danach einen Dolch im Rücken haben willst.«

Vielleicht. Vielleicht nicht. Ich habe während meiner Zeit in der Anstalt genauso gedacht. Aber nehmen wir Sloan. Bei unserem ersten Zusammentreffen haben wir uns geprügelt. Wir wollten einander umbringen. Und jetzt beschützen wir uns gegenseitig.

Killian reicht mir eine Hand.

Ich zögere. »Du kannst mir ein paar Tricks beibringen, doch das war's dann. Danach bin ich weg.«

»Gut. Ich werde dir folgen.«

Dickköpfiger, nerviger Typ! Ich strecke einen Arm aus, als ob ich seine Hand ergreifen will, und trete nach ihm.

Er fällt hin, ich drehe einen Salto und lande auf ihm, meine Knie auf seinen Schultern, aber er ist gerissen und beweglicher, als ich erwartet habe. Er schwingt die Beine in die Höhe und unter meine Arme und drückt mich nach hinten. Als er seine Füße hinter meinem Kopf verschränkt, presst er die Waden in mein Gesicht, und ich bin gefangen. Er könnte mich ersticken, doch er zieht es vor, die Knie abzuwinkeln und sich aufzusetzen.

Kaum habe ich ein klein wenig Freiraum, setze ich mich ebenfalls auf. Er umklammert aber mit den Beinen meine Hüfte, was bedeutet, dass er noch immer im Vorteil ist.

Zeit, mich etwas mehr anzustrengen. »Killian.« Ich lächle ihn an und streiche langsam mit der Hand über seine Brust.

Er schließt einen Moment lang die Augen. »Das wird nicht gut für mich ausgehen, oder?«, fragt er in trockenem Ton.

»Nein, wird es nicht.« Ich verschränke die Hände in seinem Nacken und nutze mein ganzes Gewicht, um mich nach hinten fallen zu lassen, ich ziehe ihn mit mir und rolle mich auf ihn.

Plötzlich spüre ich, wie jemand die Finger in mein Haar krallt und meinen Kopf nach hinten zerrt. Noch während ich stürze, erhasche ich einen Blick auf schwarze Locken und ein wutverzerrtes Gesicht. Als ich auf dem Boden lande, drückt Elena bereits eine Pistole an meine Brust.

Mit einem Brüllen wirft Killian sich auf sie und stößt sie neben mir zu Boden. Die Pistole geht los, doch er hält Elenas Handgelenk fest umklammert und sorgt dafür, dass die Kugel in die Decke dringt und nicht in meinen Körper.

Dann reißt er ihr die Pistole aus der Hand und steht auf. »Rühr dieses Mädchen nicht an. Niemals.«

»Sie hat dich angegriffen.« Elena springt auf. »Sie hätte deine Hülle beschädigen können.«

»Was für mich so klingt, als ob das mein Problem wäre. Sie gehört mir, ich kümmere mich um sie. Und du nicht. Du niemals.«

Sie hebt das Kinn. »Sie gehört vielleicht dir, aber du *gehörst mir.*«

Killian starrt sie lange an, bevor er loslacht. Ein beängstigendes Lachen. Als er wieder still wird, ist das sogar noch beängstigender.

»Tue ich nicht. Und das werde ich dir jetzt beweisen.«

Er hebt die Pistole und …

Bumm!

16. KAPITEL

»Mit uns ist alles möglich.«

Troika

Elena bricht zusammen, die Kugel hat sie genau zwischen den Augen getroffen. Aus der Wunde spritzt kein Blut, und kurz bevor sie auf dem Boden aufschlägt, hat sie sich aufgelöst. Etwas Asche schwebt nach oben und verschwindet durch das frische Loch in der Zeltdecke.

»Wie konntest du …«, beginne ich.

»Sie ist nicht tot. Ich habe nur die Hülle zerstört, indem ich sie an einer Stelle getroffen habe, die die Seele nicht verletzt. Eine Sicherheitsmaßnahme für den Fall, dass ein Agent eine Hülle verlassen muss, aber nicht die Kraft hat.« Beinahe ohne Pause legt er eine Hand an meine Wange und fügt hinzu: »Bist du okay?«

»Mir geht's gut.« Und das stimmt. Der kaltblütige Mord einer Hülle ist im Großen und Ganzen betrachtet keine bedeutende Sache. »Nachdem sie mir den Kuchen weggegessen hat, hat sie das verdient, oder?«

»Der Kuchen. *Das* ist es, was dich am meisten interessiert? Ich werde dich wohl nie begreifen.«

Er leert die Kammer der Pistole, wirft sie weg und geht im Kreis um mich herum. Als wäre er auf der Pirsch. Als wäre er ein Raubtier, das seine nächste Mahlzeit entdeckt hat.

»Du hättest sterben können. Elena hätte abdrücken können. Wenn das so weitergeht, wirst du *wirklich* sterben, und zwar bald. Der Tod ist dir dicht auf den Fersen. Wie viele Zeichen willst du denn noch? Entscheide dich für Myriad, Ten. Jetzt.«

»Ich brauche einfach Zeit.«

»Du hast Zeit genug gehabt. Und das hat dir nichts gebracht.«

Verdammter Kerl! »Hast du deine Entscheidung, bei Myriad zu bleiben, jemals bereut?«

Er bleibt vor mir stehen. »Nur einmal. Als ich Archer verloren habe.« Er zwickt mich ins Kinn und hebt es an, zwingt mich, ihn voll anzusehen. »Was *willst* du, Ten? Was kann Myriad dir geben? Ein Ziel? Ein eigenes Haus? Rache an deinen Eltern?«

»Das alles kann ich auch in *diesem* Leben haben, ohne eure Hilfe.«

»Na schön. Du willst also etwas, das du hier nicht findest.« Er lässt mich los. »Du willst eine Garantie.«

Ja! »Ich will meine Entscheidung nicht bis in alle Ewigkeit bereuen müssen.« *Druck …*

»Diese Garantie kann dir niemand geben.«

»Ich weiß!« *Der Druck steigt …* »Zumindest hier kann ich mir sagen, dass alles, was passiert, nur vorübergehend ist. Im Ewigleben kann ich das nicht. Das ist für immer.«

»Bis zum Zweittod.«

»Nun, ich schätze, es ist viel, viel schwieriger, ein Geistwesen zu töten als einen Menschen.«

»Vielleicht werde *ich* getötet, wenn ich dich nicht überzeuge.«

Der Druck … gleich explodiere ich. Das ist die letzte Manipulation, die ich hinnehme.

Kreischend hole ich weit aus. Er duckt sich, und mein Arm schlägt in die Luft. Inzwischen habe ich jedoch meinen anderen Arm zurückgerissen, und dieses Mal treffe ich. Meine Fingerknöchel knallen auf seinen Wangenknochen. Schmerz jagt durch meinen Arm und sammelt sich in meiner Schulter, während er sich Lebensblut aus dem Mundwinkel wischt.

»Da sieh mal einer an, du gibst ja deinen Gefühlen nach! Genauso, wie Myriad es empfiehlt«, stichelt er. »Fühlt sich das nicht gut an?«

»Es *hat* sich gut angefühlt«, brülle ich. »Jetzt habe ich eine gebrochene Hand.« Und ein schlechtes Gewissen! Ich habe mich ständig über Vans' Reizbarkeit beschwert, und nun habe ich mich genau wie er verhalten. Ich hasse Schuldgefühle, sie sind ein ebenso schlimmer Feind wie Angst!

Killian ergreift zart meine schmerzende Hand und betrachtet sie. »Die Knochen sind nicht gebrochen, nur geprellt.«

Ich ziehe wütend meine Finger zurück. »Wird man dich umbringen, wenn ich mich für Troika entscheide?«

Er seufzt. »Nein. Aber die Tatsache, dass du zu Myriad gehörst, hat sich nicht geändert. So ist es bestimmt.«

Bestimmt. Bestimmt.

Das Wort hallt in meinem Kopf nach, ich werde ganz still. Jahrelang hat meine Mutter gesagt: *Wir sorgen dafür, dass Dinge geschehen.* Dann, eines Tages, kam sie nach Hause und verkündete: *Ich habe mich geirrt. Was geschehen soll, geschieht. Was nicht geschieht, soll nicht sein.*

Sie hat ihre Meinung geändert, weil Myriad die Einstellung geändert hat. Die Wahrheit entwickelt sich, sagen sie gern.

Sogar mein Dad war derselben Meinung. *Wir lernen, während wir wachsen.*

Das stimmt natürlich, aber sollten spirituelle Gesetze nicht auf einer festen und kompromisslosen Grundlage ruhen?

Ich muss daran denken, was Archer einmal gesagt hat. An Myriads Vorstellung von Schicksal zu glauben erlaubt es einem, die Schuld für jedes Problem, jedes Unglück und jede Entscheidung, die man trifft, einer äußeren Kraft in die Schuhe zu schieben. Denn egal, was ich tue, es ist ja sowieso alles vorbestimmt, und das wiederum bedeutet, dass meine Entscheidungen bedeutungslos sind.

Also … nein, ich glaube nicht ans Schicksal. Keine äußerliche Kraft zieht die Fäden. Vielleicht bin ich für ein bestimmtes Ziel geboren worden, eine göttliche Fügung, doch meine Entscheidungen treffe ich selbst. Was ich tue – und was ich nicht tue –, entscheide *ich*. Und letzten Endes muss ich allein die Konsequenzen tragen.

Deacon hat recht. Ich kannte die Antwort von Anfang an. Ich wollte sie nur nicht wahrhaben, weil ich mich nicht zu einer Entscheidung zwingen lassen will.

Aber in Ordnung. Schön. Ich lerne dazu, und ich werde stärker. Zudem verändere ich mich. Was sich allerdings nie ändern sollte, ist die Wahrheit. Die Wahrheit sollte immer gleich bleiben, für immer und immer, ein sicherer Grund unter meinen Füßen. Wenn nicht, dann war die Wahrheit einmal eine Lüge – und was einmal eine Lüge war, bleibt für immer eine –, dann wäre da nichts, was mich hielte, nur Treibsand unter mir oder dünne Seide, die beim geringsten Druck zerreißt.

Also ein weiterer Punkt für Troika. Die ändern ihre Meinung nie. Was für sie wahr ist, ist für alle wahr.

Und Myriads unterschiedliche Verträge, die ich einmal so gut fand. Ein Leben sollte jedoch niemals wertvoller sein als ein anderes.

Überraschung! Ich mag Troika.

Um mich dreht sich alles. *Heftig*. Ich habe mich so lange gequält, um an diesen Punkt zu gelangen, und nun, da ich ihn erreicht habe, fühlt es sich herrlich an … doch selbst jetzt bin ich noch nicht bereit, das Bündnis zu schließen. Denn will ich wirklich gegen die Leute von Myriad in den Krieg ziehen?

Vor dem Zelt ertönt ein dumpfer Schlag. Was zum …

Killian schiebt mich hinter sich, um mich erneut vor einem Angriff zu schützen. Die Plane am Eingang wird zur Seite geschoben, und Archer und Deacon kommen herein.

Nun. Obwohl ich mich fühle, als wäre ich gerade innerlich verprügelt worden, stürze ich auf sie zu und stelle mich zwischen die langjährigen Gegner. »Mir geht es gut, Archer. Ich muss nicht gerettet werden.«

»Deswegen bin ich nicht hier.«

Killian ballt die Hände zu Fäusten. »Ihr solltet überhaupt nicht hier sein.«

Archer macht einen Schritt auf ihn zu, und Killian macht einen Schritt auf *ihn* zu. Deacon hält Archer fest, während ich Killian eine Hand auf die Brust lege, um ihn zurückzuschieben.

»Jeder hier ... *beruhigt* sich erst mal.«

Archers Wut erlischt, als er sich ganz und gar auf mich konzentriert. »Es gibt eine neue Entwicklung. Deine Mutter ... Es tut mir leid, mein Schatz ...«

»Schatz?«, hakt Killian nach.

»Sie ist krank.«

»Krank?« Ich presse die Hände auf meinen Magen. »Was hat sie?«

Er schweigt einen Moment, dann antwortet er: »*Baiser de la mort.*«

Nein, nein, nein, nein, nein. »Sie wurde *vergiftet*? Von wem? Wie?«

»Ich weiß es nicht.«

Mein Herz explodiert wieder und wieder in meiner Brust, eine riesige Bombe, die unfassbare Zerstörung anrichtet. Meine Mom ist krank. Sie ... sie stirbt. Es sollte mir egal sein. Die Frau hat viel Geld dafür bezahlt, dass ich weggesperrt und gefoltert wurde. In einem Jahr hat sie mich genau drei Mal besucht, weil ihr die Arbeit wichtiger als ihr einziges Kind war. Erst in der letzten Zeit schien ihr wieder eingefallen zu sein, dass ich existiere.

Doch ich kann mich auch an die Frau erinnern, die mir die

Tränen weggewischt hat, wenn ich mir das Knie aufschlug, die Frau, die mir das Haar zu Zöpfen geflochten, mich fest umarmt und mir gesagt hat, dass sie mich mehr liebt als die Sonne und die Sterne.

Ich muss sie sehen. Scheiß auf meinen Wunsch nach Zeit und Einsamkeit.

Ich starre Archer an. »Ich werde hier innerhalb von einer Stunde verschwinden. Versuch erst gar nicht, mich aufzuhalten.«

»Warum sollte ich dich aufhalten? Ich komme mit dir.«

»*Ich* komme mit dir«, sagt Killian mit einer Stimme wie Metallspäne und Feuer.

Jemand versucht, mich umzubringen, und ich bin klug genug zu wissen, dass ich Schutz gut gebrauchen kann, jetzt, wo ich so abgelenkt bin. Schutz von beiden Seiten. »Okay, hier ist der Deal, und zwar der einzige, den ich euch anbieten kann. Ihr schwört, dass ihr euch gegenseitig nichts tun werdet, dann könnt ihr beide mitkommen.«

»Nein«, sagt Archer. Klar und auf den Punkt.

»Teufel nein«, sagt Killian. Laut und ungestüm.

»Dann gehe ich allein.« Ja, ich bin klug genug zu wissen, dass ich Schutz gebrauchen kann, ich bin aber auch dickköpfig genug, ohne loszuziehen.

Archer schürzt die Lippen. Killian flucht.

Ganz geschäftsmäßig frage ich: »Wie lange werden wir bis nach Los Angeles brauchen?«

»Solange wir nicht wissen, wer dir nach dem Leben trachtet, müssen wir fahren. Keine Flugzeuge. Keine öffentlichen Verkehrsmittel. Basta.« Killian schaudert. »Wir könnten die Zweiundvierzigstundenfahrt in ungefähr sechsunddreißig Stunden schaffen. Vielleicht.«

Auf jeden Fall. »Wir wechseln uns mit dem Fahren ab. Und nur um das klarzustellen, ihr Jungs werdet euch während der

Fahrt weder beleidigen noch angreifen oder einander verletzen. Das ist alles, worum ich euch bitte.«

»Ja. Das ist *alles*.« Killian stiert mich an.

»Das ist keine Bitte.« Archer verschränkt die Arme vor der Brust. »Das ist ein Befehl.«

Ich starre ihn in Grund und Boden. »Und ich bereue nichts. Nun. Ich werde jetzt in die Hütte gehen, meine Sachen packen und mit Sloan reden. Wenn ihr beide danach noch hier seid – lebendig und unverletzt –, kann es losgehen.«

Ich eile nach draußen, wo die Sonne gerade aufgeht und den aufkommenden Sturm vertreibt. Ich bleibe kurz stehen, um durchzuatmen, schaffe es aber nicht, die prächtigen Schattierungen von Rosa und Gold am Himmel zu genießen.

Ein Stöhnen zieht meine Aufmerksamkeit auf sich. Charles liegt auf einem Blätterhaufen ausgestreckt am Boden, Zweige im Haar. Archer muss ihn dort getroffen haben, wo es wehtut. Ich überlasse ihn seiner Regeneration und steuere auf das Haus zu, froh, dass sich kein weiterer Tornado zusammenbraut.

Sloan erwartet mich im Eingangsbereich, wo sie auf und ab geht. Sie trägt ein schwarzes Tanktop, schwarze Jeans und Kampfstiefel, ihr Pony schwingt von einer Seite zur anderen.

»Hey«, sage ich.

Sie kommt auf mich zu und reißt mich in die Arme. »Ich habe Archer und Deacon reden gehört. Das mit deiner Mom tut mir leid.«

Zuerst weiß ich nicht, wie ich reagieren soll. Dann schlinge ich die Arme um sie und erwidere ihre Umarmung. Lasse mich trösten, tröste sie aber hoffentlich auch. »Ja. Was für ein Mist.«

»Wirst du sie besuchen?«

Ich nicke.

Sie seufzt. »Dann gehen wir jetzt wohl getrennte Wege.«

Ich öffne den Mund, um zu protestieren. *Nein! Wir bleiben zusammen.* Doch dann wird mir klar, dass es irgendwann sowieso so weit gekommen wäre. Sie kann selbst entscheiden, und ich werde sie auf keinen Fall zu etwas überreden, das sie nicht will, nur damit sie an meiner Seite bleibt.

»Gehst du nach Hause, oder bleibst du hier?«, frage ich.

»Ich gehe nach Hause. Ich wollte noch bis nach meinem Geburtstag warten, aber ich bin zu ungeduldig. Und wundere dich nicht, wenn du in den Nachrichten hörst, dass das Aubuchon-Anwesen niedergebrannt ist, nachdem die verlorene Tochter zurückkehrte. Kein Anwesen, kein Grund zu heiraten.«

Ich kann den Schmerz klar aus ihrer Stimme heraushören. »Das heißt, du wirst doch nicht den erstbesten unpassenden Typen heiraten?«

»Nein.« Sie streicht sich durchs Haar. »Mich verdient keiner.«

Gutes Mädchen. »Das mit deiner Familie tut mir leid«, sage ich und meine es so. Jedes Kind sollte sich unschätzbar wertvoll fühlen. Sollte bedingungslos geliebt werden.

»Ich weiß, dass du mich verstehst.«

»Ja. Ich war für dich nur die Fahrkarte zu Ruhm und Reichtum, mehr nicht.« Ich umarme sie erneut. »Pass gut auf dich auf, sonst werde ich sauer. Wir wissen noch immer nicht, wer uns umbringen wollte.«

»Keine Sorge. Ich habe einen Bodyguard. Deacon wird mich begleiten.«

»Gut.« Ich hätte den Gedanken, dass sie allein ist, nicht ertragen.

Ihre Augen funkeln aufgeregt. »Ich glaube, ich werde ihm die Ehre zuteilwerden lassen, bis wir Savannah erreichen, mein Liebhaber zu sein.«

Ich unterdrücke ein Lachen. »Liebhaber? Im Ernst?«

»Was ist? Ich fände es etwas unhöflich, ihn als mein Zirkuspferd zu bezeichnen.«

Wir lächeln uns an, oder grinsen vielmehr, dann gehe ich die Treppe hinauf. In meinem Schlafzimmer angekommen, putze ich mir die Zähne, kämme mein Haar und stopfe die Kleider und Toilettenartikel, die Archer mir gegeben hat, in eine Tasche. Außerdem die Eiweißriegel, die ich versteckt habe – *nur für den Fall* –, anschließend wickle ich mein Skalpell und ein paar Küchenmesser in die T-Shirts, damit sie nicht klimpern.

Ich haste entschlossen nach unten. Zu meiner Überraschung – und ich bin tatsächlich überrascht, weil ich überrascht bin – wartet Archer im Wohnzimmer auf mich.

Er schaut grimmig. »Wir können mit ziemlicher Sicherheit davon ausgehen, dass du das Ziel bei dem Flugzeugabsturz warst. Jemand will deinen Tod und benutzt nun deine Mom, um dich nach Hause zu locken.«

Ja. Da hat er wahrscheinlich recht. »Dieser jemand kennt mich gut, denn ich muss einfach zu ihr.«

»Sie wird sterben. Du wirst daran nichts ändern …«

»Sie wird nicht sterben!« Tief einatmen … ausatmen. »Du kennst die Zukunft nicht. Ich habe *baiser de la mort* überlebt. Und das kann sie auch.«

»Du hast eine abgeschwächte Dosis überlebt, sie hat die volle bekommen.«

Mein Kinn zittert, ich schüttle den Kopf. »Das weißt du nicht.«

»Doch. Ich hatte Kontakt mit dem TA ihrer Freundin, die in ihre Nähe bleibt, um den Verlauf zu beobachten.«

Der Agent ihrer Freundin? Meine Mom hat keine troikanischen Freunde. Nun, zumindest nicht, dass ich wüsste. »Sag dem TA, dass er ihr Lebensblut geben soll.«

»Das hat er schon. Viele Dosen, um genau zu sein. Lebensblut ist jedoch kein Allheilmittel, Ten, sondern ein spirituelles

Stärkungsmittel. Eine Kraftquelle. Es kann den Heilungsprozess beschleunigen, aber nicht retten, was nicht zu retten ist.«

Ich höre die unausgesprochene Bedeutung heraus – *sie* ist nicht mehr zu retten.

Ich remple ihn an, als ich mit hoch erhobenem Kopf an ihm vorbeigehe. »Wollen wir hier den ganzen Tag verplaudern oder endlich losfahren?« Bevor er antworten kann, bin ich schon zur Tür hinaus.

Ich marschiere durch den Garten. Außerhalb der troikanischen Schutzzone wartet Killian neben einem schwarzen Geländewagen. Eine Sonnenbrille verbirgt seine Augen, das einzige echte Merkmal einer Hülle. Sein dunkles Haar ist vom Wind zerzaust.

Ich gehe um ihn herum, um die Tasche auf den Rücksitz zu schleudern.

Er stellt sich hinter mich. Ich kann ihn spüren. Nicht die Wärme seines Körpers, sondern ihn. Ihn ganz und gar. Ich drehe mich um, und *da ist er*. Sehr nah, so an mich gedrückt, als wären wir zwei Teile einer Einheit.

»Verschwinde!«, knurre ich. »Das ist nicht der richtige Zeitpunkt, um mich wieder zu manipulieren.«

Er presst die Lippen zu einer dünnen Linie zusammen. »Ich mache mir Sorgen um dich. Ich möchte dich … trösten.«

»Nein, du willst einen Vorteil aus dieser furchtbaren Situation ziehen. Wir beide wissen, dass *trösten* nicht dein Ding ist.«

Er fährt sich mit der Zunge über die Schneidezähne. »Ich denke schon. In deinem Fall.«

Ich bin zu bestürzt, um dieses Spielchen mitzumachen. »Ich bin für dich nichts Besonderes, Killian.«

»Doch, bist du.«

»Nein. Das hast du heute sehr deutlich gemacht.« Ich sehe ihn böse an. »Du hast alles in deiner Macht Stehende getan, um mir deinen Willen aufzuzwingen. Aber ich bin nicht zu einer Hälfte eine Generalin, okay? Ich bin einfach nur ich. Einfach Ten. Ich glaube nicht an Schicksal oder Verschmelzung, und das werde ich auch nie.«

Er schweigt lange, ich kann seine Anspannung spüren.

Schließlich sagt er: »Du *bist* etwas Besonderes. Wenn du mich ansiehst, fühle ich mich nicht mehr so einsam. Du bringst mich zum Nachdenken, und durch dich bin ich ein besserer Mann.««

Sein Akzent ist stärker als je zuvor, in seinem Kiefer zuckt ein Muskel.

Ich seufze verärgert. »Killian ...«

»Na gut.« Er weicht einen Schritt zurück, schafft Distanz, eine Distanz, die ich hasse, die jedoch notwendig ist. »Ich habe versucht, dich zu manipulieren, stimmt, aber nur, weil ich das Beste für dich will. Ich will, dass deine Zukunft geklärt ist. Dass sie sicher ist.«

Zero! Wegen meines aufgewühlten Zustands habe ich blindlings um mich geschlagen und ihn verletzt. Ihn schwer verletzt, ich könnte mir selbst eine runterhauen.

Er setzt sich hinters Lenkrad und knallt die Tür so heftig zu, dass ich zusammenzucke.

Plötzlich tritt Archer durch die unsichtbare Wand. Ohne mich eines Blickes zu würdigen, schwingt er sich auf den Beifahrersitz.

Seufzend setzte ich mich auf die Rückbank hinter diese beiden Krieger, die sich offenbar im Geiste ausmalen, auf welche Weise sie einander umbringen werden. Ein falsches Wort könnte alles zum Explodieren bringen.

Gras und Kies spritzen von den Rädern auf, als Killian über das Gelände rast. Er scheint keinen Begriff von Sicherheit zu haben, so wie er herumkurvt und über Stümpfe und Steine brettert, aber zumindest versuchen die beiden sich nicht gegenseitig umzubringen und niemand flucht, also betrachte ich das als einen großen Fortschritt.

Bald schon kommen Gebäude in Sicht, jedes einzelne imposanter als das davor. Meine Augenlider werden schwer, ich beginne zu gähnen, doch ich muss wach bleiben. »Schweigen wir die ganze Fahrt über?«

»Ja«, fahren sie mich gleichzeitig an. Dann knurren sie sich an.

»Vergesst die Frage.« Ich werde die Stunden damit verbringen zu zählen. Autos. Bäume. Gebäude. Wolken. Als wir halten, um die Batterie aufzuladen – dank der Sphären wird Benzin nicht mehr benötigt –, leihe ich mir Geld von Archer, um für den Strom zu bezahlen.

»Warte, ich komme mit dir«, sagt er.

»Du bleibst im Wagen und sorgst dafür, dass niemand daran herumpfuscht. *Ich* gehe mit ihr.« Killian legt einen Arm um meine Taille und versucht, mich wegzuziehen.

Archer ignoriert ihn. »Was willst du, Ten?«

»Dass ihr beide nicht darüber streitet.«

Er sieht aus, als wollte er protestieren, nickt Killian dann aber zu.

Ich ziehe los, doch Killian jagt an mir vorbei, um mir die Tür aufzuhalten. »Bist du jetzt mein Bodyguard?«, frage ich, als er mich mit einer Handbewegung auffordert hineinzugehen.

»Ja. Gern geschehen.«

Elf Leute befinden sich dort. Vier davon sind Mädchen, und sie starren ihn an. Er tut so, als würde er es nicht bemerken.

»Hier gibt es drei Hüllen.« Diese Worte flüstert er mir direkt ins Ohr, was mich erschaudern lässt. »Das gefällt mir gar nicht. Beeil dich.«

»Wie kannst du das mit nur einem einzigen Blick wissen?«

»So *gut* bin ich eben.«

Ja, ja.

Ich steuere auf das Regal mit den Süßigkeiten zu und schnappe mir fünf von meinen Lieblingsschokoriegeln.

Auf dem Weg zur Kasse fällt mir eine digitale Zeitung mit den blinkenden Schlagzeilen auf. Für weitere fünf Dollar kann ich mir die aktuellen Artikel direkt auf mein Handy laden. Nun, wenn mein Handy aktiviert wäre.

Hellseher verhaftet. Er hat es nicht kommen sehen!

Mann entführt Ex-Freundin. Zwingt sie, für ihn zu bügeln!

Toter Mann auf dem Friedhof gefunden. Stadt in Aufruhr!

Marihuana verbieten? Ausschuss diskutiert.

Und dann leuchtet das Foto meines Vaters auf dem Bildschirm der *Neue Sphären Presse* auf.

Die Geliebte des Senators ist schwanger! Was niemanden überrascht, nachdem seine Frau, die bekannte Künstlerin Grace Lockwood, ihn verlassen hat, und es seit über einem halben Jahr vorzieht, ein abgeschiedenes Leben zu führen. Oder sich vielleicht mit ihrem Liebhaber versteckt? Dr. Dewayne Reynolds, ebenfalls verheiratet, wurde öfter auf dem Grundstück gesehen. Doch es ist gut möglich, dass Mrs. Lockwood und Dr. Reynolds sich inzwischen getrennt haben, denn Mrs. Lockwood lebt nun wieder mit ihrem Mann zusammen. Die Frage nach dem unehelichen Kind wollte sie nicht kommentieren.

Ich bin – vollkommen – platt. Während ich weg war, ist sooooo viel passiert. Mein Dad hat nicht gelogen, als er sagte, dass meine Mom zurückgezogen lebt. Er hat aber auch nicht darauf gewartet, dass sie zurückkommt. Er hatte eine Affäre, und die Frau bekommt nun sein Kind.

Bald werde ich einen Bruder oder eine Schwester haben, wie ich es mir immer gewünscht, doch nie erwartet habe.

Ich lächle. Ich fluche. Mein Dad hat ein Hintertürchen gefunden, denn das Gesetz zur Geburtenkontrolle gilt nur für Frauen. Nur sie dürfen nicht mehr als ein Kind bekommen.

Mein Dad hat sich damit vielleicht sogar ein neues Faustpfand für Myriad besorgt.

Ich schmecke Blut, und erst da wird mir klar, dass ich mir auf die Zunge gebissen habe. Mein Geschwisterchen wird *nicht* auf dieselbe Weise benutzt werden wie ich. Lieber sterbe ich.

»Wusstest du davon?«, frage ich Killian schärfer, als ich eigentlich vorhatte. »Von dem Kind der Geliebten?«

»Ich wusste nur von der Affäre.« Sein Ton ist genauso scharf wie meiner. »Ich habe Berichte über ihn angefordert, doch die müssen redigiert worden sein. Irgendjemand behält hier Geheimnisse für sich.«

Seine Worte wecken eine Erinnerung bei mir. Der Flash-Scribe meiner Mutter.

Ich weiß, ich habe dich nicht besucht, aber dafür gibt es einen guten Grund. Ein wunderschönes Geheimnis. Eins, das mich gelehrt hat, wieder eine gute Mutter zu sein.

Während sie sprach, hat im Hintergrund ein Baby geweint. »Ich frage mich, ob die Geliebte ihr Baby bereits bekommen hat.« War es meiner Mutter erlaubt worden, die Verantwortung für das Kind zu übernehmen?

Killian legt eine Hand über die digitale Zeitung und schließt die Augen. Lädt er den Artikel herunter?

»Nein«, sagt er schließlich. »Die Geliebte ist erst im siebten Monat schwanger.«

Ich würde gern noch mehr sagen, doch der Typ vor uns schaut kurz über die Schulter zu mir. Unsere Blicke treffen sich, bevor er sich wieder umdreht. Dann sieht er mich erneut an, länger diesmal. Er beginnt zu grinsen.

Killian stellt sich vor mich. »Du solltest nur nach vorn schauen«, sagt er zu dem Typ. »Je schneller, desto besser. Für dich!«

Der Typ wird rot und dreht sich weg.

Ich bin mir nicht sicher, ob das gerade Eifersucht war oder eher das Äquivalent zum Verhalten eines Hundes, der an mein Bein pinkelt. Wie auch immer, ich muss lächeln, obwohl ich eigentlich nichts zu lächeln habe.

Als ich an der Reihe bin, bezahle ich mit Archers Bündel Bargeld. Der Kassierer stopft meine Einkäufe in eine Tüte, nach der Killian, mein ritterlicher Bodyguard, sofort greift. Ich habe mich gerade umgedreht, um zum Ausgang zu gehen, als von hinten etwas Schweres gegen mich prallt. Ich spüre ein Stechen in meinem Rücken und dann pulsierenden Schmerz in meiner Hüfte, weil ich gegen die Kassentheke pralle.

Mit einem Knurren stößt Killian den Übeltäter weg. »Vorsicht.«

»Tut mir leid, tut mir leid. Ich bin gestolpert.«

Er ist ein Teenager mit einer fiesen Erkältung, er wischt sich die Nase mit einem Taschentuch ab. Dabei blitzt im Licht ein Ring auf, der viel zu groß für seine Hand ist … und dann niest er Killian voll ins Gesicht. Er entschuldigt sich wieder, und es scheint ihm *tatsächlich* leidzutun. Er sieht ganz unglücklich aus. Armer Kerl.

Killian starrt auf sein beschmutztes Hemd, verzieht das Gesicht und zerrt mich zum Ausgang. Mir fällt mein Geschwisterchen ein.

»Was ist los?«, fragt Archer.

Statt zu lügen und die übliche Mädchenantwort zu geben – *nichts, alles gut* – setze ich mich in den Wagen und wickle verärgert einen Schokoriegel aus. Nie zuvor hat ein Mädchen Zucker mehr gebraucht als ich …

Ich habe gerade mal eine Hälfte verdrückt, als schrecklicher Nebel meinen Kopf ausfüllt. Ein hässliches Klingeln in meinen Ohren. Mein Herzschlag … verbiegt sich irgendwie, ist auf einmal nicht mehr als ein Flattern, als ob mein Herz von innen an den Brustkorb genagelt worden wäre. Schmerz strahlt von meiner linken Schulter bis in die Fingerspitzen meiner linken Hand.

Ich bin zu jung für einen Herzinfarkt.

Ich höre die beiden leise miteinander reden.

»… bei deiner Stimme bekomme ich Kopfschmerzen. Halt die Klappe.« Killian.

»Wie wäre es, wenn ich dir stattdessen einfach die Ohren abschneide?« Archer.

Ich bin mir nicht sicher, ob Killian etwas entgegnet. Der Schmerz in meiner Schulter nimmt exponentiell zu, und ich japse nach Luft. Schweiß bricht mir in Strömen aus, während gleichzeitig das Blut in meinen Adern zu gefrieren scheint. Ich öffne den Mund, um nach Hilfe zu rufen – *bitte!* –, doch heraus kommt nur ein weiteres Keuchen. Dann kann ich *spüüüüüren*, wie mein Herz den Tod empfängt, in einem Moment flattert es noch, im nächsten wird es still. Meine Lunge funktioniert nicht mehr. *Ich bekomme keine Luft, ich brauche Luft.*

Der Nebel in meinem Kopf wird dicker bis …

… er sich plötzlich auflöst. Genauso wie der Schmerz. Auf einmal bin ich schwerelos, und ich falle … falle … *wumms.*

TROIKA

Von: A_P_5/23.43.2
An: L_N_3/19.1.1
Betreff: Und jetzt?

Ich bin bei Ten. Wir sind auf dem Weg nach Los Angeles, um ihre sterbende Mutter zu sehen. Killian ist auch dabei, und ich habe den dringenden Wunsch, ihm erst wehzutun und mich dann zu entschuldigen. Erbitte Rat.

TROIKA

Von: L_N_3/19.1.1
An: A_P_5/23.43.2
Betreff: Mein bester Rat

Tun Sie nichts, was ich nicht auch tun würde.
General Levi Nanne

TROIKA

Von: A_P_5/23.43.2
An: L_N_3/19.1.1
Betreff: Wow! Danke!

Sind Ihre Perlen der Weisheit vielleicht in Wahrheit aus Plastik?

TROIKA

Von: L_N_3/19.1.1
An: A_P_5/23.43.2
Betreff: Na schön, wie wär's damit?

Sie sollen das Mädchen nicht einfach nur beschützen – lernen sie es besser kennen. Mir ist aufgefallen, dass Sie seit der Sache mit Dior bei Ihren Zielpersonen eher distanziert agieren. Doch jemanden zu mögen macht einen nicht schwach, mein Sohn, sondern stark. Wenn man liebt, hat man einen Grund, für eine bessere Zukunft zu kämpfen.

Zudem sind Miss Lockwoods Großeltern troikanische Beobachter, und sie haben mich darüber informiert, dass man in Myriad einen weiteren Anschlag auf Miss Lockwoods Leben plant. Weichen Sie ihr nicht von der Seite.

TROIKA

Von: A_P_5/23.43.2
An: L_N_3/19.1.1
Betreff: Ernsthaft

Zerfressenes Plastik. Aber ich werde keinesfalls freiwillig von ihrer Seite weichen. Darauf haben Sie mein Wort.

TROIKA

Von: Unbekannt
An: A_P_5/23.43.2
Betreff: Hi

Sie ist tot. Sie hätten sie retten müssen. Warum haben Sie sie nicht gerettet? Sie starb um 10.17 Uhr am 12. November dieses Jahres. Im Anhang finden Sie die Details.

TROIKA

Von: A_P_5/23.43.2
An: Unbekannt
Betreff: Wer sind Sie?

Woher haben Sie meinen Rang und meine ID-Nummer?

Und wie konnte sie – wer immer sie ist – am 12. November um 10.17 Uhr dieses Jahres sterben? Dieses Datum liegt eine Woche in der Zukunft.

Was Ihren Anhang mit »Details« betrifft: Dabei handelt es sich um eine grob gezeichnete Wegskizze zu einem Drogenhaus. Danke, aber nein danke.

17. KAPITEL

»Wahrheit entwickelt sich. Was heute wahr ist,
wird morgen vielleicht nicht mehr wahr sein.«

Myriad

Ich rolle über einen holprigen Grund, Luft explodiert in meiner Lunge. Fröhliches Gelächter dringt mir in die Ohren, kurz bevor etwas hart in meinen Bauch prallt. Ein Stiefel? Dann kreischt ein Vogel, und das Gelächter bricht ab. Schritte. Ein Mann schreit vor Schmerz. Eine Sekunde später schreien viele.

Steh auf! Steh auf! Gefahr!

Ich zwinge mich, die Augen zu öffnen und erwarte, Killian und Archer zu sehen, die sich gegenseitig einen Dolch an den Hals halten. Zumindest sollte ich mich in einem Geländewagen befinden, umgeben von befestigten Straßen, Bäumen, Gebäuden. Stattdessen sind da Mondlicht, Glutkäfer und knorrige Bäume mit zahnartigen Blättern, die nach mir schnappen.

Die Viele-Enden-Sphäre?

Nein, nein, nein. Ich bin nicht tot. Nicht schon wieder. Das darf einfach nicht sein.

Doch es ist so. Eindeutig.

Mein Herz – das tatsächlich schlägt – stolpert vor Panik. Wenigstens entdecke ich keine Affen-Skelette. Haben die vielleicht bereits Beute gemacht? Als ich tief einatme, brennt der dicke Rauch aus den schwarzen Wolken in meiner Kehle, ich huste. Ein Sturm braut sich zusammen, und an einem Ort wie diesem kann man wohl kaum mit normalem Regen rechnen.

Ich muss mich bewaffnen. Sofort. Je umfangreicher, desto besser.

Genau. Ich suche den Boden ab, finde einen herabgefallenen Ast. Als ich ihn berühre, fährt ein scharfer Stich in meine Hand. Hastig lass ich den Ast fallen und sehe, wie drei Blutstropfen aus meiner Handfläche quellen.

Drei … eine Triade. Die eleganteste aller Zahlen. Die einzige Zahl, die der Summe der Zahlen unter ihr entspricht.

Troika.

Die Wunden sind … kleine Stiche. Ich beuge mich hinunter, um das kurze Stück Holz, das etwa so dick wie ein Handgelenk ist, genauer zu mustern. Erst da entdecke ich die kleinen braunen Käfer, die darüber krabbeln. Und …

Oh. Wow, wow, wow. Mir wird so schwindlig, dass ich beinahe umkippe. Während ich um mein Gleichgewicht kämpfe, donnert es auf einmal so laut, dass mein Trommelfell fast platzt. Mit schmerzverzerrtem Gesicht richte ich mich auf. Taumle erneut. Gehe einen Schritt und mache fast eine Bauchlandung. Glutkäfer, die in der Nähe gewartet haben, fallen in Scharen über mich her und verbrennen mich.

Ich wedle hektisch mit den Armen. Wieder ein Donner, Schmerz explodiert in meinem Schädel. Ich halte mir die Ohren zu, doch als der dritte Donnerschlag folgt, wird mir klar, dass nichts diesen entsetzlichen Lärm dämpfen kann. Meine Schreie vermischen sich mit Tausenden Schreien, die noch immer zu hören sind. Tränen laufen mir über die Blasen auf meinen Wangen.

Ten's tears fall, and I call.

Das Kinderlied füllt meinen Kopf aus, die perfekte Ablenkung. *Nine hundred trees, but only one is for me.*

Etwas Hartes prallt gegen meinen Rücken und wirft mich um. Die Glutkäfer zerstreuen sich, was jedoch kaum noch eine Rolle spielt. Denn jetzt sind die Vogelskelette zurück, sie sind gekommen, um ihren Job zu beenden! Ich stoße die Ellbogen nach hinten und vernehme ein Grunzen.

»Halt sie fest.« Wegen der Schmerzen und meiner Verwundungen höre ich die Stimme gedämpft, aber ich bin klar genug, um zu wissen, dass Vögel schreien und Menschen sprechen. Also habe ich einen Menschen im Rücken und einen anderen – den Sprechenden – irgendwo in der Nähe.

Zwei gegen einen.

Zwei Paar Hände umklammern meine Handgelenke. Ich bäume mich auf, versuche, die Angreifer abzuschütteln.

Der Junge zu meiner Rechten sagt: »Wir wollen dir helfen, Mädchen.«

Vielleicht sagt er die Wahrheit, vielleicht nicht. Ich habe nicht vergessen, was Archer und Killian mir beigebracht haben, also drehe ich die Handgelenke, um die Hände zu packen, die mich noch immer festhalten. Ich benutze beide als Hebel und wuchte mich in die Höhe, während ich gleichzeitig ein Bein nach hinten reiße und den anderen – *drei* gegen einen – in die Brust trete.

Die Typen stolpern und lassen mich los, und ich gehe in die Hocke, schnappe mir den mit Käfern bedeckten Ast und werfe ihn auf den anderen, einen etwa eins achtzig großen Kerl, braunes Haar, schmutzig, aber er ist auf jeden Fall ein Mensch. Er fängt den Ast auf – Instinkt, schätze ich – und grunzt, als die Käfer ihn beißen. Was ihn betrifft, steht es jetzt unentschieden. Wir sind beide gebissen worden. Vergiftet? Der Schwindel …

Ich richte mich auf, balle die Hände zu Fäusten und drehe mich um, breiter, sicherer Stand. Ich bin bereit. Ein Junge und ein Mädchen zu meiner Linken. Der Junge hat schulterlanges blondes Haar. Zumindest halte ich es für blond. Es ist mit Schmutz und Blut verschmiert, getrocknete Blätter hängen in den Strähnen. Für einen Jungen ist er recht klein, aber immer noch größer als ich, und er ist dünn, als hätte er seit einer Ewigkeit nichts Anständiges mehr zu essen bekommen.

Das Mädchen ist kleiner und sauberer, hat geflochtenes helles Haar und das Gesicht eines Engels trotz einiger Schmutzschlieren. Als ich sie ansehe, senkt sie den Kopf. Sie ist schüchtern. Verstanden.

»Idiotin!« Der kleinere Junge sieht mich böse an. »Wir versuchen bloß, dir dein doofes Leben zu retten.«

Ein Donnerschlag schickt mich beinahe zu Boden, während die drei Freunde lediglich das Gesicht verziehen.

»Wenn der Regen fällt, solltest du besser nicht hier draußen sein«, fährt er fort. »Dann wird nämlich die Haut von deinen Knochen schmelzen.«

»Wenn du mich kennen würdest«, zische ich ihn an, »wüsstest du, dass ich nicht einfach so jemandem vertraue. Also. Woher weiß ich, dass ihr nicht genauso schlimm wie diese Tiere seid und mich in eine Falle lockt?«

Entsetzlicher Gestank weht durch die Luft, ich muss würgen. Das ist der Tod höchstpersönlich, und er kommt näher.

»Bleib hier, oder komm mit uns«, sagt er. »Deine Entscheidung.«

Sowieso. »Wer bist du?«

»Hier draußen? Da bin ich nur Futter.« Er dreht sich um und rennt in den dichten Wald. Die anderen beiden folgen ihm, und ich muss nicht lange nachdenken. Ich sprinte hinter ihnen her, behalte ihren Zickzackkurs bei, mit dem sie beißenden Ästen und schimmernden Luftflecken ausweichen. Der Geruch des Todes wird allmählich schwächer.

Nine hundred trees, but only one is for me.

Wieder höre ich das Lied, aber ich schüttle den Kopf, um die Worte loszuwerden. *Nicht jetzt. Konzentrier dich!*

Schließlich ruft der kleinere Junge: »Ich heiße Brett.«

»Kayla«, sagt das Mädchen.

Dann meint der größere Junge: »Ich bin Reed.«

»Ich bin Ten.«

»Wie bist du gestorben?«, fragt Reed.

Ich zucke zusammen. »Ich weiß es nicht. Und ihr?«

»Hast du schon mal von VGGS gehört?« Brett hüpft über einen Stein. »Wir hatten eine Versammlung, um einen Friedensmarsch zu planen. Es gab eine Explosion, und dann sind wir hier aufgewacht.«

Ich durchforste mein Hirn nach einer entsprechenden Meldung in den Nachrichten, kann mich aber nicht erinnern. Das muss passiert sein, als ich in Prynne eingesperrt war.

»Woher kommt ihr?«

»L.A.«

»Meine alte Heimat. Und ihr habt wirklich geglaubt, ihr könnt die Sphären dazu bringen, den Krieg zu beenden und sich ab sofort lieb zu haben?«

Kayla wirft mir einen finsteren Blick zu und übersieht dabei einen Stein. Sie stolpert. Anders als ich fällt sie auf Hände und Knie. Brett und Reed eilen an ihre Seite, um ihr aufzuhelfen. Sie funktionieren wie eine gut geölte Maschine. Ganz offensichtlich mussten sie das schon öfter tun.

Ein Krächzen erschallt – die Skelettvögel! –, und automatisch taste ich nach meinem Skalpell. Zero! Wann lerne ich es endlich, dass ich keines mehr habe?

Eight times eight times eight they fly, whatever you do, don't stay dry.

Moment. *They* fly. *Sie* fliegen. Die Vögel?

In dem Lied geht es doch nicht etwa um diesen Ort? Lina konnte unmöglich wissen, dass ich hier landen würde. *Nicht wahr*?

Sie sprach immer in der Vergangenheitsform. Als ob die Zukunft schon geschehen wäre.

Sie wusste die ganze Zeit, dass ich aus Prynne entkommen würde.

Eine dieser Kreaturen landet direkt vor mir, ich komme schlitternd zum Stehen. Flügel aus Knochen und Metall spannen sich weiter und weiter, werfen Bäume um. Die Jungen ziehen Waffen – grobe, aus Holz geschnitzte Dolche. Gut, das ist gut. Vier von uns gegen einen von ihnen. Ausgezeichnete Gewinnchance.

Kayla kriecht zu einem Baumstamm und kringelt sich dort wimmernd zusammen.

Okay. Drei gegen einen. Immer noch eine gute Gewinnchance. Jetzt hat uns der hautschmelzende Regen allerdings fast schon erreicht. Wobei … vielleicht *wollen* wir nass werden? *Eight times eight times eight they fly, whatever you do, don't stay dry.*

Don't stay dry … bleib nicht trocken. Doch … wenn der Regen uns zerschmelzen lässt, dann handelt es sich nicht um Wasser, sondern um irgendeine Art von Säure.

Also, der Regen kann nicht gemeint sein.

»Wasser«, sage ich. »Wir brauchen Wasser.« Es ist einen Versuch wert.

»Nein.« Brett hüpft von einem Fuß auf den anderen und macht sich bereit zu springen. »Der See ist noch gefährlicher als diese Kreaturen.«

Der Vogel krallt sich im Boden fest, während er sich ausstreckt … sein Hals wird länger … länger … mit dem Schnabel schnappt er nach Brett, der in letzter Sekunde ausweicht.

»Aus dem See kehrt niemand jemals zurück«, fügt Reed hinzu.

Aber das Lied …

Hat vermutlich keine Bedeutung. *Vergiss es. Konzentrier dich.*

Da ich unbewaffnet bin, kann ich nicht zusammen mit den

Jungen kämpfen. Als Köder dagegen könnte ich durchaus dienen.

»Hey«, rufe ich. »Hierher. Hol mich doch.«

Die Kreatur sieht mich an. Zumindest glaube ich das, denn der Kopf schwingt in meine Richtung, aber die Augenhöhlen sind leer.

Die Jungen verstehen, was ich vorhabe, und stürzen sich auf das Viech, das auf mich zugeht. Wieder ein Kreischen, gefolgt von einem Donnerschlag, der noch lauter ist als alle zuvor. Warme Flüssigkeit sprudelt aus meinen Ohren. Schreiend falle ich …

»Ten!«

Ich reiße die Augen auf. Killian ragt über mir auf, er trägt keine Sonnenbrille mehr und die goldenen Flecken in seinen Augen leuchten. Ich klopfe mir auf die Ohren, das Pochen lässt langsam nach. Ich bin nicht … ich kann nicht …

»Du bist okay. Ich bin da, ich bin da.«

Ja, ja, das ist er. Er ist da, und ich lebe. Dank dem Erstkönig!

Ich sehe mich suchend im Wagen um, der am Straßenrand geparkt ist. »Wo ist Archer?«

»Keine Sorge. Er kommt gleich zurück … er muss nur was besorgen.«

Auch wenn meine Synapsen noch nicht wieder auf Hochtouren laufen, höre ich eine gewisse Zweideutigkeit aus seinen Worten heraus. »Hast du seine Hülle zerstört?«

Seine Zähne blitzen auf, als er lächelt, halb vergnügt, halb böse. »Definiere *zerstört*.«

Also ja.

»Ich habe ihn nicht geschlagen«, fügt Killian hinzu. »Ich habe ihm nur ganz kurz meine Fäuste gezeigt.«

Darüber müssen wir noch sprechen, aber nicht jetzt. Jetzt muss ich zurück. »In der Viele-Enden-Sphäre«, sage ich, »sind ein paar Jugendliche. Die brauchen mich.« Wenn sie nicht schon tot sind … tot … wieder tot. Ich kann nicht zurückgehen, ohne zu sterben.

Ich will nicht sterben.

Er legt eine Hand um mein Kinn, und ich kann nicht wegsehen. Er ist zu erleichtert, zu herzzerreißend zärtlich. Meistens verhält er sich vollkommen unmöglich, doch es gibt eben auch diese fantastischen Augenblicke voller Mitgefühl.

»Du warst in der Viele-Enden-Sphäre?«, fragt er sanft.

»Ja. Aber wie bin ich gestorben?« Der Nebel in meinem Kopf … der Schmerz in meiner Brust. Oh … Zero. Darmausscheidungen checken!

Auf keinen Fall sollen die Menschen als Letztes meine beschmutze Hose in Erinnerung behalten.

Es gelingt mir, unauffällig an mir herabzublicken. Alles sauber.

»Wie wurde ich zurückgeholt?«, frage ich.

Killian lässt mich los, um sich die Stirn zu reiben. »Du wurdest vergiftet. Ich habe dich untersucht und habe einen Einstich gefunden.« Er lässt eine Hand auf meinen Rücken gleiten und klopft auf eine empfindsame Stelle. »Dein Herz hat aufgehört zu schlagen, und ich habe dir Lebensblut eingeflößt.«

Vergiftet, während ich am Leben war? Unmöglich. »Wann sollte das …? Wie?« Niemand weiß, wo ich bin. »Wer?« Ich klinge wie eine Idiotin, doch das ist mir egal.

»Ich schätze, dass es dieser Junge an der Aufladestation war. Er hat dich absichtlich angerempelt, und wahrscheinlich war eine Nadel unter diesem riesigen Stein in seinem Ring verborgen.«

Ich erinnere mich an einen Stich in meinem Rücken. Aber … aber … »Wieso?««

»Wer immer dich töten will, kann dafür sorgen, dass an jeder Aufladestation zwischen New York und L. A. jemand auf dich wartet.« Killian schließt die Augen und holt tief Luft.

»Die Sphären sind es ganz eindeutig leid, auf deine Entscheidung zu warten. Sie wollen dir keine Zeit mehr lassen.«

»Das klingt, als wäre das mein Problem, Killian. Du kannst dich entspannen …«

»Nein! Ich werde mich nicht entspannen.« Er schüttelt mich leicht. »Das ist unser Problem.«

Wir starren einander an, schweigend, und ich frage mich, ob mein Gesichtsausdruck genauso gequält ist wie seiner.

Ich weiß jetzt, dass die Sphären tatsächlich in der Lage sind zu morden. Nicht nur wegen des Flugzeugabsturzes und des Gifts, sondern auch wegen der Kids vom VGSS. Jemand hatte genug Angst vor ihnen und ihrem Ziel, um sie zu bombardieren.

Als ich mich aufsetze, muss ich gegen den Schwindel ankämpfen, der mich aus der Sphäre hierher begleitet hat. Autos sausen an unserem Geländewagen vorbei. Die Sonne geht gerade unter, was bedeutet, dass ich einen weiteren Tag verschlafen – und dabei ins Gras gebissen – habe.

»Ich werde Madame Bennett eine Nachricht schicken«, sagt er und beginnt, auf seinen Arm zu tippen. »Und ihr sagen, dass du kurz davor bist, bei uns zu unterschreiben.«

»Aber …«

»Das wird dir etwas Zeit verschaffen. Falls *Myriad* dich tot sehen will. Falls Troika dich tot sehen will, werden sie erneut zuschlagen, sobald es sich herumspricht, und diesmal noch heftiger.«

Das glaube ich nicht. So ein fieser Angriff ist nicht Troikas Stil.

Weil du sie ja so gut kennst, nicht wahr?

Nein, aber ich kenne Archer und Deacon. Ich weiß, dass ihnen Gesetze viel bedeuten. Ich weiß, wie wertvoll ihnen ein Leben ist. »Ich möchte nicht, dass du meinetwegen lügst, Killian.«

Er hört auf zu tippen und beugt sich zu mir, sein starker Geruch nach Torffeuer und Heidekraut, aufregend und berauschend, lässt mich erschauern.

»Ich lüge nicht. Ich glaube tatsächlich, dass du bei uns unterschreiben wirst. Warum nicht? Du würdest einen Ehrenplatz bekommen, du würdest von den Bewohnern bewundert werden … und du würdest zu meiner Familie gehören.«

Ich schlucke schwer.

»Wenn dich das nicht überzeugt – ich hoffe, dass es dich überzeugt –, dann denke nur an das Grauen, das dich in Viele Enden erwartet.«

Als ob ich das je vergessen könnte. »Das Risiko gehe ich ein.« Zumindest noch ein bisschen länger. Sollte ich wirklich ausschlaggebend für diesen Krieg sein, ist die Entscheidung für die richtigen Leute – für die Leute, mit denen man für immer zusammenleben muss – umso wichtiger.

»Du machst es praktisch unmöglich, dich zu beschützen, Süße.«

»Dann beschütz mich nicht. Ich kann auf mich selbst aufpassen. Das tue ich schon sehr lange.«

»Aber das sollte nicht so sein.« Wieder umschließt er mit den Händen mein Gesicht, diesmal fester, und streichelt mit den Daumen über meine Wange. »Es ist traurig, so zu leben, und ich will das nicht für dich.«

Ich winde die Finger um seine Handgelenke, um ihn festzuhalten. »Woher willst du wissen, dass so was traurig ist? Du hast Elena und Charles.«

»Die berichten direkt an Madame Bennett. Ich bin auf mich gestellt, seit Archer weg ist.«

Ich streiche mit den Händen seine Arme hinauf und lege sie nun an *sein* Gesicht. »Dann passen wir eben aufeinander auf.«

Während er mir lange in die Augen sieht, verändert sich etwas an unserer Beziehung. Ich weiß nicht, was. So etwas habe ich noch nie zuvor erlebt. Aber ich kann diese Veränderung ganz, ganz tief in mir spüren. Ich denke, er auch, und diese Tatsache bringt ihn aus dem Konzept.

Er weicht zurück, bis wir uns nicht mehr berühren. »Fahren wir weiter. Zeit ist unser Feind.«

In vielerlei Hinsicht. »Einverstanden.« Ich mache mir keine Sorgen um Archer. Ich weiß, dass er mich finden wird. Wie immer.

Killian steigt aus dem Wagen und kommt zu mir an die Tür, »hilft« mir auszusteigen und schiebt mich auf den Beifahrersitz. Ich schnalle mich an, während er sich hinter das Steuer setzt.

Wir fahren schweigend … und schweigen auch, als wir an einer Gruppe Demonstranten vorbeikommen, die vor einem Myriad-Gebäude demonstrieren, in dem virtuelle Touren durchgeführt werden. Es sind mindestens fünfzig Leute, und jeder Einzelne trägt ein Schild, doch es gibt nur zwei Slogans. Der eine lautet: *Ihr seid alle verdammt!* Und der andere: *Eure Macht bedeutet* nicht *Recht!*

Ihre Bemühungen sind vergeblich. Auf diese Weise werden sie mit Sicherheit niemanden davon überzeugen, dass ihr Glaube die bessere Wahl ist. Wenn ich zu Troika gehören würde, würde ich …

Was? Auf jeden Fall versuchen, das zu ändern. Doch wie? Ich war bisher noch nie Teil einer Sache, die größer als ich selbst ist. Ich war nie Teil einer Gruppe und habe auch nie das Wohl der Masse über, nun, mein eigenes gestellt.

»Hast du Hunger?«, fragt Killian in die Stille hinein.

»Ich bin praktisch am Verhungern.«

Er fährt von der Autobahn ab zu einem Burger-Laden, wo er sich in die Schlange an einem Drive-Through-Schalter einreiht. Er bestellt einen Hamburger und Pommes frites, und das Mädchen, das sein Geld entgegennimmt, keucht leise.

»Killian.« Sie reißt die Augen mit einer Mischung aus Überraschung, Hoffnung und Wut weit auf. »Ich dachte nicht, dass ich dich jemals wiedersehen würde.«

Er wird steif und blickt geradeaus.

»Wie geht es dir?« Sie mustert mich einen Moment, dann starrt sie wieder Killian an. »Wer ist dieses Mädchen?«

Endlich geruht er, in ihre Richtung zu blicken. »Unser Essen?«

Oh, wow. Er ist eiskalt.

Und sie wird ganz blass. Mit zitternden Händen reicht sie ihm eine Papiertüte mit Fettflecken am Boden. Er nimmt sie und fährt weiter.

»Deine Freundlichkeit hat mich wirklich ergriffen«, sage ich trocken. »Ist es das, was auch mich erwartet?«

»Besser ein Ende mit Schrecken, als ein Schrecken ohne Ende.« Er umklammert das Lenkrad. »Und ich weiß nicht, was dich erwartet. Ich befinde mich mit dir auf vollkommen unbekanntem Terrain.«

Um mein Zittern zu verbergen, nehme ich den Burger aus der Tüte. »Sie war einmal eine Zielperson von dir, richtig?«

»Du meinst, mein Auftrag. Und ja, das war sie.«

»Wusste sie, dass du Agent bist?«

»Nein.«

»Und trotzdem hast du erreicht, dass sie unterschreibt.«

»Ja, *so* gut bin ich.«

Seine Lieblingsantwort. Ich stecke mir einen Pommes in den Mund und schlucke.

»Hast du dafür deine altbewährte Methode benutzt und eine schnelle Nummer mit ihr geschoben?«

»Ja«, sagt er, ohne auch nur zu zögern. »Ich habe mit ihr geschlafen. Doch im Gegensatz zu deinem tollen James habe ich nicht behauptet, sie zu lieben. Ich habe ihr nie etwas versprochen.«

Autsch. »Aber du lässt die Mädchen hoffen, obwohl du genau weißt, dass du ihnen keine Zukunft bieten kannst.«

»Nur weil ich noch niemandem eine Zukunft geboten habe, heißt das noch lange nicht, dass ich es nicht kann. Dem richtigen Mädchen würde ich *alles* geben.«

Ich werde von unendlicher Sehnsucht ergriffen. Wie gerne wäre ich das richtige Mädchen für ihn. Aber nur, wenn er der richtige Junge für mich ist.

Bin ich? Ist er?

»Warum wollte Myriad das Fräulein Kassiererin so dringend haben, dass sie dich, einen so geschätzten Mitarbeiter, losgeschickt haben? Und wieso muss sie nach der Unterschrift in einem Fast-Food-Restaurant schuften?«

»Das weiß ich nicht.«

»Aber du kannst es dir doch bestimmt denken. Du lebst schon dein ganzes Leben lang in der Sphäre und wirst vom König begünstigt. Du weißt garantiert, wie es funktioniert, auch wenn niemand bereit ist, die Gründe zu erklären.«

Er mahlt mit den Kiefern. »Troika hat sogar einen Anführer zu ihr geschickt, weil sie aus irgendeinem Grund einzigartig für sie war. Sie hat den Anführer abgewiesen. Danach habe ich mich um sie gekümmert und dafür gesorgt, dass Troika sie nicht bekommt. Und sie braucht kein außergewöhnliches Erstleben, um das zu tun, was sie für uns im Ewigleben tun wird.«

Das ist er. Das ist der Junge, der nach Prynne kam. Den ich nicht mochte. »Und was muss sie tun?«

»In unsere Armee eintreten. Für uns kämpfen. Uns helfen, den Krieg zu gewinnen. Doch noch wichtiger: Wir müssen verhindern, dass sie das tut, was Troika von ihr wollte, was immer das auch war.«

Wie eiskalt. »Sie kommt mir nicht gerade wie eine Soldatin vor.«

»Nein, aber sie hat eine *Stimme*. Ein Flüstern in das Ohr eines anderen kann ein weiteres Flüstern auslösen und ein weiteres Flüstern, bis der Lärm irgendwann ohrenbetäubend ist.«

»Ein Zahlenspiel«, sage ich, einmal mehr verblüfft über diese Ironie. »Warum wird Leuten wie meinem Vater so viel gegeben?«

»Manche Menschen – die meisten Menschen – akzeptieren gleich unser erstes Angebot. Andere hingegen, die etwas haben, was wir wollen, werden bevorzugt behandelt. Im Vertrag deines Vaters waren anfänglich nur sehr wenige Leistungen aufgeführt. Erst bei deiner Geburt wurde ihm ein neues, besseres Angebot gemacht.«

»Ein Angebot, das aus einem Kind eine Ware machte.« Ich kann meine Verbitterung nicht verhehlen.

»Da fällt mir ein: Vor achtzehn Jahren bekam Madame eine Tochter, Ashley. Ein Mädchen, das bereits ein paar Mal verschmolzen und wiedergeboren wurde. Sie war zu dieser Zeit die jüngste Generalin, und sie wollte immer einen Bruder haben, und dafür wurde ich ausgewählt. Aber sie starb kurz darauf, und ich wurde zurück ins Heim gebracht.«

Das zu hören tut mir im Herzen weh. Dieser Junge hat so viele Verluste erlitten.

»Du bemitleidest mich schon wieder, oder?« Er klingt nicht verärgert, sondern lediglich interessiert.

»Na ja, du warst nur ein kleiner Junge, und man hat dich einfach fallen lassen. Ich wünschte, du hättest es besser gehabt.«

Er nimmt meine Hand und zieht sie an seine Lippen. Als er meine Fingerknöchel küsst, hüllt mich prickelnde Wärme ein.

»Wie auch immer«, sagt er, nachdem er sich geräuspert hat. »Ich habe vor Kurzem erst herausgefunden, dass Madam der Ansicht ist, *du* bist mit Ashley verschmolzen.«

Oh wow. Madame Bennetts persönliches Interesse an mir ergibt jetzt noch mehr Sinn. »Das ist irgendwie gruselig. Ich meine, wie oft hast du mich angemacht?«

»Ich sagte, dass *sie* das mit Ashley glaubt. Nicht ich. Ich bin sicher, dass du mit einem der anderen ermordeten Generäle verschmolzen bist.«

»Also, wie viele Generäle gibt es?«

»Zehn.«

»Was?«

»Er verdreht die Augen. »Zehn Generäle.«

Ten. Ich schnaube.

»Jetzt iss«, sagt er. »Damit du bei Kräften bleibst.«

»Aber klar … Bruder.«

Er funkelt mich an. »Das ist nicht witzig.«

»Irgendwie schon.«

Wieder wirft er mir einen bösen Blick zu, doch einen Moment später reißt er die Augen auf. Ein Blitz. Während ich mich umdrehe, schreit er: »Vorsicht …«

Bumm!

Ich werde erst gegen ihn geschleudert und dann in die entgegengesetzte Richtung, nur der Sicherheitsgurt hält mich in meinem Sitz. Mein Kopf knallt ans Fenster, die Scheibe zerbricht. Schmerz explodiert in meinem Schädel, Knochen splittern. Mir wird schwarz vor Augen, mein Verstand ist nur noch ein Meer aus Panik, ich werde wieder und wieder auf- und abgeschleudert, Schmerz jagt durch meinen Körper, bis ich irgendwann praktisch kopfüber in meinem Gurt hänge.

Wach auf, Ten. Sofort!

Ich höre die Worte in meinem Kopf, jemand schreit sie, der englische Akzent klingt vertraut. Archer ist zurück? Blinzelnd öffne ich die Augen. Ich sehe nur verschwommen … bis ich mir mit einer zitternden Hand das Blut abwische. Keine Spur von Archer.

Schnapp dir die Waffe aus dem Handschuhfach. Entsichere sie, ziele und drück ab.

Diesmal ein irischer Akzent. »Killian?« Ich sehe mich um, aber er ist auch nicht hier. Allerdings schwebt etwas Asche in der Luft.

Ten! Die Pistole!

Wieder Killians Stimme, obwohl seine Hülle nicht mehr hier ist. Was ist mit dem Auto passiert? Mit ihm?«

Es ist ein Wrack, wie mir klar wird, als ich die verbeulte Tür sehe. Wir waren in einem Autowrack, und er hat seine Hülle verlassen, um zu überleben und mir helfen zu können.

Da oben sind zwei Männer, und beide sind bewaffnet. Nimm die Pistole, Mädchen. Raus aus dem Auto. Im Wagen bist du das perfekte Ziel.

Gefahr. Richtig. Ich kämpfe mit dem Sicherheitsgurt und schaffe es schließlich, ihn zu öffnen. Ich knalle auf das Dach. Als ich das Handschuhfach aufziehe, zittere ich noch heftiger. Eine Pistole fällt heraus, ich hebe sie vorsichtig auf, wobei ich darauf achte, überall hinzuzielen, bloß nicht auf mich. Kälte dringt durch die Öffnung, wo einmal das Fenster war. Ich klettere hindurch.

Ich bekomme kaum Luft, als ich losstolpere und dabei die Gegend absuche – der Wagen ist von der Straße abgekommen und in einer Schlucht gelandet. In der Ferne ein Berg mit dichtem Wald. Auf der Straße verscheuchen Autoscheinwerfer die Dunkelheit.

Lauf!

Ein Befehl von Archer.

Meine Beine wiegen tausend Kilo, trotzdem renne ich. Ich höre die Tür eines Autos zuknallen, dann noch eine. Schritte.

Schneller! Killian.

Ich will dich nicht verlassen, aber ich muss. Archer. *Nur für ein paar Minuten. Ich kehre nach Troika zurück, um eine*

Hülle und Verstärkung zu besorgen. Du musst so lange einfach nur am Leben bleiben. Killian …

Ich lasse nicht zu, dass ihr was passiert.

Beide klingen gequält.

Sind die Männer, die mich jagen, Hüllen? Oder Menschen? Spielt das überhaupt eine Rolle? Was immer sie sind, sie wollen mich töten. Und vielleicht gelingt es ihnen. Zumindest stehen meine Chancen nicht besonders gut. Ich habe Schmerzen und verliere Blut, wohingegen sie unverletzt sind. Ich kenne mich hier nicht aus, sie sich eventuell schon.

Wegrennen wird mir nicht helfen. Oder womöglich sogar meinen Tod beschleunigen. Ich muss zuschlagen, solange ich noch kann.

Ich drehe mich um. Schwindel ergreift mich – *das ist nichts Neues, konzentriere dich* – und lasse mich auf den Bauch fallen. Perfektes Timing. *Plopp! Plopp!* Da hat jemand Schüsse mit einem Schalldämpfer abgegeben. Ich blicke angestrengt in die Richtung, aus der ich die Männer hörte, entdecke einen Schatten, der auf mich zueilt, und ziele.

Etwas nach links, Süße.

Killian. Er ist noch bei mir.

Der Gedanke tröstet mich. Ich richte die Pistole neu aus.

Jetzt!

Ich drücke ab.

Der laute Knall verursacht ein Klingeln in meinen Ohren, der Rückstoß vibriert durch meine Handgelenke und Schultern. Der Schatten bricht zusammen.

Gutes Mädchen.

Einer ist erledigt. Einer ist noch übrig. Doch wo …

Das Klicken einer weiteren Pistole verrät mir, dass mir nicht genug Zeit bleibt, erneut zu schießen. Mir fällt nichts anderes ein, als so schnell wie irgend möglich wegzurollen. *Plopp! Plopp!* Ich spüre ein scharfes Stechen in meiner Seite und stoße zischend die Luft aus. Dann atme ich tief durch, ziele und drücke ab. Diesmal zischt mein Angreifer auf, stolpert aber nur nach hinten, anstatt umzufallen.

Als er sich wieder gefangen hat, hebt er seine Waffe. Ich öffne den Mund, um mich endlich für eine Sphäre zu entscheiden – für irgendeine. Denn das war's. Das ist mein Ende. Doch plötzlich sind da helle Blitze und danach erscheinen zwei Gestalten, die mich abschirmen.

Plopp! Plopp! Plopp!

Eine der Gestalten zuckt zusammen, als wäre sie getroffen, und ich erhasche einen Blick auf Deacons kantiges Gesicht.

Moment. Er sollte doch bei Sloan sein.

»Das Mädchen ist in Sicherheit.« Archer, die andere Gestalt.

Er schlägt dem Angreifer den Arm weg, die Pistole fliegt durch die Luft. Der nächste Schlag trifft ihn auf die Nase. Während sein Schrei durch die Nacht hallt, stürze ich mich auf seine Waffe. Dann ziele ich mit beiden Pistolen. Archer hat den Mann – dem Blut nach zu urteilen, das über dessen Gesicht läuft, ein Mensch – zu Boden geworfen und einen Stiefel an seinen Hals gedrückt.

Deacon schlingt eine Hand um meine und zwingt mich so, den Arm sinken zu lassen. »Nein.«

»Das ist nicht unsere Art«, sagt Archer. »Tod ist nicht die Antwort. Wo noch Atem ist, gibt es Hoffnung.«

»Da sind wir geteilter Meinung.« Killian tritt aus der Dunkelheit in das Scheinwerferlicht eines vorbeifahrenden Autos.

Er muss, nach Myriad zurückgekehrt sein, um sich eine neue Hülle zu beschaffen, während Archer und Deacon die Angreifer unschädlich gemacht haben.

»Sie haben dem Mädchen wehgetan, und das finde ich überhaupt nicht in Ordnung. Dafür müssen sie sterben.«

Er hebt eine Pistole und schießt.

18. KAPITEL

> »Ohne Druck gäbe es keine Diamanten. Ohne Prüfungen würdest du deine eigenen Stärken – oder Schwächen – nicht kennen.«
>
> Troika

Mein Adrenalinspiegel stürzt ab, und ich spüre die Schmerzen meiner frischen Verletzungen mit voller Wucht. Ich lasse die Pistole sinken, meine Knie geben nach, auf einmal habe ich keine Kraft mehr, mich länger aufrechtzuhalten. Anders als die Jungs in den Hüllen bin ich schließlich bloß ein Mensch.

Bevor ich auf der Erde aufkomme, ist Killian an meiner Seite, schlingt die Arme um mich und drückt mich an seine Brust.

»Ich hab dich«, wispert er.

Ich lasse den Kopf in die Mulde zwischen seinem Hals und seinen Schultern sinken.

»Wir hätten den Schützen befragen können«, faucht Archer. »Er hätte uns sagen können, wer es auf Ten abgesehen hat.«

»Er hätte lügen können«, faucht Killian zurück.

Archer macht einen Schritt auf ihn zu, zum Kampf bereit. »Oder du hattest Angst davor, was er ausplaudern könnte.«

»Ich bin nicht für die Mordanschläge auf Ten verantwortlich.« Jedes seiner Worte trieft praktisch vor Verachtung. »Ich würde niemals …«

»Nein, aber deine Sphäre schon. Und du willst nicht, dass sie das erfährt, damit sie sich nicht für Troika entscheidet. Soll sie doch in Viele Enden landen«, meint Archer spöttisch. »Ist es nicht so?«

»Ich will nicht, dass sie nach Viele Enden kommt. Und wie oft muss ich dir noch sagen, dass Troika genauso gut dafür verantwortlich sein kann, dass sie …«

»Nein! Das weißt du ganz genau, aber du würdest es niemals zugeben, nicht einmal vor dir selbst. Und genau das ist dein Problem, Killian. Das war schon immer dein Problem. Dir ist es so unendlich wichtig zu gewinnen, dass du blind für die Wahrheit geworden bist. Ich verstehe das. Wirklich. Mein Vater hat uns immer gesagt, Sieger seien zum Anbeten, Verlierer zum Zertreten, und mehr als alles andere willst du von jemandem angebetet werden, egal, von wem.« Archer schreit jetzt so laut, dass seine Stimme von den Bäumen widerhallt. »Nun, *ich* habe dich mal angebetet. *Ich* habe dich geliebt. Aber dann hast du dich verändert, und nicht zum Besseren. Du hast plötzlich aus allem einen Wettstreit gemacht, was ich damals sogar irgendwie verstehen konnte. Du hattest keine Familie, und du wolltest eine, du wolltest bedingungslos geliebt werden. Doch jetzt musst du entscheiden, was wichtiger ist – dein Stolz oder Tens Leben. Weil du in diesem Fall nicht beides haben kannst!«

Hatte nie eine Familie … hat sich nach Respekt und Liebe gesehnt. Ich denke über die Worte nach, während Killian so steif wird, dass ich befürchte, er könnte zerbersten wie Glas.

»Genug«, murmle ich. »Was geschehen ist, ist geschehen und kann nicht rückgängig gemacht werden.« Der Schwindel kommt mit solcher Heftigkeit zurück, dass ich aufstöhne. Mein Magen droht zu rebellieren. »Wir können nur von hier aus weitermachen.«

Stille. Gut, das ist gut.

»Deacon … ist Sloan …?«, frage ich.

»Ihr geht's gut. Sie hat gesagt, dass ich abhauen soll, weil ich ihrer Meinung nach nicht gerade eine Augenweide bin.« Man kann die Kränkung aus seinen Worten heraushören.

Ich kenne Sloan. Ich weiß, dass sie den Jungen faszinierend findet. Da muss etwas anderes dahinterstecken. »Hat sie ihr Handy reaktiviert?«

»Nein. So wie du will sie nicht aufgespürt werden.«

»Ich schicke ihr eine Nachricht von dir.« Killian streicht mit seiner Wange über meine, etwas von seiner Anspannung verfliegt. »Mach dir keine Gedanken um sie, erhol dich lieber.«

Seine Stimme klingt zugleich fordernd und besorgt. Dass er sich Sorgen macht, vermittelt mir ein Gefühl der Wärme, denn ich weiß, dass er so nicht jedem gegenüber empfindet. Oder oft. »Ich werde eine tolle Generalin abgeben, hm?«

»Eine Generalin führt und lernt. Du bist perfekt.«

Archer reibt sich mit einer Hand über das Gesicht. »Es gibt einen Schutzraum eine Stunde von hier …«

»Nein.« Killian schüttelt energisch den Kopf. »Ich nehme sie mit. Wir treffen euch morgen – am Haus ihrer Eltern.«

»Kein Schutzraum«, sage ich. »Keine Zeit.« Wenn meine Mom stirbt, bevor ich ankomme …«

»Ich bringe dich nach Hause«, gelobt Killian. »Morgen.«

»Ich ruhe mich im Auto aus, während wir fahren …«

Er bringt mich zum Schweigen, indem er mich küsst, ein Geschmack von Honig und Zucker auf meinen Lippen. Ich bin erschüttert – *ich will mehr, ich brauche mehr* – und kann nichts anderes tun, als seinen Kuss zu erwidern, mit meiner Zunge um seine zu streichen. Ich vergesse, dass es ein Publikum gibt. Ich vergesse, dass ich Schmerzen habe und blute. Die Welt hört auf zu existieren. In meinem Kopf dreht sich alles … aber das hat nichts mit dem Schwindelgefühl von vorhin zu tun, es ist exponentiell besser.

Erschöpfung fließt durch meine Adern und breitet sich in meinen Gliedmaßen aus. »Killian …«

Er hebt den Kopf. »Schlaf jetzt.«

Er klingt so weit entfernt.

»Nein«, murmle ich. Ich habe genug geschlafen. Zu viel. Ich bin jedoch nicht in der Lage, gegen die Müdigkeit anzukämpfen, und werde immer tiefer und tiefer ins Nichts gezogen.

»Du hast sie betäubt?«, höre ich Archer fragen.

Hat er? In diesem Moment bin ich nicht mal fähig, wütend zu sein. Mir ist warm, herrlich warm, zwei starke Arme halten mich, während ich schwebe … schwebe …

Ich weiß nicht, wie viel Zeit vergangen ist, als ich ein sanftes Flüstern höre.

»Was soll ich nur mit dir machen, Ten Lockwood?« Kilians Stimme.

Ein scharfer Stich an meiner Wange. Ein Insektenstich? Ich möchte mit den Fingern über mein Gesicht streichen, aber mein Arm macht einfach nicht mit. Noch ein Stich, dieser geht tiefer durch die Haut hindurch. Dann ein Kribbeln in meinen Schultern, als würden meine Nerven wieder zum Leben erwachen.

»Wach auf.« Ein dritter Einstich.

Endlich funktionieren meine Arme, und ich umfasse – ein Handgelenk. Als ich die Augen aufreiße, starre ich direkt in Elenas Gesicht. Ohne groß nachzudenken, balle ich meine andere Hand zur Faust und schlage zu. Ihre Nase bricht, sie stöhnt auf. Kein Blut. Klar. Nur eine Hülle. Sie ist nicht wirklich verletzt.

Sie richtet sich ihre Nase, wobei sie einen Zischlaut ausstößt, während ich mich aufsetze und mich umsehe. Wieder einmal befinde ich mich in einem Palastzelt, purpurrote Tücher, die Kissen kobaltblau. Es gibt eine Badewanne, die aber leer ist. In der Mitte sind Glühsteine aufgestapelt, daneben steht ein halb leer gegessenes Tablett mit Früchten und zerknitterten Verpackungen von Schokoriegeln. Noch mehr

Schokolade, die eigentlich für mich gedacht war ... und die dieses Mädchen aufgegessen hat.

Ich werde genau das tun, was ich ihr schon bei unserem ersten Treffen versprochen habe, ich werde ihr sämtliche Knochen brechen, ich werde ...

... nichts tun. Ich werde die Schokolade von Killian nicht mal mit einem drei Meter langen Stock berühren. Er will damit sowieso nur erreichen, dass ich ihm verzeihe. Als mir allerdings auffällt, dass eine Verpackung nicht komplett leer ist, stürze ich mich ohne lang nachzudenken darauf. Okay, okay. Ich würde die Schokolade vielleicht nicht mal mit einem drei Meter langen Stock berühren, aber mit meinen Fingern schon.

Ich stopfe mir die Herrlichkeit genüsslich in den Mund.

Er hat mich nur geküsst, um mich zu betäuben. Wut kocht in mir hoch. *Das verzeihe ich dir nicht, Killian Flynn. Das verzeihe ich dir nicht!*

»Wo ist Killian?«, frage ich.

»Er wurde nach Myriad abberufen.« Sie grinst mich blöd an. »Im Moment bin *ich* für dein Wohlergehen verantwortlich.«

Die Tatsache, dass Killian wie versprochen für meine Sicherheit gesorgt hat, auch wenn er selbst nicht da sein kann, besänftigt mich nicht. »Ich kann selbst auf mich aufpassen.«

»Das sagen sie alle. Aber nur aus purem Stolz, deswegen höre ich gar nicht erst hin. Stolz ist ’ne fiese Schlampe.«

»Genauso wie Gier. Und Gefräßigkeit.« Ich sehe sie mit erhobenen Augenbrauen an.

»Tatsächlich habe ich die Schokoriegel weggeworfen.«

Boshaftigkeit ist eine fiese Schlampe. »Du kannst mich nicht leiden«, sage ich. »Kapiert. Beruht auf Gegenseitigkeit. Du kannst jetzt gehen.«

»Ich höre nur auf Killians Befehle, und selbst das nicht immer.« Sie wirft das Haar über die Schulter zurück. »Er hat gesagt, ich soll auf dich aufpassen, also passe ich auf dich auf. Ich schätze, bei dir besteht ein hohes Fluchtrisiko.«

Da liegt sie nicht falsch.

Ich stehe auf, knurre, als meine wunden Muskeln und geprellten Knochen protestieren, und beginne das Zelt zu erkunden, suche nach Ausgängen und Waffen und entdecke einen kleinen Raum, der mit einem roten Tuch vom Rest des Zeltes abgetrennt ist. Dahinter befindet sich ein provisorisches Badezimmer: tragbare Toilette, Badematten, ein Spiegel, eine Zahnbürste, eine Haarbürste, eine Schale Wasser und ein Kalender, der am Spiegel lehnt.

Neugierig nehme ich ihn in die Hand. Blaues Licht erscheint hinter dem Glas. Nicht nur Licht, sondern Worte. Eine Nachricht von Killian.

> Bleib hier, und ich verspreche, dass du mich bestrafen darfst. Verschwinde, und ich werde dich bestrafen.
> Dein K.
>
> P.S. Ich weiß nicht genau, wieso dir dieser Kalender, den Vans dir weggenommen hat, so wichtig war, aber ich wollte, dass du einen neuen bekommst.

Eigentlich sollte ich mich über nichts freuen, was er momentan sagt oder tut, doch ich *spüre*, wie ich weicher werde. Dieser Junge … oh, dieser Junge. Er steckt voller Widersprüche.

Ich drückte den Kalender kurz an meine Brust, putze mir die Zähne, bürste mein Haar und wasche mich mit dem Wasser.

»Bist du da drinnen bald mal fertig?«, ruft Elena. »Oder hast du Verstopfung?«

Nett.

Ich verstecke die Zahnbürste im Bund meiner Shorts und verlasse die relative Privatsphäre des Badezimmers. Elena hockt auf dem Boden und schärft gerade mit einem Stein einen Dolch. Das soll ein Einschüchterungsversuch sein, da bin ich mir sicher.

»Wurde auch Zeit.« Sie sieht nicht in meine Richtung, sondern fährt weiter mit dem Stein über die Klinge. »Du setzt Killian Flausen in den Kopf, das muss endlich aufhören.«

»Flausen?«

»Ja. Zum Beispiel diesen Unsinn: *Das Erstleben ist wichtig*. Oh! Und dieses allseits so beliebte *sei gut zu deinem Feind, dann wird er dir niemals in den Rücken fallen*. Und vergessen wir meinen Lieblingsspruch nicht: *Gewinnen ist nicht alles*.« Sie hört einen Moment lang auf zu reiben, nur um dann erneut loszulegen – und schneller. »Du wirst eine fürchterliche Generalin sein.«

»Da sind wir ausnahmsweise mal einer Meinung. Das ist einer von Myriaden Gründen, weshalb ich meine Bewerbung noch nicht abgegeben habe.« Ich grinse sie an. »*Myriaden* Gründe. Kapierst du?«

Sie starrt mich lediglich böse an.

Humor scheint sie also nicht sonderlich zu schätzen. Verstanden. »Wow. Sieh uns an.« Ich setze mich ihr gegenüber, die Glühsteine zwischen uns. Als Puffer. Dann lächle ich süß. »Wir bauen eine Beziehung zueinander auf. Wir sind praktisch schon Schwestern.«

Ihre Bewegungen sind nun abgehackter. »Wenn Killian es nicht schafft, dass du unterschreibst, könnte er ausgemustert werden. Das ist dir doch klar, oder?«

Ich versteife mich. »Er hat gesagt, man würde ihn nicht töten.«

»Er hat gelogen.«

Das würde er doch nicht tun … oder? Vielleicht ist *sie* jetzt mal zur Abwechslung dabei, mich zu manipulieren?

»Obwohl wir nicht wissen, wer deine Ermordung angeordnet hat, hat Killian sich für dich eingesetzt und die Generäle und sogar den König davon überzeugt, dass du das Risiko wert bist. Dass er nur noch etwas Zeit braucht. Nachdem er um dein Leben gekämpft hat, wird dein Schicksal nun auch über seins bestimmen.«

Diese Aussage erschüttert mich so, dass mir ganz schwindlig wird. »Wann? Wann ist das alles passiert?«

»Nach dem Flugzeugabsturz, kurz vor dem Autounfall.«

Er hat mir Zeit erkauft – mit seinem Leben. Und trotzdem versucht irgendjemand, mich zu töten.

Ich möchte ihn schütteln. Und ihn küssen, und diesmal richtig. Aber vor allem möchte ich ihn schütteln. Was soll ich jetzt bloß mit meiner Zukunft anfangen? Ich kann nicht zulassen, dass Killian wegen meiner Entscheidung etwas zustößt.

»Vielleicht werde ich euch beide umbringen«, sagt Elena, als würde sie mit sich selbst sprechen. »Er wird mit einer anderen Seele verschmelzen und noch einmal von vorn beginnen, während du unzählige Qualen in Viele Enden erleidest, bis du ebenfalls stirbst und von vorn anfängst.«

Okay. Killian zu bedrohen, damit geht sie eindeutig zu weit. Ich beuge mich über die Steine – die ja nicht wirklich brennen – und ramme ihr den Kopf der Zahnbürste hinters Ohr. Als ihre Hülle ganz still wird, schnappe ich mir den Dolch und verlasse das Zelt – nur um wie angewurzelt stehen zu bleiben.

Die Sonne ist wieder einmal dabei unterzugehen, der Himmel lodert farbenfroh – und umrahmt das Haus meiner Eltern, ein dreistöckiges Gebäude, das sich über zwei Morgen Land erstreckt. Das Haus ist kastenförmig, in der Mitte höher, an den Seiten niedriger, manche Wände sind aus Glas, andere aus weißem, stuckverziertem Stein. Blumen in allen Farben blühen, Orangen- und Zitronenbäume verströmen einen süßen Duft und spenden Schatten. Das Gras unter meinen Füßen ist weich und grün wie ein Plüschteppich.

Mein Magen zieht sich zusammen. Zuhause … und doch nicht zu Hause. Alles ist noch genauso wie in meiner Erinnerung, meine Abwesenheit scheint vollkommen bedeutungslos. Hier gehöre ich nicht hin. Nicht mehr.

Killian muss die ganze Nacht durchgefahren sein, um mich hierherzubringen.

Ein heller Lichtstrahl explodiert direkt vor mir, und als er verblasst, steht Killian da, die Stirn gerunzelt, das dunkle Haar zerzaust. Seine Kleidung ist verschmutzt, sein Hemd hat Risse, die seine harten Muskeln entblößen. Er ist so schön, dass ihn anzusehen fast wehtut.

»Miese Schlange.« Ich verpasse ihm einen Kinnhaken. Sein Kopf fliegt zur Seite.

Er hält sich eine Hand vor das Gesicht. »Der Zweck heiligt die Mittel. Du bist zu Hause wie versprochen.«

»Nun, ich hoffe, du genießt den Zweck, denn mein Vertrauen in dich ist endgültig erschüttert. Du hast mich reingelegt!«

»Zu deinem eigenen Besten.«

»Und du hast dein Schicksal an meins gebunden!«

Er kneift die Augen zusammen. »Elena quatscht zu viel.«

»Du hättest besser quatschen sollen. Statt mich anzulügen.«

Er hebt das Kinn. »Ich habe dir am Anfang die Wahrheit gesagt, aber du hast geglaubt, dass ich dich nur unter Druck setzen will. Also habe ich den Druck rausgenommen.«

So. Der Junge, dem ein Sieg alles bedeutet, hat sich geweigert, sein Ass gegen mich auszuspielen. Argh! Jetzt fühle ich mich nur noch mehr hin- und hergerissen.

»Ich will nicht, dass man dich tötet.« Ich stampfe mit dem Fuß auf.

»Damit sind wir schon zwei.«

Archer und Deacon treten aus Lichtstrahlen heraus und stellen sich an seine Seite. Killian schwingt herum, zwei Pistolen in der Hand, entsichert und direkt auf sie gerichtet. Die Troikaner lächeln ihn nur herausfordernd an.

Die Muskeln in seinen Schultern sind angespannt, doch schließlich lässt er die Waffen sinken.

Elena kommt aus dem Zelt geflitzt. Als sie Archer und Deacon erblickt, zischelt sie die beiden an.

Keiner der beiden schenkt ihr auch nur das geringste bisschen Aufmerksamkeit.

»Ich habe Neuigkeiten«, sagt Archer mit Trauer in der Stimme an mich gewandt.

Sofort ist alles andere vergessen. »Meine Mutter ... ist sie ...«

»Nein. Sie lebt. Noch.« Seine Augen blicken finster. »Aber Ten ... während du in der Anstalt warst ... als sie deinen Vater verlassen und in Abgeschiedenheit gelebt hat, als sie sich geweigert hat, dich zu besuchen ... hat sie ein Kind bekommen.«

Wie bitte? »Nein.« Ich schüttle den Kopf. »Die Geliebte meines Vaters wird ein Kind bekommen. Doch nicht meine Mutter.«

Ein Geheimnis ...

Das mich gelehrt hat, wieder eine gute Mutter zu sein ...

Ein weinendes Baby ...

»Ich sagte nicht, dass sie ein Kind bekommen wird.« Archer durchbohrt mich mit seinem Blick. »Sondern dass sie ein Kind bekommen *hat*. Sie war heimlich schwanger und hat vor etwas über einen Monat deinen Bruder zur Welt gebracht. Hätte irgendjemand davon erfahren, wäre sie gezwungen worden, das Kind in eine kinderlose Familie zu geben.«

In meinem Kopf dreht sich alles, während ich versuche, das Gesagte zu verarbeiten. *Ich habe einen Bruder …*

Frauen werden normalerweise ein Jahr, nachdem sie ihr erstes – und einziges – Kind zur Welt gebracht haben, sterilisiert. Dieses Jahr dient dazu abzuwarten, ob das Kind das Säuglingsalter überlebt. Bei meiner Mom könnte die Operation irgendwie nicht richtig geklappt haben. Es gibt seltene Fälle …

Ich habe einen Bruder!

»Dein Vater hat das erst heute Morgen herausgefunden«, fährt Archer fort. »Er hat um ein Treffen mit seinem MA gebeten.«

»Das darf nicht sein.« Eher sterbe ich, als dass mein Bruder auf so eine Weise benutzt wird. Hastig eile ich Richtung Haus.

Archer packt mich am Handgelenk. »Ich gehe voraus. Als Geistwesen. Ich mache dir den Weg frei.«

»Beeil dich.«

Er nickt, und eine Sekunde später erstarrt seine Hülle.

Ich werfe Deacon einen Blick zu. »Lass Killian nicht ins Haus …«

»Mädchen …««

Ich sehe Killian fest an, ich will, dass er mich versteht. »Ich werde auch Archer rauswerfen, sobald ich bei meiner Mom bin. Ich muss das alleine tun.«

Schweigen.

Dann nickt, er steif, und ich renne weiter. Völlig aufgelöst jage ich ins Haus, die Treppe hinauf, an den Wänden mit den Gemälden meiner Mutter vorbei. Ihre Gemälde sind auf der ganzen Welt berühmt. Aber diese Bilder von … mir? Ich werde langsamer. Ja, von mir. Mein Gesicht hat die abstrakten Gemälde ersetzt. Ich als Baby. Ich als Kleinkind. Ich als Teenager. Sogar Bilder von mir in der Anstalt.

Ten. Beeil dich.

Archers Stimme in meinem Kopf. Richtig. Er ist unsichtbar, und was immer er tut, um die Dienstmädchen abzulenken, funktioniert. Kurz bevor ich an ihnen vorbeigehe, wenden sie sich ab, und ich gelange ohne Zwischenfall ins Schlafzimmer meiner Mutter.

Die Tür ist verriegelt, was für Archer natürlich kein Problem darstellt.

Versuch es noch mal.

Ich gehorche. Der Türknauf ist heiß genug, um Blasen zu schlagen. Archer muss sein Licht benutzt haben, um den Schließzylinder im Schloss schmelzen zu lassen.

Ich stürme in den Raum. Auf dem Bett liegt bewegungslos ein menschengroßer Klumpen, anstelle des Nachttischs steht ein Kinderbett dort und eine Frau – nicht meine Mutter – sitzt in einem Schaukelstuhl daneben. Die Frau keucht auf, als sie mich sieht, und drückt das Baby, das sie im Arm hält, fest an ihre Brust.

»Du musst Ten sein.« Sie klingt erleichtert. »Ich bin Maggie, und ich bin sehr froh, dich zu sehen.« Sie erhebt sich.

Ihr Haar ist vollkommen grau, tiefe Furchen durchziehen ihr Gesicht, ihr Hals ist faltig. Aber ihre Augen … sie funkeln wie frisch polierte Smaragde.

»Du bist so hübsch wie auf den Bildern.«

Ich kenne sie nicht. Ich vertraue ihr nicht.

Herausfordernd mache ich einen Schritt auf sie zu.

»Ich bin eine alte Freundin deiner Großmutter. Deine Mutter kannte ich schon, als sie noch ein kleines Mädchen war.« Sie lächelt traurig und nimmt das Tuch vom Gesicht des Säuglings. Er schläft. »Möchtest du deinen Bruder kennenlernen?«

Mein Magen zieht sich zusammen, und einen Moment lang bekomme ich keine Luft. »Wie heißt er?«, flüstere ich. Ich will ihn nicht aufwecken.

»Jeremy Eleven Lockwood.«

Beinahe hätte ich gelächelt. Eleven. Im Periodensystem besteht die elfte Gruppe aus drei Münzmetallen: Silber, Kupfer und Gold. Elf ist die erste zweistellige Zahl mit denselben Ziffern und wird oft als Zeichen für Ausgeglichenheit betrachtet.

Jeremy Eleven ist … nicht besonders hübsch. Ihm sind ganze Haarbüschel ausgefallen. Seine Wangen sind eingesunken, die Lippen geschwollen und blau verfärbt. Ich strecke eine zitternde Hand nach ihm aus, streiche über seine zarten Hände, und er öffnet die Faust, um schwach meinen Finger zu umklammern.

Falls es Liebe auf den ersten Blick gibt, dann bin ich bereits über beide Ohren verliebt. »Was hat er?«, frage ich flüsternd.

Ihre Augen füllen sich mit Tränen. »Als deine Mutter ihn das letzte Mal gestillt hat, wusste sie noch nicht, dass sie vergiftet worden war. Sie …«

Sie muss am Boden zerstört sein, von Schuldgefühlen zerfressen. Aber sie kann nichts dafür. Ein Monster hat ihnen das angetan. Jemand, dem ein Erstleben nichts wert ist.

Wut schnürt mir die Kehle zu, es fällt mir schwer, ruhig zu bleiben.

Ich höre ein Stöhnen.

»Ten?«, flüstert meine Mutter fast unhörbar.

Wir sehen uns an, und ich kann ein entsetztes Aufkeuchen nicht unterdrücken. Mir kommt es so vor, als hätten wir uns erst vor wenigen Stunden in Vans' Büro gegenübergesessen. Da sah sie gut aus, wenn auch blass. Sie sah *normal* aus. Jetzt sind ihre Wangen eingefallen, ihre Augen liegen tief in den Höhlen. Ihre Haut ist fahl und papierdünn. Wie bei Jeremy sind ihre Lippen gesprungen und blau verfärbt.

Ich gehe zu ihr und sinke auf die Knie. Sie bewegt sich wie in Zeitlupe, doch schließlich gelingt es ihr, meine Hand zu ergreifen. Ihr Griff ist furchtbar schwach, selbst in Anbetracht der Tatsache, wie schlecht sie aussieht.

»Mein kleines Mädchen«, sagt sie. »Sie haben dich nicht gebrochen. Ich bin so froh.«

Es ist, als würden in meinem Hals Dornen sprießen. »Es tut mir leid, Momma. So leid, dass …«

»Du musst dich für nichts entschuldigen …« Ein Husten schüttelt ihren Körper, Blut spritzt aus ihrem Mund.

»Schon gut. Die Vergangenheit ist vergangen. Du musst deine Kräfte sparen.« Sie so zu sehen … all die Wut, die ich gegen sie gehegt habe, löst sich in nichts auf, übrig bleibt nur die Liebe, die ich für sie empfinde. Ich habe unter ihren Entscheidungen gelitten, aber sie auch. Reue hat sich in alle Falten ihres Gesichts eingegraben.

Eine Träne läuft ihr aus dem Augenwinkel. »Ich hätte dich niemals … drängen dürfen … ich hätte dich frei wählen … lassen müssen.« Sie legt sich eine Hand aufs Herz. »Lass Jeremy … selbst wählen. Lass ihn. Er ist von deinem Dad … Wusste nicht, dass ich noch einmal … schwanger werden konnte. Glaube, er hat mir … Lebensblut gegeben. Mich so geheilt. Hatte aber auch eine Geliebte … nur für den Fall.«

Sie springt von einem Punkt zum nächsten, doch ich kann ihr folgen. Wenn Jeremy stirbt, ist seine Seele noch frei. Ich werde nicht zulassen, dass mein Dad für ihn entscheidet. »Archer«, krächze ich.

Ich werde bei ihm bleiben. Ich werde ihn nach Troika begleiten, und wenn er dann das Alter der Verantwortung erreicht, wird er ohne Einmischung selbst entscheiden können. Du hast mein Wort.

»Archer«, krächze ich erneut.

»Archer?«, fragt Momma.

»Ein Freund«, antworte ich, und das ist die Wahrheit, nichts als die Wahrheit.

»Freund … gut … so ein gutes Mädchen … liebe dich … *Scribe*.«

Ich bin nicht sicher, dass sie noch weiß, was sie sagt. Zärtlich streiche ich ihr über die Wange. »Ruh dich jetzt aus, ja? Wir reden weiter, wenn du wieder aufwachst.« *Bitte wach wieder auf.*

Sie wirft Maggie einen panischen Blick zu. »Scribe!«

»Ich werde ihn ihr geben, Grace«, sagt die alte Frau. »Mach dir keine Sorgen.«

Das Versprechen lässt sie ruhig werden, sie schließt die Augen. Ich beobachte ihre Brust, um zu sehen, ob sie sich hebt und senkt – halte dabei den Atem an bis … ja. Noch ist sie nicht gegangen.

Maggie legt Jeremy in sein Bettchen und zieht ein kleines schwarzes Gerät aus der Tasche. Ein Flash-Scribe. Sie reicht ihn mir, und ich drücke den Daumen darauf.

Die Stimme meiner Mutter füllt den Raum aus. »Meine liebste Ten. Niemals werde ich ausdrücken können, wie sehr ich es bedauere, dass du diese ganzen Schrecken durchleiden musstest. Und das nur wegen meiner eigenen Fehler! Ich habe zugelassen, dass mein Herz vor Verbitterung hart wurde, als Troika meine Eltern nicht retten konnte. Zumindest glaubte ich das. Aber weißt du, meine Mutter hat mich besucht. In einer Hülle. Ihr wurde erlaubt, zu mir zu kommen, und sie hat mir die Wahrheit gesagt, nämlich dass sie selbst Schuld hatte. Und da habe ich endlich verstanden, was du mir so oft ins Gesicht geschrien hast: dass wir selbst über unser Leben bestimmen.«

Ich kämpfe gegen Tränen an.

»Dich in der Anstalt zu sehen, mein süßes Mädchen, zu wissen, was sie mit dir vorhaben, wie schrecklich sie dir wehtun – es tut mir so furchtbar leid. Dabei hätte ich dich einfach nur lieben müssen. Du bist ein schönes Mädchen, innerlich und äußerlich, und ich will nur das Beste für dich. Ich war dir keine gute Mutter. Ich habe dir trotz unseres Geldes und des Ruhms nicht das beste Leben ermöglicht, aber *nun* werde ich dir die beste Zukunft schenken.«

Jetzt laufen mir die Tränen ungehemmt über die Wangen, kleine Flüsse aus Reue und Kummer, die heiße Spuren hinterlassen.

»Ich habe veranlasst, dass du aus Prynne nach Hause gebracht wirst. Deine Zukunft – dein Ewigleben – gehört dir allein. Ich wünschte … nun, das spielt jetzt keine Rolle mehr. Pass auf Jeremy auf. Er ist dein Bruder, süße Ten. Er wird dich brauchen. Dein Vater betrachtet ihn als zweite Chance. Eine Chance, die Vertragsbedingungen seines Bündnisses auch ohne dich zu erfüllen. Er betrachtet das als Hintertürchen, da du nicht namentlich in dem Bündnis erwähnt bist. Es tut mir so leid, süßes Mädchen. Ich möchte, dass Jeremy lebt. Ich möchte, dass *du* lebst. Ich bete dafür, dass du ein langes Erstleben führen wirst, glücklich und zufrieden, und dass du im Ewigleben nichts bedauern musst.«

Ich krümme mich, um ein Schluchzen zu unterdrücken. Weiß meine Mutter, dass sie und Jeremy zusammen sterben werden? Und zwar bald? Versucht sie mir etwa zu sagen, dass mein Dad nun auch meinen Tod will?

War er es, der den Flugzeugabsturz veranlasst hat? Den Autounfall? Er muss es gewesen sein.

Innerlich blutend stecke ich den Flash-Scribe in die Tasche.

Archer öffnet die Tür; er ist wieder in seine Hülle geschlüpft und wirkt grimmig.

»Dein Vater ist hier. Man hat dich auf den Überwachungsvideos entdeckt. Er wurde über deine Anwesenheit infor…«

»Ten!« Die Stimme meines Vaters hallt von den Wänden.

19. KAPITEL

»Die Zukunft gehört uns.«

Myriad

»*Ten!*«, schreit mein Vater. »Ich weiß, dass du hier bist.«

Meine Mutter schläft so tief, dass sie sich nicht einmal rührt.

Maggie eilt zum Kinderbett und hebt Jeremy heraus. »Es tut mir so leid, dass ich dich zurücklassen muss, aber der Senator darf den Jungen nicht sehen, sonst nimmt er ihn mir weg.«

»Ich verstehe«, sage ich, obwohl alles in mir danach giert, den Jungen in meiner Nähe zu behalten.

»Mach dir keine Sorgen, Liebes. Das Kinderzimmer ist im begehbaren Schrank deiner Mutter untergebracht.«

»Ich lasse nicht zu, dass er euch etwas antut«, sagt Archer.

Als Troikaner kann er keinen Menschen verletzen, ohne dafür bestraft zu werden, aber genau das wird er tun müssen, um mich hier unbeschadet herauszuholen.

Vertrau ihm, schreit ein Teil von mir. *Er wird bestimmt einen Weg finden.*

Nein. Tut mir leid. Ich vertraue ihm bei dieser Sache nicht. »Bleib im Kinderzimmer«, sage ich zu ihm. »Pass auf meinen Bruder auf. Du und Killian, ihr habt mir beigebracht, wie man kämpft. Jetzt lass mich kämpfen. Ich schaffe das.« Zumindest körperlich.

Denn mein Vater ist sehr gut darin, mein Herz zu verwunden.

»Ten!«

Archer sieht aus, als wolle er diskutieren.

Ich schüttle den Kopf. »Ins Kinderzimmer. Sofort.«

Er runzelt die Stirn, doch als mein Agent kann er nicht bleiben, wo er nicht erwünscht ist, und so tut er, worum ich ihn gebeten habe. Keine Sekunde zu früh. Mein Vater stürzt ins Zimmer … und bleibt stehen.

Er lächelt mich tatsächlich an. »Hier bist du.« Er kommt näher, dann schließt er mich in eine feste Umarmung. »Du hast es also endlich getan. Ten, ich bin so stolz auf dich. Danke. Danke, dass du bei Myriad unterschrieben hast.«

Stirnrunzelnd mache ich mich von ihm los. »Wie kommst du darauf, dass ich bei Myriad unterschrieben habe?«

Er blinzelt. »Weil du entlassen wurdest.«

»Nein, ich bin ausgebrochen.«

Er sieht mich an, als würde ich eine fremde Sprache sprechen.

»Aber vorher hast du doch bei Myriad unterzeichnet.«

»Nein. Ich bin nach wie vor ungezeichnet.«

Er massiert sich mit den Fingern den Nasenrücken. »Willst du mir unbedingt schaden? Ist es das?«

Eine Bombe der Wut detoniert – und ich habe noch tausend weitere auf Vorrat, die ich im letzten Jahr angesammelt habe. »*Ich* will *dir* schaden? Daddy, du hast Leute dafür bezahlt, mich zu *foltern*. Und ich glaube … ich glaube, dass du versucht hast, mich umbringen zu lassen.«

Er wird rot. »Alles, was ich getan habe, habe ich nur zu deinem eigenen Besten getan.« Er packt mich an den Schultern und schüttelt mich. »Ich wollte, dass du im Ewigleben glücklich bist. Ich wollte, dass wir eine Familie sind.«

»Wir hätten hier, in diesem Leben, eine Familie sein können!«

Er redet weiter, als ob ich nichts gesagt hätte: »Aber du wolltest einfach nicht hören. Damit hast du nicht nur dein Leben ruiniert, sondern unseres auch.«

Das ist so gut wie ein Geständnis. Jede einzelne Wunde, die er mir je geschlagen hat, bricht wieder auf, und ich schreie ihn an: »Hast du Mom vergiftet?«

»Nein! Ich würde ihr niemals etwas antun.«

Er klingt aufrichtig gekränkt.

»Aber mir kannst du was antun, richtig?« Etwas, das meine Mutter vorhin gesagt hat, bahnt sich seinen Weg durch den dunklen Schlamm meiner Gedanken. *Lebensblut*. Ich könnte wetten, vom Schwarzmarkt. »Du hast ihr Lebensblut gegeben, und auf diese Weise wurden ihre Fortpflanzungsorgane geheilt. Und nur für den Fall, dass es nicht funktionieren würde, hast du dir außerdem noch eine Geliebte genommen und sie ebenfalls geschwängert.«

Er sieht mich flehend an. »Du verstehst das nicht. Jeden Tag setzt mich Madame Bennett unter Druck.«

Bu-huu. »Damit kenne ich mich ziemlich gut aus!«

»Nicht so. Sie hat mich jeden Tag bedroht und auf mich eingeredet. Sie hat mit mir sogar einen Rundgang durch Viele Enden gemacht, wo ich landen werde, wenn mein Bündnis aufgelöst wird.«

Wie kann sie mit ihm einen Rundgang durch Viele Enden machen, obwohl Myriader dort gar nicht hineinkommen? »Um dich selbst zu retten, warst du bereit, *mich* nach Viele Enden zu schicken.« Wie konnte der Mann, der mich auf den Schultern getragen hat, damit ich den Himmel berühren kann, nur *so* werden? »Du bist ein Feigling!«

Kopfschüttelnd weicht er etwas zurück. »Du verstehst nicht«, wiederholt er. »Madame Bennett hatte recht. In Prynne wurde dir deine Schwäche ausgerieben, jetzt bist du stark. Du wirst eine unbezwingbare Auflöserin sein, und dabei habe ich dir geholfen. Ich habe daran mitgewirkt. Dafür sollte ich belohnt werden, nicht bestraft.«

Er hört mir nicht zu, er konzentriert er sich lieber auf alles Mögliche, Hauptsache, nicht auf den Kern der Sache.

»Wenn Glück von äußeren Umständen abhängt, kann es nicht von Dauer sein. Weil die Umstände sich ständig ändern. Echtes Glück muss aus einem selbst kommen. Von hier.« Ich schlage mit der Faust auf mein Herz. »Manchmal muss man danach graben, und zwar tief. Das weiß ich, weil ich zumindest einen flüchtigen Blick erhaschen konnte, selbst als ich in einer Zelle eingesperrt war und ausspioniert und geschlagen wurde.«

»Genug!« Er stakst zur Tür, bleibt aber stehen, um einen Blick über die Schulter zu werfen: »Du machst es einem wirklich schwer, dich zu lieben, Ten.«

Die Hoffnung stirbt zuletzt.

Ich bezweifle, dass das wahr ist. »Bevor ich zulasse, dass du meinen Bruder benutzt, töte ich dich.«

Seine Schultern versteifen sich. »Ich werde alles verlieren. Das begreifst du doch, oder?«

Ich winke ab, dann gehe ich zum Bett, um meine Mutter zu wecken. Ich werde sie und Jeremy hier rausholen. Als ich sanft ihre Wangen tätschle, ist ihre Haut so kalt, dass sich mein Magen zusammenzieht. Ihre Lippen sind noch blauer als zuvor … Lippen, die jetzt zu einem Lächeln verzogen sind, wie ich es zuletzt als Kind gesehen habe.

Tot … *nein. Nein, nein, nein.* »Mom. Momma.« Ich rüttle an ihren Schultern.

Ihre Augen bleiben geschlossen, ihr Körper ist schlaff wie eine Nudel.

Ich drehe mich nach meinem Dad um, doch der hat das Zimmer bereits verlassen.

»Maggie«, rufe ich.

Sie stürmt aus dem Schrank/Kinderzimmer, Jeremy fest an ihre Brust gedrückt. Ihre Augen sind rot umrandet, als hätte sie geweint. Tränen haben rosa Spuren auf ihren Wangen hinterlassen.

Archer wirkt gefasst.

»Sie reagiert nicht«, schreie ich. »Du musst mir helfen …« Wobei? Bei einer Herzmassage? *Baiser de la mort* zerstört das Herz und lässt nur noch zerfetzte Überreste zurück. Da gibt es nichts zu massieren.

Ich kämpfe gegen Tränen an. Mein Kinn zittert. Mom ist gegangen. Sie ist gegangen, und ich kann nichts tun, um sie zurückzuholen.

In der Anstalt habe ich davon geträumt, ihr wehzutun, mich dafür zu rächen, was sie mir angetan hat. Aber hier und jetzt will ich nur, dass es ihr gut geht. Ich hatte nicht genug Zeit mit ihr. Ich würde alles für weitere fünf Minuten mit ihr geben. Nur fünf Minuten. Um ihre Hand zu halten, um ihr zu sagen, dass ich ihr verzeihe. Sie zu umarmen und von ihr umarmt zu werden.

Nun ist sie in Myriad. Hoffentlich glücklich. Ich sehe sie jedoch erst wieder, wenn *ich* sterbe.

Werden wir dann auf der gleichen Seite stehen oder Feinde sein?

Maggie setzt sich auf den Bettrand. »Sie hat so lange durchgehalten, wie sie nur konnte, um dich noch einmal zu sehen.«

Sie kaut auf ihrer Unterlippe, die Spannung zwischen uns wird fast unerträglich.

»Ten.« Trauer klingt aus ihrer Stimme wie ein Regenfall. »Ich fürchte, Jeremy bleibt auch nicht mehr viel Zeit.«

Ich strecke meine zitternden Hände nach ihm aus, nehme ihr das federleichte Bündel ab und drücke den süßen Jungen an meine Brust. Seine Augen sind geschlossen, die Wimpern so lang, dass sie Schatten auf seine Wangen werfen. Seine Lippen sind blauer als zuvor, und er keucht. Ein Todesröcheln.

Nein, auch er hat nicht mehr viel Zeit.

Ich werde meine Mom und meinen Bruder an ein und demselben Tag verlieren.

Killian kommt in den Raum. Als er mich mit dem Baby im Arm sieht, wechselt sein Gesichtsausdruck sofort von Wut auf Zärtlichkeit. Das Mitgefühl, das er ausstrahlt, bringt mich fast um.

Meine Tränen fließen ungehemmt, als ich in Jeremys Gesichtchen sehe. Ein Tropfen fällt auf seine Wange, seine Lider zucken, und er öffnet kurz die Augen, unsere Blicke treffen sich für zwei kostbare Sekunden. Er hat meine Augen. Eins blau, eins grün. Ich bringe seine kleine Hand an meine Lippen und küsse seine Fingerknöchel.

»Ich liebe dich, kleiner Mann.« Eine weitere Träne landet in seinem Mundwinkel, und wenn das hier ein Märchen wäre, würde diese Träne – aus reiner Liebe geboren – ihn retten. Aber dies ist das wahre Leben, und jetzt tut er seinen letzten Atemzug. Sein Kopf rollt zur Seite.

Ich weiß, dass die Frist eingehalten werden muss. Wenn der Körper gestorben ist, verlässt ihn die Seele.

Zwar wäre Jeremy dann mit meiner Mutter zusammen, doch er würde immer wieder nachdrücklich *ermutigt* werden, in der Sphäre zu bleiben, nachdem er das Alter der Verantwortung erreicht hat. In Troika wird er auch eine Familie haben. Unsere Großeltern, die ich nie treffen durfte.

Und … ich möchte, dass Jeremy durch Sonnenlicht spazieren kann, dass er die Wärme auf seiner Haut spürt.

Ich schüttle den Kopf … und … und … *tu es, tu es einfach* … und reiche Archer, der nun nicht mehr so gefasst wirkt, meinen kleinen Bruder. Auch er hat Tränen in den Augen.

Killian setzt eine undurchdringliche Miene auf. Mir ist klar, dass ich ihm wieder einmal wehgetan habe. Doch muss ich tun, was für meinen Bruder das Beste ist.

»Er wird geliebt werden«, sagt Archer.

Das bringt mich fast *um*. »Danke.«

Archer und Jeremy verschwinden in einem Lichtkegel, während ich dastehe und irgendwie versuche, über den Schmerz hinwegzukommen. Aber da ist zu viel Schmerz, und er ist zu heftig, jede einzelne Gefühlsbombe, die ich in meinem Herzen gelagert habe, explodiert zur selben Zeit.

Mit einem Schrei aus der Tiefe meiner Seele stürze ich durch das Zimmer, packe die Kommode meiner Mutter und zerre mit aller Kraft daran, bis sie umfällt. Holz zersplittert, und der ganze Schnickschnack, der darauf gelegen hat, zerschellt auf dem Boden.

»Warum werden zwei Unschuldige geopfert?«, frage ich. »Warum? Wer tut so etwas?«

Ich trete den Nachttisch um. Die Beine ragen in die Luft, auf sie trete ich auch ein. Ich trete und trete und trete, bis eins der Beine abfällt. Keuchend beuge ich mich vor, um es aufzuheben. Damit könnte ich meinen Dad niederschlagen. Ich könnte ihm genauso viel Schmerz zufügen wie er mir. Die Rache würde dann endlich doch mein sein. Er würde jeden einzelnen Schlag verdienen.

Ich sage mir aber, dass diese Zerstörungswut nicht anhalten wird. Sie wird verblassen. Ich sage mir, dass ich eine Heuchlerin bin. Ich habe Archer und Killian dafür verdammt, dass sie ihrem Hass aufeinander nachgegeben haben, und in diesem Moment will ich nichts anderes tun.

Das alles sage ich mir … doch spielt es keine Rolle. Mein Bruder ist tot. Meine Mutter ist tot, und mein Vater kann mit seiner Geliebten eine neue Familie gründen. Wenn das Kind zur Welt kommt, braucht er mich nicht länger. Er wird das Hintertürchen in seinem Vertrag ausnutzen, um seine Zukunft zu schützen, und dabei wird er meine zerstören.

»Nein, Mädchen.« Killian nimmt mir das Holzbein ab. »Das würdest du dir nie verzeihen.«

Ich drehe mich zu ihm um und schlage mit einem weiteren

Schrei auf seine Brust ein. »Wer tut so etwas? Wer tut einem Baby weh?«

Er versucht nicht, mich abzuwehren, und er versucht auch nicht, mich aufzuhalten. Ich schlage mit all meiner Kraft auf ihn ein, lege all meine Wut und meine Trauer in jeden einzelnen Schlag. Das ist nicht fair. Das *Leben* ist nicht fair.

»Ich wünschte, ich wüsste die Antworten, nach denen du suchst«, sagt er sanft.

»So etwas darf nicht sein. Hörst du mich? So etwas *darf nicht sein.*« Ein Kind darf nicht sterben, ohne je gelebt zu haben. Eine Mutter und ein Sohn dürfen nicht im Ewigleben voneinander getrennt sein, und doch ist meine Mutter jetzt in Myriad und mein Bruder ist in Troika.

»Ich weiß«, sagt er, was mich überrascht. »Das alles wurde bewusst so arrangiert.«

Als ich keine Kraft mehr habe, schlingt Killian die Arme um mich und zieht mich fest an sich. Ich schmiege mein Gesicht an seinem Hals. Und dann weine ich um alles, was ich verloren habe – um alles, was dieser kleine Junge verloren hat.

»Das ist nicht das Ende. Für keinen von ihnen, Süße. Du wirst sie wiedersehen.«

Er hält diese Tatsache immer noch für tröstlich. Ich stoße ein beinahe hysterisches Lachen aus. »Ja, aber wer von den beiden wird mein Feind sein? Mein troikanischer Bruder oder meine myriadische Mutter?« Vielleicht hätte ich Jeremy doch besser Killian übergeben.

»Warum durfte ich den Jungen nicht nach Myriad bringen?«, fragt er. »Du hast Mutter und Sohn voneinander getrennt.«

Ich sehe auf und stelle fest, dass Maggie fort ist ... ich glaube mich daran zu erinnern, dass Killian sie während meines Wutanfalls aus dem Zimmer geschoben hat. »Zum ersten Mal habe ich in Sekundenbruchteilen und rein instinktiv eine

Entscheidung getroffen. Tu dies und nicht das. Licht oder Dunkelheit.« Richtig oder falsch.

Er denkt über meine Worte nach, seufzt und küsst mich auf die Schläfe. »Ich habe dafür gesorgt, dass dein Vater … einschläft, bevor ich ins Zimmer gekommen bin. Also los. Lass uns hier verschwinden.«

Er hat meinen Vater bewusstlos geschlagen, oder? »Mein Weg hat hier begonnen, und ich möchte, dass er hier endet.« Entschlossenheit gibt mir wieder etwas Kraft. »Ich werde meine Entscheidung treffen. Heute.« Ich werde nicht weglaufen. Nicht mehr. Ich werde mich meiner Gegenwart – und meiner Zukunft – stellen.

Er streicht mit den Daumen über meine Augen, um die letzten Tränen wegzuwischen. »Eine gute Generalin führt eine Armee. Eine großartige Generalin führt jeden einzelnen Soldaten. Heute bist du eine großartige Generalin.«

»Vielleicht, aber das liegt mit Sicherheit nicht daran, dass noch jemand anderes meinen Körper bewohnt.«

»Woher weißt du das?«

Dieselbe Frage, die ich ihm einmal gestellt habe. »Manche Dinge kann man nicht erklären. Man weiß sie einfach. Hier drinnen.« Ich nehme seine Hand und lege sie auf mein hämmerndes Herz. »Die Wahrheit strahlt so hell, dass sie alle Schatten des Zweifels verscheucht.«

»Und wie wäre es mit einem richtigen Beweis?«

»Ich bin der *lebende* Beweis.«

Nachdenklich nimmt er meine Hand und zieht mich in den Flur. »Wenn du bleiben willst, dann bleiben wir, aber nicht in diesem Zimmer.«

»Lass uns in mein Zimmer gehen.« Ich deute geradeaus, doch dann wird mir klar, dass er sich wahrscheinlich den Bauplan genau eingeprägt hat. »Hast du Deacon niedergeschlagen, um zu mir zu kommen?«

»Von wegen! Ich wollte mit ihm kämpfen, aber er sagte nur, ich solle tun, was immer nötig sei, um dich zu beschützen, und dann hat er mir die Tür aufgehalten.«

Überraschung, Überraschung. Troika und Myriad haben zusammengearbeitet.

Wir betreten das Zimmer, das einmal mein Zufluchtsort war, und alles ist noch genauso, wie ich es verlassen habe. Das Doppelbett mit einem großen weißen Himmel. Als ich ein kleines Mädchen war und davon träumte, im Mondlicht von Myriad zu leben und einen gut aussehenden Prinzen zu heiraten, hat mein Vater mir mit meinen Bettlaken immer ein Schloss gebaut.

Hastig schiebe ich diese Erinnerung fort. Sie ist im Moment zu schmerzhaft.

Ich löse mich von Killians Seite, um im Zimmer herumzugehen, vorbei am Nachttisch aus Chrom und Glas und zum Toilettentisch, vor dem ich jeden Morgen vor der Schule saß, um mich zu kämmen und zu schminken. Über dem Marmorkamin hängt ein Gemälde von weißen Rosen. Während manche der Rosen sehr schön sind, sind es andere *überhaupt* nicht. Meine Mutter und ich haben das Bild zusammen gemalt. Unser erstes – und auch einziges – gemeinsames Projekt. Mein Kinn beginnt zu beben. Damals war ich sieben.

Ich gehe zum Bett und lege mich in die Mitte. Killian öffnet die Vorhänge, um hinauszuspähen – um zu sehen, ob es Probleme gibt? Er untersucht den Fensterrahmen und bringt ein kleines schwarzes Gerät am Schloss an.

»Ein Flash-Scribe?«, frage ich.

»So etwas Ähnliches. Dieser hier erzeugt Schallwellen, die das menschliche Ohr nicht hören kann. Es wird Geistwesen davon abhalten, das Haus zu betreten und uns auszuspionieren. Hüllen allerdings nicht.« Er kommt zum Bett, streckt sich neben mir aus, dann zieht er mich an sich und hält mich fest.

Es dauert nicht lange, bis Archer in einem Lichtstrahl erscheint. Als er uns sieht, legt er sich, als wäre es das Normalste der Welt, an meine andere Seite.

Killian versteift sich, sagt aber nichts. Darüber bin ich froh. Ich bin von purer männlicher Aggression umgeben, und das gefällt mir. Es gibt mir Trost, mehr Trost, als ich seit Langem verspürt habe. Diese Jungen sind meine Freunde. Ich schulde ihnen so viel. Obwohl ich ihnen misstraut habe, sie verletzt, angeblafft und beleidigt habe, sind sie immer bei mir geblieben und haben ihre eigenen Wünsche zurückgestellt.

»Jeremy ist bei General Levi, einem Mann, den ich von ganzem Herzen respektiere«, sagt Archer. »Er wird ihn beschützen und ihn lieben, als ob er sein eigener Sohn wäre. Levi bringt deinem Bruder sogar bereits eine neue Sprache bei. Weiß irgendjemand von euch, was *gu-gu* und *ga-ga* bedeuten?«

Ich möchte lachen. Ich möchte weinen. »Ich glaube, es bedeutet einfach Glück.« Ich drücke seine Hand. »Ich danke dir.«

Er erwidert den Druck.

Killian knurrt tief aus der Kehle, schweigt jedoch. Er nimmt meine andere Hand. Der Name Levi sagt mir irgendwas. »Der TA, den ich hatte, bevor ich nach Prynne geschickt wurde, hieß auch Levi.«

»Ein und derselbe«, sagt Archer.

Gut. Das ist gut. Ich hatte keine Ahnung, dass Levi ein General ist; seinen Titel hat er mir nie genannt, doch er war sehr nett zu mir.

Lebst du den Traum deiner Eltern … oder deinen eigenen?

»Warum hast du Myriad verlassen, als du das Alter der Verantwortung erreicht hast?«, wende ich mich an Archer. Ich frage das für mich, aber auch für Killian. Ich weiß, dass er sich darüber den Kopf zermartert. »Vor allem da dein Vater dort ist … und der Junge, den du mal als deinen Bruder betrachtet hast.«

Killian versteift sich nun nicht nur; er wird vollkommen starr.

»Ich wurde zum Agenten ausgebildet, habe gelernt, wie man eine Hülle bewohnt, und bin ins Land der Ernte gereist. Einmal habe ich mit meiner Gruppe unseren Ausbilder auf eine Mission begleitet, nicht um eine Seele zu gewinnen, sondern um eine Handvoll Troikaner aus dem Hinterhalt zu überfallen. Männer und Frauen, die Menschen gerade dabei halfen, einen Garten anzulegen.«

»Ich erinnere mich daran«, sagt Killian mit angestrengter Stimme.

»Wir haben sie abgeschlachtet.« Archers Stimme bricht. »Wir haben sie abgeschlachtet, und da lag eine sterbende Frau vor mir, die in ihrer Hülle verblutet ist und nicht in der Lage war, sie zu verlassen, weil ich sie mit einem Pfeil darin fixiert hatte, und sie lächelte mich an. Lächelte, mit Lebensblut auf den Zähnen. Sie konnte noch ausstoßen: *Ich vergebe dir*. Kannst du dir das vorstellen? Sie vergab mir, aber ich konnte mir auf einmal selbst nicht vergeben. Ich war der Sieger und würde bald für meine Taten belohnt werden, dabei hätte man mich dafür hassen und bestrafen müssen. Ich wusste, dass ich so nicht weitermachen konnte.«

Ich höre Schritte vor der Tür. Wir setzen uns gleichzeitig auf. Mein Herz schlägt hart gegen meine Rippen, während die Jungen Waffen zücken, von denen ich nichts gewusst habe. Entweder ist mein Dad aufgewacht … oder mein potenzieller Mörder ist auf dem Weg zu mir.

Ein Krachen, die Türangel bricht, Splitter fliegen in alle Richtungen. Drei große, kräftige Männer, bei denen es sich wahrscheinlich um Hüllen handelt, stürmen mit gezogenen Waffen ins Zimmer.

»Auf die Knie«, schreit einer von ihnen. »Sofort.«

Sowohl Killian als auch Archer springen auf, um sich schützend vor mich zu stellen.

»Wenn ihr leben wollt, verschwindet.« Killian strafft die Schultern. »Sofort.«

Er wartet nicht darauf, dass die Männer gehorchen, genauso wenig wie Archer. Die beiden drücken den Abzug. Da ist kein Knall, keine Explosion zu hören, nur ein sanftes Rauschen, als jeweils ein Pfeil in die Hüllen dringt.

Pfeile … Pfeile …

Die Stag schießt Pfeile ab, die das Geistwesen in einer Hülle festhalten und jegliche Mobilität unterbinden.

In einem Lichtstrahl erscheinen drei neue Hüllen in einer Ecke des Zimmers, drei weitere in der anderen. Sie sind ebenfalls bewaffnet und haben uns schnell umzingelt. Killian und Archer schießen weiter, können aber den Pfeilen, die auf sie abgeschossen werden, nicht ausweichen, ohne mich zur Zielscheibe zu machen.

Beide werden mehrmals in die Brust getroffen und sacken auf die Knie.

»Dafür … bringe ich euch um.«« Killians Stimme ist kaum zu hören, aber die Drohung darin ist unverkennbar.

»Stopp! Genug!« Weil ich nicht riskieren möchte, dass die zwei noch weiter außer Gefecht gesetzt werden, hebe ich die Arme in die Höhe und stelle mich vor sie.

»Ihr habt es gehört. Genug.« Eine Frau in einem engen roten Kleid und mit Stöckelschuhen kommt ins Zimmer spaziert. Madame Pearl Bennett.

Ihr Gesichtsausdruck wird zärtlich, als unsere Blicke sich treffen. »Hallo, Ten. Ich habe dich vermisst.«

20. KAPITEL

»Leiste dein Bestes, *gut genug* reicht nicht.«

Troika

Pearl nimmt mich in die Arme, doch ich kann ihre Umarmung nicht erwidern. Sie riecht noch genauso wie damals: nach einer Mischung aus Rosen und Flieder. Dann löst sie sich von mir und lächelt mich voller Zärtlichkeit an. »Bist du verletzt worden, als wir die Jungs abgezogen haben?«

Diese Frau habe ich früher wirklich gemocht. Ich glaube, ich habe sie sogar geliebt. Aber sie hat meinen Vater überredet, mich nach Prynne zu schicken. Sie verlangte, dass ich auf unvorstellbare Art und Weise gefoltert werde. Und jetzt tut sie so, als wären wir alte Freundinnen?

Ich bleibe stumm.

Sie dreht sich zu den Hüllen um. »Schnappt euch Killian, bevor er noch mehr Schaden anrichten kann.«

»Wagen Sie es nicht …« Killian verstummt, als die Hülle, die ihm am nächsten ist, einen leuchtenden Ring um seinen Hals legt. Entsetzen und Wut schimmern in seinen Augen auf.

»Halt!« Ich strecke die Hand nach ihm aus, weil ich ihm unbedingt helfen will, obwohl ich keine Ahnung habe, was dieser Halsring genau bewirkt. Seiner Reaktion nach zu urteilen, muss es schlimm sein. Wirklich schlimm.

»Ein Mensch kann zwar einem Agenten etwas befehlen, doch niemals einem Anführer.« Pearl umfasst meine Handgelenke und hält mich mit erstaunlicher Kraft fest. »Ich weiß, dass du Killian magst. Du hast ihn immer gemocht, aber er war ein sehr böser Junge und muss in den Zwinger gebracht werden.«

Zwinger? Und was soll das heißen, dass ich ihn *immer* gemocht habe?

Dann fällt es mir ein. Ashley. Sie glaubt, dass ich mit ihrer Tochter verschmolzen bin.

»Wagen Sie es nicht!« Die Muskeln in Killians Gesicht und Schultern straffen sich, als er sich zu befreien versucht. »Dazu haben Sie kein Recht.«

»Bitte, Pearl«, flehe ich sie mit gefalteten Händen an. »Bitte tun Sie ihm nicht weh.« Vans habe ich niemals um etwas gebeten, andererseits hatte er mir auch nichts Wertvolles zu bieten.

»Das werde ich nicht. Wenn du bei Myriad unterschreibst. Hier und jetzt.«

Ich werfe Killian einen hastigen Blick zu. Er kennt meine Antwort, denn er hat den Kopf bereits gesenkt.

»Ich … ich … kann nicht. Es tut mir so leid, Killian.« Es muss eine andere Möglichkeit geben. Wenn ich jetzt einknicke, werde ich immer wieder einknicken.

»Mir tut es auch leid.« Sie nickt einer der Hüllen zu.

Der Typ tippt in sein Handgelenk, blaues Licht leuchtet auf. Dann legt er eine Hand auf Killians Schulter. Killian hebt den Kopf, unsere Blicke treffen sich für den Bruchteil einer Sekunde. Ich sehe Bedauern darin, Schmerz und Kampfbereitschaft. Dieselbe Mischung, die ich auch fühle.

Da ist so vieles, was ich ihm sagen möchte. *Ich betrachte dich als Familienmitglied. Ich bin dir dankbar für alles, was du für mich getan hast. Wir haben voneinander gelernt, oder nicht? Ich werde kommen, um dich da rauszuholen.*

Ein Lichtstrahl trifft die beiden und von einer Sekunde auf die andere sind sie verschwunden. Ich stoße mit einer Mischung aus Wut und Angst einen Zischlaut aus.

»So. Und jetzt zu dir. Dem verlorenen Sohn«, sagt Pearl zu Archer. »Nur weil ich deinen Vater bewundere, wirst du diesen Tag überhaupt überleben.«

»Tun Sie ihm nichts. Bitte.« Für ihn flehe ich ebenfalls. *Meine Jungs.*

Sie tätschelt meine Wange. »Wie ich höre, ist für ihn sowieso ein Transfer geplant.« Sie macht einer der Hüllen ein Zeichen. »Schickt ihn nach Hause, damit er diesen Transfer endlich erfahren kann.«

Die Hülle drückt Archer eine Pistole zwischen die Augen.

»Ich liebe dich, Ten. Du bist im Herzen meine Schwester«, sagt Archer.

»Tun Sie das nicht, Pearl. Sie haben gesagt, dass er nicht sterben wird«, schreie ich, aber da drückt die Hülle bereits ab. *Plopp!* Archers Hülle zerfällt zu Asche.

»Wir haben seine Seele aus der Hülle befreit«, sagt Pearl beschwichtigend. »Das ist alles.«

Der Notausstieg. Richtig.

Sie nimmt meine Hand und führt mich durch das Haus. Wir kommen an meinem Dad vorbei, der neben der Eingangstür steht. Er sieht mich nicht an, und obwohl dieser Mann versucht hat, mich umzubringen – zwei Mal –, tut mir diese komplette Missachtung weh.

Eine Limousine parkt in der Zufahrt. Ein Mann in Anzug wartet auf uns. Er öffnet die Hintertür und hilft mir beim Einsteigen. Pearl gleitet nach mir in den Wagen.

»Wir besuchen jetzt ein Spa, so wie wir das früher immer gemacht haben, als du noch ein kleines Mädchen warst. Weißt du noch?«

Ein Spa. An dem Tag, an dem meine Mutter und mein Bruder gestorben sind. An dem Tag, an dem sie Killian in diese unerträgliche Lage gebracht hat. An dem Tag, an dem sie Archer gezwungen hat, sich seiner Verurteilung zu stellen.

»Ich hasse Sie«, knurre ich sie an.

Sie zuckt zusammen, als hätte ich sie gekränkt. »Sprich nicht in diesem Ton mit mir. Hast du das verstanden? Ich bin deine Vorgesetzte. Und, Ten«, sagt sie dann mit sanfterer Stimme, »ich bin deine Mutter.«

»Meine Mutter ist tot.« Kaum habe ich das ausgesprochen versteife ich mich. Mir kommt ein entsetzlicher Gedanke. »Haben Sie sie umgebracht? Haben Sie meinen Bruder umgebracht?«

Sie sieht mich flehend an. »Ich *bin* deine Mutter. Du bist mit Ashley verschmolzen. Das weiß ich. Der Geburtszeitpunkt war perfekt – und die Zeichen waren es auch. Und du hast so hell gestrahlt, wie nur Generäle strahlen.«

»Ich bin nicht nur Generalin. Ich bin auch Auflöserin.« Oder vielmehr Strömerin. Der Wagen fährt über eine kurvige Straße. »Acht weitere myriadische Generäle sind am selben Tag wie Ashley gestorben.«

»Ja, aber *alle* diese Generäle sind …« Sie bricht ab und räuspert sich.

»Alle diese Generäle sind … was?«

»Ach, nicht wichtig.«

Oh, es ist wichtig. Sie wirkt so erschrocken, als hätte sie beinahe ein Geheimnis verraten, das sie mit ihrem Leben schützen muss.

»Alles, was du zu wissen brauchst, ist, dass du tatsächlich meine Ashley bist.« Sie starrt nach vorn. »Und diese … diese *Frau* hat deine Flucht aus Prynne geplant, um dich für immer von mir fernzuhalten.« Empörung und Wut triefen aus ihren Worten. »Ja, ich habe sie vergiftet. Und dafür wirst du mir eines Tages noch dankbar sein. Dein Bruder war nur ein unglücklicher Kollateralschaden.«

Ich versuche, meine Wut wegzuatmen. Ich weiß, was passiert, wenn ich mich von meinen Gefühlen steuern lasse. Chaos. Zerstörung. Und das ist nutzlos. Wie alles andere ist Wut nur etwas Vorübergehendes, etwas Veränderbares. Doch wenn ich mich von ihr kontrollieren lasse, nehme ich hin, dass sie die Entscheidungen für mich trifft. Dann könnte ich genauso gut von Ashley oder sonst jemandem gesteuert werden.

Andererseits kann ich auch nicht einfach nur hier sitzen.

»Sie erinnern mich an meinen Vater. Sie begreifen nicht, welchen Schaden Sie anrichten. Erlauben Sie mir, dass ich das in Ordnung bringe.« Ohne weitere Vorwarnung ziehe ich den Draht aus meinem Armband und winde ihn um ihren Hals – *danke, Killian.*

Ich zerre so fest ich kann daran, schneide in ihre Halsschlagader. »Das ist alles, was Sie mit Ihrer sogenannten Liebe erreichen. Widerstand.«

Ich will sie gerade wieder freilassen, als ihre Augenhöhlen klar werden und die Hülle erstarrt.

Wenige Sekunden später bremst der Wagen abrupt ab, die Tür wird aufgerissen. Die wütend dreinblickende Pearl beugt sich herein und schießt mit einem Pfeil auf mich. Während elektrischer Strom durch meinen Körper jagt und meine Muskeln sich verkrampfen, schießt sie auf die nutzlose Hülle neben mir, die sich daraufhin in Asche auflöst. Dann gleitet sie auf den Sitz, nimmt mir die beiden Armbänder ab und wirft sie aus dem Fenster. Nachdem sie mich nach weiteren Waffen abgesucht hat, lehnt sie sich entspannt zurück.

Der elektrische Strom versiegt in dem Moment, in dem sie mir den Pfeil aus dem Hals zieht, und ich werde ganz schlaff.

»Ich will dich nicht töten«, sagt sie, »werde es jedoch tun, wenn es sein muss. Du und Ashley, ihr kommt dann nach Viele Enden, aber eines Tages werdet ihr ins Land der Ernte zurückkehren. Und dort kann ich euch dann wiederfinden.«

»Wie?« Soweit mir bekannt ist, ist eine Seele in Viele Enden für alle Ewigkeit verloren.

»Ich werde nach Zeichen Ausschau halten.«

»Und diese sogenannten Zeichen sind niemals falsch?«

Ich nehme ein leichtes Beben bei ihr wahr, bevor sie mit den Schultern zuckt.

Ich drehe den Kopf zu ihr. »Haben Sie irgendwelche Verwandten in Troika?«

»Ja.«

»Und Sie kämpfen gegen sie?«

»Ja«, sagt sie wieder. »Troikaner wollen alles zerstören, was mir lieb und teuer ist. Sie rümpfen die Nase über mich und betrachten mich als eine Ungläubige, die ihr wertvolles Licht nicht verdient hat. Als ob *ich* minderwertig wäre.«

»Es gibt Leute, die diese Feindseligkeit zwischen den Sphären hassen.« Archer und Deacon verteidigen zwar ihre Sphäre, aber sie lieben auch ihre Feinde. Das habe ich selbst erlebt.

»Du stellst dich also auf ihre Seite?« Sie kneift die Augen zusammen. »Wenn du Myriad weiterhin ablehnst, werde ich gezwungen sein, dich höchstpersönlich umzubringen. Und danach Killian.« Sie hebt selbstgefällig eine Augenbraue. »Du magst ihn. Genau, wie er es geplant hat.«

Sie versucht – schon wieder – mich zu manipulieren. Mich gegen den Jungen aufzuhetzen, den ich inzwischen so bewundere. »Ich lasse nicht zu, dass Sie ihm etwas antun. Besser gesagt, gebe ich Ihnen genau drei Sekunden, um ihn aus dem Zwinger zu entlassen und ihm den Halsring abzunehmen, sonst unterschreibe ich bei Troika. Eins.«

Sie starrt mich an. »Du kannst nicht …«

»Zwei.«

Sie hat die Wahl. Sie kann mich beispielsweise erdolchen und ein für alle Mal aus dem Verkehr ziehen, oder meiner Forderung nachgeben. Ich habe nicht gelogen. Ich *werde* bei ihren Feinden unterzeichnen.

»Man wird ihn entlassen«, sagt sie hastig.

»Jetzt. Heute.«

Sie nickt geziert.

Wir verfallen in Schweigen. Eigentlich sollte ich ein Triumphgefühl verspüren. Aber in Wahrheit bin ich bloß traurig.

Ich spähe aus dem Fenster, um herauszufinden, wohin wir fahren. Ich kenne die Gegend. Errichtet für obszön reiche Myriader. Meine Mutter kauft – kaufte – in den Läden hier ein.

Die Limousine hält wie versprochen vor einem Spa. Ich sage keinen Ton, als ich aufgefordert werde auszusteigen. Der Gehweg glitzert, als wäre er aus Marmor – bemalter Beton, Palmen wiegen sich in der nach Blumen duftenden Luft. Mit den hoch aufragenden weißen Säulen und einer glänzenden Treppe, die zu den großen, bogenförmigen Eingangstüren führt, könnte das Gebäude als Schloss durchgehen.

Pearl bleibt an meiner Seite, als wir eintreten. Mehrere Mitarbeiter eilen freundlich lächelnd herbei und bieten uns Getränke an – alles von Champagner bis hin zu altem Whisky. Ich lehne ab. Ich muss einen klaren Kopf bewahren.

Wir sind die einzigen Kunden in der großen Eingangshalle. Wahrscheinlich hat Pearl den ganzen Laden gemietet.

Es gibt einen stufigen Wasserfall, auf dem eine Meerjungfrau thront – genau wie bei dem Wasserfall, den ich in Myriad gesehen habe. Überall stehen Ledersofas und Plüschsessel herum. Der Empfangstresen wird von zwei riesigen Skulpturen eingerahmt – eine Frau, um die ein Drachenschwanz so gewunden ist, dass er ihre Brüste und ihren Schoß bedeckt, und ein muskulöser Mann, der einen Globus in Händen hält. Die Wände sind in einem hübschen Gold gestrichen, es duftet nach Lavendel und Flieder.

»Denk nicht nach«, sagt Pearl. »Genieße es einfach.«

Bis ich Killian wiedersehe, muss ich mitspielen, also nicke ich. Die Mädchen, die mir etwas zu trinken angeboten haben, geleiten mich in einen Raum im hinteren Teil, in dem sich zwei Massagetische und zwei mit dampfendem Wasser gefüllte Badewannen befinden – Killian wäre begeistert. Im Hintergrund spielt sanfte Musik.

Pearl und ich werden entkleidet. Ich hasse es, dass ich ohne Waffen und von Fremden umgeben bin, sage aber nichts. Ich hasse es, dass Pearl es sich jeden Moment anders überlegen und mich erledigen kann. Deswegen bleibe ich in Alarmbereitschaft, während ich gebadet, gewachst, geölt und massiert werde. Und irgendwie ist es ja auch angenehm. Nach all der Herumrennerei, nach den vielen Unfällen, die ich überstanden habe, tut mir alles weh.

Pearl beobachtet mich erwartungsvoll. Wahrscheinlich rechnet sie damit, dass ich von Ashleys Erinnerungen überflutet werde, die Arme ausbreite und »Momma!«, rufe.

Sorry. Wird nicht passieren.

Sie lackieren mir die Nägel in mädchenhaftem Rosa, schneiden und frisieren mein Haar, kämmen die Seiten zurück. Dann werde ich geschminkt und in ein wunderschönes Kleid gesteckt, griechischer Stil, weiß und direkt unter meinen Brüsten plissiert, fällt es bis auf den Boden. Die Spaghettiträger entblößen meine blassen Arme von den Schultern bis zu den Fingern.

»Dein Lieblingskleid«, sagt Pearl hinter mir. »Schau nur.«

Und tatsächlich drehe ich mich vor dem Ankleidespiegel um mich selbst und keuche leise auf.

»Du siehst atemberaubend aus.« Sie verschränkt unsere Finger ineinander. »Ich habe dir zu Ehren eine Party organisiert. So eine, wie du sie immer geliebt hast.«

Ich bin nicht in der Stimmung, meine *Großartigkeit* zu feiern, protestiere jedoch nicht, als wir zur Limousine zurückkehren. Wir fahren den Weg zurück, den wir gekommen sind – etwa zu mir nach Hause? Wo meine Mutter und mein Bruder gerade gestorben sind?

Oh ja. Tatsächlich.

Reiß dich zusammen.

Die Limousine hält in der Zufahrt. Ich starre Pearl an. »Jetzt sind Sie wirklich unnötig grausam.« Bevor sie es abstreiten kann, frage ich: »Ist mein Dad da?«

»Nein. Ich habe ihn entfernen lassen.«

Zumindest etwas. »Und Killian?«

»Er wartet drinnen auf dich.« Sie lächelt mich an. »Vielleicht wirst du außerdem jemanden entdecken, den du noch mehr vermisst hast …«

Was hat sie bloß vor?

Die Antwort bekomme ich, als ich aussteige und auf die Verandatreppe zugehe. Die Tür schwingt auf, und James tritt heraus. Der schöne James, der offenbar schon auf mich gewartet hat. James, der mich vor Vans beschützt hat, der mir Essen gebracht und Pläne geschmiedet hat, um mit mir zusammen zu fliehen.

James, der mir jeden Tag unseres Zusammenseins mitten ins Gesicht gelogen hat.

Er ist groß, doch nicht so groß wie Killian, hat dunkelblondes Haar und große braune Augen. Sein tiefschwarzer Anzug schmiegt sich an seine Muskeln, das Schwarz lässt das Blau und Grün seiner Krawatte leuchten. Blau und grün wie meine Augen. Eine romantische Geste? Würg. Er ist *romantorektisch.*

Er grinst mich an, als wäre er glücklich, mich zu sehen.

»Du bist ihm damals viel zu wichtig geworden«, sagt Pearl und stellt sich neben mich. »Also musste ich ihn von deinem Fall abziehen.«

Lügnerin! Ich bin ihm nicht zu wichtig geworden. Er hat einfach in seinem Job versagt.

»Mein Fehler«, fügt sie hinzu.

»Wie kommen Sie darauf, dass ich ihn will?« Ich hebe den Saum meines Kleides und gehe die Stufen hinauf.

»Tenley.«

James streckt mir die Hand hin, offenbar erwartet er, dass ich sie ergreife und dahinschmelze.

»Ich habe dich so vermisst.« Sein Lächeln verblasst, als ich ihn weiterhin ausdruckslos anstarre. »Ich wollte dich nicht verlassen, aber ich hatte keine andere Wahl.«

»Ach ja? Erzähl mal, wie sehen meine Titten in diesem Kleid aus?« Er starrt mich an, ich sage: »Entschuldige mich«, und stolziere an ihm vorbei ins Haus.

Der Eingangsbereich ist voller Leute, doch ich kann mir zwischen ihnen hindurch einen Weg ins Wohnzimmer bahnen. Gelächter und Parfüm liegen in der Luft. Mit gerümpfter Nase suche ich die Menge nach Killian ab.

James taucht neben mir auf und ergreift meinen Arm. »Ten, bitte. Du musst mich anhören.«

Sie steht nun mal auf groß.

Ich reiße mich los. »Ich muss überhaupt nichts.«

»Ja, du warst für mich ein Auftrag. Anfangs. Aber dann habe ich mich in dich verliebt und …«

»Du hast mich nie geliebt. Sonst hättest du mir die Wahrheit gesagt.«

Ärger blitzt in seinen Augen auf, Ärger, den er hastig mit gespielter Gekränktheit kaschiert.

»Wenn ich dir die Wahrheit gesagt hätte, hätte ich dich verloren.«

»Das hast du auch so.« Ich habe diesen Jungen geliebt, allerdings nur eine Illusion von ihm.

Meine Aufmerksamkeit wird von Geschnatter zur Treppe gelenkt. Oben steht Killian. Er – ist – umwerfend. Unsere Blicke treffen sich, und, oh, das Blut in meinen Adern heizt sich auf, beginnt zu kochen und lässt mich schmelzen. *Er ist hier. Er ist unverletzt.*

Langsam kommt er die Treppe herunter, jedes weibliche

Wesen, an dem er vorbeigeht, hält mitten in der Bewegung inne. Manche versuchen, seine Aufmerksamkeit auf sich zu ziehen. Andere wollen ihn berühren, aber er ist ganz und gar auf mich konzentriert.

»Ihn?«, knurrt James. »*Ihn* willst du?«

Ich habe ganz vergessen, dass er neben mir steht. Noch einmal löse ich mich aus seiner Umklammerung, mein Herz hämmert, hämmert, hämmert. Wie James trägt Killian einen Anzug, schwarz, Nadelstreifen und für seine Hülle maßgeschneidert. Als er direkt vor mir steht, mustert er mich mit brennenden Augen, und ich beginne zu zittern.

»Du siehst …« Sein Blick gleitet langsam zurück zu meinem Gesicht. »Das kann man mit Worten gar nicht beschreiben.«

»Danke.« Ich streiche über das Kleid. Besser, ich erzähle ihm nichts von Pearls Drohung. Ich möchte nicht, dass er für mich kämpft und vielleicht zurück in den Zwinger geschickt wird. »Und du … wow. Das können zwei Worte perfekt beschreiben: köstliches Mannesfleisch.«

Sein leises Lachen ist wie ein Streicheln auf meiner Haut.

»Das ist das schönste Kompliment, das ich je bekommen habe.«

James streckt die Brust raus. »Killian.«

Killians Lächeln erstirbt, als der den anderen Jungen sieht. »Du solltest besser verschwinden. Und zwar sofort.«

James beginnt zu stottern. Killian neigt den Kopf etwas – mehr nicht – und James weicht einige Schritte zurück.

Ein Mädchen, das ich nicht kenne, schlingt einen Arm um Killians Hüften. Er versteift sich und schiebt sie weg, doch seine Reaktion scheint ihr nichts auszumachen, sie legt den Kopf an seine Schulter. Und betrachtet mich von oben bis unten.

»Ist sie dein Liebling der Woche? Nun … kann ich verstehen. Diese unterschiedlichen Augen sind beeindruckend, nicht wahr?«

Er legt einen Arm um *meine* Hüften. »Entschuldige uns.« Er zieht mich weg, und sie schaut uns verblüfft hinterher.

»Noch eine deine Eroberungen?«, frage ich.

»Es gibt keinen Ort auf dieser Welt, wo du keine finden wirst. Ich habe dir gesagt, dass ich meinen Job sehr gut gemacht habe, und das habe ich auch so gemeint. Aber …«

Atemlos warte ich darauf, dass er weiterspricht. »Aber?«

»Du bist mehr als nur ein Job.« Er bleibt stehen, legt eine Hand um mein Kinn und sieht mir tief, tief, tief in die Augen. »Es hat mir überhaupt nicht gefallen, dich heute verlassen zu müssen.«

Meine Knie werden gefährlich weich. »Ich könnte zugeben, dass es mir auch nicht gefallen hat.«

Er schenkt mir dieses träge, verschmitzte Lächeln, das ich aus der Anstalt kenne.

»Könntest du oder tust du?«

»Tue ich.« Ich schmiege mich an ihn, atme ihn ein. Von seinem Geruch werde ich niemals genug bekommen.

James nähert sich uns – schon wieder – und räuspert sich. War er immer so aufdringlich?

Ohne mich aus den Augen zu lassen, packt Killian ihn an der Krawatte und schüttelt ihn. »Geh. Weg.«

James schlägt ein bisschen zickig auf seine Hand, was aber nichts bringt.

»Ich habe ein Geschenk für dich, Ten.«

»Tenley«, blaffe ich ihn an. »Und du kannst dir dein Geschenk sonst wohin…«

Eine grinsende Sloan blickt über seine Schulter. »Ehrlich gesagt, glaube ich, dass du dieses Geschenk lieber behalten willst.«

21. KAPITEL

> »Es gibt keine Grenze, die wir nicht überschreiten, um unsere Aufgabe zu erledigen.«
>
> Myriad

Ich schubse James zur Seite, damit ich die Arme um Sloan werfen kann, so glücklich, dass ich heulen könnte. Wem will ich hier was vormachen? Ich heule.

»Danke, dass du mir das Make-up ruinierst«, sage ich.

»Jederzeit wieder.« Lachend macht sie sich von mir los und dreht sich um ihre eigene Achse. »Und jetzt sag mir, dass du noch nie etwas Prächtigeres gesehen hast. Und du solltest es besser ehrlich meinen, sonst werde ich dich für immer hassen.«

»Ich habe nie etwas Schmächtigeres gesehen. Bitte schön. Habe ich es korrekt gesagt?«

Sie zeigt mir den Mittelfinger, lächelt aber. Sie trägt ein scharlachrotes Kleid, das zart ihre Knie umspielt. Ihr helles Haar ist auf einer Seite zu einem eleganten, geflochtenen Dutt eingedreht.

Sie zeigt mit einem Finger von meinem Kopf bis zu meinen Schuhen. »Selbst mit der verschmierten Wimperntusche bist du eine echt scharfe Braut. Wenn ich auf Mädchen stehen würde, hätte Killian schlechte Karten.«

Ich pruste leise. »Jetzt hast du ein Stück meines Herzens gewonnen.«

»Als ob mir das nicht sowieso schon ganz und gar gehören würde.«

»Ich hätte gern die Chance, dir …«, beginnt James.

Killian boxt ihm in den Hals, wodurch das Sprechgerät der Hülle abgeschaltet wird. Auf einmal kann James nur noch seine Lippen bewegen, doch kein Ton kommt heraus.

Ich tätschle Killians Wange. »Du hast mir den Abend gerettet. Danke.«

Grinsend beugt er sich vor, um mein Ohrläppchen zu küssen. Er flüstert: »Ich möchte, dass du dich für Myriad entscheidest, aber ich möchte, dass du es auch möchtest. Ich werde dich nicht mehr bedrängen, und das werde ich dir beweisen.« Er streicht über meinen Arm, bis ich Gänsehaut bekomme. »Bring Sloan in dein Zimmer.«

Wie bitte? »Nein, ich will bei dir bleiben«, flüstere ich ihm zu.

»Ich beschäftige Pearl. Es gibt da etwas, das du sehen musst.« Er küsst mich auf die Wange und hebt den Kopf.

Mein Herz hämmert. Muss ich etwas Angenehmes oder etwas Unangenehmes sehen?

»Bäh. Genug Liebesschmalz«, sagt Sloan.

Ich zwinge mich zu einem Lächeln. »Hier ist es zu laut. Wie wäre es, wenn wir in mein Zimmer gehen? Wir können quatschen und uns auf den neuesten Stand bringen.«

»Das ist das beste Angebot, das ich heute bekommen habe, Irre. Und das will was heißen!« Sie hakt sich bei mir unter und fügt hinzu: »Der Typ da drüben wollte mir – ich zitiere – die Bedeutung von *Ekstase* beibringen.«

»Glückskind«, sage ich trocken. Ich werfe Killian einen Blick zu, mit dem ich ihm sage: *Bleib in der Nähe.*

Sein Blick antwortet: *Nichts kann mich von dir fernhalten.*

In Ordnung. Höchste Zeit herauszufinden, was ich oben sehen soll. Ich ziehe Sloan mit. »Hast du bei Myriad unterschrieben?« Warum sonst sollte Pearl ihr erlaubt haben zu kommen?

»Nein, Ma'am. Als ich mit Deacon losgezogen bin, war mein einziger Gedanke, meine Familie ein für alle Mal zu zerstören.«

»Stimmt ja.«

Steif fügt sie hinzu: »Sie waren so pleite, dass sie meinen Aufenthalt in Prynne nicht bezahlen konnten, also … haben sie einen Handel mit Vans gemacht. Er sollte mich zu einer Heirat mit dem Mann, den sie für mich ausgesucht hatten, zwingen. Und dabei durfte er mich jederzeit haben, solange er mich nicht schwängerte. Außerdem habe ich die ganze Zeit gedacht, dass mein künftiger Gatte nicht auf mich warten und jemand anders heiraten würde. Dass ich dann endlich frei wäre. Aber er hat nicht geheiratet.«

Ich presse eine Hand auf mein Herz. »Ach, Sloan. Das tut mir leid.« Manchmal reichen Worte einfach nicht aus.

»Schätze, ich bin es wert, dass man auf mich wartet.« Jedes einzelne Wort ist scharf wie ein Schwert.

»Ich hatte keine Ahnung, was du durchgemacht hast.« Und ich habe ihr in der ganzen Zeit nur noch mehr Schwierigkeiten gemacht.

Als wir oben an der Treppe angekommen sind, sagt sie: »Niemand wusste das, und das wollte ich so. Ich habe ihn gehasst, habe es gehasst, wenn er mich … besucht hat … ich hätte es nicht ertragen, wenn alle das gewusst hätten.«

»Es tut mir leid«, sage ich erneut. Was für ein entsetzliches Dasein.

Sie winkt mit einer knappen Handbewegung ab. »Wie auch immer, ich habe meine Agentin Elena gefeuert. Ihr Benehmen hat mir nicht gepasst.«

»Du meinst, du hast sie gefeuert, weil sie nicht sofort alles getan hat, was du von ihr verlangt hast?«

»Ganz genau. Wie schön, dass du mich so gut kennst.« Sie strahlt mich an. »Jedenfalls wurde mein Fall an James übergeben. Er bekam eine Einladung hierher und hat mich gebeten, ihn zu begleiten. Ich finde, um eine Freundin zu treffen, kann ich die Vernichtung meiner Familie auch noch ein oder zwei Tage aufschieben.«

Eine Freundin. Ich habe eine weitere Freundin, eine, mit der ich von mir aus Freundschaft geschlossen habe. Ein Mensch, der mein Dilemma versteht.

Im zweiten Stock laufen eine Menge Leute herum, zwischen denen wir uns durchdrängeln müssen. Jemand winkt uns zu. Andere lächeln. Wir trotten einfach weiter. Als ein Paar betrunken aus dem Zimmer meiner Mutter wankt, muss ich einen Fluch unterdrücken … was mir aber nicht gelingt.

»Auf keinen Fall. Das darf ja wohl nicht wahr sein.« Ich stampfe zu ihnen – *ruhig, bleib ruhig* – und würde ihnen am liebsten das Gesicht zerkratzen. »Ihr betretet dieses Zimmer nie wieder! Habt ihr verstanden?«

Sloan packt mich an den Schultern und zieht mich zurück. »Du kannst auch später noch durchdrehen.«

»Ich meine es ernst.« Ich betrachte die anderen Gestalten um uns herum. »*Niemand* betritt dieses Zimmer.«

Die beiden eilen die Treppe hinunter. Auf Nimmerwiedersehen!

Ein Wärter ist vor meiner Zimmertür postiert. Ein großer, kräftiger Typ mit finsterem Gesichtsausdruck. Doch er öffnet die Tür, als ob er mich kennen würde. Als ob er auf mich gewartet hätte.

Ich mache gute Miene zum bösen Spiel. Zumindest zunächst einmal. »Niemand betritt die anderen Räume.«

Er nickt. »Ihr Befehl ist mir eine Ehre.«

Ich schätze seine Unterwürfigkeit, hasse sie aber gleichzeitig irgendwie. Ich bin nämlich nicht die, für die er mich hält.

Im Zimmer trete ich die Tür hinter uns zu, und Sloan knipst das Licht an.

»Jetzt atme erst mal tief durch«, sagt sie, »und beruhige dich.«

Meine Absätze klappern auf dem Holzboden, als ich zum Bett gehe. Seufzend lasse ich mich auf den Rand sinken. Als ich das letzte Mal hier war, haben Archer und Killian sich an mich gekuschelt.

Ich möchte wieder kuscheln.

»Versteh mich nicht falsch, aber … dieses Haus wirkt irgendwie steril«, meint Sloan, die Lippen verächtlich verzogen.

»Ein Innenausstatter hat alles ausgesucht, und von mir wurde erwartet, dass ich mein Zimmer in Ordnung halte.« Ein Zimmer sollte ein Zufluchtsort sein, doch meins wurde über die Jahre zu einem goldenen Käfig.

Ich entdecke eine Flasche Champagner in einem Eiskübel. Was soll ich sehen?

Ich lasse den Korken knallen und gieße den Inhalt auf den weißen Teppich vor dem Bett. Als ich das letzte Mal Alkohol getrunken habe, habe ich mich idiotisch benommen. Nun, noch idiotischer als sonst.

Sloan lacht. »Du machst Teppiche schmutzig, während ich plane, ein komplettes Haus abzubrennen. Warum mögen wir uns überhaupt?«

Ich lächle sie an. »Vielleicht sollten wir diese Tatsache nicht zu sehr hinterfragen.«

»Das stimmt.« Sie seufzt und wird auf einmal ernst. »Okay. Dann lass uns mal zur Sache kommen. Ich brauche deinen Rat.«

Ist das der Grund, aus dem Killian mich weggeschickt hat? »Leg los.«

»Nun, ich habe mich praktisch Deacon an den Hals geworfen, und er hat mich praktisch abgewiesen.«

»Praktisch?«

»Er sagte, dass er niemals mit jemandem außerhalb seiner Sphäre zusammen sein würde und dass niemand in seiner Sphäre jemals das tun würde, was ich vorhabe – das Haus abfackeln, falls ich dich daran erinnern muss –, also habe ich ihn weggeschickt. Dann tauchte James auf, und ich dachte, der ist zwar ein Kacktyp, aber vielleicht macht er Deacon eifersüchtig und, du weißt schon, irgendwie Dampf unterm Hintern. Und ja, ich weiß, ich weiß, ich bin unreif.«

»Ich habe keine Frage gehört.«

»Nun, dir ist ja bekannt, dass ich auf keinen Fall nach Viele Enden will.«

»Das weiß ich. Und nachdem ich dort war – zwei Mal – kann ich dieser Sphäre ganz offiziell auch nur einen Stern geben.«

»Wie bitte? Du warst tot? *Zwei Mal?* Wieso erfahre ich das erst jetzt?« Sie schlägt mir auf den Arm. »Wie war es?«

»Nun, wenn dein schlimmster Albtraum und die Pest zusammen ein Kind bekommen würden, und dieses Kind würde mit Frankenstein ein Kind bekommen, dann hieße dieses Kind Viele Enden.«

»Wow.« Sie plumpst neben mir aufs Bett. »Soll ich dir mal sagen, was traurig ist? Das ist nur *ein kleines bisschen* schlimmer, als ich es mir sowieso schon ausgemalt habe.«

»Worauf wartest du dann?«, frage ich. »Warum hast du noch nicht unterschrieben?«

Sie kaut auf ihrer Unterlippe. »Myriad und Troika weigern sich mir zu geben, was ich wirklich will.«

»Und das wäre?«

»Vans' Seele. Ich hasse ihn mehr, als ich irgendetwas liebe.«

In diesem Moment erinnert sie mich an einen Draht unter Hochspannung – wer dumm genug ist, ihn zu berühren, ist tot.

»Troika arbeitet nicht auf diese Weise, und Myriad behauptet, dass sie nicht an ihn herangekommen, dass er als Ungezeichneter gestorben und in Viele Enden gelandet ist.«

Ich höre den Hass aus ihrer Stimme heraus; er ist so stark, dass sie eigentlich daran ersticken müsste.

»Also ist meine einzige Chance, selbst nach Viele Enden zu gehen.«

Nein. Das will ich nicht für sie. »Wenn du dich an die Vergangenheit klammerst, kannst du nach keiner besseren Zukunft greifen.«

»Ist mir egal. Du weißt, was er alles getan hat …«

Ich nehme ihre Hand. Sie zittert, und das überträgt sich auf mich.

Ein Klopfen am Fenster. Wir sehen uns stirnrunzelnd an, bevor ich hinübergehe. Alles scheint wie immer zu sein, und doch klopft es wieder. Ich öffne das Fenster und lehne mich hinaus.

Ein Junge, den ich nie zuvor gesehen habe, klammert sich am Vorsprung fest.

»Wer bist du?«, frage ich.

Er sieht mich an und lächelt. »Rate mal.«

Will der mich vielleicht auf den Arm nehmen? Das sind Deacons Augen. »Was machst du da draußen. Los, komm rein.«

»Wenn es dir nichts ausmacht.« Er wirft ein Bein über das Fensterbrett und hievt sich hoch. Dann zupft er das Gerät ab, das Killian an die Scheibe geheftet hat, und schließt das Fenster. »Zuerst habe ich ja versucht, als Geistwesen hereinzukommen. Du kannst dir vorstellen, dass das nicht geklappt hat.«

Ich werfe einen Blick nach draußen. Bewaffnete Männer patrouillieren im Garten und wahrscheinlich auf dem gesamten Grundstück. Damit kein Troikaner hereingelangt – oder ich nicht hinaus? Mit einer schnellen Handbewegung ziehe ich die Vorhänge zu.

»Wer zur Hölle ist …« Sloan schnappt nach Luft. »Deacon?«

»Genau der.« Er lässt die Muskeln an seinen Oberarmen spielen. »Wie findest du meine neue Hülle?«

»Irgendwie … komisch.« Er hat eine Glatze und ist – wie

mir jetzt erst auffällt – fast nackt, seine Haut ist durchsichtig, was dazu führt, dass er beinahe mit seiner Umgebung verschmilzt. Sein bestes Stück ist von einem Lendenschurz bedeckt, was ihn aussehen lässt wie … »Cool! Du siehst aus wie Ken, der Freund von Barbie.«

»Bin ich aber nicht.« Er funkelt mich an. »Und hör auf, auf mein Prachtstück zu starren, du Ferkel.«

»Sind alle Hüllen anatomisch so inkorrekt gebaut?«, fragt Sloan, die sein Prachtstück viel ausführlicher mustert als ich. »Oder bist du wirklich so? Sollen wir dich ab sofort Micromann nennen?«

»Nur Tarn-Hüllen sehen so aus, danke der Nachfrage.« Und dann wird er sehr schnell sehr ernst. »Einmal im Monat gibt es eine Zeremonie für diejenigen in Troika, die eine Strafe verdient haben. Die Zeremonie beginnt jeden Moment, und ich hätte gern, dass du sie dir ansiehst.«

Das ist es also. Deswegen hat Killian mich nach oben geschickt. Archer steht kurz davor, den Transfer zu erfahren. Killian will, dass ich das sehe und mich ein für alle Mal von Troika abwende. Aber … das erklärt noch lange nicht, weshalb *Deacon* möchte, dass ich es sehe.

»Ich verstehe dich nicht. Warum willst *du* mir das zeigen?«

»Du hast dich einmal für diesen Transfer interessiert. Jetzt kannst du ihn dir mit eigenen Augen ansehen.«

Er kommt zum Bett und streckt sich darauf aus, und wow, er ist wirklich schwer auszumachen; es gelingt mir nur, weil sein schillerndes Fleisch Wellen schlägt wie ein Meer.

»Komm«, sagt er.

Sloan drückt meine Hand, bevor sie sich links neben Deacon legt. Mit zitternden Knien lasse ich mich an seiner rechten Seite nieder. Er tippt in das Licht, das aus seiner Hand strahlt, und wie damals, als Killian mir eine Tour durch Myriad zeigte, erscheint ein Bild am Dach des Himmelbetts. Ein Bild, das sich ausbreitet, bis das komplette Bett vom atemberaubendsten Garten umgeben ist, den ich je gesehen habe. Überall ranken sich Glyzinien, Azaleen und Efeu. Die Obstbäume stehen in voller Blüte, die Äste sind schwer von Pfirsichen, Orangen und Zitronen.

»Normalerweise benutzen wir Kameras, aber in diesem Teil der Sphäre sind Kameras verboten. Ich bin mit einer Freundin verbunden«, erklärt Deacon. »Du siehst Troika nun durch ihre Augen.«

»Freundin?« Sloan winkt ab, als ob es ihr egal wäre. »Was auch immer. Ihr zwei könnt heiraten und eine Million Babys bekommen.«

Die Freundin ist offensichtlich zu Fuß unterwegs und führt uns tiefer in den Garten hinein. Wir gehen unter einem Torbogen hindurch, vorbei an wilden Erdbeeren und Brombeeren und schlängeln uns durch ein Labyrinth aus Wildblumen. Jemand gesellt sich zu uns, ein grimmig aussehendes Mädchen mit Sommersprossen auf der Nase und feuerwehrrotem Haar.

»Ich will nicht zu spät kommen«, sagt sie. »Wir müssen uns beeilen.«

Wir verlassen den Garten und nähern uns einer Ansammlung von Leuten. Niemand sieht aus, als wäre er über fünfunddreißig Jahre alt. Weit und breit keine Spur von Falten oder grauem Haar.

»Sie sind alle so schön«, sagt Sloan.

»Ja. Nur der menschliche Körper verfällt«, entgegnet Deacon.

»Und warum haben alle Roben an?« In Myriad tragen die Leute Kleider aus der Epoche ihres Erstlebens. Aber hier hat fast jeder eine mit Gold eingefasste violette Robe übergeworfen, elegant, edel und atemberaubend. Ein paar tragen Rot. Ich zähle eins, zwei, drei ... sechs. Auf jeden Fall die wenigsten.

»Das sind zeremonielle Roben«, erklärt Deacon.

Weiter vorn befindet sich ein Podium und hinter dem Podium ein Palast, dessen Mauern wie Diamanten funkeln und absolut … *herrlich* … verziert sind. Mit Saphiren, Rubinen, Smaragden. Topas, Beryll, Onyx und Jaspis – alle Steine wirken rein und makellos. Drei Personen verlassen den Palast und stellen sich in der Mitte des Podiums auf. Auch sie sind in Roben gekleidet, zudem tragen sie Kronen.

Ein großer, kräftiger Mann steht in der Mitte. Sein Gesicht kann ich nicht erkennen, weil hinter ihm ein Licht leuchtet, wodurch sein Gesicht teilweise in Schatten getaucht ist, ein heller Regenbogen, der aussieht, als würde er ihn auf dem Rücken tragen wie Pfeil und Bogen.

Er strahlt Macht aus. Solche Macht, dass ich sie sogar allein durch die Verbindung, die Deacon mit dem Mädchen hat, spüre. Sie lässt mein Blut zischen, meine Haut fühlt sich an, als würden Blitze darüberjagen.

»Seht. Der Erstkönig«, sagt Deacon ehrfurchtsvoll. »Erschaffer der Sphären. Vater der Könige.«

Zu seiner Linken steht eine Frau mit langem geflochtenem Haar in der Farbe frisch gefallenen Schnees. Ihr Gesicht ist besser zur erkennen, doch ich wünschte fast, es wäre anders. Ihre Schönheit ist überwältigend, übermächtig, und während ich sie anstarre, habe ich den dringenden Wunsch, mich ihr zu nähern, nur um sie anfassen zu können.

Sieh nicht hin, sieh nicht hin. Die dritte Person – männlich – ist jünger als der Erstkönig. Seine Gesichtszüge sind deutlich zu sehen, er ist nicht annähernd so schön wie die beiden anderen. Er sieht sogar recht reizlos aus. Aber seine Augen … oh, seine Augen. Sie stechen hervor, blau wie der Morgenhimmel, und als unsere Blicke sich treffen …

Ich keuche auf. Er sieht mich direkt an, als ob er wüsste, dass ich zusehe.

Er lächelt freundlich.

»Der troikanische König ist der erstgeborene Sohn des Erstkönigs, hier bekannt als der Zweitkönig«, erklärt Deacon im gleichen ehrfürchtigen Ton wie zuvor. »Die Frau ist die künftige Braut des Zweitkönigs.«

Der Erstkönig, der Zweitkönig und die Verlobte des Zweitkönigs. Troika … bedeutet drei. Zahlen erzählen immer eine Geschichte.

Trotz der versammelten Menge wird nicht ein einziges Wort gesprochen, nicht mal ein Flüstern ist zu hören, bis der Zweitkönig vortritt. An seinen Händen befinden sich Tätowierungen, größer und tiefer gehend als alle, die ich bisher habe.

»Mein Volk … mein Herz. Um der Gerechtigkeit für immer und ewig und für jeden Einzelnen Genüge zu tun, darf es niemals eine Ausnahme geben.«

Seine Stimme dröhnt wie Donner, und bei jedem Wort brennen sämtliche Zellen in meinem Körper.

»Wird ein Verbrechen begangen, muss ein Verbrechen bestraft werden.« Die Stimme des Zweitkönigs schallt über die Menge hinweg, stark und sicher. »Für jedes Wort, jede Tat, gibt es eine Wahl. Richtig oder falsch. Leben oder Tod. Segen oder Untergang. Ich habe vor langer Zeit meine Wahl getroffen – das Gesetz zu verteidigen. Wer unter euch hat dagegen verstoßen?«

Die Menge teilt sich in Viererreihen. Einer nach dem anderen gehen Frauen und Männer auf das Podium zu. Ich durchsuche die Menge … da! Archer hat seinen Platz unter denen am Podium eingenommen, und jetzt wird mir klar, dass diejenigen, die bestraft werden sollen, Rot tragen. Sie halten den Kopf gesenkt, haben die Hände hinter dem Rücken verschränkt.

Ich zähle die roten Roben – insgesamt dreiunddreißig – und mein Magen zieht sich zusammen.

Dreiunddreißig, das numerische Äquivalent des Wortes »Amen«. 1+13+5+14 = 33. Eine normale menschliche Wirbelsäule besteht aus dreiunddreißig Wirbeln, wenn man die Knochen des Steißbeins extra zählt. Dreiunddreißig ist die Ordnungszahl von Arsen.

Ein Augenblick verstreicht. Nichts geschieht, niemand sagt etwas.

Dann fallen die Leute in den roten Roben auf die Knie. Einige schreien schmerzvoll auf. Andere zittern. Alle halten den Kopf gesenkt.

»Was passiert da?«, frage ich flüsternd.

»Sie erleben die Schmerzen derjenigen, denen sie geschadet haben.«

Der Transfer. Endlich begreife ich, was der Ausdruck bedeutet. Archer durchlebt gerade Clays Unfall. In seiner Vorstellung hängt er an einem Baumstumpf, Schnee fällt ihm ins Gesicht. Er wartet auf mich … er fällt … er zerplatzt wie eine Melone.

Meine Brust beginnt zu schmerzen.

»Auf diese Weise lernen wir, wie unsere Taten sich auf andere auswirken«, sagt Deacon.

Die Vorstellung, so etwas zu erleben, aus erster Hand zu erfahren, welche Schmerzen man einem anderen zugefügt hat, gefällt mir irgendwie nicht. Aber … in gewisser Weise handelt es sich dabei sogar um ein Geschenk. Wissen ist Macht. Und hier … hier und jetzt wird Mitgefühl geboren.

Als es vorbei ist, stehen die in rote Roben gekleideten Leute auf. Die königliche Familie geht zu ihnen und spricht sanft mit jedem Einzelnen. Sie drücken Hände. Umarmen alle.

Die roten Roben gehen zurück in die Menge, die Köpfe noch immer gesenkt. Archer jedoch bahnt sich einen Weg zu Deacons Freundin und sieht ihr in die Augen – sieht *mir* in die Augen. Sein Blick ist gequält und kummervoll.

Es ist das erste Mal, dass ich ihn ohne Hülle sehe, doch mir fällt kaum ein Unterschied auf. Seine Haut ist ein wenig dunkler. Seine Haarspitzen sind wie geschmolzenes Gold. Seine Wimpern sind länger, sein Kiefer ist etwas breiter. Er ist wirklich ziemlich schön.

Die beiden schütteln sich die Hand, und auf einmal verändert sich das Bild. Jetzt steht nicht mehr Archer vor mir, sondern die Freundin. Ein Mädchen, das genauso aussieht wie der Rotschopf von vorhin.

»Danke«, sagt Archer.

Sie stellt sich auf die Zehenspitzen und küsst ihn auf die Wange. »Ich bin immer für dich da, wenn du mich brauchst.«

Die beiden gehen auseinander. Archer nimmt uns mit zurück durch den Garten, sein Gang ist kraftvoll. Offenbar verfliegt der Schmerz nach dem Transfer recht schnell wieder. Zumindest der körperliche Schmerz. Als er auf der anderen Seite aus dem Garten hinaustritt, kommt eine Wohngegend in Sicht, Häuser in einem Mischmasch aus verschiedenen Stilen; sie sehen aus, als würden sie in unterschiedliche Teile der Welt gehören. Eine Südstaatenplantage neben einer spanischen Finca, die wiederum neben einem englischen Landhaus steht.

Vor der Plantage wartet …

»Clay!«, rufe ich aus.

Er lächelt Archer zu, und er sieht gut aus. Sein dunkles Haar ist zerzaust, seine Augen funkeln. Er trägt ein weißes T-Shirt, das sich an seine Oberarme schmiegt, die tatsächlich muskulöser aussehen. Da muss jemand ordentlich trainiert haben.

»Du hast mich gebeten herzukommen«, sagt Clay. »Nun, hier bin ich.«

Archer nimmt ihn in den Arm. »Tut mir leid. Tut mir leid, dass mir eine Blutfehde wichtiger war als deine Sicherheit und dass ich nicht da war, um dein Leben zu retten.«

Meine Augen füllen sich mit Tränen.

Clay schlägt ihm auf die Schulter. »Ich hab's dir doch schon gesagt, Mann. Vergeben und vergessen.«

Eine Pause entsteht, ich habe das Gefühl, dass Archer sich am liebsten noch einmal entschuldigen würde.

»Wie läuft es mit dem Training?«

»Ich lerne gerade, eine Hülle zu bewohnen, und danach werde ich lernen, wie man die Waffen benutzt. Ich bin schon die ganze Zeit scharf auf diese Oxies.«

Archer schlägt nun ihm auf die Schulter. »Licht bringt Klarheit, mein Freund.«

Clay grinst. »Licht bringt Klarheit.«

Die beiden trennen sich, und ich merke, wie mir eine Last von den Schultern fällt.

Clay geht es gut. Er hat eine strahlende Zukunft vor sich.

Archer steuert geradewegs auf die Plantage zu, vorbei an hohen Säulen ... und dann auf eine riesige Tür, die offen steht. Die Inneneinrichtung ist ein wahr gewordener Traum. Mit Holz verkleidete Wände und fein gestaltete Friese. Bunte Teppiche und Kristallleuchter an den gewölbten Decken. Ich würde mir das alles gern viel genauer ansehen, doch Archers Blick konzentriert sich auf den Mann, der am Fuße eine Wendeltreppe steht.

Ich kenne ihn. Levi. Mein früherer TA. Nicht eine einzige Haarsträhne am falschen Platz, und er lächelt einladend. Er ist absolut umwerfend, der Inbegriff von Charme und Kultiviertheit.

Er schlägt Archer auf die Schulter. »Hallo, Miss Lockwood. Miss Aubuchon. «

Wir zucken überrascht zusammen.

»Also«, fährt er fort und geht auf eine hübsche Frau mit einem Kind im Arm zu. »Ich dachte, Sie würden gern einen Blick auf unseren neuesten kleinen Prinzen werfen.«

Jeremy? Ich beginne zu zittern. »Ja. Bitte, ja.«

Er nimmt das Baby hoch und, oh … oh! Jeremy sieht so gesund aus. Seine Haut ist rosig und seine Wangen rund. Er wedelt mit den Armen und tritt mit den Beinchen und er lächelt! Er ist nicht in eine Decke gehüllt – vielleicht braucht er so etwas als Geistwesen nicht – aber er trägt einen Strampler, auf dem steht: *Knips das Licht an!*

»Er entwickelt sich prächtig«, sagt Levi. »Und er wird sehr geliebt. Ich hatte noch nie so viele weibliche Besucher in meinem Haus.«

Ich schlage mir eine Hand vor den Mund, um meinen Schrei zu dämpfen. Das! Das ist pures Glück!

Das Licht in dem Haus flackert, und Levi runzelt die Stirn. Er übergibt Jeremy wieder der Frau. »Schütze ihn mit deinem Leben.« Er geht in einen anderen Raum.

Archer folgt ihm. »Was ist los?«

»Einer unserer Strömer ist in Gefahr. Wir müssen …«

Auf einmal ist die Verbindung zu Archer, zu Troika, unterbrochen.

»Nein!« Ich stöhne auf. »Wie kann ein Strömer in Gefahr sein?«

Das komplette Haus bebt, in der Wand erscheint ein Riss. Bin *ich* diejenige, die in Gefahr ist?

Als das Beben nachlässt, schiebt Deacon uns vom Bett. »Da kommt jemand.«

Wir springen hoch. Die Tür fliegt auf, und Killian stürzt ins Zimmer. Er hat einen Schnitt an der Schläfe, aus dem schimmerndes Lebensblut läuft.

»Wir müssen weg«, sagt er zu mir. »Sofort.«

MYRIAD

Von: P_B_4/65.1.18
An: K_F_5/23.53.6
Betreff: Nicht gerade clever von Ihnen

Wo haben Sie das Mädchen hingebracht, Killian?
Bringen Sie sie zurück, oder die Sache wird unschön für Sie ausgehen.
MPB

MYRIAD

Von: P_B_4/65.1.18
An: K_F_5/23.53.6
Betreff: Antworten Sie!

Wir haben einen von Troikas Strömern gefangen genommen. Er hat den Fehler gemacht, die Sphäre zu verlassen.

Bringen Sie mir das Mädchen, oder ich töte den Strömer – und Ihre Mutter.

MYRIAD

Von: P_B_4/65.1.18
An: K_F_5/23.53.6
Betreff: Zu spät

Der Strömer ist tot. Ihre Mutter kommt als Nächstes dran.

Von: P_B_4/65.1.18
An: K_F_5/23.53.6
Betreff: Letzte Chance

Troika wurde gravierend geschwächt. Jetzt ist der Zeitpunkt günstig zuzuschlagen. Sie haben sich immer eine solche Chance gewünscht. Kommen Sie zurück, und ich gebe sie Ihnen. Ich kann aber auch nach Myriad zurückkehren und das Mädchen aufspüren, was ich TUN WERDE. Und danach lasse ich Sie für ein Jahrzehnt im Zwinger festsetzen – falls ich Sie nicht direkt umbringe.

22. KAPITEL

»Wir wissen, wer du einmal sein wirst.«

Troika

Killian nimmt meine Hand. Er zittert und murmelt etwas in der Richtung, dass Pearl eine miese Schlampe sei. Während er mich aus dem Zimmer zieht, werfe ich Sloan einen langen Abschiedsblick zu, aber Deacon schiebt sie schon zum Fenster.

»Spring«, ruft Killian. Er wirkt düster, düsterer, als ich ihn je zuvor erlebt habe.

Ich gehorche und lande auf der anderen Seite des auf dem Boden liegenden Wärters. Der faustdicken Beule an seiner Schläfe nach zu urteilen und dem Blut, das über seine Wange läuft, ist er ein Mensch und keine Hülle.

Mein Wutanfall muss sich herumgesprochen haben, denn kein weiterer Gast hat sich in das obere Stockwerk getraut.

»Was soll das, Killian?«

»Ich sorge dafür, dass du diese Nacht überlebst.«

Wir kommen am Schlafzimmer meiner Mutter vorbei. Am Ende des Flurs bleibt er stehen, um das Schloss zum Zimmer meines Vaters aufzubrechen. Wir stürmen hinein. Tja. Offenbar hat doch nicht jeder mitbekommen, wie ich randaliert habe. Drei mehr oder weniger bekleidete Gäste hüpfen vom Bett, als Killian das Licht anschaltet. Er zückt eine Waffe, zielt und feuert drei schnelle Schüsse ab. Es ist kein Knall zu hören, auch kein Ploppen, nur ein sanftes Zischen. Pfeile, denke ich. Die drei brechen zusammen.

Er schiebt mich in den begehbaren Schrank, wo er Klamotten aus dem Regal wirft und ich die hochhackigen Schuhe von meinen Füßen schleudere. Wenn wir wegrennen, muss ich schließlich irgendwie *rennen* können.

»Dein Dad brauchte einen geheimen Ausgang, falls die Proteste vor dem Haus irgendwann zu gewalttätig würden. Es muss ein Schloss geben … hier.«

Klick.

Eine Tür schwingt auf, dahinter befindet sich eine dunkle, feuchte Treppe. Kaum sind wir hindurchgegangen, als die Tür sich automatisch wieder hinter uns schließt. Überall ist Staub, der in meine Nase und meinen Hals dringt, und ich muss niesen.

»Ich will nicht, dass du Schwierigkeiten bekommst, Killian«, sage ich.

»Meine Entscheidung, Ten.«

Zero! Jetzt benutzt er meine eigenen Worte gegen mich. »Und warum hast du dich dafür entschieden?«

»Das sagte ich doch schon. Ich will, dass du ohne Druck wählen kannst.«

Was ich als Nächstes tue, kann ich nicht verhindern und will es auch gar nicht. Kaum sind wir unten an der Treppe angekommen, schlinge ich von hinten die Arme um seine Hüfte. »Du bist einfach wunderbar, Killian. Sogar noch besser, als du selbst immer von dir behauptest.«

Er dreht sich um und hält mich einen Moment fest. Nur einen Moment. Ein gestohlener wertvoller Augenblick. Dann macht er sich los und geht weiter, als ob nichts geschehen wäre. Als wir das Ende des Gangs erreichen, tippt er einen Code in die Tastatur neben der Tür ein. Die Türangeln quietschen, als er sie aufdrückt und einen Blick hinaus wirft.

»Woher kennst du den Code?«

»Archer hat mit Maggie gesprochen und danach mit mir.«

Die beiden arbeiten jetzt also zusammen? *Ohne* dass ich nachhelfen muss?

Killian zieht mich in die aufkommende Nacht, die Sicherheitslichter leuchten von den Wänden. Was allerdings egal ist, denn er ist Experte darin, sogar noch dem kleinsten Lichtschimmer auszuweichen. Genauso wie den patrouillierenden Wachen. Ohne Zwischenfall erreichen wir die Straße, wo bereits ein silberner Porsche auf uns wartet. Überrascht sehe ich, wie Elena aussteigt und Killian die Schlüssel zuwirft.

Er murmelt ein hastiges »Danke«, bevor er ihren Platz hinter dem Steuer einnimmt.

»Ich hoffe, du bist es wert.« Sie funkelt mich an. »Von dieser Sache wird er sich nie wieder erholen. Genauso wenig wie ich.«

»Ich … danke.« Ich weiß nicht, was ich sonst sagen soll, bin mir jedoch ziemlich sicher, dass sie sich über eine plötzliche Umarmung nicht besonders freuen würde. Ich nehme auf dem Beifahrersitz Platz. Mit quietschenden Reifen fährt Killian an. »Killian …«

»Ich komme schon klar.«

Er nimmt meine Hand, und ich spüre, dass er zittert. Wir verschränken die Finger ineinander, und ohne es zu wollen, klammere ich mich an ihn. »Ich komme immer klar.«

»Es gibt für alles ein erstes Mal. Was, wenn …«

»Nein. Fang gar nicht erst damit an.«

Wir dürfen uns jetzt nicht von unserer Angst leiten lassen. »Haben wir ein Ziel?«

»Ja. Das Haus deiner Tante.«

Tante Lina. Loony Lina. »Ich habe sie seit Jahren nicht mehr gesehen.« Ich frage mich, welche Version meiner Tante ich heute antreffen werde. »Wird Pearl bei ihr nicht als Allererstes nachsehen?«

»Bestimmt«, sagt er. »Aber sie wird dich dort nicht finden.«

»Das verstehe ich nicht.«

»Keine Sorge, das wirst du gleich. Pearl hat erwähnt, dass

sie dich verfolgen wird, und das bedeutet, dass sie dir einen Peilsender eingesetzt hat. Das hätte ich mir denken können.«

Einen Peilsender? »Wie?«, frage ich entsetzt. »Wo?«

Er drückt meine Hand. »Weißt du, was ich dachte, als ich dich das erste Mal gesehen habe?«

In seiner Stimme liegt eine Dringlichkeit, als hätte er mir unendlich viel zu sagen und nur wenig Zeit. »Lass mich raten. *Toll, sie ist noch irrer, als man mir gesagt hat.*«

Sein Gekicher klingt sanft, aber abgehackt.

»Stimmt, und danach?«

»Nachdem ich dir in den Hals geboxt habe?«

»Während unseres Dates.«

»Nein.« Mir stockt der Atem. »Sag es mir.«

»Ich dachte an etwas, das Archer mir sagte, kurz bevor er sich nach Troika abgesetzt hat. Etwas, über das ich bis zu diesem Tag nicht nachdenken wollte. Etwas über ein Pferd …«

»Hey!«

Er lächelt mich an. »Ein Kriegspferd. Das ist ein Kompliment.«

»Tja, dann lass mal den Rest von diesem angeblichen Kompliment hören.«

»An dem Tag, an dem Archer sich für Troika entschieden hat, sagte ich ihm, dass wir nun Feinde seien und dass ich ihn jagen würde. Ich sagte, sein Vater würde ihn für immer hassen und mit aller Macht versuchen, ihn zu zerstören. Seine Antwort hat mich verwirrt. Bis heute. Er sagte: *Das Schlachtross scharrt hartnäckig mit den Hufen, freut sich über seine Kraft und stürmt in die Schlacht, es scheut das Schwert nicht. Der Köcher klappert an seiner Seite, daneben der blitzende Speer und die Lanze. In fieberhafter Erregung galoppiert es über die Erde; es kann nicht still stehen, sobald die Trompeten erklingen. Beim Schall der Trompeten schnaubt es, ›Aha!‹. Es wittert schon von Weitem den Geruch der Schlacht, hört den Schrei eines Feldherrn und die Schlachtrufe.*« Killian drückt meine Hand. »Dann fügte er hinzu: *Wenn du für etwas kämpfst, das richtig ist, mein Freund, dann hast du bereits gesiegt. Dann gibt es nichts zu befürchten.*«

Ich drücke meine andere Hand auf mein Herz, bin auf eine Weise bewegt, mit der ich niemals gerechnet hätte. Ein furchtloses Schlachtross, das kämpfen will, das seine Gegner herausfordert, das über die Anstrengungen seiner Feinde nur lachen kann, weil es weiß, dass es gewinnen wird. »Du dachtest also, dass ich mutig bin.«

»Und nett. Und komisch.«

»Hey!«

»Du hast mich durcheinandergebracht. Alles, was anderen mir zugeteilten Menschen wichtig war, hat dir nichts bedeutet. Was *mir* wichtig war, hat dir nichts bedeutet. Nur wenn ich von meiner Vergangenheit erzählt habe, an die ich mich lieber nicht erinnern möchte, wurdest du mir gegenüber freundlicher, als würdest du etwas in mir sehen, das niemand zuvor je gesehen hat.«

Er hat mich auch durcheinandergebracht. Er bringt mich *noch immer* durcheinander. »Willst du wissen, was ich über dich dachte, als wir uns das erste Mal sahen?«

»*Bitte, Killian, küss mich.*«

Ha! »Fast. Ich dachte, dass du der schönste Junge bist, den ich je gesehen habe … und dass ich besser einen Keuschheitsgürtel anlegen sollte.«

Er lacht laut auf, doch seine gute Laune hält nicht lange an. Irgendetwas geht in seinem Kopf vor.

»Ich wollte mehr über dich erfahren, und insgeheim war ich froh über unser Date. Mich hat alles an dir fasziniert, dein angeberisches Getue genauso wie deine Tätowierungen. Hinter denen steckt ein Muster.«

»Ja«, sagt er. »Irgendwann werde ich dir davon erzählen.«

Das Gerät in seinem Arm leuchtet auf, aber er nimmt einen Rasierer aus dem Ablagefach zwischen uns – das mir vorher nicht aufgefallen ist –, zieht ihn sich über den Arm und reißt ein Stück Fleisch aus seiner Hülle. Er ächzt. Das Licht verblasst … erlischt, während dickes, glitzerndes Lebensblut aus der Wunde strömt.

Erschüttert lege ich eine Hand über die Wunde, um Druck darauf auszuüben. Er riskiert *tatsächlich* alles für mich.

»Sie hat meine Mutter bedroht«, sagt er hart.

»Ach, Killian. Es tut mir so leid. Kannst du irgendetwas tun, um sie aufzuhalten? Oder besser gesagt: Wie kann ich dir dabei helfen, sie aufzuhalten?«

Er wirft mir einen überraschten Blick zu. »Ich muss es irgendwie schaffen, in die Annalen zu kommen. Das ist ein scharf bewachtes Gebäude. Aber nur wenn es mir gelingt, die neue Identität meiner Mutter herauszufinden, kann ich sie beschützen.«

Inzwischen glaube ich ja wohl nicht mehr an diese Sache mit dem Verschmelzen, doch bringe ich es nicht übers Herz, ihm zu sagen, dass seine Mutter wahrscheinlich für immer gegangen ist.

Als die Blutung gestoppt ist, blicke ich aus dem Fenster. Palmen fliegen vorbei. Die Sonne geht als prachtvoller Feuerball am Horizont unter. Warme, goldene Strahlen dringen in meine Haut.

Zum zweiten Mal hebt Killian meine Hand an seine Lippen und küsst die Narben auf den Fingerknöcheln. Er hat meine Fingerknöchel schon einmal geküsst, doch diesmal … dieses Mal liegt etwas Besonderes an der Art und Weise, wie er es tut, und diese Empfindung brennt sich tief in meine Seele.

»Du wolltest mehr über mich wissen«, sagt er. »Hier ist die Wahrheit, geradeheraus. Ich habe dich so unter Druck gesetzt, weil ich nicht wollte, dass du endest wie ich. Als Versager.«

Ich sehe ihn stirnrunzelnd an. »Wann hast du versagt?«

»Früher einmal dachte man, auch ich wäre mit einem General verschmolzen. Deswegen wurde ich mit Archer zusammen ausgebildet. Deswegen hat der König mit mir gesprochen.«

Ich sehe ihn bestürzt an. »Was ist passiert?«

»Ich habe die letzte Stufe der Ausbildung nicht geschafft. Der König war enttäuscht, und natürlich hat er mir eine Aufgabe gestellt, um das wieder gutzumachen. Man gab mir den Namen eines Menschen … jemanden, den ich töten sollte.«

Zu meiner Bestürzung gesellt sich Grauen. »Einen unschuldigen Menschen zu töten ist nicht richtig, Killian. Deine Sphäre muss dringend reformiert werden.«

»Dann verbinde dich mit uns, und sorge für diese Reformen, Ten. So etwas kann nur von innen stattfinden.«

Argh. Das ist ein wirklich gutes Argument. Aber was ist mit Troika? Auch dort muss einiges verändert werden.

Und, wow. Seit wann bin ich Miss Ich-weiß-alles, ich tue ja gerade so, als wäre mein Weg der beste!

Ich seufze.

»Erzähl weiter.«

»Mir wurde der Name Dior Nichols genannt.«

Oh … Zero. »Weiß Archer das?«

»Nein. Er war bereits zu Troika übergelaufen, und es war allgemein bekannt, dass man sie ihm zugeteilt hatte. Und das war wahrscheinlich der Grund dafür, wieso der König von mir verlangt hat, sie zu töten. Ich habe Archer zwar gehasst, aber ich habe auch erlebt, wie er das Mädchen angesehen hat, deswegen konnte ich es nicht tun. Ich konnte sie nicht nach Viele Enden schicken. Also habe ich sie stattdessen gegen ihn aufgehetzt und sie dazu gebracht, bei Myriad zu unterschreiben. Das ist mir gelungen, doch zugleich habe ich meinen

König im Stich gelassen. Ich wurde aus seiner Umgebung verbannt und Madame Pearl als Agent unterstellt.«

Kein Wunder, dass er es so dermaßen hasst, zu verlieren. Kein Wunder, dass er bereit ist, jede ihm gestellte Aufgabe mit allen Mitteln zu lösen. Er muss sich ständig beweisen, dass er es wert ist, geliebt und respektiert zu werden.

Seine Beweggründe entschuldigen natürlich nicht, was er getan hat, aber er ist auch nicht länger der Junge, der er früher einmal war. »Du hast aus deinen Fehlern gelernt. Du weißt, was richtig und was falsch ist, und du machst deine Fehler wieder gut, indem du dich um mich kümmerst.«

Der Blick, den er mir zuwirft, zerreißt mir fast das Herz. Irgendetwas tief in seinem Innern scheint zu bersten.

»Wie kannst du so etwas sagen?« Aus seiner Stimme klingt Schmerz.

»Weil das, was ich für dich empfinde, bedingungslos ist.«

Er reißt das Steuer herum und hält auf dem Seitenstreifen an. Ohne groß nachzudenken, schnalle ich mich ab, klettere über die Mittelkonsole und setze mich rittlings auf seinen Schoß. Er sieht zugleich überrascht und hoffnungsvoll zu mir hoch – und diese Hoffnung in seinem Blick lässt das Wenige, das von meinem Herzen noch intakt ist, brechen.

Ich reibe meine Nase an seiner. »Hast du dieses Betäubungsmittel immer im Mund?«

»Nein, nicht immer. Die letzte Kapsel habe ich noch nicht wieder ersetzt.«

»Gut.« Ich nehme sein Gesicht in beide Hände und drücke die Lippen auf seine.

Er öffnet den Mund, unsere Zungen umspielen sich, ich schmecke Zucker und einen Hauch von Zimt und bin auf der Stelle süchtig danach. Ich will mehr … am liebsten würde ich ihn verschlingen. Ich stöhne, weil eine köstliche Empfindung die nächste jagt.

Für diesen Kuss hat sich alles gelohnt. Jede schlaflose Nacht und jeder qualvolle Tag. Das ist ein Kuss, der tausend tote Herzen zum Leben erwecken könnte. Ein Kuss, der die tiefsten Wunden heilt.

Killian schlingt die Arme um mich und lässt eine Hand unter mein Hemd gleiten, um über meinen Rücken zu streichen. Mit der anderen zieht er mich fester an sich.

Doch egal, wie nahe wir uns kommen, es ist einfach nicht nahe genug.

Ich stöhne seinen Namen, fahre mit den Fingern durch sein Haar. Es ist weich und seidig, die Strähnen kitzeln meine Handflächen. Dieses Kitzeln zündet Funken, und diese Funken fließen durch meine Adern, heizen mich auf und verbrennen mich von innen.

»Ich kann dich *fühlen*«, stößt er aus. »Deine Wärme ... es ist so schön.«

Nicht in der Lage still zu sitzen, bewege ich mich auf ihm, immer schneller. Er lehnt sich vor, presst seine Brust an meine, und dann lehne ich mich zurück, bis ich aus Versehen gegen das Lenkrad stoße. Die Hupe heult kurz, aber laut auf.

Ich muss lachen. Er lacht. Doch mit einem Mal bebt die Erde unter dem Wagen. Mit zitternden Händen streicht er mir eine Haarsträhne von der Wange. Seine Augen wirken glasig, die Pupillen so groß, dass sie die goldene Farbe fast ganz und gar verdunkeln.

Als er zu Atem gekommen ist, sagt er: »Dafür haben wir jetzt keine Zeit. Archer und seine Freunde kämpfen gegen Pearl, sie wollen verhindern, dass sie dich aufspürt. Sie haben einen Strömer verloren, das Licht in ihrer Sphäre ist gefährlich getrübt. Sie sind nun noch wilder entschlossen, dich zu retten und dich zu rekrutieren.«

Wieder einmal haut es mich schier um, dass so vieles in den

Welten und den Sphären geschieht, das ich nicht sehen und nicht begreifen kann.

»Davon abgesehen«, fügt er hinzu, »möchte ich nicht, dass unser erstes Mal in einem Auto stattfindet.«

Hier ist es tatsächlich ziemlich *eng*, und außerdem könnte uns jeder sehen und vor allem uns angreifen.

»Nachdem unser erstes Mal mein allererstes Mal sein wird«, sage ich, wobei meine Wangen brennen, »muss ich dir leider zustimmen. Das Auto ist wirklich nicht der beste Ort.«

Er drückt die Stirn an meine. »Oh Gott, das ist hart. Und das meine ich in mehrfacher Hinsicht.«

Ich pruste los, was die Illusion, ich könne ganz locker mit diesem Thema umgehen, zunichtemacht. Ich kehre auf meinen Sitz zurück. Der Druck, eine Entscheidung zu treffen, war nie stärker. Entweder ich rette Killian, oder ich rette eine Sphäre. Wobei ich so langsam den Eindruck habe, dass ich endlich weiß, welcher Weg der richtige für mich ist.

23. KAPITEL

»Kämpfe für uns, und wir kämpfen für dich.
Kämpfe gegen uns und du wirst verlieren.«

Myriad

Lina wartet vor der Tür ihres Hauses auf mich, einem kleinen, aber gepflegten Bungalow mit weißen Fensterläden und blauer Verzierung. Ein bisschen altmodisch und einfach perfekt. Als kleines Mädchen habe ich manchmal davon geträumt, hier zu wohnen. Onkel Tim, ihr Mann, hat Lina und mir erlaubt, ihm Schleifen ins Haar zu flechten und die Fingernägel zu lackieren.

Natürlich ist Onkel Tim irgendwann mit einer anderen Frau abgehauen und hat sich von Lina und ihren Verrücktheiten scheiden lassen.

Im Verandalicht sehe ich ihr dunkles Haar und ihr hübsches, von Sorgen gealtertes Gesicht. Das ist Tante Lina!

Killian stellt den Motor ab und greift nach meiner Hand, bevor ich hinausspringen kann. »Ich habe ein Geschenk für dich.« Er öffnet das Handschuhfach und nimmt zwei Lederarmbänder heraus. »Ich weiß, wie gut dir das andere Paar gefallen hat.«

»Killian! Danke!« Grinsend drücke ich sie kurz an meine Brust und lege sie an. »Ich mochte sie wirklich sehr.«

»Dieses Lächeln … ich schwöre, das wird mich bis in alle Ewigkeit verfolgen.« Er seufzt. »Ich gehe nicht mit dir hinein. Ich muss den Wagen zerstören.«

Der Gedanke, nur eine Sekunde ohne ihn zu sein, behagt mir überhaupt nicht, doch ich nicke. Wir dürfen keine Zeit verlieren.

»Ich werde dich vermissen«, sagt er, und seine Stimme klingt seltsam. So voller Gefühl, wie ich sie noch nie zuvor gehört habe. »Wirst du mich auch vermissen?«

»Sogar sehr.« Ich beuge mich zu ihm und drücke ihm einen harten, fordernden Kuss auf die Lippen, schmecke ihn erneut und lasse ihn mich schmecken. »Beeil dich.«

Als ich mich von ihm lösen will, legt er eine Hand in meinen Nacken, um mich festzuhalten. »Was ich für dich empfinde, ist ebenfalls bedingungslos.«

Ich werfe ihm ein verträumtes Lächeln zu, bevor ich aus dem Auto springe. Die kühle Nachtluft legt sich um mich, als ich auf die Frau zurenne, die ich mehr als frische Luft vermisst habe. Tränen brennen in meinen Augen, als wir uns auf halber Strecke treffen und sie die Arme um mich wirft.

»Ten! Ich bin so froh, dass es dir gut geht. Mir war klar, dass etwas nicht stimmt, als dein Vater sich geweigert hat, mir den Namen und die Adresse des Internats zu geben, auf dem du angeblich warst. Aber ich hatte keine Ahnung … erst, als dieses Mädchen Elena zu mir kam.«

Internat. Das hat er Verwandten und Freunden also erzählt? »Ich war im Gefängnis, Tante Lina, aber jetzt geht es mir gut. Ich bin sogar irgendwie dankbar für diese Erfahrung.« Denn ich bin stärker geworden, und ich kenne jetzt die Antworten, nach denen ich mich immer so sehr gesehnt habe. Kenne die Richtung. Kenne Killian und Archer.

»Komm.« Einen Arm fest um meine Schultern gelegt, zieht sie mich zum Haus. »Elena sagte, dass du einen Peilsender hast. Ich muss …«

»Ja, Killian hat mir davon erzählt. Wobei ich nicht weiß, wie das möglich ist.«

»Das erkläre ich dir, wenn wir im Schuppen sind.« Tante Lina dirigiert mich am gemütlichen Wohnzimmer mit der geblümten Couch, den Spitzendeckchen und den Katzenfiguren vorbei, an der Küche mit dem gelben Linoleumboden und den Schränken mit der abblätternden Farbe bis in den Garten hinter dem Haus, wo ein Holzschuppen die Hälfte des Platzes einnimmt.

Im Schuppen bleibe ich abrupt stehen. Das hier ist praktisch der feuchte Traum eines Serienmörders. Scharfe, glänzende Werkzeuge hängen an den Wänden, und es gibt einen Tisch, auf dem ein Gefangener festgebunden werden kann.

»Vertraust du mir?«, fragt sie mich.

»Ja.« *Natürlich. Vielleicht. Wahrscheinlich.* Zero! Besser kann man meine Grenzen wirklich nicht austesten.

»Ich arbeite seit zweiundzwanzig Jahren für Myriad. Ich habe alles Mögliche gehört … und gesehen. Ich weiß schon, was ich tue, Schatz. Leg dich auf den Tisch. Bitte.«

Ich zögere. »Wirst du deswegen Ärger bekommen?«

»Ach nö. Wer könnte beweisen, dass ich es war? Außerdem, manchmal ist es das Risiko einfach wert, und du, mein Liebes, bist es auf jeden Fall wert.«

Ich hoffe, du bist es wert. Wie oft habe ich in letzter Zeit diese Worte gehört?

Ich überlege. Drei. Dreimal. Nicht so oft, wie ich gedacht hätte. Trotzdem. Eine Menge Leute haben eine Menge Schwierigkeiten meinetwegen bekommen, und was habe ich im Gegenzug für sie getan?

Mein Magen verkrampft sich, als ich mich auf den Tisch lege.

»Das ist zu deinem eigenen Besten.« Sie bindet mich an Händen und Füßen fest.

Ich protestiere nicht. Und nach allem, was Vans mir angetan hat, will das wirklich was heißen.

Sie läuft hin und her und sucht alles zusammen, was sie braucht, bevor sie sich neben mich stellt. »Sobald ich den Peilsender entfernt habe, bringe ich dich in einen Schutzraum. In einen Schutzraum von Menschen, nicht von Myriad oder Troika.«

Wir gehen weg? »Kennt Killian die Adresse?« Wird er wissen, wo er mich findet, wenn er zurückkommt und ich nicht mehr da bin?

»Ich habe sie ihm gesagt. Nun, ich habe sie dem Mädchen gesagt, Elena.«

Elena sollte besser mal nicht »vergessen«, sie ihm mitzuteilen. Argh. So viel hängt von einem Mädchen ab, das ich nicht leiden kann!

»In Ordnung. Der Augenblick der Wahrheit ist gekommen.« Mit einer knappen Handbewegung hält Tante Lina ein ovales Glas über meine Stirn. »Vielleicht solltest du die Augen schließen.«

»Nein, ist schon gut.«

»Also schön.« Grelles Licht leuchtet auf, und oh, wow, meine Augenhornhäute fühlen sich wie mit Säure übergossen an.

Ich schließe lieber doch die Augen. Hitze streift mich an den Stellen, über die sie das Glas bewegt.

»Gut. Versuchen wir es hier.« Dieses Mal hält sie das Glas über meinen linken Hüftknochen, wo ich ein Brennen verspüre, seit Levi *sein* Licht mit mir geteilt hat. »Aha. Gefunden.«

Damit meint sie wohl den Peilsender, und ich muss nicht länger überlegen, wer und warum und wie. Immer wenn ich Ärger gemacht habe – ab und zu einfach nur so zum Spaß – hat Vans mir Betäubungsmittel gespritzt. Oh, und vergessen wir nicht, dass er mich einige Male bewusstlos geschlagen hat. Pearl muss ihn bezahlt haben.

Ich fühle mich verraten und verkauft.

Dann höre ich eine Art Schmatzen und vermute, dass Tante Lina ihre Hände mit flüssigem Latex einreibt. Als es getrocknet ist, schiebt sie mir mein Kleid bis zum Kinn hoch und hält eine Spritze mit einer neonblauen Flüssigkeit in die Höhe. »Das wird dich betäuben, damit ich die nötigen Schnitte durchführen kann.«

»Wenn du mich betäubst, wozu bin ich dann festgebunden?«

»Diese Peilsender verursachen eine gewisse … psychische Reaktion.«

Sie reibt mich mit einem Desinfektionsmittel ein. Es folgt ein scharfer Stich, der langsam nachlässt, als sie sagt: »Du kannst die Augen jetzt öffnen. Ich habe das Licht auf die Seite gerichtet, nicht auf dein Gesicht.«

Ich sehe ihr dabei zu, wie sie ein Skalpell nimmt und mit fester Hand einen Schnitt in meine Hüfte macht. Ich sehe – ohne Schmerzen zu haben – wie Blut heraustropft. Da ich schon das Einsetzen verpasst habe, will ich wenigstens das Entfernen mitbekommen.

Sie sprüht etwas Klares in die Wunde, und die Blutung hört auf. Dann hält sie das Glas vor sich – das Licht fällt auf meine Hüfte – und greift mit der anderen Hand nach etwas, das wie eine Pinzette aussieht. Wieder verspüre ich keinen Schmerz, nur leichten Druck.

Mit ruhigem Handgelenk bewegt sie das Werkzeug. Auf einmal erfüllt leises Motorenbrummen meine Ohren.

»Mach dich bereit«, sagt sie. »Ich habe es fast …«

Klick.

Die Muskeln in meinem Bauch krampfen sich zusammen, aber es ist nicht besonders schlimm.

Das Brummen wird lauter, als Tante Lina sich vorbeugt, um mit der freien Hand nach einer Operationsschere zu greifen. In dem Moment, in dem sie den ersten Schnitt macht, jagt mir ein kalter Schauer durch den Körper. Eine Lawine, die an Tempo und Stärke zulegt und schließlich in meinem Kopf zum Stillstand kommt.

Warum entfernt sie den Peilsender? Ich will nicht, dass er entfernt wird. Ich will ihn für immer und ewig behalten. »Tante Lina. Du musst aufhören.«

»Das kann ich nicht, Liebling.« Noch ein Schnitt.

Ich zerre an meinen Fesseln. Als das nichts nützt, bäume ich mich auf und drehe mich zur Seite, bereit, alles zu tun, damit sie aufhört, mit dieser bescheuerten Schere in mir herumzuschneiden. »Du musst aufhören. Okay? In Ordnung? Man muss mich finden können. Ich will gefunden werden. Es ist *wichtig*.«

»Und ich will, dass du still hältst.«

Ich wehre mich nur heftiger.

Mit resignierter Miene klettert sie auf den Tisch, um sich rittlings auf mich zu setzen und die Schere noch tiefer in mich zu bohren.

Außer mir vor Wut reiße ich die Hüften in die Höhe und zerre an den Fesseln. Wieso kapiert sie das nicht? Ohne den Peilsender werde ich sterben. Er ist ein Teil von mir. Der *beste* Teil. »Wenn du das tust, werde ich dich für immer hassen. Bitte. Hör auf. Bitte.«

»Nein, du wirst mich nicht hassen. In wenigen Sekunden wirst du mich dafür lieben.« Schweiß tropft von ihren Schläfen, als sie das Licht wieder in die richtige Position rückt und schneidet, schneidet. »Nur noch einmal …« *Schnipp*. »Ich hab ihn!«

Sie hält die Schere in die Höhe, um mir eine Kapsel zu zeigen, in der neonrote Flüssigkeit pulsiert. Drähte stehen ab wie Spinnenbeine.

»Das gehört mir. Tu es wieder dahin zurück, wo es hingehört.« Meine Stimme ist nur noch ein kehliges Knurren.

Und dann, als der Nebel in meinem Kopf sich lichtet, beginne ich heftig zu blinzeln. Warte mal. Ich habe sie angefleht, den Peilsender behalten zu dürfen? »Soll das ein verdammter Scherz sein?«

»Eine Droge«, erklärt sie. »Wir nennen sie Spezial B.«

»B?«

»B steht für *Behalten.*«

Sie kichert wie ein Schulmädchen, und ich muss ein Stöhnen unterdrücken.

Ist Loony Lina etwa kurz davor, die Führung zu übernehmen?

Sie klettert von mir herunter und wirft die Kapsel in ein Glas mit dicker schwarzer Schmiere. »Na schön. Zeit zu gehen.« Sie macht mich los, und meine Körpertemperatur steigt langsam wieder, die Eiseskälte verlässt meine Knochen.

Nachdem sie den Schnitt zusammengeklebt und die Wunde verbunden hat, hilft sie mir aufzustehen. Mein Kleid fällt meinen Körper hinunter. Dann betätigt sie einen alten, rostigen Hebel, und der Tisch bewegt sich zur Seite. Ein Betonboden mit einem Abfluss kommt zum Vorschein. Allerdings ist der Abfluss eine Wählscheibe, in die sie die Finger steckt und mal in diese, mal in die andere Richtung dreht, woraufhin sich der Boden öffnet, gerade weit genug, dass ich mich hindurchschlängeln kann. Mit den Füßen ertaste ich eine Treppe.

In der Ferne bellt ein Hund, untermalt vom hässlichen Geräusch zersplitternden Glases.

»Lass mich raten. Sie sind hier«, sagt sie.

Sie wirft mir einen Rucksack zu, und als ich die Leiter loslasse, um ihn aufzufangen, falle ich hinunter. Die Landung tut weh. Sie klettert mir hinterher, dann hebt sie die Hand nach oben, um das mit der Wählscheibe zu wiederholen. Der Boden schließt sich, Dunkelheit hüllt uns ein.

Kleiderrascheln. Eine Berührung an meiner Schulter, somit weiß ich, dass sie neben mir steht.

»Komm.« Ihre Stimme hallt von Wänden wider, die ich nicht sehe.

Ich kann nicht mal die eigene Hand vor Augen sehen. *Tropf, tropf.* Ich streife mir den Rucksack über und strecke die Arme aus, um mir den Weg zu ertasten … wohin auch immer. Kontakt. Kalter, harter Stein. Unter meinen Fingerkuppen entsteht plötzlich ein sanftes Leuchten.

»Ach ja. Hatte ich ganz vergessen.« Lina stellt sich vor mich. »Oh, und wir müssen leise sein. Sie können uns hören.«

»Dann hör auf zu reden«, flüstere ich.

»Richtig.« Sie streicht mit Zeigefinger und Daumen über ihre Lippen, als würde sie einen Reißverschluss zuziehen.

Als ich an einer anderen Stelle die Wand berühre, leuchtet mehr Licht auf. Wir befinden uns in einem kleinen quadratischen Raum, der von Staub und Wasserpfützen abgesehen leer ist. Moment! In der rechten Ecke gibt es einen Kriechkeller.

Lina geht direkt darauf zu, und ich bleibe ihr dicht auf den Fersen. Alle möglichen Geräusche sind zu hören. Möbel werden umgestoßen. Werkzeuge fallen zu Boden. Schritte. Der Schuppen meiner Tante wird durchwühlt.

Ganz sicher auf Pearls Befehl hin.

Als wir auf der anderen Seite aus dem Kriechkeller auftauchen, durchsuche ich den Rucksack nach einer Waffe. Ich finde ein Handy, Verbandszeug, eine Wasserflasche, Eiweißriegel, Kleidung zum Wechseln, ein Paar Schuhe in meiner Größe, eine Pistole und Munition. *Jawoll!* Ich lege mir die Waffe um und stecke die Munition ein. Dabei reiße ich mir meine neueste Wunde auf, Blut läuft mir übers Bein.

Wir betreten ein weiteres schwarzes Loch. Ich drücke die Hände gegen die Wand, in der Hoffnung … ja! Diesmal sind wir nicht in einem Raum, sondern in einem engen Tunnel. Ich richte mich zu meiner vollen Größe auf und renne los, immer hinter meiner Tante her. Je weiter wir vorankommen, desto niedriger wird die Decke, und nach kurzer Zeit müssen wir beide nach vorn gebeugt laufen.

Lina kichert wieder, und ich seufze. Nicht Loony Lina. Bitte, bitte nicht Loony Lina. Nicht jetzt.

Ein Quieken ist die einzige Warnung, bevor drei Ratten in unsere Richtung sausen. Während Lina abwehrend mit den Armen fuchtelt, beiße ich mir auf die Faust, um einen Schrei zu unterdrücken. Und es stellt sich natürlich die Frage, wovor sie wohl weggerannt sind. Ich konzentriere mich darauf, meine Blasenfunktion zu kontrollieren.

Ich kann hier nicht stehen bleiben. Ich muss weiterlaufen.

Der Tunnel ist bestimmt mehrere Kilometer lang. Inzwischen waten wir bis zu den Fußknöcheln in Wasser. Ich muss würgen, als ein toter Frosch an mir vorbeitreibt. Ob jetzt gerade verschiedene Bakterienstämme und andere mikroskopische Wesen über meine Haut krabbeln?

Beinahe wünschte ich, im Schuppen geblieben zu sein und dort um mein Leben zu kämpfen.

Falls ich hier durch Abwasser laufe, töte ich mich auf diese Weise womöglich selbst.

Schließlich wird das Wasser weniger, der Tunnel wird weiter und höher, wir können uns nun voll aufrichten. Als ich feststelle, dass es sich um eine Sackgasse handelt, lache ich freudlos auf. *Ach, Ironie, du miese Verräterin. Da hast du mal wieder zugeschlagen.*

Moment! In einer Ecke befindet sich ein weiterer Kriechkeller. Tante Lina windet sich hindurch, und ich folge ihr natürlich. Wir erreichen einen quadratischen Raum mit einer Leiter, die zu einem Abfluss in der Decke führt. Sie klettert hinauf und greift nach dem Abfluss-/Wählscheibending.

Sie dreht das Handgelenk nach rechts, nach links, dann wieder nach rechts, der Abfluss dreht sich mit. Erfolg! Der Beton öffnet sich auch hier.

»Wozu brauchst du diesen Fluchtweg?«, wispere ich. »Und woher hast du ihn?«

»Ich wusste immer, dass wir ihn brauchen würden«, sagt sie. »Ich wusste, wo ich am besten wohnen sollte, ich wusste, wann und wie man in diese Tunnel kommt, die es schon lange gibt. Sie sind unter der ganzen Stadt. Troikaner haben sie vor Jahrhunderten gebaut!«

Woher weiß sie, eine Myriad-Anhängerin, davon?

Sie verschwindet durch den Spalt. Ich klettere die Leiter hinauf. Meine Oberarme brennen, als ich mich in ein Badezimmer hochziehe ... in dem sich drei Leute befinden.

Ohne genauer hinzusehen, taste ich schon nach meiner Waffe. Zwei Männer, eine Frau. Einer der Männer ist auf der Frau eingeschlafen, die ebenfalls schläft. Beide sind mit getrocknetem Erbrochenem bedeckt. Der Dritte lehnt an der Wand und beobachtet mich durch halb geschlossene Lider. Er scheint von unserem plötzlichen Auftauchen und von meiner Waffe nicht beunruhigt zu sein (oder sich auch nur für uns zu interessieren). Überall auf dem Boden verstreut liegen leere Spritzen herum, und an seinem Arm hängt eine Schlauchbinde. Speichel läuft aus seinen Mundwinkeln.

Keine Frage, das hier ist eine Drogenhöhle. Ich stecke die Waffe weg, während Tante Lina am Abfluss dreht und dafür sorgt, dass der Beton sich wieder schließt und niemand mehr hindurchkriechen kann.

»Umziehen«, sagt sie, und beginnt schon, sich ihrer Kleider zu entledigen. Ein Berg Kleidung wartet auf sie.

Stimmt. Mit unseren Kacke-ist-das-neue-Schwarz-Klamotten würden wir zu sehr auffallen.

Wir werfen die schmutzigen Sachen in den Müll und schlüpfen in saubere Kleidung. Ich nehme die aus meinem Rucksack. Dass ich ein Publikum habe, stört mich nicht, ganz sicher wird Sabbermäulchen sich sowieso nicht mehr an uns erinnern – falls er überhaupt weiß, dass wir hier sind. Als wir auf die Tür zusteuern, fallen mir die Zahlen auf, mit denen die

Wände vollgeschrieben sind. Verschiedene mathematische Probleme, die alle Zehn ergeben. Das kann kein Zufall sein.

»Komm.« Lina zieht mich zur Tür. Sie dreht am Knauf, und wir betreten eine Eingangshalle. Es brennt kein Licht, der Raum ist dunkel, aber ich sehe, dass hier viele Menschen herumsitzen und – liegen. Rauch wabert in der Luft, kitzelt meine Nase. Ich halte den Atem, solange es geht, an, um klar zu bleiben. Wenigstens greift uns niemand an.

Voller Unbehagen gehe ich schneller, durchquere ein Wohnzimmer und steuere auf den Ausgang zu. Hier lungern noch mehr Leute herum, manche sind wach, die meisten schnarchen. Statt auf die Eingangstür zuzusteuern, hebt Tante Lina einen Farbpinsel vom Boden auf, was mein Unbehagen nur vergrößert. Sie geht zu einer Wand und streicht mit dem Pinsel eine der Mathegleichungen, die zehn ergibt, durch.

»Lina«, sage ich sanft.

»Du bist gestorben.«

Ihre Stimme ist nun heller, sie klingt, als wäre sie ungefähr fünf Jahre alt. Verdammt noch mal! Nicht jetzt!

»Ich war traurig.«

Entschlossen gehe ich zu ihr und halte sie an den Handgelenken fest. »Lina«, sage ich so freundlich wie möglich. »Wir müssen hier weg.«

»Du bist gestorben.« Sie sieht mir voll ins Gesicht, doch ihre Augen blicken ins Nichts. »Ich war traurig.«

»Ich lebe. Ich bin hier, und ich will jetzt mit dir dieses Haus verlassen.«

»Du bist gestorben«, wiederholt sie, und ich weiß nicht, ob sie mit mir oder sich selbst spricht. »Ich habe dich getötet. Es tut mir leid.« Dann rammt sie mir den Pinsel in den Hals.

24. KAPITEL

»Nur weil du uns nicht sehen kannst, heißt das nicht, dass wir nicht da sind.«

Troika

Zuerst bin ich zu überrascht, um zu reagieren. Und außerdem schätze ich, dass mein Adrenalinspiegel zu hoch ist, welche Drogen Tante Lisa mir auch immer verabreicht hat, ich fühle mich nach wie vor betäubt. Aber dieses Gefühl von: »Das ist gar nicht passiert, weil ich gar nichts spüre«, hält nicht lange an.

Auf einmal brennt mein Hals wie Feuer.

Schmerz jagt durch meinen Körper, so heftig, dass die Knie unter mir wegknicken. Loony Lina manövriert mich hinunter auf den Boden, während ich nach Luft ringe, die ich nicht bekomme.

»Du hast es gesungen. Weißt du nicht mehr? Du hast es gesungen, und du hast sie gerettet.«

Wild blicke ich mich im Raum um. *Helft mir!*

Lina singt: »Ten's tears fall, and I call. Nine hundred trees, but only one is for me. Eight times eight times eight they fly, whatever you do, don't stay dry. Seven ladies dancing, ignore their sweet romancing. Six seconds to hide, up, up, and you'll survive. Five times four times three, and that is where he'll be. Two I'll save, I'll be brave, brave, brave. The one I adore, I'll come back for. «

Während sie singt, streicht sie mir das Haar aus dem Gesicht, zärtlich, so zärtlich. Welch ein Gegensatz zu dem Schrecken, den sie mir gerade angetan hat.

Ich werde nicht … *ich kann nicht* … Ich kann nicht sprechen. Kann nicht atmen.

Sie singt noch immer: »Ten's tears fall, and I call. Nine hundred trees, but only one is for me.«

Auf einmal falle ich … falle … und lande mit einem dumpfen Aufprall auf einem Waldboden. Alle Luft verlässt meine Lunge, mir wird schwindlig, aber ich springe auf, blinzle heftig und sehe mich in meiner neuen Umgebung um.

Willkommen zurück in der Viele-Enden-Sphäre.

Die knorrigen Bäume seufzen glücklich. Die Pflanzen grinsen mit gefletschten Zähnen, als würden sie bereits mit Messer und Gabel auf mich warten. Die Glutkäfer stechen zu, und ich schreie auf. Heute ist der Himmel nicht ganz so dunkel, was aber nicht unbedingt etwas Gutes bedeuten muss. Dicke gelbe Wolken breiten sich wellenartig aus.

Dieses Mal sitze ich hier fest, stimmt's? Zweimal zuvor ist mein Körper gestorben und meine Seele an diesen Ort gereist, doch beide Male waren die Jungen da, um mich zu retten. Heute bin ich auf mich allein gestellt.

Jetzt werde ich für immer von meiner Mutter getrennt sein … für immer von meinem Bruder getrennt … für immer von Killian und Archer getrennt. Tränen der Verzweiflung laufen mir über die Wangen. Meine Hand zittert, als ich sie wegwische und …

Ten's tears fall, and I call.

Die Worte treffen mich wie ein Blitz. Das Lied, das Loony Lina gesungen hat, während ich starb. Könnte es … Nein, nein, ganz bestimmt nicht … aber vielleicht … könnte es eine Art Überlebensratgeber sein?

Du hast es gesungen. Weißt du nicht mehr? Du hast es gesungen, und du hast sie gerettet.

Sie? Die anderen Kids?

Ten's tears fall, and I call.

»Hallo?«, rufe ich. »Ist da jemand?«

Schweigen antwortet mir. Vielleicht täusche ich mich, aber …

»Hallo?«, rufe ich etwas lauter.

Wenige Meter entfernt, schlagen Büsche aneinander. Ich versteife mich aus Angst, dass ich auf diese Weise womöglich das Allerschlimmste verursacht haben mag, dann höre ich ein Mädchen sagen: »Wo bist du?«

»Hierher!« Das Lied ist tatsächlich ein Leitfaden für unsere Rettung. Es muss einfach so sein. »Folgt meiner Stimme.«

Ich rede und rede und rede über dies und das, bis sie schließlich aus dem Schatten tritt. Ich erkenne ihren hellen geflochtenen Zopf – Kayla! – und renne auf sie zu.

»Stopp«, schreit sie, und ich gehorche umgehend. »Geh nach rechts.«

Das tue ich und weiche auf diese Weise einer glitzernden Lufttasche aus. Eine Tasche, die wie eine fast unsichtbare Tür dasteht. »Danke.«

Als ich sie erreicht habe, holt diese friedensbewegte Aktivistin aus, um mir eine runterzuhauen. Der Schlag fällt schwach aus, weil sie schwach ist, aber stark genug, dass mein Kopf zur Seite fliegt.

»Ich habe die ganze Zeit auf dich gewartet.« Sie funkelt mich an. »Mein Bruder wurde deinetwegen gefangen genommen.«

Okay. Damit hätte ich rechnen müssen. Ich reibe mir über die Lippen. »Es tut mir leid. Ich habe versucht, diese Kreatur abzulenken. Ich habe versucht, euch zu helfen.«

»Nun, das hast du aber nicht.« Sie schlingt die Arme um ihre Mitte. »Wie hast du es geschafft zu entkommen? Auf einmal hat da ein Licht aus dir gestrahlt, und bumm, weg warst du.«

»Mein Körper wurde wiederbelebt.« Nun. Mit dem Plaudern werden wir noch etwas warten müssen. *Nine hundred trees, but only one is for me.* »Ich suche nach einem ganz besonderen Baum. Einer, der uns nichts tun wird.«

»Wie hast du … vergiss es. Hier lang.« Sie joggt davon, und ich folge ihr dicht auf den Fersen, ducke mich, wenn sie sich duckt, springe, wenn sie springt. Äste strecken sich nach uns aus, Pflanzen beißen nach uns, aber sie sind nicht in der Lage, uns zu erreichen.

»Woher weißt du, wo du hinmusst?«, frage ich.

»Das Land ist ein Irrgarten voller unsichtbarer Türen, die dich dahin zurückbringen, wo du angefangen hast – oder in eine Falle. Entweder man lernt, sich durchzuschlagen, oder man fällt irgendwelchen Tieren zum Opfer. Und das solltest du unbedingt vermeiden. Denn dann werden deine Schreie sich mit all den anderen vermischen, deren Organe gerade gefressen werden … neu wachsen … und wieder gefressen werden.«

Viele Enden …

Während wir weiterrennen, merke ich mir das Muster. Es gibt *immer* ein Muster, nichts ist zufällig. Acht Schritte, ducken. Neun Schritte, springen. Elf Schritte, umdrehen. Zwölf Schritte …

Es ist ein Count*up*, wie mir klar wird, das Gegenteil von einem Count*down*. Als ob man mehr Zeit gewinnt, je weiter man vorankommt. Und wenn ich umdrehen und in die andere Richtung laufen würde … zwölf Schritte, ducken. Elf Schritte, springen. Zehn Schritte, umdrehen. Neun Schritte, springen. Acht Schritte, ducken … das wäre dann ein Countdown. Die Zeit läuft ab.

Symbolisch?

Bumm!

Die Erde zittert, woran ich aber inzwischen so gewöhnt bin, dass ich nicht mehr umfalle. Die Bäume und das Laub ziehen sich von uns zurück, während in der Ferne eine Pilzwolke aufsteigt.

»Beeil dich!«, keucht Kayla. »Die Vögel wissen immer ganz genau, wenn Frischfleisch angekommen ist.«

Angst kriecht mir über den Rücken. Ein Schritt, fünf Schritte, acht und Drehung. Lautes Geschnatter und Gekreische zerschneidet die rauchige Luft.

»Wie weit noch?« Ich hechle jetzt.

»Fast … da.« Sie japst schlimmer als ich.

Eight times eight times eight they fly, whatever you do, don't stay dry.

Einer der Vögel stößt mit geöffneten Krallen auf Kayla herab. Als ich mich auf sie stürze, um sie aus dem Weg zu schieben, zerkratzen mir die Krallen den Rücken. Ich schreie auf. Wir landen auf dem Boden, rollen ein Stück weiter. Vor uns sehe ich einen Ameisenhügel und einen Schwarm Glutkäfer. In einem der beiden werden wir natürlich landen, weil wir uns in der verdammten Viele-Enden-Sphäre befinden und keine Chance haben, den Schmerzen zu entkommen.

Un-n-nd der Ameisenhügel gewinnt.

Die kleinen Biester haben vorgewölbte Augen wie Alligatoren, zugleich aber den Bauch und den Stachel von Hummeln und die Beine einer Grille. Dem Speichel nach zu urteilen, der von ihren Reißzähnen tropft – denn ja, Vampire können wir zu der Mischung auch noch hinzufügen –, steht heute offenbar Ten auf ihrer Speisekarte.

Sie stürzen sich auf mich, krabbeln über meinen ganzen Körper und beißen zu. Schreiend schlage ich mir auf das Gesicht, auf die Arme. Kaylas Schreie mischen sich unter meine. Wir werden lebendig aufgefressen, das Traurige daran ist jedoch: Es wird uns nicht umbringen.

Die Glutkäfer schließen sich der Party an, stechen mich, verpassen mir Blasen, töten aber zugleich auch ein paar der Ameisen. Und da kommt mir eine Idee. Es ist grauenvoll. Es wird wehtun. Doch ich werde mich davon erholen. Vielleicht.

Ich werfe mich in den Glutkäfer-Schwarm. Sie stechen mich immer wieder, es ist, als würde meine Haut von Säure zerfressen, aber zumindest sterben die Ameisen, was ich als Sieg betrachte. Obwohl meine Augen so zugeschwollen sind, dass ich beinahe blind bin, gelingt es mir, Kayla zu finden, ich brauche bloß ihren Schreien zu folgen. Ich werfe mich auf sie, unsere Arme und Beine verheddern sich, die Glutkäfer attackieren sie jetzt auch.

Als die letzte Ameise tot ist, verstärke ich den Griff noch, rolle über das Gras, Steine schneiden mir in die Haut, doch zugleich zerquetsche ich die Glutkäfer. Als wir endlich ruhig daliegen, strömt so viel Lebensblut aus mir, dass ich nicht die Kraft habe aufzustehen.

»Fast … da«, stöhnt Kayla. Ihre Augen und Lippen sind genauso geschwollen wie meine. Gesicht, Hals und Arme sind von Stichen übersät. Auf allen vieren robbt sie los. »Hier lang.«

Kreischen am Himmel. Die Vögel müssen über uns kreisen. Wir sind leichte Beute.

Mit zusammengebissenen Zähnen krieche ich ebenfalls los. Mir ist so schwindlig, dass ich beinahe umkippe, doch ich folge ihr, indem ich jedes Mal, wenn ich einen Arm ausstrecke, ihren Fuß berühre.

Endlich hält sie an und legt mir etwas in die Handfläche. »Iss«, sagt sie.

Ich versuche erst gar nicht, es genauer anzusehen – wozu? Meine Augen sind noch immer zu sehr geschwollen, um mehr als Schatten sehen zu können. Ich stopfe das Ding – ein Blatt? – in den Mund und kaue mit dem letzten Rest Kraft, den ich habe. Doch in dem Augenblick, in dem ich schlucke, vervielfacht sich diese Kraft.

Die Schwellungen gehen zurück, und die Haut schließt sich über meinen Muskeln.

Wie ich feststelle, sitzen wir unter einer Glyzinie. Die größte, die ich je gesehen habe, der Stamm hat die Größe eines verflixten Hauses. Die Blüten sind herrlich, manche tiefviolett, andere hellrosa und wieder andere schneeweiß, alle dick und saftig, absolut perfekt, sie hängen von den Ästen wie Weinreben.

Ich stehe auf und helfe Kayla auf die Füße. Es duftet nach Zuckerrohr.

»Iss«, wiederholt sie, pflückt eine Handvoll Blüten und steckt sie sich in den Mund. Kaum hat sie geschluckt, verschwinden auch die restlichen Stiche von ihrer Haut.

Ich verdrücke selbst eine Handvoll Blütenblätter, die so süß schmecken, wie sie riechen, was mir zuvor, als ich noch so große Schmerzen hatte, gar nicht aufgefallen war. Ich schlucke, meine Haut beginnt zu kribbeln, mein Blut wird warm. Auf diese Weise konnten sie und die anderen also so lange hier überleben. Aber … wie kann es an so einem trostlosen Ort einen solchen Baum geben?

»Solange wir in seinem Schatten bleiben«, erklärt sie, »kommen die Vögel nicht in unsere Nähe. Ich weiß nicht, wieso. Ich weiß nur, dass wir uns hier im Zentrum der Sphäre befinden.«

»Wie viele andere Seelen gibt es hier?«

»Tausende. Millionen. Ich weiß es nicht. Die Vögel tragen sie zu den Bergen. Wenn du wissen willst, wie viele andere in Sicherheit sind, so wie wir, dann schwankt die Zahl je nachdem, wie viele Neue ankommen, aber im Augenblick gibt es noch zwei weitere. Reed und einen Mann, den ich im Wald gesehen habe. Er läuft vor uns weg.«

»Kayla?« Reed tritt hinter einem Busch, der groß wie ein Auto ist, hervor. Als er mich erblickt, kneift er die Augen zusammen. »Du bist zurück.«

»Leider.« Und jetzt würde ich gern wieder einen Weg hinaus finden.

Du hast sie gerettet.

Wie?

Eight times eight times eight they fly, whatever you do, don't stay dry.

»Als ich das letzte Mal hier war, habt ihr gesagt, dass es einen See gibt«, sage ich.

Reed lächelt kalt, als er in die Richtung deutet, aus der er gerade gekommen ist. »Der ist außerhalb des Schattens, sobald du das Ufer erreichst, werden sich also die Vögel auf dich stürzen.«

»Auch wenn ich hineinspringe?« *Don't stay dry … Bleib nicht trocken.*

Sein Lachen klingt beißend. »Nein. Die Vögel werden dich nicht kriegen, wenn du hineinspringst, aber etwas anderes. Jeder, der jemals auch nur einen Tropfen dieses Wassers berührt hat, wurde in die Tiefe gesogen – und kam zerstückelt wieder heraus.«

25. KAPITEL

»Hast du nicht sofort Erfolg, dann töte deinen Gegner.«

Myriad

Ich stehe am Rand des Schattens, die Taschen voller Blüten vom Baum, Kayla und Reed neben mir. Die Vögel wissen, was ich vorhabe. So scheint es zumindest. Sie kreisen über mir und warten nur darauf, sich in der Sekunde, in der ich mich bewege, auf mich zu stürzen.

Kayla schlingt die Arme um sich. »Bist du sicher, dass du das tun willst?«

Seven ladies dancing, ignore their sweet romancing. Sieben tanzende Frauen, die mich umwerben? Und die ich ignorieren soll? »Es ist etwas anderes, ob man etwas tun will oder tun muss.«

»Okay. Warum *musst* du das tun?«, fragt Reed.

Ich entscheide mich, der Frage nicht auszuweichen, sondern ehrlich zu antworten. »Weil ich glaube, dass das unser einziger Ausweg ist.« Zwar will ich nicht, dass sie sich zu viele Hoffnungen machen, doch zugleich will ich, *dass* sie sich Hoffnungen machen. Hoffnung gibt Kraft. Sie ist der Grund, wieso wir morgens aufstehen. Der Grund, warum wir weitermachen. »Wenn ihr hier raus und eine der Sphären wählen könntet …«

»Ja«, sagen sie gleichzeitig.

»Also seid ihr nicht länger am Frieden interessiert?«, frage ich.

»Frieden wird für mich immer oberster Priorität haben«, sagt Kayla, »doch ich weiß, dass ich ihn hier nicht erreichen kann.«

Ich bringe es nicht übers Herz, ihr zu sagen, dass sie ihn nie erreichen wird. Troika und Myriad werden niemals einen Waffenstillstand vereinbaren, und ihre Schlachten werden sich stets auf das Land der Ernte auswirken.

Reed sieht mich stirnrunzelnd an. »Bitte sag mir, dass du einen Plan hast, wie du das, was da auch immer im Wasser ist, überleben willst.«

»Den habe ich. Und der lautet, dass ich es herausfinde, wenn ich dort bin.«

Er reibt sich den Nacken.

»Was habe ich denn zu verlieren? Mein Leben? Kenn ich alles schon.« Doch was geschieht danach? Ich glaube nicht an Verschmelzung, nicht mehr. Für niemanden. Allerdings befinde ich mich in Viele Enden. Ich gehe davon aus, dass ich, wenn ich hier sterbe, nicht in die Stille eintreten darf.

»Ich kann zwar nicht glauben, dass ich das jetzt sage«, brummt Reed, »aber ich komme mit dir.«

Kayla stöhnt auf. »Ich wusste es.«

»Du brauchst nicht mitzu…«, beginnt er.

»Ich werde keinesfalls ohne dich hierbleiben«, unterbricht sie ihn. »Kommt nicht in die Tüte.«

Ein vages Gefühl von Hoffnung steigt in mir auf wie eine Seifenblase. Dieses Mädchen hat mehr drauf, als ich gedacht hätte.

Reed nickt. »Bloß … mach dich auf das Schlimmste gefasst.«

Ich finde den Gedanken furchtbar, dass sie meinetwegen ihr Leben riskieren – und ich verwende den Ausdruck *Leben* in diesem Fall eher salopp –, aber wenn ich recht behalte und es sich bei dem Lied um eine Straßenkarte in die Freiheit handelt, dann stellt der See die beste Option dar.

»Darauf bin ich gefasst«, entgegnet Kayla. »Darauf bin ich jeden Tag gefasst.«

»Euer Vertrauen in mich haut mich schier um, Leute.« Ich schiebe den Draht eines meiner Armbänder durch die Gürtelschlaufen in Reeds schlammverdreckter Jeans. Kayla hat keine Gürtelschlaufen, deswegen drücke ich ihren Zeigefinger durch die enge Metallöse. »Egal, was passiert, halt dich gut fest.«

Sie nickt zaghaft, aber hey, ein Nicken ist ein Nicken.

»Oh, und noch eine kleine Vorwarnung. Es könnten sieben Frauen im Wasser sein, und wenn die versuchen, euch zu umgarnen, dann müsst ihr sie ignorieren.« Während sie überrascht eine Antwort stammeln, packe ich sie an den Händen. »Okay, dann. Auf die Plätze, fertig, los!«

Wir jagen los, rennen so schnell wir können. Die Vögel schießen im Sturzflug auf uns herab. Was noch nicht mal das Schlimmste ist. Die Gorilla-Spinnen springen aus dem Wald, benutzen ihre kräftigen Arme zum Laufen und kommen immer näher. Ich hätte wissen müssen, dass die sich da irgendwo verstecken!

Du musst gegen deine Panik ankämpfen. Bleib konzentriert. Jeden Moment werden sie uns erreicht haben … jetzt gleich … ich hechte zur Seite und zerre Kayla mit mir, um einer unsichtbaren Lufttür auszuweichen. Dann sprinte ich zum Ufer und zwinge Reed und Kayla, mit mir Schritt zu halten. Wir landen platt auf unseren Bäuchen, der obere Teil unseres Körpers im Wasser, die Beine noch draußen.

Ein Gorilla packt Reed am Fußknöchel. Ein Vogel versenkt seine scharfen Krallen in meinem Rücken, während ein anderer in Kaylas Wade pickt und Lebensblut heraussaugt. Ich trete nach meinem Angreifer, werfe mich herum und schleudere Wasser auf die Tiere. Als Tropfen sie treffen, beginnt ihr Fleisch wie bei der Bösen Hexe des Westens aus »Der Zauberer von Oz« zu zischen. Es gelingt uns, völlig unterzutauchen, wir haben allerdings keine Zeit, uns darüber zu freuen.

Und keinen Grund, Erleichterung zu verspüren. Innerhalb von Sekunden werden wir nämlich von einem heftigen Strudel erfasst, der uns nach unten zieht, immer tiefer und tiefer ins Wasser.

Als ich mit den Füßen trete, um an die Oberfläche zu gelangen, schlucke ich zu viel Wasser. Wir wirbeln herum, der Draht schlingt sich um Reeds Hüfte. Zero! Mein Plan, uns zusammenzuhalten, könnte ihn in zwei Teile reißen.

Endlich lässt der Sog nach. Mir ist schwindlig, aber wenigstens kann ich wieder atmen, das Wasser wird von uns weggesaugt – sogar aus meiner Lunge. Wir sind im Auge eines riesigen und schrecklichen Sturms gefangen, inmitten von Geleeluft, glaube ich. Fische … *Dinge* … schwimmen um uns herum; ihre Gesichter und Oberkörper sehen aus wie die von Frauen, zumindest der Form nach. Doch anstelle von Haut sind sie mit Schuppen bedeckt. Lange Strähnen pinkfarbenen Haars treiben um ihre haiartigen Körper.

»Komm mit mir«, sagt eine.

Beim Sprechen entblößt sie zwei Reihen messerscharfer Zähne, ein Stück Fleisch hängt zwischen den beiden vorderen.

»Nein, nein, komm mit mir«, sagt eine andere.

Sie kichern wie kleine Mädchen und fahren fort damit, uns zu ihnen zu locken.

Dann meldet sich eine dritte zu Wort: »Lasst uns Freunde sein. Jeder braucht doch neue Freunde.«

Ja, ja, ich würde wahnsinnig gerne mit ihnen gehen, würde wahnsinnig gerne neue Freunde haben. Das klingt für mich wie die beste Idee seit *Langem*. Reed und Kayla scheinen meiner Meinung zu sein, denn sie paddeln bereits auf die sieben Damen zu.

Aber: Ich muss ihr Süßholzgeraspel ignorieren. *Seven ladies dancing, ignore their sweet romancing*.

Die Stimme von Loony Lina lässt das Gekicher und Geplapper verstummen. Ich schüttle den Kopf, um wieder klar denken und mich voll auf meine Aufgabe konzentrieren zu können, und erst da wird mir klar, dass die »Damen« sich über die Zähne lecken und sich darauf vorbereiten, den Ersten von uns, der in ihre Reichweite kommt, zu verschlingen.

Zero! Ich zerre an den Drähten, ziehe die beiden zurück an meine Seite. Sie kämpfen gegen mich, treten sogar nach mir, so verzweifelt wollen sie zu ihren »neuen« Freunden.

Um ihr verheißungsvolles Getuschel zu übertönen, beginne ich, das Lied laut zu singen. Die beiden kämpfen weniger und weniger gegen mich an, während die Fisch-Damen immer wütender werden, kreischen und fluchen, die Haare stehen ihnen tatsächlich zu Berge und senden knisternd Blitze aus, als hätten sie ihre Hände in Steckdosen gesteckt.

Als Reed und Kayla endlich stillhalten, löst sich die Geleeluft auf dem Grund auf, und wir stürzen in die Tiefe.

Tiefer und tiefer fallen wir durch einen Tunnel aus Dunkelheit, bis wir schließlich auf etwas Scharfes knallen. Wir rollen über Schmutz und Steine, die Drähte sind jetzt um uns gewickelt, schneiden mir bis auf die Knochen in beide Arme. Ich blute und werde schnell immer schwächer. Zitternd und mit tauben Fingern entwirre ich mich aus dem Draht.

Nachdem ich mich aufgerappelt habe, kämpfen sich Reed und Kayla ebenfalls hoch und stellen sich neben mich.

»Wo sind wir?«, wispert Kayla.

In ihrer Stimme schwingt Grauen mit – ein Grauen, das ich auch empfinde.

»Ich weiß es nicht.«

Der Raum wird von Knochenfackeln erleuchtet – Flammen knistern am Ende menschlicher Gebeine. Der Boden besteht nicht aus Schmutz und Steinen, wie ich dachte, sondern aus herumliegenden Zähnen und … Katzenstreu? Der Geruch von Backpulver kann nichts gegen den Gestank ungewaschener Leichen ausrichten.

Um uns herum türmen sich Wände auf, doch sie sind nicht aus Stein oder Holz oder Beton. Nein, diese Wände sind aus Käfigen gemacht. Zu viele, um sie zu zählen, ein Käfig auf den anderen gestapelt. In jedem von ihnen befindet sich eine einzelne Seele. Die Ungezeichneten? Die in der Sphäre von Viele Enden gefangen genommen wurden? Sie sitzen und liegen qualvoll verkrümmt und stöhnen vor Schmerzen.

Auf einmal erschallt Gelächter, allerdings nicht aus den Käfigen. Da kommt jemand!

Ich denke an das Lied. *Six seconds to hide, up, up, and you'll survive.* »Sechs Sekunden, um uns ganz weit oben zu verstecken und zu überleben«, sage ich leise. »Klettert los. Schnell.«

Wir springen zu den Käfigen, als ob der Boden brennen würde. An den oberen Stangen können wir uns festhalten, an den unteren die Füße abstützen. Die Leute in den Käfigen beobachten uns, aber sie haben zu große Schmerzen, um etwas zu sagen. Diese Bilder werden mich bis ans Ende meines … Todes … verfolgen.

Als drei Männer um die Ecke biegen, hören wir auf zu klettern. Ich zittere, Schweißtropfen laufen mir über die Schläfen. Die Männer machen sich nicht die Mühe, weiter zu schauen als bis zu den unteren Gefangenen. Gefangene, die zurückweichen und damit die Männer zum Lachen bringen.

Sie bleiben vor dem Käfig ganz rechts stehen, öffnen die Tür, langen hinein und zerren einen schluchzenden Teenager heraus.

»Bitte nicht«, fleht der Junge. »Bitte.«

»Du weißt doch.« Einer der Männer hält den Mund des Jungen auf. »Es ist verboten, mit den Respektspersonen zu sprechen.«

Ein anderer Mann zieht einen Dolch hervor und schneidet ihm die Zunge ab.

Diese unfassbare Brutalität lässt mich aufkeuchen. Als die Männer den Jungen fortschleppen, kämpft er so gut er kann gegen sie an, aber das nützt nichts. Er ist viel zu schwach, und sie sind zu stark.

Ich bin zu schwach, um ihm zu helfen. Drei gegen einen. Oder drei gegen drei, falls Reed und Kayla mitmachen, doch wer kann das schon sagen. Ich würde selbst gefangen genommen werden. Wir alle. Man würde uns einsperren, und dann könnten wir überhaupt niemandem mehr helfen. Also treffe ich eine Entscheidung. Eine kluge Entscheidung. Ich kann auch später zurückkommen, um ihn zu befreien. Sie alle zu befreien. Ich kenne den Weg zu einem sicheren Ort, und anschließend kann ich bis unter die Zähne bewaffnet zurückkehren. Vielleicht. Hoffentlich.

Ich erinnere mich jedoch daran, wie Bow – Archer – in Prynne mit den Wärtern gekämpft hat. Damals habe ich nichts getan, und das schlechte Gewissen hat hinterher immer an mir genagt.

Vermutlich werde ich es bereuen, aber …

Ich lasse mich fallen, mein Magen hüpft in die Höhe. Ich ziehe in dem Moment, in dem ich auf der Schulter eines Wärters lande, am Draht in meinem Armband – *danke, Killian*. Der Mann grunzt. Während wir zu Boden stürzen, wickle ich den Draht um seinen Hals. Kaum sind wir gelandet, rolle ich von ihm herunter und schnüre ihm die Luft ab. Die Arme hoch über den Kopf gestreckt, drehe ich mich um und trete ihm ins Gesicht. Ein Gesicht, das knallrot ist, beinahe blau.

Seine Augen quellen hervor, er macht Gurgelgeräusche und versucht, sich zu befreien.

Ein anderer Wärter tritt mir in den Bauch, er trägt Stiefel. Sternchen explodieren hinter meinen Augen und Schmerz jagt durch meinen Körper. Er versucht nicht, seinem Freund zu helfen – falls sie überhaupt Freunde sind –, weil meine zuckenden Bewegungen den Draht nur weiter anspannen.

Mr. Stiefel will noch einmal zutreten. Ich bereite mich darauf vor, den Tritt wie ein Mädchen hinzunehmen. Also besser als ein Mann. Doch plötzlich landet Reed auf ihm, und die zwei kippen um.

Der dritte Wärter lässt den Jungen ohne Zunge los und rennt davon. Wenn er entkommt, sind wir erledigt. Dann wird er mit Verstärkung zurückkommen.

Manchmal kann man jemandem eine zweite Chance geben. Manchmal sollte man genau das nicht tun.

Ich zerre mit aller Kraft am Draht, und er schneidet durch den Hals des Wärters – komplett. Auf einmal bin ich von meiner Last befreit und renne hinter dem anderen Mann her.

Kayla ist schneller. Sie springt auf seinen Rücken und reißt ihn zu Boden. Er versucht nach hinten zu greifen und sie am Haar zu packen, aber ich halte ihn am Handgelenk fest.

Wut verbrennt mich fast, während Verzweiflung mich wieder abkühlt. Ich finde es schrecklich, was ich als Nächstes tun werde. Trotzdem zerre ich ihn unter Kayla hervor und trete auf seinen Kopf ein, bis er so schlaff ist wie eine Nudel.

Schwer atmend frage ich Kayla: »Bist du okay?«

»Ja«, sagt sie, sieht mir aber nicht in die Augen. »Ich denke schon.«

Ich versuche, meine ruhige Fassade aufrechtzuhalten, und werfe Reed einen Blick zu. Sein Gegner rührt sich ebenfalls nicht mehr. Er kauert neben dem Jungen ohne Zunge, der bewegungslos daliegt. Ist er bereits verblutet?

Alles umsonst, kreischt mein Verstand.

Doch dann hebe ich das Kinn. Zumindest kann ich weiter in den Spiegel blicken – das war es wert. Das war all das wert.

Die Gefangenen in den Käfigen jubeln uns zu, obwohl wir sofort versuchen, sie zum Schweigen zu bringen.

»Wenn noch ein Wärter kommt, kann ich euch nicht befreien«, rufe ich, und endlich werden sie still.

Ich hantiere an einem Schloss herum, eine Minute, zwei Minuten, qualvolle Momente, aber es gibt kein Schlüsselloch, und ich finde keine Möglichkeit, es zu knacken.

»Tut mir leid.« Ich muss Reed und Kayla in Sicherheit bringen. »Ich komme wieder.«

Nächster Schritt?

Five times four times three, and that is where he'll be.

Ich rechne. Fünf mal vier ist zwanzig und zwanzig mal drei ist sechzig. Sechzig und dort wird er sein. Wer?

Nachdem Lina sich dieses Lied extra für mich ausgedacht hat, wusste sie, welche Wand ich hochklettern würde, als die Wärter kamen. Sie weiß, wie ich ticke, und mein Bauchgefühl sagt mir, dass ich sechzig Käfige hinaufklettern muss.

Ich hasse mein Bauchgefühl. »Klettert hoch«, sage ich, als ich wieder bei Kayla und Reed bin.

Kayla schüttelt stöhnend den Kopf. »Ich denke nicht, dass ich das schaffe.«

»Hör auf zu denken, tu es.« Eine geschickte Motivationsrednerin bin ich ja nicht gerade. »Das ist unsere einzige Chance.«

»Du *schaffst* das«, sagt Reed zu ihr. »Ich weiß es.«

Wir klettern … und klettern … und Reed und ich müssen Kayla teilweise mitziehen. Ab und zu bringt ein Gefangener genug Kraft auf, um uns zu packen und um Hilfe zu flehen. Ich würde ihnen allen so gern helfen, es nicht zu können bestürzt mich dermaßen, dass ich weine, als wir die dreißigste Ebene erreicht haben. Und das ist erst der halbe Weg. Diese Leute sind ausgemergelt und schmutzig. Sie sind verletzt und hoffnungslos. Immer wieder halte ich an und versuche, ein

Schloss zu öffnen, doch jedes Mal, wenn es mir nicht gelingt, werde ich nur noch mutloser.

Two I'll save, I'll be brave, brave, brave. Zwei werde ich also retten, und ich werde mutig, mutig, mutig sein.

Genau. Ich muss mich an den Plan halten. *Muss Reed und Kayla in Sicherheit bringen und dann zurückkommen, um den anderen zu helfen.*

Auf der vierzigsten Ebene angekommen, zittere ich unkontrolliert. Auf der fünfzigsten will ich aufgeben. Ich rede mir selbst gut zu. *Du hast schon Schlimmeres durchgemacht und bist dadurch nur stärker geworden. Wir haben beinahe das Ende des Liedes erreicht – und stehen kurz vor dem Sieg.*

Auf der sechzigsten Ebene – ich habe es geschafft, ich habe es wirklich geschafft! – hält meine Erleichterung nur kurz an. Denn ich starre direkt in Killians Augen.

Entsetzt und zugleich voller Glück stoße ich seinen Namen aus. »Was machst du hier?«

Er umklammert die Stäbe seines Käfigs, ich versuche, seine Hand zu berühren. Doch er ist noch immer in seiner Hülle, trägt einen glänzend goldenen Halsring, und ich bin ja jetzt ein Geistwesen. »Du bist gestorben. Wie bist du gestorben? Verdammt, Ten. Ich wollte, dass du lebst.«

»Ich kann nichts dafür. Meine Tante hat mich praktisch ermordet.« Genug über mich! »Wie bist du hierhergekommen? Du …«

»Wann hast du bei Myriad unterschrieben?«, fragt er.

»Das habe ich nicht. Du …«

»Das musst du aber. Du bist im äußersten Bereich der Sphäre. Das ist der Zwinger.«

»Nein. Und hör auf, mich zu unterbrechen.« Verzweiflung lässt meine Stimme harscher klingen als beabsichtigt. »Ich bin in der Viele-Enden-Sphäre, genau wie du, und ich muss wissen, wie du hierhergekommen bist.«

»Das hier ist Myriad, Süße.«

Die beiden Sphären sind durch den See miteinander verbunden?

»Wie bekomme ich dich hier raus, Killian? Hilf mir, dir zu helfen. Bitte.«

Eine Frau im nächsten Käfig streckt eine Hand aus, dann höre ich Elena sagen: »Du bist an allem schuld.«

Zero! Ohne sie kann ich hier auch nicht weg.

»Es ist nicht ihre Schuld.« Killian wird von Sekunde zu Sekunde aufgeregter. »Du musst verschwinden, Ten. Kletter weiter. Es sind nur noch zwanzig Ebenen, dann hast du das obere Ende erreicht.«

Nur noch zwanzig? »Ich gehe nicht ohne dich«, wimmere ich. »Reed! Kayla! Helft mir, ihn zu befreien.«

Während wir (erfolglos) am Schloss herumhantieren, reibt Killian sich übers Gesicht.

»Die Viele-Enden-Sphäre ist mit Myriad verbunden. Ich habe Gerüchte darüber gehört, es aber nie geglaubt. Wie konnte ich nur so blind sein? Dabei ist es doch vollkommen logisch, oder vielleicht nicht? Warum sonst sollte Myriad behaupten, dass es besser ist, ungezeichnet zu bleiben, als bei Troika zu unterschreiben?«

»Lass uns später reden. Jetzt halt erst mal die Klappe und hilf mir.«

Killian streckt eine Hand durch die Stäbe. »Nein. Du musst gehen …«

»Verstanden.« Reed klettert wieder los. »Das brauche ich nicht öfter als zweimal zu hören.«

Killians goldene Augen blicken mich flehend an. »Oben angekommen, geh links, links, rechts, links, rechts, und töte jeden, der dir in die Quere kommt. Du darfst nicht zögern. Wenn du der Wegbeschreibung folgst, wirst du eine glänzende Türöffnung erreichen. Als wir durch sie hindurchgegangen sind, waren wir im Land der Ernte. Aber da eure Seelen ungezeichnet sind, weiß ich nicht, wo ihr herauskommen werdet.«

Überall ist es besser als hier, doch ich schüttle trotzdem heftig den Kopf. »Ich sagte bereits, dass ich nicht ohne dich gehe, und das meine ich ernst. Und ohne dich, Elena, auch nicht.« Hastig und unbeholfen wickle ich den Draht aus meinem Armband um das Schloss und beginne damit sägende Bewegungen auszuführen. Funken sprühen.

»Wir werden noch früh genug herausgelassen.« Er streicht mit einem Finger über meinen Handrücken. »Das ist immer so. Du musst gehen.«

»Aber hier bewegt sich was.«

»Das geht nicht schnell genug.«

Seine Worte zerreißen mich fast. »Killian, ich kann nicht …«

»Du kannst. Und du wirst.«

»Es sei denn, man schnappt dich hier. Dir bleibt keine Zeit mehr«, wirft Elena ein. »Tu einfach, was er sagt.«

Noch während ich schaudere, höre ich die letzte Zeile des Liedes in meinem Kopf. *Two I must save, I'll be brave, brave, brave. The one I adore, I'll come back for.*

Lina hat sogar das vorausgesehen. *Den Mann, den ich liebe, muss ich später holen*. Sie kannte alle Schwierigkeiten, die sich mir in den Weg stellen.

Es geht also wirklich nicht anders, richtig? »Okay. In Ordnung«, stoße ich aus. »Ich gehe. Ich will nicht, aber ich gehe.« Ich löse den Draht vom Schloss, während mir Tränen über die Wangen strömen. »Ich glaube nicht an Schicksal, doch ich schätze, ich glaube an Vorsehung.« Mein Weg ist vorgezeichnet, solange ich nur die richtigen Entscheidungen treffe. »Ich komme zurück.«

Er sieht mich an, als würde er eine Hand in meinen Nacken legen und mich küssen wollen. »Die Generäle stimmen Pearl jetzt zu. Bevor du bei Troika unterzeichnest, wollen sie dich lieber tot sehen. Aber wenn du bei Myriad unterschreibst, Ten, dann bist du eine von uns. Man wird dich beschützen. Und du und ich … wir können zusammen sein.«

Das will ich. Ich will mit ihm zusammen sein. Er ist kein Junge, er ist ein Krieger. Er ist niemand, den ich herumschubsen kann, und darüber bin ich froh. Wenn er mich ansieht, sieht er, wer ich bin und hat keine Angst vor mir. Weil wir einander ebenbürtig sind. Wir brennen zusammen – und er will, dass ich sogar noch heißer brenne.

Er würde für mich durch die Hölle gehen, daran zweifle ich keine Sekunde. Und ich würde für ihn durch die Hölle gehen. Aber ich werde nicht bei Myriad unterschreiben. Das hier … diese Käfige … haben meine Entscheidung endgültig besiegelt.

Ich muss einen anderen Weg finden, mit ihm zusammen sein zu können.

»Ich komme zurück«, wiederhole ich. Dann klettere ich weiter, mein Entschluss gibt mir neue Kraft, Kayla hochzuziehen, sobald sie ausrutscht.

Endlich sind wir oben angekommen, und Reed, der auf uns wartet, zieht uns auf einen Weg. Steine über uns, neben und unter uns. Jeder Stein ist wie ein Totenkopf geformt. Leere Augenhöhlen scheinen mir nachzublicken, als ich stolpernd die Führung übernehme. Links, links. Rechts. Meine Knie zittern. In diesem Gang hängen Gerippe von der Decke, alle in violette Roben gekleidet.

Troikanische Roben?

Als ich das nächste Mal links abbiege, schimmern merkwürdige Symbole an den Wänden und ein Alarm beginnt zu schrillen.

Zero! Man hat uns entdeckt.

Es dauert nicht lange, bis hinter uns Getrampel zu hören

ist. Ich werfe einen Blick über die Schulter und sehe, wie Wärter um die Ecke kommen. Sechs Wärter.

»Lauft, lauft«, rufe ich meinen Schützlingen zu. »Ich halte sie auf.«

Kayla streckt die Hand nach mir aus. »Nein! Wir bleiben zusammen.«

»Reed«, sage ich nur, und er versteht.

Er zerrt sie an seine Seite und zwingt sie, Schritt mit ihm zu halten. Sie rennen nach rechts und verschwinden aus meinem Blickfeld.

Ich wirble herum, sehe den Wärtern, die auf mich zujagen, entgegen. Ich werde bis zu meinem Zweittod kämpfen, wenn es nötig ist, aber diese Männer kommen nicht an mir vorbei.

Eine Sekunde später haben die Wärter mich erreicht und …

26. KAPITEL

»Heute lebst du, morgen stirbst du. Gib dem, was du in der Zwischenzeit tust, Bedeutung.«

Troika

Ich fahre in die Höhe und reiße die Augen auf. Archer ist neben mir, er hält meine Hand. Ihm steht die Erleichterung ins Gesicht geschrieben, als er meine Hand an seine Brust drückt.

»Du lebst. Alles wird gut.«

»Wo bin ich?« Mein Hals fühlt sich an wie ein Reibeisen. Ich atme schwer, meine Haut ist klamm. Mir ist außerdem schwummrig, und ich fühle mich sehr schwach. »Wo sind Kayla und Reed?«

Er drückt mich in einen Berg Kissen zurück. »Fangen wir erst mal mit dir an. Du bist in einem troikanischen Schutzraum.«

Ein weiterer Schutzraum … ein Schlafzimmer, das in eine provisorische Trauma-Station umgewandelt wurde. Verschiedene Maschinen stehen kreisförmig um uns herum, manche piepen im Rhythmus meines Herzschlags. Monitore, auf denen Ziffern und Symbole aufblinken, die ich noch nie gesehen habe, sind in den Wänden verankert.

»Kayla und Reed sind dank dir ebenfalls in Troika«, fährt Archer mit einem strahlenden Lächeln fort. »Du hast sie gerettet.«

»Nein.« Ich schüttle den Kopf. »Killian. Killian hat sie gerettet. Aber … wie hast du sie gefunden?«

»Sie sind durch einen Schleier in Myriad hindurchgegangen, woraufhin ihre Seelen im Land der Ernte landeten. Sie haben nach Hilfe gerufen, und ein TA war zufällig in der Nähe. Die beiden haben Troika die Treue geschworen, haben sich an uns gebunden, daraufhin konnte der TA sie in die Sphäre geleiten.«

Dann gibt es also Hoffnung. Hoffnung für die Ungezeichneten, selbst nachdem sie gestorben sind. Sie können gerettet werden! Sie müssen nur den Weg aus Viele Enden herausfinden … heraus aus Myriad.

Ich schüttele mich leicht. »Killian braucht unsere Hilfe. Er ist gefangen.«

»Du bist nicht in der Lage …«

»Ist mir egal. Ich muss zu ihm zurück. Sie haben ihn in den Zwinger gesteckt, Archer. Einen Hundekäfig.« Ich unterdrücke ein Schluchzen. »Ich muss zurückgehen.«

»Du wirst niemandem helfen können, bevor du nicht wieder zu Kräften gekommen bist.« Er lässt meine Hand gerade lange genug los, um sich einen Stuhl ans Bett heranzuziehen. »Deine Tante hat dich *umgebracht*.«

»Ja. Ich kann mich erinnern.« Und wow. Meine Kehle tut vielleicht weh. Ich taste mit zitternden Fingern über meinen Hals. Ein dicker Verband bedeckt das Loch, das vom spitzen Ende des Pinsels verursacht wurde. Als meine Schultern den Dienst versagen, fallen meine Arme hilflos zurück auf die Matratze.

Zero! Archer hat recht. In diesem Zustand bin ich Killian keine große Hilfe. Um durch die Viele-Enden-Sphäre zu navigieren, um diese Käfige hinaufzuklettern und durch Myriad zu rennen, muss ich in Höchstform sein. Das nächste Mal werden sie vorbereitet sein und bereits auf mich warten.

Und doch verschwindet dieses Gefühl von Dringlichkeit nicht.

»Davon abgesehen«, sagt er, »schuldest du mir was. Und wie. Ich habe dir das Leben gerettet. Und rate mal, was ich dafür von dir will? Dass du im Bett bleibst, bis du dich *vollständig* erholt hast.«

Diese Ratte. Da verlangt er wirklich zu viel. »Wie hast du mich gefunden?«

»Ich erhielt eine Botschaft von jemandem, der meinen Rang und meine ID kannte. Diese Person schrieb von einem Mädchen, das am 12. November um 10.17 Uhr in einem Drogenhaus stirbt. Also beschloss ich, mal nachzusehen, und fand dich in einer riesengroßen Blutpfütze.«

»Lina hat dir eine Nachricht geschickt?«

»Ich vermute mal.«

»Aber woher kennt sie deinen Rang und deine ID? Woher hat sie die Ausrüstung bekommen, die sie dafür brauchte?«

»Das sind alles hervorragende Fragen, die sie sich leider zu beantworten weigert.«

Nun … vielleicht kenne ich die Antworten bereits. Loony Lina ist also doch nicht verrückt. Sie leidet nicht etwa unter Polyfuser Funktionsstörung, sondern besitzt ein außerordentliches Talent. Sie kann in die Zukunft sehen. Sie wusste, wie man sich in beiden Sphären bewegt. »Wo ist sie jetzt?«

»Hier. Im Schlafzimmer nebenan eingesperrt. Sie wird dir nie wieder etwas antun.«

Sie hat mir wehgetan, ja, und sie hat Archer benachrichtigt, damit er mich retten konnte. Im Moment weiß ich nicht, was ich über sie denken soll. »Wie lange war ich bewusstlos?«

»Nur zwei Tage.«

Nur? Das sind achtundvierzig Stunden, die Killian und Elena in ihren Käfigen verbringen mussten. Falls sie nicht befreit worden sind. Sie schienen zu glauben, dass man sie früher oder später entlassen würde.

»Hast du was von Killian gehört?«, frage ich.

»Nein.«

Also wurde er nicht entlassen. Mir wird angst und bange.

»Levi ist hergekommen«, fährt Archer fort, »und hat sein Lebensblut mit dir geteilt – seins ist kräftiger als meins. Das hat deinen Körper am Leben gehalten, während deine Seele in Viele Enden war.«

»Und in Myriad. Archer, Viele Enden ist mit Myriad *verbunden*.«

Er streicht sich mit zwei Fingern über die goldenen Bartstoppeln auf seinem Kinn. »Ich weiß. Reed hat es mir erzählt. Alle in Troika sind schockiert, und alle in Myriad streiten ab, was der Junge behauptet. Wir sollen nicht wissen, dass Myriad Zugang zu den Seelen der Ungezeichneten hat. Wahrscheinlich sollen wir vor allem nicht erfahren, was sie den Seelen der Ungezeichneten *antun*.«

Nun, Killian kennt jetzt die Wahrheit. Und er wird das alles richtigstellen. Sobald er frei ist. Ich muss ihn befreien. »Du kannst dir nicht vorstellen, wie viele Seelen dort in Käfige gesperrt sind … ganz zu schweigen von den Seelen, die als lebendiges Vogelfutter dienen.« Und Schlimmeres!

»Davon habe ich auch gehört. Kayla und Reed haben uns genau geschildert, was sie durchgemacht haben.«

»Ich muss ihnen helfen. Ihnen allen.« Aber jetzt, wo ich nicht länger im Zwinger bin, und mein Adrenalin eher auf kleiner Flamme kocht, erscheint mir dieses Vorhaben auf einmal unmöglich. Da ich bei Myriad nicht unterschreiben werde, muss ich ungezeichnet bleiben, um Viele Enden erneut zu betreten. Und das nächste Mal werde ich noch mehr Leute finden, die ich befreien will, und ich werde gegen Monstervögel und albtraumhafte Gorillas kämpfen müssen. Die werden sich ihre menschlichen Leckerbissen doch nicht einfach so wegnehmen lassen.

Somit lautet die Frage: Soll ich bei Troika unterschreiben?

Das möchte ich, und dazu habe ich auch schon vor dieser ganzen Sache tendiert, aber wenn ich diesen Weg einschlage, werde ich vielleicht nicht mehr in der Lage sein, nach Viele Enden zu gelangen. Und bis jetzt hat Archer mir noch nicht das Versprechen gegeben, das ich dringend brauche. Ein Versprechen, das er mir womöglich nicht geben wird.

Ich will, dass er Killian vor Myriads Zorn schützt.

»Unterschreib bei Troika, Ten.«

Archer muss meine Gedanken gelesen haben. Sein Blick wird grimmig.

»Wir werden einen Weg finden, die Seelen in Viele Enden zu retten. Gemeinsam.«

»Können wir das? Ich kenne nur einen Weg, und dafür muss ich wieder den Ersttod sterben, und du musst mich zurückbringen.« Ein hohes Risiko! Eines Tages wird mein Körper sich nicht mehr erholen.

»Wir finden einen *anderen* Weg.«

Ich möchte ihm vertrauen. Und das tue ich. In Prynne habe ich ihm nicht vertraut, und ich habe ihm nicht vertraut, als mein Vater in mein Zimmer gestürmt kam, trotz allem hat er sich immer für mich eingesetzt.

»Kannst du Killian aus Myriad befreien? Sie haben sein Leben an meine Entscheidung gebunden. Wenn ich bei Troika unterschreibe, stirbt er.«

Archer schließt die Augen. »Das kann ich nicht. Ich kann nicht nach Myriad, doch dort halten sie ihn fest.«

»Dann werde ich noch etwas länger ungezeichnet bleiben.«

Jetzt sieht er mich düster an. »Nur weil wir die Lösung noch nicht kennen, heißt das nicht, dass es keine gibt.«

»Das ist ein gutes Argument, aber ich bin völlig erledigt, und das ist kein guter Zeitpunkt, um eine lebensverändernde Entscheidung zu treffen.«

»Es gibt keinen *besseren* Zeitpunkt.« Doch dann seufzt er und wechselt zum Glück das Thema. »Wie wäre es mit einem Gedicht zur Feier des Tages?«

»Und es soll sich reimen, vermute ich?«

»Ja, weil ich nur das Beste verdiene.«

Ha! »Eins ist also klar, du hast mich vermisst, als ich tot war. Und noch was weiß ich ganz genau, du findest ich bin 'ne Klassefrau. Also gib es zu, Dumpfbacke, das Leben ohne mich ist Kacke. Und es bringt auch nix, das abzustreiten, denn ich habe ein Geständnis vorzubereiten. Ich schätze, ich mag dich Quälgeist total, und das ganz sicher nicht nur temporal.«

Um meine Kondition zu steigern, gehe ich zehn Minuten aufs Laufband ... zwanzig ... Dabei schaue ich aus dem Fenster. Schaue mir die Bäume an, die im Wind schaukeln, die Sonne, die über die Hügellandschaft scheint. Ich sehne mich danach, einen warmen, goldenen Sonnenstrahl auf meiner Haut zu spüren. Besser gesagt, möchte ich Killian in einem warmen, goldenen Sonnenstrahl küssen.

Ich muss diesen Schutzraum verlassen, und zwar bald.

Zwei Tage sind vergangen, seit ich aufgewacht bin, und noch immer gibt es kein Lebenszeichen von Killian oder Elena. Ich bin kurz davor, vor Frustration zu explodieren.

»Zero!« Ich verpasse der Konsole einen Schlag, was bewirkt, dass das Laufband schneller wird.

Ups. Explosion erfolgt.

»Sauer?« Deacon kommt in den Fitnessraum geschlendert, einem Anbau am hinteren Teil des Hauses, geräumig und mit Trainingsgeräten vollgestopft. Er trägt ein hautenges Oberteil, seine zerrissene Jeans und die Kampfstiefel sind mit Schlamm bespritzt. Er legt die Arme auf den Monitor des Laufbands.

»Ja.« Ich schalte die Geschwindigkeit herunter, damit ich während unseres Gesprächs nicht ganz so kurzatmig bin. »Wie geht es Kayla und Reed?«

»Gut. Sie haben eine Agenten-Ausbildung begonnen.«

Sie sind beide ein abschreckendes Beispiel dafür, was einem blüht, wenn man ungezeichnet bleibt, somit werden sie ihre Jobs bestimmt hervorragend machen. Und dann gibt es da auch so Deppen wie mich …

Ich kann einfach nicht anders, ich muss nach Viele Enden zurückkehren und die dort gefangenen Seelen retten. Und Killian.

»Weißt du, wem es nicht ganz so gut geht?«, fährt er fort. »Sloan. Sie ist verschwunden. Und zwar, seit wir uns nach der Party getrennt haben.«

Oookay. Damit bringt er mich sofort dazu anzuhalten. Ich drücke den entsprechenden Knopf, das Laufband wird noch langsamer … bleibt stehen und die Neigung geht auf null Grad zurück. »Wie schafft Archer es denn ständig, mich zu finden? Tu dasselbe. Finde sie.« Es gefällt mir nicht, dass sie verschwunden ist.

»Du hast ihn gerufen. Sie hat mich nicht gerufen.«

Richtig. »Sie hatte vor, nach Hause zu gehen und das Anwesen ihrer Familie niederzubrennen. Hast du dort schon nachgesehen?«

Er nickt knapp. »Gleich als Erstes.«

Zero!

Bumm! Bumm! Bumm!

Gleichzeitig drehen wir uns zur Wand, die uns von Lina trennt – Tante Lina oder Loony Lina?

Bumm! Bumm! Bumm!

Ich habe sie, seit ich von meinem Krankenbett aufgestanden bin, nur einmal gesehen, doch da hat sie nicht mal bemerkt, dass ich in ihrem Zimmer war, hat einfach an mir vorbeigestarrt, als ich sie an den Schultern packte und rief: »Warum? Wie konntest du mir das antun?« Ich ging unzufrieden und wütend wieder hinaus.

»Soll ich nach ihr sehen?«, fragt er.

»Nein. Ich mache das. Und dann suchen wir Sloan. Und Killian«, füge ich leise hinzu. »Gemeinsam.«

Er grunzt. Das ist zwar keine Zustimmung, aber auch keine Ablehnung.

Bumm! Bumm! Bumm!

Resigniert stapfe ich den Flur entlang. Am Ende befindet sich Linas Zimmer, die Wand vor mir ist nicht wie die anderen aus Gips, sondern aus kugelsicherem Glas. Erstaunlich, welche Reparaturen und Veränderungen diese Agenten in kürzester Zeit auf die Beine stellen. Lina geht auf und ab, ringt die Hände. Man hat sie gebadet – eine Agentin kam gestern zu ihr, nicht nur, um ihr diese unglaublichen Nahrungsstreifen in den Mund zu stecken, sondern auch, um ihr Haar zu bürsten und zu flechten und ihre Kleider zu wechseln. Sie trägt jetzt ein hübsches rosa Kleid mit Rüschen.

Ich lege die rechte Hand auf den Scanner, ein Laser schimmert zwischen meinen Fingern auf, wärmt meine Haut. Das Schloss an der Tür öffnet sich, dann die Tür selbst. Ich trete ein, und Lina beruhigt sich auf der Stelle.

»Du durftest ihr nicht vertrauen«, sagt sie.

Loony Lina also. Geht das schon wieder los. Wenn ich auch weiß, dass sie irgendwie in die Zukunft sehen kann, so ergeben ihre Aussagen doch meistens erst im Nachhinein einen Sinn. »Wem durfte ich nicht vertrauen?«

»Ihr. Tut mir leid, dass sie starb.«

Mein Magen krampft sich zusammen. »Wer starb, Lina?«

»Du starbst. Ich weinte. Du weintest. Sie starb. So viele starben.« Eine Träne läuft ihr über die Wange. »Warum starb *ich* nicht?«

So wütend ich auch auf sie sein mag, sie so aufgebracht zu sehen gefällt mir gar nicht. In gewisser Weise bin ich ja sogar froh, dass alles so gekommen ist. Hätte sie mich nicht getötet, hätte ich Kayla und Reed nicht befreien können. Ich hätte nicht herausgefunden, dass Myriad und Viele Enden miteinander verbunden sind. Ich wüsste nicht, was mit Killian geschehen ist.

Warmer Atem streift über meine Haut, ich muss blinzeln, und erst da wird mir klar, dass Lina direkt vor mir steht. Zero! Konzentrier dich.

»Lina«, sage ich. »Hilf mir zu verstehen. Bitte.« Wenn sie selbstmordgefährdet ist, dann scheint sie zu begreifen, was mit ihr los ist. Es muss entsetzlich sein, mit all diesen Toten im Kopf zu leben, zu wissen, welche Schrecknisse passieren werden, ohne sie verhindern zu können. »Bitte«, wiederhole ich.

Sie öffnet den Mund, klappt ihn wieder zu. »So viele Namen. So viele Katastrophen. So viele Tote.«

»Wer stirbt – starb – als Nächstes?«

Sie starrt ins Leere ... oder in eine Zukunft, die ich nicht sehen kann.

»Die öffentliche Hinrichtung.«

Endlich! Zumindest kommen wir ein Stück weiter. Obwohl ich sie am liebsten geschüttelt hätte, rühre ich mich nicht. Wie ungeduldig ich auch bin, ich darf nicht riskieren, dass sie wieder in diesen Abgrund aus Erinnerungen stürzt, von Ereignissen, die noch gar nicht geschehen sind.

»Der Junge ... der Agent. Das Menschenmädchen«, sagt sie.

Mir gefriert das Blut in den Adern. Eine öffentliche Exekution. Ein Agent und ein Menschenmädchen. Es gibt nur einen verschwundenen Agenten und nur ein verschwundenes Menschenmädchen. »Killian? Sloan? Was wird ihnen passieren – passierte ihnen?« Wenn ich es weiß, kann ich sie retten. Ich muss sie retten!

»Die öffentliche Hinrichtung«, wiederholt sie. »Madame ... sie brachte ihn um. Ihn, den Agenten. Du weintest. Es tut mir leid.«

Nein, nein, nein. »Wo ist – war – die Hinrichtung?« Ich bringe die Worte kaum über die Lippen.

»Die Straße ... die Stufen ... du sahst in deinem weißen Kleid so hübsch aus.«

Das weiße Kleid? Aus dem Spa? Verwechselt sie zwei verschiedene Tage am selben Ort?

Plötzlich umklammert sie meine Hände. »Der Krieg ... er kommt hierher. Tröpfelnd, tröpfelnd, dann kommt die Flut.«

Präsens. Zum ersten Mal höre ich sie in diesem Zustand im Präsens sprechen. Warum jetzt? »Welcher Krieg? Der zwischen Troika und Myriad?«

»Du kannst ihn nicht aufhalten. Niemand kann das. Der Drachen greift an. Der Löwe brüllt.« Ihr Griff wird fester. »Was morgen geschieht, wird alles verändern.«

Morgen findet die Hinrichtung statt? Hastig küsse ich sie auf die Wange und murmle: »Danke.« Dann eile ich zur Tür.

»Du starbst, ich weinte«, sagt sie.

Zurück in der Vergangenheitsform. Weil wir uns nicht länger berühren?

Als ich mich umdrehe, sehe ich, wie sie wieder auf und ab läuft, die Hände ringt und in die Ferne starrt. Ich werde ihr helfen. Irgendwie. Aber erst muss ich Killian und Sloan helfen.

»Deacon«, rufe ich, während ich die Tür aufschließe. »Archer!«»

Ich renne am Wohnzimmer vorbei Richtung Fitnessraum, wo ich Deacon zuletzt gesehen habe, doch er wartet in der Küche auf mich. »Ich glaube, ich weiß, wo Sloan ist. Oder wo sie sein wird, und ich bin absolut sicher, dass sie in Gefahr schwebt.«

Ein Lichtblitz und Archer taucht neben seinem Freund auf. Er ist bleich, die Lippen hat er fest zusammengepresst.

»Pearl plant eine öffentliche Hinrichtung«, sage ich.

Archer nickt. »Die Nachricht hat Troika schon erreicht. Killian und Sloan sollen in aller Frühe hingerichtet werden.«

»Myriad, so schrecklich es dort auch ist, wird niemals erlauben, dass Pearl ein ungezeichnetes menschliches Wesen in aller Öffentlichkeit tötet«, sagt Deacon. »Das ist schlecht fürs Geschäft.«

»Sloan«, entgegnet Archer mit trauriger Stimme, »hat vor wenigen Stunden bei Myriad unterzeichnet. Ihre Seele gehört nun ihnen.«

Deacon schließt die Augen, seine Schultern sinken herab.

Meine Freundin hat beim Feind unterschrieben. Und Myriad ist *wirklich* mein Feind. Sie tun denen weh, die ich liebe, und planen noch Schlimmeres.

Ich massiere meinen Nasenrücken, weil ich das Gefühl habe, teilweise verantwortlich für Sloans Entscheidung zu sein. Ich hätte mehr Zeit mit ihr auf der Party verbringen, hätte unsere Zukunft ausführlicher diskutieren sollen.

Andererseits, was hätte das schon gebracht? Sie hat den Transfer selbst mit angesehen, so wie ich. Sie wusste, welch großen Wert Troika auf das Leben legt.

Trotzdem. Ich mag sie sehr, und ich werde nicht zusehen, wie sie stirbt. »Versammelt eure Truppen«, sage ich. »Wir holen sie.«

Sie rennen allerdings nicht etwa los, sondern werfen sich nur einen Blick zu.

»Was?«, frage ich.

»Du weißt, dass Killian und Sloan zu Myriad gehören.« Bedauern klingt aus Archers Stimme, was immerhin schon mal ein Schritt in die richtige Richtung ist, und doch geht er mir im Moment ziemlich auf die Nerven.

»Sie sind Lebewesen, egal aus welcher Sphäre. Wenn ihr ihnen nicht helfen wollt – mir nicht helfen wollt – schön. Dann mache ich es eben allein.«

»Und du wirst direkt in eine Falle tappen«, sagt Archer. »Die Nachricht über die Hinrichtung wurde uns nur geschickt, damit du aus deinem Versteck kommst. Das ist Pearls typische Vorgehensweise, wie sie bereits bewiesen hat. Hier bist du zumindest sicher. Sie kommt nicht an dich ran.«

»Ist mir egal.«

Ich stolziere in mein Zimmer, um die Waffen einzupacken, die ich gesammelt habe. Ein paar Dolche, eine Oxi, eine Stag, zwei Küchenmesser. Danach lege ich die Lederarmbänder um.

Als ich mich umdrehe, lehnt Deacon am Türrahmen.

»In Ordnung, du hast mich überredet. Ich komme mit dir. Wegen Sloan, nicht wegen Killian.«

Ich begnüge mich mit jeder Hilfe, die ich bekommen kann. »Und was ist mit Archer?«

»Jetzt lass mich dir mal was sagen, kleines Mädchen. Troika hat ganze Heerscharen, aber sämtliche Truppen sind gerade irgendwo beschäftigt, vor allem jetzt, nachdem wir nur noch einen Strömer haben. Diese Armee ist überall in deiner und unserer Welt stationiert. Sie kämpfen, um Menschen zu beschützen, Menschen, die nicht mal in der Lage sind, unsere Leute zu sehen, und die nicht mal auf die Idee kommen, sich bei uns zu bedanken. Unsere Kämpfer haben nur sehr wenige Ruhezeiten – wenn überhaupt welche. Sie arbeiten unermüdlich. Sie werden oft verletzt. Sie brauchen wirklich nicht noch mehr Probleme.«

»Das ist toll von ihnen«, sage ich, obwohl ich keine Ahnung habe, wieso er mir das erzählt. »Was ist mit Archer?«, wiederhole ich.

»Er ist losgezogen, um den König um eine Armee zu bitten.«

27. KAPITEL

»Du hast ein Zweitleben, aber keine zweite Chance. Wähle also klug.«

Myriad

An diesem Abend fahren Deacon und ich Richtung Spa, um dort unsere Zelte aufzuschlagen. Ungefähr eine Meile vor dem Ziel kommen wir an eine Straßensperre. Myriadische Hüllen auf Streife. Wir fahren zurück, suchen uns einen anderen Weg, treffen aber auf eine weitere Straßensperre. Sie zu durchbrechen wäre entweder richtig bescheuert oder richtig klug.

Allerdings – wenn sie uns einmal haben, dann haben sie uns. Und das wäre das Ende.

Also beschließen wir zurückzufahren. Pearl hat an alles gedacht und ihre Leute überall postiert. Auf Gebäudedächern. An allen Straßen und Hauseingängen in einem Radius von einer Meile. *Sie macht tatsächlich Ernst, was meine Ergreifung betrifft.* Oder besser gesagt, den Mord an mir. Indem sie mich tötet und nach Viele Enden schickt, glaubt sie, dass Ashley eines Tages die Möglichkeit hat, Myriad wieder zu betreten. Sie ist verzweifelt, und diese Verzweiflung wird ihr Untergang sein. Deswegen muss ich jetzt Ruhe bewahren.

Und bereit sein.

Wir kehren zum Schutzraum zurück, um das Ende der Nacht abzuwarten, gehen auf und ab, auf und ab … bis endlich der Morgen graut. Die Hinrichtung soll in weniger als einer Stunde beginnen. Sobald wir Killian und Sloan entdeckt haben, wird Deacon dieses Beam-mich-hoch-Scotty-Ding machen und mich direkt zum Tatort bringen. Er versucht es mir zwar auszureden, aber ich bin wild entschlossen. Selbst als er zu bedenken gibt, dass der menschliche Körper große Schwierigkeiten damit hat, in Sekundenschnelle von einem Ort zum anderen gebracht zu werden. Mir egal. Ein bisschen Reiseübelkeit nehme ich gern in Kauf.

Reporter von überall auf der Welt sind angereist. Videoübertragungen laufen auf allen Wänden im Wohnzimmer, zeigen einen Panoramablick auf die Feierlichkeiten. Wir sehen, wie die Straßen sich mit Menschenmassen füllen, die das schreckliche Ereignis miterleben wollen. Als würde es sich bei alldem nur um ein Spiel handeln.

Öffentliche Hinrichtungen werden nicht oft abgehalten, aber es gibt sie, und sie sind legal. Sphären ist es erlaubt, Unterzeichner, die das Bündnis brechen, nach ihrem eigenen Gutdünken zu bestrafen. Da ein Zweitleben garantiert ist, betrachtet man den Tod nicht als etwas furchtbar Ernstes.

Ich habe in meinem Leben drei Hinrichtungen mitverfolgt und weiß noch, wie meine Eltern Popcorn auf die Videoleinwand geworfen haben.

Komm schon, komm schon. Wir sind für eine brutale Schlacht vorbereitet – ich trage die Hälfte der Waffen, die in meiner Tasche waren, am Körper. Alle, die ich halten kann. Es gibt eine Zeit für Frieden und eine Zeit für Krieg.

Bedrohe die Menschen, die ich liebe, dann gibt es eben Krieg. Ganz einfach.

Deacon verzieht angewidert den Mund. »Die sehen alle so begeistert aus.«

Er hat recht. Egal, in welche Richtung die Kamera auch schwenkt, überall wird gelächelt. Jemand hat sogar einen Strandball mitgebracht, den er in die Menge wirft.

Wo ist Archer? Warum ist er nicht zurückgekommen?

Auf einmal bricht die Menschenmenge in Jubel aus, gleichzeitig ertönen Pfiffe und Buhrufe. Angespannt suche ich mit den Blicken die Wände ab, bis ich den Grund der Begeisterung gefunden habe. Killian und Sloan werden auf die »Bühne« gezerrt, das Plateau oberhalb der Marmortreppe vor dem Spa.

Obwohl ich natürlich mit ihnen gerechnet habe, entsetzt mich das Szenario. Ich nehme mir einen Moment Zeit, um die Szenerie genau zu studieren.

Killian trägt noch immer den goldenen Halsring, der seine Seele in der Hülle gefangen hält. Eine Hülle, die jetzt schwer beschädigt ist, Haut hängt ihm in Streifen herab. Über und über von Lebensblut bedeckt bietet er zugleich einen wunderschönen und einen grauenhaften Anblick, als hätte er in Glitter gebadet. Seine Zunge – seine Zunge wurde ihm herausgeschnitten – das weiß ich, weil man sie an sein Hemd geheftet hat. Er trägt Handschellen, die an den Säulen neben ihm angebracht sind, seine Knöchel sind mit Fußeisen am Boden befestigt.

Sein Körper formt ein X. Die römische Zahl für zehn. Ten.

X markiert eine Stelle.

Eins von Sloans Augen ist zugeschwollen. Ihr Haar ist voller Blut, Blut ist um ihre Nase und ihren Mund herum festgetrocknet. Sie hat so viel und so heftig geweint, dass ihr Gesicht aufgequollen ist, Tränen haben tiefe Spuren auf ihren Wangen hinterlassen. Auch sie ist X-förmig angekettet.

Als eine dritte Person auf das Plateau geschleppt wird, keuche ich auf. Mein Vater hält den Kopf gesenkt. Zwar scheint er unverletzt, doch hat man ihm die Hände auf dem Rücken gefesselt. Sein dunkles Haar ist zerwühlt, Tränen laufen ihm übers Gesicht.

Man stellt ihn wenige Schritte neben Pearl, die wie ein Engel aussieht. Sie trägt eine feierliche Robe wie die Troikaner, wobei ihre weiß wie Schnee ist, ihr helles Haar fällt in perfekten Wellen bis auf ihre Hüften.

In diesem Augenblick trifft mich die Erkenntnis so heftig

wie ein Blitz: Es gibt nichts Böseres auf der Welt als sie, die sich in der Farbe der Unschuld kleidet.

Pearl verliert keine Zeit. Sie hebt eine Pistole, zielt und drückt ab. Der laute Knall lässt die Menschenmenge verstummen. Der Körper meines Vaters zuckt, dann bricht er zusammen.

»Dieser Mann hat versucht, die Verpflichtungen seines Bündnisses zu unterlaufen, und ein solches Verhalten darf niemals geduldet werden.«

Aufstöhnend schlage ich mir die Hände vor den Mund. Mein Dad landet auf dem Boden und bleibt dort liegen, die Augen geöffnet, aber blicklos. Aus einem centgroßen Loch in der Mitte seiner Stirn quillt Blut. Mir wird übel, meine Knie drohen unter mir nachzugeben. *Er ist tot.* Mein Vater ist tot. Einfach. So.

Tränen laufen über meine Wangen. Vielleicht habe ich diesen Mann nicht gemocht, und vielleicht hat er auch versucht, mich zu töten – und womöglich hat er das verdient –, aber das kleine Mädchen, das ich einmal war, liebt ihn noch immer. Das kleine Mädchen wird ihn immer lieben.

»Es tut mir so leid, Ten.« Deacon tätschelt mir unbeholfen die Schulter, als ob er nicht wüsste, wie er mich trösten soll. »Ich wusste nicht, dass sie deinen Vater hat.«

Ich lasse die Hände sinken und balle sie zu Fäusten. Inzwischen jubelt die Menge, als hätte Pearl etwas Großartiges gesagt.

Sie blickt lächelnd in die Kamera. »Wenn du bei Troika unterschreibst, dann werden sie sterben.«

Sie spricht direkt mit mir. Sie weiß, dass ich zusehe, immerhin hat sie sich ja auch große Mühe gegeben, die Nachricht über die Hinrichtung verbreiten zu lassen.

Der Jubel aus der Menge wird lauter. Ich glaube aber, ich höre auch ein paar Protestrufe.

Oh ja. Allerdings. Einige Leute halten VGSS-Schilder in die Höhe, auf denen steht: *Vielleicht bist du der Nächste! Stoppt diesen Wahnsinn!*

Pearl hebt die Hände, um für Stille zu sorgen, und wendet sich wieder an die Menge: »Ich bin heute schweren Herzens hierhergekommen.« Ihre Stimme – jetzt besänftigend – schwebt durchs Wohnzimmer. »Myriads Liebe für euch ist grenzenlos, und wie immer wollen wir nur das Beste für euch. Und doch stehe ich hier und muss gestehen, dass wir versagt haben. Wir haben diese beiden Verräter neben mir in unserem Schoß aufgenommen. Sie haben uns verraten – sie haben *euch* verraten. An Troika, den Feind, der nur ein einziges Ziel hat: uns zu zerstören.«

Eine Explosion aus Buhrufen.

Sie legt eine Hand auf ihr Herz. »Sie wollten euch schaden, meinem Volk und meiner Familie, und so etwas werden wir niemals tolerieren. Ich werde immer für euch kämpfen – dafür kämpfen, was gut für euch ist, was das Beste für euch ist. Heute bekommen diese Verräter meinen Zorn zu spüren. Ihre Versuche, den Menschen unter meinem Schutz zu schaden, haben nun ein Ende.«

Wieder Jubel.

Diese Narren! Wieso sehen sie nicht, wie unendlich böse sie ist?

Doch wem mache ich hier eigentlich etwas vor? Ich habe es schließlich jahrelang auch nicht kapiert.

Pearl blickt direkt in die Kamera, als könne sie mir in die Seele schauen. »Wir werden also fortfahren … es sei denn, jemand hat einen Einwand vorzubringen?«

»Wir gehen jetzt«, erkläre ich Deacon. »Wir können nicht länger auf Archer warten.«

Er widerspricht nicht, wofür ich ihm dankbar bin.

»Ten, du musst nur dafür sorgen, dass du am Leben bleibst.

Sie wird ihnen nichts antun, solange du noch atmest.«

In diesem Fall sollte ich wohl besser hierbleiben. Doch natürlich wissen wir beide, dass das keine Option ist. Denn in dem Fall würde sie Killian und Sloan *sehr* wehtun.

»Ich werde am Leben bleiben«, versichere ich. Koste es, was es wolle.

Er legt die Arme um mich – doch nichts geschieht.

Ich runzle die Stirn. »Bist du sicher, dass das funktioniert?«

»Sicher. Hüllen sind nach menschlichen Körpern entworfen. Ich warte darauf, dass du die Augen schließt.«

Also bitte. Ich will nicht eine einzige Sekunde von dem hier verpassen. Ich war in Viele Enden; ich kann mit allem umgehen. »Los!«

Grelles, blendendes Licht verbrennt mir praktisch die Hornhäute. Mir wird der Boden unter den Füßen weggerissen, ich werde wie ein Baseball über ein Feld geschleudert, die Welt um mich herum ist nicht mehr als ein verschwommener Fleck. Ich bin …

»Da«, sagt Deacon.

Ich höre überraschte Ausrufe, brauche aber einen Augenblick, um wieder klar sehen zu können. Mir dreht sich der Magen um, ich beuge mich vor und kotze mir die Seele aus dem Leib. Noch mehr Aufschreie, nur diesmal vor allem aus Ekel. Ich höre Füße trappeln, als die Leute sich vor mir und meinem Erbrochenen in Sicherheit bringen.

Als ich mich aufrichte und mir den Mund mit der Hand abwische, kann ich meine Umgebung klar sehen. Deacon und ich sind direkt vor der Treppe gelandet, nur eine Stufe unterhalb von Pearl. Deacon zielt bereits mit seiner Oxi. Und feuert ab.

Drei myriadische Hüllen werfen sich vor Pearl, der Typ in der Mitte wird getroffen, die Luft um ihn herum ist auf einmal voller Rauch. Er versucht, den Rauch wegzuwedeln, während seine Kameraden zur Seite springen und er sich aufzulösen beginnt. Haarklumpen fallen von seinem Kopf, seine Haut altert rasend schnell, Falten erscheinen, breiten sich aus, werden tiefer.

Der Typ zu seiner rechten schießt ihm zwischen die Augen und die Hülle zerfällt zu Asche.

Klick. Klick. Klick.

Ich muss nicht extra hinsehen, um zu kapieren, dass jede Hülle im Publikum jetzt mit einer Waffe auf mich zielt. Stecken Kugeln oder Pfeile in den Kammern? Will sie mich sofort umbringen oder doch noch einmal versuchen, mich für Myriad zu gewinnen?

Ich halte meine Aufmerksamkeit auf Killian gerichtet. Er schüttelt den Kopf, seine goldenen Augen – diese wunderschönen Augen – blicken mich flehend an. *Verschwinde. Tu das nicht.*

Es bricht mir fast das Herz, diesen starken Jungen so hilflos zu sehen.

»Ich bin hier, um zu verhandeln«, rufe ich, und er lässt geschlagen den Kopf sinken.

Vier Sekunden vergehen, bevor Pearl mit erhobenem Kinn nach vorn tritt. Vier Blutgruppen. Vier Reiter der Apokalypse. Vier Stationen im Erstleben eines Menschen: Empfängnis, Geburt, Leben und schließlich Tod.

Ich werde für ihren Zweittod sorgen.

»Die Zeit für Verhandlungen ist vorüber.« Sie nickt ihren Männern zu. »Ergreift sie.«

Ergreifen, nicht töten. Sie ist überzeugt davon, mir gegenüber im Vorteil zu sein.

Auf einmal erschallen Tausende Explosionen, und Deacon reißt mich in einem Lichtstrahl mit sich weg. Einen Moment lang bin ich geblendet, mein Magen rebelliert in der Sekunde, als wir landen … und zwar direkt hinter Pearl.

Ich übergebe mich auf Deacons Stiefel, nicht dass es jemand bemerken würde. Oder hören. Hüllen und Menschen sind viel zu sehr damit beschäftigt, aufeinander zu schießen.

Deacon hebt die Oxi, zielt mit dem Lauf direkt auf Pearls Hinterkopf, aber sie hat den Rang *Anführerin* nicht bekommen, weil sie die ganze Zeit nur hinter einem Schreibtisch saß.

Sie spürt ihn, duckt sich und wirbelt herum, während sie gleichzeitig eine Stag unter ihrer Robe hervorzieht. Als sie schießt, stößt Deacon mich schnell aus dem Weg und verschwindet, der Pfeil bleibt in der Wand hinter mir stecken. Ich verliere keine Zeit, ziehe den Dolch und schleudere ihn auf Pearl. Die Spitze durchdringt ihr Handgelenk, und sie muss ihre Waffe fallen lassen.

Plopp, plopp erklingt es zu meiner Linken. Ich spüre scharfe Schmerzen im Nacken, elektrischer Strom jagt durch meinen Körper, ich beginne zu zucken und bin auf der Stelle wehrlos. Pearl lächelt, während sie den Dolch aus ihrem Handgelenk zieht, dann bedankt sie sich mit einem Nicken bei der Hülle, die mich mit Pfeilen durchbohrt hat.

Ich kann doch nicht einfach so verloren haben. So schnell.

Sie kommt auf mich zu, oder schlendert vielmehr mit schwungvollen Schritten. Sie ist stolz, sogar ein wenig aufgedreht. Ich blicke mich um … Deacon kämpft gegen eine Schar Myriad-Soldaten. Eine Sekunde, nachdem er verschwindet, verschwinden sie. Eine Sekunde, nachdem er wieder auftaucht, tauchen sie wieder auf, sie kämpfen ohne Pause. Irgendeiner schlägt immer gerade zu, reißt einen Ellbogen oder ein Knie hoch.

»Hilfe«, stoße ich hervor.

»Ja, helft ihr doch«, ruft Pearl. Wie selbstgefällig sie klingt. »Irgendjemand?«

Deacon sieht in meine Richtung und steht eine Sekunde

später hinter Pearl, aber genau das war ihr Plan – ihn herzulocken und ihn dann zu überwältigen. Sie wirft sich flach auf den Boden, als er zu einem Schlag ausholt und durchbohrt ihn mit einem Pfeil.

Er fällt mit zuckendem Körper zu Boden. *Nein, nein, nein.* Daran bin ich schuld!

Nein. Daran ist *sie* schuld.

Sie steht auf, wirft mir erneut ein spöttisches Lächeln zu, meinen Dolch noch in der Hand. »Du hattest recht, weißt du. Du kannst nicht mit meiner Ashley verschmolzen sein. Was bedeutet, dass wir uns auch bezüglich der anderen Generäle geirrt haben. Wir müssen uns geirrt haben.«

Andere Generäle? Plural? »Worüber geirrt?«

Sie ignoriert meine Frage. »Ich soll dich in die Sphäre bringen, wenn es irgendwie möglich ist. Ich denke, es ist nicht möglich.«

Die Pfeile jagen elektrische Schläge durch jeden einzelnen Muskel meines Körpers. Eine Höllenqual. Schlimmer als alles, was Vans mir jemals angetan hat. Vor meinen Erlebnissen in Viele Enden hätte ich das wahrscheinlich nicht ausgehalten, ich wäre wohl bewusstlos geworden.

Diese Torturen waren meine dunkelsten Stunden, doch nun werde ich aus ihnen meinen größten Triumph machen.

Als Pearl den Dolch hebt, gelingt es mir, die Schmerzen zu überwinden. Ich bin so wild entschlossen wie noch nie zuvor in meinem Leben, die Sonne streicht über meine Haut, sickert in mich hinein … kräftigt mich? Ich schaffe es, Pearl die Füße wegzutreten. Sie knallt auf eine der Treppenstufen. Der Schmerz wird schlimmer, aber mit ihm nimmt auch meine Entschlossenheit zu. Die Sonne streichelt mich weiter und wärmt mich von innen heraus. Irgendwie bringe es fertig, mir einen Pfeil aus dem Hals zu ziehen.

Pearl und ich stehen gleichzeitig auf und treten einander

gegenüber. Weitere Pfeile – zwei, drei, vier – dringen in meine Haut, ich falle auf die Knie. Doch nur für eine Sekunde. Nur so lange es dauert, bis ich jeden einzelnen herausgezogen habe und wieder aufstehe.

Überraschung und Furcht verdunkeln ihre Augen.

»Du kannst doch nicht … niemand kann … wie …«

Die Sonne streichelt mich weiter, während ich mich nach unten beuge und die Pfeile aus Deacon ziehe. Dabei halte ich den Blick auf Pearl gerichtet. »Ihr Stolz hat Sie *hierhergeschleppt*, wohingegen mich Entschlossenheit *getragen* hat. Sie haben mich immer unterschätzt – doch heute ist der Tag der Abrechnung gekommen.«

Sie weicht vor mir zurück und kreischt: »Tötet sie! Tötet Killian und Sloan.«

Ein Überraschungsmoment. Sie ändert das Drehbuch und die Spielregeln. Ich war das eigentliche Ziel, aber da sie jetzt im Nachteil ist – trotz der Armee, die sie umgibt – beschließt sie, mich zu vernichten, egal auf welche Art und Weise.

Ich werfe Deacon einen panischen Blick zu, der noch dabei ist, sich zu erholen. Eine Sekunde später ist er verschwunden und taucht vor Sloan wieder auf, während ich mich auf Killian stürze. Plötzlich sind Schüsse zu hören, überall in den Straßen, sogar direkt vor Killian und Sloan. Hüllen! Eine Armee aus Troika!

Archer verhindert, dass Killian von den Schüssen getroffen wird. Oder besser gesagt, sein Schwert verhindert es. In einer Hand hält er ein Schwert aus hypnotisierendem blauweißem Feuer. Das Schwert, nach dem ich ihn gefragt habe, der Griff wächst ihm aus der Hand. In der anderen hält er einen Schild. Durch kreuzweise Bewegungen seiner Arme verbrennt er die Geschosse oder lässt sie abprallen. An ihm kommt nichts vorbei. Er bleibt unverletzt und bewahrt Killian gleichzeitig vor dem Zweittod.

Ich bin unendlich erleichtert. Und zugleich unendlich wütend. »Du kommst spät«, rufe ich Archer zu.

Ein schmales Lächeln umspielt seine Lippen. »Besser gesagt, genau im richtigen Moment.«

Pearl hat damit begonnen, in das Licht aus ihren Handgelenken zu tippen. Um Hilfe anzufordern?

Ich rapple mich auf, wische Schmutz und Kieselsteine von meinen Handflächen. »Sind Sie jetzt bereit, sich meinen Vorschlag anzuhören?« Ich gebe ihr keine Gelegenheit zu antworten. »Lassen Sie Killian und Sloan gehen, und Sie kommen mit dem Leben davon. Kämpfen Sie weiter, und Sie werden sterben.«

»Wie wäre es stattdessen mit diesem Vorschlag?«

Hinter ihr schießen weitere Lichtstrahlen in die Erde, neue Myriad-Hüllen erscheinen, jede von ihnen hält derb aussehende Speere oder Pfeile in den Händen. Schätze, die Generäle wollen nicht, dass wir eine ihre Anführerinnen ausschalten, auch wenn die ihren Anweisungen zuwiderhandelt. Tut sie das überhaupt? Vielleicht wollen ja auch sie mich tot sehen.

»Wir kämpfen, und *du* stirbst.«

Schon stürzen sich Hüllen auf Hüllen. Waffen prallen aufeinander. Gliedmaßen werden abgeschlagen.

Ich erhasche nur einen kurzen Blick auf das Gemetzel, denn um mich herum erscheinen troikanische Krieger. Sie alle tragen blau-weiße Flammenschwerter, die jedes Projektil, das in unsere Richtung gefeuert wird, abwehren. Ich bin ungezeichnet, und doch beschützen sie mich, als würde ich zu ihnen gehören.

Einer der troikanischen Soldaten fällt, seine Hülle ist von Pfeilen durchbohrt. Ein anderer Krieger kniet sich neben ihn, drückt seinen Freund an sich und verschwindet zusammen mit ihm in einem Lichtstrahl. Die anderen schließen den

Kreis, und ich frage mich, warum die gefallene Hülle nicht zu Asche zerfiel und seine Seele nicht befreit wurde. Die Pfeile scheinen es unmöglich zu machen, genauso wie der Halsring, den Killian trägt. Ja! Das ist es. Archer hat mir einmal von einer troikanischen Frau erzählt, die er tötete. Ihre Seele hat er in der Hülle eingeschlossen. Sie verblutete, nicht in der Lage, die Hülle zu verlassen.

Wie viele werden heute sterben?

Werden sie Killian ebenso erbittert beschützen wie mich? Wahrscheinlich nicht. Er gehört zum anderen Team. Trotzdem ist diese troikanische Armee nicht nur meinetwegen hier, sie kämpft auch für Sloan und für Killian, die eigentlich ihre Feinde sein sollten.

Egal. Ich kann hier nicht nur rumstehen und nichts tun. Da ich keinen anderen Ausweg sehe, krabble ich zwischen den Beinen meiner Beschützer hindurch. *Tut mir leid, Leute.* Überall um mich herum herrscht Chaos, Feuerschwerter werden geschwungen, ein Körper nach dem anderen fällt um, Asche treibt im Wind. Speere und Pfeile schwirren durch die Luft. Weitere Körper fallen und werden zu Asche. Und das ist nur das, was ich sehen und hören kann! Wer weiß schon, was mit den unsichtbaren Seelen um uns herum geschieht.

Ich krieche so schnell ich kann, mein Ziel immer fest im Blick. Ein einziger Krieger bewacht Killian, was in seinem Fall auch ausreichend ist. Archer verblüfft mich mit seinem unglaublichen Geschick. So habe ich ihn noch nie gesehen, er ist ein todbringender Wilder, sein Körper eine Waffe und schrecklich schön anzusehen. Er beachtet mich nicht, doch er weiß, dass ich hier bin, denn jede seiner Bewegungen ist so perfekt platziert, dass mir nichts geschehen kann, während ich immer näher komme. Schließlich stehe ich direkt vor Killian und – beginne zu weinen. Heftig zu weinen. Er sieht furchtbar aus, schlimmer, als mir klar war.

Ich lege meine Hände an sein Gesicht, und er braucht seine ganze Kraft, um den Blick zu heben. Seine Augen ... Das wunderschöne Gold ist heller als sonst und wird in diesem Moment sogar noch blasser. Niemand muss mir erklären, was hier geschieht. Er stirbt in seiner Hülle.

»Ich sagte doch, dass ich zurückkomme. Ich hole dich hier raus.« Ich zerre an seinem Halsring, jedoch vergeblich. Ich taste ihn Zentimeter für Zentimeter ab, auf der Suche nach einem Sesam-öffne-dich. Es gibt keinen. »Du wirst wieder gesund. Ich werde dich so gut verarzten, dass man meinen könnte, ich hätte Medizin studiert.«

Ich glaube, er sagt: »Geh«, aber ich bin mir nicht sicher.

Während ich an den Fußfesseln herumhantiere, deren Hitze meine Haut verbrennt, antworte ich: »Ich bleibe, wo ich bin. Ten Lockwood lässt niemals einen Mann zurück. Vor allem nicht ihren Mann.«

Als die Fesseln endlich aufschnappen, sind meine Hände mit Blasen übersät. Ich sehe in seine Augen, die jetzt etwas stärker leuchten, sein Blick wirkt entschlossener – gut, das ist gut. Ich kümmere mich um seine Handschellen.

»Beeil dich.« Archer schwingt sein Schwert in diese und jene Richtung und verbrennt die Pfeile, bevor sie an ihm vorbeischwirren können. »Die Myriad-Hüllen drängen die Menschen auf dem Schlachtfeld zusammen, und benutzen sie als Schutzschilde.«

Ich kenne ihn. Er kann keine – er wird keine – Menschen verletzen.

Also beeile ich mich, arbeite so schnell ich kann, rasend schnell, und endlich öffnen sich auch Killians Handfesseln. Stöhnend sinkt er an mich. Ich lasse ihn sanft zu Boden gleiten, drücke einen zärtlichen Kuss auf seine mit Lebensblut bedeckten Lippen und flüstere: »Das könnte jetzt wehtun. Tut mir leid.«

Weil mir nichts Besseres einfällt, schiebe ich die geöffnete Fessel durch den Halsring, damit die Hitze das Metall nachgiebiger macht. Dann nehme ich den Draht aus meinem Armband und beginne, mit aller Kraft zu sägen. Der Draht war das Einzige, das bei den myriadischen Schlössern etwas ausgerichtet hat, wieso also nicht auch beim Halsring? Funken sprühen, Metallspäne regnen herab. Killian schneidet eine Grimasse, weil sie seine Haut verbrennen, aber daran kann ich nichts ändern. Ich mache weiter bis der Halsring endlich in Stücken zu Boden fällt und Killian frei ist.

»Jetzt! Du musst seine Hülle zu Asche werden lassen«, rufe ich Archer zu. *Befreie seine Seele!*

Er schwingt zu mir herum, das Schwert erhoben und bereit – doch bevor er zustoßen kann, zuckt er zusammen und reißt die Augen auf. Drei Pfeile haben ihn in den Rücken getroffen und sind durch seine Brust gedrungen.

28. KAPITEL

»Wenn du nicht für das eintrittst, was richtig ist, wer dann?«

Troika

Ich schreie vor Entsetzen auf. Archer zuckt noch immer, als würde seine Seele darum kämpfen, die Hülle zu verlassen und es nicht schaffen.

Ich schaue auf, um zu sehen, wer ihm das angetan hat. Ein Monster. Pearl grinst mich an, während sie die Augenbrauen senkt.

Sie hat das getan. Und sie wird dafür bezahlen.

»N…nein«, sagt Archer.

Nur ein Wort, und doch wird mir eins sofort klar: Ich lasse mich schon wieder von meinem Hass auf Pearl kontrollieren – oder besser gesagt, lasse ich zu, dass *sie* mich kontrolliert. Das ist Myriads Art. Aber nicht meine. Nein, das ist ein Weg, der in eine Richtung führt, in die ich nicht möchte.

Vergiss sie. Ich drücke Archers Hand. Er ist jetzt wichtiger. Ich werde ihn vor weiteren Angriffen beschützen, selbst wenn es mich mein eigenes Leben kosten sollte.

Pearl greift hinter sich und zieht einen Pfeil aus dem Köcher, der über ihrer Schulter hängt, doch bleibt ihr keine Zeit zu zielen. Ein Feuerschwert trennt ihren Kopf von ihrem Körper ab. Sie ist tot.

Ich fühle nichts. Nicht einmal Erleichterung. Während ihr Kopf die Treppe hinunterhüpft, fällt ihr Körper zu Boden. Hinter ihr erscheint keuchend Deacon.

»Archer braucht Lebensblut«, rufe ich. »Sofort!«

Er macht einen Schritt vor, doch die Soldaten von Myriad sind so erzürnt über den Tod ihrer Anführerin, dass sie ihre menschlichen Schilde loslassen und die Stufen heraufstürmen, um Deacon zu attackieren. Er lockt sie zum Treppenabsatz, weg von Archer.

Wie soll ich ihn bloß retten?

Sloan, die sich auf der anderen Seite des Plateaus befindet, ist zumindest frei. Sie lehnt an einem Pfeiler und weint. Sie kann mir auch nicht helfen.

Ich konzentriere mich auf Archer und die Pfeile, dabei stoße ich ihn aus Versehen und das Summen eines Motors ertönt. Er bäumt sich vor Schmerzen schreiend auf.

»Zieh die Pfeile nicht raus … da sind Klingen im Schaft … Gift tropft … jedes Mal, wenn du ziehst.« Killians Stimme! Er rollt sich zur Seite und sieht uns an. Er hat Lebensblut von einem gefallenen Soldaten getrunken, seine Lippen glänzen. Seine Zunge ist bereits wieder nachgewachsen, seine Haut schließt sich. »Er braucht Lebensblut.«

»Ich weiß! Doch niemand hat welches übrig und …« Warte! Ich. *Ich* habe Lebensblut. Ich bin nicht nur ein Körper. Ich bin eine Seele. »Killian, wie kann ich mit meiner Seele aus meinem Körper hinaustreten, ohne sterben zu müssen und in Viele Enden zu landen?«

»Gar nicht.« Seine Stimme klingt jetzt kräftiger. »Das kannst du nicht.«

»Ich muss aber! Wenn ich Archer nicht von meinem Lebensblut abgebe, wird er sterben.«

Killian holt tief Luft, sein Gesicht wirkt gequält. »Ich gebe dir zehn Sekunden, mehr nicht. In dem Moment, in dem deine Seele deinen Körper verlässt, stirbt dein Körper. Ich werde dich erst wiederbeleben, wenn deine Seele zurück ist, und je länger ihr voneinander getrennt seid, desto geringer ist die Wahrscheinlichkeit, dass dein Körper noch stark genug ist, um deine Seele aufzunehmen, wenn du zurückkehren willst. Es sei denn, du wirst mit Lebensblut praktisch geflutet, doch das ist ja momentan Mangelware.«

Ich verstehe nicht, wie er das mit den zehn Sekunden gemeint hat. Dann wird seine Hülle regungslos, seine Augen werden klar. Er ist weg? Aber …

Eine unsichtbare Hand umklammert mein Herz wie ein Schraubstock. Ich werde nach vorn gezerrt – nein, nicht mein Körper, wie ich eine Sekunde später begreife, sondern meine Seele. Auf einmal hocke ich vor Killian. Dem *echten* Killian.

Nur der Bruchteil einer Sekunde vergeht, während ich ihn ansehe, obwohl es mir wie eine Ewigkeit vorkommt. So *wunderschön* … Gedämpftes Sonnenlicht umrahmt ihn und vertreibt all die dunklen Schatten. Mir stockt der Atem. Sein Haar ist kohlrabenschwarze Seide, die Locken hängen ihm in die Augen, seine perfekten Gesichtszüge sind von einem Meister gemeißelt worden. Seine Augenbrauen sind genauso schwarz und einfach perfekt geformt. Seine Augen, diese goldenen Augen mit den kristallenen Flecken, strahlen pure männliche Aggression und Intensität aus … perfekt. Unter seiner perfekten Nase der perfekte Anflug eines Dreitagebarts. Seine Oberlippe ist genauso voll wie die Unterlippe, ein perfektes Paar. Seine Haut ist bronzefarben, als ob sie mit perfekten Pinselstrichen ausgemalt worden wäre.

Perfekt. Ja. Das ist er. Perfektion in Fleisch und Blut. Oder in Seele.

Narben schlingen sich um seinen Hals wie eine Boa, doch zugleich sind Tätowierungen so geschickt platziert, dass man sie kaum sieht. Noch mehr Linien und Sterne. Sie sind irgendwie erhöht, scheinen lebendig. Ich hebe eine Hand, um ihn zu berühren, und sehe, dass Teile von mir leuchten. Die Strahlen sind gedämpft, aber vorhanden, als würde ich, indem ich mich an Killian klammere, jeglichen Schatten abstreifen.

»Eins«, sagt er. Er hält mich an den Schultern fest, lässt dann die Hände zu meinen Handgelenken gleiten. Er ist es, der verhindert, dass ich in Viele Enden lande, oder? »Zwei.«

Zero! Der Countdown.

Ich drehe mich zu Archer um – der so hell leuchtet, selbst durch die Hülle hindurch, dass meine Augen zu tränen beginnen. Ich reiße ihm einen Pfeil nach dem anderen heraus. Er schaukelt hin und her wie ein ausgenommener Fisch, zu schwach, um vor Schmerzen zu schreien. Ich sehe mich nach einer Waffe um, doch da fällt mir ein, dass ich sie sowieso nicht halten könnte. Gleiches mit Gleichem. Ich bin im Moment ein Geistwesen und kann nichts im Land der Ernte berühren.

Ich beiße in mein Handgelenk und zerre an meiner Haut wie ein Hund.

»Sechs.« Killians Griff wird fester.

»Nur noch ganz kurz!« Ich lege meine Hand auf Archers Mund. Mein Lebensblut tropft in ihn, gleitet in seine Kehle, und ich spüre, wie mich die Kraft verlässt. Ich schaue hoch, aufs Schlachtfeld, und was ich da sehe, raubt mir schier den Atem.

Ich sehe Hüllen, und ich sehe Geistwesen. Der Kampf zwischen den Geistwesen ist sogar noch brutaler. Die Geistwesen sind nicht nur auf dem Boden; sie schweben kämpfend in der Luft. Schwerter aus blauem Feuer gegen Schwerter aus rotem Feuer. Ich muss nicht erst überlegen, wer zu Troika und wer zu Myriad gehört.

Diese Männer und Frauen … hier kämpft nicht nur die Sonne gegen den Mond, hier kämpft tatsächlich Licht gegen Dunkelheit. Ich wollte das Beste von beiden Welten haben, und dafür habe ich das getan, was ich an anderen am meisten hasse. Habe immer nur meine eigenen Ziele verfolgt. Ich wollte Frieden. Sie nicht. Und die ganze Zeit kannte ich nur einen Teil der Geschichte. Wieder wird mir klar, wie wenig ich über die beiden Sphären weiß.

»Neun.«

»Warte!«, rufe ich. »Bitte. Nur noch kurz. Er braucht mehr …«

»Zehn.« Killian ist gnadenlos, reißt mich herum und stopft praktisch mein Geistwesen zurück in meinen Körper, und ich bin zu schwach, um mich zu wehren.

Ich ringe nach Luft, als Seele und Körper sich verbinden. Mein erster Gedanke gilt Archer. Ich betrachte die Hülle. Obwohl er mein Lebensblut bekommen hat, repariert sich seine Haut nicht von selbst.

»Archer.« Mein Kinn zittert.

»Okay. Es ist schon okay.«

Nein! Ich muss doch irgendetwas tun können. Irgendetwas. »Deacon!«, schreie ich.

Archer nimmt einen tiefen Atemzug und öffnet blinzelnd die Augen. Er tastet nach meiner Hand und hält sie kraftlos fest.

Wir sehen uns an, wieder schießen mir Tränen in die Augen und tropfen auf seine Wange.

»Die Stille«, sagt er und schenkt mir ein Lächeln, das ich niemals vergessen werde. Zufrieden. Gelassen. Er hat ein gutes Leben geführt. »Endlich.«

»Nein.« Ich schüttle heftig den Kopf. »Du bleibst hier, du bleibst bei mir. Ich brauche dich. Du musst noch so vieles tun.«

»Du kommst … gut ohne mich zurecht. Pass auf … Deacon und Killian auf … und auf dich … vergiss dich selbst nicht. Das Gesetz.«

»Sprich nicht, als ob das ein Abschied wäre.« Meine Tränen fallen jetzt schneller. »Deacon«, rufe ich wieder und suche das Schlachtfeld ab, kann aber kein Gesicht erkennen. »Hilfe! Archer braucht mehr Lebensblut.«

Die Schlacht geht weiter. Natürlich kann ich den Kampf zwischen den Geistwesen nicht länger sehen, und frage mich, wer wohl gewinnt.

Archers Lächeln wirkt traurig und zugleich entschlossen. »Nicht mehr viel Zeit … sag mir ein Gedicht. Fröhlich. Mit Reim.«

Obwohl es mich im Innersten zerreißt, schließe ich die Augen. Er wird es nicht schaffen, oder? Mein Lebensblut ist einfach nicht stark genug. Vielleicht, weil ich ungezeichnet bin. Vielleicht, weil ich mich erst noch von meinen eigenen Verletzungen erholen muss. Vielleicht aus tausend anderen Gründen. Ich werde es vermutlich niemals herausfinden, aber eins ist mir auf einmal klar: Für seinen Tod gibt es Gründe. Entscheidungen, die getroffen wurden. Pearls Entscheidung, mich zu bekämpfen. Meine Entscheidung, Killian und Sloan zu retten.

Und nun muss Archer dafür den Preis bezahlen. Meine Entscheidungen – und meine Unentschlossenheit – haben nicht nur Auswirkungen auf mich selbst, wie ich mir die ganze Zeit eingeredet habe, sondern auch auf jeden, den ich liebe, jeden, der in meinem Leben eine Rolle spielt. Sogar auf die Menschen, die ich erst noch kennenlernen werde. Selbst auf jene, die ich nie kennengelernt habe.

Ich habe über Pearls Stolz gespottet, aber wohin hat mich mein eigener Stolz gebracht? Und wohin hat er meine Freunde gebracht?

Die Erkenntnis erfüllt mich mit Entsetzen, bringt mich fast um, doch ich schiebe dieses übermächtige Gefühl von Reue und Trauer beiseite. Zunächst. Das muss ich. Archer braucht mich. Ich muss für diesen wunderbaren Jungen stark sein, ihm mit Zärtlichkeit in die Stille hinüberhelfen. Nach allem, was er für mich getan hat, kann ich das nun für ihn tun. Ich *werde* es für ihn tun.

Trauern kann ich morgen.

»Ein Gedicht. Eins nur für dich.« Ich streiche mit zitternden Fingern über die Augenbrauen wie eine Mutter, die ihr Kind vor dem Einschlafen beruhigt. »Jahr um Jahr, nie konnte ich mein Leben leiden. Wo immer ich hinsah, überall gab's Streitigkeiten. Oh ich Arme, das hat wenig Spaß gemacht … aber dann kamst du und hast mir Größe beigebracht.«

Er schließt die bebenden Lieder, auf einmal ist sein Lächeln nicht mehr traurig, sondern zufrieden. So zufrieden trotz des Kampfes, der um uns tobt. Zum Glück haben Troikaner Posten um das Plateau herum bezogen und verhindern, dass myriadische Soldaten sich nähern.

»Weiter. Bitte.«

Ich fahre fort: »Hast mich vor dem schrecklichen Tod beschützt und mich in allen Momenten gestützt. Archer Prince, dich umgibt ein heller Schein, du wirst für immer und ewig mein sein. Bis wir uns wiederseh'n, werd ich dich vermissen, liebe Bow, liege sanft auf deinem Ruhekissen.« Mein Kinn zittert, als ich sage: »Du wirst geliebt, ich liebe dich sehr. Deinetwegen fühle ich mich nicht mehr leer.«

»Jaaa«, sagt er, das langgezogene A wird leiser, als er seinen letzten Atemzug macht.

Sein Kopf fällt zur Seite, sein Griff lockert sich. Ich stelle mir vor, dass sein so hell strahlendes Licht vollkommen erlischt.

Er ist fort. Er ist wirklich fort.

Schluchzend breche ich über seiner Brust zusammen. Er hat so viel Besseres verdient als das hier.

»Ten«, schreit Killian mit Entsetzen in der Stimme.

Ich richte mich auf und drehe mich zu ihm um. Er wirft sich über mich.

»Nein«, brüllt er, aber es ist zu spät.

Etwas Scharfes fährt in seinen Rücken, durch seine Brust

hindurch, dringt in meine Brust und jagt durch meinen Rücken. Wir sind gemeinsam aufgespießt. Der Schmerz ist überwältigend, er breitet sich in Sekundenschnelle bis in jede Zelle meines Körpers aus.

Sie ersticht dich von hinten, hat Lina gesagt.

Ich hatte gedacht, diese Attacke würde von Pearl kommen, doch Pearl ist tot. Fassungslos sehe ich auf – in Sloans Gesicht.

Tränen glitzern auf ihren Wimpern. »Es tut mir leid.« Sie weint. »Es tut mir so leid, aber sie haben mir etwas angeboten, das ich einfach nicht ablehnen konnte.«

Das Einzige, was sie die ganze Zeit wollte, war Rache an Vans über seinen Tod hinaus. Entweder hat Pearl sie belogen oder sie weiß – wusste –, wie man trotzdem an Vans herankommt. Etwas, das Killian und Archer nicht konnten.

»Ich hasse ihn mehr, als ich dich liebe«, sagt sie schluchzend.

Ihr Verrat schnürt mir die Luft ab.

»Ten.« Als Killian versucht, sich vom Speer zu befreien, beginnt der Motor zu summen, ihn innerlich zu zerschneiden, mich zu zerschneiden und sein Gift zu verbreiten. »Es tut mir leid, es tut mir so leid.«

Mit einem Brüllen wirft er sich nach hinten und löst sich so vom Speer. Als er sich aufrichtet, sagt er noch einmal: »Es tut mir leid«, dann packt er den Speer und zerrt mit aller Kraft daran.

Ich schreie, als die Klinge durch mich hindurchschneidet, doch irgendwann hat er den Speer aus mir herausgezogen.

Blut sprudelt meinen Hals hinauf, ich bekomme keine Luft. Ich schaffe es irgendwie, den Kopf zu drehen und zu sehen, wie Killian das Schwert schwingt. Das blutdurchtränkte Metall glitzert – dann fährt es in Sloans Bauch. Sie reißt die Augen auf und fällt auf die Knie.

Nun wird auch sie den heutigen Tag nicht überleben.

Ich möchte sie hassen, doch während eine Sekunde nach der anderen vergeht, wird mir klar, dass sie mir nur leidtut. Ihre Entscheidungen haben sie genauso hierhergebracht wie mich meine.

Killian kommt zu mir gekrochen. Ich keuche und ringe nach Luft. Das Todesröcheln. Das ist es doch, oder nicht? Das Ende. Ich werde sterben. Ich werde *heute* sterben. Mir bleiben nur noch Minuten … Sekunden?

Ich habe einmal meine Lebensgeschichte in aller Kürze zusammengefasst, manche Zahlen haben sich jedoch verändert.

Siebzehn – die Anzahl der Jahre, die ich *gelebt* habe. Das Wort *existiert* ist jetzt nicht mehr stark genug.

Zwei – die Anzahl der Jungen, die ich seit meiner Flucht aus Prynne zu lieben gelernt habe. Archer, der Bruder, nach dem ich mich mein Leben lang gesehnt habe, und Killian, der mein gebrochenes Herz wieder zusammengesetzt hat.

Drei – die Anzahl der Freunde, die ich auf meiner Suche nach der Wahrheit verloren habe.

Eins – die Anzahl der Leben, die mir noch bleiben.

Drei – die Anzahl der Wahlmöglichkeiten, die mir für meine unendliche Zukunft bleiben.

»Ten, das wirst du nicht überleben.« Killians Stimme bebt. »Das Gift … es ist auch in meinem System. Mein Lebensblut kann dir nicht helfen.«

Baiser de la mort, der Kuss des Todes, der in diesem Moment durch mich jagt.

Er nimmt mein Gesicht in seine Hände. Er zittert.

»Geh«, stoße ich aus. »Hol … dir … Hilfe.« *Stirb nicht mit mir!* Ich habe ein Zweitleben. Er hat kein drittes.

»Ich habe mich geirrt.« Er küsst mich zart. »Sieger werden nicht immer angebetet, Verlierer werden nicht immer zertreten. Ich habe es nicht geschafft, dich für uns zu gewinnen …

ich habe verloren … und ich bin froh darüber. Binde dich an Troika, Ten. Dort gehörst du hin.«

Noch mehr Tränen strömen über meine Wangen. Dieser Junge hasst es zu verlieren, und doch lässt er mich gehen.

»Wir … werden Feinde sein«, wispere ich, mein Körper fühlt sich taub an. »Man wird dich … töten.«

»Besser, du bist meine Feindin und glücklich als meine Freundin und unglücklich. Und mach dir keine Sorgen um mich, Süße. Sie können ja versuchen, mich zu töten. Wäre nicht das erste Mal. Ich schlage mich schon durch.«

Ich werde nicht glücklich sein können, solange er in Myriad festsitzt, womöglich für immer im Zwinger eingesperrt. Aber ich werde auch in Myriad nicht glücklich werden, selbst mit diesem Jungen an meiner Seite.

Also gibt es nur eine einzige weitere Möglichkeit. Ich bleibe ungezeichnet und kehre nach Viele Enden zurück … wo ich vielleicht die dort gefangenen Seelen befreien kann … vielleicht auch nicht. Ohne Archer hätte ich meinen letzten Besuch dort niemals überlebt.

Archer hat mich einmal gebeten, ihm zu vertrauen. Er sagte, wir würden irgendwie einen Weg nach Viele Enden finden, einen Weg, all diese Seelen zu retten. Denn wenn ich nach Viele Enden gelangen kann, kann ich auch nach Myriad gelangen. Und Killian retten. Vielleicht könnte er vor Gericht ziehen.

Neuer Plan, neues Ziel.

Ich lege meine Hand an seine Brust, wo die Speerwunde weit offen klafft, das wunderschöne Lebensblut lässt seine Haut glitzern. Wenn er seine Hülle nicht bald verlässt, wird er womöglich darin sterben. Aber ich kenne ihn, ich weiß, er wird sie – oder mich – nicht verlassen, bevor ich keine endgültige Entscheidung getroffen habe.

Ich drücke seine Hand so fest ich kann. »Ich … werde dich holen, Killian. Wieder.«

»Ten …«

Ich lächle ihn an. »Ich schwöre hiermit meine Treue, und meine Treue gehört für immer … »Ich hole tief Luft und weiß, dass dies mein letzter Atemzug ist, und als ich ihn ausstoße, flüstere ich: »Troika.«

Gena Showalter
Verrat im Zombieland
€ 14,99, Hardcover
ISBN 978-3-95967-034-0

Was tust du, wenn deine große Liebe dich aus dem Jenseits um Hilfe anfleht?

„Du musst helfen!" Zombiejäger Ashton „Frosty" Martin traut seinen Augen nicht: Seine große Liebe Kat hat eine Botschaft aus dem Jenseits für ihn. Sofort geht er zu dem Ort, den sie ihm beschreibt. Und sieht schockiert, wer seine Hilfe braucht: Milla Marks, die verantwortlich für Kats Tod ist! Am liebsten würde er die Verräterin den gierigsten Zombies zum Fraße vorwerfen. Aber als Anima Industries zurückkehren, um aus den Zombies endgültig das Geheimnis der Unsterblichkeit zu pressen, muss er umdenken. Bevor es zu spät ist. Für sie – und für die Welt.

www. harpercollins.de Harper Collins | ya!